한 형 구
문학평론집

비평 에스프리의 영웅들, 혹은 그 퇴행

한형구韓亨九

서울대학교 국어국문학과 및 동대학원 졸업. 문학박사.
서울시립대학교 국어국문학과 교수.
동경대 비교문학 연구실, 미국 USC, 독일 본 대학, 중국 대련외대 방문학자.
2006년 제17회 팔봉비평문학상 수상.

<저서 및 편저>
『전환기의 사회와 문학』(문학과지성사, 1991)
『합리주의의 문턱에서』(강, 1997)
『한국 근대문학의 탐구』(태학사, 1999)
『구텐베르크 수사들』(역락, 2005)
『내 마음 속의 한국문학』(루덴스, 2009)
『한국근대문예비평사절요』(루덴스, 2015)
『한국근대문학과 민족 – 국가담론 자료집』(소명출판, 2015)

역락비평신서 29
비평 에스프리의 영웅들, 혹은 그 퇴행

초판 1쇄 발행 2019년 2월 25일

지은이 한형구
펴낸이 이대현

편 집 홍혜정 | **디자인** 박민지 | **마케팅** 박태훈 안현진
펴낸곳 도서출판 역락 | **등록** 1999년 4월 19일 제303-2002-000014호
주소 서울시 서초구 동광로46길 6-6(반포4동 577-25) 문창빌딩 2층(우06589)
전화 02-3409-2060(편집부), 2058(영업부) | **팩시밀리** 02-3409-2059
홈페이지 www.youkrackbooks.com | **e-mail** youkrack@hanmail.net

ISBN 979-11-6244-370-5 04800
      978-89-5556-679-6 (세트)

"이 저서는 2017년 서울시립대학교 연구년교수 연구비에 의하여 연구되었음."

이 도서의 국립중앙도서관 출판예정도서목록(CIP)은 서지정보유통지원시스템 홈페이지(http://seoji.nl.go.kr)와
국가자료공동목록시스템(http://www.nl.go.kr/kolisnet)에서 이용하실 수 있습니다.(CIP제어번호: CIP2019006056)

역락비평신서 29

한형구 문학평론집

비평 에스프리의 영웅들, 혹은 그 퇴행

지
난
'근대'
편에 뒤
이어 '현대'
편을 구상할
때에 그 시기적
연대, 대상의 폭은 그
리하여 일단 '전후(시대)' 이후
로 구획되었다. 전후 세대의 비평가들에 대한 논
고가 이 책자의 앞자리를 차지하게 된 이유이다. 그 중에도 이어
 대한 논구는 언어를 달리하여 현재 완성을 목표로 하고 있는 상태인데, 일
내의 그 원형본만을 이 자리에 선보이기로 한다. 그리고 유종호, 김현 선생의 글들에 대
들어가게 되었다. 이것은 내가 그 동안 '(문학)비평론' 강좌를 수행하면서 그 모범적 실례를 예시하기
다. 물론 어느 경우에도 비평사적 위상을 점검하기 위한 의도들은 배제되지 않았고, 한편 각 비평가의 비평
늘 내 글쓰기에 투영되었다. 형식은 조금씩 달라도 이제 고인이 되신 내 글쓰기의 원초적 스승 김윤식 선생과
이다. 때로 그때그때 원고 청탁자들의 의도가 글쓰기에 어떤 모형을 유도하여 영향을 남기기도 한다. 지난 '근
적 연대, 대상의 폭은 그리하여 일단 '전후(시대)' 이후로 구획되었다. 전후 세대의 비평가들에 대한 논고가 이
도 이어령 씨에 대한 논구는 언어를 달리하여 현재 완성을 목표로 하고 있는 상태인데, 일단 발표문 형태의 그

역락

책 제목을 '비평 에스프리의 영웅들, 혹은 그 퇴행'으로 정하였다. 지난 20여 년간 내 글쓰기의 고단한 형적들임에 분명하다. 매번 그렇듯 저자 나름으로는 힘이 많이 들었고, 다만 '이제사!', 그리고 '아뿔사!'의 심정이 보태져 만감이 교차할 뿐이다. 그 경과를 여기 조금 밝힌다.

그 집합, 집성의 시기를 분명히 설정하지는 않았었다고 하겠으나, 언젠가 이런 기회를 기다려 한편 한편의 글들을 그동안 차곡차곡 써 모아 왔던 것을 먼저 감히 말할 수 있다. 그 단서를 보여주는 것이 지난 몇 년 전 내가 출간한 저서, 『한국 근대 문예 비평사 절요』(루덴스, 2015)이다. 이 책자에 뒤이어서 나는 그 후편의 '한국 현대 문예 비평사' 발간을 구상하며 준비해 왔던 것이다. 전자의 책은 주로 한국 근대 문예 비평사에 나타난 주요 '논쟁'의 사건들을 주목하는 형태로 꾸며졌었다. 그 제목에 '절요'라는 말이 들어간 이유이다. 하지만 이번에는 도저히 그럴 수 없었다. 그 사이 내 인생의 계획표가 전면적으로 수정, 재작성을 보기에 이른 까닭이다. 어쩌면 이번 책을 마지막으로 소위 학술 논문(집) 형태의 글쓰기 작업과는 이별을 고하게 될지 모르겠다(물론 어떤 식으로든 책내기와 글쓰기는 계속 이어져야 하리라). 내가 처한 실존의 정황들이 크게 달라졌고, 또 달라질 것이라 여겨지기 때문이다. 문학 교사로 시종해 온 삶의 길에 변곡점을 마련하기로 한다.

한편, '한국 현대 문예 비평사' 발간을 기획한다고 하면서 여전히 그 추진의 방식, 형식은, '비평가론'의 형태를 결코 넘어설 수 없는 것이었다. 더불어 그 동안 우리 한국 현대 문예 비평사에 우뚝 빛났던 별들을 가능한 한 많이 초대해 보고자 하는 의욕 역시 비교적 뚜렷했었다. 하지만 지금 다시 되짚어

보자니, 여기 꼭 모셨어야 할 분들이 다수 빠지게 된 결과에 퍽 안타깝고 계면스러운 마음 누를 길 없다. 다음을 기약한다 하여도 우선 그 분들께 이 자리를 빌려 송구스러운 마음 전한다. 세상사, 그리고 인생사가 본원적으로 계기적이고 그리하여 필경 자의적 성격을 띨 수밖에 없음은 여기서 더 말할 나위가 없다. 그러므로 이런저런 이유, 계기로 여기 자리하게 된 분들만이 따라서 반드시 필연적이었다고 이제 나는 기필하고 싶지 않다. 언젠가 우리 비평사에 대한 재인식의 기회가 주어진다면 그때 세상은 더 풍성해지리라.

지난 '근대' 편에 뒤이어 '현대'편을 구상할 때에 그 시기적 연대, 대상의 폭은 그리하여 일단 '전후(시대)' 이후로 구획되었다. 전후 세대의 비평가들에 대한 논고가 이 책자의 앞 자리를 차지하게 된 이유이다. 그 중에도 이어령 씨에 대한 논구는 언어를 달리하여 현재 완성을 목표로 하고 있는 상태인데, 일단 발표문 형태의 그 원형본만을 이 자리에 선보이기로 한다. 그리고 유종호, 김현 선생의 글들에 대한 논고가 각 2편씩 들어가게 되었다. 이것은 내가 그 동안 '(문학)비평론' 강좌를 수행하면서 그 모범적 실례를 예시하기 위한 의도로부터 그리 되었다. 물론 어느 경우에도 비평사적 위상을 점검하기 위한 의도들은 배제되지 않았고, 한편 각 비평가의 비평적 특질 해명을 위한 의도 또한 늘 내 글쓰기에 투영되었다. 형식은 조금씩 달라도 이제 고인이 되신 내 글쓰기의 원초적 스승 김윤식 선생과의 대화나, 김우창론 등이 모두 그러한 사례이다. 때로 그때그때 원고 청탁자들의 의도가 글쓰기에 어떤 모형을 유도하여 영향의 흔적을 남기기도 한다.

문단 말석의 현장 비평가로 활동하던 중에 또 한편 직업적인 선배, 동료들을 우연치만은 않게 호명하는 기회를 만나기도 하였었다. 분명 '싸움닭'이 되는 걸 원한 것만은 아니었을진대, 문학과 비평이 갈수록 위축되어 가는 세상에 비평가들의 존재나 그 기능을 문제 삼는 것이 당시 내 위치에서 하나의 과업으로조차 여겨졌었기 때문이기도 하다. 물론 '비평사' 연구가 내 직무라는 쓸데없는 자의식의 발동과 그것이 전혀 무관한 사무일 수는 없었다. '안고 수비(眼高手卑)'라 하였던가. 내 눈의 들보는 보지 못하면서, 그리하여 동료들에게 괜스레 상처를 안겨 주는 경우가 없지 않았다고 여겨지는데, 정과리, 남진우, 이광호 제씨들에 대한 논평은 그렇게 하여 수거되었다. 물론 그런 경우 내 나름대로의 위기의식이나, 어떤 소명 의식 같은 것이 크게 나를 붙들어 시류에 얽매이게 했던 역사적 환경 요인의 탓 또한 컸다. 가령 1990년대 후반에 국가 부도 사태라는 큰 경제 위기가 우리 사회에 불어 닥쳤을 때, 그것을 강 건너 불구경할 수 없다는 자의식이 한동안 나를 사로잡았다. 물론 '문학의 위기'라든지, '비평의 위기'에 대한 감각은 늘 또 내 마음 한구석에 어두운 장막을 드리워 말 못할 곤핍감을 낳던 시절이기도 하였다. 그런 우울의 심사 때문이었는지, 때로 거칠게 유동하는 판열 위의 손가락 움직임이 부정적 사고의 확장으로만 직열하여 스스로도 제어하기 어려운 곤핍한 내부 고발자의 처지에 나 자신이 서 있음을 발견하기도 하였던 것이다. 그 채찍질의 준열함만큼 동업자의 손길에 함께 담긴 애정이 충실히 전달될 수 있기를 또한 바랐던 것이나, 이제 그 넘치던 객기마저 하나의 운명으로 받아들이고 이제 나는 그 시절과 작별하고자 한다. '영웅'과 '퇴행'이라는 이중적 어사의 감수성을 통해 그 시절 발론들을 모두 감당해 보려는 의도는 이런 뜻에서 나왔다.

하지만 그 시절로부터 거의 20년의 세월이 흐른 지금 오늘날까지, 나의 처지란 한갓 강단 비평가의 그 궁벽, 왜소 상태를 면할 수 없는 것이었음을 고백한다. 나름으로는 문학사 연구에 한껏 전심해 왔다 하더라도, 이제 나에게 주어진 손 속을 들여다보면, 그 몰골의 세월에 실로 자탄을 금할 길 없다. 일찍이 푸코 선생 갈파대로, 제도적인 현실, 그 운명의 여파 때문이었다고 할까, 자유로운 운필 활동이란 당초에 꿈꾸기도 어려웠지만, 논문 한편 한편을 발표하는 과정에서 매번 홍역을 앓는 듯 심사자의 눈치 보기에 바쁜 세월들을 감당해 왔다. 이런 난감함의 이유로 근년에는 차라리 수필가와 소설가를 함께 논해 봄이 어떨까 하는 외도의 궁리조차 피해가기 어려웠고, 여기에 모아진 전혜린과 서정인에 대한 논고는 바로 그렇게 주어진 소산들이다. 앞으로는 문학의 각 양식들을 마음껏 섭렵하여 자유롭게 탐색할 수 있는 발표의 자유가 바로 내 것이기를 바라며, 이제 그런 세월을 눈앞에 그려본다.

그리고 보론 두 편을 추가로 배치하였다. 오래 전 발표되었고, 또 한편은 발표조차 무산되었던 글이지만, 나에겐 무척 소중하다. 두 분(조연현, 백낙청) 모두 한국 현대 문학사에 거목의 자취를 드리운 점에서 공통적이고, 또 한편 공교롭지 않게 잡지 편집자로서의 위상을 드높였다는 특징을 나누어 갖겠는데, 조연현 론은 바로 그러한 특징을 문화사—잡지사의 안목으로부터 논란해 본 글이 되겠고, 또 한편의 경우는 정치적 언설—논설의 내용 자체를 논란, 검증해 본 글이 되겠다. 후자의 글에 대해서는 여러모로 자세한 석명이 필요하리라 여길 분도 있겠으나, 글 자체의 내용이 모든 것을 해명하리라 믿고, 여기서는 거두절미, 특정의 정치적 국면 자체가 나를 포로로 삼아 거칠게 집필 착수로 이끄는 듯 내몰리는 상황 속에서, (발표) 지면의 문제 같은 것을 미처 여유 있게 고려하지도 못한 채 초고의 붓마음에 이른 형편에 놓였었음을 밝혀둔다(※한편 나머지 글들은 각 편의 끝자리에 그 출처들을 밝혀 놓았다). 언젠가 이 분에 대해서도 정당한 비평사적 안목에서의 평가 작업이 수행될 수 있기를 간절히 바래본다.

하여 이제 그 신산의 세월들은 온전히 나의 몫으로만 남고, 【역락 비평신서】의 광휘로운 언어들과 함께 한 자리를 마련하고자 할 때, 홍래성, 이원양 두 교우의 원고 수합과 질정 작업은 필수적이었음을 먼저 따로이 밝힌다. 역락사(亦樂社)의 도움이 없었으면 물론 모든 것이 불가능했으리라. 편집자를 비롯한 해사(該社) 인사들과의 은혜로운 교류가 더욱 번창하는 인연의 세월로 발전할 수 있기만을 바라마지 않는다. 그리고 그동안 나를 품어 준 직장의 동료들, 관계자 여러분들께 마지막으로 심심한 사의를 표한다. 영웅의 길이냐, 퇴행이냐? 나는 늘 길 위에서 헤매일 운명이지만, 이 소담한 책자가 나를 여기까지 붙들어 준 많은 분들에게 작은 위로라도 될 수 있기를 바란다.

차 례

제2부─────────────────────────────────

수필가,
소설가

제1부
한국 현대의
비평가들

문화 개혁(혹은 혁명?)을 위한 비평적 언설 실천
– 이어령의 『흙 속에 저 바람 속에』가 거느린 담론사적 혹은 문화사적 의의

1. 머리말 – 재사 이어령 생애의 이정표들

먼저 하나의 약력 소개문으로부터 시작해 보겠습니다.

1934년 충남 아산에서 태어나 서울대학교 문리과대학 및 동 대학원을 졸업했다. 1956년 <한국일보>에 「우상의 파괴」를 발표하며 문단에 등장, 커다란 반향을 불러일으켰다. 이어령은 20대의 나이로 <한국일보> 논설위원이 되는 파격을 보였으며, 1972년 월간 <문학사상>의 주간을 맡을 때까지 <조선일보> <중앙일보> <경향신문> 등 여러 신문의 논설위원을 역임하며 명 문장가로 이름을 날렸다. 1967년 이화여대 강단에 선 후 30여 년간 학생들을 가르친 그는 교수이자 날카로운 통찰력을 지닌 이 시대의 논객이었다. 뿐만 아니라 1988년 88서울올림픽 때는 개·폐회식을 성공적으로 이끌어 문화 기획자로서의 능력 또한 유감없이 발휘하였다. 한편 그는 1990년 초대 문화부 장관을 지냈고, 1999년 새천년준비위원회 위원장을 역임하였다. 현재 <중앙일보> 상임고문으로 재직 중이다.
저서로는 『흙 속에 저 바람 속에』, 『축소 지향의 일본인』, 『하나의 나뭇잎이 흔들릴 때』, 『젊은이여 한국을 이야기하자』, 『뜻으로 읽는 한국어사

전』, 그리고『문화코드』,『디지로그』,『젊음의 탄생』등이 있다.[1]

　화려하기 짝이 없는 비평가 이어령 생애의 간추린 약력 보고이지요. 이 땅의 어떤 문인도 그와 견주기 어려운 화려한 이력인 터이어서, 심지어는 어떤 이가 그를 두고 '문화 대통령'이라 부르는 것을 필자는 들은 바도 있습니다. 살아생전에 이런 영광을 누리기 어려운 터에 그는 최근까지도 장기 연재물 '한국인 이야기'를 모 중앙 일간지의 지면 위에 펼쳐 놓곤 했습니다. 이처럼 널리 알려진 한국 대표 문사, 한 비평가의 생애에 대해 이 자리에서 새삼스럽게 주석을 늘어놓을 필요는 없겠지요. 저는 오늘 다만 그의 수많은 글들 중에서도 전후 50년대와 60년대 세대에 걸쳐 가장 널리 알려졌던 글『흙 속에 저 바람 속에』를 중심으로 그 글쓰기의 형질을 조금 엿보고자 할 따름입니다. 참고로 그의 글쓰기의 장르별 대표 업적을 밝히면서,[2] 오늘의 주요 논의 대상이 될『흙 속에 저 바람 속에』가 불러일으킨 반응에 대해 먼저 저자 자신이 밝히는 설명에 의존하면서 좀 더 구체적인 논의로 나아가 보기로 하겠습니다.

---

1) 이어령,『흙 속에 저 바람 속에』, 문학사상, 2008.
2) 그의 대표 저술들이 그가 한때 경영한바 있었던 한 출판사(문학사상사)의 장르별 분류 목록화 작업에 의하여 다음과 같이 제시된바 있다. • 에세이:『흙 속에 저 바람 속에』,『말로 찾는 열두 달』,『하나의 나뭇잎이 흔들릴 때』,『뜻으로 읽는 한국어 사전』,『젊은이여 한국을 이야기하자』,『시와 함께 살다』,『차 한 잔의 사상』『오늘보다 긴 이야기』• 문화론:『푸는 문화 신바람의 문화』,『축소 지향의 일본인』,『일본 문화와 상인정신』,『현대인이 잃어버린 것들』,『거부하는 몸짓으로 이 젊음을』,『신화 속의 한국 정신』,『기업과 문화의 충격』• 소설:『장군의 수염』,『환각의 다리』,『둥지 속의 날개』(상, 하) • 희곡:『기적을 파는 백화점』• 문학론:『노래여 천년의 노래여』,『진리는 나그네』,『장미 밭의 전쟁』,『저항의 문학』,『지성의 오솔길』• 기행문:『바람이 불어오는 곳』• 에피그램:『어머니와 아이가 만드는 세상』• 여성론:『저 물레에서 운명의 실이』• 대담집:『세계 지성과의 대화』• 대화집:『나, 너 그리고 나눔』. 이상의 내용은 이어령, 위의 책, 날개 부분 참조.

2. 『흙 속에 저 바람 속에』의 앞과 뒤

그거 보려고 줄을 서서 신문들을 샀고, 또 어디 시골에선 새 쫓는 애가 그걸 보고 있었다고도 하고, 별별 신화가 다 많았지요. 연재가 끝나자마자 현암사에서 바로 책을 냈는데, 그렇게 많이 나갈 줄 몰랐지요. 5000부를 찍었더니 그날로 다 나갔어요. 계속 찍어냈는데도 책이 모자랐어요. 그때만 30~40만 부 팔렸고, 그 후 지금까지 일어판, 중국어판까지 다 합쳐 100만 부가(…)3)

그렇다면 이와 같은 글을 쓴 의도는 무엇이었는가? 이에 대해서도 저자는, 비록 집필 당시로부터 수십 년이 지난 시점에서이긴 하지만 다음과 같은 답변을 내놓은바 있다.

솔직히 말하면 우리 전통적인 농경사회에 대한 비판이었죠. 우리 의식주에 깔려 있는 우리 정서와 문화의 특이성을 얘기하면서, 거기에서 벗어나서 새로운 한국을 만들어야겠다는 거였죠. 어떤 때는 아주 혹독하게 비판했죠. 그러나 이게 다 애정이었죠.4)

또 이 글이 산출되게 된 배경, 혹은 맥락과 관련해서는 다음과 같은 설명도 덧붙여놓고 있다.

≪경향신문≫이 (당시) 부수가 제일 많은 최고 신문이었어요. (…) 거기서 <여적>을 썼어요. 잘 쓴다고 화제가 되니까 나보고 뭘 좀 더 써보라고 해서 <오늘을 사는 세대>라는 걸 썼는데, 아주 고급스러운 산문시처럼 썼는데도 이게 히트한 겁니다.
그랬더니 사람들이 외국 걸 베껴 썼다고 시비를 해요. 그런 식으로 나가

---

3) 이어령 · 오효진(대담), 「마지막 수업이 남기고 간 말」, 『나, 너 그리고 나눔(대화집)』, 문학사상사, 2006, 203쪽.
4) 위의 책, 204쪽.

면 순수한 한국 걸 써 보마. 그래서 쓴 게 <흙 속에 저 바람 속에>예요. 제 목도 그래요. '한국의 순수한 풍토 속에서'를 '풍토' 또는 '풍토 속에서'로 하지 않고 '흙 속에 저 바람 속에'로 한 거요.[5]

이와 같은 회술의 자기 석명이 그런대로 신빙성 있게 들리는 것은 실제로 우리가 당시 연재 글의 가장 모두(冒頭)의 글, 「序·風景 뒤에 있는 것」 속에서 다음과 같은 문장들을 발견할 수 있기 때문이다. 조금 길더라도 이 책 전체의 성격을 암시해 줄 수 있느니만치 여기서 전문을 인용해 두기로 한다.

그것은 地圖에도 없는 시골길이었다. 國道에서 조금만 들어가면 韓國의 어느 시골에서나 볼 수 있는 그런 길이었다. 黃土와 자갈과 그리고 이따금 하얀 질경이 꽃들이 피어 있었다.

붉은 산모롱이를 끼고 굽어 돌아가는 그 길목은 人跡도 없이 그렇게 슬픈 곡선을 그리며 뻗어 있었다. (시골 사람들은 보통 그러한 길을 「馬車길」 이라고 부른다)

그때 나는 그 길을 「지프」로 달리고 있었다. 두 뼘 남짓한 運轉臺의 유리 窓 너머로 내다본 나의 祖國은, 그리고 그 故鄕은 한결같이 平凡하고 좁고 쓸쓸하고 가난한 것이었다.

많은 해를 忘却의 餘白 속에서 그냥 묻어두었던 풍경들이다.

이지러진 草家의 지붕, 돌담과 깨어진 碑石, 미루나무가 서 있는 냇가, 서낭당, 버려진 무덤들, 그리고 잔디, 「아카시아」, 말풀, 보리밭……靜寂하고 단조한 풍경이다.

거기에는 백로의 날갯짓과도 같고, 웅덩이의 잔물결과도 같고, 시든 나뭇잎이 떨어지는 것 같고, 그늘진 골짜기와도 같은 그런 고요함이 있었다. 그러나 그것은 폐허의 고요에 가까운 것이다. 鄕愁만으로는 깊이 이해할 수도 또 설명될 수도 없는 靜寂함이다.

아름답다기보다는 어떤 苦痛이, 나태한 슬픔이, 졸린 停滯가 크낙한 傷處처럼, 空洞처럼 열려 있다. 그 傷處와 空洞을 들여다보지 않고서는 거기 그

---

5) 위의 책, 203쪽.

렇게 펼쳐져 있는 여린 色彩의 風景을 진정으로 이해할 수가 없을 것이다.

胃擴張에 걸린 시골 아이들의 불룩한 그 배를 보지 않고서는, 광대뼈가 나온 시골 여편네들의 땀내를 맡아보지 않고서는 그리고 그들이 부르는 노래와 무심히 지껄이는 말솜씨를 듣지 않고서는 그것을 알지 못할 것이다.

「지프」가 사태진 언덕길을 꺾어 내리받이길로 접어들었을 때, 나는 그러한 모든 것을 보았던 것이다.

事件이라고도 부를 수 없는 사소한 일, 또 흔히 있을 수 있는 일이었지만 그것은 가장 强烈한 印象을 가지고 가슴 속으로 스며들었다.

앞에서 걸어가고 있던 늙은 부부였다. 「클랙슨」 소리에 놀란 그들은 곧 몸을 피하려고는 했지만 너무나도 놀랐었던 것 같다. 그들은 갑자기 서로 손을 부둥켜 쥐고 뒤뚱거리며 곧장 앞으로만 뛰어 달아나는 것이다.

고무신이 벗겨지자 그것을 다시 잡으려고 뒷걸음질 친다. 하마터면 그때 車는 그들을 칠 뻔했던 것이다. 이것이 그때 일어났던 이야기의 전부다.

불과 數十秒 동안의 光景이었고 車는 다시 아무 일도 없이 그들을 뒤에 두고 달리고 있었다. 운전수는 그들의 거동에 처음엔 웃었고 다음에는 화를 냈다. 그러나 그것도 순간이었다.

이제는 아무 表情도 없이 車를 몰고만 있었을 뿐이다. 그러나 나는 모든 것을 역력히 기억할 수 있었다. 그리고 그 殘影이 좀처럼 눈앞에서 사라지질 않았다.

누렇게 들뜬 검버섯의 그 얼굴, 恐怖와 당혹의 表情, 마치 家畜처럼 무딘 몸짓으로 뒤뚱거리며 쫓겨 가던 그 뒷모습, 그리고…… 그리고 그 危急 속에서도 서로 놓지 않으려고 꼭 부여잡은 메마른 두 손…… 북어 대가리가 꿰져 나온 남루한 봇짐을 틀어잡은 또 하나의 손…… 벗겨진 고무신짝을 잡으려던 그 또 하나의 손…… 떨리던 손…….

나는 韓國人을 보았다. 千年을 그렇게 살아온 나의 할아버지와 할머니의 뒷모습과 만난 것이다. 쫓기는 자의 뒷모습을. 그것은 여유 있게 車를 비키는 「아스팔트」 위의 異邦人처럼 세련되어 있지 않다. 운전수가 뜻없이 웃었던 것처럼 그들의 도망치는 모습은 꼭 길가에서 놀던 닭이나 오리 떼가 車가 달려왔을 때 날개를 퍼덕거리며 앞으로 달려가는 그것과 다름없는 것이었다.

惡運과 가난과 橫暴와 그 많은 不意의 災難들이 소리 없이 엄습해 왔을 때에 그들은 언제나 家畜의 몸짓으로 쫓겨 가야만 했던 것일까? 그러한 表

情으로 그러한 손길로 몸을 피하지 않으면 아니 되었던가?

우리의 皮膚빛과 똑같은 그 흙 속에 저 바람 속에 우리의 비밀, 우리의 마음이 있다.[6]

이 글을 보면서 필자는 먼저 감탄할 수 없었다는 사정을 우선 고백해 둘 필요가 있겠다. 필자가 지금껏 읽고 쓴 어떤 글보다도 이 대목의 이 글이 우선 감동으로 다가왔던 것이다. 하나의 에세이 문장을 읽으며, '감동'을 경험한다는 것은 분명 희귀한 일이다. 그러니, 왜 그랬을까를 묻고 대답하는 방식으로, 필자는 이 글을 구성하지 않을 수 없다. 왜 어떤 글은 우리에게 감동적이고 또 어떤 글은 그렇지 않은 것일까?

3. 문명의 변방 국가 – 약소민족 지식인의 우울한 문화 벽화, 혹은 혁명적 초상 그리기

3-1.

이리하여 '감동'의 문제로 오늘 우리의 화제를 일단 집중시켜 논해본다면, '감동'이란 대개 '비극'적인 성격을 머금고 있음을 성찰하지 않을 수 없다. 아무래도 '희극'과 오늘 우리가 말하는 '감동'의 문제가 어울릴 수는 없을 터이니(물론 '블랙 코미디'라는 것도 상기할 수 있기는 하다), 아리스토텔레스가 그의 『시학』에서 '카타르시스'를 논한 것이 바로 그와 비슷한 논점에서였을 것이다. 그리하여 그는 곧바로 '공포'와 '연민'이라고 말했지만, 지금 이 자리에서 우리가 거론할 수 있는 감정은 대개 연민과 같은 감정일 것이다. '공포'란 말 그대로 주인공(영웅)의 커다란 카타스트로피의 비극이 주체 – 관객의 참사로까지 연대된 사건으로 인식, 공감될 때, 주어지는 감정이다.

---

6) 이어령, 『흙 속에 저 바람 속에』, 현암사, 1963, 15–17쪽.

그러니까 위 이어령의 문장을 두고 우리가 '공포'의 감정 운운하기는 좀 어려울 것이다.

많은 수사가, 문장가들이 있지만, 독자들에게 감동까지 불러일으키는 경우란 좀처럼 드물다. 한갓 수사로 이러한 독서 체험, 감동 체험을 안기기란 쉽지 않은 것이다. 그러니까 이러한 감동 체험이란 가슴 밑바닥에 무엇인가 뭉클한 공감 체험과 함께 주어지는 것이 되지 않으면 안 된다. 이러한 경우에 우리가 쓸 수 있는 말이 곧 '연민', 즉 '자기 연민'의 감정이 되는 것이다.

'자기 연민'이라 할 때, 이 '연민'의 유대 의식이 물론 반드시 '민족'이라거나 무슨 커다란 '공동체 의식' 같은 것일 필요는 없다. 작게는 가족적 유대 의식, 혹은 공동체 의식에서부터 '동향'이라거나, 혹은 '성적 정체성'이라거나, 혹은 인류적 보편의 '인간애'적 감정일 수도 있다. 우리는 인간으로서 수많은 감정적 용출과 그 엉킴 속에서 생애를 살아가게 되는 것이다. 다만 일종의 민족적 지식인으로서 '약소민족'이라는 말이 지시될 때, 그것이 불러일으켰을 애국적 감정, 혹은 비애의 감정 같은 것을 생각해 볼 필요는 있다. 해방 이후, 무엇보다 6·25전쟁 이후 한국 문학의 퇴적층 속에서 우리가 가장 많이 발견하게 되고, 또 역사적으로 지각하게 되었던 민족적 언어 표상이 '신생 독립 국가' 혹은 '약소민족', 혹은 '분단국가' 등이었음을 우리가 이런 맥락에서 다시 한 번 상기해 둘 필요가 있는 것이다.

왜 '약소민족'이라는 표상이 이 시대 젊은 지식인들에게 있어서 그토록 감동적인 언어 표상으로 공유될 수 있었을까? 여기에는 해방과 6·25전쟁 이후, 아니 한국 근대사 전체에 대한 반성과 성찰의 의식이 깃들어 있고, 또 2차 대전 이후 그토록 우후죽순 격으로 독립한 수많은 신생 독립 국가들과의 제3세계적 공동체, 연대 의식이 이 표상 속에 깃들어 있다고 할 수 있고, 무엇보다 가난과 공포와 무지, 곧 일상적인 비참의 생활 현실이 가

져다 준 민족적 비애 의식이 깃들어 있다고 할 수 있고, 더 나아가 6·25전
쟁과 분단에 대한 인식, 그리고 독재와 정변으로 얼룩지고 점철된 그 모
든 역사적 정치 현실마저도 한꺼번에 그것이 강대국들의 꼭두각시놀음 끝
에 파생된, 그러니까 이 모든 역사적 현실 전체가 어찌할 수 없는 초민족
적 비극이라는 식의 진한 체념적, 체험적 인식이 깃들어 제조되고 공유된
언어 표상이었다고 설명될 수 있는 것이다. 당대, 그러니까 6·25전쟁 후
의 지식인들 일반에 의해 이 언어 표상이 보편적으로 공유되었다고 말하
기는 어려울지 몰라도 지극히 패배주의적이었다고 해도 상관없을 당시 지
식인들 다수에 의해서 이 '약소민족'이라는 민족적 자기 표상이 널리 받아
들여지고 공감되었으리라는 것은 대개 인정할 수 있다.

　그렇게 패배주의적이면서 동시에 자기 회피적인 연민의 표상으로까지
작용하였던 이 민족적 자기 서술을 위한 언어가 어느 틈에 공격적이고 자
기 극복을 위한 전투적 맥락 형성의 주요한 지표적 현실 진단 언어로 변
용되기도 한다. 우리 역사가 4·19를 맞고, 이어서 5·16 정변을 맞게 되는
순간에 있어서 바로 그러했을 것이다. 저 1960년 4·19의 짧은 섬광의 순간
에 비하면, 이후 지속적으로 한국 현대사 위에 짙은 그림자를 드리우게
되는 5·16 주체의 세력들에게 있어서 특히 그러했을 것이다. 이른바 '조국
근대화'라는 이름의 유명한 근대화 표상을 이후 이 정변 주체 세력은 주요
한 정치(통치?) 표상 언어로 동원하게 되는 것이지만, 이와 같은 근대화 표
상에 이르기 전, 민족적 자기 서술을 위해 동원된 지반의 건설 언어가 바
로 '약소민족'과 같은 것이었을 것은 더 설명을 요구하지 않는다. 요컨대
'약소민족'이기 때문에 우리는 위대한 '조국 근대화' 작업을 수행하지 않으
면 안 된다는 역사적 인식과 서술 맥락이 성립하게 되는 것이다. 1968년에
수립, 공표된 〈국민교육헌장〉 속에서 우리는 위와 같은, 이른바 '민족중
흥의 역사적 사명'(의식) 구현을 위한다는 파시즘적 국가 교육관 실천의 주

요 지표 형성 맥락을 읽는다.

그렇다면 이러한 담론적 구성 의식, 민족적 자기 현실 서술과 그 극복을 위한 담론적 인식, 혹은 처방이 이후의 역사 전개에 미친 영향이란 어떤 것일까? 이와 관련하여 먼저 2000년 전후 시기 미국의 저명한 정치문화학자였던 새뮤얼 헌팅턴의 기술을 인용하고, 그것을 우리 논의의 주요한 지표, 모토로 삼음으로써 논의의 추동력을 얻기로 한다. '문화가 중요하다'는 우리말 제목으로 번역된 책, *CULTURE MATTERS* (Edited by Samual P. Huntington and Lawrence E. Harrison, Published by Basic Books, 2000)의 서문 「문화는 정말 중요하다」의 서두 부분을 인용한다.

1990년대 초 나는 가나와 한국의 1960년대 초반 경제 자료들을 검토하게 되었는데, 60년대 당시 두 나라의 경제 상황이 아주 비슷했다는 사실을 발견하고서 깜짝 놀랐다. 무엇보다 양국의 1인당 GNP 수준이 비슷했으며 1차 제품(농산품), 2차 제품(공산품), 서비스의 경제 점유 분포도 비슷했다. 특히 농산품의 경제 점유율이 아주 유사했다. 당시 한국은 제대로 만들어 내는 2차 제품이 별로 없었다. 게다가 양국은 상당한 경제 원조를 받고 있었다. 30년 뒤 한국은 세계 14위의 경제 규모를 가진 산업 강국으로 발전했다. 유수한 다국적 기업을 거느리고 자동차, 전자 장비, 고도로 기술 집약적인 2차 제품 등을 수출하는 나라로 부상했다. 국민 소득은 그리스 수준에 육박했다. 더욱이 한국은 민주 제도를 착실히 실천하며 다져나가고 있는 중이다.

반면 이런 비약적인 발전이 가나에서는 이루어지지 않았다. 가나의 1인당 GNP는 한국의 15분의 1 수준이다. 이런 엄청난 발전의 차이를 어떻게 설명할 수 있을까? 물론 여러 가지 요인이 작용했겠지만, 내가 볼 때 '문화'가 결정적 요인이라고 생각한다. 한국인들은 검약, 투자, 근면, 교육, 조직, 기강, 극기정신 등을 하나의 가치로 생각한다. 가나 국민들은 다른 가치관을 갖고 있다. 그러니 간단히 말해서 문화가 결정적으로 중요하다고 생각한다.

다른 학자들도 1990년대 초에 동일한 결론에 도달했다. 이러한 학문적 발달은 사회과학자들 사이에서 문화에 대한 관심이 새롭게 높아졌기 때문이다. 1940년대와 50년대의 학계는 사회를 이해하고 각 사회 간의 차이점을 분석하며 그 사회의 정치 경제적 발달을 설명하는 데 있어서 문화가 중요한 요소라고 인식했다. 이러한 흐름을 주도한 학자로는 마가릿 미드(Margaret Mead), 루스 베네딕트(Ruth Benedict), (…) 이러한 학자들이 문화에 관한 풍성한 학술 논문을 내놓은 이후, 1960년대와 70년대에 들어와서는 학계 내에서 문화에 대한 관심이 현저히 줄어들었다. 그랬다가 1980년대에 들어와 문화를 설명의 변수로 파악하는 움직임이 되살아나기 시작했다. 이러한 관심을 촉발시킨 가장 뚜렷하고 논쟁적인 저술은 전 USAID 관리인 로렌스 해리슨이 써낸 책『저개발은 마음의 상태이다—라틴 아메리카의 사례(Underdevelopment is a State of Mind—The Latin American Case)』(1985, 하버드 국제관계 연구소 출간)이었다. 이 책은 여러 유사 사례들을 들면서, 남미 여러 국가에서는 문화가 경제 발전을 저해하는 요인이라고 주장했다. 해리슨의 분석은 경제학자, 라틴 아메리카 전문가, 라틴 아메리카 지식인들의 폭풍 같은 항의를 불러일으켰다. 그러나 그 후 여러 해가 지나면서 그들은 이와 같은 분석의 타당성을 눈으로 확인하기 시작했다.

더욱이 사회과학자들도 근대화, 정치적 민주화, 군사 전략, 인종 그룹의 행태, 국가들 사이의 연맹과 적대감 등을 설명하는 과정에서 문화적 요소들을 살펴보기 시작했다. 이 책에 나오는 학자들은 대부분 문화의 르네상스에 중요한 역할을 한 분들이다. 이러한 학자들의 성공은 반대 세력의 출현으로 이미 예고된 바 있다. 「이코노미스트」(1996년 12월)는 프랜시스 후쿠야마(Francis Fukuyama), 로렌스 해리슨, 로버트 카플란(Robert Kaplan), 세이무어 마틴 리프셋, 로버트 퍼트남(Robert Putnam), 토머스 소웰(Thomas Sowell), 그리고 나(새뮤얼 헌팅턴)의 저작들에 대해서 지극히 회의적인 반응을 보이면서 일련의 문화적 해석을 비웃었다. 그리하여 학계에서는 두 그룹 간 일대 논전이 벌어지게 되었다. 문화를 사회적, 정치적, 경제적 행태의 중요한 요인(그러나 유일한 요인은 아님)으로 보는 학자들과 보편적 설명을 고수하는 학자들, 가령 물질적 자기 이익(경제학자), '합리적 선택'(정치학자), 새로운 리얼리즘(국제정치학자) 등을 내세우는 학자들 사이에 논쟁이 벌어졌던 것이다. (……)

문화의 위상에 대한 가장 멋진 말은 대니얼 패트릭 모이니헌(Daniel Patrick Moynihan)의 다음과 같은 말일 것이다.

"가장 핵심적인 보수의 진리는 이런 것이다. 사회의 성공을 결정짓는 것은 정치가 아니라 문화이다. 가장 핵심적인 진보의 진리는 이런 것이다. 정치는 문화를 바꿀 수 있으며 그리하여 정치를 정치 자신으로부터 구제할 수 있다."[7]

인용이 길어졌지만, 위 문장 속에서 필자는 오늘 우리가 이어령의 저 『흙 속에 저 바람 속에』를 읽을 때 염두에 두어야 할 요목의 사항들을 대부분 떠올리게 되었다고 말해두고 싶다. 먼저 당대 한국의 현실이다. 이른바 '약소민족'의 객관적 현실이라는 것.

3-2.

국사학자들은 늘 일국사의 관점에서 발전을 논하지만, 1960년대 초의 한국이 지금 아프리카의 어디쯤에 위치하는지도 모르는 '가나'와 그 국제적 위상이 비슷했다는 사실을 깨우쳐주는 국사학자는 없다. 새뮤얼 헌팅턴이 여러 가지로 당시 한국의 경제적 실정을 형용하고 있지만, 한마디로 오늘 가나의 실정보다 결코 낫지 못했다는 얘기다. (적어도 미국인의 시각에서는) 아마도 '한국 전쟁' 이후의 한국이 세계에서 가장 못 살고 불쌍한 나라의 하나쯤으로 인식되지 않았을까? 그런데 이곳에서 이승만 독재를 타도하는 '4·19 의거'가 일어나고, 또 이어서 군사 쿠데타가 빚어졌다. 당시 미국은 대통령 케네디가 이끄는 민주당 정부하였고, 이른바 '쿠바 사태'로 상징되는 동서 냉전의 기류가 예민하게 교차하던 시점이었다. 그런 세계적 냉전 체제의 최 전위, 접경 지역을 이루는 국가가 한국이었던 것이다. 6·25전쟁 이후 한국에 대한 국제적 관심이 매우 고조되는 상황이 초래되었을 것은 분명하다. 미국의 방위 분담과 경제적 지원이 증가되었던 사실

---

7) 새뮤얼 P. 헌팅턴 · 로렌스 E. 해리슨 공편, 이종인 역, 『문화가 중요하다』, 김영사, 2001, 8-10쪽.

을 우리는 이런 맥락에서 이해할 수 있다.

이어령의 『흙 속에 저 바람 속에』가 제출된 것이 이러한 시점이었던 터이다. 어쩌면 당시 세계 젊은이들의 우상으로 군림하였던 '케네디'와 같은 위치를 그도 꿈꾸었던 것인지 모른다. 물론 당시 그는 정치가가 아니었던 한갓 문인이며, 언론인, 교육자였다. 보다 정확히 이 시기 『흙 속에 저 바람 속에』의 집필 상황만을 두고 생각한다면, 그는 이때 언론인이었다. 신문에 매일 칼럼을 연재하는 '칼럼니스트'였던 것이다. 신문지면 위의 이와 같은 칼럼 나부랭이란 혹 '문학'의 이름에 감당할 수 없는 것이라고 볼 사람도 있지 않을까?

필자는 여기에서 문제의 이어령의 글을 논하는 관점이 결코 '문학'의 이름으로가 아니라, 본고의 부제가 시사하듯 '담론사' 혹은 '문화사'의 시야에서 주어지는 그것임을 다시 한 번 뚜렷이 환기시켜 두고 싶다. 필자의 전공 영역이 '비평사'로 설정되긴 하지만, 필자는 이를 굳이 '문학비평사'의 이름으로 좁혀 말하고 싶지 않다. 헌팅턴이 강조하듯, '문화가 중요하다'는 뜻에서 필자 역시 '문화'의 문제를 오늘의 연구 대상으로 삼아 숙고하고 싶은 것이다. 어떻게 1960년대의 한국은 1990년대의 한국으로 나아갈 수 있었을까?

역설적이지만, 위 헌팅턴이 진단하는 것과 다르게 1960년대의 한국, 그리고 1970~80년대의 한국은 비판적인 내부 지식인들에 의해 가장 비문화적이었던 역사 시기로 규정되곤 한다는 것을 우리는 잘 인식한다. 거칠게 요약한다면, 이른바 '군홧발'의 시대였다고 하는 것이다. 그런데 어떻게 헌팅턴이 지적하듯 그렇게 근대적인 사고와 가치관, 혹은 경제 이념 등으로 무장하여 20세기 후반 세계적으로 가장 성공적인 경제 성장 모델의 신화 하나를 창출할 수 있었을까.

3-3.

위 헌팅턴의 언설 중 대니얼 패트릭 모이니헌의 발언이 시사하듯, 문화주의자는 본질적으로 보수적 한계를 벗어날 수 없다는 진단 언설을 일단 추인해 두고 싶다. 적어도 정치주의자들이 문화를 뒤바꿀 수 있으며, 그리하여 정치를 (현실)정치 자신으로부터 구할 수 있다는 진보주의적 신념을 견지하는 한에서 그러한 것이다. 1960년을 전후한 이어령의 의식적 추이가 벌써 이와 같은 (문화인의) 자기 숙명을 예고했던 것 아닐까? 물론 이어령 이후 세대, 혹은 김수영 이후 세대들이 그를 비난하며, 혹은 밟고 지나가며, '민중'의 이름으로 한국 현대의 진보적 정치 세력을 형성하는 데 주요하게 기여했다는 것을 우리는 부인하기 어렵지만, 적어도 1950년대 이어령은 '우상의 파괴' 혹은 '우리는 화전민이다'의 문자 표상이 시사하듯, 적어도 (문화적으로) 혁명가이고자 했고, 그리하여 대중적 문화 혁명을 위한 선전 포고 형식으로 저와 같은 『흙 속에 저 바람 속에』의 에세이 문장이 탄생했다고 설명할 수 있는 것이다. 물론 그 집필의 내면적 의식 동기가 그러했다는 것이지, 그가 반드시 이런 경우에 '혁명'이란 어사가 반드시 동반하기를 요청한다고 보는 무슨 '쿠데타' 같은 것을 의미했다고 보기는 어렵다. 그는 다만 글로써, 문자 형태로써 의식 혁명을 구했다고 말할 수 있는 터이다. 그렇다면 그 의식 혁명의 구상이란 무엇, 어떤 것이었다고 할 수 있을까?

어떤 대담을 통하여 스스로 석명하여 말한 바 있듯, 그의 의식 혁명은 그러니까 '전통적인 농경 사회'에서 '근대적인 산업 사회'로의 전환을 꿈꾼 것이었다고 말할 수 있다(요컨대 이 시기는 아직 어떤 저널리스트가 말하듯, 제3의 물결로서 정보화의 물결이 도달하기 이전 상태였다). 그가 명백히 희구했던 사회가 이른 바의 근대적 '산업사회'였던 것인지는 확정하여 말하기 어렵지만, 앞서 인용한 「序·風景 뒤에 있는 것」의 '지프'가 상징적으로 시사하는 바가 그렇다고 할 수 있다. 그러니까 그의 뛰어난 수사학적 언어 연출 기법 대로 말하자면, '언어 뒤에 있는 것'으로서의 의식적 지향 대상으로서의 표상, 혹은 무의식적 지향이 바로 그러한 것이었다고 말할 수 있다. 그것은 당대의 문단 상황으로 고쳐 인식될 때, 저 '흙' 속과 '바람' 속, 곧 '풍토'의 (병) 위에 오롯이 올라 서 있는 일제 말기, 혹은 1940년대 해방 전후기 세대의 이른바 '청년 문학가 협회' 그룹과 자기를 구분하기 위한 비평적 전략의, 사회론적 길항 의식의 틀(프레임)과 같은 것으로 작용한 문화 인식의 주된 모형이었다고 잠정적으로 규정할 수 있는 것이다. 그가 이러한 인식론적 표상의 틀, 이념형적 모형에 얼마나 (이후) 충실했는가는 여기서 성급하게 재단할 사항이 못 된다. 다만 그렇게 열정적으로 문화론적 이념 설정을 위해 당대 민족 문화 현실의 언어적 초상, 벽화 그리기의 작업이 당대 예상치의 수준을 뛰어 넘는, 열광적인 독자의 환영 현상으로 나타나, 이 나라 문화사의 한 가십 기록의 하나로 남게 되었다는 사실을 우리는 주목해야 한다. 그렇다면 우리는 이렇게 당대 독자들의 폭넓은 지지 아래, 열광적인 찬사의 주문을 얻은 담론 현상에 대해 문화사의 가십거리 중 하나 쯤으로 계속 남겨 두어도 옳은 일이 될 터인가?

이 비평가의 불운했던 역사적 사실로 우선 이 문맥에서 상기하여 말해 둘 필요가 있는 사실은, 저자의 뜻과 상관없이, 그러니까 나름 '저항적'이고자 했던 저자 이어령의 저 담론적 실천 의지와 상관없이, 저 담론의 지향 의식이 이후 한국 사회의 주된 권력적 담론으로 자리 잡아 역사를 지배하게 되었다는 사실이다. 앞서 상기한 바 있듯이, 이른바 '조국 근대화'를 추구한다는 담론적 지향 의식, 정향 의식이 그것이다. 어느 틈에 그는 문단의 기존 질서를 뒤엎기 위한 뛰어난 '우상 파괴'의 담론 실천자에서 '친체제'의 인사로 위치가 전도되었던 것이다. 그것은 당대의 서구 지향적 지식인들이 일반적으로 겪지 않을 수 없었던 역사의 아이러니와 같은 것으로 우선 이해되어야 하겠지만, 실상 이후 그를 타격하고 역사의 반동으로조차 몰아친 그룹이 이른바 '4·19 세대'의 다수의 비판적 문인 그룹 일반이었다는 사실도 우리는 이러한 문맥에서 상기하지 않을 수 없다. 1960년대 후반의 '김수영 - 이어령 논쟁'이 시사하는 바의 상징적 사태가 바로 그러한 의미의 문화사적 문맥을 중계하는 바의 사건이었다고 말할 수 있는 터이다. 그렇다면 오늘 우리는 이 글을 어떻게 읽고 문화사적으로, 혹은 담론사적으로 다시 자리매김하는 일이 옳다고 해야 할 것인가?

4. 맺음말 – 현대 한국의 담론사, 혹은 문화사적 인식의 재구축을 위해

다시 화제를 돌이켜 이끌어 본다면, 이어령의 저 『흙 속에 저 바람 속에』가 불러일으키는 감동은 그것이 수사적으로 뛰어나서만도 아니고, 또 현학적으로 뛰어난 논변 실력 때문이라고만 말하기도 어려울 것이다. 기회 닿는 대로 필자는 이어령 글쓰기의 수사법, 그 수사학적 특질에 대해서도 논해 볼 작정이지만, 지금 여기서 필자는 일단 하나의 글이 끼친 감동의 이유, 혹은 폭넓게 확산된 열광적 독서의 이유가 한갓 문체론의 수사학적 차원에서 석명될 수 있는 것이 아님을 분명히 해야겠다. 그것은 우리가 '문화'라고 부르는, (자기) 삶에 대한 폭넓은 주체적 인식의 기반 위에서 마련되는 어떤 체험적 공감, 곧 '공포'와 '연민'이라 할 어떤 감정적 유대의 형질로 주어지는 '문학적 감동', 바로 그것의 정체 소산이라고 해야 할 것이거니와, 적어도 필자가 위 이어령의 고속 – 달필 문장으로부터 불러일으켜지는 감정은 당시 신생 독립 국가의 한 약소민족 지식인이 문명의 변방 지대임을 인식하고 처연하게 불러댄 농경 시대 마지막 가수의 만가를 듣는 기분과 같은 것으로 표현될 수밖에 없다는 점을 첨언해 두고 싶다. 때로 천재는 늙음과 함께 비루해지고 남루해지거니와, 역사도 또한 당대인들의 의식, 감각 그대로 재현될 필요가 있다는 점에서 1960년대 초 이어령이 불러일으켰던 열광적인 찬탄, 애호의 이유가 무엇이었던지 상기해 볼 필요도 있다고 생각하는 것이다. 같은 시대 김수영이 "아무리 남루한 전통이라도 우리 것이라면 좋다"고 외쳤었듯이, 그리고『문명의 충돌』 저자의 헌팅턴이 20세기 후반의 세계적 성공 사례 중 하나로 '한국'을 꼽고 있듯이, 비록 비교문명론이라는 도식적 인식틀의 작동 하에서나마 당대 젊은 지식인들의 감수성을 세련된 수사적 언술 능력으로 대변하고자 했던 젊은 이어령의 뛰어난 비평적 감수성, 에세이 양식을 통한 뛰어난 전략적 실천의 담론 능력을 이후의 역사 과정에 근거하여 지나치게 폄하하여 대우하는 것은 결국 온당치 못한 처사가 될 것으로 여겨진다.

유종호 초기 비평의 어문민족주의적 정향성에 대하여
– 한글전용의 문체 이론과 토착어의 사상을 중심으로

1. 서론 – 전후 비평의 반세기: 전통 지향성과 모더니티 지향성[1]

  1957년, 「언어의 유곡」과 「불모의 도식」 등으로 등단하였음을 상기하면, 올해로 유종호 비평은 이미 반세기의 역사를 넘어섰다. 그에 견줄 만한 현역의 전후 세대 비평가로 여전히 이어령, 김윤식 등의 이름을 꼽을 수 있고, 또 이미 시효가 지났지만 김우종 등의 이름을 기억할 수 있는 반면에 (이들은 모두 국문학도 출신의 비평가들이다) 한편 영문학을 발판으로 하여[2] 차후 한국 현대 비평의 또 다른 견인차 역할을 수행한 김우창, 백낙청 등의 이름을 여기에 가산, 함입시켜 보면 오래 영문학도의 길을 돌아 국문학자

---

1) 이 '모더니티 지향성과 전통 지향성'이라는 문제틀이 김윤식이 한국 근대 문학사와 그 비평사의 해명을 위해 즐겨 적용했던 논법 중 하나임은 잘 알려진 사실이다. 김윤식, 권영민 편, 「한국문학의 두 가지 지향성의 변증법」, 『한국의 문학비평』2, 민음사, 1995 참조.
2) 전후 세대 비평가들을 오직 국문학도 출신과 영문학과 출신으로만 대별할 수 없음은 물론이다. 불문학자 출신의 정명환, 김붕구 등이 비평가로도 나름의 활동을 전개하였음을 확인할 수 있기 때문이다. 하지만 김현을 필두로 등장하는 4·19 세대 이전에는, 우리가 아는 많은 전후 세대 비평가들이 대개 국문학과와 영문학과에서 배운 대별의 양상을 보였다는 점이 대체로 인정될 수 있다. 위에서 거론한 비평가들 외에 김용직, 구중서, 천이두, 신동욱 등이 모두 국문학과 출신인 것을 상기할 수 있고, 당초 불문학을 전공했던 조동일도 나중에는 국문학자로 전신하게 되는 사정 등이 이러한 맥락에서 이해될 수 있다. 넓은 의미에서 주체 지향성과 서구 지향성이 대립하는 양상이었다고도 해석될 수 있겠다.

로서의 길에까지 이르렀던 유종호 비평의 좀 더 긴 숨결의 목소리를 들을 수 있다. 적어도 그 초기에 있어서 해방 후 영문학도 출신의 비평가로서 가히 천재적이고 선구적 면모를 보여주었던 유종호 비평의 남다른 출발점 이 다름 아닌 이런 제도 교육의 측면에서 확인되는 셈이라고 할 수 있다. 그렇다면 당시 두드러지게 등장하였던 국문학도 출신의 여러 전후(소장) 비평가들에 비해 유종호 비평이 특이하게 시초부터 보여준 남다른 정향성 의 면모는 어떻게 규정되어서 좋겠는가.

여기서 하나의 비교 척도로서 우선 이어령 비평을 내세워 살펴보기로 하면(이어령 비평은 주지하는바 전후 세대 비평의, 말 그대로의 '전위(前衛)'의 위치에서 1955, 56년도에 이미 나름 등단의 면모를 보여준 것이 확인된다) 무엇보다 모더니티 지향성과 전통 지향성이라는 한국 근대 문학의 오래된 정향성의 면모가 여기서 두드러지게 돌출, 도출되어 나타난다는 것을 알 수 있다. 상식적으 로 생각해서는 국문학도 출신이 전통 지향성을 취하고, 영문학도 출신이 모더니티 지향성을 취했으리라는 것이 당연하게 유추될 수 있지만, 사정 은 그렇지 않았다. 오히려 시초부터 국문학도 출신의 이어령은 강렬한 모 더니티 지향성의 면모를 보였던 셈이고, 그보다 조금 늦게 출발한 상태의 유종호는 오히려 또 시초부터 강렬한 전통 지향성의 면모를 보였음이 문 학사적으로 확인되기 때문이다. 이어령의 경우부터 여기서 조금 자세히 살펴봐 두기로 한다.

데뷔 평론인 「우상의 파괴」에서부터 프로메테우스를 자처한 이어령이 그보다 앞서 「이상론」으로 자기 글쓰기의 서장을 장식했으며,[3] 스스로(의 세대)를 (전통 결손의) '화전민'이라 규정, 이후 장안의 지가를 올린 문명비평 ─ 당대 한국의 문화 지형 비판으로서 ─ 「흙 속에 저 바람 속에」의 경우

---

3) 방민호, 「이어령 비평의 세대론적 의미」, 『한국 전후문학과 세대』, 향연, 2003, 1부 1장 참조.

에도 한국 문화의 풍토에 대한 긍정론보다는 다분한 부정과 비판의 언술을 통해서 바야흐로 그 문명을 세간에 떨치는 인기 문사로서의 결실을 거두어들이게 되었음이 확인될 수 있다. 천재의 출현에 버금하는 전후 비평의 개시가 바로 이러한 대목들을 결절점으로 개시되었던 사정은 지금 와서 전혀 부정할 수 없는 역사적 사실로 남아 있다. 물론 편력과 귀향에의 의지로 정신의 운동을 도해한 하이데거의 도식처럼, 한 개인에게 있어, 즉 비평가 이어령에게 있어서도 언제까지나 '편력에의 의지'만이 지배적일 수만은 없었다. 가차 없는 부정과 칼날 같은 비판의 언어가 청년기 그 비평의 장기이기도 했지만, 점차 중년의 시기에 이르면서 스스로 나르시시즘에 사로잡혀 청년기 그토록 부정했던 우리 문화 전통의 재수립을 위해 고독한 열정을 헌정하는 정신적 순례자의 모습 또한 보여주었음이 또한 사실로 확인될 수 있는 것이다. 그럼에도 여전히 한국 문화 비평의 현장, 현역 문화 비평가의 자리를 놓치지 않고 있는 이 전후 비평의 대명사에 대해서 우리가 일단 '모더니티 지향성'의 면모, 딱지를 붙여놓고 안심할 수 있는 이유란 무엇일까.

상대적으로 유종호 비평이 또 강렬하게 '전통 지향성'의 형질과 정향성을 시초부터 뛰어나게 보여준 면모로 확인될 수 있지만, 이와 같이 엇갈린 정신적 유동의 면모는 보다 확대된 의식 변증법의 문맥에서 그 설명이 가능하다고 볼 수 있다. 그러니까 이어령 비평은 전후 세대를 대표하여 이제 스스로의 자리를 만들어 나가야 하는, 곧 다시 한 번 말 그대로의 전위 위치에서 선배 세대를 넘어 나아가야 한다는 당위 명제가 그 비평적 글쓰기의 단초 의식, 즉 전략적 목표 의식의 분비물로 파생되었다고 할 수 있으며, 이에 비해 조금 뒤늦게 출발한 유종호 비평은 오히려 영문학도로서의 자의식을 떨쳐버리고 한국문학의 적자, 정통으로서의 자의식, 자긍심을 회복하지 않으면 안 될 내면적 요구가 시초부터 주어졌던 셈이라 설명될 수 있다. 다시 말해 이어령은 식민지 시대의 아픔과 해방 후의 혼란, 그리고 전쟁의 상처와 폐허를 딛고 일어나 자라난 세대로서 자기 세대를 주축으로 한 새로운 한국 문학(문화)의 지형 건축을 비평적 입지 구축을 위한 핵심 전략으로 삼았던 데 비해, 유종호 비평은 또 시초부터 국문학도 출신의 비평가들과 대타 관계에 들어섬으로써 오히려 한국 문학의 정통적 계보에서 자기 입지를 모색하는 방향을 취했다고 볼 수 있는 것이다.4) 유종호가 겪은 초기 논쟁의 하나로 김우종과의 사이에서 주어졌던 '비평의 반성'론과 '비평의 자유'론 사이의 논란 문맥이 이 사정을 반영하는 배경 사례의 하나로 이해될 수 있다.

이처럼 국문학도 출신과 영문학도 출신이라는 엇갈린 대학 교육 이수 사실에서 거꾸로 모더니티 지향성과 전통 지향성의 배리적 상관성이 우선 일차로 도출되어 설명될 수 있지만, 이로써 모든 설명이 다 주어졌다고 말하기는 물론 무망한 일이 된다. 사실은 이제부터 본격적인 논란이 시작되어야 하는 것이다. 물론 본론의 주 대상은 유종호 비평의 원질, 본질과 관련된 문제이어야 하며, 이를 필자는 유종호 비평의 원초적인 전통 지향성, 혹은 어문민족주의적 정향성으로 이해하여 그 형성 과정에 있어서의 계기적 맥락과 그 차후의 발전, 그리고 궁극적 면모들에 대해서까지 일관하여 더듬어 보고자 하는 것이다. 먼저 김우종과의 사이에 발단하였던 '비평부정론' 제하의 논쟁 양상을 중심으로 그의 초기 비평관을 요약해 봄으로써 본론 작업에 더욱 구체적으로 나서보기로 한다.

---

4) 여기서 문단 이력과 달리 자연적인, 혹은 사회적인 생의 이력을 들춰보는 것도 사태 이해에 조금 도움이 될지 모른다. 가령 이어령이 34년생이고, 대학 입학 년도가 52년으로 기록됨에 비해, 유종호는 35년생이고, 대학 입학 연도도 한해 늦은 것으로 기록된다. 전후 세대 비평가들 사이의 이런 미세한 차이, 낙차는 그러나 의외로 커다란 정신적 파장을 불러일으키는 요인으로도 작용해, 가령 해방을 맞았을 때의 나이, 혹은 전쟁을 겪을 때의 나이 등으로 섬세한 정신적 파장들을 낳은 것으로 이해될 수 있다.

2. 김우종과의 논쟁 – 「批評의 反省」론과 「批評의 自由」론, 그 앞과 뒤

1957년 문단 데뷔 이후, 활발한 활동을 펼치게 된 유종호가 1958년 전반기에 쓴 비평문 중의 하나가 「비평의 반성」(『현대문학』40~41, 1958.4~5)이었다. 제목이 말해주는 것처럼 당시 평단의 현황을 개괄하면서 반성적으로, 비판적으로 비평 문학의 발전을 도모해 본다는 의도에서 씌어졌던 것인데, 뜻밖에도 김우종의 반론을 부르게 되었다. 글쓴이 자신이 표해 놓은 문장을 통해서 그 의도를 이해해 보도록 하겠는데, 여기에서 문제 삼는 대상이 당시 신인 비평가들의 비평 문장으로만 제한되는 것이며, 기성 평론가들에 대해서는 처음부터 도외시할 것임을 예고하고 있다. 1절 서론 부분, 매듭의 대목을 보아 두자.

> (이러한 의미에서) 이 땅의 젊은 비평문학의 정상적인 발전을 위하여 현행 비평에 대한 구체적 반성을 시도해 본다는 것은 결코 무의미한 일이 아니리라. 이하에서 나는 주로 신인들의 비평문에서 느낀 몇 가지 사항을 염두에 두면서 몇 가지 비평의 원칙적인 문제를 생각해 보고자 한다. 무슨 비평의 비평을 전개해 보자는 게 아니다. 몇 가지 문제를 반성해 보면서 아울러 비평의 이상적 상태를 추구해 보자는 어디까지나 건설적인, 내 딴엔 겸허한 시도에 불과하다. 평단이라고 하는 고독한 등대를 지켜온 다섯 손가락을 꼽기가 바쁜 기성 평론가들의 업적에 대해서는, 여기선 그 계제가 아니기 때문에 침묵하겠다. (……)5)

이러한 글에 대해서 왜 김우종이 예민하게 반응하며 분개하게 되었을까. 주도면밀하게도 유종호는 전혀 문제되는 평론가들을 거명하지 않고,

---

5) 유종호, 『비순수의 선언(유종호 전집1)』, 민음사, 1995, 194-195쪽. 이하 유종호의 전집은 제목과 쪽수만 표기하도록 한다.

그 징후, 예증만을 들어 경향을 짚고, 나아가 문제의 실상, 내부의 위험성을 검증하는 태도를 취하고 있다. 이러한 전략적 시야에서 우선 과학적 비평과 창조적 비평(혹은 인상 비평)의 문제를 짚고, 나아가 분석적이고 해석적인 쪽의 당대 신인들의 비평 경향에 대해서 유종호는 언급하고 있는데, 그것이 일단 '환영할 만한 경향'이라고 긍정하면서도 한편 그러한 "가상할 만한 분석적 노력이 왕왕 범하게 되는, 원작자(비평대상 작품)를 당황하게 할 만한 지나친 배려나 무익한 친절에 대하여" 의구심을 느끼게 하는 때 또한 없지 않다고 말하며, 그 구체적인 보기로 당시 신인들이 활발히 개진한 몇몇 '이상논고(李箱論考)'의 예를 들어 말하고 있다. 결국 이 대목 때문이었을 것이다. 김우종 또한 당시 ≪현대문학≫지에 「은유법 논고(隱喻法 論考)」(『현대문학』27, 1957.3)와 함께 「이상론(李箱論)」을 들고서 나름 주목받는 신진 비평가로 새롭게 등장한 상태에 있었고, 신진 평단의 '이상론' 일반에 대한 유종호의 야유 섞인 비판은 그를 내면적으로 격분케 하기에도 충분했을 것이다. 우선 유종호의 비평문을 먼저 들여다보기로 한다.

　　구체적인 예를 나는 최근에 신인들에 의하여 활발히 전개된 바 있는 이상논고(李箱論考)에서 들어보기로 하겠다. 몇몇 신인 평론가들은 각자의 이상론에서 그의 「오감도」에 대하여 각기 치밀한 분석을 보여주고 있다. 어떤 사람은 <13인의 아해가 도로로 질주하오>라는 말은 과거에서부터 미래를 향하여 질주하는 인간의 현실 상황과 도로라는 역사적 노정을 표현하고 있는 은유라고 설명하며(…) 어떤 사람은 「오감도」의 <아해> 등의 언어분석을 통하여 그것은 지구를 비롯한 우주의 창생 당시를 의미한다고 하면서 13인이란 수를 분석 설명해 주고, 나아가 이 시는 자전과 공전을 거듭하는 성군(星群)이 교묘하게 충돌을 피하는 현상을 의미한 것일 거라고 추측하고 있다. 또 어떤 사람은 이 작품이 절망적 양상을 표현한 이상의 가장 전형적 작품이라고 지적하고 <13인의 아해>란 <최후의 만찬>에 합석한 예수 이하 13인을 가리키는 것이라고 단정하고 있다. 따라서 이것은 기독교 문명을 거쳐 <인류문명>을 상기시키는 어구라고까지 단정하고 있다.[6]

이어서 유종호는 다음과 같이 그 맹점을 지적하며, 희화적 어조의 논평을 덧붙이고 있다.

　(물론) 다들 성의 있는 분석에서 나온 일리있는 말들일 것이요, 또 여기에 인용한 것들은 필자가 평소에 경의를 품고 있는 분들의 고견이다. 그러나 고인에게는 실례가 될지 모르는 소리지만 이상 망령의 홍소를 유발시키기에 충분한 이 각인각설의 분석의 마술적 결과를 대체 우리들은 어떻게 설명해야 할 것인가? 나는 코끼리를 만져본 장님들의 상이한 코끼리론을 연상하면서 고소를 금할 수가 없다. 그리고 바로 이 점에 문제가 있다.7)

요컨대 유종호의 견해에 의하면, "해석 과정에서 어느 정도의 객관적 타당성을 띠지 못한다고 하면, 그것은 분석이라는 허망한 마술을 통과한 인상주의밖에 되지 못 하"며, 따라서 "조그만큼의 문학적 교지(狡智)를 갖추고 있는 사람이라면 전술한 바와 같은 해석쯤은 얼마든지 유추해 낼 수"있을 것인데, 결국 "이와 같은 서로 다른 입장에서" "각각 기상천외한 해석을 내리게 된 구체적인 요소"는 "분석 과정이나 대상에 대한 접근방법에 어떤 부적절성이 개재되어 있기 때문"이라는 것이다. 더욱 분석적으로 말하여, 문학에 있어서의 '비유'적 언어의 기능을 제대로 이해하지 못한 때문이거나, 혹은 작품이 주는 전체적인 효과의 문제를 고려하지 못한 탓에 해석의 비약이 낳아지고 있다고 비판한다. 그렇다면 이상(李箱) 문학에 대한 유종호 자신의 견해는 어떤 것인가? 자세한 분석을 가하고 있지는 않지만, 이상 문학에 대한 맹목적인 신화화의 태도를 그는 단호히 거부하며, 이를테면 '문제아동'과 같은 것이 그것 아닌가라는 견해를 제출하고 있다. (　)(괄호)와 함께 주어진 그 인상적 견해의 대목을 여기에 인용

6) 위의 책, 203쪽.
7) 위와 같음.

해 본다.

> (여기선 그럴 장소가 못되므로 「오감도」에 대해선 이상으로 함구한다.
> 시인으로서의 이상은 아동들 사이에서 발견되는 소위 문제아동과 같은 존
> 재라고 나는 생각한다. 문제아동들을 잘 관찰해 보면 인간성에 관한 흥미
> 있는 문제를 발견하게 된다. 그러나 문제아동이 반드시 우수한 아동은 아
> 니다. 문제아동으로서의 이상이 체현하고 있는 문학상의 문제들을 나는 기
> 회 되는 대로 나의 이상考에서 고구해 볼 작정이다)[8]

김소월, 정지용 등 서정적 시인들에 대한 경사와 이상 문학에 대한 경
원으로 대표되는 유종호 비평의 뿌리 깊은 난해성 거부의 태도가 이미 그
비평적 입신기의 단계에서부터 분명히 표명되고 있었음을 확인할 수 있는
대목이다. 난해성과 모호성을 주성분으로 이루어진 (비평적)문장들, 곧 요
령부득이거나, 명석하지 않은, 곧 난삽함을 특징으로 하는 평단의 문장 운
용 풍토에 대해서도 또 그는 예외 없이 단호하게 철퇴를 내리는 비판적
명언을 굳이 감추지 않고 있다. 보자.

> 비평계에서 실연되고 있는 가지가지의 기묘한 오류와 착오의 사육제 중
> 에서도 특히 인상적인 두 개의 양상에 대해선 침묵의 미덕을 지킬 수가 없
> 다. 첫째, 비평과 문장에 관해서다. 근자에 와서 문학에 대한 안목은 독자
> 층에서도 상당히 고조되었다고 보는데, 아직까지도 사상과 표현, 혹은 내
> 용과 형식은 서로 별개의 것이라고 여기고 표현의 빈곤이 그대로 정신의
> 빈곤을 나타내고 있다는 사실을 체득하지 못하고 있는 현상을 일부 비평행
> 위자의 비평문속에서 발견하게 된다는 것은 한심한 일이다. 모든 사고가
> 다 그렇지마는 특히 문학적 사고는 영상에 의한 사고라는 특징을 가지고
> 있기 때문에 사고와 표현은 더욱 불가분의 관계를 가지고 있다. 프로이트
> 사상과 같은 심리학적 사상도 그것이 그렇게 한 세기를 풍미하게 된 데에

---

8) 위의 책, 205쪽.

는 프로이트의 문장력의 힘이 크다고 생각하는 사람조차 있다. 명문을 기초해 달라는 것이 아니다. 적어도 읽을 수 있는 문장을 준비한다는 독자에 대한 최소한도의 예의만은 지켜야겠다는 것이다. 해석학자 슐라이어마허는 해석자에게 필요한 자격으로 <인간인식>의 재능과 함께 <언어재능>을 들고 있다. 한 사람의 언어재능의 우열 여하는 단적으로 그의 문장 속에도 반영된다. 저능한 언어재능을 스스로 폭로하고 있는 졸렬한 작문자가 비평의 초보적 단계인 해석과정에서 비약적으로 재능을 발휘할 수는 없으리라. 치졸한 작문자의 언설은 처음부터 신용할 바가 못 된다.

그런가 하면 생득적인 언어재능의 우열성(愚劣性)을 위장하고 동시에 모종의 요행을 위하여 고의적으로 문장을 난삽모호하게 혼란시키는 교활한 군상들도 있다. 내가 만약 나의 <공화국>을 저술할 기회를 갖는다면 이러한 기만적 악덕한들을 제일 먼저 비평계에서 추방하고 말리라. 이런 사람들일수록 자기류의 기만적 견강부회를 그럴듯하게 가지고 있는 법이어서 (…)[9]

당대의 신진 비평가 일반의 문장, 문체에 대한 이러한 통렬한 비판의 언사 구사가 어쨌든 김우종(金宇鍾) 같은 비평가에게 깊은 반발심을 불러일으켰던 것은 틀림없는 사실이다. 유종호의 윗글에 이어서 김우종이 「批評의 原則問題」(『현대문학』45, 1958.9)를 쓰고, 이어서 「批評의 自由」(『현대문학』46, 1958.10)를 발표하며, 또 유종호의 반론 「批評의 問題들」(『현대문학』48, 1958.12)이 발표된 뒤에는 「批評文學의 尊嚴性」(『자유공론』4, 1959.3) 등의 글을 계속해서 발표하게 되기 때문이다. 김우종이 이토록 예민하게 반응하게 된 이유란 무엇이었을까. 흔히 "(도둑이) 제 발 저린다" 하는 표현을 쓰게 되지만, 국문학자 위주의 신진 평단에 혜성같이 등장한 영문학도 출신의 신예 비평가가 뭔가 못 미더워서 깨우침을 주고자 한 때문이었을까. 혹은 나름대로 평단에 대한 정화 의욕을 북돋게 된 때문이었을까. 무엇보다 「이상론」을 문제 삼는 유종호의 비평에 대한 비평이 김우종 자신을 질

9) 위의 책, 212–213쪽.

책한 것으로 인식하고 발끈하여 그 괘씸죄의 소행을 (인생)선배(1930년생)로 서 대변하고 반박하여 재 질책하고자 한 연유 때문이었을까. 어쨌든 김우 종 역시 비록 목소리는 가라앉았지만, 점잖게 꾸짖는 태도로 유종호의 비 평에 대한 자기 인식이 미숙한 소치로 연유된 것임을 공박한다. 여기서 그 논점을 간추려 정리해 두자면 다음과 같이 요약될 수 있다.

우선 유종호가 전통적인 비평부정론의 영향을 받아 작가들의 모욕적인 비평가관을 신봉하는 자세를 취하고 있다는 것, 따라서 비평가로서 그러 한 수모의 인식까지 감수하며 비평행위를 실천하고자 하는 유종호의 자세 는 결국 괴테가 말한 '내쫓아야 할 개', 혹은 사르트르가 말한 '묘지기'와 같은 존재에 다름 아니라는 자기모순을 범한다는 것. 둘째, 언어를 표현 수단으로 하는 문학인이 언어에 대한 해석력이 부족할 때 항용 그것을 언 어의 마술성이라 규정하게 되는데, 그렇게 언어의 마술론을 신앙하는 입 장에 선다고 한다면, 유종호 역시 이러한 샤머니즘의 한 신도 위치를 벗 어나지 못하리라는 것, 나아가 스스로 그러한 미개한 샤머니즘의 언어 마 술론을 변호하는 태도까지 범한다고 하면, 비평의 가능성은 물론, 문학의 존재 가능성까지도 무너뜨리는 자기모순을 야기하고 말리라는 것. 셋째, 분석 비평의 개념을 오해하여 실증이 없고 설명이 없는 태도로 몰아붙이 니, 스스로 위험하기 짝이 없는 독단 비평의 한 발상지, 곧 인상비평을 신 봉하는 태도까지 취하여, 결국 당대에 가장 유력한 비평적 인상주의자의 면모를 보인다는 것. 이밖에도 여러 세부적 논점들을 거론하며, 결론부에 서 한국 문화의 위대한 전통 계승 문제와 관련하여 비평적 직능의 중요함 을 다시 한 번 깨우치며 비평 무용론과 비평 부정론이 아니라 오히려 비 평의 승리를 구가해야 할 필요성이 강조되고 있지만, 어쨌거나 유종호 비 평에 대해서 선명한 대타 의식을 피력했음은 분명하다.[10] 이에 대해서 그 렇다면 또 유종호는 어떻게 반응하며 대꾸했던가.

나중에도 보여주는 것처럼, 유종호 역시 논쟁을 사양하지 않는 태도로, 마찬가지 격렬한 비평적 언사를 노정하며, 강경하게 김우종에 맞서게 된다. 여러 가지 오해가 있는 사정을 해명하기에 치중하면서도, 김우종의 비평 문장이 우열(愚劣)함의 소산이라는 소신 역시 감추지 않고 피력하며, 당시 신진 평단 일반에 대한 불신감까지 미련 없이 표시한다. 유종호의 반론 「批評의 問題들」 중, 우선 첫째 절(1절) 발단의 매듭짓는 부분과 결론절(5절) '자유의 마술' 중 마지막 매듭부의 대목을 이어서 함께 보아두기로 하자.

「批評의 自由」를 일일이 분석하면서 그 작자의 언어감각에 대한 우직성과 산재된 비양식을 적발해 본다는 것은 지극히 용이한 일이다. 산다는 일을 어려운 것으로 알고 있는 나에겐 그러한 일은 지나치게 안이한 일로 보인다. 안이하기 때문에 그 우열성도 알고 있다. 해서 주로 나에게 가해진 부당한 왜곡만을 해명하면서 아울러 논의된 문제에 대한 나대로의 소신을 밝혀두고자 한다. (…) 비평습작생이 비평의 원칙 문제만을 희롱하는 것도 일종의 외도가 아닌가 하는 회의감도 없지 않아 있지만.[11]

결론을 얘기하기로 하자. 도대체 필자는 평소 비평의 문제를 양식과 결부시켜서 생각해 보기는 하지만, 자유와 결부시켜서 생각해 보는 적은 드물다. (… 그렇지만) 베토벤을 경원하고 로시니에 열광하였던 당시의 음악 통들의 <비평의 자유>를 누가 제한하겠는가. 그러한 근본적인 자유 자체를 제한하려고 한다면 그것은 구별 없는 호사벽의 소치이리라.

그러나 비평의 자유라는 미명하에 남발되는 우열과 무모를 목도하였을 때에는 역시 자유라는 감언 아래 행사되는 다른 모든 인간의 악덕을 접하였을 때와 마찬가지로 터져나오는 양식의 탄식과 의분을 내 구태여 숨기려

---

10) 지면 사정상 여기서 김우종 비평의 전모를 헤아리지는 못하지만, 당시 김우종 비평의 전개 양상 역시 필자에게는 다분히 성실한 인상을 안긴다. 국문학도로서 무엇보다 전통계승론자로서의 입지점을 성실히 개척하고 모색하려 했다는 점에서 그렇다. 이에 대해서 자세히 살피는 작업은 차후의 기회로 넘기기로 하며, 참고로 유종호 비평에 대한 김우종의 반박문, 「批評의 自由」를 이룬 소제목들을 밝히면 다음과 같다: 1批評否定論의 自家撞着性, 2文學人의 타부─言語魔術論, 3批評의 自己 創造的 機能과 그 方法論, 4韓國文化의 畸型性과 批評의 位置(結論).
11) 유종호, 앞의 책, 218쪽.

고 하지 않으리라.
　　이상 자기의 언설에 책임을 진다.[12]

　　유종호의 강경한 논쟁적 입장, 태도가 다시 한 번 느껴지고 확인되는
대목이다. 논쟁적이라는 것, 곧 호전적이라는 것은 그만큼 비판적이며, 부
정적이며, 또한 자신감의 발로 없이는 발동하기 어려운 입장, 태도라 할
수 있다. 도대체 졸렬하고 치기어린 문장, 혹은 거친 문장에 대해서 그는
참을 수 없는 혐오감을 내보이기에 주저하지 않았던 것이다. 이와 같은
특유의 문체미학적 입장, 곧 명석한 문장에 대한 선호이자, 우열(愚劣)한
문장 감각에 대한 격렬한 부정의 태도는 그의 데뷔 평론「言語의 幽谷」(『문
학예술』, 1957.11)에서부터 일찍이 충분하게 표백되었던 셈이거니와, ‘언어의
마술사’라는 별칭을 얻은 그의 뛰어난 문체 감각이 뒷받침되어서 그 특유
의 비평관이 정립되었음을 살필 수 있다. 좀 더 역사적으로 살핀다면 해
방 이후 비로소 한글 문체의 가능성을 내다보게 된 전후 세대가 서구적인
명석성의 (이념적) 세례 속에서 올바른, 진정한 ‘한글 문체의 수립’을 스스
로의 사명으로 인식하여 자기보다 한발 앞서 나아간 문인들(비평가들)의 문
체 속에 내재된 추태의 문자 현실을 비판적으로 극복하는 데에 비평적 사
명 의식의 일부를 설정하고 있었음을 확인케 해주는 것이다. 그의 데뷔
평론 중 마지막 대목을 여기서 다시 한 번 인용해 본다.

　　(…) 여기서 한가지 지적하고 싶은 것은 오늘날 우리 문학세계에서 벌어
지고 있는 온갖 후진적이며 비양식적인 추태는 문학자들의 언어의 근본성
격에 대한 통탄할 만한 무의식이 그 원인의 절반이 되어 있다는 사실이다.
　　기만적인 모호성을 주성분으로 하는 문자의 집단을 생산해 놓고서도 자
기야말로 현대문명의 복잡성의 여실한 표현자라고 우기는 추태라든지, 스

---

12) 위의 책, 239쪽.

타일이 없는 데서 오는 문장의 혼란으로 한몫 보는 비평가의 추태라든지 그 예는 얼마든지 있다. 이러한 의미에서 체계도 구성도 뚜렷하게 갖지 못한 나의 이 조잡한 에세이가 많은 사람들을 위에서 보아온 거와 같은 언어에 유곡에 대한 지적인 노스탤지어를 불러일으키는 유인이 될 수 있다면 또 그렇게 됨으로써 문학의 본질적인 제 문제가 새로운 각도에서 음미될 수 있다면 나는 나의 이러한 당돌했던 여행을 결코 후회하지 않을 것이다. 결론을 말한다—우리들의 길은 멀다.13)

3. 장용학과의 논쟁: 소설 속 漢字 표기 문제를 둘러싼 문체 논쟁,14) 혹은 「한글만으로의 길」

초기 유종호 비평이 영문학도 출신으로서 자의든 타의든 국문학도 출신 비평가(들)과의 대타 의식, 대타 관계 속에서 비평적 입지점을 모색하게 되었고, 무엇보다 문장(기술)능력을 강조하는 문체주의적 입장을 강렬히 드러내었음을 살펴보았다. 하지만 이것만으로 그 초기 비평의 내면적 정향성을 파악하고 설명하기는 요령부득이 될 것이다. 반드시 영문학도와 국문학도라는 대학 분과적 제도 학문의 뿌리로서만 그 대타 의식, 대타 관계가 설명될 수 있는 것은 아니고, 보다 역사적이며, 문화사적인 의미, 그 길항성의 문제가 이 대립 문맥 속에 잠재되어 깃들어 있었다고 본다. 말하자면 전후 세대의 유년기 생존을 통째로 저당 잡아 감금했던 일제 말기의 기억에서 빠져나와 스스로 새로운 한글 문체 수립의 주역이 되고자 하는 깊은 문화적 주체 의식의 면모가 당대의 문화사적 문맥 가운데에서

---

13) 위의 책, 158쪽.
14) 이 논제와 관련해서는 방민호의 선행 논고가 있어서 여러 모로 참조의 도움을 입게 되었음을 미리 밝혀둔다(방민호, 「장용학의 소설 한자 사용론의 의미」, 『한국 전후 문학과 세대』, 향연, 2003, 1부 3장 참조). 다만 여기서 논란이 된 논제의 문제는 '한자 사용론'이라고 하기보다 '한자 표기'의 문제라 정정함이 옳다고 생각되어, 앞으로 필자는 이 논쟁을 '소설 문체 논쟁', 혹은 '漢字 표기'(문제를 둘러싼) 논쟁으로 지칭하기로 한다.

꿈틀이며 작동하고 있었다고 설명할 수 있는데, 이러한 면모를 가장 극적으로, 정열적으로 노출한 사건이 한국 현대 논쟁사의 중요 사건 중 하나로 기록될 만한 소설가 장용학과의 논쟁 사건이었다고 할 수 있다. 이제부터 그에 대해 차근차근 살펴보기로 한다.

왜 한국 현대 비평사에서 이 논쟁이 중요한가. 그것이 한국 현대의 문체 수립 문제를 두고 벌어진 논쟁 사건이었다는 점에서 그러하지만, 실증적으로 그 규모와 열기에 있어서 자웅을 겨룰 만한 다른 논쟁이 쉽게 찾아지기 어려우리라고 여겨지기 때문이다. 무려 열두어 차례에 걸친 논쟁, 공방이 1년여의 시간적 경과를 두고 빚어졌는데, 그런 만큼 때로 치졸하고, 처연한 느낌을 안기리만큼 논쟁은 사뭇 점입가경의 양상을 띠어갔던 것이 사실이다. 문학 논쟁, 즉 비평적 논쟁이 거느리고 동반하기 마련인 본원적 인정투쟁의 면에서 그러할 수밖에 없었다고도 여겨지지만, 서로 양보할 수 없는 세대 감각의 차이, 즉 그 문화 의식의 차이가 서로 다른 신념과 사상을 낳고, 그것의 부딪힘이 결국 두 사람을 대표로 한 세대 간 논쟁 양상으로 비화되는 양상, 면모를 야기했다고 설명될 수 있다. 흔히 세대 구분의 논법으로 '전후 세대'라는 공통 명칭을 이 두 사람에게 부여하기도 하지만, 자연 연령으로 약 14세(1921년생과 1935년생)에 달하는 문화사 체험의 차이, 문단 이력 면에서도 거의 10년에 달하는 연륜의 차이는 실제로 같은 세대라 지칭하기 어려울 만큼 높다란 높이의 세대 간 벽이 두 사람 사이에 조성되었던 것도 사실이다. 이 논쟁이 소설에 있어서 한자 사용의 문제를 두고 발단되었다 해서 흔히 '한자(어) 사용 논쟁'이라 불리기도 하지만, 본질적으로 그것이 한국 현대의 문체 운용 문제에 대한 각자(혹은 각 세대)의 전망과 감각, 의식의 차이가 그러한 집요한 논쟁 사건을 발화시켰던 것은 부인할 수 없는 사실이다. 시초에 그것이 작품 평가와 관련된 문체 논란의 문제로 파생되었지만, 바야흐로 '한글전용론', 혹은

'한자병용론'의 이름으로 수렴해 들어갈 중차대한 국가적 문체 운용의 문제가 이 논쟁 속에 함유되어 발화점을 극대화시키고 비등점을 끌어올리게 된 사정으로 그 윤곽의 묘사가 가능한 것이다. 하나의 비근한 예에 비겨 의의를 부여해 본다면, 정조의 '문체반정' 선언에 버금가는 문화사적 파장의 에너지가 이 논쟁 속에 깃들어 폭약을 장전했다고 볼 수 있고, 한편 비평가로서 유종호 자신의 개인적 소신에 비추어 보아서도 모든 문학의 문제가 결국 문체의 문제를 떠나서 논란될 수 없었다고 볼 때, 일제하의 문화 유산을 고스란히 간직한 것으로 파악된 장용학의 소설 문체가 결코 긍정적으로 파악될 수 없었던 사정이 어렵지 않게 이해된다. 결국 일제로부터 해방된 나라, 그 신생 독립국의 패기만만한 청년 비평가의 의욕적 입장에서 당연히 한민족다운 한글 문체의 수립 문제가 예민하게 의식되었을 것은 문체(지상)주의자다운 비평가의 내면 풍경으로 보아서도 당연했던 사정으로 이해될 수 있고, 따라서 내적으로 축적된 이 논쟁 형성의 동력, 폭발력이 만만치 않았을 것을 비평가의 입장에서 해명될 수 있고, 한편 소설가의 입장에서 보아서도 그 (열의의) 사정은 비슷했고, 또 소신의 두께로 보아서도 그러했다.

장용학 자신 한 회고의 자리에서 스스로 밝혔던 것처럼,[15] 일제 말기까지 대학을 다니고 일본 소설에서 소설 감각을 익혀, 일본식 문투를 거의 흡수한 장용학, 혹은 그와 같은 세대의 입장에서는 한자(漢字)의 폐기라는 것은 거의 상상할 수도 없는 문명으로부터의 후퇴, 즉 야만화의 길로 인식되었을 것이 사실이고, 반면 유종호 세대로 말하자면 초등학교의 어느 단계에 이르기까지 일본식 한자 병용의 문체 감각을 어느 정도 익히기는 했지만, 해방이 되어서 새로운 국가 건설과 민족 문화의 수립 이념을 주

---

15) 장용학, 「나의 作家修業」, 『현대문학』13호, 1956.1, 154-155쪽.

입 받게 된 입장에서는 결코 그러한 외래어, 식민지 시대의 문체 감각을 수용할 수 없었다. 한자어 문체 감각으로만 따져본다 해도 장용학 세대와 유종호 세대는 거의 대학생과 초등학생의 수준 차이를 방불게 하는 의식과 감각의 차이가 가로 놓여 도저히 그것들을 함께 동질적이라 부르기 어려운 깊은 단절의 강을 마주보고 있는 셈이었다고 할 수 있는 것이다. 따라서 생경하고 설익은 관념을 일본식 한자어 문투에 실어 놓하는 것으로 파악된 장용학 소설의 독특한 면모가 유종호로서는 도저히 납득하기 어려운 것으로 일찍부터 한 선입견의 형태로 주어졌던 것이라 볼 수 있는데, 일찍이 두 사람 사이의 논쟁이 본격적으로 발화되기 이전에도 유종호는 자신의 시야에 주어진 장용학의 또 하나의 야심적 작품 「現代의 野」에 대해 다분히 치기어린 작품일 뿐이라고 폄하하는 독후감을 발표한바 있었는데, 나름 파격적인 소설 문법을 추구했다고 자부하고 있던 작가에게, 이와 같은 혹평의 독후감, 즉 외면적으로만 파격적일 뿐 실질적으로 독창적이라 보기 어렵다고 매도한(왜? 카뮈의 「이방인」, 카프카의 「심판」, 그리고 게오르규의 「25시」에서 영향 받은 흔적이 분명하다고 보였기 때문에!) 이 비평가의 참기 어려운 독설의 평론에 심한 모욕감을 느끼고 상처를 받았을 것이 분명하다. 유종호는 당시 글 속에서 작품의 전체적 인상 개진에 머무르지만 않고, 그 사색의 의식 내용까지를 문제 삼아 '범용함'이라 이르고 폄하하기를 주저하지 않았는데, 이에서 더 나아가 장용학 소설의 독특한 스타일, 즉 그 문체 감각까지를 거론하여 공명할 수 없음을 분명히 하여 작가에게 이미 깊은 상처를 안겼음이 확인된다. 1960년대 초반, 즉 4·19를 전후한 시기로 말하면 이미 작가 장용학의 위치가 문단 내에 확고히 중견 작가의 위치를 굳히고 있던 시기라 할 수 있는데, 이제 신인 비평가 처지의 유종호가 그 문체 운용 문제까지를 건드렸으니 이 패기만만한(?), 혹은 방자한 소장 비평가의 도전에 대해서 참을 수 없는 불쾌감을 간직하게 되었을 것이 분명하게 감지된다. 결국 그렇게 해서 누적된 불만의 배경이 몇 년 뒤 저 끈질 긴 한국 문단사의 예외적 논쟁 사건을 불거지게 했다고 할 수 있으니, 여기서 우선 그 최초의 논쟁 발단 계기를 이루었다고 평가할 수 있는 장용학 소설 「現代의 野」에 대한 유종호의 단평을 확인해 두고 넘어가기로 하자. 그 문면의 대강을 밝히면 다음과 같다.

> 이것은 이러한 주제 자체가 우리말로 표현하기가 극히 어렵다는 것을 실증하는 것이겠지만 어쨌든 독서 후의 미흡감으로 남는다는 것만은 부정할 수 없는 사실이다. 뿐만 아니라 이것은 다소 개인적인 호상(好尙) 여부의 문제로 귀착되겠지만, 필자는 근본적으로 이 <u>작가가 시험하는 스타일</u>에 공명할 수가 없다. / 가령 주인공이 자기의 발언이 통하지 않는다는 이방인적 단절 의식을 술회하는 자리에서 <암만해도 말은 밖에 나가 공기에 닿으면 변질하는 것이라고 외로웠다>고 하는 것은 그대로 받아들일 수가 있다. 이만한 의식 내용은 작가의 실감이라고 인정해 주어도 좋다. / 그러나 삶과 죽음의 현상학을 기술하는 대목의 <屍體는 구더기를 위한 舞踊과 合唱의 童山>이라든지, <生이란 그저 防腐劑에 지나지 않는다>든지 하는 구절의 표현은 사춘기 문학 소년의 습작을 연상케 한다. 의식내용 자체도 사춘기 전후의 경박한 청년의 재주없는 재담이나 좌담감으로는 안성맞춤일지언정 적어도 내로라 하는 작가의 말로서는 상식 이하의 소리다. 이제는 귀에 딱지가 앉도록 들어온 소위 현대의 <메커니즘>에 대한 항변의 대목에서 <人間이란 世界에서 보면 肥料에 지나지 않았다> 운운하는 구절도 역시 상식 이하의 재주 없는 재담에 지나지 않는다.
> 이 작품 속에는 사실 작가적인 솜씨는 거의 제시되어 있지 않다. 다만 이렇게라도 읽히는 것은 다른 작가들에게서 보기 드문 사색자의 표정 때문이겠는데 그 의식 내용은 극히 범용한 것이다.[16] (한국일보, 1960년 4월) (밑줄:인용자)

당시에도 대부분의 작가들이 기피하고 있었던 한자(漢字)의 문면 노출을

---

16) 유종호, 앞의 책, 300~301쪽.

일상적으로 감행하고 있었던 이 작가의 독특한 문체 운용 방식에 대하여 이 비평가의 뿌리 깊은 불만이 누적되어 있었던 사정 또한 확인시켜주는 대목이라 할 수 있는데, 앞서 데뷔 평론 「言語의 幽谷」에서 살핀 것처럼, "오늘날 우리 문학세계에서 벌어지고 있는 온갖 후진적이며 비양식적인 추태는 문학자들의 언어의 근본성격에 대한 통탄할 만한 무의식이 그 원인의 절반이 되어 있다"고 그는 보았던바, "기만적인 모호성을 주성분으로 하는 문자의 집단을 생산해 놓고서도 자기야말로 현대문명의 복잡성의 여실한 표현자라고 우기는" 것 같은 것이 이를테면 그와 같이 전형적으로 '후진적이며 비양식적인 추태'의 일부라고 그는 강조하였다. 이처럼 '기만적인 모호성을 주성분으로 하는 문자의 집단'이라고 하는 것이 이상 문학에 대한 유종호의 일찍부터의 반감을 상기하면, 반드시 소설의 경우만을 염두에 두어 말한 것이라고 보기 어렵지만, 그렇다고 장용학의 소설과 같은 것을 전혀 염두에 두지 않고 말했다고만 보아 두기도 어렵다. 1961년도 ≪사상계≫지에 실린 소설들을 주 대상으로 하여 연평(年評)을 개진한 「일별이언(一瞥二言)」 속에서도 여전히 마찬가지로 장용학의 소설 「유피(遺皮)」에 대해서 그다지 호의적이지만은 않은 평문을 개진하고 있음을 살필 수 있기 때문이다. 보자.

(…) 장용학 씨의 「유피(遺皮)」(≪사상계≫특별증간호)도 냉소주의를 주조로 한 작품이다. 범은 죽어서 가죽을 남기고 사람은 죽어서 이름을 남긴다고 했다. 수중자살을 한 주인공 <이기야> 씨는 이름은커녕 가죽도 남기지 못한다. 이러한 작품의 플롯은 그대로 <사람은 빵만으로 사는 것이 아니다. 그래서 때로는 동물 이하의 대접을 받아도 좋다>는 서두의 문장과도 합치된다. 씨의 특기처럼 되어 있는 의식적인 구성의 파괴와 변형 déformation 사이로 간간이 독특한 의식의 편린이 점철되어 있다. 특이성으로 간주하면 별 문제지만 필자의 개인적 호상(好尙)으로서는 이러한 패러디적 구성과 전개는 근본적으로 불복(不服)이다. 씨의 평균수준은 유

지하고 있는 작품이다.[17)

　"시의 평균수준은 유지하고 있는 작품"이라고 매듭짓고 있지만, "필자의 개인적 호상(好尙)으로서는 이러한 패러디적 구성과 전개는 근본적으로 불복(不服)이"라는 쪽에 더 무게가 걸린 비평적 진술이라 보아야 할 것이다. 요컨대 다른 사람은 다 인정하더라도 나로서는 인정하지 못하겠다는 식의 비평적 패기 같은 이와 같은 문장 속에서 묻어나고 있다고 볼 수 있다. 결국 이와 같이 뿌리 깊은 불신과 염오의 태도가 다시 한 번 장용학 소설의 비평에 반영되었고, 그것이 마침내 기나긴 논쟁으로 발화되었다. 1964년부터 1965년 사이에 10여 차례나 오간 두 사람 사이의 논전을 일단 시간 순으로 제시해 보면 다음과 같다.

> 유종호, 「내셔널리즘・其他―문학월평・소설」, 『사상계』, 1964.5.
> 장용학, 「긴 眼目이라는 幽靈―우리 國語의 二元性」, 『세대』, 1964.8.
> 유종호, 「씨니시즘・其他―상반기의 작품 '소설'」, 『문학춘추』, 1964.7.
> 장용학, 「해바라기와 '純粹新版―柳宗鎬氏의'씨니시즘・其他'에 일언」, 『문학춘추』, 1964.8.
> 유종호, 「有所感―장용학 씨의 해바라기와 '純粹 新版에 붙여」, 『문학춘추』, 1964.9.
> 유종호, 「버릇이라는 굴레―한글・漢字・小說」, 『세대』, 1964.9.
> 장용학, 「樂觀論의 周邊―評論家 柳宗鎬論秒」, 『세대』, 1964.10.
> 유종호, 「새로운 偶像―韓國作家를 위한 노우트」, 『세대』, 1964.10.
> 장용학, 「便利한 批評精神―誤謬・亞流・純粹」, 『문학춘추』, 1964.11.
> 유종호, 「투박한 固定觀念」, 『문학춘추』, 1965.1.
> 장용학, 「圓滿主義者의 肖像―單細胞氏와 깍두기氏의 對話」, 『세대』, 1965.2.
> 유종호, 「청승의 둘레―'樂觀論의 周邊'을 읽고」, 『세대』, 1965.2.
> 장용학, 「市場의 孤獨」, 『문학춘추』, 1965.3.

---

17) 위의 책, 336쪽.

무려 13회에 걸친, 시간적으로 1년에 가까운 기간 동안 논전이 오간 것을 알 수 있다. 이 모두가 두 사람 사이의 논쟁을 위해서만 소비된 것은 아니라 할 수도 있지만, 기본적인 발단은 유종호가 쓴 당시 월평과 반년 간의 분기 비평으로부터 비롯되었고, 이 월평과 분기 비평에 대해서 승복하지 못하겠다고 나선 장용학이 중심적으로 한자어 사용 문체에 대한 평가 문제, 즉 문체 문제로 몰고 감으로써 유종호 역시 이 문체 논쟁을 전면화 시켰고, 따라서 한글전용주의자와 한자병용주의자 사이의 해묵은 논쟁처럼 비화되었다는 사정을 알 수 있는 것이다. 실제로 장용학의 중편소설 「상립신화(喪笠神話)」(『문학춘추』, 1964.4)를 평하면서 유종호는 장용학 소설의 한자어 애용 경향에 대하여 본격적인 비판의 논설을 전개하였고, 이에 대해 장용학 역시 작가로서 도저히 승복할 수 없다는 자세를 피력하며, 차제에 자기 소설에 대한 유종호의 되풀이되는 편견의 뿌리를 드러내고자 맘먹고 결사적으로 달려드는 양세를 노출하였던 우선 유종호가 보인 비판적 논설의 문면부터 확인해 두기로 하자.

> (…) 改嫁를 '팔자 고침'이라고 적자는 따위의 純粹主義엔 반대지만 한글 專用은 언젠가는 반드시 실현되어야 할 민족의 宿題라고 생각한다. 그 점 한글 專用이 논의되기 이전에 이미 그것을 본 때 있게 실천해 온 소설에 있어서의 한글 전용의 不文律을 이제 와서 새삼스레 변경할 필요는 없다고 생각한다. 時代逆行을 하더라도 선명한 효과를 기대할 수는 있다면야 별문제지만 한자 표기의 효과는 두드러진 것이 아닌 것 같다. 사람에 따라 다르겠지만 漢字語에 더 정신이 집중된다는 정도의 효과밖에 필자로서는 감득할 수가 없었다. 습관의 힘이란 묘한 것이어서 도리어 어색하고 논·픽션을 읽고 있다는 느낌마저 든다. 한글 專用이란 관점에서 얘기하는 것이 아니라 效果的인 결과를 기대할 수 없을 것 같다는 의견을 얘기하는 것(…).18)

---

18) 유종호, 「내셔널리즘·其他」, 『사상계』, 1964.5, 303쪽.

결국엔 "각자의 테이스트의 차이에서 오는 것이리라"며, 취향 차이의 문제를 열어놓아 비평적 어조를 완화시키기도 했지만, 이런 정도로 응어리진 장용학의 마음이 풀리기는 애초에 불가능한 일이었다. 본격적인 논쟁의 채비를 갖춘 장용학은 그리하여 자신의 '한자 사용' 문체를 옹호하기 위해, 그것이 우선 단순한 취향의 문제가 아니라 근본적인 지식의 문제라고 선언하고, 거꾸로 당대의 '한글전용론' 일반에 대해서 전면적으로, 그리고 단호히 역공하는 논박의 입장을 취하고자 한다. 여기서 '한글전용론'의 주장을 조목조목 비판하는 문맥 속에 그 핵심 문면만을 잠시 살펴두고 넘어가기로 한다.

(…) 옛날의 漢字專用인 漢文에서 오늘의 國漢混用으로 온 것이니, 다음 段階는 한글 專用이 되는 것이 順序이고, 이것은 어려운 것에서 쉬운 것으로 하는 時代의 흐름과도 부합된다고 하는 것(주장)이다. (…) 그렇지만 漢文에서 國漢混用으로 넘어오는 데는 소위 言文一致라는 것이 그것을 必然的인 것으로 해주었지만 國漢混用에서 한글 專用으로 넘어가는 데는 그런 必然性이 없다. (……) 우리의 경우 한글이 생긴 것은 이 民族의 言語生活이 漢字에 의해서 틀이 잡혀버린 건, 靑年期에 들어선 다음이었다. 이것이 오늘날 漢字語의 한글이 그 發音符號에 지나지 않는 것으로 되어 있는 까닭이다. 이렇듯 한글은 우리의 글이기는 하지만 後來者였다. (……) 漢字만이 아니라 漢字語마저도 없애려고 하는 것은 (…) 이 民族의 言語生活에 있어서의 開明期로 삼자는 것과 같으니 우리는 이런 思考方式을 그들이 말하는 意味에 있어서도 時代逆行이라고 하는 것이다. …(중략)…

漢字語를 外來語라고 하는 말이 또 있지만 外來語의 語는 말이지 글자가 아니다. (…) 상점(商店)은 남포(lamp)나 스시(壽司)와 달라 外來語가 아니라 우리말이다. 純우리말과 區別지어 第二의 우리말이라고는 할지언정 완전한 우리말이다. (…) 漢字는 우리의 音價로 발음해서 사용하고 있는 限 우리 글자 第二의 國字이다. 우리 國語의 이러한 二元性에 눈을 가리는 國語政策은 영원히 이 땅에 昏迷만을 남길 뿐이다.19)

19) 장용학, 「긴 眼目이라는 幽靈」, 『세대』, 1964.8, 197–199쪽.

좀 진부하고 주밀하지 않은 내용과 문체적 양상을 내보이고 있지만, 그럼에도 전체적으로 설득력 있는 이론적 내용을 담고 있는 것이 위 '한글전용론' 비판의 논지라 할 것이다. 이처럼 만만치 않은 이론적 기초와 작가로서의 치열한 인정투쟁의 결기를 담고 전개된 논쟁이었기에 유종호로서도 감당키 쉽지 않은 논쟁이 되고, 두 사람이 그처럼 서로 어느 쪽도 물러서려 하지 않았기에 한편으로 지지부진하면서도 끈질긴 논쟁 양상이 지속되었다고 할 수 있다. 어찌 됐거나 유종호 편으로서도 명석한 한글 문체의 건립이라는 당초부터의 문화사적 소명 의식과 함께 '한글 전용론'의 합리성에 대한 신념을 더욱 다져가는 상태가 되었기에 장용학과의 논쟁(1964~5년) 이후 채 4년여가 지나지 않은 1969년의 시점에서 결국 「한글만으로의 길」상, 하(『창작과비평』13–14호, 1969 봄, 여름) 편의 긴 기념비적 논문을 발표하게 된다. 그리고 또 이로부터도 약 10년여 지난 1980년대 초의 시점에서 그는 다음과 같이 자기(세대)의 한글 문체 수립 노력이 이미 어느 정도 완성의 높이에 이른 상태임을 선언하게 된다. 「시와 토착어 지향」(『세계의 문학』, 1981 가을) 중 다음 결미의 대목을 보라. 자기 자신(의 세대)이 포함된 역사적 성취의 자부심 없이 어찌 이러한 자신감의 표명이 가능할 수 있었겠는가?

> 최근 몇 십 년 동안 우리글이 거둔 전례 없는 문체적 유연성과 밀도는 괄목할 만한 것이며 우리의 근대적 노력 가운데서 가장 값진 부분을 이루고 있다고 말할 수조차 있다. 이러한 문체적 성숙과 이와 병행된 자아의 성숙은 민중의 말, 고향의 말, 개개인에게 가장 유서 깊은 잃어버린 낙원의 말에 대한 지향을 통해서 획득된 것이었다. 우리는 이제 우리말로 생각 못 할 것이 없고 또 우리말로 옮길 수 없는 그 어떤 사상도 있을 수 없다는 것을 알고 있다.[20]

---

20) 『동시대의 시와 진실(유종호 전집2)』, 45쪽.

이러한 문체적 자신감의 표명, 민족문화의 성숙에 대한 느긋한 자신감의 표명 가운데에서도 우리가 가장 주목할 만한 부분은 요컨대 그러한 '문체적 성숙'과 병행된 '자아의 성숙'이 "최근 몇 십 년 동안" 한국인이 수행한 "근대적 노력 가운데서(도) 가장 값진 부분을 이루"리라고 표명하는 대목이라고 할 것이다. 이 비평가가 일찍이 소년 시절부터 비상한 언어 감각의 소유자였다는 사실은 그의 죽마고우로 잘 알려진 시인 신경림의 증언에 의해서 확인되거니와,[21] 앞서 살핀 것처럼, 해방과 분단, 그리고 전쟁과 전후의 현실을 차례로 겪어내면서 대학을 졸업하고, 그리고 마침내한 사람의 문예 비평가로 입신하는 단계에서도 그러한 성숙한 언어 감각과 그리고 민족 문체의 수립에 대한 남다른 소명 의식은 이 비평가로 하여금 필연적으로 '한글전용론'의 전개로 달려 나가게 했고, 비평 현장에서도 그는 이 문예미학적 이념을 사명감으로 실천하도록 논쟁을 불사하게하기까지 그 자신을 밀어붙이는 요인으로 작용했다고 볼 수 있다. 결국민감한 청소년기의 역사 체험이 그로 하여금 예민한 언어 감각, 문체 의식에 사로잡히도록 유도했다고도 볼 수 있거니와 — 제2언어습득론에서는가령 2중 언어 습득의 연령과 관련하여 12세 전후의 시기를 '결정적 시기'로 간주하는데,[22] 바로 그러한 결정적 시기의 통과 과정 속에서 그가 일본어, 그리고 한국어, 또 영어의 언어들을 민감하게 체현할 수 있었다는사실이 말하자면 그, 그리고 그와 동 세대의 문인들에게 '민족 문체'의 수립이라는 과제를 민감하게 의식하도록 유도하는 요인이 되었다고 설명될수 있다 —, 해방 후와 전후, 그리고 1961년의 5·16 이후 주기적으로 혹은단속적으로 전개된 '한글전용론'과 '한자병용론'의 논투 과정에 그 자신 깊숙이 개입했던 사정이 요컨대 저와 같은 자족적 평가의 문체 수립, 혹은

---

21) 신경림, 「내가 만난 유종호」, 『유종호 깊이 읽기』, 민음사, 2006.
22) S. Gass 외, 박의재·이정원 역, 『제2언어습득론』, 한신문화사, 1999, 9장3절 참조.

문체 혁명의 역사적 완성이라는 평가 담론에까지 나아가도록 그를 내면적으로 추동했다고 말할 수 있는 터이다. 일본 문화로부터의 중독성에서 비교적 쉽게, 자유롭게 벗어날 수 있었고, 한편 해방을 지나 전후, 영어와 영문학을 본격적으로 배운 거의 첫 세대에 해당하게 됨으로써 '민족 문체'의 수립이라는 과제에 보다 의식적이며, 동시에 용이하게 다가설 수 있었던 탓이라고 설명될 수 있을지 모른다. 가령 한국 근대화의 과정에서, 그러니까 개화기 한글 문체의 수립 과정에서 당시 미국 생활에서 막 돌아왔던 《독립신문》의 주재자 서재필의 역할이 누구보다 컸었을 것을 상기하면, 일본식 국한혼용문체와 함께─이것은 가령 유길준의 『서유견문』에서 최초로, 본격적으로 실천된 것으로 알려진다─순 한글의 띄어쓰기 방식을 도입케 한 영어식 사고, 곧 영어의 영향과, 또 영문학의 지식, 또는 이념이 어떤 구체적인 역할을 수행토록 작용했는지 더욱 조심스럽게, 자세히 따져져야 할 문제의 하나가 된다. 영어의 세례를 받지 못한 장용학 세대가 이런 점에서 불리했다고 말하면 불공정 시비를 낳을 수 있는 편파적 발언으로 오해될 수도 있겠지만, 어쨌거나 최재서, 김기림, 김동석 등으로 이어진 영문학자 출신 한국 현대 비평가의 계보로 보아서도 훔볼트적 의미에서 한국 현대의 어문민족주의 형성에 끼친 영어와 영문학의 지식과 그 이념적 역할은 국수주의적 입장에서 그 논리와 타당성을 주장한 '한글학회' 측의 '한글전용론' 주장과 함께 한번쯤 유심히 살펴져야 할 문화사적 검토 사항, 연구 대상이 된다고 할 수 있다. 아래에서 우선 '영문학'의 지식과 이념, 내용이 무엇인지를 묻고, 그것이 또 어떤 경로로 유종호 비평에까지 영향을 미치게 되었을지 살피는 작업을 벌여보기로 한다. 요컨대 한국 현대의 어문민족주의와 영어영문학과의 상관성 문제이다.

4. '영문학' 속에 내면화된 어문민족주의: 토착어 지향과
   'essential Englishness'의 사상

테리 이글턴은 그의 『문학이론입문』 1장 「영문학의 발흥」 중에서 근대 영문학, 특히 20세기 이전의 강단 영문학은 쇼비니즘과 애국주의적 국수주의 열정으로부터 그 자양분을 공급받아 국민교육의 일환으로서의 사명을 시작하게 되었다고 설명하고 있다. 영국에서의 영문학 교육이 실상 시초에 중산계급 이하의 이류 국민들을 교육시키기 위한, 즉 애국적 교양교육(그러니까 귀족 교육이 아니라)의 목적에서 비롯되었음을 그는 줄기차게 강조하고 있거니와, 특히 1차 대전을 전후하여 전쟁의 분위기가 사회를 지배함으로 말미암아 그 애국주의적 국수주의 열정이 강화되기에 이르렀다고 그는 설명하고 있다.

현대 영문학, 즉 1차 대전 이후로부터 싹트기 시작한 20세기 영문학 연구는 위와 같은 맹목적 열정의 국수주의 분위기로부터 탈피하기 위해 꼼꼼한 읽기와 분석주의적 방법을 동원하는, 즉 무엇보다 과학주의적 열정을 강화하는 노력으로 나타나게 되었는데, 이를 대변하는 영문학 연구 잡지가 저 F. R. 리비스로 대표되는 ≪검토Scrutiny≫지였다. 리비스로 대표되었던 그 새로운 영문학 연구 집단의 계급적 성격이 당시 케임브리지를 나온 중산계급 출신들이었다고 해서 그들의 이데올로기적 정향성은 일반적으로 자유주의 휴머니즘, 혹은 부르주아 휴머니즘 등의 이름으로 불리게 되거니와, 이들이 19세기적인 애국주의적 열정으로부터 탈피하여 문학 연구의 과학성과 분석주의적 방법을 확립했다고 해도 그 이데올로기의 근본 자질에 있어서 국민문학적 형질, 즉 영문학 자체의 이념이 부과하고 내면화하기 마련인 국수주의적 형질을 자신들의 문학 연구로부터 근본적으로 떼어내 버리기는 어려운 일이었다고 이글턴은 통렬하게 지적하고 있다. 그와 같은 국수주의적 열정의 새로운 변형이 말하자면 언어적 차원에서의 영어의 미학과 그 가치에 대한 신념을 표방하는 '영어주의'의 사상, 즉 '본질적 영어다움Essential Englishness'에 대한 신앙이라는 새로운 관념 형태의 이념 형질로 나타나게 되었다고 설명된다. '본질적 영어다움'의 사상, 혹은 신앙의 성격이 무엇인지에 대한 설명을 먼저 듣고, 그 내포와 외연에 대한 설명까지 마저 한번 들어보기로 하자.

> 리비스 일파에게 있어서 유기체적 사회가 남아 있는 것은 영어의 특정한 사용들에서였다. 그들에 따르면 상업사회의 언어는 추상적이고 활력이 없다. 그것은 감각적 경험의 살아 있는 뿌리들로부터 분리되었다. 그러나 진정으로 '영어다운' 글에서는 언어가 그러한 몸소 느낀 경험을 '구체적으로 연출한다'는 것이었다. 진정한 영문학은 그 언어가 풍부하고 복합적이고 감각적이고 구체적이며, 약간 희화화하자면 가장 좋은 시는 소리내어 읽었을 때 마치 사과를 씹는 듯한 소리가 난다는 것이었다. 그러한 언어의 '건강성'과 '활력'은 '건전한' 문명의 산물이었다. 그 언어는 역사적으로 상실된 창조적 전체성을 구현하고 그리하여 문학을 읽는 것은 우리 자신의 존재의 뿌리들과의 살아 숨쉬는 교류를 회복하는 (……)[23]

이어서 그 외연과 내포의 의미에 대해 다음과 같이 규정하며 설명을 잇고 있다.

> '본질적 영어다움'(essential Englishness)에의 리비스의 신념—어떤 종류의 영어는 다른 것들보다 더 영어답다는 믿음—은 애초에 영문학연구가 발흥하도록 도왔던 상류계급 국수주의의 일종의 소시민적 변형이었다. 그러한 막무가내인 국수주의는 1918년 이후에 제대군인들과 국립학교를 나온 중산계급출신의 학생들이 옥스퍼드와 케임브리지의 사립학교적 풍조 속으

---

23) 테리 이글턴, 김명환 외 역, 『문학이론입문』, 창작과비평사, 1986, 51-52쪽.

로 침투함에 따라 눈에 덜 띄게 되었고 '영어다움'은 그런 국수주의에 대한 더 온건하고 수수한 대안이었다. 과목으로서의 영문학은 부분적으로는 영국문화 내에서의 계급적 풍조의 점차적인 변화의 파생물이었다. '영어성'은 제국주의의 깃발을 흔들어대는 문제라기보다는 향토성의 문제였다. 즉 대도시적이고 귀족계급적이라기보다는 시골적이고 평민적이고 지방적이었다. 그러나 한 측면에서 '영어성'이 로울리 같은 자의 듣기 좋은 전제들을 통박하였다면 다른 측면에서 '영어성'은 그 전제들과 공범관계에 있었다. 그것은 (…) 새로운 사회 계급에 의해서 변조된 국수주의였다.[24]

물론 현대 영문학 연구만이 저러한 언어적 국수주의의 이념을 형성하고 선양한 것은 아니었다. 돌아보면 워즈워드의 낭만주의 시문학 단계에서 이미 하층의 민중 언어, 즉 비속한 일상의 영어로 시를 짓고 표현하고자 하는 의식은 분명했던 것으로 설명된다. 비평가 스스로도 가장 중요하게 평가될 만한 글 중의 하나인 「시인과 모국어」 속에서 "쑥스러울 정도로 널리 알려져 있"는 사실이라고 전제하면서, 그러한 사실을 다음과 같이 요약해 설명하고 있다. 다름 아닌 워즈워드의 『서정담시집』과 관련된 구절이다. 보자.

이러한 맥락에서 시어의 구어 지향은 우리에게 시사하는 바 많다. 가령 영국 낭만주의의 선언서로도 유명한 워즈워드의 ≪서정담시집≫ 서문은 <사람들에게 말하는 사람>이란 시인의 정의와 함께 시어에 관한 견해를 밝힌 것으로 유명하다. 쑥스러울 정도로 널리 알려져 있지만 그는 앞선 시인들의 규격화된 시어를 배격하고 <가능한 한 실제로 사람들이 쓰는 말을 선택해서 썼다>고 말하고 있다. 이것은 <평범한 생활에서 사건과 상황을 고르고> 또 <지체 낮은 시골 사람들의 생활>을 소재로 하려 한 것의 논리적인 귀결이었다. 그러나 그것은 시인 자신이 생각했던 것처럼 앞에도 없었고 뒤에도 없을 터인 획기적인 일이었을까? 워즈워드 이전에도 가령 드라이든이 비슷한 일을 했었고 그 이후에도 많은 사람들이 저마다 비슷한

24) 위의 책, 52쪽.

일을 시도하였다.[25]

5. 결론 – 「토착어의 인간상」: 유종호 비평의 문화사적 원형 이념

이처럼 영어영문학의 지식, 혹은 영문학의 이념이 유종호 비평의 원형
질 형성에 구체적으로 어떤 경로를 통해서, 그러니까 어떤 영향 과정을
통해서 작용을 미치게 되었는가 파악하는 것은 역시 쉽지 않은 문제다.
앞서 살핀 것처럼 「시와 토착어 지향 – 한국시의 자기 정의」는 1981년 즈
음에 써졌지만, 그 원형의 사상을 품고 있다고 할 「토착어의 인간상」은
그보다도 훨씬 앞선 시기인, 그러니까 그보다 약 20여 년도 앞선 시기인
1959년 단계에 써졌음을 확인할 수 있고, 그렇게 이른 시기에 쓰인 이 「토
착어의 인간상」을 절실히 주목한다면, 그의 원초적 민족주의, 토착주의에
대한 애정의 사상, 그리하여 현대적 어문민족주의 사상의 한국적 발현이
라 할 태도가 일찍이도 20대 소장 청년기에 유종호의 내면에서 구체적으
로 싹트고 있었음을 입증하는 자료가 된다고 주장할 수 있게 되기 때문이
다. 어떤 점에서 상식적이라 할 만큼 솔직한 청년다운 기개와 강한 민족
(주의)적 열망이 길지 않은 이 수상(隨想) 성격의 글 속에서 뚜렷이 발현되고
있음을 확인할 수 있는데, 우선 그 서두 부분만을 잠시 확인해 보기로 하
면 이렇다.

> 많은 사람들이 비슷한 경험을 가지고 있으리라 믿는다. 역사를 읽고 나
> 서 그 초라하고 다난했던 조국의 과거의 이미지에 비감해 본 적이 있었다.
> 동양의 발칸 반도라고 어떤 사람들이 붙인 별칭에도 상징되어 있듯이, 파
> 란 많고 기구했던 겨레의 내력에서 무한한 실망을 경험한다. 어떤 사람들
> 에게는 모멸감과 우월감을 동반하고 발음하게 되는 약소민족이란 어휘를

---

25) 『사회역사적 상상력(유종호 전집3)』, 188–189쪽.

우리는 뻐근한 비감 없이는 발음할 수가 없다. 우리 겨레 당대의 수난도 과거의 이미지에 비해서 결코 화창할 수는 없는 성질의 것이었다.

이런 가운데서도 우리가 그래도 문화민족이란 긍지를 떳떳이 주장할 수 있는 문화재산을 소유하고 있다는 것은 여간 대견스러운 일이 아니다. 우리들 고유의 말을 가지고 있다는 것은 당연지사이니 내세울 게 못 되지만, 그것을 표기하는 썩 우수한 문자를 가지고 있다는 것도 우리의 대견한 자랑의 하나일 것이다.26)

해방과 6·25전쟁, 그리고 전후의 빈곤과 혼돈의 시절을 거치면서 한 약소민족의 젊은 문학비평가가 토해낼 수 있었던 감개가 이런 것이었다고 이해해 두자. 이런 언술적 양상을 두고 어문민족주의라 부름이 타당하지 않을 것인가. 표 나게 우리말과 한글에 대한 자부심을 토로하는 대목에서 그 점이 확연히 확인될 수 있는데, 이로부터 약 10년 후 장문의 논문으로 구체화될 「한글만으로의 길」의 윤곽이 벌써 여기서 원형질로 나타나고 있었음을 확인할 수 있다. 보라.

그러나 행인지 불행인지 소박한 일상감정이나 생활감정을 나타내는 말, 그리고 극히 비근한 일상용어를 제외한 대부분의 말을 우리는 한자어에 의존하고 있다. 혹은 차용하고 있다. 적어도 조금만 <유식>한 소리를 하자면 거의 전적으로 한자어에 의지할 수밖에 없는 형편이다. 저 사람은 식자가 있는 사람이라고 말할 때, 그것은 흔히 한문을 알고 있다는 뜻이었다. 나는 여기서 편의상 한자어에서 파생되었다고 인정할 수는 없으며, 또 그 기원을 멀리까지 소급해서 올라가면 역시 한자어에서 나온 것이되 이미 민중의 말로 일반화, 보편화되어 한자로 치환하는 것이 어색한 순수한 우리말을 토착어라고 부르기로 하겠다. 편의상 한자어와 토착어로 일단 구별은 해볼지언정 우리 겨레가 아무런 불편없이 통용하고 있는 한자어도 엄연한 우리말일 것임에는 틀림이 없다. 그리고 이러한 현상은 우리말에 한해서 특유한 언어현상은 아니다. 가령 영어나 프랑스에서도 라틴말 출신의 어휘가

---

26) 『비순수의 선언(유종호 전집1)』, 176쪽.

권위로 행세하고 있는 것을 볼 수가 있다. 그런데 지식의 전달이나 의사소통을 위한 언어의 사용의 경우엔 한자어와 토착어의 혼용은 아무런 장애가 되지 않는다. 그러나 시나 소설의 경우와 같이 언어를 매체로 한 예술적인 형상화의 경우엔 이 한자어와 토착어라는 이질적 요소의 대립은 분명히 모종의 문제를 일으키고 있는 것이다. 또한 우리 겨레의 체취가 고스란히 서려 있는 토착어에 대해서 무한한 애착을 느끼는 일변, 무엇인가 허전한 미흡감을 경험하게 되는 것도 부정할 수 없는 사실이다. 그것은 우리의 역사를 읽고 나서 느끼는 비관론과 일맥상통하는 바가 있다.[27)]

장용학과의 논쟁으로 드러나게 된 한글 문체 확립에의 의지, 한글 전용에의 의지가 아직 분명한 모습으로 현시되고 있는 것은 아니지만, 또한 방향을 갖춘 분명한 에너지가 '우리말'에 대한 애착과 '모국어'에 대한 사상의 형태로 나타나고 있음도 확인할 수 있다.

이 글은 다만 우리말을 사랑하고 우리말로 생각하며 또 우리말로 표현하려는 의지를 가지고 있는 한 청년이 형상과 표현상의 문제에서 느낀 모국어에 대한 회의와 고충의 기록일 뿐이다.[28)]

하지만 여기서 더욱 중요한 사실은 이 글의 제3절에서 한자어에 대한 김기림의 소론이 인용되고 있다는 점인데, 당시 김기림이 미해금 상태에 있었기 때문에 막연히 '어떤 분'으로만 기표되고 있지만, 여기서의 '어떤 분'이 6·25 전 분단 국가 수립의 상태에서 일찍이 한글 전용의 문제를 말하고 있었던 김기림인 것은 분명하다.[29)] 이와 같이 유종호는 이미 초년

---

27) 위의 책, 176–177쪽.
28) 위의 책, 177–178쪽.
29) 이 문제와 관련하여 방민호는 장용학과 유종호의 논쟁 과정 중 「버릇이라는 굴레」 중 유종호의 한자어 구분 개념이 김기림의 소론 연장선상에 있는 것이라 지적하면서도, "그러나 논쟁 이전에 유종호가 김기림의 글을 보았는지에 대해서는 회의적"이라고 말하고 있는데, 위 「토착어의 인간상」 중에 벌써 김기림 소론이 나타나고 있는 것을 보면 한자어 문제에 대한 유종호의 관심 역시 매우 이른 시기부터 형성된 것임을 증거하고 있다. 방민호, 『한국 전후문학과 세대』, 향연,

비평가의 시절에 영문학자 출신의 선배 비평가들인 김기림과 김동석, 혹은 최재서까지를 포함한 한국 영문학의 선배, 동료들의 사고를 일찍이 섭취한 상태에 있었다는 것을 확인할 수 있고, 이는 그가 당시 어떤 식으로든 영어영문학계의 의식 동향으로부터 영향 받는 상태에 있었다는 점을 시사하는 방증의 한 증거가 된다고 할 수 있다.

> 나는 앞서 토착어와 한자어를 대조적으로 얘기하였다. 그러면 비근한 생활 감정이나 일상용어를 제외한 대부분의 영역에서 권위를 자랑하고 있는 한자어의 실상은 어떠한가? (…) 어떤 분은 그것을 1)이미 민중의 언어로 동화된 것과 2)상당한 교양을 쌓은 사람이 터득할 수 있는 것과 3)특수한 학문의 술어로서만 쓰이는 극히 희귀한 것 등, 대충 세가지로 유별한 적이 있었다.[30]

이처럼 '한자어의 실상'(이것은 김기림의 소론 제목)에 대한 유별 인식이 치밀한 한글전용론으로 구체화되기까지 약 10년의 세월이 소요되는 셈이지만, 적어도 50년대 말의 시점에서 한글 전용의 문제를 깊이 검토하고, 또 선배 영문학자들의 논리에 영향 받은 흔적을 보인다는 것은 결국 해방 후 한글전용론의 한 가닥(한글학회 쪽과는 다른)이 영어영문학계로부터 벋어 나왔다는 중요한 시사의 한 단초를 제공해 주는 증거가 아닐 수 없다. 결국 한글은 표의글자가 아니라, 알파벳과 같이 소리문자에 속한다는 것, 소리문자의 기표란 더 원초적인 음성 상징으로 주어지는 것이며, 상형의 문자 기표는 2차적으로 주어지는 기표일 뿐이라는 것, 무엇보다 한글은 알파벳에 비해서도 떨어지지 않는 훌륭한, 우수한 문자 체계라는 것, 영어영문학에 중독된 사람들은 또 다시 (일어일문학에 중독되었던 사람들과 같이) 국

2003, 87쪽의 각주34 참조.
30) 『비순수의 선언(유종호 전집1)』, 182쪽.

어, 그리고 국자로 된 문학에 대해 마찬가지로 깔보며 경원하면서 무시하였을지도 모를 일이로되 적어도 한국어로 글을 쓰며, 한국에서 영어영문학을 하는 주체적 영문학자의 입장에서는 한글의 소중함을 알고, 그래서 한글전용의 문자 현실에 빨리 적응할 수 있고, 또 그렇게 나아감이 옳은 길이라는 확신이 이미 해방 직후의 단계에서 분명히 자각되고 인식적으로 싹을 틔우는 단계에 있었음을 확인할 수 있다. 유종호 비평이 특별히 의식화하여 발산시킨 이러한 영문학자 계보의 (어문)민족주의적 한국 현대 비평의 궤적이 좀 더 구체적으로 어떤 매개와 경로를 거친 것인지에 대해서 앞으로 좀 더 자세히 따져져야 할 문제가 아닐 수 없다. 다시 말하거니와, 오늘날과 같은 한글 전용 문체의 수립에 서재필 등이 주재한 ≪독립신문≫의 역할이 무엇보다 지울 수 없는 공적을 수행했다고 볼 때, 한자 병용의 일본 문체와 더불어 전통 한글, 그리고 중국 어문의 영향, 그리고 영어영문학의 영향이 앞으로 더욱 주의 깊게 고려되어야 할 사항임이 분명하다. 차후에 이에 대해 더욱 보완할 수 있는 기회를 가질 수 있기 바라며 일단 맺기로 한다.

-「한국현대문학연구」제27집, 2009.

전후 세대 비평가의 대가스런 표정

─ 강단 비평의 운명

1-1.

처음부터 대가인 사람들이 있다. 드물지만 문화, 예술사의 앞자리를 차지하는 사람들은 이런 사람들이다. 대기(大器)는 만성(晚成)이라고 하지만, 만성을 기다리는 동안에 천재는 질주한다. 천재의 질주를 보는 범인의 기분이 어떻다는 것을 우리는 모차르트와 살리에리의 이야기에서 본 바 있다. 이 이야기를 들으며 골똘히 자기의 처지를 돌아보지 않은 사람과라면, 문학과 예술의 비사에 대하여 우리는 별달리 논할 것이 없는지 모른다.

사람들은 흔히 천분을 말한다. 그러나 천분이란 무엇인가. 설명하는 것이 쉽지 않을 때 사람들은 흔히 천분을 말하는 것인지 모른다. 타고났다는 것을 유전자적 소인으로 받아들이면 얘기야 간단하지만, 그리되면 인간적인 의지의 영역은 사라진다. 인간적인 의지의 영역이 배제된 자리에서 무릇 무엇을 논한다는 것은 도로의, 무용의 일이기 쉽다. 누구에게도 도움 되지 않는 신비화의 길만 재촉하기 때문이다. 타고난 천분에 대해서까지 설명하려는 노력을 포기하지 않을 때 인간과 문화의 길은 넓게 확장될 수 있다. 그렇지 않고 만약 모든 것을 선천적인 천분의 영역으로 귀속

시킨다면 인간과 문화의 많은 것은 신화의 신비 속에 잠기게 된다.

1-2.

한국문예비평사에서 유종호 비평은 처음부터 대가적인 풍모로 그 모습을 드러낸 드문 예의 하나로 살펴질 수 있다. 그 요인의 하나로 우리는 먼저 시운(時運)의 측면을 지적할 수 있다. 행운을 가졌다고 보는 것이다. 하기야 행운을 가진 것으로 보면, 비단 유종호만이 아니라 이 세대, 그러니까 전후 세대 전부가 가졌던 어떤 행운의 측면이 지적되어야 한다. 이 세대처럼 유수한 대가 비평가들을 많이 거느린 세대는 별로 찾아보기 어렵다. 전후 비평의 선두주자 격으로 떠올랐던 이어령에서부터, 이 다음 세대의 또 한 선두주자 격이었던 김현에 이르기까지, 기라성 같은 이 세대 비평가들의 면모를 헤아리는 것도 벅차다. 그 지적, 문화적 성운의 지형도는 참으로 현대 정신사의 풍경 그것이다. 혹자는 여기에서 문화 장르의 역사철학적 발생학의 설명을 유혹받을지 모른다. 이를테면 장르 선택과 정신사적 조건의 상관관계이다. 왜 시도 아니고, 소설도 아니고, 하필이면 비평의 양식에서 그들은 자신들의 문화적 역량을 시험하고자 했던가. 이런 질문은 당연히 '비평이란 무엇인가'의 질문과 헤어질 수 없다.

비평이란 무엇인지에 대한 초보적인, 널리 공유되는 정언의 상식이 있다. 부정의 언술법으로, 그것은 창작이 아니라고 하는 정언이다. 비평이란 창작에 실패한 자들에게 막다른 자의 선택과 같은 것으로 주어지는 문화의 마지노선으로 이해되기도 한다. 지금이야 이런 우열 획정의 이분론을 신봉하는 자들이 별로 없다고 하더라도, 장르의 본질에 대한 이해에 있어서는 별로 사정이 다르지 않다고 말할 수도 있다. 이를테면 '메타 담론'의 개념이 그렇다. 그것을 쉽게 '이차담론'으로 번역한다면 사정은 더욱 그렇다. 여기서 일차적인 것과 이차적인 것 사이의 구별을 가치의 높낮이로

준별하지는 않는다 하더라도, 일차담론의 선행 없이는 어쨌든 이차담론이란 불가능하다는 의미로 거기엔 모종의 중심 – 주변의 의식이 개입될 수 있다. 만약 이런 관계의 논법으로만 보자면, 전후 비평의 풍요로운 결실이란 전후 문학, 곧 전후의 문예 창작의 풍요로운 결실이 전제되지 않고서는 성립될 수 없으리라. 그렇지만 우리가 알기에 전후의 창작 결실이란 그다지 풍부한 것으로 주어지지 못했다. 어떤 점에서 근대문학사상 가장 영성한 것이 그것이었다. 이 시기에 가장 성론된 비평적 주제의 하나가 '전통론'이었음은 이러한 문맥에서 살펴질 수 있다. 주지하다시피 "우리는 화전민이다!"(이어령)고 외쳤던 과격한 전통 부정론의 입언이 새로운 세대의 문학적 공감을 불러일으켰고, 전후 세대의 새로운 비평적 출발이란 이에서 가능할 수 있었다. 그렇다면 그들은 착각한 것일까. 창작의 불모 위에서 화려한 비평의 성채를 구축할 수 있다고 믿은 것은 그렇다면 그들의 돈키호테와 같은 만용의 도전이었을까. 비평이 창작보다도 앞서 나갈 수 있다고 믿은 것, 이 창작에 대한 비평의 지도 가능성, 우위성이란 이를테면 저 프로문예 비평이 신봉한 정론(政論) 비평의 관념에서 출발한 것이고, 그렇다면 이들 세대의 비평의식 역시 하릴없이 한국근대문예비평사의 연면한 전통으로부터 연원한 것일까.

개인적으로 볼 때 그러나 비평 양식에 대한 이들의 주체적 선택이란 엄밀한 의미에서 선택 의지가 작용하기도 전에 제도적 선택의 양상으로 나타났다고 여겨진다. 운명이란 말은 아마 이럴 때 쓰는 말일 것이다. 대학을 졸업하기도 전에, 혹은 대학 졸업장과 함께 이들에게 비평가의 영예가 주어졌다는 것은 이미 비평 양식에로의 길이 운명처럼, 제도적으로 주어졌다는 것을 뜻한다. 이 사정은 아마 당시 월간 문예지, 종합지의 제도적 정착과도 무관치 않았을 것이다. 문단 수요의 측면에서 그들 앞 세대, 그러니까 일제 말에서 해방기에 이르는 40년대에 등장한 선배 세대 중에서,

월북자 그룹, 그리고 조연현이나 백철 같은 몇몇 예외적인 경우를 제외하면 비평가다운 전문직 비평가가 거의 부재했었다는 사실 – 소설가 김동리가 자기 세대를 대변하는 비평가로서의 임무를 자임해왔다는 그간의 사정은 그 형편의 역설적 증언일 수 있다 – 은 이 문맥에서 시대적 행운의 구체적 조건으로 살펴질 수 있다. 처음부터 이 세대에게 대가다운 위엄이 부여될 수 있었던 것은 요컨대 선배 세대의 불모, 혹은 부재의 조건이었던 것이다. 선배들에 위축되지 않고, 오히려 무능한 선배들을 부정하며, 조롱하며, 평단에 나설 수 있었다고 하는 것은 그 문체의 결기를 설명하는 하나의 상황적 조건일 수 있다. 그리하여 그들은 시와 소설에의 한눈 팔기를 시험해보기도 전에 벌써 평단의 한가운데로 나서게 되는 꼴이 벌어졌다. 물론 비평 양식 자체의 가능성이라는 조건도 무시할 수 없는 요인으로 주어졌다. 멀리는 프로문예비평사에서, 가까이는 해방공간의 문학사에서, 가장 활력 있는 가능성의 양식으로 비평의 매력은 적지 않았던 것이다. 문학을 넘어서 문화와 사회와 역사 전체와 직접적으로 대화할 수 있다는 매력은 사실은 비평 양식에 눈뜨지 못한 사람이라면 알 수 없는 것이다. 비평이란 어느 때나 문단 내 권력기능 방식의 일종이기 때문에 비록 후대의 영광스런 미래를 기대하긴 어렵다 하더라도 현실적으로 그리 남루하지 않다는 것도 문학의 존재방식에 눈뜨게 된 그들에게는 적지 않은 매력이었을 것이다. 어쨌든 이 시기부터 비평은 대학이라는 학적 제도와 긴밀히 결부되기 시작하였다. 문학교육의 제도와 결부되기 시작하면서 비평가의 길을 걷는 것은 이제 신나는 모험의 길은 아니더라도 사회적으로 안정된 길일 수 있었다는 뜻이다. 더욱이 이 시대는 에세이 양식의 일환으로서의 비평이 커다란 사회적 흡인력, 대중적 영향력을 발휘하고 확인한 시대다. 일제시대와 같이 신문 학예면의 높다란 위치에서 문화를 굽어보던 비평가 위용의 시대는 지나갔지만, 월간 문예지의 제도적 정착과 함께 비평의 공간 자체는 넓어지고 공고해졌다. 대학 교육의 확대와 함께 비평 양식의 사회적 수요 자체가 확대되었던 것이다. 전후의 베스트셀러로 꼽히는 이어령의 『흙 속에 저 바람 속에』가 장안의 지가를 올리며 발매되었던 것이 50년대 말, 60년대 초의 일이다. 이 시기에 이르러, 또한 4·19와 함께, 전후 세대의 문화적 패권 확립은 이미 부인할 수 없는 사실이 되었던 것이다. 그 사회사적, 문화적 변동의 와중에서 50년대 후반 20대의 나이에 문단에 데뷔하고, 30대가 되기도 전에 문단 중진 반열에 올라섰던 평론가 세대는 이후 다시 찾기 어렵게 된다.

이런 설명법으로도 왜 유독 그러면 이 세대에게서만 유수의 대형 비평가들이 산출될 수 있었던가 묻는다면, 그 설명은 미흡할 것으로 보인다. 불모의 시대 문화 재건이라는, 주체의 의욕의 특수성과 사회적, 물적 조건의 상정만으로는 그 비평의 질적 조건을 설명할 수 없다. 문화사의 측면 조건이 보다 구체적으로 상정되어야 하는 것은 이 때문이다. 더 부연해서 말한다면, 언어(교육)문화사의 조건이다. 이를테면 일제말기와, 해방공간, 그리고 전쟁 전후사의 시대 공간을 가로질러 가면서, 세계 혼란과 언어 혼란을 심도 있게 경험한 세대가 이 세대다. 광장의 역사가 혼란된 시대 일수록 밀실의 언어, 문학의 언어에 대한 꿈과 향수는 깊어지기 마련이고, 그것은 보다 질서 있는 언어의 세계에 대한 욕망으로 발화하였을 공산이 크다. 이처럼 현실의 혼돈 체험과 그것에 비례하는 새로운 언어 탄생, 형성의 엔트로피가 조리 있는 언어의 세계에 대한 갈망으로 전화할 수 있었고, 그것이 곧 비평적 언어에 대한 구체적인 동경으로 비화할 수 있었다는 설명이다. 문학에 대한 감수성의 측면에서, 다른 근대적 문화에 대한 향수의 여지는 별로 주어지지 않았고, 따라서 학교 제도의 일관된 틀 속에서 논리적 언어를 익힌 그들은 문학과 그 문학 감상에 대한 표현의 영역으로서의 비평 양식에 다른 어떤 세대보다도 깊이 친숙할 수 있었다.

여기에 이 세대가 세례 받던 언어 교육의 중층적 측면이 가세의 요인으로 작용했다고도 볼 수 있다. 알다시피 일제시기의 유년기와 해방기, 그리고 전후의 청소년기에 있어서 서로 다른 중층의 언어로 교육받은 세대가 이 세대이다. 언어에 눈뜨면서 일본어로 교육받고, 해방 후엔 거센 민족문화 탄생의 열기 속에 모국어 회복의 감격으로 문학을 익힌 세대가 이 세대이며, 또 미군과 함께 들어온 영어의 생경스러움과 더불어 서구적 보편 언어에 대한 문화 충격을 구체적이며 직접적으로 경험할 수 있었던 세대가 이 세대이다. 이와 같은 중층적 언어(교육)의 체험은 이들의 언어 능력 자체를 신장시켰을 뿐 아니라, 그 혼란의 체험이 곧 언어적 엔트로피를 드높인 이유가 되었으리라고 생각할 수 있으며, 나아가 신생, 약소국가의 청년 지식인으로서의 비애가 여기에 결합됨으로써 새로운 문화, 세련된, 질서 있는 언어 세계에 대한 욕망을 부추겼으리라고 생각할 수 있다. 그 근저의 동인이야 어떻든 비평 언어에 대한 그들의 새로운 눈뜸, 비평 언어의 가능성에 대한 믿음은 이처럼 언어와 현실, 생활의 언어와 문학의 언어, 자국어와 외래어 사이의 긴장, 갈등을 통한 그 질서 회복의 노력으로 나타났다고 할 수 있으며, 여기서 메타언어로서의 비평 언어의 가능성이 최대한 신장될 수 있었다고 할 수 있다. 유종호 비평의 생성과 전개는 그 전후 세대다운 메타언어에 대한 믿음이 가장 문학적인 양태로, 그리하여 전형적이고 대가스런 풍모를 띠고 나타난 경우라 할 수 있거니와, 이 문학 비평의 보기를 통해서 한국현대문예비평의 중추를 형성한 강단(講壇) 문예비평의 한 전형적 운명, 궤적을 살필 수 있다는 점에서 우리에게 시사하는 바는 크다. 우리가 알듯 오늘날 대부분의 비평 종사자들은 강단비평의 형식, 그 운명과 궤를 같이 하는 상태에 놓여 있기 때문이다. 그의 비평이 왜 처음부터 대가적인 풍모로 나타날 수 있었던가의 물음을 중심으로 우선 그 특질을 살펴보고, 추이를 알아보기로 한다.

2-1.

비평정신이란 무엇이냐? 한마디로 말하면 그것은 문학에 대한, 혹은 자신의 문학 행위에 대한 자의식[1]이라고 저자는 일찍이 갈파한 바 있거니와, 여기서 특별히 '문학'이 '자신의 문학 행위'로 부연 서술되고 있음을 주목할 수 있다. '자신의 문학 행위'란 오늘의 일반 용어로 말하면 '글쓰기'(행위)를 뜻하는 것으로 볼 수 있고, 이것은 문학에 대한 그의 관념이 시초부터 매우 구체적이고, 실천적인, 그러니까 기능적인 성격조차 머금고 있었음을 뜻한다. 글쓰기에 대한 이런 구체적인 의식이 언어에 대한 자의식을 불러일으켰을 것이다. 최초 평론집 『비순수의 선언』(『전집』1의 주요 부분)에서 가장 이른 시기에 쓰인 글 중 하나로 문제제기적인 「언어의 유곡」(1957. 11)을 우리가 주목할 수 있는 이유도 이런 점에서이다. 이때까지 한국문학은 이처럼 언어 자체에 대한 정밀하고 깊숙한 탐구를 문학 언어에 대한 자의식의 형태로 보여준 바 없었음을 먼저 염두에 둘 필요가 있다. 문학이란 무엇인가의 물음은 곧 언어란 무엇인가의 물음으로 환치된다는 것을 오늘날 문예 종사자들은 당연한 것으로 치지만, 언어의 속성과 그 한계에 대한 이론적, 비판적 성찰을 그때까지 한국문학은 갖지 못했었다. 이 점에서 언어의 가능성과 그 한계에 대한 자의식적 규명으로 출발한 유종호 비평은 그의 비평 언어 스스로를 유례없이 정치하고 세련된 것으로 만들어 주면서, 한편 그의 비평 세계를 폭좁은 것으로 제한시키기도 하면서, 유종호 비평을 처음부터 남다른 면모로 부각시킨 요인이 되었다고 할 수 있다. 비평가 역시 글 쓰는 자인 한, 자신의 언어에 대한 반성, 자각, 자의식을 동반시키는 것은 매우 당연한 일임에도 불구하고 아직 한국문학이 그것을 충분히 발효시키지 못한 상태에 있었다고 할 때, 그 선진성이

---

1) 유종호, 「비평의 반성」, 『비순수의 선언(유종호 전집1)』, 민음사, 1995, 191쪽. 이하 『유종호 전집』은 『전집』으로만 표시한다.

얼마나 앞서 있었던 것이란 그 문맥과 문체를 보아 알 수 있다. 문학 언어와 비평 언어를 동일시하면서 문학의 가능성을 오히려 언어의 존재론적 한계로 치환시켜 사유하는 그 독특한 반성적 자세가 유종호 비평의 남다른 면모이며, 또 대가스런 풍모이면서, 또 유종호 비평을 기능주의적으로 한정시킨 요인이기도 하다는 점, 그러나 그 비판의 자세는 매우 공격적이어서, 문단 전체에 대한 부정의 음조를 띠고 있다는 점으로 이 초기 에세이를 주목할 수 있다.

문학이나 사고의 문제는 결국 언어의 본질이나 기능의 문제로 귀착[2]한다는 명제의 확인으로 시작되고 있는 이 글은 유종호의 많은 글쓰기가 그렇듯 무수한 인용의 짜깁기 형태로 이루어지고 있다. 그 '인용의 짜깁기'를 위해 동원되는 현대문학의 교사들로는 리처즈, 발레리, 프로이드, 니체, 말라르메, 올더스 헉슬리, 사르트르 등의 이름이 발견되는데, 이 정도의 스승을 거느린 것만으로도 그 독서, 사유의 넓이를 알 수 있다. 이 언어의 사상가들의 섭렵 여행을 통해서 그가 말하고자 하는 것은 요컨대 문학 언어에 대한 자의식의, 반성의, 유곡 정도에 의해서 결국 문학(작품)의 질, 수준이 결정된다고 하는, 말하자면 언어 결정론의 사상이다. 이와 같은 논점의 제기에 덧붙여 "오늘날 우리 문학세계에서 벌어지고 있는 온갖 후진적이며, 비양식적인 추태는 문학자들의 언어의 근본성격에 대한 통탄할 만한 무의식이 그 원인의 절반이 되어 있"는 것이라고 통박하기를 마다하지 않음으로써 격렬한 부정의 자세를 드러내고 있거니와, "기만적인 모호성을 주성분으로 하는 문자의 집단을 생산해 놓고서도 자기야말로 현대문명의 복잡성의 여실한 표현자라고 우기는 추태라든지, 스타일이 없는 데서 오는 문장의 혼란으로 한몫 보는 비평가의 추태라든지"[3]를 날카롭게

---

2) 『전집』1, 147쪽.
3) 『전집』1, 158쪽.

예시, 적시함으로써 자신의 극복항이 무엇일지를 명백히 하고 있다. "결론을 말한다 – 우리들의 길은 멀다"[4]로 종지부를 찍고 있는 이 글의 시적인 언어 경제와 그러면서도 응축된 내면적 긴장, 활달한 문장 감각은 더 나중으로 갈 것도 없이 벌써 이 시기에 고도의 문체 감각으로 숙성된 것임을 보여주거니와, 유종호 비평의 때 이른 조숙이란 바로 문체의 성숙을 의미함에 다름 아님을 여기서 알 수 있다.

데뷔 시기의 문장에서 보여주는, 이처럼 거의 생득적이라 할 언어 의식과 문체 감각의 조숙성이 문학의 감식자로서 유종호 비평을 처음부터 특질지운 것이었다. 신인 심사의 자리에서 문체밖에 보지 않는다고 말할 만큼 문체에 대한 그의 집착은 철저한 것으로 소문나 있는 셈인데, 허다한 문인 발굴의 공로가 그에게 있는 만큼 그것은 기능적이기도 하면서, 또한 그의 문학 의식을 폐쇄시킨 요인이기도 하다는 점을 부인할 수 없다. 난삽하고, 불명료하며, 쓸데없이 길며, 분식적인 언어에 대한 그의 혐오는 거의 생리적인 것이었다. 따라서 그 스스로 명석하고 윤기 나는 문장을 쓰기에 치열한 노력을 기울였을 것은 당연하며, 이 때문에 좀 더 설득적이며 설명적이어서 부연화된 양상을 빚은 후기의 문장보다 오히려 그 자신의 문장관으로 보면 초기의 문장이 더 낫다고 할 수 있을 정도다. 이와 같은 미학의 관념은 그대로 연장되어 이를테면 문학사적인 가치 평가의 자리에서까지 그것은 절대의 원리로 군림한다. 그가 다른 무엇보다 '언어에 대한 자각'의 요소를 정지용 평가의 제1요소로 보며, 또 이 점을 준거로 이 시인을 한국 현대시의 진정한 출발점이라 본다는 것(「현대시의 50년」, 『전집』1)은 시 연구자들에게는 이미 상식이 된 사실이거니와, 김소월, 윤동주, 서정주, 신경림 등, 보다 토속적인 언어의 감수성에 민감하면서 현대

---

4) 위와 같음.

시의 난해성이라는 속성에 비교적 감염이 덜한 시인들에 대해 주로 호감을 표시해온 것도 그의 일관된 태도였다고 할 수 있다. 이에 비하면 난해함의 속성을 방패로 저 현대시의 비밀의 성에 도전하려는 이상 이래 모더니즘 후예의 시인들에 대해서는 그는 무관심이거나, 경멸의 태도, 때로는 적대감조차 표시하기를 주저하지 않아왔는데, 이 태도 역시 일관성에 있어서는 근년 들어 발간된 『시란 무엇인가』(민음사, 1995)에 이르기까지 한 치의 가감 없이 진행되었다. "적어도 우리 사이에서 난해한 것으로 호가 나 있는 시들은 썩 괜찮은 것들이 아니다. 별로 좋지 않은 수수께끼 같은 시의 해답을 찾는 데 금쪽같은 시간을 보내기에는 삶은 너무나 짧고, 좋은 시편들은 무량하게 많은 것이다"[5]라는 어투에서 우리는 비록 눅여지기는 했을망정 난해시의 속성에 대한 반감을 여지없이 드러내고 있음을 확인할 수 있는데, 소설, 혹은 비평을 평가하는 자리에서도 이 규준은 한결같은 원리로 작용하였을 것을 어렵지 않게 알 수 있다. 이를테면 비교적 까다로운 문장의 소설을 써온 동세대 작가 최인훈에 대해서 그가 두드러지게 호의를 표시한바 없다든지(요령부득의 단편 「囚」에 대해서 상당한 혹평의 언사를 가한 월평 「일별이언」이 『전집』1에서 보이고, 전체적으로 담담한 어조의 평문 「소설과정치」가 『전집』2에서 보인다), 이에 비해서 상대적으로 미로와 같은 자의식의 유로보다는, 리얼리즘의 균형된 세계 인식을 보여주며, 언어 의식에 있어서 세련되고 고전적 정격을 보여준 소설들(예를 들면 염상섭, 손창섭, 김승옥, 이문열 등의 소설)에 대해서 진한 애정의 평문을 남겨놓고 있다든지 하는 사실들은 그 태도의 연장으로 볼 수 있다. 가장 늦된 평론집으로 이번 전집 발간 작업 중에 추가된 권5의 제목이 『문학의 즐거움』으로 표제화 되어 있음을 이런 맥락에서 음미해 볼 수도 있겠는데, 여기에 간편한 의미에서 즐거움을 줄 수 있는 문학만이 가치 있는 문학이라는 뜻의 전언이

---

5) 위의 책, 56-57쪽.

함축적으로 실려 있는 것은 아닐까. 그 어의의 선입견 없는 뜻은 물론 문학 자체가 즐거운 것이다라는 뜻이겠지만, 그가 일찍이 "시를 이해하지 않고서는 시를 즐길 수 없다는 것은 명백한 사실이다. 한편 우리가 시를 즐기지 않고는 시를 이해할 수 없다는 것도 또한 진리다"[6]라는 엘리엇의 말을 인용해놓고 있는 것처럼 이해하는 것과 즐기는 것을 동격으로 놓고 있음은 분명한 사실이다. 이해할 수 없는 것, 즐길 수 없는 것에 대한 그의 가치 부정은 또 이토록 뿌리 깊은 것이었으며, '언어의 유곡'에 대한 자의식과 '문학의 즐거움'에 대한 그의 공리적 태도는 이토록 한 뿌리이면서 한 물줄기였다. 이것을 모순이라고 말할 수 없을 것인가. 우리가 알다시피 보다 현대적인 문학 태도로서의 언어의 유곡에의 자의식적인 잠입이 모더니즘적인 문학을 낳았고, 현대 문학의 난해성의 소인은 바로 여기에서 배태되었다고 할 수 있을 것이기 때문이다.

2-2.

언어에 대한 자의식의 유곡을 말하면서, 그 자의식적인 언어의 너무 깊은 빠져듦에 대해서는 부정을 표해 온 셈인 유종호 비평의 이런 어중간한 태도, 궤적을 두고 자기모순이라 말하는 것은 쉬운 일일 것이다. 그가 궁극에까지 몸을 던져 끝을 보는 모험적 사상가의 체질을 지닌 사람은 아니었음을 이런 문맥에서 알 수 있고, 그에게 중용의 비평가라는 칭호를 부여할 수 있음도 이런 이유에서이다. 실존주의의 풍미 속에 커 나온 세대답게 그는 여러 대목에서 사르트르를 언급하고 있지만, 굳이 비교하자면 논리의 구극을 향해 치달았던 사르트르 쪽보다 정오의 사상을 주장하였던 '반항인의 카뮈' 쪽에 체질적으로 그는 훨씬 가까웠던 셈이다. 동양적인

---

6) 『전집』1, 38쪽.

중용지도로 환역될 수 있는 이 태도의 반경이 곧 그의 비평 세계의 반경이라고 할 수 있거니와, 그것이 긴장된 빛을 띠었을 때 열린 태도의 비판의식, 또는 합리주의적 의식과 결합함으로써 이를테면 순수문학이라는 폐쇄된 의식과의 결연한 싸움으로 자신을 몰아갈 수도 있었지만, 그것이 스스로를 위축시킬 때 보수적 정향으로 나타날 수도 있음을 주의할 수 있다. 중용지도의 자리지킴이란 말할 나위 없이 성실함을 본성으로 한 것이어서 그가 끝까지 문학 바깥을 넘보지도 않고, 또 시라거나 소설이라거나 하는 것 속으로 스스로를 가둠으로써 문학(문장지도)을 버리지도 않았던, 드물게 균형 잡힌 문예비평가의 자리를 지켜나갈 수 있도록 해주었다고 할 수 있다. 촌철살인이라는 말이 똑 알맞게 때로 날카로운 비수의 언어가 마치 대상을 멸절하듯이 숨 가쁘게 빛을 뿜기도 했지만, 그런 비수의 언어조차도 언제나 양날과 함께 인정의 공간을 지녀, 마치 시소의 아슬아슬한, 부재하는 균형점의 지향처럼, 허공의 무게중심을 향해 스스로를 긴장시키는 저 무상의 메타언어의 조련을 반복해 왔던 셈이다.

이렇게 말해본다면 유종호의 초기 비평이 지녔던 강렬한 부정성의, 분석비평의 날카로운 대상 해체의 정신을 무화, 또는 왜곡시키는 것이 아니겠느냐고 반론할 사람이 있을지 모른다. 가령 첫째 평론집의 제목으로 널리 회자되어, 전후세대 문학관의 일종 화두처럼 인식되어 있는, 소위 「비순수의 선언」만 보더라도 이를 온건한 캐치프레이즈의 조사로 이해하기는 어렵지 않겠느냐고 반론할지 모른다. 하지만 이런 통념의 인식과 그에 의한 반박이야말로 실제로 그의 글 전체를 통독하지 못하고, 단지 풍문으로만 그의 비평 세계를 접한 데서 온 오해라고 나는 말하고 싶다. 실상 「비순수의 선언」이라는 글 자체를 두고 볼 때도 글의 본래 취지와 책 제목의 인상 사이에는 사뭇 상당한 거리감이 놓인 것을 알 수 있다. 이를 책의 제호로 승격시킨 것은 물론 저자의 동의에 따른 것이겠지만, 글의 제목으로서의 원래 그것은 단지 송욱의 시집 『하여지향』이 가진 성격을 객관화하기 위한 의도에서 붙여진 것이었다. 물론 송욱 시의 현실참여적 기운에 대해서는 십분 공감하는 바가 있었고, '선언'이라는 과격한 언사도 이래서 흘러나온 것이겠지만, 그 선언의 주체로서 평자 자신이 스스로를 옹립시킨 것은 아니었다. 글의 특수한 형식과 문면이 그 점을 증거하고 있다. 그 언술 형식이란 근래에 비평 형식의 일환으로 일반화되고 있는, 글쓰기 주체의 분리를 의장한, '일응 대담 비평'의 형식('남/여'가 대담의 화자로서 설정되어 있다)이라 할 것으로, 글쓰기 담화의 일방적 진술 형식을 차단하여, 극적인 간접 담화의 형식을 구축하고 있는 것이 그 형식적 요체인 것이다. 이와 같은 언술 형식의 차용에서 우리는 거기에 직접적이고도 과격한 저자의 선언적 의도가 본래부터 담긴 것은 아님을 알 수 있고, 그 점은 문면에서도 드러난다. 글의 말미를 그는 다음과 같은 문장으로 장식하고 있거니와, 시간의 의지에 맡긴다는 이런 객관주의적 자세의 견지란 선언을 일삼는 혁명가의 그것이라기보다 역사의 되어감에 맡기는 점진주의자의 그것에 가까움을 목소리의 톤을 보아서도 알 수 있다. "시간이란 가장 냉혹한 비평가라는 말이 있지 않습니까. 성급한 판단은 보류하고 좀 더 기다려봅시다."7)

그에게 곧잘 주어지는 '토착어 미학의 전도사, 시정신의 세례자'라는 투의 일반적 세평과 관련해서도 그렇다. 그가 비록 「토착어의 인간상」(1959. 12)을 쓰고, 그 토착어 보중의 태도를 확장시켜 나중 「한글만으로의 길」(1969)을 저술하며, 또 근년의 『시란 무엇인가』에 이르기까지 모국어 시학의 순수주의를 고집해간 것은 사실이지만, 그것만으로 그의 비평 세계 전체가 요약되었다고 본다면 필경 오해이기 쉽다. 만약 그렇다면 소설의 언

---

7) 『전집』1, 73쪽.

어로 육화시킨, 한국적 시정신의 또 하나의 개가라고 해야 할 황순원 소설의 성취에 대해서, 그가 십분 인정한다고 하면서도 그것을 근대적인 산문정신의 결여로 파악한, 「산문정신고」(1960)와 같은 명문은 단지 우연의 산물이었다고만 해야 할 것이고, 또 만약 그가 순수하게 토착어 구사의 시인들만을, 그렇게 해서 이루어진 자국 전통의 미학만을 절대적인 것으로 옹호했다면, 전통빈곤론에 해당하는 「전통의 확립을 위하여」(1960) 같은 글 역시 있을 수 없는 것이었다고 해야 할 테고, 또 그가 한 영문학자로서, 혹은 서구적 문화 일반에 대한 교양적 순례자의 입장에서, 초해 놓은 수많은 문예론 성격의 글들 역시 가당치 않은 것이었다고 해야 할 테다. 만약 그렇게 그의 미학관의 요점을 한정된 강조점으로만 옮겨놓고 본다면 그의 비평 세계 전체는 그야말로 동어반복에 지나지 않는 것으로 오해될 우려도 있다.

물론 그의 이러한 글들 사이에서 모순과 긴장을 느낄 수 있다. 그렇다면 우리의 인식, 의식이란 그가 일찍이 「언어의 유곡」에서 자인한 것처럼, 유리알처럼, 대수처럼 투명한 것이 아님을 전제할 필요가 있다. 언어가 대수(代數)의 기호가 아니기 때문에 수많은 언어로 빚어지는 그것들 사이에는 또 수많은 긴장과 모순이 싹틀 수 있는 것이다. 오히려 하나의 건축물이 그렇듯, 콘크리트처럼 이질적인 요소의 혼합에서 더 단단하고 광대한 구조물이 탄생할 수도 있다. 여기에는 물론 분별과 가름이 필요하다. 이를테면 시 양식과 소설 양식의 차이를 뚜렷하게 준별하고자 했던 미학의 규범적인 장르 철학과 같은 것이 그것이다. 시와 소설의 어떤 양식에 대해서도 선험적인 우위를 부여하지 않고, 그것들을 평행시킴으로써 문학의 폭을 구제하려 했던 이와 같은 균형과 중용의 사상이 그리하여 오히려 그의 정신의 지렛대가 되었다고 할 수 있거니와, 토속적인 것과 외래적인 것, 주체성과 개방성, 이성과 감성, 사회와 개인, 문명과 자연, 하여튼 모든 이항대립적인 것들 사이에서 수용과 배제의 선택 원리를 적절히 균제함으로써 초기 그다운 비평 세계의 폭을 이루었다고 말할 수 있다. 자신의 비평관을 개진함에 있어서도 이를테면 「비평의 반성」(1958)이나, 「비평의 문제들」(1958) 같은 글에서 비평의 분석주의 정신을 배제하면서 수용하고, 또 인상비평과 관련해서도 그것을 수용하면서 배제하는 듯한 이중적 태도를 취했던 것은 그다운 본질적 태도의 발현이었다고 할 수 있다. 이를테면 절대적인 선과 악 같은 흑백논리의 세계가 어디 있겠느냐고 하는 것이 그 조숙한 세계관의 면모였다고 할 수 있고, 비평의 공간을 그가 '굴종 속에서의 자유'라고 했던 것처럼 어떤 점에서 모순 어법 속에 세계의 진실이 숨어 있다고 보는 것이 그다운 언어 – 현실관의 정체였다고 할 수 있는 것이다.

이와 같은 양가적 가치관의 태도란 그러나 비유하자면 두줄타기의 곡예와 같은 것이어서, 그것이 만약 정신의 긴장을 잃어버린다면, 이리저리 편리하게 거처를 옮기는 부유의 철학, 혹은 허무의 철학을 낳을 위험성도 안고 있다는 것을 우리는 경계할 필요가 있겠으며, 60년대 후반, 그리고 70년대의 상당한 시기에 걸쳐 그의 간헐적인 비평적 침묵의 모습이란 그 줄타기 곡예의 어려움을 시사하는 사실이라 할 수 있다. 양날의 칼을 가진 고전적 무예의 고수처럼 어느 편을 향해서도 필살의 검을 안기리라고 하던 것이 비평 입문 초기의 패기와 야심이었으리라고 보면, 시간과 함께 내공은 떨어지기 마련이고, 그리하여 한갓 해석자의 지위로 전락되는 자신의 비평적 무예의 현실을 볼 때, 스스로 비평 행위에 대한 무상성과 무용의 감각에 빠져들게 되지 않았을까 생각해 볼 수 있다. 물론 여기에 당시 지식인 일반을 세차게 몰아쳤던 정치적 행동주의와 허무주의 사이의 좁다란 선택의 기로가 비평가의 의식의 반경을 그만큼 좁게 했을지도 모르며, 또 한 굽이의 시대 변전을 의미하는 세대교체의 격렬한 흐름 속에서 자신의 마땅한 자리를 찾아내지 못한 탓도 그 이유의 한 가지로 가세 했을지 모른다. 어쨌든 60년대 후반, 70년대로 넘어 나아오면서 그의 비 평적 위치는 급격히 보수적인 위치로 밀리게 되며, 그것은 우리의 탐구 과제가 된다. 왜 거인다운 풍모로 강렬한 비판 언어의 빛을 뿜었던 그의 비평 세계가 60년대 후반을 경계로— 그 경계비의 작품으로 우리는 기념 비적인 문화(정책)론의 글, 「한글만으로의 길」(1969)을 기억해두지 않으면 안 된다— 보수적인 위치로 밀려날 수밖에 없었는지.

우리의 일관된 관점은 그러나 그의 변모에 대해서까지도 초기서부터의 내재적인 성격의 발현으로 설명하지 않으면 안 된다. 무엇보다 중시해야 할 것은 글쓰기를 이루는 메커니즘 자체이다. 만약 그의 비평이 처음부터 보수화될 성질을 안고 있었다고 하면, 이를 내재적인 원리로서 우리는 설 명할 수 있어야 한다. 물론 단초는 있다. 「비평의 반성」을 저술하면서 자 신의 비평방법, 전략을 "조심성스러운 급진주의자와 급진적 보수주의자"[8] 의 양가적 체현으로 애초에 설정해 놓은 것이 그것이다. 주목해야 할 것 은 그의 (급진적) 보수주의에 대한 긍정의 자세이다. 마땅히 지켜야 할 것 을 지킨다는 점에서 보수주의자의 영예를 그는 일찍이 받아들이고 있었던 셈이다. 이것은 운명의 예감이라기보다 예민한 자기 성찰의 결과였을 것 이다. 운명이란 누구나 알다시피 성격으로 주어지는 것이다. 성격의 자각 이 곧 운명의 예감이다. 그렇다면 문제는 곧 성격이라고 했으니, 우리는 문체로 돌아가 문제를 처음부터 다시 돌아다보지 않으면 안 된다. 결국 또 그의 지론처럼 문체가 전부다.

---

8) 『전집』1, 215쪽.

2-3.

왜 유종호 비평은 처음부터 대가적인 풍모를 띨 수 있었던가를 우리는 물어 왔다. 시운(時運) 탓이라고도, 뛰어난 문장 감각 탓이라고도, 또 중용지도의 다원적 비판 전략 때문이라고도, 말해 보았다. 이것들은 설명의 어떤 층위를 말하는 것이지만, 그것이 전부는 아니다. 궁극적인 해명이란 끝까지 불가능한지도 모른다. 다만 그 비평의 실제로서 우리 앞에 의연히 문장들이 놓여 있다. 그의 문장 모두를 검색할 수는 없지만, 우리가 증거로 내세울 수 있는 것은 문장 이외에 다른 것은 없다. 다시 한 번 문장을 보자. 「비평의 반성」(1958년 4월) 중의 한 대목이다.

> <예술가의 진보란 끊임없는 자기희생이며, 끊임없이 개성을 멸각해 가는 일이다>라고 한 엘리엇의 말은 흔히 인용되는 의견이지만, 그가 이런 말을 했을 때엔 (…) <종교적 태도>를 견지한 흄 T. E. Hulme에 기대어 섰던 것이고 (…) 에밀 졸라 같은 자연주의자까지도 예술이란 <기질을 통해서 본 자연의 일각>이라고 말함으로써 주관적 개성을 승인하고 있다. 그러나 우리는 동시에 개성의 한계성도 명확히 인식해야 한다. 우리는 여기서 천재들이 생산한 수많은 독창적 작품은 일견 새로운 것처럼 보이기도 하지만 실상은 아주 낡은 것이다라는 의미의 월터 페이터의 말을 명심해 둘 필요가 있다. (…) 개성을 아무리 절규해 본다 하더라도 손오공이 다시 바위를 뚫고 나오는 법은 없을 것이다.9)

저자의 수많은 문장 중에서 반드시 이 문장이 선택되어야 할 이유란 없다. 그의 문장 중에서 이 문장이 특별히 날렵하다고도 말하기 어렵다. 그렇지만, 문학과 비평에 있어서 개성의 문제, 특히 인상 비평의 한계와 장처에 관하여 논술하고 있는 이 대목에서 우리는 다시 한 번 유종호 비평의 중용적 성질, 그러니까 개성의 문제가 지나치게 몰각되어서도, 또 지나

---

9) 『전집』1, 211쪽.

치게 맹신되어서도 안 된다는 절충적 성격의 입장이 드러나고 있음을 확인할 수 있다. 하지만 우리의 관심사가 여기에서 멈출 수는 없다. 문체의 무늬, 형질과 관련하여 살펴봐야 한다. 요컨대 수사학이다. 그가 자신의 논지를 강화하기 위하여 어떤 수사학을, 어떤 담론의 전략을 동원하고 있는지 살펴봐야 한다. 앞에서 나는 '인용의 짜깁기'라고 말했었다. 바로 그것이다. 인용의 수사학.

길지 않은 한 단락의 문장 안에서 벌써 네 사람의 대가가 언급되는 것을 우리는 본다. 이 점에서 우리는 왜 유종호 비평이 처음부터 대가적인 풍모로 나타날 수 있었던가의 또 한 측면을 설명할 수 있다. 대학을 갓 졸업한 청년기 저자의 손에 의해서 쓰였다고 믿기 어려울 만큼 그것은 대가들의 언술을 교묘하고도 능란하게 짜깁기하고 있다. 지식=언술=권력이라는 푸코적인 명제를 상기한다면 이 점은 금방 설명될 수 있다. 이 대가들의 음성을 빌어 저자는 스스로의 목소리에 대가의 위엄을 부여할 수 있었던 것이다. 지나치리만큼 단호한 그 문세의 어조 역시 독자들에게 목소리의 위압감을 주기에 일조했을 것이다. 지식에 목말라 하던 당시의 가난한 문예 청년들에게 이 같은 서구적 원류의 폭넓은 교양과 탁견은 신천지의 발견처럼이나 여겨졌을지 모르며, 당시 선두에 서 있던 지적 에세이스트들의 감응력의 힘은 이런 데서 나왔다. 홍사중, 정명환, 이어령 등의 비평가와 전형적인 안병욱의 글이 그랬다. 이런 글쓰기를 가능케 한 문화적 배면, 혹은 그 기저 동력이란 무엇이었을까.

문체의 형질로서의 인용의 수사학을 끌어내려 그것을 문화적 동력으로 환원시켜 바라본다면 그것은 한마디로 '박람강기(博覽强記)'로 요약될 수 있을 것이다. '박람'의 가능성을 인간 능력의 한계로 보아 그 문화적 토양의 성격으로 이해한다면 그것은 아무래도 분산된, 파편화된 지식의 형태를 띠었을 것이기 쉽고, 그 뒤에는 역어 문화의 배경이 있었을 것으로 짐작할 수 있다. 요컨대 서구 문화의 뛰어난 역어 문화로서 일본어 지식의 배경이 거기에 있었을 것이라는 추정이다. 그렇지만 이 문화적 능력은 또한 '강기(强記)'의 능력과 결합되지 않으면 힘을 발휘하기 어려웠다. 메모의 치밀함으로도 한계를 극복하기는 어려웠을 터이기 때문이다. 대학을 정점으로 한 당시의 학교 교육은 암기의 능력을 최대한으로 신장시키는 데 있었음을 우리는 알고 있다. 여기까지가 당시 지식인들의 일반적인 소양이었을 것이다. 여기서 저자가 한걸음 더 나아갔다고 한다면 원서에 대한 직접 접근의 능력을 갖춘 점에 있었다고 할 수 있고, 그것이 '박람강기'의 탁월한 예외적 능력을 가능케 했다고 할 수 있다. 올더스 헉슬리 읽기의 술회[10]는 그것의 증거라고 볼 수 있다. 암기의 능력은 일찍이 시읽기, 시음송의 취향에서 길러졌다. 소년기에 입으로 익힌 시의 가락을 몇 십 년이 지나서 착오 없이 기억해낼 수 있었다고 술회해 놓은 대목[11]도 있다. 이런 '강기'는 뒷세대로서는 아무래도 흉내 내기 어려운 것이다. 그것이 그의 문체를 만들어내었다. 그리고 그 한계까지도 그것이 지어내었다고 우리는 말할 수 있다. 왜냐하면 취향과 소양이 곧 가치의 관점까지도 지어낼 것이기 때문이다.

관념적 지식인의 한계로만 이 점을 말하려는 것은 아니다. 지식의 과잉이 지식의 한계까지도 지어낼 것이라는 점에서 우리는 말한다. 지식 자체의 방어적 성격은 말할 것도 없고, 때 이른 지식의 과잉이 지식의 회색 지대를 폭넓게 형성한다. 여기서 우리는 최인훈의 『회색인』의 세계를 떠올려도 좋다. 최인훈이 관념 철학의 세계를 배회했다면 저자는 문학적 음송의 세계를 배회하였다. 소설의 언어까지도 암송할 수 있는 언어의 무대로 인식하였다는 것은 그 자체의 자족성으로 보아서도 놀라운 세계로 여겨질

---

10) 『전집』1, 369쪽.
11) 『문학이란 무엇인가(유종호 전집4)』, 17쪽.

만하다. 이것은 조만간 교양주의로 화한다. 교양주의란 지식과 문화의 기억이 자족적인 정신의 세계를 이루는 것이기 때문이다. 인문주의라 바꿔 말해도 사정은 마찬가지가 된다. 인문주의란 가장 폭넓은 의미에서 문(文), 사(史), 철(哲)의 지식과 교양이 인간, 문화에 대한 믿음과 신념으로 폭넓게 변화된 성격이기 때문이다. 이것이 보수적인 세계관, 미학관을 야기한 장본인이라고 할 수 있다. 그렇지만 우리는 그의 보수주의를 단죄할 단계에 이르지 않았다. 그의 비평의 보수적 경과에 대해서 확인하지 않았기 때문이다. 그의 비평의 추이, 경과가 먼저 살펴져야 한다.

3.

설익은 역사주의는 우리를 빈곤에로 몰아간다. 그것은 개별 역사의 구체성, 전체사의 풍요로움을 방기하고 객관적임을 가장하는 메마른 언어의 재단으로 모든 것을 색인하려 하기 때문이다. 20대에 이미 대가의 반열에 오르고, 그 사이 30여 개 성상, 그리하여 이제 갑년의 정리기를 보낸 노비평가의 글쓰기 생애를 몇 마디의 언어로 일별할 수는 없다. 사진첩의 각 장마다 저마다의 추억과 음영이 배어있기 마련이지만, 그렇지만 우리는 주어진 한도 내에서 작업해야 한다. 그것이 비평의 운명이다. 청탁에 따라 쓰였다고 하는 것이 대부분 비평의 변명이지만, 그것을 사진첩으로 들여다보는 마음은 초라하고 안쓰럽다. 그러나 그 순간의 언어가 가장 진실의 언어에 가까울 가능성이 높다. 그것은 화려한 언어들의 축제가 다시 한 번 폭죽을 터뜨리는 순간이기도 하다. 지나온 언어들의 잔해를 앞두고 다시 한 번 있는 힘껏 입김을 모아 소생의 불길을 당기려는 재생의 순간이기도 하기 때문이다. 비평의 속성과 관련, 일찍이 동세대의 선배 비평가와 불꽃 튀기는 언어 공방전을 벌인 바[2]도 있었던 저자로서는 비평 언어, 비평집의 운명 생리에 대하여 누구보다도 예민한 촉각을 갖추고 있었을 것이 분명하다. 그는 비평집의 발간 의미에 대하여 한때 회의를 품었던 듯도 보이지만, 한 권의 비평집을 낼 때마다 정직한 자기 고백의 언어를 잊지 않았다. 보수화의 화제를 중심으로 간단히 살펴보기로 하자.

만약 생물학적인 연령과 함께 보수화가 피할 수 없는 운명으로 주어진다고 하면, 이는 자연적 현상의 설명이 되리라. 조금 나아가 세대의 운명이라는 각도에서 사회적 위치의 상대적인 보수화가 설명된다면 이는 사회사적인 설명이 된다. 60년대 중반기 이미 중진의 위치에 서게 된 유종호 비평은 1966년 「새로운 창작과 비평의 자세」(백낙청. 『창작과비평』 창간호)를 내세우며 의욕적인 출발을 모색하는 ≪창작과비평≫지의 발간에 일시 보조를 같이하는 모습을 보이지만, 1969년 기념비적인 평문 「한글만으로의 길」을 끝으로 평단에서 오래 모습을 감추게 된다. 비평가로의 숨 가쁜 활동 과정에서 잃었던 영문학자로서의 자격 취득을 위해 만학의 먼 유학길에 나서기 때문이다. 이때 한국 비평의 상황도 주지하는바, '유신' 전후의 폭풍의 계절을 만나 내면적인 모색기에 들어서게 된다. 유학으로부터 돌아와 75년에 상재한 저자의 조그만 평론집 『문학과 현실』 속에, 물론 60년대의 글로 널리 알려져 있는, 김승옥 소설에 대한 아름다운 찬사, 「감수성의 혁명」(1966) 같은 글들도 실려 있는 것이지만, 「지식인과 지적 자유」(1974)를 위시, 지식인론의 글들이 그 앞머리에 세워져 있음은 저 당대의 상황 문맥을 암묵적으로 반영하는 사실일 터이다. 소급하자면 실상 5·16 이후 문학과현실론, 지식인과 상황 윤리에 관한 논제는 순수문학과 참여문학으로 이름 붙여진, 60년대 특유의 논쟁 문맥을 거쳐, 현대 한국문학의 주된 쟁점으로 부상했다고 할 수 있거니와, 이 시기에 특히 60년대 세대의 다양하고 폭넓은 등장은 전후 세대의 위치를 얼마쯤 후퇴시키고 문

---

12) 유종호의 「비평의 반성」, 「비평의 문제들」 및 김우종의 「비평의 자유」(현대문학, 1958, 10) 등을 말한다.

단 전체에 전면적인 세대교체의 바람을 가져왔다. 이 세대교체의 기운, 와중 속에서 문학과 현실 관계의 논쟁, 문학적 쟁론으로서 걸맞게 '리얼리즘 논쟁'이라고도 이름 붙여진, 문학과 사회적 실천 사이의 함수 관계에 대한 쟁론이 문학인들은 말할 것도 없고, 지식인 일반의 관심을 끄는 논제로 널리 주목되었다. 이와 같은 상황에 가장 고지식하게 대응한 모습이 이를테면 유종호 비평이라고 해야 하지 않을까. 당면한 사회적 실천의 요구 앞에서 '상상력주의'의 기치로 우회해 나갔던 것이 이른바 '문지' 그룹의 기민한 대응이었음을 상기하면, 침묵의 언어로나마 대응하지 않을 수 없다고 본 것이 유종호 비평이었던 것 같다. 『전집』 2권을 이루는 『동시대의 시와 진실』의 「책 머리에」에서 그는 다음과 같이 말해놓고 있다.

> 시는 썰렁하고 구차했던 삶의 내 첫 열정이었다. 오랫동안 언어의 마술은 순평하지 못했던 마음의 약속이 되어주었다. 그러나 형용사 하나 동사 하나의 차이에서 우주적 차이를 느끼게 하는 시들이 세계에 미만해 있는 제도화된 인위의 고통에 대한 폭력적인 무관심을 안고 있는 것이 아니냐는 생각이 들면서부터 마음은 고요하지 못하였다. 나는 한동안 글을 쓰지 않았다.[13]

물론 이 동안 전혀 한 줄의 글도 쓰지 않았던 것은 아니리라. 아우얼바하의 『미메시스』를 공역한 것은 이 시기의 산물 중 하나로 기려질 만한 일일 텐데, 이러한 상태에서도 그는 물론 문학에의 관여를 전적으로 끊고 있었던 것은 아니라고 보아진다. 70년대 후반 『세계의 문학』 발간에의 관여가 그 한 모습이었다고 할 수 있고, 어쨌거나 이러한 상황 문맥 속에서 상대적인 보수화로의 물림은 불가피한 것이 되어 갔다. 더 이상 새로운 문제 제기로 나아가지 못하고 대부분 시인론, 혹은 작가론의 해설 글들로

---

13) 『전집』2, 4쪽.

만 채워지고 있는 평론집『동시대의 시와 진실』은 이 사정의 증거로 읽힐 수 있다. 각기 편편의 글들은 어떤 연구자의 글에 비해서도 날카로운 통찰과 예지의 언어를 담고 있지만, 비평의 언어가 해석적인 기능으로만 떨어질 때, 저 마르크스의 끈질긴 지령(知靈)이 이 땅 지성사에 다시금 복면을 벗고 나서려 하던 즈음에 그와 같은 비평언어의 활동이란 단지 설명적인 것으로만 치부될 뿐 다른 도리가 없었다. 그 형편은 80년대에 출간된 또 다른 평론집『사회역사적 상상력』(1987)에도 비슷한 지속의 양상을 보였다고 할 수 있고, 그 자의식을 또 평론가는「책 머리에」에 다음과 같이 넌지시 표해 놓고 있다. "스스로 부정할 길 없는 움츠림의 자세는 그러나 이 책이 밤노래이기 때문만은 아니다. 그것은 필경 글쓰기가 당당하고 의연한 실천과는 먼 거리에서 이루어지며 기껏 이차적 실천에 지나지 않는다는 자의식의 소산이기도 하다. (…) 그러나 문학이 사람의 위엄에 어울리는 인간화된 사회공간을 마련하는 데 기여해야 한다는 생각에 변함은 없다. 사회역사적 상상력에 기초하지 않은 어떠한 세계이해나 인간파악도 변변치 못하다는 생각에도 변함은 없다"14)

그렇다면 유종호 비평의 이와 같은 보수화 과정은 단지 상황과 세월 탓이었을 뿐이었을까. 여러 번 암시한 대로 그 경과는 유종호 미학의 본래적인 속성, 개성 탓과도 무관하지 않았다고 진단할 수 있다. 전집4권을 이루는 문학개론서,『문학이란 무엇인가』와 제5평론집『문학의 즐거움』, 그리고 또 하나의 별저,『시란 무엇인가』를 통해서 그 진면목을 확인해 볼 수 있겠거니와, 가락의 아름다움과 선명한 서정적 이미지의 자연스런 해조에서 벗어난, 그러니까 고전적 서정시의 규범에서 벗어난, 여타의 시적 취향에 대해서, 그는 비평의 초창기에서부터 지금에 이르기까지 별반 애

---

14)『전집』3, 5쪽.

정 어린 관심을 보이지 않았던 것이 사실이다. 그가 가령 신경림이나 김
지하 등, 이른바 민중시의 대표자격인 시인들에 대해서 관심을 피로한 적
이 있다 하더라도, 그것은 서정시의 고전적 품격과 관련한 척도에서였지,
그 이상으로 넘쳐나는 것은 아니었다. 「변두리 형식의 주류화」, 「급진적
상상력의 비평」 등의 글(『전집』3 소재)에서 저자 비평의 80년대적인 관심 확
대를 엿볼 수 있기는 하지만, 그 정도로 그 시각의 심각한 전도가 이루어
졌다고는 보기 어렵다. 참여문학, 민중문학적 경향에 대해서는 그렇다 하
더라도, 모더니즘 계보의 시적 정향에 대해서 그가 보인 태도는 더 심한
바가 있었다. 70년대의 오규원 이래 80년대의 새로운 현대적 감각의 시인
들, 그러니까 김현이 애지중지했던 이성복, 황지우 등의 새로운 시인들에
대해서 그가 일언반구의 관심도 보이지 않았다는 것은 유명한 사실이다.
최근 시인들의 업적으로 그가 주목한 시인들로는 최승호, 조정권 등을 꼽
을 수 있을 따름이다. 80년대를 넘어 나아오면서 그의 관심은 시양식의
쪽보다 소설 양식의 쪽에 기울어졌음을 평론집 제목 '사회역사적 상상력'
은 암시하고 있지만, 소설 양식 쪽이라 해도 사정은 별반 달라지지 않는
다. 그 등단 초기에 집요한 애정을 기울여 예외적인 관심의 발로를 보였
던 이문열의 경우를 제외하면 당대 소설가들에 대한 관심에 있어서도 대
체로 무심했던 인상을 주는 것이다. 이것은 현장 비평에 그만큼 소홀했다
는 뜻도 되며, 그만큼 신예들의 작품에서 고전적 품격의 언어활동을 발견
하지 못했다는 뜻도 된다. 설령 이 모든 이유의 근저에 그의 비평 초기 자
주 참조되었던 엘리엇의 언명과 같이 현대에 들어와서의 감수성의 분열,
혹은 타락의 요인이 근본적으로 잠재해 있었던 것이라 하더라도 그 감수
성의 이반 현실에 책임 있게 대응하지 못한 비평가로서의 그의 직무 유기
책임은 면책되지 않는다. 아니다. 혹시 그렇지 않은지도 모른다. 어쩌면
그는 이 시기에 더욱 원대한 집필, 비평가의 문화적 책임에 부응하기 위

한 저작을 기획했던 것인지 모른다. 요컨대 저자가 만년의 작업으로 기획하고 썼던 문학 개론서 『문학이란 무엇인가』의 탄생과 『시란 무엇인가』의 탄생은 이 시기의 산고로 태어난 정신적 분만이 아니던가. 감수성의 변동 현실에 대해서 보다 책임 있게 대응하고자 한 비평적 자세의 모멘트의 일환으로서 그것들은 수태되었던 것이 아니겠는가. 그렇다면 우리는 이에 대해서도 또 한 장의 할애를 통해 차분히 살펴볼 필요가 있다.

4.

지금껏 계속해서 우리는 유종호 비평을 대가 비평의 풍모로 각인시키고자 해왔거니와, 문학 개론서, 시의 개론서를 쓰는 일이야말로 대가적 비평의 초상에 화룡점정 하는 일이 아닐 수 없다. 또 한 사람의 시 비평의 대가, 김현이 죽기 전 만년의 작업으로 문학개론서 쓰기를 소망했었다고 하는 이야기는 이러한 문맥에서 우리의 가슴을 찡하게 하는 전언일 수 있거니와, 문예학, 문예비평의 대가들이 문학개론서의 쓰기로 돌아오는 것은 그 일의 어려움과 경복스러움을 시사해준다. 그것이 어려운 것은 평생의 미적 경험에 대한 자기 확신이 동반되지 않고서는 그것이 설득력을 갖기 어렵고, 또 쓰이기도 어렵다는 점 때문일 것이며, 또 동시에 동서고금의 미학을 아우르는 박학다식의, 박람강기의 능력이 없고서는 그것이 경쟁력을 갖기 어렵다는 사정 때문일 것이다. 우리 주변에 문학 개설의 이름을 단 책들은 많고도 많은 것이다. 그중에서도 저자의 이 책들이 널리 호응을 받는 것은 예의 판명하고 평이한 문체에 깊은 체험의 인식이 거기에 담겨 있기 때문일 텐데, 그러나저러나 또 한 권의 문학개론서를 추가한다는 행위의 의미 자체는 무엇이었을까.

방송프로에서의 연속강연이 직접적인 계기가 되어 우연찮게 쓰이게 됐다는 『문학이란 무엇인가』와도 또 달리 『시란 무엇인가』는 저자의 인문주

의적 관심을 직접적으로 드러내 보이고 있다. "동양에 있어서도 서양에
있어서도 시는 인문적 전통의 중심부에 자리 잡고 있었다"15)가 그 시발
격의 문장으로 되어 있는데, 여기에서의 "인문적 전통"이란 말이 그 비평
초기에 그가 그토록 불신의 태도를 내보였던(가령,『전집』1권에서의「인간 부
재 – 한국문학에서의 휴머니즘」이나 오열하는 휴머니즘 – 한 상투 문구에의 의혹」) 휴
머니즘이라는 어사의 역어쯤에 해당하는 것으로 보면 금석지감의 느낌을
갖게도 하는 것이다. 여기서 인문적 전통에의 관심 환기는 교양주의자의
태도를 드러낸 것으로 보아도 크게 틀리지 않을 것이다. 교양주의자는 곧
교육자이며, 교육을 통해서 인간이 보다 인간적인, 내적으로 성숙한, 문화
적, 정신적 인간으로 변모해 갈 수 있다고 믿는 것이 교양주의의 본질이
라고 할 수 있기 때문이다.16) 오랜 경과를 거쳐 처음부터 조숙했던 평론
가는, 그러나 청년기답게 그 초기에는 칼날 같은 비판의식으로 주로 무장
하였던 평론가는 이제 우리 앞에 완연한 교육자의 모습으로 서게 된 셈이
며, 이것은 저자가 오랫동안 대학에서 문학을 강의해 온 교사로서의 행적
을 보아서도 당연하다. 문제는 초기의 치열한 비평가의 모습에서 이제 온
화한 교육자의 모습으로 돌아온 그 글쓰기 주체의 자아 이동에 관련된 사
실이겠는데, 이 변모 역시 그러나 처음부터의 원형질과 관련된 사실임을
상기할 수 있다. '교양이란 본래 박학다식의 미덕을 기초로 하는 것이며,
교양적 인간이란 또 동서양을 막론하고 문화의 조화로운 형성을 목표로
하는, 말을 바꿔서 중용지도의 인간형을 이상으로 하는 개념임도 여기서
다시 한 번 상기될 수 있다.17) 전통적인 인문주의 교육이 문장 교육의 형
태로 이루어졌음도 널리 인정되는 사실이거니와, 그것은 문(文), 그러니까

---

15) 유종호,『시란 무엇인가』, 민음사, 1995, 11쪽.
16) 김상환,「해체론 시대의 인문주의」,『오늘의 한국 지성, 그 흐름을 읽는다』, 문학과지성사, 1995
   참조.
17) 위와 같음.

스스로의 문장에 대해서 자신 없는 사람은 감당할 수 없는 문화적 덕성의 이상 개념임도 주의할 사항의 하나일 것이다. 따라서 이와 같은 성격의 인문학적 관심이란 전형적인 문예비평가에 의해서 훌륭하게 달성될 수 있다는 사실을 뜻하며, 이 문맥에서 저자가 저자의 글의 여러 대목에서 공자(孔子)를 인용하고 있음도 그 시사하는 바가 크다고 할 것이다. 인문주의와 관련된 저자의 사유의 그 동안 행적이 마지막 권 『문학의 즐거움』에서 「인문주의의 허와 실」로 집중적으로 나타나고 있음도 이런 문맥에서 주목할 만한데, 그 마지막 전언, "지금이야말로 인문주의 이념과 교양 이상의 가시화가 특별히 요구되는 시점이다. 비속성 지향의 대중 문화와 교양을 단념하고 스스로 아랫것이 되려는 민중 문화의 해독제로서 또 배금주의 천민 문화의 대체물로서 인문주의 이념은 우리 사회에서 대안 없는 이상일 것이다"[18]의 결언은 현재 저자가 다다른 신념의 종착 지점이 어디인지를 확실하게 보여준다. 이를 어떻게 받아들여야 할까.

5.

이제 마침표를 찍자. 제한된 공간 안에서 작업해야 하는 것이 비평의 숙명이라면 우리는 이에 순응해야 한다. 한 비평가의 30여 년에 걸친 사유의 흔적이 단 몇 페이지로 정리, 종결될 수 있다고 믿는다면 그것은 물론 순진한 일이다. 그 사유의 궤적이 성실한 것이라면 성실한대로 거기에 필연의 사고 발전과정이 있을 것이고, 불성실했다면 또 그것대로 거기에 그만한 사유의 진폭이 있을 것이다. 언어를 통한 빈틈없는 조리의, 수미일관의 구조란 있을 수 없다는 것이 해체주의자들에 의해서 알려져 왔다. 하물며 시간의 축적 앞에서랴. 시간이란 가장 냉혹한 비평가라고 저자 스

---

18) 『전집』5, 334쪽.

스로 말했던 것처럼, 시간의 냉혹한 담금질 앞에서 자신이 내뱉은 모든 언어를 완벽히 방어할 수 있는 철인의 언술이란 없다. 그런 운명을 피하고자 할 지경이면 처음부터 침묵하거나, 동어반복 해야 한다. 우리는 유종호 비평의 역사적 침전을 통해서 수많은 어긋남과 괴리와 분열의 흔적을 발견할 수도 있다. 그러나 그것의 드러냄이 우리의 본 의도는 아니었고, 오히려 전통적인 방식으로 유종호 비평의 시초의 모습과 후기의 모습을 일치시키려 해 보았다. 그럴 만큼 저자가 부단한 자기 전개보다는 시초 자신이 설정한 스탠스(stance)를 충실하게 지키고자 애쓴, 문화의 성실한 파수꾼이었음을 강조한 셈도 된다. 그가 처음부터 대가적인 풍모로 나타난 조숙한 비판자의 모습이었다는 것도 우리의 이러한 전략적 의도와 무관치 않았으며, 따라서 만약 그 초기와 후기 사이에 어떤 균열의 모습이 발견된다면, 그것은 상황 여건의 차이로 인한 문맥상의 발생 차이로 이해해야 한다. 휴머니즘에의 냉소, 길항의 자세가 후기의 인문주의에 대한 적극적인 승인의 자세로 바뀌었다고 하면, 그것은 주체의 내용(성)이 변질되었기 때문이라기보다 상황 변화에 따른 부정의 대상성이 바뀐 것으로 보아야 한다. 요컨대 초기 비평이 휴머니즘의 어사에 냉소적이었던 것은 그것이 한국적 인정주의와 비합리주의에 의해 채색된 채 자기 온존적 성격을 기초로 한 것으로 보았기 때문이고, 이것이 후기에 와서 인문주의에 대한 전폭적인 신뢰의 바뀌게 되었다면 그것은 문화 전반에 걸쳐 만연된 반인문주의적 현실에 대한 심각한 위기의식이 발로된 때문이라 보아야 한다. 결국 휴머니즘의 원질을 향한 주체성의 내용 자체에는 아무런 변질이 없고, 다만 주체가 놓인 상황 변동에 따른 주체의 문제의식의 변동이 여기에 있을 뿐이라고 우리는 보아야 한다.

오늘에 와서 이런 태도의 발현이 문화적 보수주의자의 근영이라거나, 시대착오적인 모습조차 머금고 있다고 말하는 것은 쉬운 일이다. 그것이 정곡을 찌른 얘기일 수도 없다. 성실한 자라면 누구나 자기 세대의 표정을 지을 터다. 컴퓨터와 영상문화에 길든 세대가 고도의 활자 문화, 세련된 문학 언어에 둔감할 수밖에 없는 것처럼, 과거의 세대가 오늘날의 현란한 문화 현실에 어지럼증을 느끼는 것도 당연하다. 쌍둥이끼리도 세대 차이를 느낀다는 우스갯말이 있지만, 문명의 전화 속도가 이렇게 빨라진 현실 앞에서 자기 세대의 문화에 충실했던 한 견인주의자가 오늘 심한 어지럼증을 느끼지 않는다면 그것이 더 이상하다. 근본적으로는 성실성의 윤리적 덕목 밖에서 이것이 논해져야 하는 이유도 여기에 있다. 시대 변화에 적응하고 발맞추려는 노력을 성실치 않은 자세로 타매할 수 없는 것처럼, 자기 세대의 문화 감수성에 충실한 자세를 또 부도덕하다 타매할 권리를 우리는 갖고 있지 않다.

모든 것을 세대적인 본향의 소산으로만 치부하려는 우리의 태도 또한 물론 옳은 인식의 태도는 아니겠다. 개성이 있는 것처럼, 세대 내에서도 태도와 관점의 차이는 나타난다. 가령 전후 세대 내에서 뿌리 깊은 관점의 차이를 노정했던, 요컨대 이상(李箱) 문학이 최선이냐, 정지용 시가 최고냐, 하는 논쟁점(이를테면 이어령이 전자를 택했다고 할 수 있고, 유종호는 그 후자였다고 할 수 있다)을 두고도 우리는 같은 세대 내에서의 감수성의 차이를 부각시킬 수 있다. 하지만 이상과 정지용의 길이 달랐던 것처럼, 양자를 추종한 비평적 언술 사이에 제 각기의 길은 따로 있었고, 그 길의 다른 모양새만큼 오늘날의 다른 문학적 초상, 한국 현대문예 비평의 풍부함을 우리는 보지만, 그 초상을 두고 우열을 논하기란 부질없는 짓이다. 우리가 지금껏 보아온 대로, '문학의 즐거움' 혹은 '즐거운 문학'의 합리적 가치 척도를 모색하고, 그것으로 변함없는 인문주의적 문화 이상을 지키려 온 한 대가 비평가의 초상을 우리는 본다. 그것이 시초에는 열정적인 비판가의 모습을 띠었고, 후로는 문학적 보수주의자의 모습으로, 더 나아와서는 문화적 고전주의자의 화신으로 변모되었다고 한다면, 그것은 우리가 동일한 대상을 두고 역사적 맥락 속에서 파악하고자 했기 때문이다. 여기서 우리가 가장 많이 발견한 모습은 어떤 점에서 서양 문학자가 바친 강단비평에의 숙명의 수행자의 모습이라고 해도 좋으리라. 평생에 걸친 문예원론적 탐구와 현장 비평의 수행을 통한 미적 체험의 축적을 설득력 있게 개진한, 그런 점에서 한 세기에 걸친 우리 근대 문학사의 미의 경험이 고스란히 일관된 필치 아래 전개되어 있다고 해도 좋을, 그의 문학 개론서와 시학 개론서의 역저를 우리가 그 증거로 보기 때문이다. 비평의 원점, 비평의 미학적 규준을 꾸준히 탐색해 온 저자의 평생에 걸친 고투의 흔적으로는 독자의 때 묻은 감수의 손길에 의하지 않고서는 그것이 보상받을 길은 없다. 문학의 영원성에 대한 야망과 글쓰기의 무상성에 대한 흔들림의 유혹 앞에서 강단 비평이 견딜 수 있는 긴장의 최대치는 이러한 문예 미학의 학적 고구와 현장 비평의 체험적 순례를 서로 만나게 하는 길 밖에는 다른 길이 없음을 우리는 인정한다.

이처럼 문학의 위엄으로 시대에 맞서고, 그것으로 생과 문화를 보전해 온 세대의 글쓰기 결산 앞에서 그것이 유독 갑년의 회년기를 맞아 이룩된 문화적 정산의 성격을 띠고 있다는 점에 이르러서는 우리의 자세는 다시 한 번 엄숙함의 옷깃을 여미지 않을 수 없다. 문학과 문화를 지켜가야 할 책무가 이제 우리에게 맡겨진 책무라는 당연한 세월의 인과법칙을 의식해서만은 아니다. '문학의 해'라 지정된, 문예부흥 이루기의 대망의 해가 실상 문학의 위기 시대의 역설적 표현으로 들리는 이유에서만도 아니다. 위기 의식의 징후는 보다 깊고 장기적이다. 다만 감수성의 차이에 의해서 새로운 시인, 새로운 산문 언어의 기운을 우리가 못 찾는 것이 아니라, 문예의 저미, 활자 문화의 위축은 앞으로 시간이 갈수록 더해 가리라는 예감을 우리는 갖는다. 시대와 문명이 달라지면 인간형(혹은 人間性) 또한 달라지리라는 저 해체주의의 문화 인간론자들 얘기에 굳이 귀 기울이지 않더라도 새로운 인간(형)의 출현과 그에 따른 문화 변동은 불가피한 것으로 예상된다. 그렇다면 처음부터 일관되게 평이함의 문체 미학을 주장해 온 저자의 신념이 어떤 점에서 시대를 앞서간 측면이 있지 않은가. 이와 같은 문학 위기 시대에 평명(平明)의 인문주의를 부르짖은 것은 그렇다면 단지 시대의 잔영일 뿐인가, 아니면 예언자적 목소리의 발현이기도 한 것인가. 알 수 없는 대로 이런 위기의 시대에 문학과 문예비평의 자리를 못 벗어나고 있는 자에게라면 저 평명의 문예학의 교사는 여전히 우리의 살아 있는 교사일 수 있다. 더 이상 황금시대의 회복이 불가능하고, 재능의 이룸 또한 기대난망이라 하더라도, 잘못된 길을 접어든 자들에게 귀감은 여전히 타자의 길이 아니라, 전철의 형태로 주어질 것이기 때문이다. 이미 강단비평의 운명을 수락한 자들에게라면 유종호 비평 전집은 더욱 사숙의 대상이 될 수 있다. 강단비평으로 이룬 최대치의 하나가 그것임을 부인치 못하기 때문이다.

–『유종호 깊이 읽기』, 민음사, 2006.

문학의 세상, 글쓰기로 말 건네기
- 김윤식 선생과의 대화

◆ 그 동안 선생님의 生은 여과 없이 한국근대문학연구(논문쓰기)와 그에 이어진 한국문학 현장의 비평적 글쓰기라는 형태로 존재해 왔습니다. 이처럼 두 줄기이나, 결국은 한 줄기라 해도 마찬가지일, 한 외곬의 삶을 살아오신 것이 선생님 삶의 외면적 모습입니다. 여기서 '외곬'이라고 특별히 강조해야 할 이유는 무엇입니까. 그것은 다른 어떤 일반적 삶모양 부가적인 모든 것이 제외되어 있다는 뜻에서입니다. 물론 선생님의 생이, 선생님이 아직도 또 다른 어떤 방식의 전이를 꿈꾸지 못하는, 원고지 위의 강팍한 볼펜 필체 형태로서만 존립해 왔다고는 말할 수 없겠습니다. 대학 국문과 강단의 충실한 현대문학강좌 교수가 우선 선생님의 사회적 신분이었기 때문입니다. 글쓰기는 이와 함께 병립된 것이지요. 초기 선생님의 글이 한국 근대문학에 관한 연구 논문의 형태로 개진된 바는 이 사실을 말하는 것이지요. 그러나 언제부턴가 선생님의 함자 뒤에는 '문학평론가'라는 직함만이 붙어 모든 것이 설명되기에 이르렀습니다. 그 사이 방송 출연도 하고, 다른 여러 사회적 활동들도 없지 않았지만, 그 폭의 경계는 그

러니까 문학비평입니다. 문학과 문예 강좌의 범위를 결코 넘지 않고 문예 비평으로 수렴되는 생, 이것이 한 문학주의자로서 선생님 生의 외면적 모습입니다.

이 글쓰기 생의 외화가 이제 저 수많은 저서들로 축적되어 있습니다. 다른 모든 것이 사라지더라도 글쓰기가, 저서가 살아남게 되리라는 것이 흔히 문예가들의 보람으로 여겨질 수 있습니다. 그렇지만 허무주의적 열정이란 이런 세속적 가치 판단을 뛰어 넘는 곳에 있습니다. 앞으로 얼마만큼의 저서가 여기에 또 추가될지 알 수 없고, 시간이 가면서 또 어떤 저서들이 저 가혹한 시간의 횡포 속에 살아남을 수 있을지 지금으로선 알수 없습니다만, 그 질적인 평가의 문제는 아마 지금이 아니고 먼 나중의일이 될 것입니다. 허나 양만으로 따질 때 현재까지 그 글쓰기의 성취가벌써 초인적인 경지에 달하고 있고, 이것은 한 불가해한 신비로 남아 있습니다. 물론 어떤 사람에게 글쓰기란 아무 쓸모도 없고, 그저 죽은 것으로 치부될 수도 있습니다. 글이라 하더라도 시나 소설 같은 것이 뜻이 있지, 평론이란 아무 짝에도 쓸모없는 것이라 말하는 사람도 있을 것입니다. 한국문학이란 별로 대단치 않아서, 거기에 언급하는 일이 무슨 의미가 있겠는가 반문하는 사람도 있을 것입니다. 선생님은 말하자면 이와 같은 편견의 풍토와도 싸워온 것으로 보입니다. 한국문학에 관계하고, 그 비평에관계하는 사람이라면, 그러나 지금 50여 권으로 축적된 이 사회적 사실을외면할 수는 없으리라고 여겨집니다. 어쨌든 존재할 가치를 가졌기에 활자화되고, 또 책의 형태를 낳지 않았겠습니까. 글 쓰는 사람으로서 글 쓰는 일이 아주 불면의 고통이거나, 평생 한두 권의 책으로 승부하겠다는사람의 입장에서 보면 이것은 참으로 불가사의한 일이라고도 하겠습니다. 여기에 허무주의적 노동의 철학, 혹은 양(量)의 윤리학, 경제학 같은 것이담겨 있지 않을까요.

오늘 이 자리에 선생님이 불려나오시게 된 것 역시 이 양의 경제학적 현실과 무관하지 않다고 여겨집니다. 특정의 주제가 아니라 선생님 글쓰기의 전반을 돌아보고, 그 역정을 소개해 달라는 것이 편집자의 주문이기 때문입니다. 일화 소개의 방식으로 선생님의 생애를 흥미 있게 추적해달라는 것 또한 편집자들의 주문입니다. 이 외람된 자리에 조타수로 지정받은 저는 생애의 윤곽과 경계를 그리는, 밑그림 데생자의 역할만을 하고자 합니다. 아무래도 주 관심사라면 그때그때 연구와 글쓰기의 뒷얘기 같은 것이 될 터인데요, 그 역정이 방대한 만치 편의상 연대별 구분의 질문을 드리겠습니다. 우선 생의 원천적 조건에 대한 관심으로 유년기에 대한 회고랄까, 집안 분위기에 대한 말씀부터 듣고 싶은데요. 글쓰기의 기원이라고 할까요?

▼ 내 유년 시절의 기억을 더듬으면 강변 위의 집(외로움)과 책읽기가 남습니다. 부모, 그리고 위로 누님 세 분이 있었는데, 큰누님은 내가 태어났을 때 이미 시집가고 없었고, 둘째와 셋째 누님과 함께 유년기를 보냈습니다. 우리 집이 동네에서 좀 떨어진 버드나무 숲속 강변에 있었기 때문에 내 유년의 벗이란 까치와 까마귀, 메뚜기, 그리고 하늘 높이 치솟은 버드나무 숲들이었습니다. 아버지는 엄격했고, 책력으로 농사를 짓는 분이었지요. 어머니는 초승달이 뜨면 어린 나를 데불고 샘가로 나가 치성을 드리었습니다. 장수를 빌기 위해 절에다 파는 풍속이 있었던 모양이에요. 절 어머니가 우리 집에 자주 왔고, 부처님 오신 날엔 그 절에 가서 자고 오기도 했습니다. 친구들과 크리스마스 때면 동네 예배당 구경 다니던 일도 생각나고...

그러나 유년기에 내게 제일 큰 충격을 준 것은 둘째 누님이었습니다. 하루 종일 메뚜기와 까마귀 그리고 포플라 숲을 벗하며 지내다가 저녁때면 둘째 누님 옆에서 새로운 세계를 발견하고 말할 수 없는 가슴 설렘에 빠지곤 했던 것이에요. 국민학교에 다니는 누님의 책에 놀라운 세계가 펼쳐져 있었던 것입니다. 엄격한 아버지도 누님의 책에 열중하는 내 모습엔 모르는 척 하였습니다. 그것이 내 책읽기의 최초의 기억이지요.

◆ 엄격하고 부지런한 아버지, 자상한 어머니, 그리고 누나들, 이렇게 가족 관계가 요약되겠군요. 그 속에서 외아들이셨던 셈인데, 생래적으로 외로운 운명 같은 것이 느껴집니다. 그 원초적인 외로움 속에서 책읽기로 나아가는데, 그 책읽기가 이를테면 책 넘겨보기, 남의 세계 엿보기로 되었다는 것은 시사하는 바가 크다고 여겨집니다. 이처럼 남의 세계 엿보기, 낯선 세계 엿보기란 곧 비평가의 운명을 표상하는 것이 아니겠습니까. 타자의 세계를 넘겨봄으로써, 곧 훔쳐봄으로써 자기 글쓰기의 세계를 펼쳐낼 수 있다는 것은 비평가적 운명의 한계이자, 또한 기쁨이기도 할 터입니다.

이런 얘기가 그러나 흔히 글쓰기의 신비화(?)를 낳을 수 있다는 점을 폴드 만은 경계했지요. 여기서 저는 잠깐 방향을 돌려 세대론적인 문맥에서 한 문화적 자아 형성의 문제를 돌아보고 싶습니다. 선생님 세대에게는 흔히 '한글 세대'라는 명칭이 자주 통용되지요. 4·19 세대가 이 문화적 세대 명칭을 적극화했습니다만, 문화사적 주체성의 표지로 부각된 이 점을 저는 조금 의심해 봅니다. 이 주체성의 세대 표지라는 것이 과연 어디까지나 영예로운 세대 표식으로서 군림할 수 있겠는가. 엄밀히 말해서, 선생님 세대의 경우에는 보다 '끼인 세대', 영어로 말해서 소위 '샌드위치(sandwich) 세대'의 성격이 짙다는 생각을 저는 해봅니다. 폄하해서 말하는 것이 아니라, 이 점으로 말미암아 큰 문화사적 가능성을 안게 되었음을 저는 지적하고자 하는 것이지요. 작금에 이르러 숨 가쁘게 '국제화'가 외쳐지는 세월이 됐습니다만, 어떤 점에서 세계적인 국제화, 보편화의 감각은 바로 선생님 세대, 곧 해방과 6·25전쟁을 전후하여 성장한 세대에게는 몸에 밴, 한 생래적인 감각이 되었으리라고 저는 봅니다. 한국 전쟁이 세계사적인 전쟁이었다든가, 여기에 UN 16개국이 참가했다든가, 하는 것과는 아무 상관없이 피부로 밴 생활세계의 언어 감각이 여기에 있습니다. 선생님과 같은 연령을 앞뒤로 해서 우리 현대 문화사의 우람한 거목들이 출현하게 된 배경에는 이와 같은 언어 감각, 활자 문화의 감각이 중요한 요인이 됐다고 저는 보지요.

가령 일본어 감각을 처음부터 몸에 지니고 나올 수 있었던 마지막 세대가 바로 선생님 세대입니다. 일본어의 지적 자원을 태어나면서부터 몸에 익힐 수 있었다는 뜻이지요. 바로 선생님이 누나의 책에서 훔쳐본 그 언어 자원의 세계가 그것 아니겠습니까. 그런 뒤, 바로 같은 문맥에서, 한글의 문화적 충격을 가장 예민하게 받아들일 수 있었던 세대가 또한 선생님 세대입니다. 일본어 군가를 배우다가 '새나라의 어린이'를 배우게 된 것이지요. 이것은 아마도 언어 의식에 있어서 체제 변혁과 같은 충격이었다고 할 것입니다. 기실 침략자의 언어를 국어(國語)로 배우다가 모국어를 되찾은 감격이란 지금 우리의 감각으로는 설명하기 어려운 것일 터입니다. 바로 국민학교 3학년 때의 일이지요. 그 감격이 국어에 대한 감각을 더욱 예민하게 키웠으리라는 것은 충분히 짐작할 수 있습니다. 어쨌든 이 변혁과 벅찬 감격 속에서 모국어와 모국어 문학에 대한 예민한 감각이 솟아나왔으리라는 것을 짐작할 수 있고, 그것이 말하자면 전후 세대의 토종 문화 감각입니다. 그것이 모국어 문학에의 의지로 뻗어나갔으리라는 것은 당연합니다.

그런 다음 영어의 진주(進駐)가 오지 않겠습니까. 물론 그 사이에 언어의 분단도 맛보게 됩니다만, 만약 북녘에서 컸던 사람이라면 소련어의 보편적 질서 감각을 키울 수조차 있었을 것이고, 적어도 남녘 사람들에게 그

보편의 문화, 언어 감각이란 영어의 감각이었습니다. 지금과도 달라서 이 새로운 보편 언어의 진주가 또 다른 실존 감각을 키웠으리라는 점도 능히 어렵지 않게 추정할 수 있습니다. 서툴고 강퍅한 발음이라도 그것이 새로운 세대의 유력한 실존 도구가 되리라는 것은 아마 어린애의 눈으로 보더라도 능히 의식될 수 있었을 터입니다. 이 세대의 어눌한 발음 속에서 영어에 대한 기억, 향수가 오히려 민활한 것은 이 사실을 뜻하는 것 아닐까요. 아마 전쟁을 지나면서 이 사실은 좀 더 분명해졌겠지요. 단지 언어의 차원에서만이 아니라, 실존적 문화 감각의 차원에서 이 영어 감각은 몸속으로 피부로 녹아듭니다. 전쟁의 상황 자체가 이제 가장 원초적인, 보편의 실존 상황으로 이해되지 않겠습니까. '악(惡)', 또는 악마적 실존이라는 보편의 존재 정황을 몸에 익히게 되는 것입니다. 문학에 대한 정열이 들끓게 되는 것은 아마 이와 관련되는 것이 아니겠습니까. 세계가 초토화된 마당에 문학이 그 꿈의 마당을 대신하는 것은 참으로 자연스러운 일이라 하겠지요. 빵을 빼앗긴 러시아 소녀가 책읽기로 배고픔을 참아내었던 것처럼 전후의 폐허 속에서 가장 농도 짙은 문학에의 향기를 흡입하게 되는 것은 따라서 어떤 점에서 이 세대의 문학적 정열을 위해서는 참으로 다행(?)스러운 일이었다 할 것입니다. 그처럼 문학이 삶을 대신하였던 만큼 우리 문화사에 있어서 가장 수준 높은 문학적 감각을 일구어냈던 것 아닐까요.

그러나 이것만으로 그치지 않는 세대적 문학적 행운의 조건들은 얼마든지 더 열거될 수 있습니다. 치졸함을 무릅쓰고 말한다면, 한자 문화의 교양적 세례를 마지막으로 받을 수 있었던 세대가 이 세대 아닌가, 하는 생각을 해볼 수 있기 때문입니다. 이 점에 비교하여 볼 때, 저희들 순한글 세대란 어떤 점에서 한자, 한문 교육의 수혜 기회를 잃어버림으로 말미암아 한자, 한문에 대한 문맹 상태로까지 치닫고 있는 것이 저희들 문화의 솔직한 현주소일 것이기 때문입니다. 이러한 문화사적, 세대론적 위치는 우리 문화사의 전반적 위치 속에서 인쇄 문화의 최성기에 속해 있다는 점으로까지 소급될 수 있습니다. 이른바 영상, 그리고 텔레콤과 멀티미디어의 문화적 홍수로부터는 적어도 멀찍이 위치해 있었던 것이 이 세대이기 때문입니다. 특별히 50년대에 있어서 인쇄 아닌 다른 문화의 존재 상태란 지극히 미미한 상태에 있었던 것이 현실 아니었겠습니까. 60년대 세대에게만 넘어오더라도 이런 문화적 현실은 큰 변모를 보이는 것으로 사료됩니다. 한국 문화의 민족주의적 경향과도 맞물려 급격히 국수화하는 것이 60년대 세대의 문화적 자화상일 테니까요. 이에 비하면, 해방과 분단, 전쟁, 그리고 전후로 이어지는 20세기 세계사의 보편적 존재 정황들은 이데올로기 시대의 성격을 띠어 무엇보다 언어, 활자 문화의 매체적 영향들과 밀접하게 공존할 가능성을 그만큼 더 많이 부여했습니다. 역설적이나, "우리는 화전민이다!"라고 외칠 수 있었던 이런 세대의 조건이야말로 초토 속에서 무엇인가 더 많이 뿌릴 문화사적 행운의 조건을 부여했다는 뜻입니다. 제가 오히려 더 역설적으로 세대론적 비운의 조건을 행운의 조건이라 강변, 윤색하고 있는 것일까요. 이 점과 관련하여 선생님 자신 성장기의 기억은 어떻습니까?

❤ 특별히 우리 세대가 불행했었다거나 행운이었다고 생각하지 않아요. 나는 지나간 과거는 돌아보지 않는다는 좌우명을 가지고 살았던 만큼 한번도 그런 어리석은 미망에 빠진 적도 없습니다. 굳이 말하라면 전쟁터에 나가서 목숨을 바쳐야 했던 세대보다는 조금 행복했고, 그러나 4·19가 난 후 마치 자기 세상이나 만난 것처럼 활보했던 세대들보다는 조금 불행했던 것인지 모릅니다. 그러나 우리 세대의 대부분이 어쨌든 매우 어렵게 공부하고 살아야 했을 것만은 틀림없다고 생각합니다.

국민학교에 다니려고 십리 길을 걸어야 했던 것이 이를테면 우리 세대죠. 마산 동중과 상고에 다닐 때는 매일 기차를 타고 오가는 기차 통학생 노릇을 했어요. 학교가 군병원으로 되어서는 개울가 돌밭에 땅을 고르고 칠판만 걸어 놓고 수업을 하기도 했고... 조금 지나 텐트로 지은 가건물 속에서 겨우 공부하는 세월을 갖기도 했습니다. 그 시절 전시 물자가 산적한 마산 부둣가에 나가 친구들과 밀항을 꿈꾸기도 했고, 문학에 관심 두고 작품 읽기에 열중하던 것도 아마 이때부터라고 생각됩니다. 누구나 그랬겠듯이 시를 투고해 보기도 하고, 교지에 산문을 발표하기도 하고... 문학자가 될 꿈을 이때부터 키웠던 것이에요.

사범대학에 진학한 것은 교육이 가장 소중한 직업이라 믿은 아버지의 영향이라 생각합니다. 나 자신 교육자 겸 문학자가 되는 길이 제일이라 생각하고, 시, 소설, 평론 등의 습작에 몰두했지요. 청계천 헌 책방을 뒤지며 책을 사 모으고, 군대 시절에도 책을 보는 것만이 즐거움이었어요. 대학 졸업하고, 대학원에 진학하고, 또 졸업하고, 수료하고... 이런 것은 지금과 거의 차이가 없을지 모릅니다. 그렇지만 당시만 해도 대학원 진학이 그리 많지 못했고, 그래도 과정은 엄격했습니다. 박사과정까지 쉬지 않고 해서 마친 것이 1965년입니다. 그 사이 「문학사 방법론 서설」, 「역사와 비평」 등으로 ≪현대문학≫지에서 평론을 추천 받고, 교단에 서서 학생을 가르치는 교사 노릇을 했지만, 모두 포기하고, 국립도서관, 고려대 도서관 등에서 몇 년 간을 자료수집에만 열중했었습니다. 1968년에 서울대학교 교양과정부 전임강사가 되면서 생활이 조금씩 안정될 수 있었지요.

◆ 조금 여담으로 비켜납니다만, 선생님의 남다른 학적 열정에 대해서는 주변에서 전해지는 일화가 많지요. 제가 들은 바로는, 그때 제가 고등학교에서 입시준비에 골몰하던 때인데, 군대 시절에도 선생님은 달빛 아래 책을 보았다는 그런 전설적인 얘기를 들었어요. 제가 군대생활 하면서

그 얘기를 한번 실험해 본 적이 있는데, 달빛으로 책을 읽기란 거의 불가능해 보이더군요. 그러나 그 불가능의 일화가 선생님의 진면목을 전해주는 것으로 저희에게는 기억됩니다. 그 시절의 자세를 잘 표명하고 있는 것으로 ≪현대문학≫지에서 추천받으며 썼던, "나는 노예처럼이 아니면 살 수가 없다"는 요지의 발언이 무척 인상적으로 기억됩니다. 학문의 노예, 글쓰기의, 지식의 노예였던 것이라고 할까요. 그러나 영화 <벤허>의 한 장면을 떠올리게 했던 그 노예적 인상은 형형한 반항적 눈빛으로 특징지워지는 것입니다. 의식적 노예라는 뜻이지요. 글쓰기 노동의 자의식과 이것은 직결된다고 생각합니다.

시간을 조금 건너뛰어서 선생님이 훈장(勳章)처럼 회고했던 한 시절로, 신임 교수로서 막 임명을 받고, 당시 60년대 말, 혹은 70년대 초의 시기에, 주체할 수 없는 정열의 모습을 각인했던 한 소장 문예학자의 풍모, 풍정이 떠오릅니다. 그 시절 한 객관적 자료로 최인훈 씨의『소설가 구보씨의 일일』이 삼아질 수 있지요. 여기에 선생님 모델의 인물이 나오는데, '김공론' 씨 아니겠습니까. 일요일 중에도, 휴업 중에도 어김없이 낡은 연구실을 지키고 있는 인물이 그 아니겠습니까. 구보 씨가 일요일 산보 삼아 나들이 나와서 만나곤 하지요. 김현을 시사하는 인물도 나오는데, 그 시절을 선생님은 [유자약전]을 회고하는 한 대목에서 고은과 최인훈 등과 함께 스러지는 노을을 바라보며, 배밭을 바라보며, 중국집 배갈에 벌겋게 얼굴을 붉히던 한 시절로도 묘사하고 있습니다.

다시 거슬러 올라가, 60년대 중반기 도서관에서 자료를 수집하던 당시에는, 그 시절『친일문학론』을 준비하던 임종국 씨와 자료 탐색 작업을 같이 벌였다고도 들었는데, 지금처럼 무슨 복사기가 보급되지도 않았을 시절에 순전히 필사로만 방대한 자료 탐색 작업을 거친 끝에 나온 것이 지금 한국 현대문학도들의 제일의 필독서라 하는『한국근대문예비평사연구』가 되겠습니다. 농담이지만, 저희들 후학들이 이런 얘기를 합니다. 그 선행 업적으로 후학들이 공부하기는 더욱 어려워졌다고 말이지요. 필사의 작업이었기 때문에 간혹 오자, 탈자도 있고 해서 원문 대조의 부담은 여전히 남으면서, 논문 써야 할 입장에서는, 적어도 비평사 연구에 관한 한 테마 구하기의 여지가 거의 사라졌다는 것이지요. 비단 비평사 연구 영역만이 아니라, 사실은 다른 장르의 연구 영역도 사정이 비슷하리라 생각합니다. 이런 방대한 연구 기획 자체가 지금의 눈으로도 불가사의해 보인다는 어느 후배의 토로를 들은 바도 있는데, 그 실증주의적 연구 열정을 선생님은 자주 '발로 쓴다'라는 말로 표현하신 적이 있지요. 하지만 정작 논문 제출과 발간은 일본 유학 이후의 시기로 미뤄졌습니다.

▼ 70~71년 사이에 하버드 옌칭 뉴프로그램 장학금으로 일본 동경대학 동양문화연구소에 1년간 유학했어요. 대학원에 적을 두고 있던 때부터, 석사논문은 「시의 구조적 특성」으로 했지만, 문예비평사 쪽을 전공 영역으로 굳히고 있었지요. 내 공부방에 카프 조직의 계보도를 붙여놓고 밤낮 그들의 활동상을 머릿속에 그려 넣기도 하고, 그에 관계되는 것이라면, 누구한테, 무슨 짓을 해서라도, 배울 각오가 돼 있었습니다. 그 각오로 일본을 향해 떠났는데, 당시 동양문화연구소에는 꽤 많은 분량의 북한문학 서적이 있어, 두근거리는 가슴으로 우선 읽고 베끼기에 전력을 다해 마지않았습니다. 새로운 자료들을 접하면서, 근대문예비평사 연구에 대한 나의 관점도 조금씩 더 분명해졌습니다.

한국근대문학비평이 내 전공인 만큼 우선 근대성에 초점이 두어지지 않으면 안 된다고 나는 생각했습니다. 그렇게 생각하니 카프 문학 및 그 비평의 성격이 좀 더 환하게 밝혀지는 기분이었어요. 카프 문학이 근대성의 뚜렷한 표정으로 다가올 수 있었던 까닭은 그것이 현실적인 힘으로 작용하고 있는 움직일 수 없는 증거로서, 소련, 중국, 북한의 장대한 이데올로기 체계, 그리고 그에 동반되는 힘과 신화의 실체가 현실 속에 이미 뿌리 내리고 있었다는 사실, 실감을 확인한 때문이었습니다. 이것이 나라 안에서는 금기로 되어 있었고, 그 때문에 여러 번 정보 당국의 주시의 대상으로도 되었지만, 그 상황이 오히려 나에게는 일종의 지하운동가적 환상조차 갖게 했습니다. 그 과정에서 루카치를 발견하고, 그의 전집을 사 모으고, 그의 불세출의 명작 『소설의 이론』을 틈틈이 번역하고, 하는 열정을 가졌던 것은 지금도 나의 지적 여정 중에서 가장 소중한 기억으로 남아 있습니다. 그때의 원고가 여태 내 서랍 속 깊숙한 곳에 남아 있어서 잠 안 오는 밤이면 이를 꺼내 쓰다듬곤 하는 추억조차 가져봅니다. 이광수 평전 쓰기의 기획을 은밀히 키워왔던 것도 바로 그 시기의 일이지요. 이데올로기만으로 근대가 설명될 수 있는가, 이런 회의의 한편에서 이광수 평전쓰기의 기획이 여물어 왔던 것입니다. 근대는 한편으로 '제도'로써 설명되지 않으면 안 된다는, 그런 제도론적 현실 사상도 이때부터 키워오게 되었습니다. 이광수 평전 쓰기만을 위해서, 그것을 결판내기 위해서는 후일 또 다른 도일(渡日, 80년)의 모험이 필요했었습니다.

▲ 선생님의 연구 작업이 양의 방대함만큼 얼마나 오래고 철저한 준비 끝의 소산인 줄을 아는 사람은 그리 많지 않은 것 같습니다. 흔히 기술의 문체 양상으로만 보아 졸속이라고 폄하하는 사람도 있는 것 같습니다만, 실상 자료 수집에 바치는 노고에 비하면 그것은 아무 것도 아닙니다. 그러니까 73년 출간된 『한국근대문예비평사 연구』의 기술을 위해서는 그 자료 수집에 60년대 중반부터 한 연대 가까운 세월이 투자되었던 셈이고, 또 81년에 집필 시작된 『이광수와 그의 시대』를 위해서도 이미 1차 도일(渡日) 단계에서부터 따지면, 10년 넘는 기간이 소요되었던 셈입니다. 단지

추상적인 열정과 일의 욕심만으로 구체적인 결실이 이루어지지는 않았다는 뜻이지요.

그 70년대 초반의 시기에 의욕적인 문학사 연구자로서 선생님은 또한 비평가 김현과 함께 기억되기도 하지요. 김현과 함께 이 시기 『한국문학사』를 산출하기 때문입니다. 문학사 집필의 실제적인 과제로서 생각할 때, 이 작업 또한 엄청난 자료 검색의 작업임을 실감하지 않을 수 없습니다. 2년여에 걸친 작업이었습니다만, 한 탁월한 비평적 재능과의 만남의 형식으로 그것이 이루어졌지만, 한 실증사가의 몫은 흔히 간과되는 듯도 합니다. 물론 이제 와서 그 작업의 한계와 문제점을 비판하는 일이란 그리 어려운 일이 아니겠지요. 하지만 저 콜럼버스가 말했던 것처럼, 결과로서 주어진 일은 아무 것도 아닌 일일 수 있으나, 그것을 기획하고 추진하는 작업으로서 구체적인 일의 성과란 실천력의 담보 없이는 행해지기 어려운 법입니다. 적어도 통사, 전체사로서 이만한 (한국)근대문학사 기술을 우리는 아직도 가지고 있지 못한 형편입니다. 국문학자와 불문학자라는, 어떤 점에서 매우 이질적인 만남의 관계, 그러니까 "거친 문장에 대한 혐오"를 노골적으로 말했고, 거기에 "나는 명문을 쓰고자 하지 않았다"는 신조를 스스럼없이 내세웠던, 이 이질적인 문체-인격들의 결합이 지금에 와서는 퍽이나 기이하게조차 느껴집니다. 그렇기 때문에도 그 만남은 혹 자에 의해 '비평사적 장관'이라는 수사를 얻기도 했지만, 이 만남에서 얻은 선생님의 비평적 계기도 남달랐던 듯합니다. 우리나라에서는 동업하면 싸운다는 속설도 있습니다만(웃음), 이후 이 한때 동업자에 대한 애증의 느낌을 선생님은 자주 피력하기도 했지요. 최근 공저로 『한국소설사』를 다시 쓰신 바도 있습니다만, 문학사 쓰기와 관련된 선생님의 회고적 여적은 지금 어떻게 남아 있습니까?

♥ 김현을 두고 나는 우리 시대의 대형 비평가라고 칭해 왔지요. 순수히 문학 비평에만 전념해왔다는 점에서 나는 그를 문학 비평가의 한 전형으로 보고 있습니다. 그처럼 유능한 동업자를 만날 수 있었다는 것은 나에게도 큰 행운이었겠지요. 문학적인 견해나 작업 방식에는 차이가 있을 수 있었지만, 나는 그와의 만남을 후회해 본 적이 없어요. 다만 어쩐지 그의 인생 후반기에 그는 주로 시와 비평 이론의 개척 쪽으로 나아갔기 때문에 소설 쪽에만 전념해 온 나와는 기실 비평 현장의 영역에서 별로 부딪힐 일도 없었던 셈입니다.

그와는 애초에 한 직장의 동료이기도 했기 때문에 젊은 교수의 신분으로 당시 우리는 자주 어울리고 만나는 편이었어요. 어느 날 그와의 대화 중에 문득 문학사 집필 문제가 튀어나왔고 이로부터 시작됐던 것으로 기억됩니다. 문학사 연구자라면 늘 그런 의욕을 염두에 두는 것이지만, 그런 준비의 상태에서 아마 30대 초반의 그의 패기와 외국문학도라는 몸가벼운 조건이 그로 하여금 불을 붙이게 했던 것인지 몰라요. 국문학도인 나의 입장에선 다만 그 계기를 한 완성의 작업으로 생각하기보다 한 시도로서 생각하고, 말하자면 평생에 걸쳐 고쳐 써 가야 할 한 숙명의 과업으로 생각했었던 것이라 하겠는데, 당시엔 무엇보다 먼저 하나의 문화론적 명제로서 '이식문화론'의 극복, 곧 임화의 <신문학사론>을 넘어서야 한다는 명제가 의식적으로 뚜렷이 부각되었지요. 그러나 의욕만 가진다고 엿장수 맘대로 모든 것이 극복될 수 있는 것도 아니고, 당시 우리끼리의 그 주체적 문화 근대화론의 제출이 실제적으로 얼마만큼의 성과를 거두었는지에 대해서는 우리가 뭐라 말할 수 있는 성질의 것이 아니겠지요. 오히려 지금 와 돌아보면 돌아볼수록 이 명제의 극복이 말처럼 쉽지만은 않다는 생각을 더 많이 하게 되는데, 그래서 '제도론'의 설득력에 자주 기울어지곤 하는 것이겠는데, 그러나 당시로선 패기와 의욕을 가졌던만치 우리 문화의 근대적 자생론, 그러니까 우리 근대 문학사의 영·정조 기점론을 열심히 입론해보려 노력했던 점만은 그러니까 어느 세대에게 있어서도 문학사가 다시 쓰일 수 있다는 점, 누구나 자기 세대의 역사 기술을 가질 수 있다는 점 등의 명제를 입증해 본 셈이라 생각해요. 역사라는 것이 무턱대고 지식과 자료의 축적만으로 씌어질 수 있는 것이 아니라 최소한 하나의 극복 명제, 기술의 방법론을 걸고 씌어져야 한다는 점에서 보면, 임화의 〈신문학사〉와 견주어 쉬 이길 수 없는 논리적 싸움의 명제 앞에 우리는 여전히 직면해 있다고 생각하지요. 앞으로 올 후학들 역시 이 점을 분명히 의식할 필요가 있다고 봐요. 다시 한 번 써야지 하면서도 여태껏 손 못대고 있는 이유가 이것 때문인지 모르죠. 이것은 분류사로서의 소설사 기술 작업과는 별개의 문제겠지요.

◆ 70년대의 일만 회고하더라도 이 대담의 지면 전부가 필요하리만큼 걸출하고 단단한 업적을 이 시기에 많이 남기셨습니다. 현장 비평과 문학사 연구로 선생님의 글쓰기를 이분한다면 대개 문학사 연구에 전념하며, 특별히 문학 사상사, 정신사 연구에 골몰하던 시기가 이 시기 아닌가 생각됩니다. 물론 작업 자체는 모두 60년대부터 시작된 작업이겠습니다만, 그리하여 70년대 말에 이르면 '한국근대문학…'이라는 에피셋이 붙는 저서들을 필두로 벌써 10여 권에 이르는 저서 목록을 선생님은 가지게 되지요. 여기서 당시 글쓰기 내역을 세세히 밝혀내기는 어렵습니다만, 특기할 만한 일로 『한일문학의 관련 양상』이 75년 일본어로 번역, 출간된 일이 있었고, 78년 한 학기를 선생님은 미국 아이오와 대학의 국제 작가 워크숍에 참가, 서양을 한 바퀴 돌아보는 근대 체험을 합니다. 물론 가장 일상적인 일로는 이 시기 대학 국문과 강단에서 활발한 교수 활동을 펼쳐, 명강의(?)라는 평판을 얻게도 되지요. 이 과정에서 여러 권의 교재와 번역서의

출간 작업들이 한편 이루어지며, 너무 방만하지 않느냐는 세평(?)을 얻을 만큼 이 시기 문학사 정리 작업은 개화기에서 해방기에 이르기까지, 장르적으로 시에서 소설, 희곡, 비평에 이르기까지 근대문학사 전반을 아우르게 됩니다. 세평이야 어떻든 그야말로 쓰고, 읽고, 강의하는 일에만 몰두했던 것이 당시 선생님 삶의 외면적, 혹은 내면적인, 학자적 생애의 일관된 모습이었다고 여겨지지요. 한 짧은 수상에서 그 생애 편린의 외양을, 책상 위에 책 더미와, 원고지, 그리고 라디오 한 대만이 덩그러니 놓인 풍경으로 스스로 묘사하신 적이 있습니다만, 뜰아래 옷 벗는 가을은행 나무만이 당시 풍경의 친구였음으로 그 외로움을 드러내신 적이 있지요. 저 서대문 고지대의 이층집에 사시던 때의 이야기입니다. 세상은 '유신'이다, '긴급조치'다, '오일쇼크'다, 그리고 '서울의 봄'이다, '5·17'이다, '5공'이다, 하고 급박하게 돌아가는데, '긴급조치' 하에서 '지식인 문인 서명'에 동참하신 일화 같은 것을 제외하면, 일 분, 한 치도 시간의 누수 없이 외견상 책읽기와 글쓰기에만 일관하신 것이 이 시기 선생님의 모습 아니신가 생각됩니다. 내면의 드라마가 왜 없었겠습니까만, 철두철미하고 가혹할 정도로 일상생활의 가지치기로 특징지어지는 것이 당시 선생님 삶의 외적 모습이라는 것이죠. 이에 관한 일화도 많습니다(가령, 결혼식 신고를 하러 온 제자 학생을 문전에서 쫓아 보낸 적도 있다고 한다)만, 궁금한 것은 이처럼 스스로를 유폐시키는 자기 소외의 학자적 삶의 태도가 현실 문제와는 전혀 무관한 채로 이루어졌던가 하는 점입니다. 헤겔의 '소외' 개념이 학자로서의 자기 소외 태도에서 연유했다는 말도 있습니다만, 이를테면 당시 '겨울 공화국'의 현실과 학자적 소명을 스스로를 유폐시킴으로써 해결하려 한 것인지, 그와 상관없이 '학(學)'과 '글쓰기'의 유희에만 전념하신 탓으로 그리된 것인지, 궁금합니다. 학자란 일부러 바보 노릇을 해서라도 일상생활의 장에서 물러나야만 제몫을 할 수 있다고 강조하신 말씀을 강의 시간에 들

은 기억이 있습니다만... 당시 현실 문제에 골몰했던 저희 어린 학생들로
서는 선뜻 받아들이기 어려운 얘기였죠.

▼ (……)

◆ 이제 80년대로 넘어가서, 선생님의 회고적 글로서는 드물게 지난
80년 전후의 사정에 대해서는 두 편의 글을 남겨 놓고 있습니다. 『이광수
와 그의 시대』 연재를 마치고 쓰신 「글쓰기의 리듬 감각」이 있고, 80년대
회고를 위한 모 잡지사 측의 기획 중 일환으로 「이광수에서 임화까지」를
쓴 것이 그것들이지요. 이것들을 보면 현실 참여와 학자적 소명에 관련된
언급이 약간 비치는데, '서울의 봄' 당시, 교수단 서명에 참여하면서 느낀
역사에 대한 깊은 실망감이랄까, 역사적 허무주의에의 침잠이 다시금 글
쓰기의 새로운 기획으로 넘어가게 되는 한 문학자의 내면 풍경이 잘 나타
나 있습니다. 역사에 대한 환멸이랄까, 역사에 대한 일종의 도피 의식이
말하자면 『이광수와 그의 시대』 쓰기로 연결되었음을 밝히고 있는데, 어
쨌든 그런 의식으로 대학이 문 닫고 있던 시기 선생님은 2차 도일(渡日)로
나아가고, 이로써 "이광수 연구를 결판내고자" 했지요. 이로 보면 저 이광
수의 내면 의식으로의 망명이 현실에 대한 망명이 아니었겠는가. 어쨌든
선생님은 이로부터 차라리 현실에 등 돌리고 담 쌓음으로써, '평전쓰기'라
는 또 다른 글쓰기의 단계로 넘어가게 됩니다. 그러니까 『이광수와 그의
시대』 이후, 이어서 김동인, 안수길, 염상섭, 이상, 임화 등의 평전 쓰기를
지속적으로 벌이게 되지요. 글쓰기로만 말한다면 따라서 이 시기가 선생
님에게는 한 절정의 시기였다고도 말할 수 있게 되는데, 그 절정의 글쓰
기 리듬 감각을 선생님은 하루 20매라는 단위 개념으로 말한 적이 있습니
다. 『이광수와 그의 시대』를 집필하던 당시에 그 글쓰기의 리듬 감각이

몸에 익게 되었다는 것이죠. 말이 20매지, 실상 이를 실천하려고 들면, 누구도 감당할 수 없는 게 이 양(量)의 노동 윤리일 것입니다. 외적 강제란 전혀 없이 오직 스스로가 부과한 일상의 노동 의무, 철학에서 이 글쓰기의 리듬 감각이 연유했다는 점에서 그것은 철저히 자율성을 특징으로 한 것이죠. 이것이 가능하기 위해서는 일상의 관리, 체력 관리 같은 것이 철저하게 동반되지 않으면 안 된다는 뜻에서 자기 자신에 대한 엄격한 규제의 원리, 배타의 원리를 여기에서 엿볼 수도 있습니다. 어떤 분의 말을 빌리면 베껴 쓰기만도 그것은 어렵지 않겠느냐는 경탄에서, 여기에 창조적인 글쓰기가 스며들 수 있느냐는 의문이 제기될 수도 있겠습니다. 물론 그것은 엄청난 수련 끝의 소산이지요. 그렇더라도 그것이 가능할까, 하는 사람들에게 이런 기회에 한 말씀 해 주십시오.

▼ 하루 20매란 말하자면 내 건강의 리듬 감각입니다. 그 이상도 그 이하도 나에게는 부적합했어요. 그러니까 하루 70매를 쓸 때는 사흘을 앓고, 또 하루 3매밖에 쓰지 못할 때도 또 사흘을 앓았습니다. 이렇게 해서 20매의 분량이 나의 리듬 감각이라는 것을 체득하게 되었는데, 지금은 암만해도 그렇게 잘 되지 않지만, 그때는 그렇게 해서 몇 달씩이라도 지속할 수 있었어요.

그렇게 하기 위해서 물론 자료 수집이 먼저 선행되어야 한다는 건 당연합니다. 내가 일본에 가서 이광수 자료를 찾아 헤맨 것은 그 사실을 말하는 것이지요. 그 헤맴 끝에 『改造』 잡지에서 일본어로 된 「만영감의 죽음」을 찾아들게 되었는데, 그때서야, 아 이제는 쓸 수 있겠구나 하는 생각이 들었고, 그래서 부랴부랴 여정을 남겨 놓고 세밑에 급히 돌아오게 된 겁니다. 그리고는 정초부터 쓰기 시작했어요. 그래 쭉 써 가는데, 4월이 되면서 붓방아를 찧게 되었어요. 자료 조사가 미진했던 겁니다. '春園'이 빛날 때가 아니라, 어두울 때, 춘원이 뻗어나갈 때가 아니라, 주춤거릴 때, 그를 붙잡아 주고 일으켜 세워준 사람을 찾지 않으면 글을 쓸 수 없다는 생각이 든 겁니다. 그래서 춘원이 위태로울 때 안식을 찾던 홍지동 산장, 봉선사 근처를 글이 써지지 않을 때마다 돌아보고 기웃거리곤 했는데, 거기서 춘원의 삼종제되는 이학수의 존재를 발견하게 됐습니다. 그래서 겨우 다시 글이 써질 수 있었는데, 유월이 되니까 또 막히는 기분이었습니다. 총독부와 어깨를 나란히 했던 이광수가 가능하기 위해서는 또 누군가 있어 매개되지 않으면 안 된다. 이런 생각으로 집필을 중단하고 또 한 달 동안 도서관에 파묻혔습니다. 『경성일보』와 『매일신보』를 다시 뒤지기 시작했고, 그리고는 이 신문들의 사장이자, 총독부 고문이었던 '아베'와의 관계를 찾을 수 있었습니다. 그렇게 해서 이광수의 후기 행적이 다시금 선명해질 수 있었어요. 그해 여름방학에 이 일을 다 마칠 수 있었던 것은 이런 행운들이 함께 거들어 준 탓이었다고 할 수 있습니다. 그러니까 7개월 남짓 동안에 총 4천 6백 매의 글을 썼고, 그렇게 해서 하루 20매의 리듬 감각이 체득된 겁니다. 물론 자료 준비가 다 끝난 상태에서 말하는 거지요. 쓰다보면 자료 준비의 미진한 상태가 나오기 마련이니까, 한편으로 자료 찾기도 병행하면서 쓰는 노동량이란 이보다 적어지기 마련입니다.

◆ 하루 중에 집필 시간은 어떻게 가지시는지... 하루를 규칙적으로 생활하시는 생활 리듬도 있지 않으신가요? 혹자들에게는 건강관리의 비법 같은 것도 궁금할지 모르겠습니다.

▼ 지금도 대개 그렇지만 주로 아침에 글을 썼어요. 오후가 되면 글을 쓰지 못합니다. 방학 동안에 글을 집중적으로 쓰게 되는 것도 그 때문이고. 그러나 평전 쓰기에 몰두할 때는 개학이 되어도 개의치 않고 작업을

지속했습니다. 이 리듬을 지키지 않으면 장기적으로 계속 글을 쓰기란 불가능해요. 그래서 저녁에 일찍 자고 새벽 아침에 일어나는 습관을 들였는데, 잘 시간을 대개 정확히 지키도록 합니다. 특별한 건강 비법은 없어요.

◆ 말씀을 안 하셔도 몸에 밴 철저한 생활 철칙 같은 것을 당연히 느낄 수 있습니다. 다시 글쓰기 얘긴데, 80년대라고 해서 선생님이 몽땅 평전쓰기에만 매달렸던 것은 아니라고 여겨집니다. 이 시기 무수한 평론집의 존재가 그것을 말하고, 한편으로 단편적인 연구 논문의 생산 역시 멈추지 않았습니다. '월평'으로 대표되는 지속적인 현장 비평의 일상화가 감행되는 시기도 이 시기이죠. 특별히 이 시기에 재북, 월북 작가에 대한 연구를 앞서서 추진해 간 점도 눈에 띕니다. 80년대 후반 일련의 해금 조치와 맞물리면서 선생님의 연구 작업은 이제 반쪽 문학사에 대한 극복의 문제를 넘어 북한 문학사의 기술을 위한 전체적인, 개괄적인 논의에까지 손을 뻗치게 되지요. '한국근대...'로도 모자라 '한국현대...'라고 이름 붙이게 되는 숱한 연구서, 그리하여 선생님의 저술사로서는 또 한 번의 집중적인, 걸출한 산출의 시기를 80년대 후반기에 맞게 됩니다.

한편 현장 비평가로서의 글쓰기 활동 역시 이 시기에 극성의 모습을 보인다 함을 또한 빼놓을 수 없습니다. 이것은 과거에 선생님이 현장비평가로서의 활동을 접어두고 왔었다는 뜻과는 전혀 달리 일종의 중점 이동으로 설명될 수 있을 것 같습니다. 사실 평론가로서의 등단 자체가 62년의 일이었고, 70년대만 하더라도 『문학과 비평』이니, 『우리 문학의 안과 밖』 등, 여러 평론집을 내고 있었으니, 현장 문예 비평가로서의 활동을 꾸준히 병행해 왔던 셈입니다. 그럼에도 70년대까지의 평론 활동이 지금에 와서 상대적으로 빈약해 보이는 것은 그것이 일종의 아마추어리즘 상태로 보이기 때문입니다. 즉 그보다는 근대 문학 연구자로서의 의식이 보다 앞섰던 셈이지요. 그러던 것이 언제부턴가 선생님은 거두절미하고 '문학평론가'라는 직함만으로 모든 것이 설명되기에 이르렀습니다. 이 전환, 변모가 어떻게 오는가, 어떤 계기로 오는가,를 표나게 설명하기는 어렵지만, 어쨌든 그로부터 한 '서사'(글 쓰는 자)로서의 자아가 전면화된다고 보겠습니다. '서사(書士)' 의식의 전면화란 그러니까 과정적으로 보면 일련의 평전쓰기 작업, 그리고 미술에 관한 에세이나, 여행기 쓰기 등의 작업을 통해 점차 내면화되고, 통합되어 간 바라고 할 수 있겠지요. 물론 문단 상에서의 위치가 점차로 높아짐과도 이는 무관할 수 없는 사실이겠습니다. '문학평론가 김윤식'만으로 모든 것이 통하게 된 사태이지요. 그러나 보기에 따라 이 사태는 연구자 의식의 약화 사태로 볼 수도 있고, 점차 연구 논문과 평론 문 사이에 구별의 무화가 빚어지게 된 것도 이 사태와 무관하다고 볼 수 없습니다. 선생님의 초기 글쓰기로 말하자면, 연구 논문과 평론 사이에 엄격한 이화를 추구했었던 것 아닙니까. 자 그것이 이제 한 인격의 통합이라는 점에서는 긍정적인 면도 없지 않지만, 논문의 에세이화가 빚어지고 있다는 점에서는 부정적인 면도 없지 않다고 할 수 있습니다. '서사(書士)'로서의 이러한 자기 통합, 분열의 무화라는 점을 선생님 스스로는 어떻게 생각하십니까. 근래 들어 국문과 출신 현장 비평가들이 점차로 많아지는 추세입니다만...

▼ 근대문학 연구자가 되기 위해서는 현장 비평가로서의 감각을 유지하는 것이 다른 어떤 일보다 중요하다고 생각합니다. 현재적 감각을 유지하는 것이 과거를 돌아보는 일에도 도움을 줄 수 있다고 생각하기 때문이에요. 흔히 이론과 실천 문제를, 이론적 실천, 실천적 이론 등으로 버무려 말해버릇하지만, 비평과 연구 사이의 관계는 그 둘 이상의 관계를 함축하고 있다고 나는 생각해요. 한쪽의 감각을 잃어버리면, 다른 한쪽의 감각도

제대로 기능할 수 없다고 보는 게 내 입장인 셈예요. 그래서 어찌하였거나, 죽기 살기의 각오로, 글을 쓰는 날까지는 하여튼 이 둘 사이의 평형 관계를 유지해 가려고 하는 게 내 태도지요.

가령 '월평'이라는 양식이 있다고 합시다. 내가 이것을 집착하는 데 쓸데없이 불만을 갖는 사람도 있는 모양이지만, 그러나 현장 비평의 가장 현장다운 것이 바로 이 '월평'에 있다고 나는 생각해요. '월평'을 쓰는 것은 그러니까 나에게 신문을 읽는 일과 같은 일이지요. 소설읽기를 통해서 나는 그달 그달의 세상읽기, 신문읽기를 수행하는 셈예요. 문학 역시 그 변화에 대한 세세한 흐름의 파악 없이는 아무 것도 이루어질 수 없다고 생각해요. 문학사 연구도 마찬가지인 것이지요. 내가 문학에 대한 거창한 일반 이론을 궁구하는 것이 아니라, 한갓 문학사를 연구하는 사람이기 때문에 그렇습니다. 당대 문학의 흐름을 현미경 보듯 읽어낼 수 있어야만 역사라는 큰 숲도, 강물도 볼 수 있다고 나는 생각합니다. 어느 한쪽을 정지하면 다른 한쪽도 기능 마비가 일어나는 것, 그러한 것이 말하자면 비평과 연구 사이에 놓여 있다고 말할 수 있어요.

◆ **지금까지** 주로 글쓰기라는 측면에서 말해 왔지만, 글쓰기는 또한 책읽기 없이는 성립할 수 없는 것으로 알고 있습니다. 그런 점에서 선생님의 글쓰기가 끝을 예정하지 않는 무한욕망의 에너지를 갖춘 것이라면, 그만큼 선생님의 책읽기 또한 광대무변의 잡식성을 갖춘 것 아닌가 생각합니다. 블랙홀의 수용성, 흡인력 같은 것이죠. 그 속도의 앞서기와 독파량에 있어서 도저히 경쟁(?)될 수 없다고 느꼈던 것이, 가령 미셸 푸코의 『말과 사물』이 우리말 번역본으로 출현했을 때, 그것을 선생님은 이미 10여 년 전에 통독하신바 있다고 하는 말을 들었을 때였습니다. 영어본이나, 일본어의 번역 문화가 우리보다 훨씬 빨랐기 때문이었을 테지만, 그렇더

라도 우리말로도 읽어내기 힘든 그 까다로운 원저들을 소위 지적 선진국의 속도와 나란히 가며 읽어낼 수 있는 책읽기의 가독력이 중요하다는 생각을 그때 해봤습니다.

현장 비평의 경우에도 마찬가지이겠지요. 편집자들 얘기를 들으면, 김 선생님께 자꾸 월평을 맡기게 되는 것이, 매달 홍수같이 쏟아져 나오는 그 많은 작품들을 실제로 모조리 읽고, 거기에 일일이 반응할 수 있는 소설 독자가 김 선생님 이외에 따로 있을 수 있냐는 것이죠. 하나의 글쓰기로서 '월평' 쓰기의 생산성이 그리 높지 못하기 때문에, '월평'이라면 실제로 피하게 되는 평론 업종의 종사자들도 많지 않겠습니까. 이처럼 비평가 이전에 우선 소설읽기에 관한 광범위한 독서자의 역할을 자임한다는 점에서 독자 – 비평가로서 선생님의 투철한, 그러니까 프로패셔널한 직업의식이 있다고 생각합니다.

연구 차원에서 이 또한 마찬가지이리라고 생각합니다. 흔히 선생님은 문학(사) 연구를 위한 세 가지 요건으로서, 작품 곧 텍스트와, 역사적 사실 자료, 그리고 이론적인 도구의 문제를 드셨습니다만, 이 모두는 결국 책읽기의 문제로 수렴된다고 생각합니다. 연구자로서 선생님이 가지신 경쟁의식, 소명 의식 또한 이런 점에서 유별난 것이라 생각되죠. 가령 월북 작가 해금 조치를 맞았을 무렵, 여름 뙤약볕에 한 달쯤 통일원 자료실을 매일 출근하다시피 나가 자료들을 정리해 냈고, 아무도 돌보지 않던 그 한적한 서고에서의 작업이 이제는 또 상쾌한 기억으로 남아 있다고 하신 말씀이 한 예증으로 새겨집니다. 그 부지런함이 이론적인 문제에 있어서 예외였을 리 없습니다. 적어도 인문학에 관한 한 어떤 이론이든지 그것을 앞서 수용하고 적용해 보지 않는다면 마치 자기 의무를 다하지 못하고 있는 것으로 선생님은 느꼈던 듯합니다. 일종의 강박적 상태라고도 볼 수 있을 정도죠. 그 이론들의 조급한 수용성에 대해서 '새것 콤플렉스'(김현)

식의 문제 제기를 할 사람도 있겠지만, 어찌됐든 그 덕분에 우리가 공부하는 이 국문학 분야에서 이론적인 후진성 등의 문제는 별로 제기되지 않았다고 생각합니다. 물론 이 점에서 선생님을 사숙하는 학생들이 가질 아쉬움의 느낌도 있을 수는 있는 일이겠지요. 왜 우리는 우리 나름의 이론(체계)을 가질 수 없는가, 그러니까 요컨대 이론적 종속의 문제, 언제까지나 서구 이론에 종속되어서 우리 문학을 연구해야 하는가, 누구나 한 번쯤 이런 이론적인 문제에 대해서 생각이 미칠 수 있을 듯합니다. 이론적 전망의 문제에 대해서 선생님은 어떤 견해, 전망을 갖고 계십니까.

▼ **지금** 얘기한 것처럼 나, 그리고 우리 세대가 공부한 방식이란 서양 이론을 배워서 우리 것에 조금 적용해 본 것입니다. 그동안 공부하면서 서양 이론이 별 것 아니다, 또 내 공부가 근본적으로는 문학사 연구이기 때문에 이론틀에만 절대적으로 지배될 필요는 없지 않은가, 하는 생각도 해봤지만, 연구 행위란 또 이론에 의해서 활력을 얻고, 자극을 받고, 하는 측면도 크기 때문에 일생 동안 이론 좇아가기의 노력을 게을리하지 않고 해온 것도 사실입니다. 내 전공이 그러나 소설 쪽이다보니 주로 소설 이론만을 겨우 좇아온 셈이라 하겠죠.

그 중에서 내가 젊은 시절 특히 사숙한 것은 앞서도 말한 것처럼 헤겔, 루카치 계보의 총체성 이론이었습니다. '부르주아 시대의 서사시'라는 말로 대변되듯 이것은 소설이 서사시의 계보를 잇는 인류 문화사의 최고, 최대의 양식이며, 이로 말미암아 인류가 구원을 얻고, 유토피아를 획득하는 듯한 착각 속에 빠진다는, 그런 이념적인 황홀경의 상태로, 이념 환각을 맛보는 듯한 환희의 문화 양식으로 생각해 온 것입니다. 이념적 행위 양식의 일종으로서 무릇 남자가 해볼 만한 사업 중 하나가 아닌가, 이런 생각으로 양식 선택에 대한 추호의 흔들림도 없이 자부의 행각을 해온 것이죠. 내가 최인훈이나, 이청준 같은 관념 계보의 작가들을 좇아온 탓도 이런 곳에 있을 터입니다.

그런데 언제부턴가 소설 양식에 대한 이런 문화적 확신이 깨어지고 있다는 느낌을 받아요. 이념의 덩어리였던 동구의 체제가 붕괴했다는, 단순한 이데올로기적 현실 변화만으로 이것은 설명될 수 없을 것 같아요. 가령 또 한 사람의 소설 이론가로서 바흐친을 두고 말할 때, 그의 이론적 업적이 쉽게 무시될 수 없으리라는 것은 당연하겠죠. 그렇지만 그의 이론적 입지점은 근본적으로 이런 총체적 합리주의의 관념적 소설관을 거부하는 것으로 보입니다. 시장 바닥의 민중 언어가 가장 활기 있는 소설 언어라는 것 아닙니까. 이런 생각은 나를 곤혹스럽게 했는데, 그러나 최근의 동향은 어쩔 수 없이 인류사의 황금 시절을 꿈꾸는 문화 양식으로서 소설이 더 이상 확장될 수 없으리라는 것, 해체 혹은 위축의 도정이 불가피하리라는 것, 그렇다면 인류 문화사의 한 도정으로서 소설의 운명은 이제 다하지 않았는가, 이런 비관적 예감을 떨칠 수 없다는 생각이에요. 80년대 한동안 리얼리즘과 모더니즘의 관련 문맥에 대해서 논의해 봤고, 그리고 근년에 내 자신 포스트모더니즘, 혹은 근대의 초극 문제에 관심 갖고 대들어 봤지만, 이념적 환각의 문화적 황홀경의 체험은 다시 이룰 수 없으리라는 비관적 전망에 빠져들어요. 오랫동안 소설만을 좇아온 사람에게 이것은 매우 슬픈 일이 아닐 수 없습니다. 이런 내 생각을 반드시 체계화시켜야만 한다고 보지는 않아요. 한국 근대 소설사가 내 전공 영역이기에 이 분야에 대한 정리 작업만을 공저의 형식을 빌려 최근 시도해 본 셈이지요. 이론이 반드시 머물러서 고정돼야 할 어떤 것으로 생각지는 않아요. 체계화된다는 것은 곧 고정된다는 뜻 아니겠습니까. 이것이야말로 최근의 탈구조주의나, 해체주의가 거부하는 것이겠지요. 이론이란 어차피 현실을 좇아가면서 정리해내는 것이겠는데... 그러나 굳이 내 이론이 가장 오래 머물렀던 자리를 찾는다고 하면 『황홀경의 사상』 자리쯤이 되겠지요.

♠ 요즘에 관심두시는 쪽은 어느 쪽입니까?

♥ 평전 작업으로 김동리 쓰기에 매달려 왔지요. 90년대 들어와 이것 저것 해 봤지만 다 관두고, 최근에 와서 지식 일반의 문제로서 문학과 비평을 바라보는 관점을 취하게 돼요. 궁극적으로 지식이나, 사상 일반의 성격이 무엇이냐, 하는 물음입니다. 지금까지 이것을 자발성이나, 주체성으로 말해 왔지만, 푸코라는 사람이 여기에 '에피스테메'라는 개념을 갖다 댄 것 아닙니까. 실제로 내가 백철을 따져 보니, 그 사람에게선 무슨 사상이란 것이 한갓 유행과 같은 것으로 여겨졌음이 드러나요. 그렇다면 지금까지 내가 문학이니 사상이니 하고 떠들어 온 것이 허깨비가 아니냐, 이런 생각에조차 머물게 되지요. 가치 중립성이니, 사상의 등가성이니, 하고 논해온 모든 것이 에피스테메란 일반 개념으로 수렴된다면, 문학의 독자성이란 무엇일까, 또 사상의 역사란 무엇일까, 하는 회의에 점점 더 사로잡히게 되는군요. 그야 어쨌든, 사상사든, 문학사든, 그 모두를 체계적으로 정리할 일이 나에게 남은 마지막 일이라 생각하는데, 이것을 정리하는 일반 이론의 정립이 우선 과제라 여겨지는군요. 나이가 든 탓인지, 지식이나 사상의 자기 언급성에 대해서 더욱 더 회의적인 물음을 던지게 돼요.

♠ 자기 갱신을 위해 스스로를, 과거를, 흔적을 끊임없이 부정해 나오는 선생님의 치열한 자세를 여기에서 엿볼 수 있을 것 같습니다. 이제 정리해야겠습니다. 문학으로 세상을 읽고, 세상 사람들이 말하고 살듯 글쓰기로 살아온 그 생(生)의 세부 내용에 대해서는 전혀 한마디도 이르지 못한 느낌이지만, 글쓰기의 세부 내용은 아마 글로 접근돼야 할 것입니다. 일생

동안 해 오신 일이 비판자의 임무이었던 만큼 자기비판이나 타자의 비판에 대해서나 그만큼 열린 자세로 대한다는 것이 또한 선생님의 특징 아닌가 생각합니다. 업적에 대한 본격적인 비판의 자리는 다른 자리로 넘겨져야 하겠고, 선학의 업적에 대한 극복의 과제는 아마 두고두고 후학들에게 남겨지는 과제가 될 것입니다. 어느 외국문학도가 스승을 두고 그 울타리를 벗어난 적이 없다고 고백한 적이 있습니다만, 참으로 그와 같이 저희들 제자, 후학의 입장에서는 끝내 이 우람한 산봉우리의 그림자를 벗어나기는 어렵지 않겠는가, 하는 자비감을 떨칠 수 없는 것이 또한 솔직한 심정이기도 합니다.

선학의 스승이 이룬 학문적 성취 내부의 모순을 지적하기란 물론 그리 어려운 일이 아닐지도 모릅니다. 사실 너무 많은 작업을 벌여 나오시는 중에 스스로 너무 많은 모순의 함정들을 파 놓은 것도 부정할 수 없는 사실입니다. 그러나 문제의 요체는 내부의 많은 모순점의 존재가 아니라, 그 많은 자기모순들을 피하지 않고, 두려워하지 않고, 오히려 자기 부정을 통해 끊임없이 갱신의 폭을 넓혀 왔다는 점에 두어져야 할지 모릅니다. 이를 두고 오디세이와 같은 이성의 책략, 전략이라 비판한 후학도 있었던 것으로 기억됩니다만, 이 모순의 전략이야말로 선생님의 세계를 풍요롭게 한 요인이 된 것으로 말할 수 있습니다. 가령 가장 규범적이어야 할 '근대성' 개념을 두고도 이에 대한 규범화를 방기함으로써, 혹은 회피함으로써 '근대' 개념의 모호화가 빚어졌다고 말들 하지만, 그럼으로써 한국 근대문학의 세계가 폭넓은 다양의 빛깔로 규찰될 수 있었음을 백안시할 수는 없습니다.

물론 이와 관련하여 규범화의 노력이 전혀 없었다고만 말하는 것도 마찬가지 왜곡이 될 것입니다. 가령 '민화'와 '원근법'을 통한 근대와 전근대의 개념적 구별, 낙차의 구분 등은 그 대표적인 실례라 할 것입니다. 이것이 미술상의 용어를 빈 추상화된 논법에 불과하다고 한다면, 다른 용어들의 개념적 동원 실례들을 들 수도 있습니다. 이를테면 리얼리즘, 모더니즘, 포스트모더니즘 등 문예학상의 거대 담론 용어들은 한국 근대문학 내부의 낙차, 체계를 묘사하기 위해 김윤식 비평이 동원한 중심 용어들입니다. 그 용어들은 마치 하나의 도시와 같은 한국 근대문학사상의 다양한 유파, 흐름들을 일목요연하게 도표화하기 위한 지형도의 주된 이정표들과 같은 것입니다. 너무 많은 미로를 헤매다 보면 지도 제작자 역시 헷갈리는 나침반의 부재 상태 같은 것을 노정한 적이 없지도 않겠지만, 그 헤맴은 오히려 열정의 자죽입니다. 비평가의 근본 입지가 어디냐 하는 점에서 이 헤맴의 족적은 차라리 문학사가의 비평, 그리하여 문학사적 비평의 행보로서는 필연의 궤적이라 해야 할지도 모릅니다. 이 약점들이 결국 오지랖이 넓은 비평에게는 필연적으로 수반될 수밖에 없는 내부적 속성이 될 것이기 때문입니다. 비평의 장 역시 하나의 개성적인 싸움터가 되어야 할 것도 불가피할 터이지만, 그 모든 개성들을 아우르며, 개성의 총합으로 나아가야 할 문학사적 비평의 운명으로서는 개성의 파열 역시 마찬가지로 불가피한 숙명의 하나로 받아들여지지 않으면 안 될지 모릅니다. 각 개성들을 살아있게 하면서, 그것들을 체계화의 망 속에 밀어 넣지 않으면 안된다는 이 비평의 이율배반적 요청이야말로 문학사적 비평으로서는 피할 길 없는 내부 모순 잉태의 숙명이라 해야 할지 모릅니다. 어쨌거나 이 선행 연구의 개척자적 악전고투 속에서 한국 근대문학 연구의 영토는 이만큼 넓어졌고, 다음 세대의 치밀한 영토 가꾸기가 이에 이어진다면, 그 공의 상당 부분은 아마 선생님의 노고로 치하될지 모릅니다.

한 생애의 척도에서 연구자로서 선생님의 궤적은 시간과 함께 보수화의 길을 걸었다는 비판도 충분히 가능할 수는 있으리라고 생각합니다. 저 이성의 주재자 헤겔처럼, 현실을 부재의 이성으로 대치하고자 했던 비판적 열정에서 점차 현실 속의 이성을 탐구하려는 설명적 욕구 쪽으로 전환해

오지 않았느냐는 비판도 충분히 가능할 것입니다. 현실이 끝난 자리에서 헤겔이 저 회색빛 미네르바의 부엉이를 운위했던 것처럼, 삶이 지나간 뒤의 박제된 언어의 유곡을 좇는 일이란 현실에 뒤미처 가는 보수화의 운명을 피할 수 없는 것인지도 모릅니다. 막스 베버 당시 '가치 중립성'의 전제는 학문의 진보적 가능성을 염두에 두고 발해진 것이라고 하나, 언어의 산란 위에 이것이 구사되는 동안에 어느덧 녹슨 보수적 방패막이의 역할에 귀착되는 것 또한 불가피한 학(學)의 운명일지도 모릅니다. 그러나 학문의 진보, 보수를 판가름한다는 일 역시 겨우 당대의 편협한 시대 지평 안에서 행해지는 일 아닌가. 학의 봉헌 대상은 현실의 뒤안길 훨씬 윗자리에, 그러니까 진리의 전당 자리에 속하는 것 아닌가. 이런 신념을 견지한다면 한 학적 생애를 정치적으로 이렇다 저렇다 하는 것으로 평가하는 일이란 속 좁은 협량의 소치에 불과한 것으로 여겨지기도 합니다. 만약 지식사의 지평이 사회 내부의 권력적 관계 문맥을 전혀 벗어나서 이루어지기 어려운 것이라는 점을 염두에 두고 본다면, 전후 이후 벌어진 우리 사회의 역사적 지평 속에서 학적, 이념적 투쟁의 소산들은 좀 더 높게 평가되어야 할지도 모릅니다. 기실 저 20년, 30년 전의 험악한 개발 독재 하에서, 좌.우의 문학사적 공적을 공평히 복원해 내려 했던, 이라기보다 역사 속에 매몰된 좌익 문학의 흔적을 온전히 발굴해내려 했던, 한 문학사가의 휴식 없는 고고학적 열정은 그 자체로 역사를 위한 순교자적 증언, 혹은 신앙의 태도로서 오늘날 우리 인문학의 한 사표로서 삼아져야 할 일인지 모릅니다. 그런 점에서 오늘 우리의 관심사는 다만 한 가지 점으로만 모아져도 좋을 일인지 모릅니다. 학자는 무엇으로 사는가. 어떻게 한 학자적 삶의 열정이 일생토록 지속될 수 있는가. 참으로 단 한 순간의 회의도 없이, 한 작가의 평전쓰기를 멈추는 날, 또 다른 작가의 평전쓰기를 시작할 수 있는, 이 휴식 없는 열정의 거대한 지적 동력학의 정체는 무엇인가.

열정이 재능이라는 유명한 에피그람이 이 물음의 구도 속에서 낳아졌음을 우리는 기억하고 있지만, 여기에 '글쓰기'의 비밀이 숨어 있지 않을까, 생각해 볼 수 있겠습니다. 이에 비하면, 타고난 건강체라거나, 엄격한 자기 관리, 무서운 자기 규율력, 등을 말하는 것은 다만 외재의, 나약한 자들의 치졸한 자기변명의 분석 언어에 불과한 것일지 모릅니다. 니체는, 낙타의 단계, 사자의 단계, 마지막으로 어린아이의 단계를 들어 존재의 윤리학을 설법하였지만, 노예처럼 일만 하는 것으로, 또 사자의 포효하는 자세만으로는, 헤겔의 저 주인과 노예의 변증법이라는 사슬을 근본적으로 탈각하기 어려우리라는 시사일 터입니다. 학문의 목적이, 글쓰기의 목적이 무엇이라고 말할 수 있는 처지에 저는 있지 못하지만, 글쓰기의 자기 유희 속으로 이미 선생님의 글쓰기는 깊숙이 침잠해 들어간 듯하고, 바르트식으로 말하여 그것은 부르주아적인 글쓰기에 진배 아니라고 할지도 모르지만, 어떤 점에서 그것은 주인과 노예의 변증법을 넘어서기 위한 자기 목적적, 그러니까 세상 초월의 탈속적 경지에 비견될 수 있는 것인지 모릅니다. 다만 자기 목적적 글쓰기의 반복은 글쓰기의 자동화를 연출할 수 있다는 점으로 우려가 제기될 수 있고, 아직 싸워야 할 것이 많다고 믿는 젊은 사람들에게 이런 해탈에의 자세는 무기력함의 표상으로 비판적 냉소의 대상이 되는 것도 일의 불가피한 연유인지는 모르겠습니다. 바로 선생님이 젊은 시절 그랬듯이 젊음이란 부정을 통해 나아가는 것이겠고, 그렇다면 사람이 연륜에 맞게 사는 것 또한 자연스러운 일 아니겠는가, 이런 생각도 해봅니다. 어느덧 '이순(耳順)'을 앞두시게 된 선생님이, 앞으로도 악력(握力)만 유지된다면 마르지 않는 샘처럼이나 끝없이 글쓰기를 펼쳐나가시지 않을까 봅니다만, '문학의 神'이라 불렸던 저 고바야시 히데오(小林秀雄)처럼 만년에 이르러서도 대작의 글을 남겨 글쓰기의 완성이 무엇인지를 우리 문학사에 보여주시기 바랍니다. '최대의 삶이라는 명제는 한 실존주의 작가의 윤리적 지침이었습니다만, 비평을 통해서 최대한의 삶이 무엇인지 보여주기를 저희는 기대합니다. 요즘 갈수록 공부하기가 어려워진다는 젊은 세대들의 느낌도 있는 것 같은데, 선생님의 자리를 넘보아온 학생들을 향해 매듭말을 지어주십시오.

▼ 젊었을 때부터 '후회는 없다'라는 생각으로 살았습니다. 내 나름으로 최대한 산다는 게 이런 것이었을지 몰라요. 절망에 빠져 암담하다가도 날이 밝으면 희망이 솟고 일의 의욕을 다시 찾게 되는 경험도 많이 했습니다. 많이 하다 보면, 열심히 하다 보면, 좋은 것도 있을 수 있다는 생각으로 살아왔고, '명문을 쓰지 않는다'는 모토는 내 이런 생각의 자각이었을 겁니다. 그래서 후회하지 않는다가 아니라, 후회 자체가 없다는 자세로 내 삶을 꾸려 왔어요. 내 인생에 후회는 없다는 미야모도 무사시의 말이지요. 앞만 보고 달려 온 셈이에요. 내가 모순덩어리라고 느끼는 사람도 아마 많을 겁니다. 그러나 모순덩어리이지 않고, 지나온 과거를 잘 돌아보며, 훌륭한 인격자로 사는 것이 애초에 내 삶의 지향점은 아니었어요.

문학을 해볼 만한 사업이라고 생각했고, 한국 근대문학 연구가 내가 선택하기 이전에 가치 있는 어떤 일이라고 믿어서 여기에 전념해 왔습니다. 다른 사람들이 정치를 하거나, 장사를 하거나, 이것은 같은 일입니다. 그러나 같은 일을 하는 중에, 더 열심히 하는 것과 그렇지 못한 것과는 구분할 필요가 있다고 생각합니다. 무엇을 하든 열심히 하는 자를 내가 존중하는 것은 이 때문이에요. 시를 쓰든, 소설을 쓰든, 마찬가지입니다. 학문을 하는 자리에서라면 마땅히 열심히 공부하는 자가 존중돼야 하는 것입니다. 내가 생각하는 바는 단지 이것뿐이에요.

―「오늘의 문예비평」, 1994 여름.

혼돈 속의 사변: 서구적 비판 이성, 혹은 자유 지성의 역사
– 김우창의 글쓰기

1. 머리말 – 책읽기와 사색의 글쓰기

비평에 원천이 있다면 그것은 '책읽기'와 '사색'이라고 할 것이다. 모든 글쓰기의 기원조차 우리는 책읽기라고 말할 수도 있을 것이다. 글을 쓰기 이전부터, 그리고 글을 쓰기 위해서, 우리는 끊임없이 읽고 생각한다. 이미 쓰여진 글(들)로부터 글은 흘러나오는 것이다. 이와 같은 관계를 일러 우리는 글(쓰기)의 제도적 성격이라 말할 수 있다. 언어 기호의 제도적 성격에서 이 관계는 근본적으로 말미암는다.

언어 기호의 자의성을 말한 사람은 소쉬르였지만, 그것이 자의적이기 때문에 언어 기호의 제도적, 관습적 성격은 더욱 두드러진다고도 말할 수 있다. 그 언어 기호 일반의 제도적 성격 중에서도, 비평의 언어, 그 담론 체계의 제도적 성격은 더욱 특출한 바가 있다. 이 점을 표 나게 지적한 사람으로 다름 아닌 비트겐슈타인을 지적할 수 있다. 모든 언어활동이 그러니까 넓은 의미에서 규약의 틀 속에서 움직이는 것이겠지만, 그 중 비평의 양식만큼 언어 자원의 한계성을 두드러지게 보이는 담론 양식도 드물다. 이를테면 한정된 언어 자원, 그러니까 정해진 수의 카드를 가지고 놀이하는, 카드 놀이의 언어 게임의 성격을 가장 많이 지니고 있는 것이 바로 비평의 담론 양식이라고 할 수 있다. 그러니 본성상 비평은 창조적이고 독창적인 성격을 가지기 어렵다. 따라서 만약 그러한 바가 있다면, 우리는 그 비평이 배경하고 있는, (배경) 지식, 언어의 습득적, 교육적 측면에서 그 남다른 바를 지적할 수 있으리라. 아무리 새로운 것이라 하더라도 그것은 어디에선가 배운 것이 아니면 안 되기 때문이다. 그러니, 누가 말했던가? 하늘아래 새로운 것은 없노라고. 우리가 가진, 비평적 직능이 가진 재능이 단지 구성적 능력에 불과한 것이라면 우리는, 한 비평가의 재능의 측면을 교육적 측면에서 말할 수밖에 없다.

그렇지만 또 만약, 어떤 비평가의 재능(의 질)이 참으로 독창적인 것이라고 한다면, 우리는 그것에 대해서 희귀하게 '사색'의 힘에 의거된 것으로 말해 볼 수 있으리라. '사색'의 힘이야말로 새로운 것을 낳는 비평적 힘의 근원이라고 할 수 있을 터이기 때문이다. 사색이란 이를테면 경험적 지각이 의식적 표현으로 옮아가기 위한 묵시적 상태에서의 언어적 도상 연습이며, 따라서 질서화의 훈련이며, 새로운 것의 언어적 명료화를 위한 분절화와 종합화의 반복된 훈련이기 때문이다. 세계의 경험적 지각과 글 읽기의 차원으로부터 이미 사색은 시작된다고 볼 수 있지만, 한 편의 글을 대상화하여 그것을 비평적 글쓰기의 새로운 반응 양식으로 끌어내오는 과정에서 사색은 불가피하게 투여된다. 이런 의미에서 사색은 새로운 언어의 생성에서 그것의 종합에로 이르는 과정이며, 따라서 사색이 없는 글은 미몽과 박명의 상태에서 관습적인 자동화로 이루어진 글이라 할 수 있다. 그것은 이를테면 의식이 없는 글이라 할 수 있으며, 그러니만큼 질서화가 덜된 글이라고도 할 수 있다. 이런 혼란과 미명의 상태를 걷어내기 위해서 글쓰기를 위한 사색은 충분히, 그리고 심도 있게 가해지지 않으면 안 된다. 보다 인식적으로 말한다면 '사유'(의 행위)란 곧 '문제화', 즉 문제를 문제로서 정식화하는 행위의 과정이며, 그 속에서 올바른 해답 찾기를 위한 문제풀이의 반복된 추론 과정의 행위라 말할 수 있을 것이다. 잘 대답하기 위해서 잘 물어야 한다는 것은 이 과정 관계를 말한다. 이와 같이 물음에서 대답으로의 반복된 과정을 만약 '사유'라고 한다면, 철학의 대가들이 '철학함'이란 곧 '사유함'이라 말했던 이유가 짐작될 수 있다. 비평 역시도 넓은 의미로 대상이 무엇인가를 잘 묻고, 이에 대해서 잘 대답하기 위한 추론의 연속된 과정이라고 할 수 있지 않겠는가.

이와 같이 좋은 비평이 쓰이기 위해서는 글읽기와 사색의 얼크러진 과정이 동반되지 않고서는 안 된다고 말할 수 있다. 이런 점에서 일찍이 공자가, 배우되 생각함이 없고서는 남음이 없으며, 또 생각만 있고서 배움이 없다면 그것 또한 위태로운 일이 되리라고 말한 것은 우리의 비평쓰기에도 바로 대입되는 경구가 된다고 할 수 있다. 이 중 어떤 것이 앞서고 긴요한 것인지에 대해서는 물론 섣불리 말할 수 없다. 교종 없는 선종이 위험하다고 하면, 같은 이치로 선종 없는 교종 또한 깊이 없는 언어의 성찬에 불과한 것으로 말할 수 있다. 인식과 각(覺, 깨달음)의 관계 또한 이와 마찬가지일 것이다. 우리의 모든 글쓰기가 인식을 향한 것이지만, 그것이 궁극적으로 깨달음을 위한 것이 아니라면 우리의 모든 인식 역시 쓸모없다. 현학(衒學)이 곧 우리 모든 삶의 목표는 아닐 터이기 때문이다. 하지만 또 깨달음이란 무엇이겠는가. 소승의 대오각성을 위해서는 언어도단의 길 탐색이 불가피한 것일지도 모르지만, 대승의 나눔을 위해서 우리는 다시금 언어 공유의 길을 모색하지 않을 수 없다. 문학의 길이란 결국 그 언저리에 있을 것이다. 깨달음을 위한 공멸의 언어 자리, 혹은 인식을 위한 공감의 언어 자리.

글쓰기 자리의 이와 같은 반복된 교차 과정을 만약 성숙(成熟)이라고 하면, 그 성숙의 정신적 과정을 보여주는 훌륭한 비평적 사례의 하나로 우리는 김우창 비평을 들 수 있을 것이다. 책읽기의 생애에 충실한 흔적을 보여주는 것이 그의 비평이며, 또한 그만큼 반성적인 몰입의 사색 과정을 보여주는 것이 그의 글쓰기 생애의 흔적이라고 할 수 있을 것이기 때문이다. 그의 비평이 유난히 남다른 것으로 인식된다면 우리는 그 비평의 정체성에 대해서 우선 물을 수 있어야 하리라. 그것은 우선 그의 비평의 교육적 배경에 대해 묻는 것이 되어야 한다. 그의 비평을 형성한 근원적인 힘은 교육에서 일차 우러나왔다고 여겨지기 때문이다. 그것은 '글읽기의 역사'로 확대, 수렴되지 않으면 안 된다. 그리고 우리는 그 인지의 역사를 주체적인 사유의 역사로 소급, 해명하지 않으면 안 된다. 그것은 필연적으로 그의 정신의 요체를 해명하는 것으로 떠넘기리라. 글쓰기의 주체는 근본적으로 '정신' 개념으로 넘어가지 않는 이상 해명되지 않는 것일 터이기 때문이다. 요컨대 상황과 실존의 변증법으로 이해되는 그것. 하지만 우리가 아는 '실존'이란 무엇인가. 정신의 총체를 구성하는 실존의 본체를 우리가 알지 못한다면, 우리는 기껏해야 정신 현상, 혹은 실존 현상으로서의 '의식'에 대해 접근할 수 있을 따름이다. 그것은 물론 파편화된 것이다. 그렇지만 파편적인 의식을 통해서도 우리는 정신의 섬광 같은 내면을 훔쳐볼 수 있을지 모르며, 그것을 통해 최소한 글쓰기의 특징적인 면모가 드러날 수 있을지 모른다. 우리가 할 수 있는 것은 아직 여기까지일 뿐이다. 만약 '지향성' 개념을 도입한다면 그의 의식, 정신의 지향성에 대해서도 조금은 살펴볼 수 있으리라. 혹은 글쓰기에 대한 구조주의적인 인식이 그의 정신의 요체를 조금은 밝혀줄 수 있을지 모른다. 결국은 해석학적 순환이다. 그의 정신의 실체를 조금이나마 반사되도록 하기 위하여 현대적 인식의 근사 형태를 가져와 참조하는 방식을 취할 수 있을지 몰라도 한 정신의 전체상을 밝히기 위해서 우리는 부분 부분의 탐사로 나아가지 않을 수 없다. 그러나 그것이 전체로 모아지지 않으면 또한 무슨 의미가 있을 것인가. 이 불가능한 정신의 총체 구성을 위하여 우리가 우선, 당장 할 일은 그의 방법론적 요체를 해명하는 일이다. 방법 즉 정신이라는 말을 우리가 금과옥조로 삼는 것처럼 어떤 면에서 현대적 인식의 정수란 방법(적 정신)을 통해서 드러난다고 할 것이기 때문이다.

2. 비판으로서의 글쓰기, 그 형성 궤적

그리하여 방법이라는 면에서 김우창 비평의 특징, 혹은 그 정신의 특징을 우선 해명하고자 한다면, 여기에 '비판'이라는 말이 적절하게 대표될 수 있을 것이다. '비판'이 방법일 수 있느냐, 비평치고 비판적이지 않은 것이 있느냐고 묻는다면, 이는 사태를 엄정하게 관찰하지 않은 바의 결과일 수 있다고 믿어진다. 비판은 비평의 당연한 방법이고 정신일 수 있지만, 또 그래야 하지만, 실상 우리의 비평계를 통해 이의 엄정한 실현은 별로 많이 찾아보기 어렵다는 게 또한 현실일 것이기 때문이다. 그렇다면 무엇이 '비판'인 것이냐고 물을 수 있다. 이 물음은 우리를 칸트에게로 끌고 간다. 적어도 칸트에게로 소급시키지 않으면 이 물음은 별반 의미가 없는 것으로 여겨질 수 있기 때문이다. 김우창 비평과 관련할 때 그렇다. 칸트적인 의미의 이 고전적인 비판의 정신에 충실한 것이 바로 김우창 비평이며, 이것은 근대적인 '학(學)'의 정신을 충실하게 계승한 결과로서 얻어진 것이라고 말할 수 있다. 이때에 칸트적인 '비판 정신'이란 무슨 과격하거나, 급진적인 부정의 태도를 의미하지 않는다. 외양에 있어서 그것은 오히려 유연하며, 온건한 통합의 정신으로 특징지어진다. 실상 비판의 작업(들)을 통해서 칸트는 기존의 (철)학에 대한 긍정과 부정을 동시에 행하며, 이 이중의, 동시적인 종합의 작업을 통해서 근대적인 새로운 철학 체계의 수립에로 나아가고자 했던 것이 칸트 철학의 의지였다고 할 수 있는 것이다. 물론 이 비판의 작업들을 통해서 순수 이성과 실천 이성, 판단력들 사이의 새로운 이성적 능력 체계의 분화를 도모했던 것은 그의 철학의 최대의 공헌으로 꼽혀진다.[1] 이 근대적인 체계 분립의 새로운 철학적 정초가 '비판'의 방법에서 나왔다는 것은 '비판'의 방법의 학적, 인식적 기능성을 말해준다. 그렇다고 해서 그 자체가 무슨 대단히 획기적인 방법론적 성질을 가졌다고 해서가 아니라, 그 소박한 방법론을 철저히 밀고 나갔던 데서 그의 철학의 위대함이 파생되었다고 할 수 있는 것이다. 다시 말하면 그것은 기재의 대상 속에서 긍정성과 부정성을 동시에 가르며, 이를 통해 또 다른 차원의 종합적 인식에로 나아가는 것이다. 물론 어려운 것은 여기에서 새로운 (종합적) 인식의 전망을 획득하는 것이다. 그것은 인식 자체의 거대한 통합 능력이 뒷받침되지 않고서는 불가한 일이며, 이 새로운 통합적 인지의 획득 속에서 칸트는 스스로 거창하게도 '코페르니쿠스적 전회'를 운위하기도 하였던 것이다.

어쨌거나 이처럼 근대적 (철)학의 기초 방법론으로서의 '비판'을 학적 인식의 훈육 과정에서 철저히 체화함으로써 그것을 그 자신 비평 정신의 핵자로 내재한 사람이 김우창이며, 그것으로 김우창 비평 정신의 요목은 설명된다고 해도 좋다. 고지식하게도 '비평'의 본령은 '비판'에 있으며, 또 그것으로 비평의 기능적 직능은 다한 것으로 본 사람이 김우창이었다고 할 수 있기 때문이다. 그렇다면 이 '비판'으로서의 '비평'은 어떻게 이루어지는 것인가. 서구적 용법으로 실상 같은 것(criticism)을 의미하는 이 비평=비

---

[1] S. 쾨르너, 강영계 역, 『칸트의 비판철학』, 서광사, 1983, 제8장; 질 들뢰즈, 서동욱 역, 『칸트의 비판철학』, 민음사, 1995, 결론 부분; D. W. 크로포드, 김문환 역, 『칸트 미학 이론』, 서광사, 1995, 1장 등을 참조.

판의 무의식적인 동일화 과정을 이해해두기 위해서는 먼저 그의 교육 배경이 간략하나마 살펴질 필요가 있을지 모른다.

모두가 아는 사실이지만, 여기서 우리가 환기해둬야 할 점은 그의 교육 이력이 드물게 보는 서구식 현대 교육의 세례자로 되어 있다는 점이다. 물론 그의 교육 이력 전체를 전적으로 서구식 현대 교육의 산물인 것으로 인지한다면 그것은 어폐가 있는 일이라고 지적할 사람이 있을지 모른다. 대학 학부를 졸업하기까지 그의 학력은 아직 이 땅의 범위를 벗어난 것이 아니었고, 그의 동세대들과 마찬가지로, 8·15 해방과 6·25 전쟁을 전후한 아수라의 현실 속에서 그의 학교 교육의 이력 또한 진척되었다. '전체적 지성'으로 지칭되는 그의 또 다른 지적 별호를 상기한다면, 그가 대학 입학 당시 정치학도의 신분이었음을 조금 특기할 만한 사항으로 지적할 수 있고, 그렇지만 당시 최고학부의 영문학과를 졸업하기까지 그의 학력은 순수히 국내적인 소산이었다. 그가 남다른 학적 이력을 갖게 되는 것은 그러니까 대학을 졸업한 뒤 대학원 석사 학위를 미국 대학(원)에서 취득한 것으로 된다. 자유당 정권 말기에서 4·19, 5·16으로 이어지는, 한국 현대사의 또 다른 격변의 시기가 그 시기다. 그러나 이 1차 도미(渡美)의 시기는 시간적으로 그리 길지 않았다. 영문학 석사의 자격을 취득한 후 그는 바로 돌아와 이 땅에서 강사, 조교, 전임강사 등의 일반적인 교수 이력을 전전한 것으로 되어 있기 때문이다. 그가 본격적으로 현대적인 미국식 대학 교육에 입문한 시기는 그러니까 2차 도미의 시기로 상정된다. 1차 도미 이후 상당한 시간이 경과된, 60년대 후반기부터 70년대 초반 사이에 걸치는 (1968~1974?), 박사학위 취득을 위한 2차 도미의 기간이 그것이다. 이로부터 그는 '미국문명사' 전공의 박사 학위를 취득한 것으로 되어 있다. 합산하면 총 7~8년에 가까운 도미 유학 기간이다. 이런 정도의 도미 유학 체험을 가진 비평가는 동세대로서 백낙청을 제외하면 거의 찾아보기 어렵다. 그를 두고 미국(서구)식 현대 인문학 교육의 세례자라고 말할 수 있는 것은 이 때문이다. 그렇지만 의외에도 비평가로서 그의 입신을 말해주는 데뷰 비평 – 특징적인 비평가로서 그의 운명을 말해주듯 그 데뷰 비평의 세분된 양식명은 '서평'이었고, 그 시기는 1차 도미와 2차 도미 사이의 국내 체류 기간이었다 – 에서 그의 '비판가'로서의 면모는 여지없이 발휘된다. 이것은 (비판적) 비평가로서의 그의 지성이 이미 60년대 중반 시기에 어느 정도의 성숙을 보고 있었음을 뜻한다. 여기서의 지적 성숙이란 곧 비판적 지성의 내재화를 말하는 것이다.

《창작과 비평》 창간호(1966년 겨울)에 실린 서평(書評) 「감성과 비평」이 그러니까 그의 첫 데뷰 신호가 된다. 외관적으로 그것은 소박하고도 소박하다. 백낙청이 「새로운 창작과 비평의 자세」를 내걸고, 유종호가 「한국문학의 전제 조건」을 탐색했던 바로 그 지면에서, 혹은 사르트르의 《현대》지 창간사가 번역되어 실리고, 미국 사회학자 C. W. 밀즈의 「문화와 정치론」이 번역되어 실리던 바로 그 지면에서, 우리의 비평가는 매우 조촐하게도 김종길의 평론집 『시론』에 대해서 매우 짧은 촌탁의 논설, 그러니까 비평에 대한 비평을 논설한 것이다. 그렇지만 여기에 실린 짧은 논설의 글을 통해서 우리는 참으로 비판이 무엇인지를 아는, 낮은 목소리의 분별을 읽을 수 있다. 미문의 멋부림을 추구하거나, 지적 허세를 추구하지 않는다는 점에서, 오히려 고졸한 문체의 지적 응축의 자세는 후일 사변적으로 번성하는 만연의 한 약점을 극복하고 있다. 그러나 여기에서 우리가 무엇보다 주의 깊게 감안해야 할 것은 그 비판(평)의 대상이 당시 영문학계의 중진 선배이며, 또한 중견 시인이자, 활발한 현역 비평가, 김종길의 평론집 – 시론적 담론이었다는 사실이다. 이와 같이 범상치 않은 대상을 두고 그는 전혀 흥분하지 않는 모습을 보여준다. (비평적) 판단을 부정으로 몰아가든, 긍정으로 몰아가든, 이런 경우 흥분하지 않는다고 함이 우선 어려운 일이라고 할 수 있다. 대개의 비평가라면 어느 쪽으로든 그 판단이 기울기 마련이라는 게 일반적 상례라고 할 수 있을 것이기 때문이다. 하지만 이 비평가는 처음부터 전혀 흥분하지 않았으며, 그 (비평적) 판단이 최종으로 이끌어지는 순간에도 그는 자기의 균형 감각을 잃지 않고 있다. 그렇다고 판단을 유보하고 얼버무린 것도 아니다. 오히려 그 규정의 어사들은 명백하다. 그렇지만 인정과 동시에 부정을 행하는 이 동시적인 비판의 작업 과정에서 그는 이중 판단의 병렬식 문장 형태를 자신의 결론 문장으로 삼음으로써 참으로 (비판적) '비평'이 어떤 것인가를 설득력 있게 보여준다. 벌써 김우창 비평의 비판적 성질을 뚜렷이 보여준다는 점에서 다음과 같은 첫 평론의 결론 문단은 주목될 만한 것이다.

> 「詩論」을 그것이 목적으로 한 바의 테두리 안에서 볼 때, 그것은 우리의 주변에서는 드물게 보는 세련되고 교양있는 감수성을 보여 주고 있다. 그러나 역시 같은 테두리 안에서도 그 세련과 교양의 내용은 충분히 <끈질긴 비평적 推理>를 통하여 밝혀지고 맥락지어지지 못하였다고 말할 수밖에 없다.2)

여기서 강조되고 있는 비평가로서의 덕목이 "<끈질긴 비평적 推理>"임은 그 표시된 문장 부호를 보아서도 알 수 있다. '끈질긴 비평적 추리'의 자세를 다른 말로 번역하면, 합리주의적 태도가 될 것이다. 여기서 합리(주의)적 태도란 그저 이성적 판단에 의해서 견지되는 것이 아니라, 끈질긴 논리적 추론, 논변에 의해서 지지될 수 있는 것임이 환기될 수 있다. 여기서 '끈질긴'의 형용어로 수식된 태도를 우리는 다시 한 번 '성실성'의 개념으로 바꿔 이해해 볼 수 있을 것이다. 이와 같이 하여 그 비평적 자세의 요체는 '합리적 성실성'의 말로 요약될 수 있다. '세련되고 교양 있는 감수

---

2) 김우창, 「감성과 비평」, 『창작과비평』 창간호, 1966 겨울, 47쪽.

성'만으로 부족하다는, 비평적 태도의 한계 지적은 이와 같이하여 합리주의적 성실성의 문제로 제기된다. 이는 요컨대 그 자신의 비평적 태도를 드러낸 것이다. 일찍이 칸트에 의해 강조된바 있는, 오성적, 이성적 인간 능력으로서의 합리적 자질은 감각적 지각으로서의 감수성의 자질을 뛰어넘는 것임이 여기서 다시 한 번 환기될 수 있다. 비평가로서의 직분에 대한 자의식의 표시가 이것이 또한 아닐 수 없다. 이처럼 비평가의 직분에 대한 명확한 자기 의식으로 기재의 대상을 자기 비평관 투사의 대상으로 삼고 있다는 점에서 이 글은 이른바 메타 - 비평의 한 자죽이 되는, 김우창 비평의 이미 성숙한, 초기 평론의 한 사례가 된다고 할 수 있다.

그 글쓰기의 성격을 좀 더 살펴볼 때, 그러나 우리는 여기서 그 자신의 글쓰기 또한 "<끈질긴 비평적 推理>"보다는 비평적 판단을 중심으로 이루어지는 글쓰기임을 알 수 있다. 서두에서부터 글을 지배하는 것은 대상에 대한 긍정적 인정과 동시에 한계의 지적이라는 비평적 판단의 심판 분위기임을 확인할 수 있기 때문이다. 이와 같은 비평적 판단 위주의 글쓰기는 그것이 추론과 분석에 앞서서 한계의 지정에 몰입된 글쓰기임을 말해준다. 이것은 그의 글 전편에 추론과 분석이 부재하다는 뜻으로서가 아니라, 하나의 판단, 궁극적 판단이 비평적 글쓰기의 본질 과제임을 그가 인식한다는 뜻이 된다. 이처럼 하나의 판단, 궁극적인 판단이 비평의 중심 과제가 될 때, 긴요한 것은 내용의 자세한 분석이 아니라, 판단 척도의 제시, 그러니까 규범의 제시가 글쓰기의 주요 과제가 된다. 막스 베버 식으로 말하면 '이념형'의 제시가 그것이다. 이러한 글쓰기가 고착화될 때 그의 글쓰기는 모두(冒頭)에 있어서 이념형의 제시가 일반적인 화두 전개 방식이 된다. 이념형의 제시를 위해서 필요한 것은 물론 적절한 비평적 규범의 제시와 그것을 가능케 하는 폭넓은 독서, 혹은 뛰어난 박식의 지적 뒷받침이다. 막스 베버의 '이념형' 개념이 그렇듯이 이와 같은 이념적, 규범적 비평이란 지상 최대, 최고의 척도를 들이대는 것을 의미한다. 이런 점에서 그의 비평은 필연적으로 최고의 규준 비평의 성격을 가지게 된다. 현장의 문예가들이 험담하는 대로 실상 그의 규준 비평이 현장 – 실천 비평에서 별다른 성과를 거두어들이지 못했다고 폄하될 수 있는 것은 그 비평의 '이념형'적 성질에 말미암는다. 말하자면 천상에서 지상을 굽어보고 있다는 식이다. 이와 같이 고답적인 비평의 성질은 철학적이고, 이론적이며, 그리고 사변적인 그의 비평 언어의 성질과 맞물려 현장 비평에서의 그의 비평의 약점, 한계를 더욱 두드러지게 하였을 것이 인정된다. 이러한 특성 때문에 그의 비평적 장기는 자주 문학사적 비평에서 드러났다. 나무를 보기보다는 숲을 보는 데서 그의 비평적 장기는 드러났으며, 비평적 대상 역시 문학사적인 우람한 대상이어야만 그의 고답적인 비평의 필치는 빛을 발할 수 있었다. 이와 같은 주 – 객관적 연맥 관계는 궁극적으로 인식 관심의 변이를 의미한다. 문학사적 관심으로 유동할 때 그의 비평의 대화 대상은 궁극적으로 '역사'라는 거대 담론의 총체적 질서일 수밖에 없게 되었던 것이다.

방법론적으로 이와 같은 글쓰기의 속성은 최초의 화두 전개에 있어서 일종의 정언적 명제를 끌어오기 쉽다. 최초 평론인 「감성과 비평」의 글 역시 이 점에서 예외가 아니다. 정언이 제시되고 판단이 제시되고 이어서 자신의 비평적 판단을 뒷받침할 만한 추론적 논의가 전개된다. 다음의 서두 부분 역시 이런 점에서 그 적절한 논의 전개 방식의 사례가 된다고 할 수 있다.

> 「詩論」의 「意味」란 章에 인용되어 있는 머클리쉬의 詩句를 빌리면 『시는 意味할 것이 아니라 있어야 한다.』 詩에 있어서 意味보다 存在가 근원적인 審美 요건이 된다는 것은 일단은 수긍할 수 있는 명제이다. 詩는 여느 물건

과 마찬가지로 어떤 獨自的인 物性(thingness)을 가지고 존재한다.

다른 물건의 경우에서처럼 有用性의 배려가 직접적으로 개입되지 아니함으로써 詩의 그저 <있는> 상태는 보다 두드러져 보인다. 詩的 객관성에 대하여 우리는 그 用途보다는 있는 그대로의 모습에 관심을 갖는 비교적 순수한 태도를 유지한다. 우리에게 필요한 것은 詩가 거기에 봉사할 수 있는 외부적인 콘텍스트와 목적에 대한 意識이 아니라 感受性이다.

金宗吉씨는 詩가 自足的인 存在物이라는 근본적인 前提를 가지고 있으며 세련된 감수성과 정확한 鑑識眼을 가지고 있다. (……)

金宗吉씨의 감식력은 대개 정확하게 움직이지만 거기에 불가피하게 따르게 마련인 비평의 어휘는 충분히 만족스러운 것이 아니다.3)

"『시는 意味할 것이 아니라 있어야 한다.』", 이런 명제가 모두(冒頭)에 오고, 그에 대한 간단한 해설이 이어진 다음, 김종길 비평에 대한 판단, 즉 장처(長處)의 인정과 동시에 한계의 지정이 곧바로 나오는 식이다. 이러한 전개 방식은 그의 사유가 주도면밀하게 치밀한 논리 전개 방식을 가지고 있음을 뜻하며, 그러면서도 그 비평적 글쓰기가 '판단' 행위를 중심으로 이루어지는 글쓰기임을 보여준다. 현상학자로 알려져 있는 일반적 인식과 달리, 오히려 현상학적인 '판단 중지'의 태도에 배치되는, 판단 미학적인 비평관에 의해 그의 글쓰기가 지배되어 있음을 위의 문필 사례는 뚜렷이 보여주는 것이다.

하나의 논리 전개, 사유 전개 방식으로 볼 때, 위와 같은 담론 사례는 어떤 면으로 대단히 과학주의적인 사고방식을 보여주는 것으로도 볼 수 있다. 여기서의 과학주의란, 일반적으로 자연과학적인 방법, 태도를 말하는 것이지만, 특별히 칼 포퍼에 의해 정식화된 가설 – 검증의 논리 전개 방식을 말한다. 물론 하나의 글쓰기로서 결과적인 보고란 그 탐구, 논구의 과정에서 수다한 실험, 실습, 추론의 과정을 거친 끝에 이루어지는 것이

3) 위의 책, 43쪽.

다. 그의 치밀한 논리 전개, 사유 전개에 의한 글쓰기는 하나의 결과물로서 글로서의 보고가 이루어지기 전에 수다한 추론과 판단, 검증의 과정을 거친 끝에 이루어지는 글쓰기의 성격을 보여주며, 그것은 또 넓은 의미에서 근대적 일반의 과학주의적 태도를 반영하는 것이다. 그의 인식의, 세계관적 태도의 근본 정향성을 이루는 합리주의적 태도와 관련하여 그가 누구보다 칸트적인 '비판'의 태도를 주로 하는 비평가라고 하는 규정, 판단도 이와 같은 폭넓은 과학주의적 태도의 견지 사실과 무관하지 않다. 칸트 철학이 기본적으로 뉴턴 물리학을 발판으로 하여 이루어진 철학이라고 하는 것처럼 근대 과학의 일반적인 방법, 태도를 기초로 하여 이루어진 비평인만큼 그것은 넓은 의미에서 칸트 철학에 기초한 비평이라고 해도 무방하겠다.

3. 교양과 자유의 전체적 지성

김우창 비평의 (방법론적) 성격을 이처럼 한마디로 '비판'의 현현으로서 이해할 때, 이 비판의 방법과 정신이 지향하는 이념적 태도에 대해서 조금 더 자세히 살펴둘 필요가 있겠다. '비판' 자체가 하나의 이념태로서 간주되어 마땅한 것이기도 하지만, 그것이 전혀 내적 공허의 상태가 아니라는 점에서 우리가 일반적으로 가정하는 학적, 정치적 이념의 범위를 상정할 수 있는 것이다. 이와 같은 점에서 우리가 무엇보다 주목해야 할 것은 다름 아닌 현대적인 '대학(교육)의 이념'이다. 여기서 현대적인 대학이라고 하는 것은 한국과 미국 대학을 함께 아우르는 20세기 후반의 대학 교육을 의미하는 것이지만, 특별히 2차 대전 후, 60년대의 미국 대학의 분위기를 지칭하는 것이 될 수 있다. 김우창의 정신이 훈육된 공간이 특별히 전후,

그리고 60년대의 미국 대학의 분위기 속에서였다고 여겨지기 때문이다. 그렇다면 전후와 60년대로 시기 구분되는 미국식 현대 교육의 이념적 성격, 분위기, 그 동향이란 무엇일까.

첫째로 그 교양(주의)적 성격이 지목될 수 있다. 이 '교양주의'란 우리의 일상적인 용법과 다르게, 영어 본래의 개념을 차용하자면 지식의 일반주의, 혹은 포괄주의적 성격을 뜻하는 것이다. 미국의 대학 교육이 지향하는 한 교육(학)적 개념으로서 'general(일반) education(교육)' 개념을 이 경우의 준거 개념으로서 차용할 수 있기 때문이다. 그러므로 이것은 휴머니즘 전통에 입각한 중산층 교양 문화의 형성적 당위론을 설파하였던 19세기 매슈 아놀드 류의 '교양 비평' 이념과도 또 달리, 현대적인 지식 일반주의, 포괄주의적 성격을 반영하는 것이라 할 수 있는 것이다. 여기서 미국 대학의 일반적 교육 과정이 어떤 것인지 자세히 밝힐 수는 없지만, 한 책자에 의거하면 그것은 폭넓은 과학 교육과 현대문명사 교육의 이념으로 형성된, 책정된 교육 과정으로 지적된다.[4] 김우창에 주어지는 '전체적 지성'의 별호가 여기에서 또 한 번 우연이 아님을 느낄 수 있는데, 그의 첫 평론집이 되는 『궁핍한 시대의 시인』에서부터 그 평론집의 부제가 "現代文學과 社會에 관한 에세이"로 설정됨 역시 이와 같은 문맥에서 우연이 아니었음으로 이해할 수 있다. 이것은 그의 비평 정신이 한편으로 '에세이' 정신으로 형성된 것임을 뜻하며, 이때의 에세이 정신이란 단지 문학 비평으로 한정된 것만이 아니라, '현대문학과 사회에 관한' 전체적 대상의 것으로 확대된 것임을 의미하는 것이다. 이를 보다 적극적으로 확대 해석하면, 그의 비평 시야가 처음부터 사회를 향해 열린 것으로 개방적, 전체적 지성의 성격을 갖춘 것이었음을 뜻하며, 그렇다고 해서 시류적인 사회비평

---

4) D. 벨, 송미섭 역, 『교양 교육의 개혁』, 민음사, 1994, 2장 참조.

의, 현상적인 사건의 논평을 위해 기획된 것 또한 아니었음을 주목할 수 있다. 그보다는, 이론적이고 총체적인 시야의 관철 속에서 현실의 전체적 조감을 위하여 그의 비평적 의욕은 처음부터 발동하였다고 볼 수 있고, 이것은 그가 대학에 입문하던 당시 원래 '정치학도'의 신분을 가졌었다는 사실과도 밀접하게 연관되어 해석될 수 있는 지성의 한 풍모인 것이다. 하지만 이런 개인적 취향, 관심의 발동 측면과도 달리, 만약 비평을 가능하게 하는 힘이 비판적 줏대로서의 지식의 교육의 힘에 의거된 것이었다고 하면, 우리는 그의 교육 이력을 좀 더 유심하게 살펴볼 필요가 있다. 그가 하버드 대학(원)에서 받은 학위의 영역 명칭이 '미국문명사 박사' 학위로 지정되어 있으며, 그 과정의 전공으로 문학이, 그리고 부전공으로 철학, 경제사가 표기된 점 등은 그 교육 이력의 폭넓은 인문학, 사회과학 교육의 동시적 세례를 의미하는 사실이라 할 수 있으며, 그의 전체적 지성의 풍모는 이와 같은 폭넓은 교양주의적 과학 교육의 세례 사실에 힘입은 바라 할 수 있는 것이다. 그가 비록 아무리 폭넓은 전체적 지성의 비평 의욕을 소유한 비평가였다고 할지라도, 세계와 존재 현실을 바라보는 지적, 이론적 뒷받침이 없고서는 그처럼 열린 비평 의욕의 기획이 원천적으로 불가능하였으리라는 점에서 이러한 폭넓은 인간학적 교양주의의 교육 수혜 사실은 좀 더 의미 있게 관찰될 필요가 있다. 지성을 쌓아올리는 것은 물론 지성 자체의 노력에 의한 것이겠지만, 그것을 가능케 한 외부적, 제도적 장치의 원천 근거로서 미국식 현대 대학교육의 이념은 우리가 주목해야 할 교육학적 테제의 하나라고 할 수 있다.

또 하나, 그의 열린 비평의 자세에 착목하면서, 그의 비평이 내재한 정치적 이데올로기의 성격을 표 나게 지적하자면 우리는 그것을 '자유주의'로 이름할 수 있다. 물론 여기에서의 자유주의 역시 정치적 함의로만 국한할 수 없는 폭넓은 의미 연관을 지닌 것이 사실이다. 말하자면 그것은 한 세계관으로서 근대의 정치, 경제적 자유주의로부터 현대의 칼 포퍼 사상에 이르는, 폭넓은 개방주의의 자유주의적 사상 문맥을 아우르고 있다. 김우창의 정치, 경제적, 사회적 신조와 관련하여 그것은 심지어 고전적인 좌파의 사회 사상으로부터 현대의 뉴 레프트에 이르는 비판적 사회주의 사상을 아우르는 것이 되지 않으면 안 된다. 이 모든 문맥을 포괄하는 사상으로서 모든 것이 개방되고 허용되지 않으면 안 된다는 자유주의의 사상은 김우창 비평의 한 중심 테마로서 논의되지 않으면 안 된다. 왜 그러하지 않으면 안 되는가의 문제에 대해서는 여러 각도에서의 설명이 가능하지만, 한 사상적 실천자로서 이에 대한 이념적 신뢰, 신념을 최근에도 뚜렷이 보여준 바 있다는 점에서 그것은 우선 그러하다. 「감각, 이성, 정신」이라는 제목의 무게 있는 에세이 저술을 통해서 그는 마치 한 결론처럼 다음과 같이 시사적인 논단을 가하고 있는 것이다. "(……) 자유주의의 합리성만이, 비록 오늘날 그것이 오늘의 혼란의 주된 원인인 듯하지만, 장기적으로 볼 때, 어느 정도의 질서와 평화에의 길을 지시하는 것처럼도 보이는 것이다."[5]

자유주의에 대한 이러한 신뢰 표명은 물론 새삼스러운 일이 아니다. 신조를 직접적으로 드러내는 수다한 칼럼, 특히 70년대 중반(1976년) 이후 편집자로서 가담하여 현대 지성사의 한 궤를 이루게 되는 잡지 『세계의 문학』의 「편집자의 말」 같은 지면을 통하여 그가 반복하여 옹호한 것은 이 열린 비판 정신의 개방적 자유주의 사상이라고 할 수 있기 때문이다. 지난 시대에 왜 이러한 사상이 사회적 장력을 획득할 수 있었는가에 대해서는 긴 말이 필요 없을 것이다. 파시즘의 닫힌 정치 체제에서 지식인들의 구심점이 될 만한 사상이 바로 이 '자유주의' 사상이었고, 그러나 누구도

---

5) 김우창, 『한국문학이란 무엇인가』, 민음사, 1995, 50쪽.

이 사상을 전면적으로 옹호하고 유포시키기 어려운 난점이 있었다. 우리가 알다시피 지적 투쟁의 전위에 나섰던 것은 '민중', '노동' 개념을 위시한 계급적 좌파의 이념 집단이었고, 적어도 외형상의 실천력에 있어서 좌파의 투쟁력을 담보할 세력은 없었다. 김우창이 사상에 크게 관심을 기울이고, 이를 옹호하는, 이에 동조하는 사상적 입장을 취했던 것도 이러한 사회적 길항의 문제와 무관하지 않을 터였다. 극단적인 체제에서는 극단적인 사상으로 맞설 수밖에 없으며, 또 아무리 독재 체제라 할지라도 표면상은 '자유의 수호'라는 사회적 명분을 내걸고 있었기 때문에 자유주의가 지적 저항 세력의 중심 인자로 작용하기는 어려운 사회적 여건을 안고 있었던 것이다. 그렇지만 궁극적으로 김우창(비평)의 경우 자유주의의 한계를 넘어선 적이 없으며, 그것은 그의 지적 체질과 사회적, 교육적 이력이 시킨 일이었다. 다만 그에게 한편 '변증법의 사상가'라는 별호가 주어지듯이 좌파의 인식론과 사회적 사상에 크게 공명한 흔적이 발견될 따름이다. 이러한 성격 양상이란 결국 지적 성실성을 반영하는 흔적이 아닐까. 그 사상의 무게 중심을 이해하는 데도 그의 지적 배경이 되는 전후, 60~70년대 미국 대학의 분위기는 참조 사항이 아닐 수 없다.

60년대 말을 경계로 서구 사회에서 고조된 뉴 레프트 운동은 아직 전면적으로 파악될 시기에 이르고 있지 못한 느낌이나(왜냐하면 아직 역사의 지속 상태에 있기 때문이다), 적어도 미국의 경우 그것이 자유주의의 한계 속성을 벗지 못한 것이었음은 큰 테두리에서 인정될 수 있겠다. 학생운동의 부면에서 그것이 외견상 반전운동으로 촉발된 성격으로 보아서도 그렇고, 미국 사회 전체의 운동 양상으로 보았을 때, 그것들은 인권(인종) 운동, 여성운동, 신사회 운동 등의 폭넓은 사회적 외연 관계를 지니고 있었다는 점에서 그렇다. 이러한 현실을 직접적으로 분석한 글로서 70년대 초반(1973년)에 쓰였지만, 두 번째 평론집 『지상의 척도』에 실린 「자유의 논리 – 70

년대 미국의 사회 변화」라는 저자의 글이 있거니와, 뉴 레프트의 사상에
크게 공명한 흔적으로 쓰여진 이 글을 통해서 보더라도 당시 미국 사회의
운동 에너지는 크게 '신자유주의'의 이념적 결집 속에 이루어진 것이었다
고 할 수 있다. 하지만 현실적 결과는 어떠했던가. 이와 같은 다양한 운동
에너지의 결집에도 불구하고 오히려 정치적 투쟁의 결과는 보수주의의 승
리를 의미하는 공화당(닉슨) 정부의 승리라는 결과를 가져왔고, 그것이 워
터게이트 사건을 계기로 다시 한 번 민주당 정부로의 이양이라는 역전의
결과로도 나타났지만, 개방된 자본주의 체제 내에서의 급진적 사회 변혁
은 불가하다는 것이 전체적으로 입증된 결과였던 것으로 해석될 수 있다.
80년대 들어와 미국 정치는 다시 한 번 보수주의의 승리를 보여주게 되거
니와, 자유주의의 한계와 가능성을 폭넓게 증거한 것이 전후 미국 정치의
양상이었다고 할 수 있기 때문이다. 동구의 몰락 이후 이는 더욱 더 부인
할 수 없는 역사적 현실이 되었거니와, 미국 사회를 오래 관찰한 이 비평
가의 입장에서 자유주의에 대한 신념의 철회는 상상할 수 없는 것이었다
고 말할 수 있다. 지적 개방을 전제로 하는 미국(대학) 사회에서 뉴 레프트
의 수용조차 자유주의의 승리를 의미하는 한 사실로서 인증될 수 있거니
와, 정치적 폐쇄를 특징으로 하는 당시 한국 사회에서 개방적 자유주의가
가장 옹호되어야 할 현실적 근거를 갖는다는 것도 당연한 추론의 결과였
다. 물론 김우창에게 있어서 그것은 정치적 선택의 결단 의미만을 뜻하는
것이 아니었다. 비판 철학의 대표자들로서 당시 현존했던 칼 포퍼의 개방
사회론, 혹은 하버마스의 의사소통이론, 또 혹은 토마스 쿤의 패러다임 이
론 등을 참조할 때 학적 자유주의 이념의 확립이야말로 비평가의 최대 의
무라고 자임했을 법하다. 70년대 말의 긴박한 정치적 시기에 그가 "거의
불가피한 것으로 보이는 인간 역사의 방향은 민주화"[6]라고 말하고, "이성
적 계획의 작용에 가장 요긴한 것은 표현의 자유"[7]라고 설파한 것들은 단

적으로 그의 자유주의적 역사관, 혹은 현실관의 피력 양상들이라고 할 수 있다. 특별히 하버마스의 '의사소통행위' 이론(틀)에 크게 영향 받은 듯이 보이는 여러 입론의 자취들은 그의 자유주의적 사유의 궤적이 얼마나 폭넓은 것이었는가를 잘 보여주는 것이다. 하버마스의 사유의 폭이 그렇듯이 헤겔에까지 소급하는 신좌파의 사회 사상에서 신보수주의에 이르기까지 그것은 (신)자유주의의 광대한 영역을 포섭, 섭렵한 사유의 궤적이라고 말할 수 있다.

4. 문예 취향의 철학, 역사적 해석학의 문예학

대학을 넘어서 사회 비판, 문화 비판의 영역으로 나아간 김우창 비평은 그러나 또한 굳건히 시의 비평, 문학 비평의 영역을 지켜나간 것이라는 점에서 그 구체성의 성질이 파악되지 않으면 안 된다. 이를테면 사회 비판과 문화 비판, 정치 현실 비판 등의 작업을 통해서 그가 수행한 것이 결국 전체성에의 인식 노력이라 간주된다면, 그가 문학을 통해서 끊임없이 강조한 것은 오히려 구체적 현실성에의 도달 노력이었다. 그의 철학적 인식 노력의 핵심 범주가 '구체성'과 '전체성'으로 요약되는 맥락은 이런 가닥에서 찾아질 수 있다. 구체적 전체성의 변증법으로 요약되는 헤겔적 사유의 운동처럼 그것은 그리하여 끊임없이 역사 현실의 기상도를 맴돌며, 그러나 그것이 즐겨 찾는 담론 분석의 형식적 범주로는 '시(詩)'의 양식이 언제나 둥우리를 쳤다. 한편으로 역사 현실을 논하면서, 한편으로 시를 논하는, 이러한 담론 제기, 담론 운용의 양상이란 일반적 양식 이론에 입각해 볼 때는 쉽게 이해하기 힘든 구석이 있다. 알다시피 역사 현실을 총체

---

6) 김우창, 「상황과 판단」, 『지상의 척도』, 민음사, 1987, 439쪽.
7) 위의 책, 441쪽.

적으로 반영하는 문학 양식으로는 '소설'이 꼽히는 것이며, 이에 비할 때 '시(詩)' 양식이란 한갓 노래하는 주체의 서정적 충동을 반영하는 것으로 되어 있다. 이러한 일반적 문예 양식론에서 그는 멀찍이 벗어나 있다. 아니 양식론 자체를 무시하였다고 봄이 옳다. 오히려 시(詩)는 존재의 절정의 노래라고 보고, 존재는 역사 현실 속에서 이룩되는 구체적 생성의 계기라고 보았다. 시 – 존재 – 현실 – 역사가 서로 무관한 배타적 인식 범주일 수 없음을 그의 철학적 인식론은 처음부터 전제하고 들어간 것이다. 그가 사변적 비평가일 수밖에 없음도 이러한 맥락에서 추론될 수 있다. 이처럼 각기 차원이 다른 존재론적 범주들을 정합적으로 사유해내는 글쓰기, 철학이란, 말 그대로 사변적이지 않으면 안 된다. 말 그대로, 사변, 혹은 존재론적 형이상학이란 문화를 형성하는 근본 동력이다. 그가 한국 근대시의 역사적 한계를 물으면서 그것을 '형이상(학)'의 한계로 파악한 것(「한국시와 형이상」, 『전집』1 소재)은 이런 점에서 그의 고유한 문화 철학을 대변시킨 것이라 할 수 있었다. 어쨌거나 그의 존재론적 철학, 전체적 인식론은 시와 함께 가는 것이었다. 왜 그가 시와 함께, 그리하여 문학의 심미적 이성과 함께 평생을 동반하게 되었으며, 그리하여 구체성에의 인식(적) 향수를 가지고 한편으로 인식적 체계의 구성까지를 꿈꾸지 않으면 안 되었던지에 대해서는 다음의 자기 술회의 문맥이 잘 말해주고 있다.

> 내가 대학에 들어간 것은 6·25 전쟁이 막 끝났을 때였다. 그때 널리 유행되었던 것은 실존주의 철학이었다. 모든 유행이 그러하듯이 그것은 물론 단순한 유행만은 아니었다. 전쟁과 전쟁 후의 혼란이 사람들로 하여금 실존주의의 절박한 인생관에서 그들이 처해 있는 상황에 대한 설명을 발견하게 한 것이었을 것이다. (……) 실존주의 관점에서 삶의 유일한 확실성은 그때그때의 나의 실존적 적실성이고 그것을 넘어가는 어떠한 기획도 생각도 허황한 것이다.

그러나 이러한 불확실성은 우리 세대만이 아니라 우리 시대의 일반적 특징이라고 할 수도 있다. 우리 역사상 미증유의 격변 속에서 무엇을 길게 생각하고 길게 기획할 것인가. 어떻게 하여 실존으로부터 사고에로의 이행이 가능한가 하는 것은 로고스가 부딪치는 영원한 문제이다.[8]

이 문맥은 그러니까 저자가 책을 낼 때마다 토로해 마지않는 체계적 저작 형성에의 미흡감, 그 안타까움을 술회하고 있는 대목 속에서 파생된 것이다. 여기에서 주의 깊게 음미될 만한 사항은 '실존으로부터 사고에로의 이행'이 '로고스가 부딪치는 영원한 문제이다'라는 과제 인식이다. 이 과제 인식은 그러니까 '길게 생각하고 길게 기획'하는 것이 로고스, 즉 이성의 과제라는 뜻이 된다. 이 이성적 과제가 다른 말로 하면 체계적 저작의 기획 문제가 되는 것이다. 이 이성적 과제를 저자는 그러나 제대로 수행하지 못했다. 그것을 그는 전후 실존 상황의 절박함 때문이었다고 말한다. 그 실존적 우발성, 적실성의 조건이 그 – 그의 세대 – 로 하여금 문학에의 선택으로 나아가게 한 상황적 요인이 되었다. "우리의 문학에 대한 경도는, 그것이 그렇다고 분명히 인식되기 전이라도, (이러한) 삶의 충동에 끌리고 있기 때문이다. 나에게 삶의 구체성과 그것의 보다 큰 형식적 가능성은 문학을 생각하게 하는 두 동기이다"[9]라고 말함으로써 삶에 대한 본원적 반응 충동과 문학에의 선택 계기가 무관하지 않음을 그는 고백하고 있는 셈이다. 이와 같은 삶에 대한 원초적 반응 충동에도 불구하고 그러나 그는 시나 소설과 같은 일차적 반응 양식에로 나아가지 못하고 에세이 양식에로 나아가게 되었으며, 이는 또 역으로 그의 본원적 인식(에의) 충동을 말해주는 것이다. 그렇지만 그 자신의 말대로 할 때, 로고스가 당연히 지향해야 할 체계적 저작 형성에의 비원을 그는 비원으로서만 갖게

8) 김우창, 「헌 책들 사이에서」, 『심미적 이성의 탐구』, 도서출판 솔, 1992, 22쪽.
9) 위의 책, 20쪽.

되었으며, 이와 같은 비원 토로의 문맥들은 그가 원질적으로 반성적, 회의적 인간 유형의 성격임을 말해주는 것이다. 널리 세계를 사유한다는 점에서도 그는 사변적이라 할 수 있지만, 이처럼 자기 반성적이고 회의적 인간 유형이라는 점에서도 그는 사변적이라 할 수 있다. 데카르트의 정언이 시사하듯, 자기 존재 증명을 위한 근대적 이성적 인간의 본질이란 기실 '회의함'에 있는 것인지 모른다.

이처럼 인식적이자 사변적인 형질로서의 그의 문체의 개성은 초기 문학사적 비평의 글들을 통해서 특히 그 분석적, 해석적 장기의 힘을 발휘하였다. 이런 면에서 「한국시와 형이상」은 그 역사주의적 해석학의 힘이 고도로 발휘된 초기 노작의 하나로 다시 한 번 주목될 수 있는데, 이 글에서 중시하는 시인들을 통해서 그의 특유한 해석적 시각, 혹은 감수성의 형질은 잘 드러날 수 있다. 가령 여기에서 일반적으로 중시되는 모더니즘의 신화, 이상(李箱) 시의 역사적 위치는 전혀 공백지대처럼 설정되어 있음에 반하여, 일반적으로 그보다 떨어지는 시인으로 간주되는 김기림(金起林) 시의 위치는 오히려 높다랗게 보정되어 있음을 알 수 있다. 이러한 개성적 파악은 합리적으로 이해되기 어려운 이상 시에 대한 그의 혐오를 드러내는 것이지만, 한편으로 관념적이고 사변적인 김기림 시에 대한 그의 친화감을 반영하는 것이다. '궁핍한 시대의 시인'으로 명명된 한용운(韓龍雲)에 대한 그의 반복된 친화감의 표시 역시 그의 개성적 정신을 드러내는 한 지표로 여겨질 수 있을 것이다. 하지만 거기까지가 그의 한계였음도 분명한 사실이다. 행동과 실천에 대한 그의 추앙10)에도 불구하고, 비의식적인, 맹목적 실천을 위한 문학 행태에 대해 그의 비판적 자세 역시 철저한 것이었다고 할 수 있기 때문이다. 거짓 이성의 계몽주의적 열정으로 이루어

---

10) 김우창, 「민족문학의 양심과 이념」, 『지상의 척도』, 민음사, 1987 참조.

졌다고 보는 「무정(無情)」을 폄하하고, 그보다 훨씬 의식적이고 사변적인 일상적 지식인의 세계, 「만세전(萬歲前)」에 대해 고평한 것[11] 역시 이런 점에서 이 비평가의 체질을 여실히 보여준 것으로 볼 수 있다. 「시대와 내면적 인간」이라는 제목의 '윤동주론'에서 보듯이, 중요한 것은 순사한 저항시인으로서의 신화의 기림이 아니라, 내면적 인간으로서 의식적 고투의 측면이라고 보는 그의 관점은 문학과 세계에 대한 그의 가치 평가의 기준이 어디에 있는가를 잘 말해주는 것이다. '행동'보다는 '삶의 깊이' 쪽에 그는 서 있었던 것이다. 이처럼 서구적 지성으로서의 한계를 현상학적인 의식 분석의 섬세함과 풍부함으로 돌파하여 한구 현대 비평의 새로운 경지를 개척한 곳에 김우창 비평의 문(예)학적 공헌이 있다고 말할 수 있다.

5. 현상학적 인식 운동의 궤적 – 메를로–퐁티의 경우를 참조하여

김우창 비평의 이와 같은 폭넓은 궤적의 운동은 그 내부의 다양성과 일견 이질적인 철학들의 혼재 양상으로 말미암아 단일한 규정태로의 접근 불능 현상을 연출한다. 그를 두고 '전체적 지성'이라느니, '현상학자'라니, '합리주의자'라느니, 온갖 수사가 동원될 수 있는 것은 이 때문이다. 이 때문에 또 우리는 가능한 비유로 말할 수밖에 없고, 우리에게 한 반조 대상이 필요한 것도 이 때문이다. 현대 프랑스 지성사의 한 거목이라 할 수 있는 '메를로–퐁티'의 궤적을 참조해 보는 것은 이런 문맥에서 어떨까. 실존주의로부터 시작하여, 삶의 구체성을 호흡하는 문예의 매력에 매료되었고, 이를 기반으로 하여 자유주의와 폭넓은 교양주의를 호흡하는 대학의 근대적 학제로부터 단련되었으며, 나아가 문학과 문화, 사회, 역사를 아우

---

11) 김우창, 「한국 현대소설의 형성」, 『김우창 전집』1, 1993 참조.

르는 폭넓은 비판 이성의 활동에 몸을 내맡긴 이 서구적 지성의 광대한 사유, 깊이 있는 통찰의 전개야말로 현대 프랑스 지성사에서 여러모로 교량적 역할을 수행하였던 메를로-퐁티의 그것에 방불한 것이 아닐까. 물론 그가 메를로-퐁티의 인식과 사상을 직접적으로 얼마만큼 수용하고, 그리하여 그것으로부터 얼마만큼 영향의 흔적을 입게 되었는가의 문제는 아직까지 자세히 밝혀진 바 없다. 이 때문에 실증적인 비교사상사의 각도에서 그를 취급하는 것이 아니라, 한국 현대 지성사에 있어서 김우창의 역사적 위치를 조금 가늠해보고자 하는 의도에서 메를로-퐁티의 삶의 궤적을 돌이켜보고 이를 우리의 참조 대상으로 삼을 수 있는 것이다. 실상 그의 글 전편을 통해서 메를로-퐁티에 대한 언급은 의외로 그리 많이 눈에 띄지 않는다는 사실은 우리의 인식 관심과 관련하여 어떤 의미를 갖는가. 이에 대해서 너무 집착하지는 말기로 하자. 깊은 영향 관계는 사실상 숨겨지는 경우도 많으며, 의식적인 영향 관계와 상관없이 역사적인 유사 사례의 성립 경우 또한 얼마든지 많은 것이다. (이를 두고 무의식적인 영향 관계라고나 할까) 어쨌거나 이런 형편 속에서도 그 그리고 메를로-퐁티가 초기 실존주의 사상의 세례, 혹은 형성의 궤적을 가진 사람(들)이라는 점, 특히 철학적 인식론에 있어서 현상학적 사유의 궤적을 심도 있게 간직한 사람(들)이라는 점, 그리하여 메를로-퐁티는, 사르트르와 결별 이후, 정치적 실천에 집착함으로써 지적 성실성의 자세를 방기하는 태도를 보여주었던 사르트르에 비한다면, 대학 강단으로 귀환하여 현대 인식론의 한 저수지 역할을 수행하였다는 점, 그럼에도 불구하고 문학적 인식 가능성에 대한 신념을 끝까지 잃지 않고, 이를테면 <산문의 이론>에 대한 체계적 정식화를 도모함으로써 일종 문예학자로서의 자세를 잃지 않았던 것이 메를로-퐁티였다는 점, 그러나 그 다종 다양한 인식 관심과 의욕의 형성에도 불구하고 끝내 체계의 구상은 수포로 한 채 돌아간 것이 메를로-퐁티의 생애였다는 점, 이러한 점들로 하여 사르트르와 흔히 비교되는 메를로-퐁티의 자취는 한국 현대 비평사에 있어서 김우창 비평의 위치를 가늠하는 데도 유력한 척도의 한 구실을 할 수 있으리라고 볼 수 있는 것이다.

메를로-퐁티의 지성사적 위치, 궤적과 김우창 비평의 그것이 흥미롭게 비교, 유추될 수 있다고 보는 것은 단지 이러한 사유의 외관적 형태 유사성 때문만은 아니다. 가령 과학적 심리학의 영향 요소가 중요하게 지워진 흔적을 그 한 근거로 제시할 수도 있다. 메를로-퐁티의 초기 주요 저작으로 『행동의 구조』(1938년 완성, 그 4년 후 간행)가 꼽히거니와, 다른 말로 하면 이는 그 인식, 사유의 과학주의적 특성을 시사하는 것이다. 초기 심리학은 주지하는바, 자연과학(주의)에 영향 받은, 행태주의, 행동주의적 관찰의 심리학이 독일을 중심으로 크게 부흥함으로써 낳아진 학문이라 할 수 있는데, 메를로-퐁티의 초기 인식 관심도 이런 점에서 과학주의적 속성을 내포한 것이라 할 수 있다. 김우창 비평 역시 이런 점에서 학적인 인식, 그러니까 과학적인 인식 동기로서 세계와 인간을 규명해보자는 의욕을 가졌던 것이고, 메를로-퐁티와 김우창 비평의 친화감이란 이런 점에서 과학주의적 속성 내재와 무관하지 않다고 할 수 있다.

다음, 현상학에서 해석학, 맑스주의, 그리고 언어학, 구조주의 등에 이르는 메를로-퐁티의 폭넓은 철학적, 인식사적 궤적 역시 김우창 비평의 다양한 인식소의 성격을 설명해주기에 유력한 참조의 대상이 될 수 있다. 그를 두고 현대 인식사의 한 저수지라 말할 수 있는 것은 이 때문인데, 그의 주저 『지각의 현상학』(1945년 완성)을 통해서 그가 주로 한 현상학자로서만 알려져 있는 것은 오히려 이런 점에서 메를로-퐁티의 전모를 이해하는 데는 장애가 될 수도 있는 지적 헌사일 수 있는 것이다. 현상학적 이념이 본래 그렇듯이, 이것은 인간적 지각, 인식의 지반을 철저하게 파헤쳐본 것에 불과한 것일 수 있고, 이처럼 현상학이란 방법론적 도구의 개념에 불과한 것일 수 있다는 점에서 실사구시의 인식적 정향성을 가졌던 그로서는 현상학에만 머물러 있을 수 없었다. 사르트르와 함께 그가 전후 비판적 지성의 실천적 기능 확대로 나아간 것은 이러한 정향성의 태도를 보여준 것이라 할 수 있으며, 그것은 어떤 점에서 후설이 가르쳐 준 바 회의의 태도를 적극화시킴으로써 후설조차도 회의의 대상으로 삼은 끝의 결과였다고 말할 수도 있다. 언어학과 구조주의로의 관심 확대는 이런 점에서 현대 프랑스 인식의 극적인 한 전환의 계기를 마련한 지점으로 볼 수 있거니와, 비록 그가 이러한 지성사적 전환의 선두에 자리매김되는 역할을 수행하지는 않았다 할지라도 그 전환의 폭넓은 지반을 마련한 점에 있어서는 바로 그와 같이 어떤 방법론적 규정의 틀에도 얽매이지 않는 부동하는 자유 지성의 태도가 크게 기여한 결과라고 할 수 있을 것이다. 그를 두고 '모호성의 철학자'[12]라는 한 별호가 주어지는 것은 그처럼 부동하는 자유 지성의 다채로웠던 인식론적 섭렵 궤적을 의미하는 것으로서 받아들여질 수 있거니와, 바로 이와 같이 다종다양한 현대적 인식소들을 끌어들여 끝없는 인식에의 욕망으로 한 몸에 수렴하는 모습을 보여준다는 점에서 김우창 비평은 한국 현대 지성사 속에서 편만한 인식론적 스펙트럼을 보여준다고 할 수 있다. 머뭇거리는 반성의 철학자로서 자기 인식의 한계에 대한 시종여일한 반성의 태도가 그와 같은 인식소의 다양한 기반을 마련했던 것인지도 모른다.

이와 같이 다양한, 모호한 반조의 언어 색채 때문에 김우창 비평은 한마디로 규정하기 어려운 다채로운 인식론적 성질을 지닌다. 그러니까 현상학자인가 하면 그는 해석학자이며, 변증론자인가 하면 과학자이며, 문학자인가 하면 철학자인, 모호한 사변가의 성질을 그는 지니는 것이다. 이

---

12) J. 슈미트, 홍경실 역, 『메를로 퐁티』, 지성의 샘, 1994, 1장 참조.

미끌미끌한, 쥐었다고 느끼는 순간 빠져나가는, 이 정체모를 블랙홀의 사변과 같은, 철학적 비평의 언어 성질에 대해서 우리는 무엇인가 규정하지 않으면 안 된다. 언어를 통한 인식의 요청이란 결국 규정의 요청이기 때문이다. 그렇다면 우리는 무엇이라고 이름 지을 수 있을까. 잠정적으로 우리는 '회색의 사변 비평'이라고 이름지어보자. 그것은 흑도 백도 아닌, 그러니까 흑백논리를 벗어난 폭넓은 세계 인식의 철학이다. '육체성'의 철학이라 이름 지을 수도 있을 것이다. 몸과 정신의 이원론으로 환원되지 않는, 육체의 풍부한 육질의 사상이라는 뜻에서 우리는 그렇게 말할 수 있다. 결국 메를로−퐁티 사상과의 친근성도 이러한 점에서 발견되는 것이다. 사회적 실천 의미를 강조했지만, 실천가로 나설 수 없는 체질적 한계도 이와 관련되며, 어디에도 머물 수 없는 자유 부동의 인식론적 배회의 성질도 이와 관련된다고 할 수 있다. 휴머니즘의 정향성이지만, 휴머니즘의 한계를 너무도 일찍부터 꿰뚫어보고 있었다는 점에서 그것은 휴머니즘의 경계에 얹혀있는 것이다. 이러한 점에서 '경계의 사상'이라 부를 수 없을까. 이처럼 이론적 실천, 실천적 이론 사이에서 끊임없이 배회하고 머뭇거리는 반성적 성찰의 비평 언어는 그로 하여금 결국 '근본에 대한 탐구'와 '깊이에의 천착'을 자신의 비평적 지표로 내세우게 하였다. 70년대 후반 『세계의 문학』 창간과 그 편집에 관여하면서, 잡지의 뚜렷한 성격을 정립하라는 내외의 요청에 대해서 "인간과 사물의 있음과 있어야함을 넓게 깊게 생각"[13]하는 것으로 대신한 설명은 이 태도를 드러낸 것이며, 이것은 그 나름의 실천적 자세 견지를 기치로 내걸었던 잡지 『창작과 비평』과, 혹은 또 그 나름의 선명한 지성적 문학의 순수성으로 대결한 『문학과 지성』에 비해서 태도의 불선명, 결과적인 이미지의 불선명으로 인식되었

---

13) 김우창, 『지상의 척도』, 앞의 책, 424쪽.

던 것이 사실이다. 이것은 물론 동료 편집자 유종호의 문학주의적 초연의 입장과도 어울려 그리 된 결과라고 하겠으나, 김우창 비평의 사변적인 모호함의 빛깔에도 그 책임의 일단이 주어져야 하는 것은 부정될 수 없다. 이 모호함의 머뭇거리는 태도에서 그러나 사태에 대한 균형 잡힌, 깊은 사색의 반성적 성찰이 가해질 수 있었던 것은 그 사변성이 낳은 밝은 측면이라 할 수 있으며, 그런 점에서 당시 조야의 무반성적인 민족주의 열풍 속에서 '보편(성)'의 문제를 설득력 있게 제기한 <民族과 普遍의 理念> 제하의 권두언 같은 글(『지상의 척도』 소재)은 당시 사색의 한 지표를 이룩한 글이라 할 수 있다. 진실은 극단에 있기보다 경계에 있다는, 이러한 사상으로 말미암아 김우창 비평의 궤적은 프랑스 현대 지성사에 있어서 메를로-퐁티의 위치에 비견할 만한 것으로 볼 수 있다. 그가 무엇을 해결했느냐보다 인식자의 임무란 모름지기 옳은 질문의 제기자로서 평가되어야 한다는 점에서 현대적 인식의 핵심 쟁점들을 제기했던 메를로-퐁티와 같이 우리 사회와 문화가 직면한 여러 문제들을 비평적으로 제기한 김우창 역시 동행의 지성사적 의미를 나누어 가질 수 있는 것이다. 그렇지만 김우창이 수다하게 자기 저술의 한계에 대해서 회오의 느낌을 피력하였듯이 에세이적 저술의 한계를 넘지 못한 것으로 자가 비판되는 이 비평적 한계는 그대로 지적 선진국과 후진국 사이의 낙차를 반영하는 것일는지도 모른다.

6. 잠정적 결산 – 심미적 이성의 확대 혹은 보편화

70년대를 넘어서 80년대로 나아오면서 김우창 비평의 사색 영역은 더욱 넓어지고 깊어지게 되었다고 말할 수 있다. 그 확충과 심화의 궤적을 이 자리에서 세세히 짚기란 불가능하다. 다만 그 사색의 결과물로서, 주어진 글제에 따라 쓰여진 수다한 에세이의 저작이 수년 전 5권(민음사에서 출간한 『김우창전집』 1~5권을 의미함)으로 모아진 사실을 기억할 수 있으며, 이것은 비평가로서 한 생애의 결집을 의미하는 것으로 받아들여질 수 있다. 그것들은 외견상 너무나 방대한 주제적 결집의 양상이어서 편집의 일관성을 찾아보기 어려운 정도의 양상이기도 하다. 다만 몇 가지 징후적 관찰을 통해서 최근 사유의 움직임의 방향에 대해서 짚어볼 수는 있겠다.

우선 80년대적인 정치적 사유의 관심에서 문화적, 심미적 사유로의 관심 이동이 눈에 띤다는 점이다. 이것은 물론 그가 과거에 심미적, 문화적 사유를 전개하지 못하고 있었다는 뜻에서가 아니다. 오히려 그의 득의의 사유는 포괄적인 문화적 사유 속에서 주어졌을 것이며, 문학과 삶에 대한 사유의 근본적인 접점도 이러한 곳에서 마련된 것일 터였다. 그것은 이를테면, 더 높고 깊은 삶, 풍성한 삶에 대한 소망인 것이다. 하지만 이 소망이 어두움의 시대 인식 위에서 순진하게 꽃피워질 수는 없었다. 그래서 '궁핍한 시대의 시인'이었으며, 그 회의주의가 70년대 말, 80년대 초의 시점에서 극단으로 치달았을 때 "지상에 척도가 있느냐?"의 반문 어사가 저서의 얼굴, 표제어로 등장할 만큼 시대인식은 처연할 수밖에 없었던 것이다. 80년대의 고통스러운 시기를 지나면서 정치적 관심은 따라서 더욱 전략적인 성격을 띠어갔다고 말할 수 있다. 80년대 우리 사회의 대체적인 풍향이 그러했듯이 민주화의 대세를 이루어내는 데 비록 소극적이나마 직접적인 언설의 형태로 관여하는 글쓰기의 참여 책임을 이 비평가의 의식은 받아들이게 되었던 것으로 볼 수 있는 것이다. 하지만 민주화의 분수령을 넘기면서 이 비평가의 관심은 급속도로 문화적 관심으로 기운다고 할 수 있다. 이것의 자각적인 세련된 표현이 '심미적 이성의 탐구'로서 1992년에 발간된 선집의 제목은 이 사실을 의미하는 것으로 볼 수 있다. 이제야 이성적 탐구의 한 영역으로서 '심미적 이성의 탐구', 더 높은 문화적 삶에 대한 갈구가 마음껏 표명될 수 있는, 혹은 표명되어야 하는 사회 - 시대에 도달했음을 그가 의식하는 표시라 할 것이다.

다음, 눈에 띄는 것은 동양적 이성의 세계, 질서관에 근래 들어 부쩍 관심을 기울이는 흔적이 나타나고 있다는 점이다. 그 단적인 저술로서 전집 4권에 소재한 「동양화의 정신과 생활에 대한 隨想」은 주목할 만한 사유를 보여주는 것이다. 그것은 동양화, 동양문화 속에 그 나름의 질서관, 이성적 간여가 심도 있게 작용하였음을 보여주는 것이며, 그렇다고 해서 서양화, 서양문화 속에 동양적 가치 의식, 곧 정신문화의 자취가 전적으로 부재함도 아니라는 사실을 여러 전거를 들어 설명하고 있다. 그가 서양문화에 대해 정통하다는 것은 새삼스러울 수 없는 사실이지만, 동양문화에 대한 새로운 관심 환기, 이성적 질서의 탐구는 그의 인식 관심의 확충과 심화를 단적으로 증거하는 바가 아닐 수 없는 것이다. 이를 두고 동 - 서양의 보편적 질서, 이성의 탐구라고 말해보아도 좋을 듯한데, 그것이 특히 심미적 이성 탐구의 영역에서 진행되고 있다는 점이 주목할 만한 점이라 하겠다. 그렇다면 그가 생애의 역전을 이룩하여 서구적 지성에서 동양적 지성으로의 극적인 반전, 전환의 모습을 보여줄 것인가. 그렇지는 않으리라고 여겨진다. "세상이 너무 바뀌었습니다. 우리들은 이미 서양적인 도시에서 살고 있고 또 우리가 요구하는 것도 다 그렇기 때문에 서양적인 질서가 침범해 들어오는 것을 어떻게 막을 도리가 없습니다. 또 지금 사정에서 동양적인 것만을 유지한다고 해서 그게 반드시 우리한테 실감을 주고 마음에 큰 호소력을 가진 것은 아닙니다"[14]라는 결론부의 어사에서 보듯, 서구적 지성의 한도 내에서 동양적인 것을 구출하려는 태도가 그의 작금의 인식 관심임을 알 수 있다. 최근 퇴계에 대한 관심도 이러한 연장

---

14) 김우창, 『김우창 전집』4, 민음사, 1993, 80쪽.

선상에서 이해될 수 있는 사실일 테다.

'시인의 보석'과 '법 없는 길'을 거쳐서 전집으로 이룩된 김우창 비평의 목적지는 결국 '이성적 사회를 향하여'로 표상된다. '이성'이 그의 평생의 화두였던만치 이성적 사회를 위한 그의 소망과 비원은 당연하고 자연스러운 것이다. 그렇지만 그가 책의 제목과 같은 글에서 스스로 말하고 있듯이 "(…) 중요한 것은 이성적 사회의 실현을 위한 여러 제도와 고안이 어떻게 현실 속에 보장될 수 있는가 하는 것"[15]이라 할 때 '유감스럽게도 이 가장 중요한 점에 대하여서' 그는 별로 이야기할 준비가 많이 되어 있지 못한 듯하다. 그래서 이야기는 언제나 추상적으로 흐르는 경향을 노출하는데, 그럼에도 불구하고 이러한 추상적 논의의 틀 속에서일망정 사상의 자유와 표현의 자유 문제를 심각하게 제기하고 있다. 말하자면 공동의 토의 공간 마련을 위한 사고의 자유와 표현의 자유 선취 문제가 이성적인 사회를 위한 절대적인 조건이 된다는 것이다. 이러한 사고 방식은 무엇을 말하는가. 다시 한 번 이성적 사회를 위한 그의 전망적 틀이 하버마스의 '의사소통(행위)' 이론에 의해서 깊이 영향 받은 것이면서, 여기에서 '비판(적) 이성' 자체의 활동보다는 '이성적 질서의 현실 조건' 마련을 무엇보다 주요한 사회적 과제로서 인식한다는 뜻이 된다. 이것은 또 무엇을 말하는가. 앞서 강조하였듯이 하나의 이데올로기로서 그의 세계관이 '자유주의' 쪽으로 폭넓게 열려있는 것을 뜻하는 것이면서, 다만 하버마스와 같이 사회적 제 세력, 제 주체들의 투쟁 관계를 의사소통행위의 문맥이라는 전체적 시야 속에서 파악한다는 점에서 그것은 좌에서 우까지를 아우르는 폭넓은 자유주의자의 시각을 의미하는 것이다. 그렇다면 자유로운 사회의 바람직한 상태란 어떤 것인가. 마치 적절한 통풍 상태의 사회적 공간과 같은 것이어서, 너무 억압되어 경직되어서도, 또 너무 많은 바람으로 혼란

---

15) 김우창, 『김우창 전집』5, 민음사, 1993, 65쪽.

스러운 모습으로서도, 바람직한 사회적 상태는 아닌 것으로 이 비평가는 보고 있는 것 같다. "(…) 자유주의의 합리성만이, 비록 오늘날 그것이 오늘의 혼란의 주된 원인인 듯(도) 하지만, 장기적으로 볼 때, 어느 정도의 질서와 평화에의 길을 지시하는 것처럼도 보"[16]인다고 말하고 있음에서 이 태도를 다시 한 번 확인할 수도 있는 것이다. 이 결론이 그의 생애의 최종 결론은 아닐지라도 그의 오랜 책읽기와 사색과 글쓰기의 여정을 통해서 반복 확인된 결론이라는 점에서 우리는 그의 결론을 존중할 필요가 있다. 이성적인 것은 여기서 자유로운 것으로 되며, 자유의 상태는 결국 해탈의 상태에 방불한다. 해탈이 허깨비의 상태일 수 있듯이 자유의 상태 역시 허깨비의 상태일 수도 있지만, 그것이 모범 답안처럼 쉽게 주어질 수 없는 것이라는 점에서 정신적 이상으로서의 '이성'에 대한 희구는 그의 정신을 끊임없이 깨어나고 긴장하게 하는 요인이다. 책읽기와 사색으로 이루어진 글쓰기의 생애가 기껏 아직 에세이 전집 5권이라는 점에서 그것은 한국적 한계를 의미하는 것일 수도 있지만, 한국적 한계 안에서나마 놀라운 서구적 지성의 박학다식과 몰입사색으로 이루어진 그의 에세이 저술은 한국 현대 비평의 한 봉우리를 형성하고 있는 것이 틀림없다. 회색빛 사변의 폭넓은 현실 사유를 감행하면서, 동 – 서양의 이성을 함께 아우르고자 하는 이 정신의 활동은 현재에 있어서 가장 야심찬 한국적 지성의 하나일지 모른다. 「감각, 이성, 정신」이라는 글 한 편만으로도 우리는 그 박식과 집중된 사색으로 이루어진 글쓰기의 정력적인 활동 상태를 충분히 감지할 수 있다.

—『한국 현대 비평가 연구』, 강, 1996.

---

16) 김우창, 「감각, 이성, 정신」, 『한국문학이란 무엇인가』, 민음사, 1995, 50쪽.

와전된 정신분석학의 문예론 - 김현 비평고 1
- 김현의 글 「소설은 왜 읽는가」에 대한 비판적 읽기

1.

문학 비평가 고(故) 김현의 글 「소설은 왜 읽는가」를 읽고, 그것을 비판적으로 검증해 볼 필요를 느꼈다. 두루 알다시피 김현은 한국 현대 문학을 이끈 비평가 중 한 사람으로서, 정신분석학적 시야에서 문학을 바라보고 비평을 구사했던, 실제 비평의 영역에서 특별히 탁월한 업적을 남긴 비평가로 알려져 있다. 그 의미가 아직은 모호한 상태이지만, '실존적 정신분석'[1]이라는 그 비평 정신의 핵자에 대한 지칭은 이를 의미한다. 그가 남긴 많은 평문 중에서 이 글, 즉 「소설은 왜 읽는가」가 문제되어야 하는 이유는 이 글이 비교적 그 비평의 원숙기에 쓰여졌을 뿐 아니라, 문학 일반론의 성격으로서 정신분석학의 주요 개념을 원용하고 있고, 또한 글의 전문이 현재 고등학생들을 위한 국정의 <국어> 교과서에 실려 널리 읽히는 상태에 있기 때문이다. 국정의 교과서에 실려 널리 읽혀져야 할 글이라면 마땅히 그에 상응한 검토 과정이 수반되어야 할 일이라고 생각되거

---

[1] 이는 일종의 자기 지칭으로 이룩된 표현이지만, 김현 전집의 편집자들도 이 자기 지칭을 중요하게 언급하고 있다. 김윤식·김현, 『한국문학사』, 민음사, 1996, 8쪽; 『김현 문학전집1』, 문학과지성사, 1991, 8쪽 참조.

니와, 타계 10년을 맞는 동안 주로 신화에 갇혀져 왔던 김현 비평의 면모
역시 이제는 좀 더 비판적으로 검토되어야 할 단계에 이르렀다고 판단된
다. 말할 나위 없이 우리 문학 비평의 발전을 위해서이다. 그리고 오늘 우
리 사회에서의 정신분석학적 이해 수준을 검증한다는 의미도 여기에는 포
함된다. 한국 최고의 실제 비평은 정신분석학의 이론을 어떻게 이해, 응
용, 적용해 왔는가. 이제부터 살펴 볼 일이다.

2-1.

제목이 암시해 주는 것처럼, 「소설은 왜 읽는가」의 글은 비평적 입장의
제시를 위한 문학 원론의 성격을 지니고 있다. 1985년 4월, 일간 신문(한국
일보)의 지상에 문학(소설) 월평을 게재하며, 아마도 비평가는 소설에 관한
자신의 생각을 차제에 정리해 둘 필요를 느꼈던 것 같다. 비평적 입장의
천명 필요성 때문이었을 것이다. 이 때문에 김현 문학론의 여러 가지 특
질, 그 글쓰기의 특질이 이 글에는 잘 나타나 있는데, 에피그람 형식의 짧
은 인용문, 그리고 개인적인 술회의 문장으로부터 글이 시작되고 있다는
점 등이 모두 그다운 글쓰기의 면모를 보여주는 바라고 할 수 있다. "호랑
이가 담배를 끊으면 사람은 살맛이 없다……"라는 송욱의 「단장」 한 구절
을 인용한 뒤에 비평가의 문장은 다음과 같이 시작된다. 조금씩 건너뛰며
그 첫 단락을 보자면 이렇다.

> 라디오와 텔레비전이 보급되기 전이어서였겠지만, 어렸을 때 내가 제일
> 좋아한 것은 어머니나 아버지의 무릎을 베고 드러누워, 어머니나 아버지가
> 해주시는 옛날 이야기를 듣는 것이었다. 그 옛날 이야기의 종류는 아주 다
> 양해서, 전래의 동화에서부터, 내가 잘 알 수 없는 나라의 이야기에 이르기
> 까지 종횡무진이었다. 그 이야기들의 거의 대부분을, 나는 커서 이 책 저
> 책에서 다시 확인할 수 있었지만, 물론 그 재미는 옛날만 못했다. (…) 어렸

을 때에, 그토록 이야기를 듣고 싶었던 이유는 무엇이었을까? 무엇이 어린 애를 이끌어, 알 수 없는, 혹은 너무 자주 들어 익숙히 알고 있는 이야기의 세계로 달려가게 했을까? 지금도 대부분의 경우, 어머니 아버지의 추억은 그 이야기의 부드러운 공간 속에 녹아든다. (…) 그 공간은 언제나 되돌아가고 싶은 공간이며, 그곳에서는 삶이 살 만하다고 느껴지는 공간이다. (…) 이야기의 공간 속에서 나를 끝내 놔주지 않은 것은 호기심이었다. 내가 살고 있는 그 좁은 공간 밖에 무엇이 있을까 하는 호기심을 옛날 사람들은 끊임없이 자극하고 있었다. 이야기를 아무리 들어도 그 호기심은 채워지지 않는다. 호기심은 채워지지 않지만, 이야기를 듣다 보면, 내가 살고 있는 삶과는 다른 어떤 삶이 있는 것은 분명하게 느껴졌다. (…) 그렇다면 그 호기심은 어디에서 생겨나는 것일까?2)

이야기에 대한 호기심의 정체가 무엇인지를 묻는 문장이다. 그것을 일단은 바깥 세계에 대한 관심 성격이라고 설명하면서도("내가 살고 있는 그 좁은 공간 밖에 무엇이 있을까 하는 호기심"), 그것만으로는 성이 차지 않는지, 만족할 만한 설명이라고 보지 않는 것인지, 이제부터 단락을 바꾸어 그것에 대한 본격적인 설명으로 들어간다. 정신분석학적으로 문제되는 지점은 이 지점이다. 보자.

그 호기심의 심리적 자리를 끝까지 파헤쳐 본 정신분석학은 그 자리가 욕망이라고 말한다. 사람의 마음은 편하고 즐겁게 살고 싶다는 생득적 욕망을 갖고 있다. 그러나 자기 하고 싶은 것을 다하고 살 수는 없다. 그래서 사람들이 무리를 이뤄 살게 된 후에, 그 욕망을 최소한으로 규제하려는 시도가 생겨나게 된다. 정신분석학에서는, 자기 하고 싶은 대로 하고 싶어 하

2) 김현, 「소설은 왜 읽는가」, 『분석과 해석』, 문학과지성사, 1988, 225-226쪽. 참고로 말하면, 현재 이 글이 여러 판본으로 출판되어 있지만, 정본의 텍스트로 삼아져야 할 글이 이 책의 판본 아닌가 생각된다. 나머지 텍스트들에서는 가감의 흔적이 보이기 때문이다. 국정 <국어> 교과서의 텍스트는 심하게 고쳐진 양상이며, 현재 우리가 쉽게 구해 볼 수 있는 '전집' 본에서도 조금 손질된 흔적이 발견된다. 단락을 바꿀 때, 한 줄 띄어쓰기가 안 되어 있다든지, 다섯 번째 단락의 두 번째 문장이 개고된 흔적이 그것이다. 우리가 구해볼 수 있는 최초 간행의 판본이 이런 뜻에서 우리의 텍스트로 삼아져야 한다고 여겨진다.

는 욕망을 쾌락원칙이라고 부르고 그것을 규제하는 법규들을 현실원칙이라고 부른다. 쾌락원칙이 현실원칙에 의해 적절하게 규제되지 않으면 사회는 성립할 수 없다. 그 현실원칙 중에서 제일 중요한 것은, 아버지는 딸과 동침해서는 안 되며, 어머니는 아들과 성적 관계를 맺어서는 안 된다는 금기이다. 그 금기 때문에 욕망은 억압되고, 억압된 욕망은 원래의 욕망을 변형시켜 그 모습을 드러낸다. 이야기는 바로 그 욕망을 변형시켜 드러낸 것이어서 사람들의 한없는 호기심을 자극한다. 이야기에서 사람들은 자기 욕망의 시원의 모습을 감지할 수 있다.[3]

"그 호기심의 심리적 자리를 끝까지 파헤쳐 본 정신분석학은 그 자리가 욕망이라고", 어떤 정신분석학자가 말했는지 궁금하지만, 이 문맥을 통해서 우리는 비평가의 정신분석학에 대한 이해가 전혀 엉뚱하다는 것을 알 수 있다. 아니 얼토당토않은 것이다. '쾌락원칙'과 '현실원칙'에 대한 그의 설명의 문맥에서 이 점이 드러난다. "자기 하고 싶은 대로 하고 싶어 하는 욕망을 쾌락원칙이라고 부르고 그것을 규제하는 법규들을 현실원칙이라고 부른다"고 어떤 정신분석학자가 말했던가. 적어도 프로이드는 이렇게 말하지 않았다는 것을 우리는 알고 있다. 「쾌락원칙을 넘어서」에서의 프로이드의 설명을 보자.

　　자아의 자기 보존 본능의 영향하에서 쾌락원칙은 <현실원칙>으로 대치된다. 현실원칙이 궁극적으로 쾌락을 성취하겠다는 의도를 포기하게 만들지는 않는다. 그러나 그것은 쾌락에 이르는 길고 간접적인 여정의 한 단계로서 만족의 지연, 만족을 얻을 수 있는 많은 가능성의 포기, 불쾌를 잠정적으로 참아 내야 하는 일을 요구하고 실행한다. 그러나 쾌락원칙은 <교육시키기>가 대단히 힘든 성본능에 의해서 구사되는 작업 방법으로서 끈질기게 지속된다. 그리고 쾌락원칙은 이러한 본능에서 출발해서, 혹은 자아 그 자체 속에서 유기체 전체에 손상을 입히면서까지 현실원칙을 극복하는

---

3) 위의 책, 226쪽.

데 성공하는 경우가 허다하다.[4]

요컨대, 쾌락원칙과 함께 현실원칙 역시 정신적 기제의 일부로서 작용 원리를 말하는 것이지, 현실의 법규를 말하는 것이 아님은 분명하다. 『라캉 정신분석 사전』에서 딜런 에반스 역시 이와 관련하여 다음과 같이 설명하고 있다. '현실원칙'에 관한 설명이다.

> 프로이드에 따르면 심리는 처음에는 이전의 만족의 기억에 환각적으로 카덱스를 일으킴으로써 만족을 경험하려는 쾌락원칙에 의해 완전히 통제된다. 그러나 주체는 환각이 그의 욕구를 구제해 주지 못한다는 사실을 발견하고 '외부세계에 실제상황이란 개념을 형성'하도록 강요받는다. 따라서 새로운 '정신적 기능의 원칙'이 도입되는데('현실원칙'), 이 새로운 원칙은 쾌락원칙을 수정하고 주체로 하여금 만족에 이르는 좀더 우회적인 방법을 택하도록 강요한다. 그러나 현실원칙의 궁극적 목적도 역시 욕동의 만족이기 때문에 "쾌락원칙을 현실원칙으로 대체하는 것은 쾌락원칙을 버리는 것이 아니라 단지 보완하는 것을 의미한다"[5]

이처럼 정신분석학의 근본 원리와는 전혀 동떨어진 것으로서, "자기 하고 싶은 대로 하고 싶어 하는 욕망을 쾌락원칙이라고 부르고 그것을 규제하는 법규들을 현실원칙이라고 부른다"는 설명은 전혀 자의적인 설명인 것을 알 수 있다. 문제를 '쾌락원칙'의 개념에 국한하여 보더라도 이와 같은 '쾌락원칙'의 개념으로는 쾌, 혹은 불쾌의 상태와 관련하여 불쾌를 피하고자 하는, 그러니까 불쾌를 경감시키고자 하는 우리 정신의 무의식적 노력조차 제대로 설명할 수 없다는 것을 우리는 알고 있다. 그럼에도 우리의 비평가는 기껏해야 '소망 충족의 원리' 정도에 준한 개념으로 설정한

---

4) 지그문트 프로이드, 박찬부 역, 『프로이드 전집』14, 열린책들, 1997, 13~14쪽.
5) 딜런 에반스, 김종주 외 역, 『라캉 정신분석 사전』, 인간사랑, 1998, 433쪽.

이러한 뜻의 '쾌락원칙', 그리고 그에 상대적인 뜻으로 설정한 '현실원칙'
이라는 용어를 글의 끝까지 밀고 나가 곳곳에서 파열음을 일으킨다. 계속
해서 보자.

> 그 (정신분석학) 이론을 따라가자면, 어린애들은 현실원칙에 의거하여
> 자신의 부정적 욕망을 적절하게 억제한다. 적절하게 억제 못 한 사람들이
> 꾸며대는 이야기들이, 사실은 그들의 가족 생활을 얼마나 왜곡하고 있는가
> 를 정신분석학은 숱하게 보여주고 있다. 그 꾸며진 이야기들을 정신분석학
> 의 아버지라 할 수 있는 프로이트는 가족소설, 다시 말해 가족에 대해 꾸며
> 낸 이야기라고 부르고 있다. 정신분석학의 그러한 가정을 조금 더 발전시
> 켜 본다면, 쾌락원칙이 지배하려 하고 있는 것은 성뿐만이 아니다. 그것은
> 재화까지를 포함한다. 성적인 측면에서 자기가 하고 싶은 것을 마음대로
> 하고 싶다는 욕망은, 그 상대방이 누구든 그 상대방을 소유하고 싶다는 소
> 유 욕망이며, 그 소유 욕망은 성적 재화뿐만 아니라 물적 재화까지를 대상
> 으로 삼고 있다. 재화는 적고 욕망은 크기 때문에, 거기에도 현실원칙이 작
> 용하며, 그 현실원칙 때문에 금기가 생겨난다. 가장 간단하면서도 확실한
> 금기는 도둑질하지 말라는 금기이다. 근친상간을 하지 말라는 금기와 도둑
> 질하지 말라는 금기는 한없는 소유 욕망을 달래는 최소한도의, 그러나 절
> 대적인 금기이다. 그 금기에 대한 호기심이 바로 이야기를 듣고 싶어 하는
> 호기심이며, 그 금기에 대한 호기심이 바로 이야기를 하고 싶어 하는 욕망
> 이다. 그 욕망의 뿌리가 같기 때문에 이야기를 듣고 싶어 하는 욕망이나 이
> 야기를 하고 싶어 하는 욕망은 같은 구조를 갖고 있다. 그 욕망을 끝까지
> 밀고 나가면 맨 마지막은 죽음이다. 근친상간하는 사람이나 도둑질하는 사
> 람을 사회는 마침내 용서하지 않기 때문이다.[6]

정신분석학 이론을 이처럼 속화시켜 전달하고 있는 예를 찾기란 아마도
쉽지 않을 것이다. 여기서 '현실원칙'의 개념은 문화 인류학적인 '금기' 개
념에 접근하며, '쾌락원칙'은 자본주의 사회에서의 욕망의 일반 개념이라

---

6) 김현, 앞의 책, 226-227쪽.

할 수 있는 '소유 욕망' 개념에 접근한다. 이와 같은 자의적 개념 운용을 통해서 이야기가 지닌 본성이 밝혀지고 있다면 또 혹 모르겠으되, 이야기의 본성에 대한 규명 노력은 여전히 '호기심'과 '쾌락원칙', 그리고 '현실원칙'을 대치한 '금기'의 용어 주변을 맴돌고 있다. 동어반복이 계속되고 있는 것이다. "그 금기에 대한 호기심이 바로 이야기를 듣고 싶어 하는 호기심이며, 그 금기에 대한 호기심이 바로 이야기를 하고 싶어 하는 욕망이다. 그 욕망의 뿌리가 같기 때문에 이야기를 듣고 싶어 하는 욕망이나 이야기를 하고 싶어 하는 욕망은 같은 구조를 갖고 있다"는 문장에서 그 점을 확인할 수 있는데, 이 대목에 이어서 갑자기 도약하는 문장이 뒤따른다. "그 욕망을 끝까지 밀고 나가면 맨 마지막은 죽음이다"라는 문장이 그것이다. 이 문장을 뒷받침하기 위해 우선, "근친상간하는 사람이나 도둑질하는 사람을 사회는 마침내 용서하지 않기 때문이다"라고 써놓고, 이어서 단락을 바꾸어 그는 다음과 같이 서술하고 있다.

> 이야기를 듣고 싶어 하는 호기심이나 하고 싶어 하는 욕망은 죽음과 맞닿아 있다. 실제로 이야기에 대해 일정한 거리를 취하는 건강한 사람들도, 술에 취해 의식이 어느 정도 마비되면, 다시 말해 의식이 죽음과 가까워지면, 한없이 이야기하려 하고, 한없이 들으려 한다. 술좌석에서, 한 이야기가 되풀이 이야기되고, 이미 들은 이야기를 또다시 들으려는 욕심이 생겨나는 것은, 술이 억압된 욕망의 뿌리를 흔들기 때문이다. 의식이 완전히 죽지 않는 한, 속에 있는 말—이야기가 모두 밖으로 나오는 법은 거의 없다. 아니 절대로 없다. 이야기가 죽음과 맞닿아 있다는 것은, 이야기에 대한 두 개의 옛 이야기에 분명하게 나타나 있다.[7]

이 부분에 이어서 『아라비안 나이트』의 '세헤라자드' 이야기와 '임금님 귀는 당나귀 귀'에 관한 복두장이(이발사)의 이야기가 나오거니와, 술자리

---

7) 위의 책, 227-228쪽.

에서 관찰될 수 있는 일상적 경험 관찰의 사실이 논지를 뒷받침하고 있음을 알 수 있다. 바슐라르가 제기한 '호프만 콤플렉스' 개념에 영향 받은 바라고 여겨지지만, 술자리 행태에 대한 위와 같은 경험적 관찰 사실이 그의 논지를 충분히 뒷받침하고 있는가는 의문이 아닐 수 없다. 술에 취해 의식이 마비됨으로써, 즉 무의식 상태에 접근함으로써 "한없이 이야기하려 하고, 한없이 들으려 하"는 취객의 행태가 나타난다는 것은 어느 정도 인정할 수 있지만, 모든 사람들이 그와 똑같은 행동 양식을 드러낸다고 보기 어려울 것이고, 설사 그렇다 하더라도, 그것이 이야기 속에 내재된 '억압된 욕망의 뿌리'를 반영하는 것이라 보기 어려울 터이기 때문이다. 이야기는 술 취한 상태에서만이 아니라, 멀쩡한 의식의 상태에서, 즉 '백일몽'의 형태로도 나타난다는 것을 프로이드는 강조한 바 있는 것이다. 프로이드가 말하는 '죽음 충동' 개념과 결부시킨다면, '이야기'와 '죽음' 사이의 관련성에 대한 위 필자의 논의는 더욱 의심스러운 것이 되지 않을 수 없다. 그의 설명을 좀 더 들어보자.

> 이야기가 죽음과 맞닿아 있다는 것은, 이야기에 대한 두 개의 옛 이야기에 분명하게 나타나 있다. ≪아라비안 나이트≫에는 천하루 동안, 한국식으로 번역하면 영원히라고 할 수 있을 정도로 오래, 밤마다 이야기를 하게 운명 지워진 한 여인이 나온다. 세헤라자드라는 이름을 갖고 있는 그녀는, 자기 아내의 부정에 크게 노하여, 여자의 정절을 믿지 않게 된 왕의 버릇을 고치기 위해, 왕 앞에서 재미있는 이야기를 함으로써 자신의 죽음을 유예시켜 나가다가, 결국 왕의 버릇을 고치게 된다. 그녀의 이야기는 죽이고 싶어 하는 왕의 욕망과 살고 싶어 하는 그녀의 욕망 사이에 있다. 아니 차라리 그녀의 이야기는 그 두 욕망 사이의 가교이며, 이야기가 진행되는 한, 두 욕망은 팽팽한 긴장 관계를 유지한다. 그 어느 쪽 긴장이 풀어져도 그 결말은 죽음이다. 죽음과 싸우는 세헤라자드 못지않게, 레비-스트로스라는 프랑스의 한 인류학자가 대번에 그리스의 미다스 왕 이야기와의 유사성을 발견해 낸, 임금님 귀는 당나귀 귀라는 이야기를 하고 싶어 죽음에 이르는

한 복두장이의 이야기 역시 이야기가 죽음과 관련되어 있다는 것을 여실히 보여준다. 임금님은 자기 비밀이 퍼지면 조롱거리가 되기 때문에 이야기를 끝까지 막으려 한다. 이야기를 하면, 혹은 이야기를 잘못하면 죽는다. 그런데도 이야기가 하고 싶어 죽을 지경이다. 실제 복두장이는 이야기가 하고 싶어 죽을병에 걸린다. 그는 대나무 숲에 가서 이야기를 하고서야 살아난다. 그것은 이야기에 쾌락원칙이 숨어 있다는 한 좋은 증좌이다.[8]

"이야기가 죽음과 맞닿아 있다는 것"을 증거해 준다는 이 두 예화의 이야기는, 온당한 해석이라면, 비록 죽음의 사태와 직면해서도 이야기를 통해 오히려 죽음의 운명, 현실이 극복될 수도 있다는 것, 그러니까 이야기를 잘못하거나, 잘못 발설해서는 죽음이 초래될 수도 있겠지만, 이야기를 오히려 흥미 있게 이끌고, 또 그 이야기 욕구를 적절히 해소하면, 죽음의 사태에서 탈출할 수도 있다는 것을 깨우쳐 주는 이야기라고 해야 할 것이다. 『아라비안 나이트』의 세헤라자드 이야기 속에서 우리가 깨우쳐 얻을 수 있는 것은 서사적 흥미에 대한 인간의 본원적 관심이 존재한다는 사실이며, 더 나아가서 그것을 적절히 통제할 수 있는 서사 기술이 서사자의 요건으로 매우 중요하다는 사실일 것이기 때문이다. 복두장이 이발사의 얘기도 이야기에 대한 욕망이 기실은 본원적인 것이라기보다, '앎'의 지식, 즉 어떤 류의 인식의 문제와 관련되어 있다는 사실을 상기시켜 주는 바의 이야기라고 할 수 있다. 복두장이가 죽을병에 걸리는 것은 임금님 귀가 당나귀 귀라는 사실을 알고 난 뒤부터의 일이기 때문이다. 이렇게 본다면, 위의 두 이야기는 그저 단순히 이야기가 죽음과 맞닿아 있음을 증거한다기보다, 죽음을 넘어 나아가는 문화적 힘이 이야기에 내재되어 있다는 것을 일깨워주는 이야기들이라 할 수 있다. 비평가 스스로, "그것은 이야기에 쾌락원칙이 숨어 있다는 한 좋은 증좌이다"라고 한 것처럼, 복두장이

---

8) 위의 책, 228쪽.

이발사 이야기에서 우리가 특별히 깨우쳐야 하는 것은 단순히 이야기가 죽음과 맞닿아 있다는 사실인 것이 아니라, 이야기가 우리들 심리적 억압의 해소와 깊이 관련 맺고 있다는 사실이어야 하는 것이다. 그럼에도 '쾌락원칙'과 '현실원칙'이라는 잘못된 개념 도식을 구사하면서, 그 개념 도식 사이에 '변형'이라는 모호한 개념을 또 끼워 넣어 이야기가 사회적 금기의 체계와 맞닿아 있다는 점을 다시금 강조한다. 결국 이와 같은 잘못된 도식의 개념 체계에 의지하여 그는 이야기가 "쾌락원칙이 현실원칙을 피해 자신을 드러나는 자리"라고 말하는데, 이 논법의 구도 속에서 '자유 공간의 확대'를 위한 문학이라는 그 특유의 문학론의 실체가 모습을 드러내게 된다. 아래에서 보자.

> 쾌락원칙을 감추고, 현실원칙을 감수하면서, 사실은 변형된 모습으로 쾌락원칙을 드러내려 하고 있기 때문에 이야기는 죽음─금기와 맞닿아 있다. 이야기를 하는 사람이나 이야기를 듣는 사람이나, 그 마음의 뿌리는 쾌락의 원칙에 가능하면 가까이 가, 현실원칙의 금기를 이겨보려는 욕망이다. 쾌락원칙이 현실원칙을 이길 수는 없다. 쾌락원칙이 현실원칙을 이길 때, 사회는 유지될 수 없다. 사회는 그래서 쾌락원칙을 좇는 사람들을 감옥이나 정신병원으로 보낸다. 이야기는 그 감옥이나 정신병원에 들어가지 않기 위해 쾌락원칙이 현실원칙을 피해 자신을 드러내는 자리이다. 아니다. 이야기는 쾌락원칙이 자신을 드러내는 자리가 아니라, 현실원칙이 쾌락원칙을 어떻게 억압하고 있으며, 그것은 올바른 것인가 아닌가를 무의식적으로 반성하는 자리이다. 쾌락원칙만을 좇아서 살 수는 없다. 그렇다면 사회가 유지될 수가 없다. 그러나 현실원칙이 적절하게 쾌락원칙을 규제하고 있는가 그렇지 않은가는 반성할 수 있다. 그래야 자유로운 공간이 조금씩 넓어질 수 있다.[9]

김현 비평의 구조에 대해 잘 아는 사람이라면, 이 부분에서 그가 구축

---

9) 위의 책, 228-229쪽.

하고자 하는 논리가 어떤 것인지 잘 알 수 있을 것이다. 이를테면 '반성'으로서의 문학이 어떻게 사회를 위하여 기여할 수 있는가의 물음에 답하고자 하는 것이다. 하지만 이 부분에서 구축되는 그의 문학론의 핵자 역시 썩 잘된 논리적 구조를 획득하고 있다고 말하기는 어려울 것이다. "아니다"라는 어사를 앞뒤로 의도적으로 문맥의 흐름을 역전시키고 있는 데서도 알 수 있듯이, 이 부분에서의 전후 문맥은 심한 단절이거나, 비약의 양상을 노출하고 있기 때문이다. "이야기는 그 감옥이나 정신병원에 들어가지 않기 위해 쾌락원칙이 현실원칙을 피해 자신을 드러내는 자리이다" 해놓고, 바로 이어서, "아니다. 이야기는 쾌락원칙이 자신을 드러내는 자리가 아니라, 현실원칙이 쾌락원칙을 어떻게 억압하고 있으며, 그것은 올바른 것인가 아닌가를 무의식적으로 반성하는 자리이다" 말하는 것은 굳이 '쾌락원칙'과 '현실원칙'에 대한 정신분석학적 개념을 참조하지 않더라도, 일종의 논리적 곡예로서의 말놀이일 뿐이라는 혐의를 벗어나기 어렵다. 이는 마치 음화가 드러나면 양화가 숨고, 양화가 드러나면 음화가 숨는다는 루빈의 술잔 그림과 같이 상대의 두 개념을 마주 세워 놓고 숨바꼭질 놀이를 벌이는 것과 같은 것이다. "쾌락원칙만을 좇아서 살 수는 없다. 그렇다면 사회는 유지될 수가 없다"는 단정 역시 그런 뜻에서 임의적이거니와, "그러나 현실원칙이 적절하게 쾌락원칙을 규제하고 있는가 그렇지 않은가는 반성할 수 있다. 그래야 자유로운 공간이 조금씩 넓어질 수 있다"는 주장 역시 그런 뜻에서 마찬가지로 모순된, 임의적 주장에 불과하다고 말할 수 있다. 만약 그의 논법대로 현실원칙이 사회 유지를 위해 필요한 원칙이라면 반성이라는 행위를 통해서 그 원칙이 무너져 자유의 공간이 넓어질 수 있다는 논리는 형식 논리학적으로 도저히 성립될 수 없는 논리인 것이다. 이와 같은 파탄의 논리 구조를 전혀 깨닫지 못하고 그것이 가능한 논리 구조인 것처럼 착각하고 있는 것은 그것이 근본적으로 잘못된 개념 구조에 의지하여 생성된 것이기 때문임을 되풀이 강조할 필요가 있거니와, 논리적 반성이 결여된, 마술적 수사학으로서의 그의 비평문의 특색은 나머지 글 전문을 통해서도 계속해서 발견된다. 내친걸음에 보자.

2-2.

이야기의 종류는 한이 없다. 이야기하는 사람의 수효도 한이 없으며, 이야기를 듣고자 하는 사람의 수효도 한이 없기 때문이다. 같은 이야기라도, 하는 사람이나 듣는 사람에 따라 조금씩 달라진다. 그 이야기들은 크게 두 종류로 나눌 수가 있다. 하나는 세속적 이야기라고 부를 수 있는 것으로, 우리가 삶을 영위해 나가면서 매일 듣는 일상적인 이야기들이 바로 그것이다. (…) 그 세속적 이야기 곁에, 혹은 위나 아래에, 환상적 이야기라고 부를 수 있는 별난 이야기가 있다.[10]

위와 같이 시작되는 글의 세 번째 단락에서 비평가가 시도하고자 하는 것은 그러니까 이야기의 유형 분류이며, 그 차이에 관한 설명이다. 여기서 세속적 이야기와 환상적 이야기로의 분류가 이루어진다. 속담과 수수께끼의 형태로 정형화될 수 있다고 하는, 두 이야기 유형에 대한 분류학적 논의는 그 원천을 알 수는 없지만, 그것 자체만으로 볼 때 매우 흥미로운 것이 사실이다. 하지만 글 전체의 문맥으로 보아서는 이와 같은 분류학적 논의가 왜 필요했던 것인지, 그러니까 글의 전체 논지 전개를 위해 이 부분의 논의가 반드시 필요했던가, 하는 의문을 갖게 한다. 이 단락이 끝나고 바로 이어서 다음 단락이 시작되면서, 필자 – 비평가 스스로 앞서의 논의를 뒤집는 듯한 발언을 행하고 있기 때문이다. 물론 이 대목에서 '이야기'에 대한 그때까지의 논의를 일단 종결하고, 본격적으로 '소설' 양식에 대한 논의로 넘어간다는 것은 알 수 있겠는데, 그렇더라도 필자가 이때까

---

10) 위의 책, 229쪽.

지 경주했던 이야기에 대한 분류학적 논의를 스스로 뒤집는 듯한 발언을 행하는 것은 그 진의가 무엇이었던 것인지 알 수 없게 하는 것이다. 두 단락의 결절 지점을 보자. 단락을 바꿀 때, 우리의 비평가는 습관처럼 한 줄을 띄어 쓰고 있다.

> (…)환상적 이야기에는 그 기능적 수수께끼들이 많다. 일상적 이야기의 이편은 현실이며, 환상적 이야기의 저편은 꿈이다. 현실과 꿈은 일상적 이야기나 환상적 이야기를 매개로 인간의 삶 속에서 연계된다.

> 현실이나 꿈은 삶이지 이야기가 아니다. (이야기는) 현실과 꿈 사이에 있는 이야기를 정제하여 줄글로 옮겨놓은 것이 소설이다. 모든 이야기가 다 소설이 될 수 있는 것은 아니다. 구태여 장르별로 가르자면, 어떤 것은 소설이 되고, 어떤 것은 자서전-회고록이 되고, 어떤 것은 수필이 된다(…)[11]

본 논자–연구자가 위 인용문 중 '(이야기는)'에 ( )를 쳐 놓고 있는 데서도 알 수 있듯이, 이 글이 실려 있는 최초의 단행본 평론집, 『분석과 해석』을 기준으로 삼자면, 문장 자체가 파탄되어 있다. 이 부분이 글쓰기 과정에서의 실수로 파생되었다고 보면, 이 실수에는 모종의 강박 관념, 무의식이 깃들어 있었다고 볼 수 있다. 그러니까 이 부분에서 필자(비평가)는 이야기에 대한 논의에서 소설에 대한 논의로 비약해야 된다는 강박 관념을 가졌던바, 그렇기 때문에 세속적(일상적) 이야기와 환상적 이야기로 대별을 시도한, 이야기 유형에 대한 앞서의 논의를 여기서 차단시킬 필요를 느꼈던 것이다. 그리하여 앞서의 분류학적 논의를 여기서 뒤집어 '이야기'는 "현실과 꿈 사이에 있"다는 생각이 튀어 나오게 되었고, 그 "현실과 꿈 사이에 있는 이야기를 정제하여 줄글로 옮겨놓은 것이 소설"이라고 말하

---

11) 위의 책, 230쪽. 인용문의 괄호는 본 논자–연구자가 행한 것.

게 되었다고 할 수 있는 것이다. 단락 결절 지점에서의 이와 같은 논리적 난점 문제가 그렇다고 이후 그의 문장, 문맥에 흐름에 중대한 장애를 초래하는 것은 물론 아니다. '소설' 양식에 대한 논의로 옮아가면서 논의의 초점 역시 이동하기 때문이다. 위 인용 부분의 마지막 문장을 통해, "구태여 장르별로 가르자면, 어떤 것은 소설이 되고, 어떤 것은 자서전 – 회고록이 되고, 어떤 것은 수필이 된다"고 말하고 있는 것처럼, 위 인용문의 이하에서 필자는, 소설과 자서전 – 회고록, 수필 사이의 장르적 차이에 관한 문제를 필요 이상 장황하게 설명하기 때문이다. 이 대목 중 소설 양식에 관한 설명은 다음과 같이 나타나고 있다.

> 소설은 수필이나 자서전과 다르게, 쓰는 사람이 읽거나 보고 들은 것을 나의 입장에서가 아니라 소설 속의 인물들의 입장에서 서술하는 이야기이다. 콩트(장편소설) · 단편소설 등은 이야기를 단편적으로, 삽화적으로 다루는 경향이 있으며, 중편소설 · 장편소설은 유기적으로 다루는 경향이 있다.[12]

그리고 이어서, "여기서 주의할 것은," 하고, 작가와 작중 인물 사이의 구별에 관한, 누구나 알 수 있는 상식적 설명의 일부가 나타난다. 이 상식적 설명은 왜 필요했을까. 일단 보아두기로 하자.

> 여기서 주의할 것은, 소설에 나라는 인물이 나온다 하더라도, 그 인물은 글을 쓰는 사람이 아니라는 것이다. 소설에 대한 중요한 혼란 중의 하나는 소설 속에 나오는 내가 바로 쓰는 사람을 의미한다고 믿는 경향이다. 소설 속의 나는, 삼인칭 그의 변형이지, 소설을 써서 원고료를 받아 생계를 꾸려 나가는 소설가가 아니다. 그렇다고 해서, 소설 속의 나 속에 소설가가 조금도 투영되지 않는다는 진술은 아니다. 그렇다고 해서, 소설 속의 나 속에 소설가가 조금도 투영되지 않는다는 진술은 아니다. 소설 속의 소설가는

---

12) 위의 책, 230쪽.

차원이 다른 인물이다.[13)]

이에 이어서 또 행가름도 없이, "소설 속의 사건은 현실의 것을 그대로 베낀 것이 아니라 변형시킨 것이다"라는 문장이 나오고, 이에 대한 설명의 와중에서 우리는 다시 한 번 그의 유명한 비평적 테제의 하나를 만날 수 있다. "사물을 해석하는 힘의 뿌리가 욕망이다"는 선언이 그것이다. 보자.

> 소설 속의 사건은 현실의 것을 그대로 베낀 것이 아니라 변형시킨 것이다. 흔히 쓰이는 예이지만, 가령 술이 반 남아 있는 술병을 보고, 아 이제 반밖에 안 남았구나라고 이야기할 수도 있고 야 아직 반이나 남았구나라고 이야기할 수도 있다. 소설 속의 사건이 현실의 사건을 변형시킨 (것이라는) 것은 그런 의미에서이다. 그때의 변형은 해석에 가까운 의미를 갖고 있다. 그것이 어떤 이야기이든, 객관적으로 있는 그대로 사건을 재현할 수는 없다. 사건은 어떤 형태로든지 해석되어야 변형되어 전달될 수 있다. 해석 없는 전달은 있을 수 없다. 바로 여기에서, 나는 다시 욕망이라는 개념과 만난다. 사물을 해석하는 힘의 뿌리가 욕망이다.[14)]

"흔히 쓰이는" 상식적 예를 구사하여 비평가가 이끌어 내는 추론의 논변은 결코 상식적인 것이 아님을 여기서 알 수 있다. 단정적 진술을 통해서 주장되는 그 내용들은 사뭇 과격하기조차 하다. 객관적 리얼리즘의 가능성을 부정하면서("그것이 어떤 이야기이든, 객관적으로 있는 그대로 사건을 재현할 는 없다"), "사건은 어떤 형태로든지 해석되어야 변형되어 전달될 수 있다"고 말하고 있다. "해석 없는 전달은 있을 수 없다"고 말하면서, "바로 여기에서, 나는 다시 욕망이라는 개념과 만난다. 사물을 해석하는 힘의 뿌리가 욕망이다"는 중대한 선언에 이른다. 다시 한 번 우리는 정신분석학

---

13) 위의 책, 230–231쪽.
14) 위의 책, 231쪽.

의 핵심 개념과 조우하게 되는 것이다. 그의 설명을 좀 더 들어보자.

현실원칙 때문에 적절하게 규제된 욕망이, 마음의 저 깊은 곳에 자리 잡고 있다가, 사건들을 이야기할 때, 슬그머니 작용하여, 객관적 사실을 자기 욕망에 맞게 변형시킨다. 객관적 사실이, 자기의 욕망을 크게 충격하지 않을 때, 그 변형은 그리 크지 않다. 그러나 객관적 사실, 다시 말해 자아 밖에 있는 사실이 자아 속에 있는 욕망을 크게 충격할 때, 그 변형은 갑작스럽고 전체적인 것이 된다. 그 세계는 세계를 욕망하는 자의 변형된 세계이다. 이야기는 그 변형의 욕망이 말이 되어 나타난 형태다. 소설의 세계는 그런 의미에서 작가의 욕망에 따라 변형된 세계이다. 그 세계는 작가가 해석하고 바꿔 놓은 세계이다. 그 세계가 살 만한 세계인가 아닌가 하는 것은 작가에게 중요하지 않다. 작가에게 중요한 것은 그 세계가 자기의 욕망이 만든 세계라는 사실이다. 세계는 세계를 욕망하는 사람들에 의해 더욱 생생해지고 활기있게 된다. 소설은 그 세계를 구체적으로 드러낸다. 그것은 시처럼 감정의 세계만을 보여주는 것도 아니고 철학처럼 세계관만을 보여주는 것도 아니다. 그것은 세계를 구체적으로, 욕망의 대상으로 제시한다.[15]

김현의 문학론을 '욕망의 문학'론으로 부를 수 있는 것은 이러한 문장에 근거해서이다. 그의 문학론에 대한 정신분석학적 검증 필요성도 여기에서 제기된다. 김현의 '욕망' 개념이 정신분석학적 개념과 반드시 일치할 필요는 없다 하더라도, 그것과의 등차는 밝혀질 필요가 있다. 정신분석학의 핵심 개념 중 하나가 이것이고, 실제로 김현 역시 자신의 '욕망' 개념이 정신분석학을 원천으로 하고 있는 듯이 말하고 있기 때문이다. '욕망'이란 무엇일까. 누구나 알다시피 까다롭기 짝이 없는 이 용어를 우리의 비평가가 매우 범박한 의미로 사용하고 있다는 것은 분명하다. 문학자답게 그의 '욕망' 개념에는 표현주의적 관점이 짙게 배어 있다. 정신분석학의 이론으로 볼 때, '본능'과 '욕망'의 차이를 전혀 준별하지 않고 있다는 점도 지적될

---

15) 위의 책, 231-232쪽.

만하며, 그런 점에서 '욕망'을 주체 내부의 일종의 고정된 실체로서 이해하고 있다는 점— "자아 속에 있는 욕망"이라는 표현에서 그 점을 알 수 있다— 도 그다운 개념 운용상의 한 특징으로 지적될 만하다. "그 세계는 세계를 욕망하는 자의 변형된 세계이다. 이야기는 그 변형의 욕망이 말이 되어 나타난 형태다. 소설의 세계는 그런 의미에서 작가의 욕망에 따라 변형된 세계이다"고 말하고 있는데, 이와 같은 실천적 변형, 변혁 의지로서의 '욕망'이란 정신분석학적 '욕망' 개념과 얼마나 같고 다른 것인가. 무엇보다 '욕망'과 '발화' 사이의 문제가 여기서의 초점 논점이 된다는 것을 알 수 있다. 이와 관련된 딜런 에반스의 설명을 들어보자.

> 욕망이 발화 속에서 어디까지 표명될 수 있는가 하는 문제는 '욕망과 발화 사이에 양립하기 어려움'이라는 근본적인 이유 때문에 한계가 있다. 이러한 양립하기 어려움 때문에 무의식의 환원 불가능성이 설명된다. 욕망에 대한 진실이 어느 정도 모든 발화에 표현된다고 하더라도 발화는 욕망에 대한 모든 진실을 결코 표명할 수 없으며, 발화가 욕망을 표명하려고 시도할 때마다 거기에는 언제나 남겨진 것, 즉 잉여가 있으며 이는 발화를 넘어서는 것이다.16)

언어가 욕망의 표현이고 투영이라는 관점에서 보면, 언어 외의 '잉여'란 있을 수 없고, 이러한 관점에서는 '무의식'의 개념이 차지할 영역은 없다. '무의식'은 바로 언어 바깥, 혹은 언어 아래의 자리에 위치하는 부분일 것이기 때문이다. 그럼에도 이 비평가는 '욕망'을 주체 내부의 선험적인 존재자로 이해하면서, 또 언어를 통해 소설 속에 작가의 모든 욕망이 투영된다고 보면서, 독자의 무의식적 욕망을 함께 얘기한다. 독자는 말이 없기 때문인가. 그의 글을 좀 더 따라가 보자. 바슐라르의 역동적 상상력 개념

---

16) 딜런 에반스, 앞의 책, 280쪽.

에 크게 영향 받은 듯한 '변형의 욕망' 개념 제출에 이어, 도스토예프스키 소설에 관한 바흐친의 생각에 영향 받은 듯한, 작가, 작중 인물, 그리고 독자 사이의 욕망의 뒤섞임에 관한 논의가 다음과 같이 이어진다. 독자의 무의식적 욕망에 관한 논의를 보라.

> 소설은 그 어떤 다른 예술보다도 구체적으로 그리고 전체적으로 세계를 보여준다. 소설 속에는 세 개의 욕망이 들끓고 있다. 하나는 소설가의 욕망이다. 소설가의 욕망은 세계를 변형시키려는 욕망이다. 자기 욕망의 소리에 따라 세계를 자기 식으로 변모시키려고 소설가는 애를 쓴다. 두 번째의 욕망은 소설 속의 주인공들의 욕망이다. 소설의 인물들 역시 소설가의 욕망에 따라 세계를 변형하려 한다. 주인공, 아니 인물들의 욕망은 서로 부딪쳐 다채로운 모습을 드러낸다. 마지막의 욕망은 소설을 읽는 독자의 욕망이다. 소설을 읽으면서, 독자들은, 소설 속의 인물들은 무슨 욕망에 시달리고 있는가를 무의식적으로 느끼고, 나아가 소설가의 욕망까지를 느낀다. 독자의 무의식적 욕망은 그 욕망들과 부딪쳐, 때로 소설 속의 인물들을 부인하기도 하고, 나아가 소설까지를 부인하기도 하고, 때로 소설 속의 인물들에 빠져 그들을 모방하려 하기도 하고, 나아가 소설가까지를 모방하려 한다. 그 과정에서 읽는 사람의 무의식 속에 숨어 있던 욕망은 그 모습을 서서히 드러내, 자기가 세계를 어떻게 변형시키려 하는가를 깨닫게 한다. 소설 속의 인물들은 무엇 때문에 괴로워하는가, 그 괴로움은 나도 느낄 수 있는 것인가, 아니면 소설 속의 인물들은 왜 즐거워하는가, 그 즐거움에 나도 참여할 수 있는가. 그것들을 따지는 것이 독자가 자기의 욕망을 드러내는 양식이다.[17]

「소설은 왜 읽는가」라는 글의 제목이 시사하듯이, 하나의 이론적 담론 구축을 시도하는 글의 필자의 주요 관심은 이 부분에 걸쳐 있다. 여기서 알 수 있는 것은, 소설가의 욕망과 작중 인물의 욕망, 그리고 독자의 욕망에 관해 진술함에 있어서 유독 독자의 욕망만을 '무의식적 욕망'으로 지칭

---

17) 김현, 앞의 책, 232쪽.

하고 있다는 사실이다. 아마도 독자의 욕망은, 적어도 독서 과정 중에 있어서는, 수동적으로, 언표되지 않는 상태로 있다고 보았기 때문이지 않았을까. 그러나 비평가가 말하고 있는 것처럼, 독자 역시 전적으로 수동적으로 받아들이기만 하는 상태에 있는 것은 아닌 것이다. "소설을 읽으면서, 독자들은, 소설 속의 인물들은 무슨 욕망에 시달리고 있는가를 무의식적으로 느끼고, 나아가 소설가의 욕망까지를 느낀다"고 말하고 있는 것이다. 그러면서, "독자의 무의식적 욕망은 그 욕망들과 부딪쳐, 때로 소설 속의 인물들을 부인하기도 하고, 나아가 소설까지를 부인하기도 하고, 때로 소설 속의 인물들에 빠져 그들을 모방하려 하기도 하고, 나아가 소설가까지를 모방하려 한다"고 말하고 있다. 이처럼 활동적인 독자의 욕망, 의식 활동을 왜 유독 비평가는 '무의식적'인 것으로 설명하고자 했을까. 아마 다음 문장에서 그 해답이 어느 정도 주어질 수 있을 것이다. "그 과정에서 읽는 사람의 무의식 속에 숨어 있던 욕망은 그 모습을 서서히 드러내, 자기가 세계를 어떻게 변형시키려 하는가를 깨닫게 한다"고 말하는 문장이 그것이다. 책을 열기 전 독자의 욕망은 잠재 상태에 있었을 것이로되, 독서 과정에서 그 욕망, 의식은 활동 상태에 들어간다는 뜻이겠다. 이로 보면 독자의 욕망, 아니, 소설가의 욕망과 작중 인물들의 욕망까지를 포함하여, 그가 말하는 '욕망'이란 곧 '의식'에 다름 아닌 의미를 띠게 된다고 말할 수 있을 터인데, 그의 비평 이론이 무엇보다 문학적 현상학파라 할 수 있는 '제네파 학파'의 이론에 영향 받은 것이라 함이 이 문맥 속에서 확인될 수 있다. 이 글이 쓰이던 당시에 유행 이론의 하나를 이루던 '수용 미학'의 입장에 기대, 자신의 현상학적 문학 이론을 '욕망'의 어사를 중심으로 재구해 놓은 것이 이 글인 셈이다. 글의 대미는 다음과 같이 이루어져 있다. "그것들을 따지는 것이 독자가 자기의 욕망을 드러내는 양식이다"부터 다시 보면 이렇다.

　　그것들을 따지는 것이 독자가 자기의 욕망을 드러내는 양식이다. 그 질
문은 이 세계는 살 만한 세계인가, 이 세계의 현실원칙은 쾌락원칙을 어떻
게 억누르고 있는가라는 질문과도 같다. 그 질문을 통해, 여기 내 욕망이
만든 세계가 있다라는 소설가의 존재론이, 이 세계는 살 만한 세계인가라
는 읽는 사람의 욕망의 윤리학과 겹쳐진다. 소설은 소설가의 욕망의 존재
론이 읽는 사람의 욕망의 윤리학과 만나는 자리이다. 모든 예술 중에서, 소
설은 가장 재미있게, 내가 사는 세계는 살 만한 세계인가 아닌가를 반성케
한다. 일상성 속에 매몰된 의식에 그 반성은 채찍과도 같은 역할을 맡아한
다. 이 세계는 과연 살 만한 세계인가, 우리는 그런 질문을 던지기 위해 소
설을 읽는다.[18]

　'소설가의 존재론'이라거나, '욕망의 윤리학'이라거나 하는 표현들이 철
학적으로 오용되고 있는, 괜한 허세의 현학적 표현에 불과한 것이라고 보
면, 「소설은 왜 읽는가」라는 제목에 비추어 이 글의 결론은 "이 세계는 과
연 살 만한 세계인가, 우리는 그런 질문을 던지기 위해 소설을 읽는다"라
는 문장 속에 집약적으로 나타나고 있는 셈이다. 여기서 이 답변이 과연
타당한 답변인가에 대해서는 잠시 물음을 유보해 두기로 하자. 다만 그것
이 문맥 속에서 갑자기 돌출하여 나온 느낌이라는 점만은 지적해 두기로
한다. "그것들을 따지는 것이 독자가 자기의 욕망을 드러내는 양식이다"라
고 말하고서, "그 질문은 이 세계는 살 만한 세계인가, 이 세계의 현실원
칙은 쾌락원칙을 어떻게 억누르고 있는가라는 질문과도 같다"고 필자는
말하고 있는데, 여기서 앞뒤 두 문장의 의미가 서로 같은 것이라고 생각
할 사람은 아마도 별로 없을 듯하다. 추정하기로 하면, "소설 속의 인물들
은 무엇 때문에 괴로워하는가, 그 괴로움은 나도 느낄 수 있는 것인가, 아
니면 소설 속의 인물들은 왜 즐거워하는가, 그 즐거움에 나도 참여할 수
있는가"라고 묻는 것, 즉 "그것들을 따지는 것"이 "이 세계는 살 만한 세계

18) 위의 책, 232쪽.

인가"라고 묻는 질문으로 요약되는 셈인데, 그렇다고 그 질문이 또 "이 세계의 현실원칙은 쾌락원칙을 어떻게 억누르고 있는가'라는 질문과도 같다"라고 말하는 것은 다시 한 번 정신분석학의 원리를 오용한 대답에 다름 아니라고 말할 수밖에 없을 듯하다. 그렇다면 이러한 질문과 대답, 그것들이 뒤섞인 전체로서의 김현 비평, 그 글쓰기를 우리는 어떻게 이해하여야 할까.

3.

김현이 정신분석학에 그다지 정통하지 못했고, 조예가 깊지도 못했다는 따위의 말은 이제 그만하기로 하자. 우리가 살핀 것처럼 김현의 관심은 특정의 어떤 이론에 충실하고자 한 것이 아니라, 그 나름의 이론을 저술하고자 한 데 있었다고 할 수 있다. 그는 외래의 이론에 대해 자의식없이 추종하는 태도를 일찍이 '향보편 콤플렉스' 혹은 '새것 콤플렉스'라 하여, 경멸의 어조로 지시한 바 있으며,[19] 어떤 글의 문맥 속에서는 또 "절대적인 이론이란 있을 수 없으며, 이론은 대상의 이해·설명 그것에 지나지 않는다"[20]는 발언을 내놓은 바도 있다. 시의 리듬에 대해 말하면서, 이론이란 말을 쓰지 않고, "나는 시의 리듬에 대해 내 나름의 고정 관념을 하나 갖고 있다"[21]고 말하였던 것도 인상적으로 기억될 만한 대목의 하나이다. 이처럼 그는 '이론' 또는 '보편'의 이름으로 행해지는 언술에 대해서 거부감을 보였으며, 그렇기 때문에 많은 경우 그는 외래의 이론에 기대 논술하기보다 자기 스스로의 이름으로 저술하기를 즐겨하였다. 그가 실제 비평의 영역에서 특히 뛰어난 역량을 발휘하였던 것은 이처럼 보편 이론

19) 김윤식·김현, 『한국문학사』, 민음사, 1996, 25-26쪽.
20) 김현, 「비평의 방법」, 정과리 편, 『전체에 대한 통찰』, 나남, 1990, 208쪽.
21) 김현, 『분석과 해석』, 문학과지성, 1988, 55쪽.

에 얽매이지 않고 자유로운 기술자(記述者)로서의 입장을 견지할 수 있었기에 가능할 수 있었던 바라고도 할 수 있다. 이론에 얽매이지 않고 그것으로부터 억압받지 않을 수 있었기에 많은 실제 비평의 글들을 의욕껏 형성할 수 있었다는 뜻이 된다. 그렇다면 「소설은 왜 읽는가」와 같은 보다 이론적인 성격이 강한 글들을 우리는 어떻게 이해해야 될까.

모순된 얘기로 들릴 수 있지만, 특정의 이론에 얽매이지 않은 한편, 여러 갈래로 이론적 자양분을 섭취하는 데도 그는 열심이었던 것을 그의 생의 후반부 글쓰기 양상은 보여준다. 특정의 이론에 얽매이는 데 대해서는 거부감을 보였지만, 실상 누구보다 '새것 콤플렉스'의 면모를 보여준 것은 그 자신이라 할 정도로 이론적 국면에 있어서도 왕성한 섭취의 의욕을 보여주었던 것이다. 이런 뜻에서 특정의 이론에 자신을 구속하지 않았을 뿐이지, 이론적 욕망이 누구보다 강했던 사람이 또한 김현이었다고 할 수 있다. 이것을 야심으로 표현하자면, 실상 자기 이론을 짓고 싶었던 것이 그의 궁극적인 야심이었던 것이다. 이론들을 건너뛰면서, 혹은 그것들을 조합하고 절충하면서 궁극적으로 자기 이론을 짓고자 하는 야심이 저 「소설은 왜 읽는가」와 같은 시론적 글을 낳게 했다고 할 수 있다. 한국 문학 현장의 비평가, 문학 기획자이면서 동시에 외국 문학을 연구하는 강단 비평가로서의 위치가 이론에 대한 그의 욕망을 부추기고 고조시켰다고 할 수 있다. 라캉 식으로 말하면 모든 욕망은 타자로부터 기원하며, 그런 뜻에서 부재의 욕망인 것이라면, 그의 이론적 욕망을 자극한 것은 누구보다 서구의 이론가들이었다고 할 수 있다. 서구의 이론가들과 대결하면서 그들 이론을 맹목적으로 추종하는 태도를 그는 비난하였지만, 그 속에서 그의 이론적 욕망은 오히려 충만해 갔다고 할 수 있다. 아들은 그러니까 아버지를 거부하면서, 은밀히 아버지를 닮아가는 것. 서구 이론에 대한 맹목적 추종의 태도를 비난하면서, 은밀히 그 이론적 태도를 닮아가 자신의 이론적 논술을 짓고자 하는 욕망이 저와 같은 이론적 글을 낳게 했다고 할 수 있다. 그때에 그는 이론적 원천의 글들을 마음대로, 자기 식으로, 섭취하고 조합하면서, 자기의 이름으로 또 한 편의 이론적 글을 짓게 했다고 할 수 있다.

이와 같이 살핀다면, '이론'이라는 이름의 특정 외래 이론에 사로잡히는 것에 대해 멸시하는 발언을 행했던 김현이 오히려 왕성한 이론적 욕망을 형성하게 됐던 것을 이해할 수 있다. 아니다. 이렇게만 얘기해서도 안 되겠다. 넓은 의미에서 이론에 대한 그의 욕망은 그 글쓰기의 처음부터 주어진 것이었다. 비평 현장에서 순수문학, 혹은 참여문학, 리얼리즘 문학, 혹은 민중문학의 논리들과 대결하면서, 이론적 담론 구축의 필요성은 그에게 그 글쓰기의 처음부터 제기되고 있었다. 다만 여기에 그는 외래의 타자 이론으로서가 아니라, 주체의 이론으로, 자기의 이름으로 구축된 논리로서 대응하고 싶었던 것이다. 그가 공저인 『현대 한국 문학의 이론』(1972년)을 중요하게 생각하고, 또 하나의 초기 이론적 저서인 『한국 문학의 위상』(1977)을 가장 아끼는 저서로 말했다는 것은 그가 애초부터 이론적 욕망을 포지한 사람이었다는 것을 말해준다. 「소설은 왜 읽는가」는 따라서 우연의 소산이 아니라, 그 이론화 욕망의 연장선상에서 소설 양식에 대한 이론적 결산의 의미로 지어진 글이라 할 수 있다. "그것이 어떤 이야기이든, 객관적으로 있는 그대로 사건을 재현할 수는 없다"는 점을 그는 강조하고 있는바, 이것은 객관적 리얼리즘론에 대한 그의 거부 입장이 다시금 표명된 것이라 할 수 있다. 리얼리즘론을 대신하는 그의 문학론이 요컨대 '욕망의 문학'론인 셈이다.

하지만 타자의 이론 추종, 혹은 맹종의 자세에 대해서 냉소적인 자세를 피력했던 만큼 타자들의 이론에 대해서 주의 깊은 성찰의 태도는 갖지 못했던 것을 우리는 지적하지 않을 수 없다. 대충대충 이해하고 쉽사리 원천을 변조하는 태도가 낳아졌던 것은 이와 관계 깊은 문제 양상이었다고 할 수 있다. 이 점에 관하여 일찍이 곽광수가 문제를 제기한바 있거니와, 굉장한 다독가이며, 속독가였던 만큼 텍스트를 꼼꼼히 점검하여 받아들이는 것은 그의 취향, 혹은 의지와 거리가 먼 것이었다고 할 수 있다. 정신분석학의 기초 개념들에 대한 오해, 혹은 자의적인 곡해가 쉽사리 빚어졌던 것도 그의 이 같은 면모를 반영하는 바라 할 수 있다. 아니다. 이 정도로만 설명해서도 안 된다. 굉장한 속필가였던 만큼, 그리하여 거의 되돌아보지 않는 글쓰기의 태도를 지녔던 만큼 그 글쓰기 속에서 많은 오류, 논리적 맹점의 오류가 낳아졌던 것도 어느 면으로는 불가피했다고 봐야 한다. 지나치게 치밀한, 논리적으로 엄정한 글이 반드시 좋은 글이라고 그는 생각하지 않았던 듯하며, 시적 사유에 능했던 만치 그는 차라리 이미지에 의한 사유에 익숙했다고 할 수 있다. 그는 문학의 반성적 기능을 강조했지만, 실제로 자기 글의 논리 체계에 대해 깊은, 신중한 반성적 태도를 갖지 못한 것은 오히려 그 자신이었던 것이다. 수사학자로서의 역량이 부각되는 한편, 앞으로 김현 비평의 취약성으로 논리성의 측면이 강조되리라는 것을 우리는 예감하지 않을 수 없다.

「소설은 왜 읽는가」의 글이 튀어나온 보다 직접적인 담론 형성의 배경은 그럼 무엇인가. 앞서 이 글이 소설 월평을 개시하는 자리에 발표되었음을 말하고, 그것이 또 당시에 막 수용 단계에 있던 '수용 미학'의 이론 수용 계기와 무관하지 않을 것을 말했거니와, 차제에 소설에 관한, 문학에 관한 자신의 생각을 두루 정리할 필요를 느꼈던 것으로 짐작될 수 있다. 시론 형성과 문학 연구의 방법 형성의 맥락에서 바슐라르 이론과 제네바 학파의 이론에 대해서는 일찍이 매력을 느껴 천착했던 것이지만, 지라르, 레비-스트로스 등의 문화인류학적 이론과 바흐친의 소설 이론을 합쳐, 정신분석학, 혹은 '욕망'의 이론이라는 큰 틀의 맥락 속에서 다시 한 번 자신의 소설론을 정리할 필요를 느꼈던 것이라 할 수 있다. 그러나 이 중에서도 역시 이론적으로 그의 이론적 욕망을 결정적으로 충동한 것은 '수용 미학'의 관점이었다고 할 수 있다. 그의 인상 비평, 혹은 감상 비평의 바탕을 이루는 주관적 비평관, 또는 공감의 비평론의 거점을 이룬 것은 역시 독자로서의 수용 미학의 관점이었기 때문이다. 수용 미학의 이론이 소개되면서, 자신의 비평관이야말로 본질적으로 수용 미학의 관점인 것을 그는 의식하였음 직하다. 자신의 주체적, 혹은 주관적 비평의 관점을 보편화시킬 수 있는 근거를 그는 여기에서 다시 한 번 발견한 셈이다. 칸트의 『판단력 비판』이 시사하듯이 미적 판단과 평가가 근본적으로 주관적 영역에 귀속될 수밖에 없는 것이라 하더라도, 이 주관적 판단의 주체의 존재가 보편적 존재로 설립되지 않으면 그 주체의 판단은 객관성을 보증받기 어렵다. 이 난점을 타개하기 위해 그는 '간주관성'의 개념을 내세웠지만, 이로써 문제가 근본적으로 해결되기는 어려웠던 것이다. 따라서 비평적 주체로서의 '나'의 존재, 그 주체가 벌이는 판단 행위의 근거를 보편적인 것으로 입법화하지 않으면 안 되었고, 이 점에서 수용 미학의 관점은 큰 가능성을 던져준 것으로 이해되었음 직하다. 「소설은 왜 읽는가」의 보편 독자 이론이 구상될 수 있었던 배경은 이와 같은 이론 수용의 배경으로 설명될 수 있다. 이로써 「소설은 왜 읽는가」의 텍스트 형성 배경, 그 구조의 문제가 어느 정도 해명됐다고 할 수 있는가. 더 이상 설명할 수는 없는가.

정신분석학의 이름에 값하기 위해 여기서 김현의 무의식에 대해 조금 말해둘 수 있으면 좋겠다. 그것은 다름 아니라, 김현의 글에 나타난 어떤 특징을 조금 자세히 말해보기 위해서이다. 그는 왜 부자연스럽게도 이야기와 죽음과의 관련성을 그토록 강조하지 않으면 안 되었던 것일까. 여기서 우리는 그의 '죽음'에 대한 강박관념의 사실을 읽을 수 있고, 그것은 마침내 글의 최종 문장, 즉 "이 세계는 과연 살 만한 세계인가, 우리는 그런 질문을 던지기 위해 소설을 읽는다"에까지 뻗쳐 있음을 읽을 수 있다. 그의 논법대로, 이와 같은 평론, 에세이의 저술까지도 일종의 이야기로 간주할 수 있다면, 그 이야기 속에 모종의 죽음 의식, 즉 죽음에 대한 불안의 그림자가 짙게 드리워져 있었던 것을 읽을 수 있다. 왜 이 시기 그의 글에 죽음에 대한 강박 관념이 두드러지게 나타나게 됐던 것일까. '나'의 자아의식이 자아 본능을 의미하고, 이것이 살려는 의지를 뜻하는 것이라면, 이 시기 그의 글 속에서 자아 본능의 확대가 일어나는 것을 확인할 수도 있고—글의 도입부가 '나'의 유년 시절 회고의 이야기로 시작되는 것을 상기하라—, 이 자아 본능의 확대가 죽음 의식의 출현과 같은 맥락에서 이루어졌다는 것을 알 수 있다. 그렇다면 5년 후 맞게 되는 그의 '육체의 붕괴'를 그는 이 시기부터 구체적으로 감지하게 되었던 것은 아닐까. 이 글이 쓰여진 1985년의 시점이라면, 그가 자신의 짧은 운명에 대해서 어느 정도는 예감할 수 있었던 시기였다고 할 수 있고, 그의 이론화 욕구 역시 본능, 무의식적 차원에서는 이것과 함께 생기되어 분출하게 되었던 것은 아닐까. 조금은 또 부자연스럽게 신문 지상의 <문학 월평> 자리에 이런 이론적 글을 투고하게 되었다는 사정을 감안하여 볼 때 더욱 그렇다. 그렇다면 그가 자신의 죽음을 예비하며, 글로서 영생할 길을 그는 이때부터 더욱 의식적으로, 혹은 무의식적으로 찾게 되었던 것은 아닐까. 글 전체의 논리를 비약시키거나, 혹은 파탄시킨 주범 중의 하나가 '죽음'이란 말의 과도한 도입에 있었다고 판단되기 때문이다. '쾌락원칙'과 '현실원칙'의 개념을 과도하게 속화시키고 단순화시킨 주 언어적 요인도 기실은 여기에 있었다고 할 수 있다. 죽음의 원칙과 삶의 원칙으로 대치시킴으로써 속화되고 단순화된 개념이 그것들일 것이기 때문이다. "이 세계는 과연 살 만한 세계인가"라는 낯선, 종교적 질문의 형식도 그러니까 결국은 이와 같은 심리적 배경 속에서 출현한 것이라 보아야 하지 않겠는가.

4.

이제 매듭을 짓자. 하나의 추정에 불과한 얘기일 수도 있지만, 하이데거가 말하듯이, 죽음에 대한 불안이 우리 실존의 근본 의식 중 하나라면, 그의 내면의 깊은 자리에서 종교적이었던 김현이 「소설은 왜 읽는가」라는 글에서 특별히 '죽음'에 대해 의식하고 있었다는 사실은 그다지 놀라운, 의외의 사실이 아닐 수도 있다. 다만 그것이 조금은 과도하게 집착의 양상으로, 비약의 양상으로 돌출되고 있다는 데서 우리의 추정은 근거를 마련하는 것이다. 그것이 물론 사회적 '금기'의 개념과 맞물려 돌출되고 있는 것이라 해도, '죽음—금기'라는 것으로 동일화하고 있는 사유는 이 시기 그의 무의식의 상태를 드러낸 것이라 할 수 있다. 죽음과 익숙하고자 했던, 죽음과 친화되고자 했던 그의 의식적 상태는 이 시기 그의 글, 그러니까 마지막 평론집 『분석과 해석』의 도처에서 산견되는 것이다. "鵂와 鵖의 세계에서"라는 부제를 부치며, 『山海經』의 세계에 친화되고자 했던 그의 의식의 일단에서 이 점을 엿볼 수 있다.

하지만 이런 전후 사정을 감안하고 보더라도, 그의 글 전반을 통해 정신분석학의 개념이 오용되고 있는 사정은 용납되기 어려울 것이다. 발표된 지면의 성격 상 아무리 일반, 대중 독자를 향해 평이하고 손쉽게, '소설'의 문화적 의의에 대해, '소설 읽기'의 철학적 의의에 대해 말하고자 했다 하더라도 그렇다. 그가 조금만 더 주의 깊은 독자였더라면, 그러니까 '쾌락원칙'과 '현실원칙'에 대해 일반론적인 해설을 주고 있는 프랑크푸르트 학파 류의 2차 서적으로서 당시 이미 우리 학자의 손으로 번역된 상태에 있었던, 예컨대 마르쿠제의 『에로스와 문명』[22]만 주의 깊게 보았다 하더라도 그와 같은 오해, 오용의 실수는 피할 수 있었으리라고 보기 때문이

---

22) 마르쿠제, 김인환 역, 『에로스와 문명』, 나남, 1996. 참고로 이 책이 우리나라에서 최초 번역, 출간된 것은 1972년이라고 한다. 이는 이 책의 「역자의 말」(16쪽)을 참조.

다. 필자가 글을 쓰던 당시는 아직 '프로이드 전집'이 번역되기 전의 상태였던 것이지만, 그와 같은 불모, 황무지의 상태를 감안하고라도 당대 최고의 문학 비평가 중 한 사람이 저지르고 있는 이와 같은 실수는 어떤 식으로든 정신분석학에 대한 우리 인식의 낙후성을 예증하는 것이라 여겨지는 것이다. 그 잘못된 이해를 국정 교과서를 통해 오늘의 어린 학생들에게 또 다시 답습시킨다는 것은 곧 오늘 살아 있는 우리의 잘못이 아닐 수 없다. 번역 문제의 중대함을 다시 한 번 깨우치게 하는 바이며, 정신분석학적 이해 확산의 시급함을 다시 한 번 깨우치게 하는 바라 할 수 있다. 정신분석학의 대중화를 위해 김현의 저와 같은 글이 도움이 될지는 몰라도 오해의 확산이라면 오히려 득보다 실이 많을 것이다. 잘못이 밝혀지면 그 잘못은 시급히 고쳐지는 것이 옳을 터이며, 그 글이 아니고도 훌륭한 많은 비평적 저술의 사례를 우리는 알고 있기 때문이다. 김현의 저술 속에도 물론 다른 훌륭한 글들은 많이 있다. 정신분석학적으로 정확한 이해를 담고 있는 우리 저자들의 글 역시 전혀 없지는 않을 것이며, 그것들을 꼼꼼히 검증해 가는 일은 우리 임무의 하나일 것이다. 프로이드의 노력 전체도 결국은 합리성의 제고와 확대를 위해 바쳐졌던 것 아닌가. 합리성과 정신분석학의 이름으로 우리에게 할 일이 많다는 생각이다.

—「라깡과 현대정신분석」제1권 제1호, 1999.

미적 이데올로기의 분석적 수사 ‑김현 비평고 2
‑'비평이란 무엇인가'의 질문을 위하여

1.

　김현 비평의 한 사례를 이 글은 검토할 것이다. 김지하의 시 「무화과」
를 대상으로 한, 「속꽃 핀 열매의 꿈」, 제목의 평론이다.[1] 한 편의 시를
놓고 놀랍게 집중력 있는 분석 시범을 보여준다 할 수 있고, 또 비교적 그
생애의 말기에 쓰여진 글이기에 여러모로 김현 비평의 특징과 최대치가
잘 나타나 있는 평론이라 할 수 있다. 형식상으로 '작품론'이라 하겠다. 김
현의 여러 작품 중에서도 유독 이 글을 선택하는 이유는 우선 이 점과 관
련되어 있다. 시를 어떻게 분석하고, 해석하고 있는지, 그 미적 평가의 기
준은 무엇인지, 원 작품과 대조하는 작업을 통해 그 비평의 면모를 추적
해 볼 것이다. 단지 편의적인 이유에서만이 아니라, 비평의 원형이 작품론
에 있다는 생각과 이 선택 원리는 관계한다. 비평이란 본래 인간 활동의

---

1) 김현, 「속꽃 핀 열매의 꿈」, 『분석과 해석』, 문학과지성사, 1988. 본고의 텍스트로는 김현, 『전체
　에 대한 통찰』(비평 선집), 나남, 1990 중의 글이 삼아진다. 김현 전집 소재의 글을 텍스트로 하는
　것이 원칙이겠지만, 문면상의 차이는 없다는 것을 전제로, 선집 자체를 하나의 텍스트로 보는 것
　이 필요하다는 생각 때문이다. 김현의 많은 글 중에서 특별히 선집에 실을 만한 글들로 선택된 것
　은 전적으로 선자(정과리)의 임의에 따른 것이라고 밝혀져 있지만, 이를 통해 우리는 김현 비평
　세계의 윤곽을 대강 어림잡아 볼 수 있을 것이다. 이하 『전체에 대한 통찰』 인용은 책 제목과 수
　록 면만 표기한다.

산물을 대상으로 하는 것이고, 따라서 비평의 근본 형식 역시 작품론으로 나타나지 않으면 안 된다고 필자는 믿는다. 비평의 주요한 형식으로 흔히 '작가론'이 지목되지만, 작가론이 결국 한 작가의 작품 세계에 대한 논평으로 성립하는 것이라면, 작가론 역시 근본적으로는 작품론에 기반하거나, 작품론의 모음에 불과한 것으로 볼 수도 있을 것이다.

왜 김현이 대상으로 되어야 하느냐고 묻는다면, 그가 이미 타계한 문인이고, 그렇지만 현대 비평 사상 그만큼 실제 비평의 명망을 누린 사람도 드물다는 점을 지적할 수 있겠다. 물론 그에 대한 문학사적 평가는 아직 완료되지 않았다. 문학사적 평가를 조정하는 데 이 글의 주요 관심이 두어져 있는 것도 아니다. 우리의 인식 관심은 보다 원론적이어야 할 것이다. 그 인식 관심을 명제적인 물음의 형식으로 제출한다면, '비평이란 무엇인가?'가 된다. 비평이 무엇인가를 우리는 알고 싶은 것이다. 그렇다면 김현 비평을 물음으로써 비평이 무엇인가에 대한 우리의 갈급증의 물음이 해소될 수 있을까.

미리 말하지만, 김현 비평이 모범답안이라는 답을 이 글은 상정하지 않는다. 어쩌면 극복되어야 할 답이 이 답일지 모른다. 하지만 한국 현대 비평이 거두어들인 상대적 최선의 답안이라는 응답이 여기에 있고, 여기에 많은 사람들이 동조한다는 사실도 우리는 인식하고 있다. 물론 수의 놀음에 의해서 진리는 정해지지 않는다. 하지만 현상계가 수의 작용에 의해서 움직인다는 사실도 우리는 부인할 수 없다. 여기에 한편의 논거가 있고, 또 한편의 부정의 근거가 있다. 넘어서기 위하여 우리는 부정해야 하리라.

다시 한 번 '비평이란 무엇인가?'의 질문을 위하여 우리의 질문 방식부터 되돌아볼 필요를 느낀다. 비평이란 무엇이라는, 선험적, 그러니까 본질주의적 답변 방식을 우리는 거부한다. 우리의 질문은 현상적인 것이고, 그리하여 현상학적인 것이다. 비평이 이렇게 나타나고 있다,를 우리는 인식하고자 하며, 인식하고자 애쓸 뿐이다. 그러니까 김현 비평은 김현 비평이다. 그것이 비평 이상인지, 비평 이하인지, 우리는 모른다. 다만 비평으로서 그것이 인식되고, 군림해 왔다는 점에 우리는 주목한다. 그것이 비평의 전부는 아닐 것이다. 그렇지만 비평이란 무엇인가?고 물을 때에 우리가 내놓을 수 있는 최선의 답 중의 하나가 김현 비평이란 사실은 우리가 유념할 필요가 있다. 그것이 한국 비평의 특수한 양상일 뿐인가에 대해서도 아직 우리는 뭐라 말할 수 없다. 다만 여기에 실제 비평이 있다. 그리고 특별히 시의 실제 비평이라면, 김현 너머 다른 더 명망있는 비평가의 이름을 우리는 찾기 어려울 것이다. 이와 같은 인식 관심 하에서 불가불 김현의 선택이 요구된다.

비평에 여러 유형이 있다는 것을 물론 우리는 알고 있다. 이론 비평이라거나, 지도 비평, 혹은 입법 비평, 문학사적 (연구) 비평, 혹은 시론 비평 (시평) 등, 수많은 이름의 비평 유형이 존재할 수 있음을 우리는 알고 있다. 그중 어떤 것을 비평이라 하고, 그 나머지를 버려야 하는지, 지금 선불리 말할 수 없다. 아마 각기의 쓰임이 따로 있을 것이다. 허나 그 중 실제비평이 우선 비평으로 간주되어야 하는 이유는 뚜렷하다. 역사적으로 근대 비평은, 사회적 공공 영역의 확대와 함께 대두되었고, 그 공공의 장소에서 문예 작품들에 대한 선별, 혹은 호오 표시의 교감 담화로서 바야흐로 비평이 성립하게 되었다는 지적은 근대 비평의 원형이 곧 실제 비평이었음을 시사하고 있기 때문이다.2) 이것은 김현의 관점과 태도만이 반드시 항구적 보편성을 지녔다는 뜻은 아니지만, 문학 비평의 본래 사회적 기능이 어떤 것이고, 또 어떤 역할을 수행하는지에 대해서는 중대한 암시를 던져주는 것일 수 있다. 칸트적인 의미에서도 판단, 즉 미적 판단은 일

---

2) Terry Eagleton, *The Function of Criticism*, Verso, 1984, 1장 참조.

차적으로 대상, 즉 작품에 대한 호오 판단을 의미하는 것이고,[3] 이런 점에서 작품에 대한 미적 쾌감 판단을 위주로 전개됐던 김현 비평, 즉 그 자신의 말로 하면 '공감의 비평' 위주로 전개됐던 김현 비평 역시 실제 비평의 중요한 속성과 기능을 거느린 것으로 인정할 수 있는 것이다. 이러한 점을 전제하고서 이제 우리가 김현 비평에 대해 더 나아가 물어야 할 것이 있다면, 그렇다면 그 미적 판단의 기저 원리는 무엇이었고, 그리고 그 미적 판단을 합리화, 옹호하기 위하여 그가 동원한 비평적 방법들은 무엇이었는가의 점이어야 할 것이다. 말을 바꾸면 그 미적 판단의 배경 사상, 곧 비평 원리를 묻는 것이고, 이것은 한편 그 비평적 언술의 형성 원리를 묻는 것이 아닐 수 없다. 여기에서 그 비평의 성취와 함께 한계의 측면이 드러날 것인데, 이처럼 대상이 가진 가능과 한계의 동시적, 양면적 측면을 드러내야 한다는 점에서 우리에게 비판의 원리[4]는 중요하다. 흔히 비판의 목적성에 지나치게 경도할 때 대상에 대한 부정적 논단 위주의 연구가 행해질 수 있지만, 대상에 대한 긍정과 부정의 태도를 교차시키면서 무엇보다 치밀한 해부학적 담론 분석의 관점을 도입하는 해체주의적 태도를 여기에 적용시킨다면, 반드시 비판의 한쪽 결과에 지나치게 치우치는, 즉 한계의 지시를 위한 부정의 논단에만 지나치게 치우치는 연구 작업의 결과가 산출되지는 않을 것으로 기대할 수 있다. 하지만 연구 방법과 태도의 이와 같은 객관주의적 가장에도 불구하고, 대상에 접근함에 있어서의 어떤 선입견, 즉 하나의 이론, 혹은 어떤 감정적 친소 관계 등의 작용에 의하여 말 그대로의 대상에 대한 엄밀한 객관적 접근이란 불가능한 것 아니

---

3) I. 칸트, 이석윤 역, 『판단력 비판』, 박영사, 1974, 제1부 1편 1장 1절 참조.
4) '비판' 개념과 관련하여 칸트는 다음과 같이 말하고 있다. "우리는 선천적 원리들에 의한 인식의 능력을 순수이성이라 부르고, 이 순수이성 일반의 可能과 限界의 연구를 순수이성의 批判이라고 부를 수 있다." 여기에서 '비판'이란 곧 대상에 대한 가능과 한계의 연구를 뜻함을 알 수 있다. 위의 책, 緖言 참조.

냐고 묻는다면, 여기에서 우리는 비트겐슈타인과 폴 드만의 이름을 조심스럽게나마 미리 꺼내놓아 보일 수 있다. 언어체를 무엇보다 '말놀이'로 본다는 것이며, 독자를 향한 설득의 게임, 수사의 게임으로 본다는 것이다. 연구에 입각하여 하나의 가설이 이로써 제출된 셈인데, 하지만 이 모든 절차와 가정에 대한 해명에도 불구하고, 조심스럽게 다루어지지 않으면 안 될 대상은 텍스트 자체일 것이다. 텍스트, 곧 하나의 비평 텍스트로서 김현의 평론이 지금 우리 앞에 놓여 있고, 우리는 그것을 음미하며 자세히 읽지 않으면 안 된다. 자세히 읽기 위해서는 또한 인용하지 않으면 안 되며, 그리하여 대상 텍스트가 최대한 훼손되지 않도록 주의하면서, 또한 지면의 한계 상황을 의식하여 가장 경제적인 인용의 효과를 추구하지 않으면 안 된다. 이렇게 해서 여기에 죽은 자와 산 자 사이의 대화가 발생한다. 텍스트는 죽은 몸이며, 해부에 임하는 집도의의 손길은 무엇보다 엄밀하고 냉정하지 않으면 안 된다. 해부대 위에 올려진 자는 항변할 길이 없으며, 여기에 산 자의 특권이 있는 것이지만, 그것이 온당하지 못하다면 죽은 몸이 일어서 걸어 나오고 우리는 비난받을 것이다. 언젠가 모든 텍스트는 죽은 자로서 해부대 위에 눕혀지는 운명을 피할 수 없는 것이다. 하지만 해부대 위에 눕혀지는 것은 또한 얼마나 영광인가. 형체도 없이 사그라지는 풍장의 운명을 스스로 부끄러워하고, 두려워한다면, 우리는 또한 매시 도전적일 필요가 있을 것이다. 그러므로 조심스러우면서도 도전적으로 읽자. 지금 여기에 텍스트가 있고, 그 서론이 지금 우리 앞에 펼쳐진다. 일견하여 조리정연한 그 비평적 언어의 마술이 지금 우리 앞에 펼쳐져, 부드럽고 설득력 있는 고백의 어조에 벌써 독자로서 유혹의 상태에 빠지게 됨도 과연 무리는 아니다. 하지만 여기에 맹점은 없겠는가. 비평 「속꽃 핀 열매의 꿈」은 이렇게 시작한다.

모든 글들이 다 글 쓰고 싶다는 내 욕망을 자극하는 것은 아니다. 어떤 글들은 아주 평판이 높아 그것을 읽고 싶다는 욕망을 자극하지만 마음을 조금도 움직이지 않게 하고, 어떤 글들은 첫줄부터 마음을 사로잡아 되풀이 그것을 읽게 만들고, 나아가 그것에 무엇인가를 말하게 한다. 문학비평가로서 가장 즐거운 때는 그런 글을 만날 때이다. 내 마음 속의 무엇이 움직여 그 글로 내 마음을 무의식적으로 이끌리게 하는 것일까? 그것을 생각하다보면 때로 내 마음을 움직인 글은 자취도 없이 사라지고 내 마음이 움직인 흔적들만이 남아, 마치 달팽이가 기어간 흔적처럼 반짝거린다. 그 흔적들을 계속 쫓아가면, 그것은 기이하게도 다시 내 마음을 움직인 작품으로 가 닿고, 그 길은 다시 그것을 쓴 사람의 마음의 움직임으로 다가간다. 내 마음의 움직임과 내 마음을 움직이게 한 글을 쓴 사람의 움직임은 한 시인이 ‘수정의 메아리’라고 부른 수면의 파문처럼 겹쳐 떨린다. 나는 최근에 그런 떨림을 느끼게 한 한편의 시를 읽었다. 그 시는 김지하의 <무화과>(《우리시대의 문학》·5, 1986)라는 시이다.[5]

2.

하나의 글은 어떻게 시작되는가. ‘시작이 반’이라는 말이 있지만, 시작이 모든 것을 결정하는 게 또한 세상사이기도 할 것이다. 김현 비평을 두고 흔히 ‘주관 비평’이라 칭하듯, 강력한 자아–주체(비평가)의 존재가 글 앞에 우뚝 서 있는 게 그의 시작의 모습이기도 하다. 그 주체는 다름 아닌 욕망의 주체이다. 그러니까 욕망의 주체로서 ‘내 욕망’이 먼저 있고, 그 욕망이 무엇인가를 말하게 하는, “글 쓰고 싶다는” 욕망으로 이어짐으로 말미암아 비로소 글쓰기 주체로서의 하나의 비평적 욕망 주체가 탄생된다. 이러한 비평적 자기 인식, 그러니까 말 그대로의 비평적 욕망 주체의 뚜렷한 자각이야말로 김현 비평의 특질이자, 그것이 자라나온 뚜렷한 생장점이라 할 수 있다. 외재 근거의 ‘객관 비평’(가령 백낙청의 사회정치적 비평, 혹은 입법 비평 같은 것)에 맞서서 철저히 주관 비평의 원리를 탐구, 천착해 들

5) 『전체에 대한 통찰』, 322쪽.

어간 것이 그 비평의 원형이자, 도정이었던 것이며, 따라서 이 비평가에게 있어서 '욕망' 개념의 발견은 이론적 선취 이상의 자생적 의미를 갖는 것이다. 이 땅에 욕망 이론이 전파되기도 전에 그는 그러니까 욕망의 주체 원리를 터득하고 있었던 셈이다. 그렇다면 그 비평적 욕망의 생성 기제는 또 무엇인가. 그 계기는 어떻게 이루어지는가. 메타 담론의 글쓰기라는 점에서 그것은 어떤 글, 그러니까 글들, 혹은 작품들과의 만남의 계기가 아닐 수 없다. 우리가 시 혹은 소설 등으로 일컫는, 그러니까 문학의 일차 형태에 대한 독서 감응으로부터 하나의 비평적 글쓰기가 비롯된다는, 일견 당연한 비평 원천의 일반 이론을 그는 새삼스럽게 술회하고 있는 것이다. 이 감흥의 기제, 원천을 우리는 흔히 '감수성'이라 일컫지만, 책읽기의 감수성이 그러니까 그 비평 생성의 원자재를 이룬다는 점을 그는 새삼스럽게 천명하고 있다. 여기까지 이해 못할 것은 아무 것도 없다. 비평이 '책읽기'로부터 시작된다는 것, 그리하여 특유의 감수성의 지대가 그 비평의 원지대를 이룬다는 점을 그는 새삼스럽게 일깨워주고 있다. "어떤 글들은 아주 평판이 높아 그것을 읽고 싶다는 욕망을 자극하지만 마음을 조금도 움직이지 않게 하고, 어떤 글들은 첫줄부터 마음을 사로잡아 되풀이 그것을 읽게 만들고, 나아가 그것에 대해 무엇인가를 말하게 하"는 것은 감수성의 각기 다른 형질의 존재를 의미하는 것이다. 하지만 자기 특유의 감수성의 형질에 대해서 그는 의식적으로 말하지 않고, 그것을 무의식의 차원으로 돌린다. 욕망이기 때문에 그것은 무의식적인 것인지 모른다. 무의식, 곧 의식되지 않는 것이기에 그는 스스로 물을 수밖에 없고 – "내 마음 속의 무엇이 움직여 그 글로 내 마음을 무의식적으로 이끌리게 하는 ㈜ 것일까?" – 이 물음은 결국 글이 끝나봐야 알거나, 끝까지 의식되지 않은 상태로 남아 있게 된다. 결과적으로 이 물음은 끝내 속 시원히 해명되지 않는 상태로 남고, 그것은 그가 스스로 제기한 물음의 핵심을 은연

중 바꾸기 때문이기도 하다. 글의 맥락을 자세히 읽으면 알겠지만, 질문의 핵심은 요컨대 그 자신의 감수성의 정체가 아니라, 은연중 작품 자체의 호소력의 문제로 바뀌기 때문이다. 그리고 어떤 점에서 인식적 책임 회피, 혹은 책임 방기가 이뤄지는 게 그 모습의 실상이기도 하다. 물론 책임은 무의식에 미뤄진다. 의식이 없는 곳에 무의식이 있다면, 그것은 궁극적으로 대답될 수도, 의식될 수도 없는 것이다. 이 대답 불능의 지대를 그가 탐색한다는 뜻에서 그는 "그것을 생각하다보면"이라는 수사를 발해보게 되지만, 엉뚱하게도 그것은 '(마음의)흔적 찾기' 담론으로 나아가게 된다. 글이 사라지고, 마음이 움직인 흔적들만이 남았다고 했다가, "그 흔적들을 계속 쫓아가면, 그것은 '기이하게도' 다시 내 마음을 움직인 작품으로 가 닿고, 그 길은 다시 그것을 쓴 사람의 마음의 움직임으로 다가간다"고 그는 말한다. 마음의 움직임이라는 게 흔적만 있고, 결코 확인될 수 없는 것이라면, 이것은 마음의 접신 이론이 아닐 수 없다. 합리적 관점에서 이 유령의 마음 흔적 찾기, 접신 이론이 받아들여질 수 없음은 물론이다. 따라서 적어도 합리적 관점에서 궤변이거나, 말장난일 수밖에 없는 – 불가시적이라는 점에서 – 이 비평적 언술의 한계를 돌파하기 위해 그의 장기인 시적 언술이 튀어나오며, 이 언술의 비약을 메꾸기 위해 무의식중에 그의 문장 속에는 '기이하게도'라는 말이 끼어든 것으로 볼 수 있다. 이처럼 독자가 별다른 해부학적 의심을 갖지 않고 덤빌 때 그런대로 무난한 분석적 담론으로 읽힐 수도 있는 이 글은 그러나 기실 본질에 있어서 수사적 담론의 성격을 짙게 갖고 있는 것이다. 마음간 소통의 원리를 '떨림'이라 하고, 그것을 또 '수정의 메아리'라는 시적 형용의 언술로 보충함에서 그 점이 표나게 드러나고 있으며, 그 비평적 언술의 특징이 분석적이기보다 수사적이라는 사실이 여기에서 드러난다.

물론 여기에서 그 수사적 특질을 비판적, 부정적으로만 볼 것이냐, 긍정적으로 볼 것이냐의 문제는 다른 문제일 것이다. 김현 비평의 힘과 매력이 여기에 있다는 점을 또한 우리는 부정할 수 없기 때문이다. 그러나 그 힘과 매력은 논리적 공동화의 위험과 항상 병존한다. 내면 고백의 언어가 이론의 차원에 접근함으로써 갑자기 논리적 비약이 발생하고, 이 비약을 메꾸기 위해 유려한 시적 형용의 수사가 등장하는 것이 그 비평적 언술의 양태라고 할 수 있기 때문이다. 합리성을 가장한 분석적 언어가 그 언술의 외양, 혹은 테두리, 혹은 발단을 이룩하지만, 논리가 감당하지 못하는 차원에 이르면, 분석적 언어는 비약하고, 그때 그의 문체에 힘과 매력의 무늬를 더하는 것이 감성의 언어들이기 때문이다. 스스로 '반짝거린다'는 형용어를 동원하고 있지만, 그 문체를 반짝거리게 하는 것이 오히려 감성적 수사의 언어 쪽에서 주어지는 것은 어쩔 수 없다. 대개 우리가 글을 읽으면서, 그 논리적 맹점, 공동화의 지점을 잘 알아차리지 못하게 되는 것은 우리의 독서 자체가 논리적 긴장 상태에서 이루어지기보다 감성적 반응에 주로 의지하기 때문이라고 할 수도 있다. 시적 언어가 민감한 감응력을 발휘한다는 것은 물론 잘 알려진 사실이다. 시적 언어의 호소력이 다름 아닌 여기에 있는 것이다. 시의 전문가답게 김현은 이런 감성적, 시적 언어 효과에 대단히 민감했다고 할 수 있고, 그에 따라 언어의 다양한 효과들을 그때그때 능란하게, 자유자재로 구사할 수 있었던 게 김현 문체의 비밀이라고 할 수 있다. 그러니까 분석적 언어 형질의 동원에 의해 합리적 설득을 위한 논변 체계를 최대한 갖추면서, 논리로 설명되지 않는 지점에서는 슬쩍 시적 언어로 비약하는 게 그 비평적 언술의 호소력 있는 문체적 비밀이었다고 할 수 있는 것이다. 이 점에서 그의 문체를 넘볼 수 있는 비평가는 그의 동세대 중 별로 많지 않았다. 적어도 시 비평에 관한 한 일가를 이루었다는 평가가 이로부터 가능했던 것이다. 김현 문체, 즉 전체적으로 그 비평적 언술의 특징을 '합리적 의장의 수사 비평'이라고 말할 수 있는 근거도 이런 데서 주어진다. 말을 바꾸면 그것은 설득적인 언어 게임으로서, 비평적 말장난의 성격을 짙게 갖고 있다는 뜻이며, 이는 또 바꾸어 말해서 김현의 비평적 언어 형식에 대한 이해6)가 그만큼 높았다는 뜻이 된다. 물론 이에 이르기 위해 김현이 바친 책읽기, 혹은 글쓰기에의 정열과 노고는 따로 인지되어야 하며, 그만큼 비판적 합리주의에 대한 그의 이해는 한계의 수준에서 맴돌았던 것을 인식해야 한다. 완벽하게 합리적 논변도 있을 수 없다고 하는 것이지만, 자세만으로 수사적 언어에 대한 그의 과도한 의존은 합리적 측면에서의 불철저함을 의미한다고 할 수 있다. 물론 저 서두의 글 한 단락만으로 그의 글, 문체 의 형질 전부가 간파되었다고 할 수 없고, 또 그래서도 안 되리라. 실제 비평을 이루기 위한 더 많은 효과적인 언어의 비기들을 그가 갖추고 있었음이 사실로 인정될 수 있으며, 단순한 언어 차원의 수사력, 논변력을 넘어 이론의 차원에서 수다한 비평적 설득의 무기들을 그가 갖추고 있었던 것이 틀림없다. 어떤 점에서 분석과 해석의 능력은 하나의 비평(문)을 이루기 위한 기획력이라 할 수 있고, 특별히 작품에 대한 구조적 해명의 차원에서 그의 비평적 기획력은 분석력의 도움을 받아 두드러진 역량을 드러내보였다고 할 수 있기 때문이다. 하지만 이 경우에도 그 분석을 위한 도구틀들이 얼마만큼의 이론적 설득력을 갖추고 있었던가는 별 문제로 따져져야 할 것이며, 그 한계에도 불구하고 그러나 그의 비평적 노력이 나름의 분석적 형태를 통해 드러나기를 끊임없이 노력했다는 점만은 인정될 필요가 있다. 이제 구조 분석으로 나아가는 그의 비평적 면모를 보기로 하자. 그는 우선 작품부터 소개하며, 거기에 짤막한 다음과 같은 언술을 덧붙인다.

---

6) 서광선 · 정대현 편역, 「미학에 관한 토론」, 『비트겐슈타인』, 이화여자대학교출판부, 1980, 6장 참조.

돌담 기대 친구 손 붙들고
토한 뒤 눈물 닦고 코풀고 나서
우러른 잿빛 하늘
무화과 한 그루가 그마저 가려섰다.

이봐
내겐 꽃시절이 없었어
꽃 없이 바로 열매 맺는 게
그게 무화과 아닌
어떤가
친구는 손뽑아 등 다스려주며
이것봐
열매 속에서 속꽃 피는 게
그게 무화과 아닌가
어떤가

일어나 둘이서 검은 개굴창가 따라
비틀거리며 걷는다
검은 도둑괭이 하나가 날쌔게
개굴창을 가로지른다

　　비교적 짧은 이 시의 무엇이 내 마음을 움직여 그것에 대해 무엇인가를
써보고 싶다는 욕망을 불러일으킨 것일까? 나는 내 마음의 움직임의 흔적
을 따라 이 시의 내면으로 내려가 볼 작정이다.[7]

3.

　　여기서 비평의 대상이 되고 있는 시가 과연 독자들에게 얼마만큼의 공
감을 불러일으키는 시인가에 대해서는 이 자리에서 일단 괄호로 쳐두어야
할 것이다. 주관 비평의 수호자답게 그는 결코 객관의 이름으로 말하고자

---

7) 『전체에 대한 통찰』, 322–323쪽.

원하지 않으며, 단지 그에게 이 시가 어떻게 읽히는지를 보여주고자 한다 (글의 서두에서 그가 이미 '평판'이라는 이름의 객관적 유명세에 대해 거부의 태도를 명백히 했음을 상기하자). 절대의 뉘앙스가 풍기는 '객관'이라는 이름 대신 그는 즐겨 '간주관성'을 말했고, 이로써 그는 비평적 객관 지대의 마련이 가능하다고 믿었다. 하지만 '간주관성'의 지대는 누가 마련하고 확인하는가. 그것이 어떤 범위에서 어떤 방식으로 교호되는지 확인되기 어려운, 단지 상정 개념의 지대에 불과한 것이라고 한다면, 간주관의 여지는 결국 절대적 주관의 영역으로 귀착될 수밖에 없을 것이다. 이 점에서 주관에서 출발한 그의 비평 논리는 객관화의 문제 앞에서 다시 주관성의 영역으로 후퇴할 수밖에 없고, 따라서 어떤 (객관 이름의) 이론도 그에게는 금기의 대상이 된다. 칸트의 주관 미학이 봉착했던 난관에서 그 역시 전혀 자유로울 수 없었던 것이다. 「비평의 방법」이라는 글에서 그가 일찍이 "……절대적 이론이란 있을 수 없으며, 이론이란 대상의 이해·설명 그것에 지나지 않는다"[8]는 원칙을 천명했던 것은 (절대적) 이론 거부에 대한 그의 이 태도가 명백히 드러난 것으로 볼 수 있다. 그렇다면 (객관적) 이론 이름의 논리 체계, 혹은 분석틀의 힘을 빌지 않고, 어떻게 자신의 비평적 판단, 분석의 결과를 합리화, 정당화할 수 있는가. 일반 논법에 의한 객관화에의 혐의를 피하면서도 타자 – 독자들을 설득할 수 있는 그의 비평적 원리는 무엇인가. 그는 시에 대한 구조적 분석의 일환으로 우선 리듬 분석을 시도하는데, 여기서 언표되고 있는 다음 예비 논의의 대목은 이 점에서 무척 시사적이다. '이론'이라 말하는 대신에 '고정 관념'이라고 말하고, 그것을 통해 교묘히 자기 판단의 일반적 확장을 꾀하는 다음 언술을 보라.

나는 시의 리듬에 대히 내 나름의 고정 관념을 하나 갖고 있다. 그것은

8) 위의 책, 208쪽.

시의 리듬은 시를 의미론적으로 분절하여 읽는 방식에 시의 자연스러운 리듬이 자꾸 저항할 때 힘있게 된다는 고정 관념이다. 의미론적 분절과 음악적 분절이 완전히 일치할 때 시의 리듬은 단조로워지고 그것이 심해지면 동요나 표어에 가까워진다. 그러나 그것이 서로 길항할 때 시의 리듬은 팽팽해지고 긴장되어 폭발 직전의 힘을 갖는다. 지나치게 서로가 서로를 배제하여 그 긴장이 터져버릴 때 시는 물론 실패하여 시의 흔적들만을 남긴다. (그 고정 관념을 그대로 간직한 채 <무화과>를 의미론적으로 분절해 보면:)9)

내 나름의 '고정 관념'이라 말하고 있지만, 여기서 그것이 어떤 식으로든 일반화의 의미를 담고 있는 것이라면 이론적 담론의 성질을 갖춘 것임을 부인하기 어렵다. 그럼에도 그것을 '이론'이라 하지 않고, '고정 관념'이라 칭하는 이유는 무엇인가. 여기서 우리는 이 비평가의 이론 기피증에 대한 한 단서의 면모를 확인할 수 있거니와, 여기서 나타나는 반 이론주의자로서의 모습답게 실제 그의 고정 관념이란 '이론'이라 하기 어려운 능청능청한 수사적 담론의 형질을 띠고 있어서 다시 한 번 탁월한 수사 비평가로서의 면모를 여실히 보여준다고 하겠다. 그러니까 가령, "시의 리듬은 시를 의미론적으로 분절하여 읽는 방식에 시의 자연스러운 리듬이 자꾸 저항할 때 힘있게 된다"는 문장이 하나의 이론적 정언으로서 천명된 원칙이라고 할 때, 다음 순간 이어지는 그의 문장은 앞서의 원칙 천명이 무엇을 의미하는지 모르게 불분명한 형태로 수사적 강화를 이룩하고 있어서, 담론의 이론적 효과를 여지없이 무너뜨리는 형국을 연출하고 있는 것이다. 의미론적 분절과 음악적 분절이 서로 길항할 때 "시의 리듬은 팽팽해지고 긴장되어 폭발 직전의 힘을 갖는다"고 말하고서, 다음 순간 거기에 이어, "(그렇지만 그것들이) 지나치게 서로가 서로를 배제하여 그 긴장이

9) 위의 책, 323쪽.

터져버릴 때 시는 물론 실패하여 시의 흔적들만을 남긴다"고 말하는 뜻은 무엇인가. '저항'과 '일치', 그리고 '길항'과 '배제' 사이의 이 불분명한 경계 설정은 비평가 자신에게는 경험적으로 분명한 것으로 인식될지 모르지만, 단지 독자 앞에 제시된 언표의 언술적 국면만으로 보건대는 요컨대 "폭발 직전의 힘을 갖는" 길항의 상태와 "실패하여 시의 흔적들만을 남기"는 배제의 상태가 어떻게 구별될 수 있는지, 아무런 암시의 단서도 주어지고 있지 않다. 아마도 미묘한 경계의 지점이라고 비평가는 말하겠지만, 마치 뇌관의 접촉 상태처럼 폭발 직전의 힘을 갖는 상태와 실패하여 시의 흔적들만을 남기는 상태가 시적 언어의 미묘한 리듬 배치 차이에 의해서 나타날 수 있는지 의문이거니와, 그런 상태의 차이가 실제로 어떻게 구별될 수 있는지, 여기서는 어떤 단서도 주어지고 있지 않은 것이다. 만약 한 편의 시, 그러니까 시「무화과」를 두고 이 상태의 차이를 가정한다면 그것은 어떤 모습으로 가정될 수 있을까. 「무화과」를 두고 "팽팽해지고 긴장되어 폭발 직전의 힘을 갖는" 상태가 느껴지기도 어렵거니와, 그 시적 리듬이 어떻게 잘못 배치되었을 때 시의 흔적들만을 남기는 상태가 되는지 둔한(?) 감각의 독자로서는 도저히 상상하기 어렵고, 이 때문에 그의 이론적 정언은 하나의 수사로 받아들여질 수밖에 없는 것이다. 작품「무화과」의 리듬 구조가 훌륭하다는 것을 강조하고, 입증하기 위해 그가 이런 이론적 정언을 끌어들이고 있는 것은 문맥 상으로 보아 틀림없는 사실이고, 자신의 그 비평적 판단과 이론적 정언을 정당화하기 위해 그는 무려 세 페이지에 걸치는 장황한 시 리듬 분석의 시범을 자세하고도 친절히 보여주고 있지만, 좋은 시와 나쁜 시의 (리듬) 차이가 여전한 미해결의 숙제로 남겨지는 것은 이 때문일 것이다. 분석 끝에 그는 이 시가 획득하고 있는 특유한 역동성의 리듬 구조가, '그마저', '내겐', '바로', '그게' 등의 시어들에 의해 크게 촉발되고 힘입고 있음을 밝히고 있지만, 그것들은 시의 의미론적 분절과 음악적 분절 사이의 길항과는 별 상관이 없고, 상관이 있다고 해봐야 일반 독자들로서는 별반 감흥을 느낄 수도 없는, 비평가 주관적 감응의 언어 지대일 뿐일 것이다. 스스로 이런 형식주의적 설명에 미흡감을 느꼈던지, 이와 같은 리듬 측면의 미학적 효과 설명에 부연하여 그는 I. A. 리차즈의 '심리적 리듬' 개념을 원용, 리듬 효과는 결국 심리적 효과 차원에서 받아들여져야 할 것을 암시하고 있거니와, 이 형식주의적 리듬 구조의 분석과 설명 이후에 그가 심리극적 설명의 방식으로 나아가게 되는 것도 이와 상관된 사실이라 할 것이다. 동일한 작품이 사람마다에 의해 다르게 반응되는 것, 또 혹시는 동일한 사람에 의해서도 한 작품에 대한 반응이 때에 따라 다르게 나타날 수 있는 것은 요컨대 독자마다의 감수성의 차이, 혹은 감수 정황의 차이로 인식되어져야 할 사실이거니와, 주관 비평의 옹호자, 혹은 그 이론가답지 않게 일반 이론 형태의 자기 '고정 관념'으로 미학적 일반화에 나서고자 한 것은 그가 미처 깨닫지 못한 자기모순의 실수의 소치로 여겨진다. 자기모순의 실수가 아니라면 충분히 객관화 가능한 분석적 이론의 형태를 그가 빌어와야 했을 것인데, 단지 직관에 불과한 것을 항구적 불변의 이론으로 착각한 데서 그 분석 작업의 부실 결과가 빚어졌다고 할 것이다. 결국 매우 치밀한 분석적 비평 원리의 시범을 도모하고 있긴 하나, 실질적으로 밝혀진 바는 별로 없는 이 공소한 비평 작업의 행태가 그 원질의 수사적 성격을 다시 한 번 여실히 보여준다. 그가 시의 리듬 구조를 어떻게 분석하고, 그 분석 작업의 결과로 나타난 결실이 어떻게 부실한지에 대해서 우리는 여기서 분명히 확인해 두고 넘어갈 필요가 있을 것이다. 일껏 구조적 분석이란 것을 행한 뒤에 그가 의미 있게 포착해 낸 바는 그러니까 단지 몇 개 특수 어휘들의 독특한 울림 사실일 뿐이지 않은가.

돌담기대 | 친구손 | 붙들고
토한뒤 | 눈물닦고 | 코풀고나서
우러른 | 잿빛하늘
무화과한그루가 | 그마저 | 가려섰다

이봐 |
내겐 | 꽃시절이없었어
꽃없이 | 바로 | 열매맺는게
그게 | 무화과아닌가
친구는손뽑아 | 등다스려주며
이것 | 봐
열매속에서 | 속꽃피는게
그게 | 무화과아닌가
어떤가 | -

일어나 | 둘이서 | 검은개굴창가따라
비틀거리며 | 걷는다
검은도둑괭이하나가 | 날쌔게
개굴창굴을 | 가로지른다.

　내 마음의 움직임에 따라 읽은 이 시의 리듬도 — 리듬이 심리적인 시간의 되풀이라고 정의한 것은 리차즈였다 — 엄격하게 따지자면 의미론적 분할과 음악적 분할의 변주 분할이다. 그러나 그 변주 분할을 가능케 한 몇개의 어휘들, 그마저, 내겐, 바로, 그게 등이 내 마음을 그토록 강하게 울린 것은 무엇 때문일까?[10]

4.

　이 비평가가 일러주는 대로의 변주 분할 방식으로 시읽기를 한다 해서 특별히 감흥의 증가를 느낄 수 없다는 것은 아마 대부분 독자가 동의할

---

10) 위의 책, 325-326쪽.

사실이라 믿는다. 이처럼 시적 리듬 변주의 효과가 특별히 시 읽기에 깊은 감흥의 독서 감응 차이를 가져올 수 없는 것이라 한다면, 이 점을 특별히 강조하는 비평가의 태도는 기만적인 과장을 행하고 있는 것이거나, 아니면 특별히 예민한 자의 감수성의 표지일 것이다. 비평가의 말대로 하면 시를 어떻게 분절하여 읽느냐에 따라 폭발 직전의 힘을 느낄 수도 있고, 그렇지 않으면 반대로 터져버려 시의 흔적만이 남긴 상태를 맛볼 수 있다는 뜻이 된다. 그럴 수 있을까. 어쨌거나 시를 아무리 반복해서 읽어보더라도 별다른 감흥을 얻지 못하는 독자로서는 비평가의 인도에 따를 수밖에 없겠는데, 그렇더라도 이런 비평적 언술에서 별 내용 없는 공소함을 확인하지 않을 수 없는 독자라면 왜 이런 비평적 빈곤이 빚어질 수밖에 없었을까에 대해서 되물을 수 있을 것이다. 여기서 이 비평가의 리듬 분석 원리에 더 이상 자세히 확인할 필요는 없다고 여겨지지만, 이 비평의 한계, 즉 비평적 분석의 공소함의 한계와 관련해서는 그 이유의 일단을 진단, 확인해 볼 수 있을 것이다. 우선 이 비평가가 원용하고 있는 한국시 리듬의 분석 이론 자체가 설득력이 약한 것이라는 점.

단적으로 시를 음악적으로 분절해 본 결과 비평가는 이 시가, "4.4조를 그 밑에 깔고 있는 3박자와 4박자가 혼용된 리듬을 갖고 있다"고 말하고 있는데, 이런 자수율, 곧 음수율의 리듬 관념으로는 애초 한국시 분석에 그다지 설득력 있는 적용 결과를 낳을 수 없었으리라는 점이 지적될 수 있다. 실상에 맞지도 않을 뿐더러, 실제로 우리가 우리 시를 읽을 때, 자수율의 리듬 감각으로 읽지 않는다는 점이 이 분석틀의 한계를 단적으로 입증하는 바라 할 수 있기 때문이다. 실상에 맞지 않은 분석틀의 맹점을 메꾸기 위해 어절의 여백을 '모라'의 단위로 보충하는 방법이 원용되고 있지만, 이러한 분석틀은 비평가 생존 당시까지 가능한 이론으로 비춰졌을지 모르나,[11] 지금의 시점에서 보면 거의 무력화된 상태의 탁상공론으로 치부될 수밖에 없기 때문이다. 지금 와서 그것이 용도 폐기될 수밖에 없다는 것은 한국 시의 리듬 전통, 특히 근대 자유시의 리듬 감각과 관련하여 음수율 개념이 전혀 의식되지 못한다는 점으로 우선 설명될 수 있거니와, 시의 리듬론 자체가 이제와서는 별다른 주목의 대상이 못한다는 점으로 논의 자체의 한계점이 시사될 수 있기 때문이다. 그러니 의미론적 분절과 음악적 분절이 다르다고 하는 것도 실제로 가당치 않은 음수율의 음악적 분절을 가지고 그것을 의미론적 분절과 대조했다는 데 불과함을 뜻하고, 그러니 내용 있는 의미 있는 분석의 결과가 산출되기 만무하였던 것이다. 그 결과로 부각된 것이 엉뚱하게도 '그마저', '내겐', '바로', '그게' 등 특수 어휘의 울림 작용 사실이라는 것인데, 이 역시 추정하자면 그가 음수율의 개념에 지나치게 집착하여 특별히 파격의 음절수를 가지고 나타난 어휘들에 주목한 결과라 할 수 있다. 그렇지 않다면 다른 음절수 많은 어휘들을 제치고 특별히 음절수 작은 '내겐', '바로', '그게' 등의 어사가 두드러져 보인 이유는 무엇일까. 분석틀의 이론적 정합성이 어떻든지 간에 실제로 우리가 시를 소리 내어 읽어 보거나, 혹은 묵음으로 읽거나 할 때, 이 비평가가 행하듯 기계적으로 분절하여 읽는 일은 거의 없을 것이며, 압운이나, 다른 다양한 율격적 요소들을 함께 체현하지 못하는 한, 한국 시가에 있어서 리듬 감각은 대개 음보율에 의존하거나 그도 아니면 의미론적 분할의 원리에 의해 읽는 것이 일반적일 터이다. 설사 독특한 리듬 구조에 의해 어떤 시가 지배되는 양상이라도 리듬 효과만으로 시의 미학적 가치가 전단되는 경우란 없다는 것을 우리는 또한 일반론적으로 확인

11) 김현이 구사한 운율 분석 이론은 상당 부분 문학과지성사 간행의 김대행 편 『운율』(1984)에 의존한 것으로 보인다. 이 중에서도 '모라'의 개념을 적용한 성기옥의 「한국시가율격의 기층체계」로부터 특히 영향 받은 것으로 보이는데, 80년대에 성기옥의 이 운율론이 상당히 설득력 있는 한국시가율격의 분석이론으로 받아들여졌던 것을 생각하면, 그가 의존했던 이론의 정체가 어떤 것이었는지 이해될 수 있다. 매우 정치한 형태의 이 운율론을 김현이 거칠게 받아들여 자기 류로 만들고 있음은 그의 이론 수용의 태도를 보여주는 바라 할 수 있다.

할 수 있다. 음수율 관념을 기계적으로 도입하려 했던 김억 시의 실패는 역설적으로 시의 리듬의 한계가 무엇인지 보여주는 사례라 할 수 있고, 그러니 대개 시인들이 리듬의 기계적 분할 원리에 대해 거부하는 태도인 것이지만, 자유시, 특히 현대시는 운율의 언어 형식보다, 뜻과 회화의 형식에 가깝다는 것을 중시하지 않으면 안 될 터인 것이다. 시언지(詩言志)라는 중국식 한자(詩) 어원 설명이 명증히 시사하듯이 시의 본질은 원래부터 의미의 지평에서 주어졌던 것을 인식할 필요가 있을지도 모른다. 시를 무엇보다 '의미'있는 언어의 조직체로 본다면, 그것이 어떻게 음악적 리듬과 조응, 혹은 길항하고 있는가의 측면은 부차적일 수밖에 없고, 만약 그런 한계 전제 아래서 자신의 분석적 결과를 보여주었다면 그의 비평은 훨씬 더 타당한 논리적 설득력과 함께 다가올 수 있었을 것이다. 그럼에도 의미론적 분절과 음악적 분절의 길항이라는 그 자신 '고정 관념'의 미망에 사로잡혀 더 이상 세분이 불가능하리만큼 자세한, 미시적인 시읽기의 모범을 보여주었지만, 그 분석의 결과는 한갓 수사적 치장의 효과만을 낳는 데 머무르는 것이 될 수밖에 없었다. 그럼에도 집요한, 누구도 흉내내기 어려운 파천황의 분석적 비평 의지로 그를 이끈 내면의 기저 동력, 욕망의 근본 성격이란 무엇일까.

작품에 대한 공감, 곧 문학 예술에 대한 공감이 그를 비평적 글쓰기로 이끈다고 글의 서두에서 그는 스스로 전제했지만, 이 경우 나타난 현상을 근거로 말한다면, 분석 충동, 곧 분석을 위한 분석의 분석적 의지 자체가 그 글쓰기의 기저 동력이지 않을까 하는 생각을 해볼 수 있겠다. 그러니까 분석을 위한 글쓰기이며, 따라서 어떤 점에서는 맹목적 분석 의지라고도 할 수 있을 만큼 집요한 이 분석에의 의지가 처음부터 김현 비평의 특장으로 나타났음은 주목할 만한 사실인 것이다. 그의 마지막 비평서가 『분석과 해석』이라는 제목을 달고 나타났음은 이런 점에서 우연이 아닌

데, 이 평론집의 「책 머리에」에서 그가 정체 불명의 '사일구 세대 정신'을 운위하며, "나는 거의 언제나 사일구 세대로서 사유하고 분석하고 해석한 다"[12]라고 발언했던 것은 기실 자기 세대의 방법적 정신으로서 '분석주의' 를 강조한 것으로 받아들여야 하지 않을까 여겨진다. 그 글의 말미에서 "나는 주저하며 세계를 분석하고 해석한다"[13]고 말한 것도 역시 동일한 정신의 자세 표명일 것이며, 『문학과지성』 창간호를 내면서 자기 시대의 병폐로 패배주의와 샤머니즘을 지목, "식민지 인텔리에게서 그 굴욕적인 면모를 노출한 이 정신의 샤머니즘은 그것이 객관적 분석을 거부한다는 점에서 정신의 파시즘화에 짧은 지름길을 제공한다."[14]라고 비판한 문장 역시 자기 세대의 방법적 정신으로 무엇보다 그가 '분석주의'를 의식하고 있었음을 말해주는 바의 증거라 할 수 있을 테다. 이처럼 방법적 정신으 로서 '분석주의'[15]를 깊이 의식하고 실천하고자 했던 사람이 김현이라고 할 수 있는 것이다. 하지만 여기에서 이제 우리는 질문을 던지지 않을 수 없다. '분석'이란 과연 무엇인가.

적어도 문학 비평, 혹은 문학 연구가 언어를 도구로 작업하는 한, 언어 체에 대한 분석의 작업이란 결국 한계 속에 놓인 작업임을 부인할 수 없 을 것이다. 끝없는 분석의 행진으로 나아가는 물리(학)적 세계와도 다르게 (혹은 흡사하게) 언어를 통한 분석, 혹은 해석의 작업이란 다람쥐 쳇바퀴 돌 듯 의미 순환의 미로 속으로 빠져들 수 있다. 언어의 본질이 '시니피에'(소

---

12) 김현, 『김현문학전집』7, 문학과지성사, 1992, 13쪽.
13) 위의 책, 14쪽.
14) 김현, 『김현문학전집』16, 문학과지성사, 1992, 49쪽.
15) 분석주의의 기원과 역사에 대해서 좀 더 자세한 이해가 가해질 필요가 있을 것이다. 프랑스적, 혹은 유럽적 근대 인식의 한 방법적 핵자로서 분석적 방법의 제창은 물론 데카르트에까지 거슬러 올라간다. 이 방법적 정신에 깊이 감화 받은 세대가 정명환을 위시한 해방 후, 혹은 전후 (불) 문학 세대, 혹은 비평가 세대라고 할 수 있으며, 김현 세대의 정신의 자양분은 바로 그 앞세대에 의해 제공되었다고 할 수 있다. 이에 대한 자세한 논의는 아마 한국 현대 지성사에 대한 구체적 인 논의의 맥락을 요구할 것이다.

기)가 아니라 시니피앙(능기)에 있다는 해체주의적 인식의 강조점이 여기에 있는 셈이다. 언어를 가지고 작업하는 한, 분석과 해석의 도구 언어, 그리고 그 작업 결과로 산출된 의미의 언어 역시 재해석되지 않으면 안 되며, 이 때문에 분석, 혹은 해석적 작업이란 시니피에의 숨바꼭질, 혹은 시니피앙 순례의 작업 결과만을 낳을 수 있다고 봐야 하는 것이다. 의미의 궁극적 해석이란 불가능하며, 해석의 언어 위에 또 다른 해석 언어의 존재 가능성은 언제나 상존하는 것이다. 매우 엄밀하고도 치밀한 분석적 방법과 원리를 동원한다고 믿었던 김현의 작업 결과가 그다지 신통한 분석 결과를 내놓지 못하는 (혹은 못한) 것도 근본적으로는 이 언어적 작업의 한계 성질 때문이지 않았을까. 김현 시대 전체를 통해서 유력하게 수입, 활용됐던 이론이 '구조주의'였다고 할 수 있고, 형식주의의 뿌리를 가진 이 분석적 원리의 이론이 시 분석에 그다지 유력한 성과를 내지 못하고, 서사체 분석에서 겨우 나름의 방법론을 확립할 수 있었던 것도 오히려 분석주의의 미시적 방법의 한계를 시사하는 바 아닐까. 서사 단위의 기능적 추출이라고 하는 분석 방법 역시 이제 와서 평가절하되는 상태에 있다고 하겠지만, 소설 구조를 기능적 단위로 잘라서 요약적으로 보여주는 데 (적어도 실제 비평의 영역에서) 김현만큼 능숙했던 사람도 달리 찾아보기 어렵다는 점 또한 사실일 것이다. 하지만 그 능숙한 구조(주의)적 분석의 손길이 시에 적용되었을 때 그 작업 결과는 어떠한가.

'패러프레이즈 이단'이라는 말이 있듯 시는 산문화해서도 안 되지만, 그렇다고 분석함으로써도 그 시적 언어의 효과가 사라질 수 있다는 것은 시를 음미해 본 사람이면 누구나 알 수 있는 사실일 것이다. 김현의 평론이 보여주듯 시를 분절, 분석하여 보여주는 효과는 단지 시각적으로 가시화하여 보여주는 효과일 뿐이지, 시의 미적 구조에 대한 이해의 증진이라거나 새로운 발견의 결과를 제시해 준다고 하기 어렵다. 대개 시인들이 시에 대한 이차적 담론을 꺼리는 것은 분석과 해석을 거부하는 시 자체의 이와 같은 미학적 특질에 말미암는다고 할 수 있는 것이다. 말하자면 분석과 해석으로 말미암아 이 비평가의 수사대로 '팽팽해지고 긴장되어 폭발 직전의 힘을 갖는' 시의 미적 구조가 '시의 흔적'만을 남기는 상태로 약화되고 해체돼버리는 것 아닌가. 물론 이 점 시인들이 기피한다고 해서 비평가 역시 방기하라는 법은 없을 것이다. 도살자의 운명이 있듯이, 잘 먹기(먹이기) 위해서 도살의 직업을 가진 사람도 있을 수 있고, 있을 필요가 있다. 하지만 자세히 나눔으로써 빚어지는 효과가 무엇인지, 그것이 때로 무의미한, 혹은 역기능의 결과를 낳을 수도 있다는 점을 유능한 직업인이라면 자득해 둘 필요도 얼마쯤 있지 않았을까.

매우 역설적이게도, 분석에 의해서 시는 살아날 수 없지만, 그러나 비평 스스로를 구원할 수 있음을 김현 비평은 보여주고 있다고 할 수 있다. 결국 분석은 김현 비평 스스로를 위해서 기능하고 작용했던 셈이다. 철저한 분석적 시범의 보여주기를 통해서 살아난 것은 분석적 열정 그 자체이며, 이로써 비평가에 대한 신임이 더욱 높아지는 효과를 빚어내었다고 할 수 있겠기 때문이다. 이것이 대개 일반 독자의 시각적 책읽기, 즉 감각적인 책읽기의 수용 태도로부터 크게 빚지고 있는 것임은 말할 나위가 없다. 우리가 하나의 글을 읽을 때, 그러니까 비평문을 읽을 때라도, 독자의 감응선은 주로 담론의 논리성에 대한 치밀한 비판적 의식 위에서라기보다 그저 문면을 흘러가는 감각지의 시선 위에 작동하는 경우가 많다고 할 수 있겠기 때문이다. 말하자면 논리적 타당성, 혹은 분석적 타당성을 추적하여 글을 읽는 것이 아니라, 수사적 언어가 일으키는 정서적 감응력이나 표피적인 감각적, 혹은 시각적 언어 효과에 우리 독자 일반의 독서 감응 태도는 크게 지배받는다는 뜻이다. 명제가 논리적 그림의 성질을 갖고 있다고 말한 사람은 비트겐슈타인이었지만, 독서 효과가 감각지의 시각적 효과에 의해서 크게 영향받으리라는 점은 경험적으로 얼마든지 확인될 수 있는 사실이다. 이 비평가가 의도적으로 이런 효과를 노리고 도해의 분석적 시범을 보였다고 말할 이유는 없겠지만, 여러모로 민감했던 감각의 소유자인 이 비평가 – 그는 그림도 그렸다 –, 언어의 시각적 배치 효과에 대해서 전혀 둔감했다고 말하기는 어려울 것이다. 계속해서 보겠지만, 탁월한 설득 기술의 소유자로서 김현의 비평적 능력이란 대상을 일관되고 깊이 있게 파헤치기보다 여러 각도에서의 분석 시범 끝에 대상에 대한 공감, 즉 감각적 공명을 극대화하여 표명하는 방식이라 할 수 있고, 이 과정에서 언어, 언술이 미치는 감각적 효과, 이를테면 독서의 시각적 효과 같은 것에 상당히 배려함을 알 수 있다.

5.

통사 구조와 의미 구조에 대한 해설로 나아가는 대목에서도 특별히 새로운 분석적 의미가 추가된다고 하기는 어렵다. 다만 또 다른 설명의 기교를 동원함으로써 통상 제기될 수 있는 '패러프레이즈 이단'에의 혐의를 교묘히 피해간다고 할 수 있는데, 여기에서도 되풀이 활용되고 있는 기술 효과는 그러니까 언어의 시각적 배치 효과라고 할 수 있다. 다음 설명의 방식을 보라.

　이 시는 짧은 단막극처럼 구성되어 있다. 일련과 삼련은 정경 설명이며, 이련은 대화이다. 그것을 풀어서 써 보면:

　전경:나는 돌담에 기대, 친구의 손을 잡고, 토한 뒤에, 눈물 닦고, 코풀고 나서, 눈을 들어 잿빛 하늘을 바라다본다. 무화과 한 그루가 그 하늘을 가리고 서 있다.
　대사: 내가 친구에게 말한다. "이봐, 내겐 꽃시절이 없었어." 친구가 대

답한다. "꽃 없이 열매맺는게 바로 무화과 아닌가. 안 그런가?" 그는 내게 잡힌 손을 빼내 그 손으로 등을 두드리며 말한다. "이것 봐.「이 무화과처럼」열매 속에서 속꽃 피는 게 무화과 아닌가. 안 그런가?「자넨 그 무화과 같은 사람일세」"

후경: 둘은 일어나 검은 개울 따라 비틀거리며 걷는다. 검은 도둑괭이 하나가 날쌔게 개울을 가로지른다.[16]

이처럼 극적 형태로 취해진 통사구조, 혹은 의미구조에 대한 해설을 통해서 무엇이 달라지고, 무엇이 새롭게 밝혀졌는가. 이미 시 속에서 다 암시되고 시사된 내용을 형태만 바꿔 풀어쓴 데 불과하기에 이를 통해 무엇인가가 더 추가로 밝혀졌다고 하기는 어려울 것이다. 하지만 여기에서도 우리가 만약 무신경한 독서 상태에 있다면, 이 비평가가 무엇인가 설명하려 애쓰고 있다는 점을 크게 느낄 것이고, 그리하여 다시 한 번 우리는 이 비평가의 설명에 대한, 해석에 대한 열정을 확인하게 된다. 하지만 주의 깊은 독자라면 이 대목에서 비평가가 상당한 해석의 오류조차 범하고 있음을 발견할 수도 있으리라. 이 시의 대화 구조에 대한 설명에 있어서 비평가는 "이봐 내겐 꽃시절이 없었어" 이후에 나머지 대사를 모두 친구가 발화한 것으로 보고 있는데, 아무래도 이 대목의 설명은 전체적으로 대구 구조의 문면 진행으로 볼 때 타당한 해석이라 보기 어려울 것이기 때문이다. 그러니까 이런 중의 "이봐/ 내겐 꽃 시절이 없었어/ 꽃없이 바로 열매 맺는 게/ 그게 무화과 아닌가/ 어떤가"까지를 화자가 말한 것으로 보고, 그 이후의 "이것 봐/ 열매 속에서 속꽃 피는 게/ 그게 무화과 아닌가/ 어떤가"의 부분을 친구가 말한 것으로 해석하는 것이 보다 온당한 해석이지 않을까. 그럼에도 "이봐/ 내겐 꽃시절이 없었어" 이후를 모두 화자 친구의 발언으로 해석하는 무리한 이해를 가지고 그것을 끝까지 밀고 나가 이 대

16)『전체에 대한 통찰』, 326쪽.

목에서 그는 시인의 세계관에 대한 설명까지를 기도하게 되며, 그를 발판으로 이 비평가 특유의 미학적 이데올로기, 곧 비극적 세계관에 대한 이념까지를 피력하게 된다. 시 속에 담긴 세계관적 태도를 허무주의와 낭만적 초월의 신비주의로 파악, 그것을 미학적 이념의 언어로 재포장함으로써, 이 시가 한갓 '무화과'에 대한 생물학적 인식의 재발견 계기 정도에 의해서가 아니라, 마치 거대 사상의 엄청난 이데올로기적 진술 동기에 의해서 촉발된 것처럼이나 설명하고 있는 것이다. 미학적 가치 증대를 도모하기 위한 이와 같은 이념 – 의식 차원의 설명 방법으로 모자라, 그는 이후 그만의 전가의 보도라 할 수 있는 특유의 무의식 논법을 빌어 또 한 단계 설명 층위의 심화를 기도하게 되거니와, 이 대목에서 그의 세계관 해석의 논법을 잠시 확인해 두고 넘어갈 필요가 있겠다. 문면을 장식하는 휘황한 수사 언어의 광채에 현혹되기보다, 실제로 세계 이해의 틀을 반영하는 세계관 해석의 논법에 보다 주의 깊은 관심을 기울일 만하다고 여겨지기 때문이다.

의외로운 것은 그 세계관 해석의 논법 구조만을 따질 때 이 비평가가 매우 세속적인 논법 구조를 동원하고 있다는 점이다. 시를 업으로 삼고, 평생 동안 줄곧 민중적 대의를 위해 살아온 시인이 차마 그랬을까 싶게 세속적인 성공 – 실패의 논법을 그는 시 해석에 적용하고 있는 것이다. 시 속 대화의 행간 문맥을 "네 성공이 화려하면 할수록 내 절망은 어둡고 어둡다."라거나, "내 절망은 내 욕망, 내 시샘에 뿌리를 두고 있다."거나, 혹은 "그 말은, 나는 성공했지만, 너도 성공했다라고도 울리고, 나는 성공 못했지만 너는 성공했다라고도 울린다." 등의 해석 문장들이 바로 그 점을 드러내고 있지 않은가. 이러한 논법틀의 적용은 시의 담화 문맥을 세속적인 어법으로 극화시키는 데는 유효할지 모르지만, 이 시인이 살아온 궤적을 뒤돌아보거나, 혹은 시 자체의 문면을 정상적으로 꿰뚫어본다 하더라도 지나친 것이 아닐 수 없다. 모르는 틈에 비평가 자신의 세속적 세계 이해의 틀이 비어져 나온 것이거나, 지나치게 극적 효과를 노림으로써 시적 담론의 형질 자체를 통속화시켜버린 오류를 그가 범했다고 볼 수 없을까. 비평적 언술의 전달 효과에 집착, 무분별하게 수사 자체의 동력에 몸을 내맡겨버림으로써 비평적 담론의 천박화 가능성을 스스로 경계하지 않은 탓이라고도 하겠다.

물론 설득력 있는 언술의 대목을 전혀 찾아볼 수 없다는 것은 아니다. 그 대표적인 대목은, 스스로 설정했던 단막극 식의 대화 구조라는 설명틀을 뒤집고, 그것을 한 편의 심리극이라 파악하는, 서정시 이해의 보다 원론적인 시선을 되찾는 국면에서 주어진다. 이는 평자가 그때까지 부각시켜 마지않은 극적 구조로서의 이 시의 특유한 형식이라는 것이 하나의 무대 장치에 지나지 않는다는 고백을 스스로 하는 꼴이며, 따라서 극화의 설명법 역시 또 하나의 비평적 조작에 지나지 않음을 인정하는 꼴이 된다. 이 부분에서도 가령 '비틀거리며 걷는다'와 같은 사소한 서술적 이미지에 논거를 부여함으로써 마치 배역 인물들 간 동일성의 사실이 이 점으로 증명될 수 있다는 식으로 말하는 것은 견강부회라고 하겠거니와, 어찌됐든 시 내부의 대화적 문면을 서정시 본래의 독백적인 자아 분열적 상황의 반영으로 파악함으로써 시에 대한 이해의 수준을 한 차원 끌어올려 보여주는 것은 과연 시 해석의 전문가다운 솜씨를 보인 것이라 할 수 있다. 이런 지점에 이르러서야 비로소 비평적 타당성이라 할 만한, 그가 애용했던 말로 하자면 참으로 해석의 '깊이'라 할 만한 비평적 심화가 이루어짐을 보는 것은 전혀 우연이 아니다. 그것은 스스로 구축한 극화된 설명 방식을 모두 뒤집고서야 가능한 것이기도 하거니와, 서정시에 대한 고전적인 이해의 시선을 비로소 회복함에서 가능해진 해석적 성과라고 말할 수 있겠기 때문이다. 그리고 이어지는 다음 비평적 수사의 팽팽한 재충전의 상태

를 보라. 시를 무엇보다 서정시 본래의 양식적 개념에 충실하여 보지 않
으면 안 된다는 것을, 비평적 언술도 그때에야 비로소 활달하고 충만한
수사에의 새 지평을 열 수 있다는 것을 이 대목의 언술은 뚜렷이 보여준
다. 김현 비평의 솜씨와 수준을 보여준 대목으로 이 부분은 좀더 인상적
으로 기억되어도 좋으리라.

> 나와 친구와의 대화는 탄식과 위로의 대화이다. 그 대화는 실제로 존재
> 하는 두 사람 사이에서 일어난다. 그러나 그 두 사람이 과연 두 사람일까?
> 화자는 삼련에서 "일어나 둘이서 개울가를 따라 비틀거리며 걷는다"라고
> 씀으로써, 그 둘이 하나같이 '비틀거리고 걷'는 모습을 보여준다. 검은 도둑
> 괭이 같이 날쌔게 걷지는 못하지만, 그 둘은 하나같이 개울가를 따라 비틀
> 거리며 걷는다. 그들은 어둠 속으로 사라진다. 어둠 속으로 사라진 그 둘은
> 사실에 있어 하나가 아닐까? 더 나아가 나와 친구·화자는 한 사람이 아닐
> 까? 나는 꽃시절을 바랐다라는 바람의 동력이 그 나를 셋으로 나눠, 그 바
> 람의 치기를 객관화시키고 있는 것이 아닐까? 그렇다면 나는 실재적 자아
> 이며, 화자는 그 두 자아를 관찰하는 예술적 자아이다. 실재적 자아의 욕망
> 을 잠재적 자아는 너는 실패한 것이 아니라고 달래고, 그 두 자아의 대화를
> 예술적 자아는 어둡게 그려내고 있다. 절망에만 빠져 있지 않기 위해 자아
> 는 분열하며, 한 자아는 달래고, 한 자아는 그 달램을 예술로 만든다. 한
> 자아의 욕망은 적절히 규제되어, 그의 절망은 폭발력을 제어 받는다. 그 분
> 열의 과정은 아름답고 감동적이다.[17]

하나의 비평은 여기서 종결될 수도 있었을 것이다. "아름답고 감동적이
다"라고 선언했다면, 주관적 취미 판단으로서 비평 행위의 일차적 소임은
다 끝난 것으로 볼 수도 있을 테기 때문이다. 그러나 비평가는 여기서 멈
추지 않았다. 이미지 분석의 장을 새롭게 엶으로써 정신분석적 비평의 깊
이에 도달하기를 그는 기도하며, 그리하여 그때까지 미지수로 남겨졌던

---

17) 위의 책, 330쪽.

'무화과'의 주제 이미지가 새롭게 부각된다. 여기서 '감각소'라는 도구 개념이 함께 나타난다. 이것들로 작업하는 그 분석의 방식은 이렇다. 시에 나타나는 이미지들의 감각소를 여성성과 남성성으로 분할하고, 이 성적 분할에 의해 시의 이미지 구조를 새롭게 조직하고자 하는 것이다. 이렇게 하여 (이 시에 있어서) 무화과의 감각소는 일단 '여성성'으로 규정되지만, 기이하게도 그것은 열매와 잎이 각기 다른 감각소의 구성 양상으로 (말 그대로) 분석된다. 이와 같은 성 분할의 분석 방법이 과연 얼마나 타당하고, 그 나름의 이론적 기반을 갖춘 것인가에 대해서는 여기서 묻지 않기로 하자.[18] 그와 같은 분석, 판단의 근거에 대해서 그는 자세히 말해주고 있지 않기 때문이다. 가령 "시의 첫 연에서 '나'는 여성적인 인물로 묘사되고 있다"고 말하고, 그것은 '나'가 "돌담에 기대 「쭈그리고 앉아」 있고, 친구의 손을 잡고 있으며, 눈물·콧물 흘리며 토하고 있"는 자세로 묘사되어 있기 때문이라 말하고 있는데, 여성성과 남성성이 이런 식으로 분할될 수 있는지, 또 그에 의한 분석적 결과의 의미가 무엇인지에 대해서 우리는 얼마든지 회의의 눈길을 보낼 수도 있을 것이다. "여성적인 나는 이 세계 밖 「하늘」을 바라보려 하지만, 무화과는 그것을 가로막는다. 여성적인 내가 바라보는 것을 막고 있으니까, 무화과나무의 이파리들은 남성적 성격을 띠고 있다"[19]고도 그는 말하고 있는데, 이처럼 여성·남성을 대립시키는 분할 논법이라면, 그것이 중국 전래의 음양 이론과 어떻게 다른 것인지 묻고 싶어지기조차 하는 것이다. 이렇게 해서 그 분석의 타당성 문제와 상관없이 그는 다시 한 번 시에 대한 분석적 담론의 화려한 수사들을 토해내고, 그것은 이 비평적 담론 전체의 절정을 향해 마지막 숨을 고르

---

18) 비트겐슈타인의 관점을 여기서 상기하자면, 비트겐슈타인은 프로이드 이론이 매우 흥미롭기는 하지만, 검증되기 어려운 난점을 지니고, 따라서 비판적 합리주의의 관점에서 해로운 영향을 끼칠 수 있다고 보았다고 한다. 서광선·정대현 편역, 「프로이드 비판」, 앞의 책, 5장 참조.
19) 『전체에 대한 통찰』, 330–331쪽.

는 형국으로 나타난다. 그리하여 점점 호흡이 가빠지면서 내뱉게 되는 감탄사의 문장 부호(!), 혹은 쉼표, 느낌표(!)의 부호들! 점점 많아지고 높아지는 빈도, 밀도의 이 부호들의 등장 양상은 그대로 이 문장가의 숨 가쁜 숨결을 느끼게 해 주고, 스스로 명철한 논리적 분석가이기보다는 감동하며 즐길 줄 아는 수사가로서의 이 비평가의 자세가 여기서 뚜렷이 나타난다. 다음 문장 호흡을 보라.

> 단단함 속의 부드러운, 아름다운 꽃! 무화과는 남성적 단단함 속에 여성적 화려함을 간직하고 있다. 그 여성적 화려함이 내 절망을 달랠 수 있는 감각소이다. 무화과나무는 무화과 잎의 남성성과 무화과의 여성성을 동시에 간직하고 있는 자웅동체이다. 무화과라는 이미지는 잎만으로 이뤄질 수도 없고, 열매만으로 이뤄질 수도 없다. 그것은 그 둘의 결합, 아니 합일에 의해 이뤄진다. 그 이미지의 내면에서는 환한 꽃이 피어나고 있다. 그 내면의 꽃이 무화과에 여성성을 부여한다.[20]

이런 열기 띤, 숨찬 언어의 행진을 보자면, 이 비평가 스스로 자기 언어의 검은 마법에 취해 있지는 않았을까 의심하게 되리만큼 열렬하면서도 단호한 어조에 의해 그 수사는 견지되고 있다. 함께 추는 이중무가 아니라 저 혼자 돌아가는 독무라고 해도 좋을 만큼 그 언어적 춤의 상태는 뒤돌아보지 않고 달려가는 자의 자기 확신과 정열적인 의지로 가득 차 있다. 규제가 아닌 사랑의 형태로서 여성적인 부드러움의 언어들은 단단함만의 독주를 제어하고 있지만, 이 또한 에너지의 형태로서 또 다른 비평적 카리스마의 상태를 빚어내고 있음을 부인하기 어렵다. 이 비평가의 비평적 감화력이, 반복하지만, 분석적 언어의 논리적 타당성에 의해서라기보다, 열렬함의 수사적 동력에 의해 지지되었다는 것을 이 상태는 다시 한 번

---

20) 위의 책, 331쪽.

확인시켜주는 것이다. 비평의 언어 역시 대개 정치적 언어들이 그렇듯이 진리 내용의 타당성에 의해서보다는 거기에 실린 현실적 힘, 에너지의 동반 효과에 의해 더 많이 빛을 발한다는 것을 이 상태는 또한 암시하고 있다. 달리 말하면 열정이 곧 호소력이고, 호소력은 곧 설득력에 다름 아닌 것이다. 그러니 그 진리치와 상관없이 이런 정열의 언어 상태에 대해 우리 역시 왜 아름답다는 말을 뱉지 않으면 안 되는가. 아름다움, 즉 미(美)란 진리성, 혹은 도덕적 선과는 아무런 상관없는 것이며, 단지 감정적 호오, 쾌, 불쾌만이 충만하게 가리어질 수 있는 문제라는 점에서 그럴 것이다. 그렇다면 이런 비평적 의지를 추동시키는 근본적인 미적 이데올로기란 무엇일까. 미(美)의 절대성, 혹은 절대 미학이라고 흔히 말하지만, 김현 비평이 독자적으로 걸어 나간 이데올로기적 분기점의 지점을 우리는 이 맥락에서 또한 분명히 해두지 않을 수 없다. 서두에 전제한 바와 같이 다른 여러 비평이 있는 중에서 김현 비평을 하나의 상대성으로 파악하고자 하는 의도에서 이에 대한 탐구, 탐색이 또한 시도되지 않으면 안 된다. 만약 관념과 이데올로기적 한계로서 그 비평적 분기의 지점이 설정될 수 있다면, 그것은 한계와 동시에 성취의 지점을 의미할 것이고, 이를 통해 우리는 김현 식 비평의 임계점, 즉 가능과 동시에 한계의 지점을 날카롭게 투시해 볼 수 있을 것이다. 그가 믿고 의지하며, 떨칠 수 없었던 것은 무엇인가. 스스로의 언술이 이 점을 정밀하게 파악하고 드러내고 있었으리라고 우리는 기대해 볼 수 있는데, 최소한 자기 분석적이고 반성적인 자세에 있어서 이 비평가의 지적인 자질이 결여된 상태에 있었다고만 할 수는 없을 것이기 때문이다. 김현의 글도 이제는 종착역에 다다르고 있다.

6.

이미지 분석, 즉 이미지를 성적으로 분할하는 논의가 그 담론의 중심

국면으로 떠올랐지만, 웬일인지 이미지 구조의 심층적 의미에 대한 논의는 일단 유보되고 다음 절에서는 다시금 대상 시 속에 내포된 비극적 세계관의 면모와 그 의미가 강조된다. 이것은 외견상 시 분석의 순서가 2연의 이미지 분석에서 3연의 이미지 분석으로 넘어가기 때문이라 할 수 있는데, 어쨌거나 여기에서 2연에 대한 분석적 논의는 잠시 철회되고, 다시금 이미지가 투영하는 세계관의 전망적 성격에 대한 논의로 분석 관심이 옮아가는 것이다. "그러나 이 시의 특이한 점은 나나 친구가 무화과의 그 여성성에 동화되지 않는다는 데 있다."고 말하고, "일련에서의 여성적 나와 남성적 무화과 잎의 대립은 2연에서 속에 꽃을 간직한 열매라는 여성성에 의해 해소될 듯한 징후를 보"이지만, "실제로는 해소가 연기"되고, 3연에서는 "해소가 이뤄진다면, 꽃에 대응하는 밝음의 세계가 나타나야 할 것인데, 그 밝음의 세계는 나타나지 않고 어두운 뒤틀린 세계만 나타난다"고 말하는 것은 실질적으로 그 강조점 이동의 사실을 의미한다고 볼 것이다. 이어서 비평가는 "그 어두운 세계는 검은 개울이라는 심연의 이미지의 도움을 받아 그 불길함을 길게 드러내고 있다"고 말하고, 나와 친구가 어둠 속으로 사라진 뒤, 마법의 힘을 가진 검은 고양이가 갑자기 나타남으로써 결국 "이 시의 세계가 밝은 해소의 세계로 진전되지 않고, 검은 마술의 세계로 진전되리라는 것을 암시하고 있다"고 단정짓는 것이다. 이어서 그는 "인위적인 마술의 세계, 보들레르가 인공 낙원이라고 부른 검은 낙원의 세계, 술과 마약의 세계에 이 시가 연계되어 있"음을 그것은 뜻한다고 말하고, 그것이 왜 그럴 수밖에 없는가에 다음과 같은 결정적인 설명을 덧붙이는 것이다. 결국 이 부분에서 비평가가 보유한 시선의 한계가 드러난다. 그 문면 그대로를 인용하자면 이렇다.

세계는 고통스러운 곳이다. 그 속에는 그러나 꽃이 있다라는 화해로운

인식이 이뤄지는 대신, 아니 그 인식이 계속 유예되면서 검은 마술의 세계
가 갑작스레 제시되는 이 시는, 그것 때문에 오히려 시적 긴장을 획득한다.
왜냐하면 화해로운 인식이 이뤄지는 순간에, 말이나 말로 이뤄지는 시의
세계는 이미 거추장스러운 거리적 거림의 대상이 되기 때문이다. 계속 시
를 쓰기 위해서는 그 인식이 계속 유예되어야 한다. 해소는 유예되고 그 해
소에 대한 그리움만이 남아야 시를 쓸 수 있다.

　시인의 태도를 빌어서 말하고 있지만, 여기에서 우리는 문학주의자로서
이 비평가의 태도가 선명히 드러나고 있는 것으로 볼 수 있다. "세계는 고
통스러운 곳이다"라는 단정적인 진술은 이 비평가의 세계에 대한 태도를
결정적으로 드러내고 있는 것으로 볼 것이지만, 오히려 우리의 강조점은
이후 계속되는 "계속 시를 쓰기 위해서는 그 인식이 계속 유예되어야 한
다. 해소는 유예되고 그 해소에 대한 그리움만이 남아야 시를 쓸 수 있다"
는 발언에 두어져야 할 것이다. 이를 방법론적 미학의 태도라고 볼 수 없
을까. 세계의 진실이 무엇인가가 아니라, 시를 쓰기 위해서 어떤 세계관적
태도가 견지될 필요가 있다고 보는 이런 예술 우위의 태도, "(세계에 대한)
화해로운 인식이 이뤄지는 순간에, 말이나 말로 이뤄지는 시의 세계는 이
미 거추장스러운 걸리적거림의 대상이 되기 때문"에, "계속 시를 쓰기 위
해서는 그 인식이 계속 유예되어야 한다"는 이런 방법론적 인식의 태도는
예술가로서 세계 자체보다 예술의 구원이 목적적 동기에서 앞선다는 뜻을
분명히 선포하는 것 아닌가. 이런 태도를 예술을 위한 방법론적 비극의
태도라 부를 수 없을까.
　소설론을 서술하는 다른 문맥의 글에서 그는 "소설가의 가장 큰 역할은
상황을 비극적으로 포착하고, 사회가 변천하는 속도를 조절하는 일이라고
나는 확신한다. 비극적으로 상황을 포착한다는 것은, '고려하고 비난하기
위하여' 어떤 상황을 포착한다는 것을 말한다. 말하자면 소설가란 비난하

고 고려하기 위하여 어떤 상황을 비극적으로 포착하여 사회가 변천하는 속도를 조절하지 않으면 안 된다"[21]고 말한 바 있거니와, 소설가를 향한 이런 방법론적 비극의 태도 요구와 김지하의 시에 대한 이해의 태도가 정확히 일치한다는 것을 우리는 알 수 있다. 이것은 달리 말하면, 세계 자체를 구원하고 인식하는 데 이 비평가의 관심이 있는 것이 아니라, 시와 소설, 그러니까 문학 자체의 존립을 위해 헌신한다는 이 비평가의 자기 한계적, 혹은 방법론적 미학주의자의 태도를 뚜렷이 드러내는 것이다. 이런 시야 속에서는 세계 현실보다도 시와 문학이 우위에 있고, 그 시와 문학의 우월한 존재를 위해서 세계는 어찌되어도 좋다는, 세계 혐오주의적, 혹은 예술 지상주의적 태도가 발현되기 쉽다. 아니, 발현되기 쉬운 것이 아니라, 그것이 본질이라 할 것이다. 이를 두고, 미학적 순수주의자, 혹은 유미주의, 혹은 탐미주의자로 규정함이 어찌 지나친 일이 될까. 그 자신 비평가로서 예술 창조에 대한 절대적 가치 부여를 위해서는 비평적 자기 부정, 혹은 폄하, 혹은 굴종의 태도까지를 그는 스스럼없이 보이기를 마다하지 않았던 것이다. 다음 이 글 종결부의 언술에서 우리가 확인할 수 있는 것이 그런 자기 부정적 비평 태도의 익숙한 드러남 아닌가.

> 그러나 그 앎만으로 충분하지 않다. 나는 왜 이런에서 특히 몇몇 말들을 강조하여 읽었을까? 그것은 내가 여성성에 무의식적으로 침잠해 있기 때문이 아닐까? 무의식적으로 나는 갈등이 해소되어 편안해진 상태, 노자가 박명의 상태라고 부른 상태를 희구하고 있었던 것이 아닐까? 나의 무의식은 검은 마법의 세계에 대해 겁을 내고 있는 것이 아닐까? 나는 무릎 꿇고 내 마음을 들여다보기 시작한다. 컴컴하다. 편안치 않다![22]

---

21) 위의 책, 30쪽.
22) 위의 책, 333쪽.

"무릎 꿇고 내 마음을 들여다"본다는 이런 비평적 헌신의, 혹은 굴종의 표현이 우연히 나타난 것이라고 하기는 어려울 것이다. 스스로 "그것은 내가 여성성에 무의식적으로 침잠해 있기 때문이 아닐까?"라고 말하고 있는 것처럼, 그것은 비평적 여성성의 발현 양상과 같은 성질의 것이라 할 수 있으며, 그래서 "검은 마법의 세계에 대해 겁을 내고 있"는지 모른다는 스스로의 무의식에 대한 자기 인지적 태도와도 그것은 상통하는 것이다. 아, 그렇다면 이제 나도 알 수 있겠다. 그의 비평적 여성주의가 어디로부터, 무엇으로부터 기원한 것인가를! 그가 한국근대문학사의 주류를 극구 '여성주의의 승리'[23]로서 파악하고자 했던 것처럼, 여기 여성주의에 남성주의가 대립되어 있을 것은 불문가지로 알 수 있다. 이 남성주의 문학에 사회적 실천의 문학이 함의되어 있을 것 또한 묻지 않아도 알 수 있고, '창비'(창작과비평), 혹은 백낙청 비평의 남성주의에 그가 끝끝내 견지하고자 한 것이 요컨대 이 미학적 순수주의의 여성주의였다. 누가 뭐라겠는가. 그는 자기 갈 길을 갔고, 그가 최대한 자기 갈 길을 걸어갔음은 아무도 부인할 수 없는 사실이다. 남성주의에 대한 여성주의의 승리! 그가 확신했던 것처럼, 인류의 역사는 사실 거칠고 딱딱한 남성주의의 이면에서 부드러운 사랑의 여성주의가 더 오랜 승리를 기록할지도 모른다. 하지만 또 누가 알겠는가. 여성은 남성이 있음으로써 설 수 있고, 남성 또한 여성적 반려를 통해서 존재의 온전을 기할 수 있는 것인지... 김현이 끝내 반대한 것은 소위 참여 – 민족(민중)문학의 남성적 현실주의였지만, 그것이 없고서는 그의 소위 상상력주의라는 것도 있을 수 없는 것이었는지 모른다. 이처럼 외다리 존재의 정직한 자기 응시, 혹은 비평적 자기반성의 고백을 보여준다는 점에서도 현실 참여 문학의 신화였던 김지하의 시를 그 나름

---

23) 위의 책, 57-77쪽 참조.

으로 분석하고 해석한 김현의 「속꽃 핀 열매의 꿈」은 우리 비평사에서 기억될 만한 평론의 하나인 것이다.

7.

이제 글을 줄여야겠다. 한국 문단에서 최고의, 심하게는 유일한 '독자' 소리를 들었던 김현 비평의 미덕이 무엇인지, 밝히는 일은 그리 어려운 일이 아니다. 장 리카르두를 빌어, 문학은 그것이 있다는 사실 하나만으로 문학을 이해하지 못하는 사람이 있다는 것을, 다시 말해서 무지를 추문으로 만든다고 김현은 말했거니와,[24] 이처럼 문학의 존재를 일종의 신비적 형태로 인식함으로써 그 비의적 존재 해명을 비평가로서 자기 임무로 삼았고, 여기에서 문학 예술에 대한 최대한의 헌사의 태도가 그 비평적 언술의 기본 태도로 나타났던 것이다. 이것은 칸트의 정언이 시사하는 바, 대상의 가능성과 동시에 한계를 밝힌다는 비평 정신 본래의 비판 정신과는 거리가 먼 것이었음을 시사하는 것이며, 이에 따라 그의 실제 비평이 다분한 분석적 수사의 전개 형태로 나타났음을 본고는 주목해 본 셈이다. 이는 비트겐슈타인, 혹은 폴 드 만의 지적처럼, 비평적 언술 자체가 일종의 말놀이, 혹은 수사놀이의 성격을 가지고 있다는 점을 다시 한 번 확인시켜주는 바이며, 김현 비평이 특별히 그러한 속성을 깊이 내재하고 있다고는 할망정, 그런 점에서 김현 비평이 유독 예외적인 성질을 갖춘 것임을 뜻하는 바는 아닌 것이다. 다만 김현 비평의 한계와 관련하여 강조할

---

24) 이동하, 「김현의 한국문학의 위상에 대한 한 고찰」, 『전농어문연구』제7집, 1995, 44쪽 참조. 참고로 밝히자면 이동하의 이 선행 연구를 알지 못하는 상태에서 텍스트 분석에 임했던 본고가 결과적으로 위 이동하 연구의 결론과 상당 부분 흡사한 연구 결과를 맺었다는 것은 흥미롭게 여겨진다. 선행 연구를 미리 정밀히 참조하지 못한 것은 전적으로 필자의 태만으로 인한 책임의 부분으로 인식될 것이지만, 어쨌거나 연구자 간 상호 교섭없이 비슷한 연구 결과가 산출되었다는 것은 연구자 시각의 유사성 이유보다는 텍스트 자체의 성질을 시사하는 바로 받아들여질 필요가 있다고 여겨진다. 보기에 따라서 본고의 연구 관심이 이동하의 위 선행 연구와 중첩되는 부분이 많다고 인식될 수 있겠으나, 이것은 순전히 우연의 소치임을 다시 한 번 밝혀둔다.

점은 많은 경우 그 분석적 수사가 이론적, 혹은 논리적 근거를 잃고 있다는 점일 것이며, 따라서 주의 깊은 독자라면 김현이 구사한 비평적 언술의 도처에서 여러 가지 허구와 맹점 또한 발견할 수 있다고 하는 점이겠다. 대개 비평적 언술이 논리적 판단을 앞세우지만, 기실 (주관적) 취미 판단을 행함에 불과한 것이라고 한다면 김현의 저러한 비평적 행태는 한편 (실제)비평의 본질을 구유한 것이면서, 그 한계 안에서 수사 비평의 가능성을 최대한 현시한 한국 현대 비평의 한 역사적 전범으로 기록될 수 있을 것이다. 누구나 한계 안에서 작업하는 것이며, 이러한 한계를 넘어서고자 하는 순간, 비평적 허무주의에 떨어질 가능성 또한 많음을 여러 역사적 전례들을 통해서 입증할 수 있다고 믿어지기 때문이다.

그렇다면 어떻게 비평함이 최선일까. 비평의 속성 역시 (다른 문학적 언술과 마찬가지로) 근본적으로는 수사적일 수밖에 없음에 자득하여, 선배 비평이 남긴 화려한 수사의 궤적을 추종하고, 그 기술을 답습, 체화함으로써 온전한 만족을 얻을 수 있을까. 다시 원점으로 돌아가 비평적 언술을 통하여 한갓 유희적 만족을 꾀하고, 그를 통하여 이룰 수 있는 세속적 욕망 추구에 우리가 머물지 않는다면, 보다 고원한 비평적 목표, 목적의 설정을 꾀해볼 수도 있을 것이다. 여기에서 비평 정신 본래의 회복, 곧 본래적인 비판 정신의 회복 문제가 제기될 수 있다. 비판정신이란 무엇인가. 누차 상기했듯이 그것은 대상의 가능성과 함께 한계를 따지는 정신이고, 보다 고차적인 의미에서 우리 모두가 속해 있는 이 사회의 발전적 진전, 혹은 정신 자체의 고양과 성숙을 위한 진보적 목적 아래서 그것은 대상의 가능성과 함께 한계를 따지는 정신이다. 우리 비평사 내부에서 역시 이러한 정신의 선례는 많았으며, 비평 정신이 미적 유희의 정신으로 폐쇄, 혹은 퇴행해 가는 현대 비평의 전반적 경향 속에서도 이 비판 정신의 살아있는 예들은 얼마든지 발견할 수 있다. 이웃나라 현대 비평을 대표하는 비평가가 '비평의 비평성'으로 의미하고자 하는 것도 이 정신을 가리킴에 다름 아닐 것이다.[25] 규범은 언제나 고전적 정신에 있으며, 그런 점에서 근대적 비판 정신의 원형이자 고전인 칸트 정신은 문학 비평에 임함에 있어서도 우리가 항상 되새기지 않으면 안 될 미학적 규범의 하나가 될 것이다.

김현 비평의 출발점이자, 동시에 대척점이라 여겨지는 이 같은 칸트적 정신의 회복을 강조한 마당에서 마지막으로 김현 (비평)을 위한 변명을 조금 덧붙여두면 안 될까. 그의 이를테면 순수한 미적 이데올로기의 사회적 적응성, 혹은 효용성에 관한 것. 그가 살았던 시대가 무엇보다 정치적 억압으로 특징지어지는 사회였다는 것. 이처럼 억압적인 질서의 사회 속에서 스스로 저항과 비판의 일선으로 나서지는 못했지만, 대신 문학과 예술을 지키고 옹호함으로써 그는 말하자면 지적 실천의 일익을 담당할 수 있다고 믿었던 것 아닐까. 순수한 실천적 동기에 의해서보다는 그 자신 문단적 헤게모니의 형성에 지나치게 집착했던 것은 아닐까 지적되지만, 이와 같은 패권적 동기 역시 일종의 열정의 표시였던 것으로 이해하면 그가 가졌던 모든 에너지를 투여하여 미의 성전 구축에 이바지하고자 하였던 노력은 그 나름으로 사회적 실천의 함의를 획득할 수 있었던 것으로 보아줄 수 없을까. 예술이 스스로의 이름으로 존립하기 어려웠던 사회적 상황 하에서 예술의 옹호는 흔히 예술지상주의자들의 면모로 드러나지만, 그 나름으로 비판적 지성의 관점을 유지하면서 예술의 옹호에 헌신하고자 했던 노력은 어려운 시대의 비평적 존재 방식의 하나로 이해될 수 있다. 어느 시대 어렵지 않은 시대가 있겠느냐고 할지 모르지만, 별 명분 없는 예술적 투기의 상찬으로 흐르고 있는 90년대 비평의 일반적인 수사 비평적 경향에 비하면 그래도 김현 비평은 자기 나름의 정신의 긴장 유지에 혼신

---

25) 김우창·가라타니 고진(대담), 「한일 비판적 지성의 만남」, 『포에티카』 3호, 1997, 25쪽 참조.

의 노력을 기울였다는 점을 인정할 만하다. 그 사후에도 여전히 퇴색되지 않는 명망을 유지하고 있는 그 문체의 화려한 수사적 빛깔 자체가 그 긴장된 글쓰기의 표정, 징표가 아닐 수 없는 것이다. 한갓 수사라 하더라도 긴장이 일실되어서는 설득력 있는 열정의 표정이 구현될 수 없다는 점에서 그 집요했던 문체적 노력이 기려질 수 있다. 어떤 의미로든 열정이 열정으로서 상찬될 가치를 갖는다면 비평적 열정의 표상으로서 김현 비평은 더욱 연구되고 환기될 필요가 있다. 누구나 한계 안에서 작업하고, 그 한계를 김현 비평의 전모 속에서 가릴 필요가 이제 남는 것이지만, 현세에 한계를 그은 열정은 사후의 흔적으로 남을 수 있다는 것을 김현 비평은 보여준다. 아마도 이 사후의 살아남음 – 구원을 위해서 모든 문학인들은 그 최후의 노력을 다(해야)할 것이다.

–「전농어문연구」제10집, 1998.

지식인 아비투스의 비평에 대하여
– 정과리 씨의 「옛날 옛적에 문학이 있었다」에 대한 유감으로

1. 머리말 – 유감의 계기

지난 해 비평가 정과리 씨의 글, 「옛날 옛적에 문학이 있었다」[1]가 발표된 바 있다. <한국 문학의 빈곤>이라는 특집 제하에, 홍정선, 박혜경 씨와 더불어 발표했던 글이다. 기억하겠지만, 이 중 홍정선 씨의 「허망한 언어와 의미 있는 언어」가 저널리즘에 의해 중개되어 문단에 상당한 평지풍파를 일으켰었다. 문학 평단의 문제점을 직설적으로 고발한 글이었던 탓이다. 그러나 정씨의 글은 널리 주목되지 못했고, 그래서 이제 잊혀진 감을 준다. 옛날 옛적에 그런 일이 있었나 싶게, 누군가 상기시켜 주지 않으면 오늘의 모든 글쓰기 역시 사라지고 묻혀지는 운명에 처하고 만다.

그러나 대개 직설적인 글보다는 우회적인 글들이 더 많은 함축을 거느리고 있는 법이다. 정씨의 글에 상당한 문제성과 함축이 깃들어 있으리라는 것은 그 특이한 음조의 제목 언술로 보아서도 알 수 있다. 조금 예민한 사람이라면, 억하심정을 가질 수도 있으리라. 과거 완료형으로, 옛날 옛적

---

1) 정과리, 「옛날 옛적에 문학이 있었다」, 『문학과사회』, 1998 여름, 1988.

에 문학이 있었다 하면, 오늘 이곳에서 우리가 하는 문학은 무엇인가. 문학은 이제 모두 사라졌다는 말인가. 설혹 여기까지 의도된 말은 아니라 할지라도, 그 어투 속에 이미 어떤 태도가 각인되어 있지 않은가.

검토 끝에 어떤 반응이 필요하다고 여겨졌지만, 시기적으로 적절치 못하다는 요청이 여기에 들어 있었다. 글 말미에 '(계속)'이라는 딱지가 붙어 있었기 때문이다. 완료되지 않은 글에 대한 조급한 반응은 현명치 못한 처사이리라. 기다려야 했다. 다음 호 동 잡지 지상에는 그러나, "몇몇 필자들이 무더위를 이기지 못하고 원고를 보내지 못했다. 연재가 예고되었던 「옛날 옛적에 문학이 있었다」도 그 경우이다"[2] 운운의 해명성 사과 기사가 나와 있었고, 한 호 더 기다려 줄 것을 잡지는 요구하고 있었다. 그리고 지난 호 같은 지면, 이번에는 저 예고된 글의 실종 사태에 대한 어떤 해명의 기사도 나와 있지 않았고, 이제는 더 기다릴 수 없게 되었다. 슬며시 화가 돋아났던 것도 부인할 수 없겠다. 이와 같이 무책임할 수 있나. 지식인의 사회적 책임을 즐겨 논하는 필자의 이런 무책임 사태의 저지름이라니.

2. 「옛날 옛적에 문학이 있었다」의 의식 구조

단순 무책임 사고에 대한 고발의 의도가 이와 같은 장황한 글을 도모케 하는 것은 아니라는 점을 우선 밝혀둘 필요가 있겠다. (실수란 늘상 있을 수 있고, 거기에 말 못할 사정도 개입되어 있을 수 있지 않겠는가). 나는 이 글에서 정과리 씨의 비평 전체와 그 현재 상태를 보여주고자 한다. 하나의 '폭로' 작업을 그것은 의미할 것인데, 그렇다고 대책 없는 고발만을 나는 또 의도

---

2) 『문학과사회』, 1998 가을, 836쪽.

하고 싶지 않다. <한국 문학의 빈곤>이라 제한 씨의 문제 진단에 같이 참여해서 살펴보고, 그 타개책까지를 더불어 모색해 보고자 한다. 겹쳐지면서 갈라지고 싶은 욕망이 나의 글쓰기 의도와 동력을 이루는 셈이다. 씨가 제기한바, <한국 문학의 빈곤>이라는 현상 진단에 나는 전적으로 동의하며, 그러나 그 책임의 많은 부분이 나는 씨에게 돌아가야 한다고 본다. 오늘 한국 문학을 여기에까지 이끈, 주도 비평과 관리 비평3)의 책임이 누구보다 씨와 씨의 비평적 동류 집단에 돌아가야 한다고 보기 때문이다. 씨의, 비길 데 없이 능란한 산문 구사 능력, '스밈과 짜임'으로 재구축하는, 텍스트 해체와 분석의 정치한 비평 담론 생산 능력에 남모르게 경의를 표해온 지도 오래이지만, 언제부턴가 그의 비평이 이제 한계에 도달했고, 그것을 넘어서지 않으면 더 이상의 한국 문학의 발전 역시 이루어지지 않으리라는 생각을 그전부터 해 왔다. 언어로 비교하면, 현란하기 짝이 없는 씨의 언술 능력에 비해, 겨우 저잣거리의 일상 언어에 의지해, 그 상식적 사유에 입각해서, 눌언의 담화를 조금 구성할 수 있을 뿐이지만, 90년대도 이제 막장에 이른 시점에서, 또 다른 세기의 개막을 눈앞에 둔 시점에서, 우리가 씨의 비평을 한 타자의 비평으로 인식하지 않으면 안 된다는 생각을 오래 전부터 해 왔다. 그 문제적인 양상의 세목을, 씨의 글「옛날 옛적에 문학이 있었다」는 두루 보여준다. 하나의 글, 텍스트에서 우리의 글 역시 출발하지 않으면 안 된다는 생각을 우리는 씨로부터 배운 셈이다. 그러니 배운 대로 할 밖에. 씨의 글 속으로 들어가 보자.

하나의 문학사 서술 – 좀 더 정확하게는 '시대 문학사', 혹은 '세대의 문학사'라 하겠다 – 을 위한 서장 격으로 씌어졌고, 실제로 얼마만큼 사적

---

3) 여기서 '주도비평'과 '관리비평'이란, <총평:문학공간> 등의 난을 통해, 오늘의 한국문학을 지속적으로 관리하고, 이로써 주도해 온 비평적 책임의 역할을 말한다. 현상만을 관리했지, 주도한 바 없다고 한다면, 그것은 지금까지 실천해 온 비평적 담론 수행의 책임 방기를 의미할 것이다.

서술을 동반하고도 있는 이 글은 그러나 어차피 애초부터 장기 연재되기는 어려운 글이었다고 여겨진다. 다소간 흥분 상태에서 쓰인 듯한 문면, 역사에 대한 순수 객관의 인식 관심이라기보다, 현재적 진술 효과가 앞서 의식된 상태에서 개시된 듯한 집필 의도 등이 문학사 서술의 일반 태도와는 다른 것을 처음부터 시사하고 있었기 때문이다. 문학사의 학적 기술 태도로서는 금기시해야 할 서술자 주관의 개입, 서술자 맨 얼굴의 드러냄이 두드러지게 나타나고 있다는 점도 빼놓을 수 없다. 결국 하나의 역사적, 학적 진술이라기보다, 비평적 담론 실천 행위의 일환으로서 이루어졌다는 판단은 이래서 주어졌다. 역사 서술에 절대적으로 필요한 객관적 거리의 확보 – 역사 연구에는 요컨대 최소한 30년 이상의 거리 확보가 필요하다고 본다 – 가 확보될 수 없는 마당에 이루어지는 그 역사 진술이란 따라서 괜한 몸짓이거나, 무엇인가 현재적인 진술 효과를 노린 것으로 간주될 수밖에 없었고, 그래서 연재 예고에 대해 처음부터 반신반의하는 마음을 가질 수밖에 없었다.4) 기획의 발상이 상대적으로 즉흥적으로 이루어졌다는 것은 특집 기획에 대한 <편집자 주>의 설명으로서도 알 수 있다. IMF의 현실을 상기시키며, 스스로 주해하듯, "얼핏 이질적으로 보이는 세 편의 글"을 하나의 지붕 아래 모이도록 한 것은, 기획 구성의 즉흥성을 자인하는 바에 다름 아니다. <한국 문학의 빈곤>이라는 진단 역시 IMF 사태와 빗대어서 이루어진 인식적 진단임을 알 수 있게 하는 대목이다. 경제적 함의의 '빈곤'이라는 어사를 궁글리어, 중의 효과를 발하게 함으로써, 비평적 판단의 수립이 이루어졌다는 것을 <편집자 주>는 보여준다.

---

4) 들리는 말로는 공동 집필의 의사가 이 기획 속에 들어 있었다고 한다. 공동 집필 의사였더라도, 무책임 사태의 혐의가 벗겨질 수는 없는 일이지만, 그렇다면 확대된 연대 책임의 문제가 여기서 발생할 수 있다고 본다. 위 필자가 관여되어 공동 집필의 형태로 기도되었던, 현대 한국 문학사의 구성 작업이 중도 하차의 상태로 끝나버렸던 것을 우리는 기억한다. 그 후속 작업을 기획했던 것일까. 기획의 의도와 의지는 어떻든, 반복되는 실수는 신뢰를 저버리게 하는 행위임에 틀림없다.

오늘의 한국 문학은 현상적으로 빈곤하다. IMF를 맞기 전 '소설 특수'라는 거품에 가려져 아무도 눈여겨보지 않던 빈곤에 대해 우리는 비판적으로 접근할 필요를 느꼈으며, 동시에 문학의 본질적 가난함이 그 자체로서 풍요임을 증명할 필요를 느꼈다. 얼핏 이질적으로 보이는 세 편의 글은 그렇게 해서 기획되었다. 정과리 씨는 오늘의 문학이 망각의 늪에 빠뜨린, 그러나, 문학적 실천이 곧 세계의 구성과 동의어였던 80년대의 문학으로 되돌아간다. 오늘의 한국 문학인들이 다 잊어버린 듯이 보이는, 저 시원의 열정으로. 덧붙여, 우리는, 80년대의 문학을 되돌아보는 작업을 장기적 기획으로 연재할 것임을 밝혀둔다.[5]

「옛날 옛적에 문학이 있었다」라는 텍스트 탄생이 상대적으로는 즉흥적으로 이루어졌다는 것을 위 문면은 보여준다. 여기서 주목되는 것은, "오늘의 한국문학은 현상적으로 빈곤하다"는 판정이며, 동시에, "문학의 본질적 가난함이 그 자체로서 풍요"라는 주장이다. 이어서, "문학적 실천이 곧 세계의 구성과 동의어였던 80년대의 문학으로 되돌아"가는데, 그것을, "오늘의 한국 문학인들이 다 잊어버린 듯이 보이는" "저 시원의 열정"이라고 말한다. 여기서의 '시원의 열정'이 누구의 것, 어떤 세대의 것을 지칭함인지, 상기해 보는 것은 어려운 일이 아닐 것이다(어찌해서 자기 세대의 시원이 곧 보편의 '시원'으로 표상될 수 있는가). 편집자 자기 세대의 것임은 말할 나위가 없다. 이처럼 윗 문면의 서술은 편집자(들), 서술자(들)가 자기 동일성, 혹은 자기 세대의 동일성 속에서 사고하고, 인식하고 있다는 것을 정확히 보여준다. 그런 자기 동일성의 인식 태도로 하나의 객관적 역사 서술이 이루어질 수 있다고 하면, 이는 망발일 것이다. 역사 서술은 자기 동일화의 작업이 아니고, 자기 동일성의 역사 인식이 또한 말의 참된 의미에서 역사 인식일 수는 없기 때문이다. 시대 문학사 기술이라는 원대한 기획이 서장의 기술로 끝나고 만 것은 그래서 당연하다. 그 서장의 기술이라는

---

5) 『문학과사회』, 1988 여름, 598-599쪽.

것도 얼마나 소략한 분량인가는 인쇄된 페이지로 총 10쪽에 겨우 미친다
– 서언만을 보자면, 4페이지에도 못 미친다 – 는 정도로 보아 알 수 있다.
그러나 이 작은 규모의 글 속에 필자가 지닌 표정의 모든 것이 들어있다.
흥분된 상태로 압축된 글을 쓰고 있기에 여기에 그 사람의 모든 것이 들
어 있는 것이다(사람은 흥분했을 때 맨 얼굴을 드러내는 법이다). 조금 길지만 도
입 단락의 전부를 여기에 인용해 보기로 한다.

> 세상은 바뀌고 가수는 노래하고 사람들은 잊는다. 말들은 흐르는 물과
> 같아서 저의 흔적을 남기지 않는다. 민중, 주체, 혁명, 국독자, 존재 전이,
> 기본/주요 모순, 무크, 노찾사…… 한 시대의 상징이었던 어휘들, 한 세상
> 의 뇌관이었던 개념들은 지금 어디에서도 찾을 수가 없다. 장렬히 산화한
> 것일까? 그러나 그것은 훗날의 상징에게 어울리는 것이다. 저 말들은 당대
> 의 상징이었으되, 오늘은 '죽은 개'가 되어 있다. 의기양양한 개잡이들이 마
> 구 두들겨패도 죽은 개는 완강히 무표정하다. 여전히 사람들은 살았고 지
> 금도 산다. 아마 내일도 살 것이다. 다만 사람들은 바뀌지 않고 사람이 바
> 뀌었을 뿐이다. 사람들은 기껏, 나는 '아니었다'고 말한다. 혐의를 씌우지
> 말라고 항변한다. 도대체 뭐가 아니었던 말인가? 근본성에 관한 저 물음도,
> 근본성에 대한 저 환몽도 아니었단 말인가? "나는 하늘을 보았다"고 외치
> 지 않았던가? 그 하늘은 어느 별로 이사갔는가? 이상한 일이다. 그때는 전
> 부 아니면 무이었다. 비극적이거나 변증법적이었다. 그러나, 지금은 모두
> 가 교양인이 되었다(간혹 '삐끼'가 된 이도 있는데, 대부분은 상투적으로 갔
> 다). '전부 아니면 무'는 어렸을 때나 품는 생각임을 사람들은 깨달은 것일
> 까? 비로소 한국의 지식인들은 철이 든 것일까?[6]

이것이 한 문학사 서술의 모두 발언이다. 유창하기 그지없는 이 달변
속에 씨닿지 않은 흥분이 깃들어 있음을 아는 것은 그리 어려운 일이 아
니겠다. 냉소의 격한 어투가 문면 여기저기에서 흘러나오고 있다. 급하게

---

6) 위의 책, 614–615쪽.

쓰였다손 치더라도 침착한 해석과 냉정한 분석을 능기로 하는 이 필자의 이와 같은 흥분 상태란 무엇을 말함인가. 분노의 감정조차 여기에 실려 있음을 아는 것은 어려운 일이 아니다. 괄호쳤지만, '삐끼'라는 비어까지를 동원하고 있다. 무엇이 씨를 이토록 분노케 하였을까. 문면을 조금 더 따라가 볼 도리밖에는 없을 듯하다. 이어서 돌이키며 말하고 있다.

> 그러나, 사람들은 그것조차도 말하지 않는다. 그때 그것을 지적했을 때 어떤 메아리도 없었다. 그러니, 그때도 실은 침묵중이었던가? 주어진 단어, 던져진 고기를 되풀이 뱉고, 저작하느라고 바빴던가? 그러느라고, 자신에게 던져진 물음을 개똥 보듯, 제 똥 보듯 했던가? 어찌 됐건, 세상은 바뀌고 사람들도 변했다. 아무도 자신이 왜 변했는지를 말하지 않는다. 한국의 지식인들은 돌아갈 길을 망각해 버린 한스 같다. 영리한 할멈은 과자에 건포도 대신 체체파리를 심었나보다. 어제의 민족이 오늘의 지구촌으로 바뀌려면 경유가 있어야 한다. 어제의 계급이 오늘의 '나'로 바뀌어도 마찬가지다. 어제는 계급이었으나 오늘은 나다, 라고 말하는 것은 상인들의, 의상 디자이너의 말하는 방식이지, 지식인의 방식은 아니다. 지식인은 개념을 '사는' 사람이기 때문이다. 그 말들, 개념들이 실존의 칙칙한 창자를 빠져나온 것이었다면, 당신의 목줄에 연결된 것이었다면, 그럴 수가 없다. '존재 전이'는 죽음과 부활을 동시에 치러내는 끔찍한 의식이다. 벼락이 치고 대지가 뒤흔들려야 한다. 공짜로 타임머신을 집어탈 수는 없다.[7]

"사람들은 (그것조차도) 말하지 않는다"고 말한다. 그때 그것을 지적했을 때 – 「민중문학론의 인식 구조」(『문학과사회』 창간호, 1988 봄)를 썼을 때를 지칭하는 듯하다 – "어떤 메아리도 없었다"고 말한다. 분노의 이유는 그러니까, 사람들이 말도 없이 변했다는 데, 변하고 있다는 데 있는 것 같다("아무도 자신이 왜 변했는지를 말하지 않는다"). 속된 비유를 들이대자면, 마치 변심한 애인에게 추궁을 하는 듯하다. 아마도 많이 변했을 것이다. 그러니까

---

7) 위의 책, 615쪽.

어언, 10년 전의 일인 것이다. 10년이면 강산도 변한다는 말은 이제 시효 만료했을 것이다. '상전이 벽해된다'는 말도 고대인들이나 쓰던 말인 것이 다. 이 문명 진화의 초고속 시대에, 10년 전 어떤 일이 있었던가를 기억하 기도, 지금 참으로 바빠서 버겁다. 그러나 기억할 수 있다. 10년 전의 씨 가 "그때 그것을 지적했을 때", 우리는 씨의 활약을 경탄으로 지켜보았었 다.[8] 그때 이후로 변했는지, 안 변했는지, 판단하기 어렵다. 모르긴 해도 많이 변했을 것이다. 그것이 특별히 잘못되었을 까닭은 없다고 생각하지 만, 이유를 대라니 이유를 말해야겠다. 그때나 이제나, 책임질, 책임 있는 위치에는 있지 못하지만, 아무도 대답하지 않으므로, 또 자꾸 이유를 대라 고 추궁하는 사람이 있으니, 말해야겠다. 방법은 그때 씨에게서 배운 방법 대로지만, 그러나 완전히 새로운 사람으로 말하자. 이 글이 쓰여지지 않을 수 없는 또 하나의 이유이다.

이 비평가의 분노의 이유가 무엇인지, 무엇 때문에 그가 흥분하고 있는 지, 이제 조금은 밝혀진 셈이다. 세상이 변했고, 지식인들이 변했다는 데 그 이유가 있다. 변하는 것이야, 변심이야, 사람의 자유일 수 있겠지만, 이유의 해명이 없다고 그는 호통치고 있다. 씨의 윤리적 성격을 여기서 엿볼 수 있다. 대저, 변심을, 변절을 꾸짖는 사람은 윤리적 태도에 자신감 이 있는 사람이다. 스스로는 변하지 않았다고 자신한다. 저 한국 근대사 이래, 일제 식민지 시대 이래, '사꾸라 콤플렉스'가 여기서 발동하고 있다. 조지훈의 「지조론」의 부활을 보는 느낌이다. 조지훈처럼 씨도, 상인의, 의 상 디자이너의, 계절마다의 변신에 대해 타매하고 있다. 변하는 것이, 적 응하는 것이 문제라면, 변화하지 않는 것, 적응하지 못하는 것도 문제련 만, 이에 대한 반성은 없다. 자기 동일성에의 집착 태도다. 그 자기 동일

---

8) 개인적인 술회지만, 그때 뜻하지 않게도 필자는 씨의 옆에서 한 조역을 담당했었다. 졸고, 『무크 지 시대의 종언, (…)』, 『문학과사회』 창간호, 1988 참조.

성에의 집착으로 변심한, 도망간 애인에 대해 그는 집착하고 있다. 말도 없이 떠나간 것이다. 그러나 돌아온다면 받아들일 것을 그는 다음의 자세로 천명한다. 회개한다면, 모든 것을 받아들이고 용서할 수 있다는 도량의 표시 또한 윤리적 태도의 하나일 것이다. 선지자의 지점에서 그는 말한다.

하지만, 사람들에게 모든 책임을 지울 수는 없다. 우리의 혈관 속을 흐르는 저 무서운 이데올로기, 저 관념의 편집증은 가장 단단한 바위 속에도 치욕의 피를 주입한다. 삭히고 삭혀서 마침내 한 덩이 바위를 모래처럼 무너지게 할 독혈을. 무려 한 세기 가까이를 한국인은 그 피의 주사를 받아왔다. 저 피는 우리의 의식 편편에 딱지를 붙인 집달리이다. 우리의 의식은 백년 동안이나 저당잡혀 있다. 이념의 강요가 유발하는 공포를 이청준이 '전짓불'의 이미지로 형상화했던 것처럼, 아니 그것보다 더 고통스럽게, 황지우는 "자물쇠 속의 긴 낭하로/사람이 온다/사람이 무섭다"고 진저리쳤었다. 지금은 깨끗이 치유된 듯이 보이는 저 인간 공포증. 왜 인간이냐 하면, 이데올로기는 언제나 인간의 얼굴을 하고 있기 때문이다. 인간의 얼굴을 하고 있기 때문에 그것은 보이지 않는다. 아니, 그것은 바로 당신이다. 그것은 바로 나다. 핏줄은 속일 수가 없다. 그것은 어느 순간 내 얼굴을 일그러뜨리고 근육을 비틀어, 나를 헐크로, 잠자로, 용천뱅이로 변신시킨다. 지금은 흔적조차 없는 듯이 보이는 질병, 저것은, 그러나, 찰나간에 부활하고 창궐한다. "군홧발을 울리며 어서 오소서"라는 저 마조히스트의 외침은 다른 데에 있지 않다. 그것은 나의 몸 속에서 내 생각의 연락망을 일시에 마비시키며 터져나온다.[9]

알 수 있겠지만, 씨의 문장의 대단한 활력은 거침없는 고도의 지식과 전례 없는 비유와 문학적 상징과 논리적 언술의 무차별한 조합 능력에서 온다. 탁월한 '담론 구성력'이란 이를 말함이다. 이 탁월한 산문 담론의 구성 능력 속에 해체되고 용해됨으로써, 결과적으로 시 담론 자체의 활력, 그리고 나머지 문학적 담론의 효과들까지 죽어버리는 것 아닌가, 따라서

9) 『문학과사회』, 1998 여름, 615~616쪽.

시, 문학을 살리는 비평이 아니라, 죽이는 비평적 효과를 그의 뛰어난 해체주의적 담론 기술은 수행하는 것 아닌가,[10] 하는 의심을 해보기도 하지만, 어쨌든 이 탁월한 산문 담론의 구성 능력만큼은 당대 최고를 자랑하는 것이 아닐 수 없다. 아마도 너무 난삽하여 보통 독자들은 접근하기 어렵다는 것이 또 하나의 흠일 것이다. 문인들조차 그의 글은 어렵다고 하는 것이 중론이며, 그래서 지탄조로 말하는 사람조차 있다.[11] 젊은 문인, 전문 독자들의 세계에서 발휘되는 그의 영향력만큼 상대적으로 대중적 흡인력은 약하고, 그리하여 선배 비평가들에 비하여 대중적 카리스마가 약하다는 것이 또한 흠이라면 흠일 것이다. 그렇지만 한 사람에게 너무 많은 것을 요구한다는 것은 무리일지도 모른다. 한 사람이 모든 미덕을 다 갖추기는 어렵다고 보면, 인식적 조감과 지적 조형 능력에 화려한 수사학을 동반한 비평가로서 그보다 더 뛰어난 담론 기술(記述)자는 앞으로 우리 문화가 오래도록 가지기 어려울 것인지도 모른다.

산문 담론의 뛰어난 기술 능력을 감안하고 보더라도, 윗 인용문은 그러나 어딘지 모르게 이해치 못할 구석들이 많다. 고삐 풀린 말처럼 지나치게 비의적으로 뛰노는 언어의 형상, 그 화려한 연쇄망이 구체적으로 무엇을 지시하고자 하는지, 선명치 않기 때문이다. 아마도 이해 능력 부족 때

---

10) 이 점에 관해 더 자세한 연구, 검토가 가해져야 하겠지만, 가령 비교하여, 김현의 비평이 작품을 살리는 비평이었다면, 상대적으로 그렇지 못한 비평 효과를 다음 세대 비평가는 발하는 것 아닌가 여겨진다. 김현은 자기 비평의 방법을 분석주의라 했고, 다음 세대 비평가는 그 점에서 표 나게 구조주의적이고 해체주의적 성질을 띤다. 분석주의는 그 분석 대상을 작품으로 삼아, 작품으로서의 전체를 살리고자 하지만, 해체주의는 결국 자기 논리에 의한 담론의 재구축에 관심을 가진다고 할 수 있다. 대상으로서의 작품 전체를 살리는 것과 자기가 살고자 하는 것과의 차이인 셈이다. 자기를 죽임으로써 살고, 살아남으로 죽임의 차이라고나 할까.

11) 제16회 김수영 문학상 심사의 자리에서 드물게 시(집)에 대한 해설의 글이 문제적으로 언급된바 있다. 김혜순 시에 붙인, 정과리 씨의 해설 글에 대한 신경림 씨의 언급, "해설은 시를 더 어렵게 만들고 있다"가 그것이다. 시가 논의되는 자리에서 시 해설을 문제 삼은 이 시인-석좌교수의 반응은 단적인 인상의 제출이기는 하지만, 해설의 난삽함에 대한 하나의 경고 표시로 볼 것이다. 신경림, 「김수영 문학상-심사평」, 『세계의 문학』, 1997 겨울 참조.

문일 것이다. 그렇긴 하나, '관념의 편집증'을 말하고, 이어서 '인간 공포증'을 말한 연후에, '질병', 그리고 '저 마조히스트의 외침'으로 건너 뛰어가는 맥락은, 그 '생각의 연락망'은 아무래도 이해하기가 어렵다. 표현 그대로 '마비시키며 터져 나온' 때문일까. 씨의 논리적, 지적 통제력을 저토록 마비시키며, 언어 욕망의 정체란 무엇일까. 아무래도 문장을 더 들여다봐야만 할 것 같다. 인간에 대한 근본적인 불신의 관념을 말하고, 차라리 기계에 대한 신뢰를 말하는 다음 대목을 보라. 쓸어담듯이 곧장 철회하긴 하지만, 씨의 진심, 진면목의 한 면모가 여기서 밝혀지고 있다는 것을 아무래도 주워 담기는 어렵다.

> 여전히, 나는 사람들을 믿을 수가 없다. 사람은 희망이 아니다. 어떤 인간주의도, 인본주의도, 인문주의도 나는 믿지 못한다. 나는 차라리 기계를 믿는다. 아직 인간의 방식으로 사유하지 못하는 기계는 적어도 거짓말은 하지 않는다. 하지만, 사람을 믿지 못하기 때문에 나는 사람들로 되돌아간다. 기계에 대한 신앙은 미래에 대한 환상이 아니라 갈등의 부재를 욕망하는 퇴행의 욕망이므로. 미래는 유년에 불과하고, 회귀만이 진전이므로. 다만 되돌아가되, 그때 그 시절로, '그' 사람들로 되돌아간다. 그때 그것이 진정 어떠하였는가?[12]

여기서 일상적 논리의 차원을 넘어 심한 비약의 논법이 이루어지고 있음을 우리는 알아차릴 수 있다. "사람을 믿지 못하기 때문에 나는 사람들로 되돌아간다"고 말하고 있고, 또 "미래는 유년에 불과하고, 회귀만이 진전이므로", 되돌아간다고 말한다. 아마도 역설의 논법을 쓰기로 작정을 한 모양이다. 이런 문제점들은 그러나 일단 내버려 두기로 하자. 씨가 무엇을 말하고자 하는지, 우선 귀담아 들을 필요가 있을 것이므로. 자기 시대의

---

12) 『문학과사회』, 1998 여름, 616쪽.

교양 체험을 상기시키며, 그는 다음과 같이 이어서 말한다. 문면상 아무래도 쉬이 이해되기는 어려운 대목인데, 너무 길므로 조금만 축약해 보기로 하자.

아주 귀에 익은 물음이다. 우리 세대가 새내기 대학생이 되었을 때, 다시 말해, 급격하게 존재론적 단절을 겪을 때, 필독서로 권장되던 『역사란 무엇인가』에서 카E. H. Carr가 대표적인 실증주의적 태도로 지목한 질문법이다. 그러나, 이제 이 물음을 랑케Ranke로부터 회수할 필요가 있다. (…) Wie es eigentlich gewesen? 그것은 그러니 과거의 사건을 과거에 못박는 질문이 아니다. 그것은 과거의 존재태를 현재에 실존시키고 미래로 투기시키고자 하는 질문이다. 이 질문 속에서 역사는 "과거와 현재의 대화"가 아니다. 대화는 지금 끊어졌다. 그 질문 속에서 과거는 현재를 끌어당기고 현재는 과거의 감각을 되살아야 한다. 역사는 과거와 현재의 포개기다. 그 중첩 속에서 현재와 과거가 서로 몸을 바꾼다. 그것이 진정 어떠하였는가? 아니, 그것이었던 것은 진정 어떠한가? 아니 더 정확히 말하면, '그것'은 이미 '그'것으로서 이미 과거형이니, 또한, '어떠한가'도 단언의 순간 이미 과거로 물러나고야 마니.
그것이 진정 어떠하던가?[13]

여기까지가 역사 서술의 서언 격에 해당하는 부분이다. 아주 냉정히 얘기하자면, 이 속에서 일종의 궤변 논리, 배운 말로 하면, 모종의 '환몽' 상태가 연출되고 있다고 말할 수도 있겠다. "역사는 과거와 현재의 포개기"라면서, "그 중첩 속에서 현재와 과거가 서로 몸을 바꾼다"라고 말하고 있다. 또 "그 질문 속에서 과거는 현재를 끌어당기고 현재는 과거를 되살아야 한다"고도 말하고 있다. 문제는 이 대목들에 있는데, 여기서, 역사 속으로 되돌아가자, 해서, 과거의 감각을 되살아보자, 해서, 틀렸다고 하는 말은 아니다. 역사 속으로 돌아가 보자, 하는 말은, 조금 과장되었더라도,

---

13) 위의 책, 616-617쪽.

어떤 뜻으로 대개 이해할 수 있는 말이다. 역사 속에서 교훈을 얻자 하면, 초등학생이라도 능히 이해할 수 있는 말이 된다. 그런 정도가 아니고, 별다른 주해도 없이, 독일어 문장 'Wie es eigentlich gewesen?'를 원어 그대로 노출시킨 채(이 지적 오만! 알아먹을 사람만 알아먹으라는 것인가?), '현재와 과거가 서로 몸을 바꾸'는 '역사 회귀'를 주장하고 있다. 냉철한 시각에서 이 태도야말로, 역사주의, 혹은 역사의 부정이 아닐 수 없다. 과거에서 현재에까지 이어진, 바로 그 지나간 시간의 역사가 곧 역사 아닌가. 현재를 부정하고 나면, 역사 역시도 남는 것이 없고, 과거는 신화로만 남을 것이다. 19세기 역사학이 때 지난 사관이고, 때 지난 역사학임을 바로 저 카(Carr)는 누누이 설명하고 있다.[14] 이런 상식을 부인하고, 현재가 불쾌하다 해서, 현재와 과거 사이의 대화가 끊어져 보인다 해서, "현재와 과거가 서로 몸을 바꾸"는, 그런 역사(주의)로의 회귀를 주장한다는 것은 확실히 어딘가 모르게 깊은 강박의 관념이 자리하고 있다는 것을 알 수 있게 한다. 단순한 몰각이나, 착각이 아니라, 보기에 따라 '도착'이라고도 할 수 있는(이의 구체적인 명칭이 있을 것이다. 시간 도착, 혹은 시간 혼란?), 위험스런 전도의 모습, 태도가 여기에서 발견된다고 할 수 있을 것이기 때문이다. 씨가 좋아하는 '무의식'의 개념으로 보아서 이 강박의 태도는 무엇을 시사하는 것일까. 합리적 의식으로는 상상하기조차 어려운 현재(현실) – 과거(역사)의 자리 바꾸기를 씨는 시도하였던 셈이다. 언술적 곡예로 이것의 논리적 실현이 가능하다는 투로 문장은 말하고 있으며, 실제로 역사는 언술화되어 나타나고 있다. 그 서장뿐이지만. 그리고 그 속에서 서술자는 마치 검무를 추듯 춤을 추고 있다. 이러한 상태, 이처럼 도저한 자기 동일성과 자기 세대 동일성 집착의 과도한 아집의 상태, 그리고 그 시대 착오. 이러한 집착

---

14) E. H. 카, 황문수 역, 『역사란 무엇인가』, 범우사, 1977, 제1장 역사가와 사실 참조.

과 착오의 상태란 무엇을 말함일까. 제목만으로 처음 심증을 가졌었지만, 이처럼 문면을 뜯어보면 볼수록, 심각한 언술 심리의 상태가 그 속에 깃들어 있었던 것을 알 수 있다.

물론 과격하게 주장하려다 보니, 수사학을 펼치다 보니, 이런 전도의 문장 수사가 낳아졌다고 말할 수도 있을 것이다. 하지만 단순한 노스탤지어의 표시가 아니라, 이처럼 들린 모습의 수사적 양태란 온건한 의미에서 어떤 강박의 상태를 표징함이 아닐 수 없다. "저 한국인의 집단적 파라노이아"15)라고 했던, 파라노이아(偏執)의 상태는 그러니까 씨 자신이 겪고 있던 상태가 아니었을까. 의심될 정도로 여기에는 지나친 감이 있다. 다행히 역사로의 회귀 움직임은 현재 중단된 상태에 있어, 얼마쯤 우리를 안도케도 하는 바이지만, (연재가 지속될 수 없고, 그래서도 바람직하지 않다는 판단은 이래서구해질 수 있다) 지난봄을 겪으면서 씨에게, 그리고 우리 모두에게, IMF 현실이라고 하는 것이 얼마나 커다란 중압감으로 얹혔던가를 우리는 실감할 수 있다. 그러나 그것 뿐만은 아닐 것이다. 문면에도 나와 있는 것처럼, 여기에 그동안 세월의 모든 것이 또한 얹혀 있다. 이 비평적 천재의 조로 가능성을 일찍이 염려하고 우려하지 않은 바도 아니지만,16) 이 지나친 아집과 때 이른 피로의 모습은 우리를 안타깝게 하기에 족하다. 그동안 무엇이 씨를 이토록 피로케 하였고, 그 도저한 자기 동일성에의 집착 근거는 무엇인지, 이제부터 그렇다면 시야를 조금 더 넓혀 살펴볼 일이다. 한 잡지의 편집을 주도해 나온 지 어언 십 년, 비평가 이력을 모두 따지면 벌써 이십 년이다. 우리 비평의 한계와 그 역사를 조감한다는 점에서도 좋고, 당대 비평의 가장 우량한 품질을 검증한다는 점에서도 좋다. 우리 문학의 새로운 갱신을 위해 필요한 작업의 하나는 당대 가장 영향력 있는,

---

15) 정과리, 「벌거숭이 지식인」, 『문학과사회』, 1994 겨울, 13쪽.
16) 졸고, 「무크지 시대의 종언(…)」, 『문학과사회』, 1988.3 참조.

주류 비평에 대한 검증이어야 한다고 나는 믿는 것이다. '한국 문학의 빈곤'의 현실이 낳아지고 있다면, 그 책임의 많은 부분을 나는 주류비평이 져야 한다고 믿는다. 그런 점에서 시의 적절한 문제 제기인 동시에 안이한, 잘못된 해결 방법을 그는 제시했다. 오늘 한국 문학의 쇠약을 낳은 책임이 어디 있는가. 여러 환경적 요인에도 이유가 있지만, 지적 엘리티시즘의 우월감 속에 지식인(주의) 문학 아비투스(habitus)만을 고집해 온 평단 주류의 책임 또한 면책될 수는 없는 일이라고 본다.

3. 지식인, 지식인 문학의 운명

이 비평가 – 지식인의 비극적 자기 고수의 태도가 어떤 것인지 조금 더 확인해 둘 필요가 있겠다. 한 편의 글에 의지하여 모든 것을 판별해내고자 함이 지나치다고 할지 모르며, 하나의 글은 임시의, 우발적 소산일 수도 있을 것이기 때문이다. 그렇기는 하나, 여기에서 우리가 확인할 수 있는 사실의 하나는, 하나의 통합된 인격, 인성적 면모로서 이 '지식인 – 비평가', '비평가 – 지식인'이 둘로 나뉘어진 몸이 아니고, 한 몸이라는 사실이다. 그리고 이로부터 모든 것이 비롯된다. 아직 우리는 '인성'(personality)과 관련해 자세하게 논할 학적 도구와 자료를 가지고 있지 못한 형편이나, 이로부터 모든 것이 비롯된다는 것만은 분명하다. 모두가 사람이 이루고, 사람이 하는 일이기 때문이다.[17]

다시 요약해 보자. 뛰어난 언어 운용의 능력을 가진 비평가이자, 동시에 지적, 인식적 면모가 탁월해서 때로는 지적 오만의 모습까지도 보여주는 사람이 이 비평가임을 나는 보여주었다. 더하여 절대적인 윤리의 차원

---

17) 막스 베버는 사회학적 시야에서도 '인성'이 중요 요소임을 인식하였다. David Owen, *Maturity and Modernity*, London:Routledge, 1994, 7장 참조.

에 시선이 집중되고 있음으로써, 매서운 윤리적 인간, 지사적 태도의 면모까지를 보여주는 사람이 이 비평가임을 나는 상기시켰다. 언어가 유창하지 못한 눌언의 군자형 지식인도 있겠으나,[18] 뛰어난 언어 운용 능력과 추상 같은 윤리적 태도가 이 지식인 – 비평가의 저변을 이루는 인성적 면모임을 밝혔다. 실천적인 지식인으로서는 두드러진 면모를 보여준바 없다고도 하겠으나, 글쓰기를 통한 참여를 하나의 사회적 실천이라 보면, 그동안 치열하게 글쓰기의 사회적 실천을 도모해 온 것도 부인할 수 없다. 여기서 특징적인 점은 뛰어난 언술 능력과 지적, 윤리적 면모가 씨에게서 한 지점의 기원을 갖는다는 사실을 관찰할 수 있다는 것인데, 그의 문면에 자주 출몰하는 동화적 이야기의 세계가 바로 그 지점이다. 사르트르의 『말』이 상기시켜주는 바처럼, 문학적, 지적 세계에의 눈뜸이 책읽기로부터 비롯된다고 하면, 어린 시절 동화 세계로부터의 깊은 침윤이 이 비평가의 무의식적인 문화적, 인성적 자질을 이루었다는 점을 암시하기 때문이다. 동화는 문학적, 지적 세계로의 출발점이기도 하지만, 그것이 특유하게 윤리적 교훈담의 성격으로 마무리되기 마련이라는 점은 이 각도에서 주의를 요하는 점이다. 윤리적 정향의 내면성은 이로부터 비롯되었다고 볼 수 있을 것이기 때문이다. 문체에 활력을 부여하는 유력한 기술적 장치의 하나로서도 동화 이야기의 화소들은 기능하지만,[19] 윤리적 담론을 형성함에도 그것이 하나의 몫을 담당한다는 사실은 주목을 요하는 바이다. 글 제목의 '옛날 옛적에(…)'가 옛날이야기 투를 끌어온 것이거니와, 문장 내용 속에서도 '한스' 이야기 – 헨젤과 그레첸 이야기 비슷하지 않은가 – 의 동화 화소가 유력하게 차용되고 있음은 간과할 수 없는 대목이다.

---

18) 공자는 "巧言令色 鮮矣仁"이라 하고, 또 "剛毅木訥 近仁"이라 했다. 김종무, 『논어신해』, 민음사, 1989, <學而>편 및 <子路>편 참조.

19) 씨의 「민중문학론의 인식 구조」(『스밈과 짜임』, 문학과지성사, 1988)에서도 글의 요절 마다에서 '개구리 왕자'의 이야기는 매듭을 짓는 역할을 하고 있다.

이처럼 동화적인 세계는 씨의 의식적, 무의식적 세계 인식의 한 저변을 이룬다고 할 수 있는데, 이렇게 풍부한 이야기 세계에서 교양을 획득하고, 학교 교육의 장 – 문면에서도 상기되고 있는 것처럼, 엘리트 지식인 문인들이 다수 모여 있던 대학에서 그는 불문학을 공부하고, 십여 년째 이상 현직 불문과 교수로 봉직하고 있다 – 을 거쳐, 또 지속적인 자기 계발의 과정을 통해, 뛰어나게 세련된 산문 언어의 기술 능력과 지식의 세계, 문학의 세계를 섭렵해 온 것이 한 인격적 총체로서 이 지식인 – 비평가의 역사성을 이룬다고 할 수 있다.[20] 이와 같은 인성적 면모와 비극적 자기 고립의 태도가 어떤 상관관계에 있다는 것인가.

오늘의 사회, 연대(年代)에서 사회 실천적 문인 – 지식인, 반성적, 비판적 지식인의 위치가 상대적으로 약화되고, 기능이 저하되고 있다는 현실 동향이 이 문맥에서 중요하게 기억되어야 할 사실일지 모른다. 전문화되고 기능화되는 세상 속에서, 사르트르의 표현을 빌려, "쓸데없이 남(의) 일에 참견하기 좋아하는"[21] 전통적인 비판적 지식인의 위치는, 이제 복거일의 표현을 빌면, "쓸모없는 지식"[22]의 인간으로 격하되어 퇴출되는 상황에 처하고 있다는 것이 인식될 필요가 있겠다. 지난 연대까지도 우리 사회에서 지도적 역할의 한 부분을 담당하던 그들이다. '민중문학', 또는 '실천문

---

20) 이 지식인-비평가의 역사성의 한 면모는 감수성이 가장 예민하던 대학 학창 시절에 실천적 지사형 문인, 김사인과 한 시기를 공유했다는 사실에서 찾아질 수 있을지 모른다. 영향의 한 발신자로서 스승인 김현과 김사인을 동열에 놓고 있음을 볼 수 있기 때문이다(정과리, 「마음과 뜻이 부딪히는 자리」, 『스밈과 짜임』, 문학과지성사, 1998, 170쪽 참조). 한 가지 더 지적할 때, 일종의 콤플렉스, 강박관념처럼 나타나고 있는 이 지식인-실천의 요구에 대한 집요한 의식 양상은 이 세대 일반의 태도이기도 하지만, 특별히 씨의 경우에 앞 인용의 글 속에서도 상기되고 있는 것처럼, 김명인의 「지식인 문학의 위기와 새로운 민족문학의 구상」(『문학예술운동1-전환기의 민족문학』, 풀빛, 1987) 등이 관여되어 촉발되고, 당시 '창비'의 문학적 입장에 대한 비판의 의도에서 집필되었던 「민중문학론의 인식 구조」(『문학과사회』 창간호, 1988 봄)를 여전히 크게 의식하고 부채감을 느끼고 있는 탓이 아닌가 보여진다.

21) J. P. 사르트르, 방곤 역, 『지식인을 위한 변명』, 보성출판사, 1985, 17쪽.

22) 복거일, 『쓸모없는 지식을 찾아서』, 문학과지성사, 1996, 7쪽 참조.

학'으로 표상되던, 사회 실천적 문예의 역할이 이 전체적, 비판적 지식인의 역할과 겹치면서, 혹은 길항하면서, 상호 보충하면서, 사회적 몫을 키웠었다. 사회적 목표의 방향이 분기됨으로써 이 지식인 사회 내부의 분열역시 커지게 되었지만, 전체적으로 문학의 기능이 사회 비판의 기능과 조응, 결부됨으로써 역할 증대가 이루어졌다는 사실은 여기서 새삼 유념될필요가 있다. 정치적으로 닫힌 사회의 조건, 즉 사회적 언로가 막힌 폐쇄사회의 조건 속에서, 현실을 우회적으로 증언하거나, 간접화하여 폭로하는, 정치적 담론 성격의 시의 역할이 크게 주목되었다 - 황지우 시는 그대표적인 것이다 -. ≪창작과비평≫ 그리고 ≪문학과지성≫으로 대표되었던 실천적 참여문학, 혹은 비판적 담론 실천의 문학이 어느 쪽에서 더 주도권을 갖고 사회적 비중 증대를 이루었든지 간에, 다 같이 우리 지성사전체에 뚜렷한 족적을 남기고, 문학사적으로 지울 수 없는 공적을 남겼다는 것은 이 지식인 - 문학의 역할 동반 시대를 의미한다. 문학이 지식인문화의 대종을 이루고, 나아가 문화 전체의 중심권에 위치할 수 있었던시대, 그래서 민족문학, 혹은 실천문학, 또는 지성문학의 기치는 그대로지식인 문화의 아치이자, 국민 전체의 애호와 박수를 받는 명예의 전당으로 위치할 수 있었다. 그래서 한국의 민주화 대장정이 거의 끝나가던 1980년대 후반기에 외국 언론으로부터 주어졌던, 필리핀, 동남아시아 민주화에 민중 연극이 공헌하였다면, 한국 민주화 뒤에는 민중문학의 숨은 공헌이 있었다는 영예의 상찬을 스스럼없이 훈장처럼 받아들이기도 했던 것이다. 씨의 글에서도 환기되고 있는 것처럼, 이런 자랑스러운 문예 실천의도정에서, 가시밭길의 형극을 걸어간 사람들도 물론 많았던 것이니, 그들은 단순한 문인 - 지식인이 아니라, 민족의 지도자, '민주 투사'의 영예를걸머진 문학적 기호 가치의 상징적 표상이기도 했던 것이 사실이다. 이런역사의 사실들은 지우려 해도 지워질 수 없는 기록의 한 페이지로 이미 남아 있거니와, 그렇다고 해서 언제까지나 그 영광스런 기억의 갈피 속에서 생존이 영위될 수도 없다. 전쟁이 끝나자마자 영국 사람들은 전쟁을 승리로 이끈 지도자 처칠을 갈아치웠던 것이다.

이처럼 전체적 지식인, 사회 비판적 실천 지식인의 역할이 한 사회의 요구와 함께, 한 사회의 조건 변이와 함께 위치 지워지는 것이라면, 오늘의 '쓸모없는 지식인'의 위상 역시 불가피한 것으로 받아들일 수 있다. 지식인의 사회적 역할은 이제 다른 식으로, 다른 데서 찾아져야 하는 것이다. 과거 지식인의 값을 매기는 데 결정적으로 작용하였던 '진실을 말하는 용기'는 투옥과 고문의 위협 아래서 의미화, 가치화될 수 있는 것이었고, 그러한 사회적 위협이 현저히 거세되었거나, 정보의 유통과 확산이 전자의 속도로 이루어지는 현대 정보 사회, 열린사회의 조건이 마련되어서는 용기 있는 발언을 행하는 지식인의 윤리와 결단이라는 것도, 복거일의 지적을 빌면, 단지 정보 생산의 일환으로서의 가치밖에 갖지 못하게 되었다. 나머지 일들은 이제 모두 전문가, 기능적 지식인의 손으로, 사회 각 부문에 퍼진 관료주의의 시스템 속으로 이관되게 되었다(시민 사회 운동의 역할에 대해서는 다른 장에서의 논의와 인식이 필할 것이다). 사회의 모든 운영이 사회 공학적으로 인지됨과 함께 사회를 움직이는 전문 기술자, 관리인들이 이제 지도적 위치를 차지하게 되었다. 제도관리의 시스템은 사회 전 부문을 장악하게 된다. 현대 한국 사회의 중요한 특징인, 교육 인플레, 곧 대중교육의 확산[23]과 다양한 정보 기제들의 발달은, 다시 또 복거일의 표현을 빌면, 지식 비용을 값싸게 함으로써[24] 이제 모든 사람을 지식인으로 만들

---

23) 「공허한 언어와 의미 있는 언어」(『문학과사회』, 1998 여름)에서 홍정선 씨는 근래 한국 문학 평단의 질 문제를 제기했지만, 이 문제는 근본적으로 우리의 교육 현실, 체제와 관련될 것이다. 담론 능력을 문제 삼는 것도 엘리트주의적 발상의 하나인 것이지만, 대학과 대학원 교육 과정을 통해서 수많은 잠재 평론가 인구가 배출되고 있다는 것은 이제 우리의 부인할 수 없는 현실의 하나이다. 문학 내부의 제도적 공고화를 통해서 이 문제가 처리되어야 한다고 본다면, 거기에서 또 다른 제도 관리의 문제 현실이 파생되리라고 예상할 수 있다.

었다. 전체적, 비판적 지식인의 특권적 위치가 박탈되면서, 스스로를 주체로 인식(착각?)하는, 스스로를 주체로 정립하는, 대중의 반란이 본격적으로 시작되었다. 인문적 교양의 문인 - 지식인이 이 과정에서 가장 큰 타격을 받았다. 사회의 복잡화, 전문화와 함께 전체적 지식을 향한 전통적, 비판적 지식인의 위치는 이제 가능하지도 않을 뿐 아니라, 가능하다 하더라도 과거 더 철저히 통제되었던 전제 사회에서의 룸펜, 잉여 인간과 같은 것으로 전락하기 쉽게 되었다. 오늘날 시인의 위치가 그러한 것이다. 모든 길이 제도를 통해 구획되는, 관리되는 삶의 현실 속에서 비판적 반성이 이제 불필요해짐에 따라, 반성의 문화 형식들 역시 이제 싼값으로 자리매김되거나, 무가치한 것으로 전락되기 쉽게 되었다. 문학이, 특별히 예언자적 지식인 음조의 문학이 현저하게 위상 저하를 겪게 되는 것은 이와 같은 사회 저변의 현실 변동, 문화 변동에 말미암고 있는 것이다. 대중소비사회의 진전과 함께 대중적 감수성이 천박해지고 저열해지며, 영상문화, 다양한 정보매체의 활성화 등, 다양한 현실 변화의 조건들도 여기에, 글쓰기를 변화시키는 요인들로 작용했겠지만,25) 지식인 담론 위주의 문학이 특별히 급속한 몰락을 경험하지 않을 수 없게 되는 것은 지적, 비판적 담론 자체의 저와 같은 사회 전체 속에서의 기능 저하, 위상 저하의 현실과 무관하지 않은 바라 할 수 있는 것이다. 이와 같은 현실 변동의 추이에 대해 예민한 촉각의 앞서가는 지식인 씨가, 둔감할 리 없다. 지식인 몰락의 위기 현실에 대해서 씨가 누구보다 일찍이 애가를 부르고 있다는 사실은 그래서 의미심장하다. 몇 해 전 <한국 지식인의 위상과 역할>이라는 지상 토론을 스스로 기획, 조직하고, 그 발제 논문을 쓰면서, 그는 벌써 지식인

---

24) 복거일, 「지식이 값싼 시대의 지식인」 『문학과사회』, 1994 겨울 참조.

25) 이 문제와 관련, 잡지 『문학과사회』는 몇 년 전 「글쓰기, 어디로 가고 있는가」라는 제목으로, 문인 지상 방담을 기획, 실행한바 있다. 이를 정리하여 성민엽은 「변하는 것과 변하지 않는 것」이라는 종합, 분석의 글을 제출하고 있다. 『문학과사회』, 1995 가을 참조.

의 만가를 불러보였던 것이다. 지식인 문학의 위기에 대한 인식과 그 자각의 자의식적 표현이 여기에 들어 있지 않을 수 없다. 지식인 몰락의 현실을 통시적으로, 공시적으로, 설득력 있게 분석해 보인 후에, 씨는 결론처럼 다음과 같이 말하고 있다.

> 의도적으로 냉소적이고 의도적으로 비관적인 이상의 모든 얘기들은 한 편의 가상 현실의 게임일 수도 있다. 그러나, 냉소와 비관 저 너머로 뛰쳐나가자는 생각이 없다면, 그 게임이 시작되지도 않으리라. 여전히 거대한 환상, 모두가 라파엘의 작업을 대신할 수 있다고 말함으로써 가슴 속에 자신의 라파엘을 품은 사람들, 그 자기모순을 앓는 사람들만이 그 게임의 행위자가 될 수 있을 뿐이다. 그러니, 냉소와 비관은 자신에게 던져진 낚싯밥과 같은 것이다. 자기 성찰과 세계의 구성적 이해에 대한 믿음이 정치 앞에서의 위기, 대중 앞에서의 위기, 기술 앞에서의 위기라는 3중의 위기 속에서 무너지고 있는 오늘의 지식인의 위상을 바로 자기 성찰과 세계의 구성적 이해의 방식으로 다시 질문하는 것. 붕괴되는 것을 가지고 붕괴의 원인과 붕괴의 장래에 대해 질문하는 것. 그러니 결코 끝나지 않는, 끝날 수 없는 질문 속에 스스로를 가두어버리는 것. 더 나아가기 위해서? 지식인의 고전적 형상을 부수고 다른 무엇으로 다시 태어나기 위해서? 아니면, 지식인의 본래의 기능을 여전히 되살리면서 새로운 사회에 적응해내기 위해서? 그것도 아니라면, 또 무엇을……?[26]

여기서, '자기 성찰'과 '세계의 구성적 이해'를 그대로 옮겨 놓으면 씨의 '문학' 개념이 될 것이다. 문학과 지식, 지식인, 문인이 따로 분리된 개념이 아니고, 씨에게 거의 한 몸으로 인식된다는 사실은 이와 같은 개념적 이해 양상을 통해서도 확인해 볼 수 있다. 「옛날 옛적에 문학이 있었다」의 서반부에서 시종 '문인'이라는 호칭을 쓰지 않고, '지식인' 일반의 지칭을 사용하고 있는 데서도 우리는 그 점을 알 수 있다. 그뿐만이 아니다.

---

26) 『문학과사회』, 1994 겨울, 1432-1433쪽.

지식인의 몰락, 지식인의 위기 현실을 자신의 현실로 받아들이고, 여기에 대책이 없다는 투의, 막힌 회로의 질문으로 글을 마감하고 있는 것도 문학의 부재, 빈곤을 말하는 저 「옛날 옛적에 문학이 있었다」의 전망 구조, 의식 구조와 똑같다. 지식인의 몰락 운명 속에서 씨는 자신의 운명을 내다보고 있는 것이다. 그러니 그에게 지식인의 몰락 운명과 문학의 몰락 운명은 똑같은 것이다. 저 「옛날 옛적에 문학이 있었다」의 흥분된 고발의 음조, 비극적인 자기 유폐의 태도가 새삼스러운 것, 곧 IMF 때문에 갑작스럽게 주어진 것이 아니라, 오래도록 그의 내면 속에서 침잠, 분기되어 터져 나온 것임을 알 수 있게 하는 대목이다. 다만 'IMF'라는 계기를 만나, 그래, 보아란 듯이, 터져 나왔을 뿐이다. 묵시록적, 예언자적 외침의 태도가 여기에서 주어졌다. 그리고 지식인과 문학이 한 몸이었던, 지난 시대로의 여정, 그 추억의 향수를 통한 원기 회복에의 의지가 이와 함께 주어졌다. 병석에서 일어나, 잃어버린 애인을 다시 찾고자 하는 용기가 다시 소생하게 된 것이다. 이 회복에의 의지가 'IMF' 사태의 도래와 함께 주어졌다는 것은 그래서 다시금 주의를 요하는 요목이다. 대형 출판 유통사들이 마치 도미노 게임처럼 무너지고, 모두가 잔치는 이제 끝났다는 절망적 인식 속에, 지나간 빈곤, 허름한 흑백 영화의 시절을 향수하는 노래를 부를 때, 회억의 노래 부를 때, 씨의 저 글 역시 주어졌음이다. 그것이 누구, 어느 편을 향해서 던져진 목소리인가도 그래서 윤곽이 짐작될 수 있다. 과거의 동료를 향한, 신념 윤리의 회복 메시지가 그것이며, 저 역사적, 예언자적 지성의 논고가 이렇게 해서 이루어졌다. 그렇다고 역사가 과거로 돌아갈 것인가. 역사에 부침은 있지만, 뒤로 돌아가지는 않는다는 것을 최근의 역사는 보여주고 있으며, 이 때문에 시의 적절했던 씨의 문제 제기, 그러나 처방은 전혀 잘못 짚었던, 씨의 저 논고는 다시금 구체적으로 점검될 필요가 있다. 돌아갈 수 없다면, 시계를 되돌릴 수 없다면, 이제 우리는 어떻게 할 것인가. 만약 역사로부터 배우고자 한다면, 누구로부터, 어떻게, 무엇을 배울 것인가가 이제 문제된다.

4. 문학사 – 비평사에서 무엇을 배울 것인가

씨의 저 위기 의식 표출의 배후에는 그러므로 경제적 동인의 문제가 깊게 작용하고 있었다는 점을 추정할 수 있다. 경제적 이유가 아니라면, 토대의 불안 이유가 아니라면, 씨답지 않은 저런 흥분된 문면 노출은 이루어지지 않았을 것이라고 볼 수 있을 것이기 때문이다. 아무리 냉정한 지식인, 지식 계급이라도 의식을 규정하는 원인 바탕에는 경제적 동인의 문제가 잠겨 있다는 것을 굳이 맑스의 이론에 의거하지 않더라도 이해할 수 있고, 그런 점에서 우리 모두는 프티 부르주아 지식인의 범위를 벗어나기 어렵다. 저 위기감의 발로가 IMF 현실 도래와 함께 이루어졌다는 것은 그런 점에서 우연이면서 또 동시에 우연이 아니다. 한국의 문학, 출판계가 위기감 속에 젖어들기 시작한 것은 꽤 오래된 일로 판단되기 때문이다. 이 미만하는 위기의 현실은 어디에서, 어떻게 초래되었는가.

지난 시대 민중문학의 득세가 문학적 감수성의 후퇴를 초래했다고 보는 견해가 있지만, 그와 마찬가지 시야에서 우리는 지식인 문화주의, 엘리트주의가 문학의 쇠퇴와 쇠약을 초래한 한 원인이 되었다고 보지 않을 수 없다. 조야한 감수성의 확대가 사회적 실천 지상주의의 민중적 이념 문학의 확대로 인해 야기되었다고 한다면, 지식인주의의 쇄말적(瑣末的) 감수성의 확대가 상상력을 위축시키고 고갈시키는 한 원인이 되었다고 보지 않을 수 없다. 여성주의와 여성문학의 확대가 90년대 문학 갱신의 주요한 흐름을 이루었지만,[27] 이를 제외하면, 지식인 엘리트주의에 자폐적으로 고립된 태도로, 그것을 고수한 결과로 한국 문학이 거두어들인 성과는 별로 없고, 또 보잘 것이 없는 셈이다. 문학은 결국 작품 성과로 말하는 것이고, 비평적 실천 행위의 의의 역시 작품 성과로 보증되는 것이라 한다면, 지식인 문학과 그 주도 비평은 적어도 90년대의 시대 안에서 총 실패였다고 결산되지 않을 수 없다. 여기서 작품들에 대한 구체적인 결산을 도모하지는 않을 것이다. 그렇지만 최근 10년간을 통하여 뜻있게 기억될 만한 지식인 문학의 성과가 별로 찾아지지 않는다는 점은 우리가 아프게 인정해야 할 사실이 아닌가 한다. 지식인 문학의 범위를 어떻게 잡느냐, 그 외연과 내포가 어디까지냐에 따라 물론 결산서는 달라질 수 있지만, 10년간의 노고가 작품 몇 개를 추리는 정도로 나타난다면, 이는 빈약한 성과라 하지 않을 수 없다. 부화하고 빈약한 내용의 대중문학의 득세를 타매하기는 쉽지만, 이를 질적으로 능가하고 상쇄할 지식인 문학의 성과 역시 별반 보잘 것이 없었다고 한다면, 큰 소리 칠 여지는 별로 없게 된다. 이 책임은 물론 문예에 관여하는 문인 모두, 그래서 우리 모두가 나누어 짐을 져야 할 것이지만, 특별히 지식인 문예를 대표하는 대표 비평가에게 책임의 많은 부분이 돌아가야 할 것은 물론이다. 비평적 책임이란 단순히 해설에 그치는 것이 아니고, 평가틀의 조정을 통해 감수성의 조정을 이룩하며, 그를 통해 끊임없이 문학적 지평의 갱신과 확장을 도모해야 할 책임이 그에게 부여된다고 할 수 있을 것이기 때문이다. 어쨌든 문학에 관한 지도와 관리 책임이 그에게 부여되는 한, 그것을 자임한 이상, 그 책임을 면할 길은 없다. 그렇지 않다고 할 것인가. 조금 아프게 들릴 수 있는 얘기를 동원하자면, 이에 대한 반박의 논리 증명은 그리 어려운 일이 아닐 것이다. 조금 아픈 얘기더라도, 확실한 논증을 위해 나는 이 얘기마저

---

27) 이에 대해서는 차후 다시 한 번 본격적인 논의의 기회를 가지고자 할 것이다.

여기서 새기지 않을 수 없다.

10년째에 이른 것은 그러니까 단순히 한 연대의 기산에 의한 것만은 아니다. 바로 지난 시대 우리 문학의 큰 조타수였던 비평가 김현의 타개 10년째에 이르는 시점이 바로 오늘이기도 하다. 때 이르게 타계한 이 분이 살아 있었더라면, 오늘 우리 문학의 향방은 어찌 되었을까, 라는 생각은 그래서 무의미한 것이 아니다. 그 분이라도 뾰족한 수는 없지 않을까, 라고 할 수도 있겠지만, 적어도 지식인 엘리트주의에의 칩거는 일어나지 않았을 것이라고 우리는 말할 수 있다. '거친 문장에 대한 혐오'[28](아마도 민중문학을 염두에 두고 쓰지 않았을까?)를 노골적으로 드러내었지만, 그렇다고 민중문학권에 속하는 문인들을 편벽되게 대하지도 않았고, 대중성과 통속성의 기미를 가진 것이라 해서 물리치지 않았다. '육체'는 그의 중요한 사유 대상 중 하나였으며, 그가 끊임없이 경계한 것은 굳어져 경화되는 것과 엘리트 우월주의 쪽에 있었다. 한 대목을 인용해 보자.

> 나 자신을 포함하여, 이 사회의 제법 잘났다는 지식인들의 병폐 중의 하나는, 모든 역사적 사실을 자질구레한 사실들의 모음으로 변형시켜버려, 그 의미를 희석시켜버리는 데 있다. (⋯) 그것은 우리가 진지하고 성숙하게 역사적 사실의 의미를 숙고하는 버릇을 갖고 있지 못함을 입증하며, 그만큼 우리가 억압되어 있음을 나타낸다.[29]

"모든 역사적 사실을 자질구레한 사실들의 모음으로 변형시켜버려, 그 의미를 희석시켜" 버리는 데 대한 경계는 역사 인식과 역사 서술과 관련하여, 깨우침을 주는 대목의 하나라고 하겠거니와, 스스로 대단한 박식가, 독서가이면서도, 지식인의 병폐에 대해 의식하며 경계하는 태도를 가졌다

---

28) 김현, 『김현문학전집』7, 문학과지성사, 1992, 14쪽.
29) 김현, 『김현문학전집』15, 문학과지성사, 1992, 99쪽.

는 것은 지식인에 대한 태도의 어떤 점을 보여주는 대목이라고 할 수 있다. 스스로 자기 문체에 꾸밈이 많다는 것을 의식하며("내 문체의 영향을 받았으나, 나보다 훨씬 꾸밈이 없고, 과거로의 경가 없다"[30]), 평명의 문체를 높이 샀다는 것은 유폐적 태도로부터 벗어나고자 한 그의 열린 마음의 정신을 보여주는 바라 할 수 있다. 때로 예민한 자의식의, 엘리트적 태도마저 용인하고 감쌀 수 있었던 것은 그 태도의 연장선상에서 주어졌던 것이다. 황동규 시에 대해 언급하고 있는 다음 구절을 보자.

> 높이 있음이 별을 향한 초월적 바람의 의지가 아니라, 아래로 내려갈 수 없다는, 그러나 아래로 내려가야 한다는 하강적 바람의 의지라는 데 그의 시의 특성이 있다. 나는 어쩔 수 없이 높은 곳에 있다. 그러나 나는 내려가야 한다. 그것이 엘리트주의일까?[31]

그가 열린 문화인이었음은, 음악, 미술, 영화, 만화 등, 문화의 모든 장르들에 대해서까지 깊은 애호와 관심의 태도를 가지고 접근하고자 했던 것으로도 증명될 수 있는 것이다. 편벽된 지식인주의에의 집착을 그는 결코 보이지 않았다.

말이 나온 김에 한 사람 더 말해보자. ≪창작과비평≫을 끌고 나온 비평가 백낙청의 태도 역시 이 점에서는 다르지 않았다고 할 수 있다. 그가 D. H. 로렌스 소설의 전공자였다는 사실은 알 만한 사람은 다 아는 사실이지만, 처음부터 민중적 감수성에 친화력을 보였던 ≪창작과비평≫의 편집 태도는 그러니까 그것이 단순한 관념적 이론의 소산만은 아니었음을 보여준다. 초기 '창비'의 대표작이 「분례기」였다는 것, 황석영 같은 작가를 누구보다 고평했다는 것, 이러한 감수성의 태도는 처음부터 그 문학적

---

30) 위의 책, 49쪽.
31) 위와 같음.

아비투스(habitus)가 지식인의 유폐된 내면 정향성과는 거리가 먼 것이었음을 말해준다.

이 비평가들만이 아닐 것이다. 오늘 우리의 문학적 역장을 형성시켜 준 앞 세대의 큰 문인, 비평가들이 모두 성실한 지식꾼이기는 했을망정, 자폐적 태도의 지적 엘리트주의자로서 나타나지는 않았다. 오히려 민중들에 대한 부채 의식에 시달리며, 자칫 선민주의에 빠질 수 있는 지식인의 나태와 안일의 태도를 경계하고자 한 데서 오히려 그들 지적 성실성의 태도가 빛났던 것이다. 그러니 돌아가고자 한다면, 단순한 실천적 정열이 아니라, 열린 감수성의 문화, 문학적 태도로 우리는 돌아가야 한다. 지식인의 유폐된 태도로 부르짖는 목소리에 반향의 메아리로 화답할 사람은 이제 이곳에 별로 없을 것이기 때문이다.

5. 지식인 아비투스의 문학

아비투스(habitus)의 개념을 동원한다면, 현재의 문제 상황은 보다 쉽게 설명될 수 있을 것이다.

절대적인 인식과 윤리의 척도를 떠나, 상대적인 사회학적 시야에서 문화와 취향의 문제를 바라보고자 하는 것이 이 개념이다. '실천 감각', 혹은 '심의 성향', 혹은 단순히 '취향' 등으로 번역될 수 있는,[32] 이 개념은 그러니까 자본주의의 계급적 현실과 교육 기제 등에 의해서 아비투스의 분화가 이루어진다고 보고, 어떤 아비투스만이 반드시, 절대적으로 옳다는 생각은 갖지 않는다. 다만 나름의 취향과 경향, 성향이 있을 뿐이다. 우선 지식인주의의 절대적 아비투스에서 벗어날 필요가 있다고 보기 때문에,

---

32) 삐에르 부르디외, 최종철 역, 『구별짓기: 문화와 취향의 사회학』上, 새물결, 1996, 11쪽 참조.

이 개념을 제안하는 것이며, 이로써 주술에 걸린 우리의 지적, 내면적 정
향의 문학적 상상력이 해방되어 새로운 활력을 되찾기를 바라기 때문이
다. 아비투스의 이론가가 특별히 강조하는 것은 잘못된 문화 귀족의 태도
이며, 이 점과 관련하여 사회학자의 얘기는 우리에게도 암시해 주는 바가
있을 것이다.

> 카리스마적 이데올로기는 정통적인 문화에 대한 취미나 선호를 자연적
> 산물로 간주하는 반면, 과학적(사회학적) 관찰은 이러한 문화적 욕구가 양
> 육과 교육의 산물이라는 사실을 보여준다. (…) 이 때문에 취향은 '계급'의
> 지표로 기능할 수 있는 것이다. 문화 획득 방식은 사용 방식에서도 그대로
> 남아 있게 된다. (…) 문화(교양) 또한 교육 체계를 통해 부여되는 귀족의
> 칭호와 혈통을 갖고 있으며, 각 칭호와 혈통 내의 위치는 귀족에 진입한 후
> 의 시간적 길이에 의해 평가된다.[33]

이처럼 지식인 아비투스를 하나의 상대적인 산물로 보면, 그 대안의 여
지가 얼마든지 많이 있을 수 있다는 사실을 이는 뜻하게 되고, 그것은 우
리 문학에 대한 열린 전망의 한 지표로 작용할 수 있을 것이다. 열린 전망
이 무엇일지에 대해서는 앞으로 더 구체적인 모색이 진행되어야 하고, 말
그대로 그것은 열려 있는 상태로 놓아둘 필요도 있는 것이나, 적어도 쇠
약해진 지식인적 한계의 감수성의 틀을 벗고, 생의 감각, 육체의 감각을
전면적으로 부활시켜 놓는 데서 이것이 출발될 수 있을 것임은 미루어 짐
작할 수 있다. 우리 문학에도 이러한 뛰어난 생기의 문학 사례가 없지 않
았던 것이나, 문학의 보편적 지평, 그 중도적 지평을 폭넓게 넓힌다는 의
미에서[34] 몇몇 서구 작가의 경우만을 잠시 상기해 보아도 문제의 윤곽은

---

33) 위의 책, 20-21쪽.
34) 90년대의 소설 중 한 작품만을 꼽자면, 가령 안정효의 「미늘」이 있었다. 헤밍웨이의 「노인과 바
　다」를 연상시키는 낚시 소재의 작품이지만, 물론 그것과는 전혀 달리 일종의 연애소설적 주제를

뚜렷해질 것이다.

쇠약해진 영국 귀족 계급에 대한 비판의 의도에서 로렌스는 그의 「채털레이 부인의 사랑」을 썼다고 하거니와, 고등학교 학력이 전부인 헤밍웨이가 위대한 소설 문학을 창작하였다는 것은 요컨대 소설과 지식, 문학과 제도적 지식 사이에 그리 긴밀한 상관관계가 요구되지는 않는다는 것을 시사하는 바가 아닐까. 한국에 많은 독자를 거느리고 있는 헤세도 생텍쥐페리도 제도적 지식 공간과는 거리가 먼 사람들이었고, 20세기의 3대 작가로 평가되는 제임스 조이스도, 프루스트도, 카프카도 모두 지식으로 소설을 쓰지는 않았다. 이것은 문학과 지식이 직접적인 관계에 있지 않고, 오히려 문학과 학력 자본 사이에는 길항, 혹은 배리의 관계조차 있을 수 있다는 것을 뜻하는 바 아닐까.

물론 문학과 비평을 통해서, 지식과 학력 자본을 선양한 적은 없었다고 반박할 수도 있을 것이다. 실제로 여기서 지식인 비평이라고 지목되는 비평이 명시적으로 '좋은 문학'의 개념을 주창하고 나왔던 적은 별로 없었던 것 같다.[35] 해설적, 해석적 비평에 치중됐었기 때문이다. 그러나 그 비평의 그림자로부터 어떤 아비투스의 분위기가 흘러나오는 것은 분명하며, 그 암묵적 실천으로부터 비평의 영향력이 발휘되는 것이다. 그러니까 이

가진 작품이기도 하다. 모 문학상의 수상 작품으로 선정되었지만, 작가의 고사로 제외되었다고 알려진 이 작품의 결과적인 비평적 소외의 운명은 섹트화되어 움직이는 우리 비평이 놓치고 있는 바가 무엇인지를 깨우치게 한다. 이러한 생기와 활력의 문학이 조금 더 부각될 수 있었더라면, 90년대 우리 소설사는 조금이라도 달라질 수 있었을지 모른다. 이러한 시각에서 필자가 주장하는 바는 대중문학도 아니고, 그렇다고 민중문학으로 돌아가자는 것도 아니며, 굳이 명명하자면 열린 '중간(혹은 중도)문학', '생의 문학'이라 할 수 있지 않을까 한다. 여기서의 '중간', '중도' 역시 따라서 무엇을 규정하자는 것이라기보다, 모든 것이 교통할 수 있는 어떤 지점과 방향을 의미한다고 보면 되겠다. 규정되어서 갇히고, 그래서 구속당해서는 안 되는 것이 문학적 상상력이라고 보기 때문이다.

35) 정과리 씨의 평론집이 오랫동안 발간되지 못했다는 것은 이런 점에서 아쉬움을 준다. 발간 계획의 소식을 듣고, 가능하면 비평 세계 전반을 조명해 보려고도 했으나, 아마도 출판 계획이 당분간 연기되거나 취소된 것 같다. 당대 일류 비평의 이러한 출판 사정 역시 우리의 형편을 우울하게 되돌아보게 하기에 족하다.

와 같은 비평은 작품과 작가의 선택, 즉 선택적 실천과 해설의 작업 등으로 보여주는 선택 원리의 시현을 통해 작용력을 발휘하며, 그 비평적 작용 원리는 따라서 오늘날 문학상 심사의 방식으로 주로 영향력을 발휘하는 보수적 평단의 작용 원리와 크게 다를 바 없다. 잡지 편집의 차원, 국면이 중요한 이유이다. 잡지 편집을 통해서 끊임없이 이슈를 생산해내고자 하지만, 그 가시적 성과가 별로 드러나지 않는다는 게 이 비평적 실천의 또 다른 한계라면 한계의 모습일 수 있다. 문학의 경계를 넘나들며 수도 없는 특집 기획이 잡지 위에 시도됐지만, 그것들이 별반 커다란 성과를 낳지 못했다는 것은 그 편집 발상의 매너리즘적 한계거나, 문제 인식의 한계적 성격을 의미하는 것일지 모른다. 혹은 매체 자체의 한계적 상황을 의미하는 것일지 모른다. 어쨌거나 오늘날 주류 비평은 이러한 식으로 작용한다. 이 비평의 가장 최근의 작동 방식을 보자. <교육 개혁을 반성한다>는 특집 기획을 내세워 선보인 잡지 속에서 비평가는 <신인 해설>과 <[총평] 문학공간:1998년 겨울>의 계간 발행 시집 비평에 나서고 있다. <신인해설>의 첫 대목만을 보아두자. 「우화의 정치학」이라고 제목을 붙인 글이다.

> 윤형진의 「책을 먹는 남자」는 지식과 정치의 관계에 대한 일종의 우화 allegorie이다. 지식과 정치의 관계를 다룬 소설들은 드물지 않았으니 새삼스러울 것이 없으나, 그 형식은 주목을 요한다. 왜 우화인가? 이 형식의 선택은 표현의 개발 혹은 퇴화를 지시하는 것이 아니라, 주제 인식의 근본적인 변화와 관계있는 것이 아닐까?
> 오늘날, 상투적인 비유 혹은 '사물 혹은 동물을 빌려 행해진 인간 세계에 대한 풍자'로서 흔히 이해되고 있는 우화는 본래 신의 뜻을 인간적 등가물에 의해 표현하는 것을 뜻했었다. 그러니까 알레고리는 수직적 이데올로기의 표현법이며, 수식으로는 단일성의 시니피에와 잡다한 시니피앙들 각각 사이의 나눗셈으로 이루어진다.[36]

더 인용해 보고 싶지만, 관둬야겠다. 아주 우연하게지만, 여기서 지식의 문제가 제기되고 있으며, 무엇보다 지식으로서의 문학, 문학적 지식이 상당히 자세하게 언급되고 있음을 알 수 있다. 어렴풋한, 모호한 표현으로서이긴 하나, 여기서 어떤 지적 분위기가 느껴진다는 것은 부인할 수 없다. 그리고 그러한 분위기 속에서 하나의 작품 선택이 이루어지고, 그 작품에 대한 해설이 가해지고 있다. 이것은 매우 성실한 태도이지만, 어쨌든 이를 통해 어떤 비평적 작용력이 미치고 있다는 것은 부인할 수 없다. 이런 지적 성실성을 통해 오늘 우리 평단의 가장 비중 있는 역할을 수행해 왔으며, 여기서 책임 문제가 발생한다. 책임의 문제는 주어진 소임을 다하는, 응분의 역할 감당만으로 해소될 수 없는 문제이기 때문이다. 대표의 책임 영역이란 언제든 장 전체로 확산되지 않을 수 없다. 맹목의 신념 윤리가 아니라, 사회적 책임 윤리를 위해서라면 때로는 자기 포기, 자기 희생까지도 필요하다. 아집으로부터의 일탈은 그 첫 단추이기 때문에 우리는 자기 동일성의 문제를 환기시키는 것이다. 바로 당신이 상속자 지식인이며, 문화 귀족이다(그리고 잠정적으로 이 글을 쓰는 나도). 우리는 이에서 벗어나지 않으면 안 된다.

6. 열린, 중도의 문학, 생의 문학을 위하여

이제 매듭을 짓자. 지적 성실성과 책임 문제에 이르렀고, 아비투스의 개념을 상기시켰다. 새로운 대안 제시가 목적은 아니므로, 그에 대한 자세한 논의는 유보하기로 한다. 다만 마지막으로 한 번 더 지적 아비투스만으로 되지 않는다는 점을 강조해 두기로 하자. 그 고집이 성실성을 넘어

---

36) 정과리, 「우화의 정치학」, 『문학과사회』, 1998 겨울, 1451쪽.

신념 윤리로까지 발전하고 있지만, 이로써 오늘 우리 문학의 위기가 타개되리라고 보지 않는다. 보다 근본적인 일탈이 필요하다. 지식인 아비투스의 취향 속에서 생명성의 약화가 일어나기 쉽다고 보면, 내면 정향의 지적 취향을 넘어, 생기 있고 활기 있는 문학의 세계로 나아갈 수 있는 새로운 문예 정책으로서 비평적 대안의 수립이 필요하다. 지적으로 가장 뛰어나며 성실한 비평가를 향하여 이처럼 고언하지 않을 수 없을 만큼 우리의 문예 상황은 심각하며, 그래서 마음이 아프고 심란하다. 보편적으로 열린, 중도의 문학, 생의 문학 활성화를 위한 한 계기가 되기를 바란다.

-「문예중앙」, 1999 봄.

댄디즘의 사상, 댄디의 비평
– 남진우 평론, 「견딜 수 없이 가벼운 존재들」에 대한 비판적 검토

1. 남진우, 혹은 댄디의 비평

90년대 한국의 문예 비평사를 채운 뚜렷한 족적의 하나는 남진우 비평일 것이다. 좋은 의미로든, 나쁜 의미로든 남진우 비평은 오늘 한국 비평의 대표 단자가 되고 있다. 그 비평의 주가는 상당 부분, 수사적 문체의 놀라운 활력에서 기인한다고 할 것이다. 과연, 이처럼 화사한 언어의 비평적 성채를 우리가 보유한 적이 있었던가 싶게 그것은 화려무비하며, 전례 없이 현란한 언어의 직조 능력을 보여준다. 폭죽처럼 퍼지는, 광휘 있는 그의 비평적 언어의 성찬은 그러니까 언어적 의장태로서 한 일급의 댄디 비평가다운 언술 솜씨를 자랑한다. 단단한 개념어들과 함께 보석 같은 형용어들을 구사하는 그의 문체의 특질은 일찍부터의 부단한 시업의 과정 – 그는 이미 두 권의 시집을 상재한 시인이다 – 에서 그 언어의 저장고가 형성돼 나왔을 것으로 짐작게 하거니와, 씨의 비평 언어에 대한 오늘 저 널리즘 지면들의 폭넓은 지지와 환대는 현대적 문화 공간 속에서 문예 비평의 쓰임새와 기능이 어떠한 것인지를 잘 보여준다. 신문 지면상에서 씨가 개척한 득의의 비평 양식이 오늘날 우리가 흔히 보는 <독서일기>이다. 그가 창출한 양식은 아니더라도, 오늘날 <독서일기>는 과거의 <문학 월평>이 사라진 자리를 대신 메꾸고 있다. 전대의 <문학 월평>이 비평가의 입법적 판단을 중심으로 성스러운 문학 공간에 대한 평가적 담론을 행하던 권위적 언술의 자리였다면, 오늘의 <독서일기>는 '책 읽어주는 사람'의 한층 내려앉은 자리에서 출판 동향에 대한 유익한 정보를 솜씨 있고도 맛깔스런 언어로 가공, 전달해주는 사람이다. 성스러운(?) 문학의 공간이 아니라, 상업적 교지로 가득 찬, 그런 점에서 기본적으로 상(商)스러울 수밖에 없는 출판 현실을 안내, 보고해야 하는 것이 조금 안된 임무로 보이기는 하지만, 이제 와서 '문학'보다 '책', '출판'의 개념이 훨씬 문화적 비중 증대의 현실을 안게 되었다는 것을 부인하기는 어렵다. 촌철살인 식 수사적 감상 언어의 기능 증대가 이루어지는 것도 이러한 문화적 변동 문맥 속에서 이루어지는 일이라 할 수 있으며, 이 속에서 문학 개념과 비평 개념의 변동 역시 불가피하다. 남진우 비평이 시대적 관여성을 한 몸에 안고 있다는 것은 이런 뜻에서다.

비록 90년대 문학 저널리즘의 한 복판의 자리를 차지한 것이었긴 하지만, 그렇다고 한 시대 정신의 풍향계로서의 전통적인 문예 비평의 위치를 씨의 비평이 전혀 포기했다고 말하기는 어렵다. 오늘 남진우 비평은 실상 이 역할까지를 도맡고 있는 것이다. 미네르바의 부엉이는 황혼녘이 되어서야 난다고 철학자는 말했었지만, 90년대를 마감하려는 시점에서 90년대 문학의 내면 동력을 이룬 그 문화적 시대 정신의 요체가 무엇이었던가를 명료히 정리하여 발표한 사람도 남진우 씨다. 「견딜 수 없이 가벼운 존재들」, 부제를 "- 댄디즘과 1990년대 소설"이라 제한 글(『세계의 문학』, 1998 봄)을 통해 그는 그 시대 정신의 핵자를 '댄디즘'으로 요약, 정리하여 발표하였던 것이다. 한갓 소설 양식이 수용하고 감지한 시대정신 양상 아닌가,

고 말한다면, 더 이상 말할 것은 없다. 하지만 오늘의 시대, 이처럼 부잡스럽고 '견딜 수 없이 가벼운 존재들'의 시대에도 그 부잡스러움과 날렵함을 대변하는 문화적, 사회적 양식으로는 또 소설만한 것이 없지 않은가. 소설을 통해 사회, 문화적 변동을 지각하고, 거기에 투영된 감수성의 동향을 시대 정신의 요체로 읽어내어 대변하고 중개해 주는 사람이 있다면, 말의 바른 의미에서 그는 오늘도 비평가의 직능을 훌륭히 수행하고 있는 자일 것이다. 때마침 그는 씨의 세 번째 평론집이 되는 『숲으로 된 성벽』(문학동네, 1999)을 발간하고도 있다. 이 문학 평론집 전체에 대한 일별을 의도하는 것은 아니지만, 그 중 요결의 글이라 판단되는 「견딜 수 없이 가벼운 존재들」을 중심으로, 그것이 내포한 문제성과 문제점을 비판적으로 재검토함으로써 오늘 우리의 문화 동향에 대한 이해의 한 길잡이 역할을 하고자 한다. 화두를 던지는 자가 있다면, 화두를 껴안고 뒹굴며 음미하는 것 또한 선승의 몫일 것이다. 씨가 던진 화두, 즉 '댄디즘'이라는 화두가 얼마나 유효한 화두인지, 그것이 불러일으킬 수 있는 파장은 어떤 장에까지 미칠 수 있는 파장의 성격인지, 검토하는 것이 따라서 본 논의의 주요 관심사가 될 것이다.

2. '댄디즘'이라는 화두

댄디즘이라는 화두가 왜, 어째서 의미 있는 것인가를 설명하기 위해서는, 아마도 '소비사회'의 개념 동원이 불가피할 것이다. '댄디즘'의 화두가 제시되었다는 것은 우리 사회가 바야흐로 소비사회에 진입했다는 뜻이 된다. 소비적 사유의 철학, 그 미적 존재론이 '댄디즘'인 것이다. 이를 두고 넓은 의미에서 '미적 실존'에 대한 지향적 의식이라고 해도 좋겠다. '미적 실존'이란, 키에르케고르의 논법 속에서는 윤리적 실존, 종교적 실존과 구별되는 것으로, 실존 단계의 가장 하위에 처하는, 사뭇 저급한 것으로서 인식되고 있으나,[1] 대중적 군집의 욕망 현실을 이루는 오늘 세속도시의 삶 속에서 종교적, 윤리적 삶의 영역은 사라지거나, 있더라도 극히 적은 부분으로 축소되는 양상을 보이고 있으며, 상대적으로 삶을 아름답게 꾸미고 쾌적하게 가꾸려는 미적 향유에의 욕구는 점점 커지고 있다. 따라서 쾌락과 욕망의 추구를 본성으로 한 이 미적 향유에의 욕구는, 인격적 삶을 위한 고양된 실존 단계 개념으로 보아서는 볼 때는 조만간 극복되어야 하고 부정되어야 할 것인지 모르나, '세속화'라는 근대 사회 일반의 전개 동향으로 보아서는 대중적 삶의 지배적인 형성 원리, 사회 문화적 동력의 원천의 한 계기로 작용하고 있음이 틀림없다. 키에르케고르의 원망과는 달리, 오늘날 그 진정한 의미에서의 종교적 실존의 태도는 우리의 삶과 가장 멀어진 것이 되었으며, 지적, 윤리적 삶에의 지향적 의지 역시 갈수록 허약한 것이 되고 있음을 부인할 수 없다. 미적 가치 영역의 분화가 다름 아닌 근대화의 세속화 과정 속에서 초래되었다고 지적되거니와,[2] 피에로, 혹은 광대형 인물들이 '스타'라는 이름으로 오늘 대중적 삶에 영향력 있는 기호 작용을 발하는 이런 현실 속에서 지사적, 윤리적 삶의 전범으로서 우리 전통의 '도덕 군자'형, 인격적 삶의 요체를 일깨우기란 매우 어렵게 되었음이 틀림없다. 성자와 성인 지향의 종교적 삶의 양식이 우리 삶의 내면적 본성을 이룰 수 있다고 말하기는 물론 더욱 어렵게 되었다. 그래도 남아 있는 성스러운 사회 영역, 존재 영역이라는 것이 학교를 중

---

1) 표재명, 『키에르케고어 연구』, 지성의 샘, 1995, 1부 4장 참조.
2) 막스 베버는 근대적 삶의 영역을 양식별로 나누어 경제적, 정치적, 종교적, 지적, 심미적, 성적 영역의 여섯 가지로 설정하고 있다. 이 중 심미적(aesthetic) 영역과 성(erotic)적 영역을 동일한 영역으로 포함시키면, 미적 영역이 1/3 비중으로 증대함을 알 수 있다. D. Owen, *Maturity and Modernity*, London:Routledge, 1994, 5장 참조.

심으로 한 지적, 교육적 장의 영역이라고 해야 하겠지만, 과거 '상아탑'의 이름으로 불렸던 이 영역, 공간조차도 현재 급속히 파괴되고 있다. 세속적 삶의 주요한 영역으로서 정치와 경제의 장이 현대 자본주의적 삶의 중심 영역으로 부상한 지는 오래되었으며, 이것들과 구분되면서 길항하는 문화, 예술적 삶의 영역이 최소한의 질적 삶을 보장하는 사회적 장의 일환으로서 미학적 가치 영역의 증대를 꾀하고 있음이 오늘 우리가 보는 현실이다. 삶을 바라보고 평가하는 이와 같은 가치론적 존재 전환의 현실이 문화 속에 투영되어 대중적 삶에 영향을 미치고, 그것이 다시금 문화의 형식으로 반영, 투영되어 나올 것은 정한 이치다. 이러한 사회 전화 과정에서 파생되어 나온 존재론적 이념의 한 표상이 '댄디즘'이라고 할 수 있는 셈인데, 사회적 현실의 이와 같은 전화와 의식 현실의 전화에 비추어, 지난 연대를 풍미하였던, 노동하는 인간 개념 중심의, 사회 실천적이고, 지적, 윤리적 정향의 사고 방식에 의한 문학적 에피스테메는 이제 와서 때 지난 것으로 판단된다는 점을 말할 수 있다.[3] 삶의 다른 가치 영역들이 축소되고, 긴장이 이완되는 한편에서 미적 삶에 대한 가치 의식과 그 영역 비중은 빠른 속도로 증대하고 있는 셈이다. 자본주의적 소비경제의 현실과 이 삶의 미학화 동기는 뗄 수 없는 관계에 있다는 점에서 미적 존재의지의 확산은 곧 소비사회의 토대 마련을 의미한다고 볼 수 있다.

19세기 영국 부르주아 계급의 옷 치장 풍습에서 유래되었다고 하는 '댄디'의 용어가 적극적인 미적 정향의 삶의 한 태도, 이념을 뜻하는 것으로서 '댄디즘'으로 고양, 정립된 것은 잘 알려져 있다시피, 보들레르, 오스카 와일드를 위시한, 일군의 유미적, 탐미적 성향의 문인, 예술가들에 의해서였다. 일상적 삶의 미적 세련화를 추구하는 태도가 '댄디즘'이라는 용어로

---

3) 최근 발표한바 있는, 졸고 「지식인 아비투스의 비평에 대하여」(『문예중앙』, 1999 봄)는 이러한 시대 판단에 근거하여 쓰여졌다.

정착되기에 이른 것이다. 특별히 보들레르의 이름과 함께 널리 회자된 이 심미적 태도의 일상화, 고도화는 마치 우리의 윤리적, 지사적 태도의 전범 계급으로 인식되는 선비 계급의 정신이 그러하였듯이, 굶어 죽더라도 고고한 세련미의 태도를 버리지 않는, 치열한 탐미적 태도의 일반자로 자신을 정립하기에 이르렀으며, 이로써 한갓 육체적 치장의 정신에 그치는 것이 아니라, 치열한 미적 탐구의, 과격한 실존적 태도의 한 전범으로 자신을 인식시키기에 이르렀다. 인공의 미를 추구한다는 예술적 자의식과 결부되어 인공 낙원의 미학, 혹은 진부해진 윤리적, 도덕적 삶과의 결별을 통하여 마침내 악마적 탐미주의까지를 염탐하는, 현대적 영웅의 한 전형으로 자기를 부각시키게 되었거니와, 보들레르의 현대성(modernity), 곧 미적 모더니티에 대한 인식 역시 기본적으로 이 태도의 연장선상에서 꾀해졌다는 것도 대체로 인정되는 바다. 이를 두고 '현대적 영웅의 아이러니'라는 지칭이 부여되기도 하는데,4) 끊임없이 새로운 것을 지향하지 않으면 안 되는 이 미학적, 현대적 영웅의 관념에서 궁극적으로는 오늘의 자아가 어제의 자아를 부정하지 않으면 안 되는 역설이 낳아지고, 이로써 본질적인 자기 부정과 함께 그 부정을 통한 영웅화의 시현이라는 어려운 과제가 여기에 부여되기 때문이다. 쾌락을 향한 욕망의 추구와 에토스로서의 강한 의지적, 윤리적 실천 사이의 이러한 필연적인 모순성의 발현 때문에 일찍이 키에르케고르는 미적 실존과 윤리적 실존 사이의 매개 의식을 '아이러니'5)라 불렀거니와, 댄디즘의 미적 에토스에서 바로 이처럼 영웅적 실천의 반어적 상황이 나타난다는 것은 그 시사하는 바가 매우 크다. 말은 간단하지만, 그 실천의 윤리 속에서 많은 어려움과 현실 조건의 한계에 봉착하리라는 점을 이 영웅적 아이러니의 개념은 시사하는 것이다.

4) D. Owen, 앞의 책, 8장 참조.
5) 표재명, 앞의 책, 80쪽 참조.

한국 사회에서 이 미적 실존의 태도 정향이 그 동안 의식적으로 지각돼오지 못했다는 것은 한국 문화의 특수성과 그 역사적 실존 조건의 엄혹함에 이유가 있었다고 말해야 할 것이다. 이것은 반드시 소비사회적 조건의마련이 아니더라도, 미적 실존의 태도, 양식이 어느 때든 가능함을 염두에둔 발언인 것인데, 그럼에도 불구하고 그 동안 추상같은 윤리적 태도 정향에 사로잡힌 한국의 유교적 문화 전통과 근대 한국의 각박했던 실존의현실은 미적 실존의 태도, 양식을 폭넓게 확산시키는 데 있어서 억제의작용력을 발휘해 왔다고 할 수 있다. 주자학적 질서 하에서 심미적 의식,양식이란 전적으로 허용되기 어려운 것이었다기보다, 상대적으로 부차적인 문화 기호적 위상을 가질 수밖에 없는 것이었다고 할 수 있다. 가령 풍류 묵객의 존재와 문인화 양식의 결합 같은 양상은 선비 문화가 내뿜은도저한 심미적 흥취 의지의 발산이었다고 할 수 있지만, 선비이자 동시에치자의 역할을 수행해야 했던 전통적 사대부, 양반 계급의 의식 내에서이러한 문화 취향은 아무래도 부차적인 격의 위치를 가질 수밖에 없었다.한국인은 본래 가무음곡을 즐긴 민족으로 기록되어 있지만, 근세 이래 우리 전통 문화의 정서는 자주 '한(恨)'으로 표상되어 온 것처럼, 슬픔의 정한을 주조로 한 민족적 삶을 일궈왔다. 봉건 체제의 모순이 해체되면서, 오히려 식민지 근대화의 더욱 암담한 현실 조건 속으로 빠져들어갔던 것은태평하게 존재의 미학을 탐색할 가능한 문화적 여지의 토대를 박탈하고,죽음이냐, 생존이냐의 절박한 이분법의 의식으로 민족 전체를 내몰았다.식민지 현실 하에서는 문학이 곧 장음문학이라는 신채호의 인식은 이러한절박한 생사관의 사유 논리를 대변한다.

고단스런 삶의 역경의 풍경 속에서 심미적 의식과 그 문화 전통이 꽃피워질 것을 기대하기란, 그러니까 애초부터의 기대 난망, 연목구어의 일일수 없었다. 이런 동안에 문학과 예술이 전혀 꽃피워질 수 없었다는 뜻이 아니라, 미적 존재의 의식과는 사뭇 다른 성격의 문학과 예술을 꽃피울 수밖에 없었다는 뜻이다. 식민지 역사를 경과하여, 해방과 분단을 맞고서도, 이 삶의 표정, 문화의 표정은 바뀔 수 없었다. 전쟁과 전후 냉전의 악착스런, 그리고 가난한 삶의 풍정은 그 자체로 몰풍경이었다. 이중섭의 은박지 그림이나, 박수근의 「나목」 같은 그림에서 보는 풍정이 그런 몰풍경의 풍정일 것이다. 때로 화사한 감수성의 시인, 예술가가 부재하였던 것은 아닐지나, 그들에게 주어진 미적 향유의 특권이란 그야말로 소수자에게 주어진 전유물이거나, 그들조차도 비극스런 운명을 감내하지 않으면 안 되었다. '순수'의 미의식이 한때 이 땅 문화, 예술계를 지배하였었지만, 조만간 그것은 퇴치될 운명에 처해질 것이었다. 드디어 군사정권의 시대가 도래하였다. 이 폭력의 시대에 순수의 미의식이란 허약하기 그지없는 것임이 다시 한 번 입증되었다. 그리고 참여문학과 민중문학, 실천문학, 노동문학 등의 개념이 옷을 바꿀 때마다 사회적 전투태세의 강도를 높이는 양상으로 찾아들어 왔다. 이런 시대에 '멋'이란 단어는 얼빠진 특권층의 지하에 숨거나, 쥐구멍에 볕들기를 기다리는 신세에 지나지 못하였을 것이다. 그리고 대학살의 시대, 사태가 왔다. 물질적 풍요의 조건으로서보다는, 양심의 조건으로 지난 시대의 열화 같은 함성, 군집의 물결 문화가 이루어졌음을 우리는 기억한다. 그리고 민주화 대장정의 종언과 함께 88올림픽, 대중소비문화 시대의 전개가 본격화된 것은 바로 이 시점부터일 것이다. GNP 경제학으로 따질 때, 요컨대 국민소득 5천 달러를 상회하기 시작하는 때가 이 시점부터이다. 엥겔 계수가 줄어들고, 문화 소비가 본격적으로 늘어난다. 그리고 이데올로기의 해방, 의식의 해방이 일어났으며, 과소비, 과시소비의 풍조가 급작스럽게 고개를 든다. 그로부터 정확히 10년이 경과한 시점에서 'IMF'가 도래한 것이며, 이와 같은 추이의 현실 전개는 소위 90년대의 한국 사회가 역사적으로 얼마만큼 상대적 풍요를 구가

한 시대였는가를 입증한다. 절대적 기준에 의해서가 아니라 상대적 관점에서 우리는 말하고 있는 것이다.

　상대적인 물질의 풍요와 의식의 해방으로 이룩된 삶의 여유가 결국 대중적 삶에 있어서 미적 향유 욕구의 실현을 적극적으로 도모케 했다고 말할 수 있다. 소비 사회의 조건 마련과 함께 삶을 이루는 기타의 변수 조건들은 상대적으로 그 가치 비중이 약화되었으며, 이에 따라 말 그대로의 의미에서 욕망의 현실이 전개되었다. 마이 홈, 마이 카의 꿈이 어느 정도 해소되고 충족되면서, 광범위한 대중적 차원에서의 세계적 소비 경제가 이입됨으로써, 존재의 미적 세련화를 향한 소비의 철학, 메시지들이 다양한 매체, 경로를 타고 이 사회에 흘러들었다. 순식간에 빠른 감수성의 유동이 일어났다는 것은 이러한 현실을 두고 말함인데, 문화 변동에 의한 이러한 세대적 감수성의 낙차를 지시하기 위하여 '신세대'라는 용어가 폭넓게 회자되었음은 우리 모두가 잘 아는 바이다. 실상 이런 정도, 규모의 현실 변화에 대해서 우리는 '문명'적 변화라는 용어를 쓸 수밖에 없을 터인데, 정보화가 가져온 문화 감수성의 변동은 그 핵심적인 변화 내용이다. 이러한 총체적 현실 변화 가운데서 쾌적한 욕망의 실현을 목표로 하는 감각적 실존 지향성만을 따로 떼어내어 우리는 일단 '댄디'다운 것, '댄디즘'적인 것이라 부르고자 하는 것이다. 그 변화된 현실 인식과 실존의 감각이 소설에 반영되어 나타났을 것은 당연하다. 90년대 소설 속에서 남진우 씨가 '댄디즘'의 흔적을 찾고 그 핵자의 정신을 추출하고자 하는 것은 한국 사회 내부의 이와 같은 현실 유동, 감수성의 형질 변동을 염두에 두기 때문인데, 그렇더라도 그 인식 경로가 외래적인 것의 어떤 매개에 의해서 주어졌다고 하는 사실은 오늘 우리의 문화 상황 이해와 관련하여 유념할 점이 아닐 수 없다.

3. 댄디즘 대두의 사회적 토대와 그 지각

'댄디즘'의 의식 토대가 소비사회인 것을 위에서 말한 셈이지만, 이로 말미암은 세계관적인 전회, 가치 의식의 전회 사실이 얼마나 획기적인, 혁명적인 의의를 머금은 것인지에 대해서는 아직 우리 중의 누구도, 그러니까 댄디즘 사상의 설유자인 이 비평가까지도 분명한 인식과 자각의 상태에 있지는 못한 듯하다. 세계관의 이와 같은 거대한 전환의 성격은 키에르케고르식 인격론적 발달의 개념으로는 도저히 포착될 수 없는 것이고, 근본적으로 경제학적, 가치론적 시야의 패러다임 전환에 의해서만 포착 가능한 인식 내용이 되는 것이다. 생산 패러다임에서 소비 패러다임으로의 전환에 의한, 근본적인 인생론적, 존재론적 시각의 전환 내용이 그것이다. 생산 패러다임에 의한 축적적 사고의 틀을 벗어나, 소비의 관점에서 삶의 목적성과 의미를 재구성한다는, 사고틀의 거대한 전환의 성격이 그 것인데, 패러다임의 이와 같은 전환 의미와 그 필요성에 대해서 역설하고 있는 책이 장 보드리야르의 『상징적 교환, 그리고 죽음』(*L'Echange synbolique et la mort*, Gallimart, 1976)이라고 할 수 있고, 그러나 이와 같은 책이 아직 번역도 되지 않은 우리 현실에서 이러한 소비의 세계관이 이론적으로 정립되기를 기대하는 것은 때 이른 것으로 보인다. 소비사회로의 본격적인 전이 단계에서 의식되고 정립될 수 있는, 세계관적 가치론적 사유틀의 전환이 아직 우리에게 생소하게 여겨진다는 것은 그만큼 우리 문화의 상대적 보수성과 그 토대 조건의 아직 상대적인 취약의 현실을 반영하는 바라할 수 있을지 모른다. 생산 패러다임과 축적 윤리의 세계관적 틀 안에서 우리의 사유 방식이 여전히 노닐고 행해지고 있다는 뜻인데, 이러한 사유틀, 윤리 감각의 보수적 풍토 조건 속에서 그나마 '댄디즘' 의식의 대두 현실을 지각해 내었다는 것은 그만큼 예민한 비평적 촉수를 의미하는 것이며, 그만한 지각을 통해서도 이제 생산의 윤리에서 소비의 철학, 소비의 존재 미학으로 나아가는 큰 징검다리 하나는 놓았다는 의미의 비평사적, 문화사적 함축의 의의가 이 글에 부여되어야 할 것인지 모른다. 다만 소비의 철학이 우리에게 본격적으로 수용되고, 구체적으로 인지, 실천되는 상태에 있지 못한 만큼 '댄디즘'의 지각에 이르는 데 비평가에게는 한 외래자의 매개 작용이 불가피하게 수반될 수밖에 없었는데, 일본 작가 무라카미 하루키의 소설에 대한 감응과 그 인식의 천착 과정에서 씨의 '댄디즘' 이론이 도출되어 나왔다는 것은 따라서 하나의 사회적 사실로 보아서는 우연이지만, 개인적 사실로서는 전혀 우연이 아닌 사실로 볼 수 있다. '전공투' 세대의 일원이면서도 그 이념적 세대로부터 이탈해 나오는 문화적 감수성의 한 대표자로서 무라카미 하루키는 소위 고도성장시대의 문화적 감수성을 체현한 작가로도 인정되거니와, 무라카미 하루키의 소설 세계에 대한 깊은 통찰을 보여주는 글의 문면 속에서 '댄디즘'의 인식이 도출되어 나왔다는 것은 여러모로 그 시사하는 바가 크다. 우리가 세심하게 따져보고자 하는 글, 「견딜 수 없이 가벼운 존재들」(1988)을 발표하기 직전에 그는 무라카미 하루키의 소설 세계에 대한 논평인 「오르페우스의 귀환 – 무라카미 하루키, 댄디즘과 오컬티즘 사이에서 방황하는 청춘」을 발표하였으며, 이 속에서 댄디즘에 대한 어떤 사유를 씨는 구체적으로 전개하고 있기 때문이다. '댄디즘'에 대한 우리의 인식 속에는 통념화된 어떤 오해가 깃들어 있다는 것을 말하고, 그 말의 본래 기원으로 돌아가 그 참된 어의를 복권시킬 필요가 있다는 주장이 그것이다. 우리 논의의 한 출발점을 확인해 두기 위해 여기서 해당 논급의 일절을 구체적으로 적기해 둘 필요가 있겠다.

우리의 일상생활에서 댄디는 가장 오해받고 있는 용어 가운데 하나이다. 그 용어엔 으레 겉멋 부리기나 유한계급의 도락, 문화적 속물근성 등의 부정적 의미가 따라다닌다. 그러나 원래의 댄디즘엔 이런 통념과 정반대되는 의미가 담겨 있었다. 서구에서 댄디즘의 개념을 가장 현대적으로 잘 정립시킨 인물로 평가받는 보들레르는 댄디즘을 "하나의 종교"라고 부르고 댄디를 "새로운 귀족계급"이라고 정의한다. 댄디는 "현 세대에게는 찾아보기 힘든 진부(陳腐)를 물리치고 파괴하려는 욕구의 대변자"이며 "퇴폐 가운데 빛나는 마지막 영웅주의의 섬광"이다. (……)

댄디는 반속물, 반부르주아의 기치 아래 탄생했으며 물질적 풍요와 대립하는 정신주의 노선의 추종자들이다. 하루끼 소설의 주인공들은 많든 적든 이런 댄디의 계보에 속하는 자질을 타고난 사람들이다.[6]

무라카미 하루키의 소설에 대한 평가적 인식을 위해 제출되고 있는 개념이지만, 여기서 댄디즘의 재인식과 그 이념적 복권을 주장하는 씨의 의식적 정향의 태도가 이미 여기에서 정립되어 있었다는 것을 알 수 있다. 자기 정립을 위한 이 비평가의 남다른 모색의 과정에서 무라카미 하루키가 커다란 중개 역할, 매개 역할을 하였다는 점이 여기에서 또한 확인된다. 밀란 쿤데라의 「참을 수 없는 존재의 가벼움」이 소개됨으로써 90년대의 우리 문학에 '가벼움'이라는 화두가 던져지게 되었음을 우리는 기억하거니와, 미의식의 구체적 형성을 중개하는 지점에서 오히려 무라카미 하루키의 역할이 더 비중 있게 작용하였다는 사실은 90년대의 우리 소설, 문화적 감수성의 동향을 이해하는 데 빼놓을 수 없는 대목이다. 실상 '하루키 풍'이라는 것을 이해시키고 확산시키는 데 있어서 이 비평가가 수행했던 한 주도적인, 적극적인 전신자의 역할을 우리는 몰각할 수 없거니와, '댄디즘'이 윤리적인 자의식, 어떤 이데올로기의 의식과 다른 자리에서 작용하는 순수한 미적 정향의 의식이라는 것도 다름 아닌 이 지점에서 부각

6) 남진우, 「오르페우스의 귀환」, 『숲으로 된 성벽』, 문학동네, 1999, 420쪽.

된다. 90년대의 문학 공간에서 몇 년간 연례행사처럼 치러지기도 했던 「한·일 문학 심포지엄」의 자리에서 우리 문인들에 의해 매번 과거 식민지 역사의 상처가 원죄처럼 되뇌어졌던 일을 상기하면, 비록 순수하게 감수성 차원의 반응이라 하더라도, 역사적 자의식을 넘어 이처럼 거침없이 한 일본 작가의 문학에 대한 매력을 토로할 수 있었던 이러한 자세야말로 불문율화된 우리 문화의 내면적 풍토 속에서 댄디다운 의식의 실천이라 할 수 있는 것인지 모른다. 민족적 자의식의 경계를 넘어, 아름다운 것은 아름다운 것, 매력적인 것은 매력적인 것으로 인식되고 평가되어야 한다는 강력한 주문이 이 태도 속에 함축되어 있는 것을 염두에 둘 수 있거니와, 이 강렬한 미적 자의식의 태도 속에서도 그러나 일말의 분열의 태도는 잠재되고 융기되고 있었다. 예술과 미의 이름으로서이긴 하지만, 무라카미의 문학에 대한 열렬한 찬탄을 표하는 일방, 그 '하루키 풍'의 한국적 수용 현상에 대해서는 날카롭게 단죄하고, 일침을 놓는 비평적 발언이 이 비평가에 의해 되풀이 행해졌었기 때문이다. 수용은 있어야 하되, 표절은 안 된다는 이 비평가의 주장을 물론 액면 그대로 받아들일 수 없는 것은 아니나, 문제는 순수한 수용과 그 영향에 의한 표절 가능성의 시비 영역을 어떻게 정확하게 가름할 수 있겠느냐의 비교문학적 판단, 입증의 문제이다. 많은 비교문학적 연구 사례에서 영향의 수수 관계 입증이 말처럼 그리 쉽지 않았다는 것을 우리는 일반론적인 사항으로 염두에 둘 수 있기 때문이다. 이 문제가 구체적으로 해명되고 해결되지 않는 한, 한 일본 작가의 문학 수용의 문제를 둘러싼 그의 비평적 입지점의 선택은 두고두고 아킬레스건으로 남을지 모른다. 이 분열의 문제, 비평적 모호함의 문제를 물론 그 자신 충분히 자의식적으로 잘 인식하고 있었을 게다. 앞 인용된 글의 주석2)에서 다음과 같이 말하고 있음은 그 자의식의 투영 아닌가.

하루키 문학의 수용 양상을 밝히는 것은 90년대 한국문학을 연구하는 데 있어 반드시 필요한 항목이다. 젊은 작가들의 경우 상당수가 음으로 양으로 하루키에게 많은 부분을 빚지고 있는 것으로 판단된다. (……) 국내의 하루키 모방자들의 대열에서 (…) 문학적 능력이 충분하다고 여겨지는 작가가 끼어있는 것을 볼 때의 서글픔이란! 한가지 분명히 해둘 것은 하루키 추종 및 모방은 단순하게 단죄될 성질의 것은 아니라는 점이다.[7]

외래 작가에 대한 우리 작가들의 무임승차식 모방 현실이 서글프다고 말하고, 그 문장에 바로 이어서, "한 가지 분명히 해둘 것은 하루키 추종 및 모방은 단순하게 단죄될 성질의 것은 아니라는 점이다"라고 말할 수밖에 없었던 씨의 비평적 처지의 곤혹스러움을 여기서 십분 이해해 두기로 하자. 미적 판단의 영역에도 절대적인 것과 불가측성이 겹치는, 모호함의 지대는 남아 있을 수밖에 없을 터이다. 다만 모방 현상을 단죄하더라도, 그 단죄가 예술과 미의 이름으로 행해지고 있고, 이 예술적 실천의 차원에서 '간교'와 '부도덕'의 패덕이 운위되고 적시되고 있다는 것을 염두에 두기로 하자. 이것은 예술적 실천을 향한 미의지가 도덕적 차원과 분리되지 않는다는 것을 시사한다고 볼 수 있으며, 댄디즘 역시 따라서 어떤 에토스로서의 윤리적 의지와 무관할 수 없다는 것을 시사한다고 볼 수 있다. 결국 분열은 순수한 미의지와 윤리적, 도덕적, 지적 의지 사이에서 일어난다. 댄디즘을 거울로 한, 90년대 한국 소설 비추기의 노력을 이제부터 구체적으로 들여다보기로 하자.

4. 댄디즘의 확산, 그 소설적 현상

비평가의 댄디즘에 대한 의식과 인식이 바로 그처럼 무라카미 하루키

---

7) 위의 책, 410쪽.

론의 외중에서 정립되었다는 것을 증명하기라도 하듯, 평문 「견딜 수 없이 가벼운 존재들」은 '오해된 댄디즘'의 문제, 곧 "우리의 일상 생활에서" "가장 오해받고 있는 용어 가운데 하나"인 '댄디즘'을 복권시키지 않으면 안 된다는 문제 제기로부터 논의를 시작한다. 이 문제 제기를 위해 댄디, 혹은 댄디즘에 대한 편견이 담긴 하나의 언술태로서, 시인 황지우가 썼던 80년대의 한 문면을 그대로 들고 와, "장 형은 굉장한 댄디요"[8]라는 문장을 상징적으로 들어 보여주는 것이다. 시대적 문맥 속에서 끌어올려진 이 문장은 매우 함축적이어서 실로 많은 인유 효과를 길어낸다. 80년대의 시대적 장력이 어떤 것이었던가를 보여주는 한편, 그것이 왜 이제 와서 불식되지 않으면 안 되는가의 문맥 상 난점을 이 문면 스스로가 거느리고 있다는 것을 비평가는 부여주기 때문이다. 그러니까 80년대의 시대적 장력 속에서 커 나온 셈이기도 하는 비평가는 그때의 시대적 장력은 그것대로 인정하면서, 그러나 거기엔 또한 묘한 권력적 언술 작용의 장력이 숨어 있었음을 가리킨다. 말하자면 권력적인 언어의 의미 작용 속에서 '댄디'라는 언어가 기각되고 있었음을 일깨우고, 그 권력적 언어의 미망, 그 언술의 상황이 해체되고 사라진 마당에 비하되어 왔던 '댄디즘'의 용어는 새롭게 복권, 환기되지 않으면 안 되리라는 점을 비평가는 부각시키고 있는 것이다. 활화산 같던 실천의 시대, 80년대는 그러니까 '댄디'가 박해당할 수밖에 없었던 시대라는 것을 인정하고("댄디는 1980년대라는 시대 상황과 숙명적으로 길항관계에 있을 수에 없었다"), 그렇지만 이제 그러한 불의 감수성의 시대가 종막을 내린 시점에서는 댄디즘에 대한 편견의 인식 또한 바로잡아지지 않으면 안 되리라는 점을 씨는 역설하고 있는 셈이다. "그러나 1990년대도 저물어가는 지금 이 시점에서 볼 때 댄디에 대한 부정 일변도

---

8) 남진우, 「견딜 수 없이 가벼운 존재들」, 앞의 책, 57쪽.

의 사고는 문제가 있다고 하지 않을 수 없다"고 말하고, 여기에 덧붙인 다음 주석의 언술은 글 전체를 통해서 이 비평가가 노리고 있는 것이 무엇인지를 요약적으로 보여준다.

1)댄디-댄디즘은 1990년대 들어서 우리 사회와 문학을 설명하는 데 유효한 개념으로 자리잡기에 이르렀다. 댄디즘은 이제 현실과 유리된 소수 예술가들의 독점물이 아니라 유행의 물살을 타고 대중의 일상생활 깊숙이 침투해 들어와 있는 문화적 사회적 현상으로 위력을 발휘하고 있다. 최근 우리 젊은이들을 사로잡은 '하루키 소설'과 '왕가위 영화'는 바로 이 댄디즘에 대한 이해 없이는 적절히 설명되기 힘들 것이다.9)

이처럼 하나의 각주 속에서 글 전체의 메시지가 요약적으로 제시되고 있음에 비하면, 나머지 본문의 내용은 오히려 주석에 불과하다고 말할 수 있을 정도다. 댄디즘에 대한 원론적 설명으로는, 앞에서 우리가 확인한 바의, 무라카미 하루키론 중의 소론에서 더 이상 나아간 것이 없다고 할 수 있으며, 다만 현대의 소비 자본주의 사회 속에서 이 미적 에토스의 세속화가 어떤 범용의 문화 현실을 낳고 있는 것인지, 긍정과 부정이 교차하는, 양가적 시선의 응시 아래, 조금 더 친절하고 세심해진 사회학적 시야의 설명이 덧붙여지고 있을 따름이다. 다음 문면의 해설을 보라.

댄디즘이 추구하는 이러한 '자아의 숭배'는 자본주의의 발전과 함께 쇠락과 변질의 국면을 맞는다. 보들레르가 논리화했던 댄디즘의 원래 의미는 희석돼버리고 대신 체제가 선전하는 '멋있고 자유로운 삶'에 이르는 하나의 통로로 구실하기에 이른다. 경제 성장으로 소득이 증대하고 여가 시간이 늘어나면서 예전엔 소수의 선택받은 계층만이 누릴 수 있었던 상품과 문화의 소비가 확산되고, 문화산업의 팽창으로 고급문화와 대중문화의 경계선

---

9) 위의 책, 58쪽.

이 흐려짐에 따라 이른바 일상생활의 심미화aestheticization of everyday life라는 현상이 광범위하게 자리 잡게 되자 댄디즘은 빠르게 사회 저변에 스며들 수 있는 기회를 갖게 됐다. 댄디는 이제 저주받은 영혼의 소유자나 미적 창조에 헌신하는 사제가 아니라 소비자본주의사회의 흘러넘치는 상품과 현란한 이미지 사이를 헤집고 다니는 익명의 단자에 불과하게 되었다.10)

일급의 문인, 예술가들이 추구한 적극적 의지의 미적 실존의 에토스가 아니라, 대중적 차원으로 속화된, 그리하여 대중적 스노비즘의 차원으로 격하된 성격의 댄디즘이 이제 그 사회적 확산의 일반화된 준거 양상으로 제시되고 있음을 알 수 있다. 속화됨으로써 진정성은 잃어버리게 되었는데, 그 손실과 함께 얻어진 대중적 확산의 현실이 이제 댄디즘 현상의 부인할 수 없는, 결정적인 증거로서 제출되는 것이다. 이처럼 가치론적 인식과 양적 기준의 현실론적 인식 사이에서 엇갈리는 양가적 시선의 교차가 댄디즘에 대한 씨의 분열된 인식과 의식의 또 한 기초를 이룬다. 댄디즘에 대한 이 비평가의 논의를 처음부터 다시 재추적해 보면, 애초엔 복권되어야 할 것이 그것이라고 했다가, 오늘의 사회 현실 속에서 대중화되다 보니, 이제 와선 속화된 스노비즘의 부정적 면모를 안게 된 것으로, 종잡을 수 없는 가치론적 혼란의 댄디즘 인식이 전개되고 있음을 알 수 있는 것이다. 긍, 부정의 가치론적 판단의 문제를 떠나서 보면, 소비자본주의의 확대와 함께 이룩된 소위 '일상생활의 심미화' 경향이 이 비평가에 의해서도 댄디즘 대두의 사회적 기반 조건으로 인식되고 있다. 하지만 문제는 다시금 여기에서 출발하는데, 동일한 사회적 기반 조건의 작용에 의해서 댄디즘은 이제 허무한 스노비즘의 환상적 의식으로 단죄되는 것이다. 치열하게 '자아의 기술'을 추구하는, 적극적인 미적 존재론으로서의 본래 댄디즘과, 똑같은 언어로 '개성화', '차별화'를 부르짖는, 자본주의 상품 광고

10) 위의 책, 60–61쪽.

의 전단 이데올로기 사이에서 그 근본적인 차별성이 명료하게 부각되기 어렵다는 점을 인식할 때, 가치론적 평가의 시선과 의식은 동요할 수밖에 없다는 점을 씨의 문면은 시사하는 것이다.

댄디즘에 대한 가치 평가의 문제를 둘러싼 이 동요의 의식과 인식 속에서, 다시금 현대적 존재의 딜레마의 현실이 드러나고 있다고 할 수 있다. 진정한 것과 비진정한 것 사이의 구별이 어렵다는 점이 그 딜레마의 하나이며, 이를 주체와 타자 사이의 문제로 바꿔놓고 보아도 사정은 마찬가지가 된다는 점이 그 딜레마의 두 번째 조건이 된다고 말할 수 있다. 예술 작품이 가진 진정성의 분위기 상실, 곧 아우라의 상실이 기술복제로 인해 불가피해진 현실로 벤야민은 설명했지만, 대량 생산의 상품, 혹은 작품이 만연한 현실에서 '개성'을 운위하기란 어불성설이 되기 쉽다. 개성으로서의 주체가 타자의 시야 속으로 옮겨졌을 때 그것이 어떻게 인식되는가의 문제는 한편, 자기의 사랑은 로맨스고, 타인의 사랑은 스캔들이라는 시쳇말의 풍유 속에서 잘 드러나는 것이다. 이런 딜레마의 문제를 깨치지 못할 때, 댄디즘의 보편적 규범 확보란 매우 어려운 과제가 될 것이다. 본질적으로 보편적인 것을 지향함으로써 만인에 의해 받아들여지더라도 문제될 것이 전혀 없는 것이 윤리적, 종교적 실존의 영역이라면, 처음부터 개성적인 것, 개별적인 것을 추구함으로써 궁극적으로는 매일매일 자기 자신과의 이별을 연습하지 않으면 안 된다는 것이 본래 댄디즘이 가진 강박관념이다. 오늘날 패션으로 대표되는 스타일 문화의 징후적인 자기 창조 의식의 강박 관념이 여기에 있는 것이다. 이를 두고 보들레르는 '모더니즘', '모더니티'라 부른 셈이거니와, 이 본래적인 반보편주의의 정신적 이상, 딜레마의 조건 때문에 댄디즘을 위한 우리 비평가의 논술 역시, 문면마다에서의 동요와 분열의 양상을 보여준다.

작품의 예시를 통해 이루어지는, 90년대 소설의 개별적인 댄디즘 수용 양상 설명에 있어서도 사정은 마찬가지다. 댄디형 인물을 구현한 90년대의 작가들이 얼마나 많은가를 꼽아보이기 위해, "대충 손꼽아보아도 장정일, 구효서, 박상우, 채영주, 배수아, 은희경, 윤대녕, 장태일, 김영하, 이응준, 조경란 등의 소설의 작중인물들이 바로 댄디적 성격과 기질을 농후하게 내비치고 있다"고 말하고, 그에 이어서 바로 각주의 주석에서는, "필자는 이 명단에서 장석주, 하재봉, 박일문 같은 댄디즘적 취향은 훨씬 노골적이면서도 문학적 성과는 훨씬 의심스러운 작가의 이름은 일부러 생략했다. 왜냐하면 이들을 다른 작가와 같은 반열에 놓고 이야기한다는 것 자체가 다른 작가에 대한 결례라고 생각되었기 때문이다."11)라고 정색하여 말하고 있음이 그 양상이다. 위의 평가를 따르자면, 댄디즘 바깥에 문학 평가의 또 다른 기준이 있거나, 아니면 좋은 댄디즘과 나쁜 댄디즘 사이의 구별의 척도가 있다는 뜻이 되는데, 이와 같은 문제와 관련한 더 이상의 논급은 없다. 댄디즘적 인물의 구현 양상이 구체적으로, 전형적으로 어떤 것인가를 보여주기 위해, 소설의 한 대문을 들고, 거기에 논평하는 필자의 언급 역시 비슷한 양상을 노정한다. 소설의 한 단락을 인용한 뒤, 비평가는 다음과 같이 말한다.

> 위 인용은 무라카미 하루키의 상륙 이후 1990년대 젊은 작가의 소설에서 흔히 만나볼 수 있는 장면 중의 하나이다. (…) 하릴없이 도시 공간을 배회하며 일상이 제공하는 감각적 만족에 탐닉하는 한 댄디적 인물의 별다를 것 없는 어느 하루 한나절이 그려져 있을 따름이다. 그 인물이 무엇을 구입했고 어떻게 음식을 만들어 먹는 것을 좋아하는지 따위의 자잘한 정보가 나열돼 있을 뿐이다. (…) 다만 독신자인 주인공의 일상이 보여주는 한가로움과 감각의 섬세함이 읽는 사람에게 산뜻한 쾌감을 제공해준다는 게 위 문단의 효과라면 효과라고 할 수 있다.12)

11) 위의 책, 62쪽.
12) 위의 책, 63-64쪽.

윗 문면을 그대로 좇자면, 댄디, 댄디적 인물의 삶이란 '별다를 것 없'거나, '자잘한', 그러면서도 "주인공의 일상이 보여주는 한가로움과 감각의 섬세함이 읽는 사람에게 산뜻한 쾌감을 제공해주"는 것이 될 것이다. 이처럼 부정적 평가와 긍정적 평가 사이에서 동요하고 갈등하는 평가적 언술 양상은 90년대 우리 댄디즘 소설의 기원 격의 자리에 위치지어진다고 하는, 장정일 소설 「아담이 눈뜰 때」를 말하는 자리에서 겨우 극복된다. 완연히 긍정적인 어조 쪽으로 기울어 말하고 있는 것이다. 보라.

> 이 소설의 첫 문장(…)은 바로 댄디가 꿈꾸는 '삶과 절연된 예술적 인공낙원'에 대한 희구를 여실히 보여주고 있다. 장정일은 의도했든 의도하지 않았든 이 소설에서 1980년대 젊은이와는 다른 가치관과 세계관을 지닌 1990년대적 젊은이의 탄생을 예고한 셈이다. 그 젊은이는 정치 사회적 혁명보다 일상생활의 심미화에 더 관심이 많으며, 자본주의가 숭배해 마지않는 금전보다 문학(타자기) 미술(뭉크 화집) 음악(턴테이블)을 더 애타게 소유하고자 하는 인물이다. 그는 대학 입학을 포함해서 사회적으로 용인 장려되는 모든 행위를 기성체제와의 타협이라 해서 혐오한다. 그 혐오는 타인과 자신 사이에 건너뛸 수 없는 심연이 자리잡고 있다는 자의식을 낳고 그 자의식은 타인과 자신 사이의 무수한 차이짓기로 현상한다. (……) 장정일의 「아담이 눈뜰 때」는 미숙한 대로 댄디적 감각으로 무장한 새로운 세대의 등장을 알리는 신호탄 같은 작품이라 하겠다.13)

이처럼 제도 이탈적이고, 잠재적으로 악마주의적 정향의 작품에 대해 "댄디즘(…) 등장을 알리는 신호탄 같은 작품"이라는 평가를 안겨주고, 그와 비슷하게 정치 사회적 혁명보다 일상생활의 심미화에 더 관심이 많아, '인공낙원으로의 도피'라는 주제를 훌륭하게 실현하고 있다고 여겨지는 소설, 박상우의 단편 「샤갈의 마을에 내리는 눈」을 역시 같은 시야에서

---

13) 위의 책, 66쪽.

상찬한다. 작품의 한 대목 인용에 이어서, 비평가는 다음과 같이 말하고
있다.

> 정치적 환멸 저편에 샤갈로 상징되는 예술과 미의 세계가 자리 잡고 있
> 다. 아름다움의 향유, 그것만이 삶에다 가치를 부여해줄 수 있다는 것이다.
> 근시안적 실용성의 추구에서 벗어난 곳에, 문학 미술 영화 같은 우리를 둘
> 러싸고 있는 아름다움의 창조 속에 우리가 찾는 위안이 있다. 소멸하는 것
> 의 아름다움, 그 멜랑콜리에 대한 탐닉이 시작된 것이다. 그러나 19세기 말
> 의 데카당스들과 다르게 20세기 말의 댄디들은 자신의 삶의 반경을 '예술
> 을 위한 예술'이란 좁은 테두리 안에 가두려고 하지 않는다. 오히려 그들은
> 삶 그 자체를 미학화함으로써 예술과 일상 사이의 경계선을 무화시키고자
> 한다.[14]

정치적 환멸의 의식이 강조되고 있고, 그 대신 인공 낙원의 예술 세계
에 대한 탐닉, 더 나아가 삶 자체를 미학화한다는, 보들레르적인 원형의
댄디즘, 혹은 현대적으로 재해석된 푸코적인 일상성의 철학이 이 문맥에
서 강조됨을 볼 수 있다. 그러나 이와 같은 문맥에서 무엇보다 여성적인
댄디즘의 태도, 그 여성적 자의식의 태도가 배제되어서는 현대성의 이름
으로 그 합당한 논의 가치를 인정받는 데 곤란한 문제가 발생할 것이다.
여성 작가, 즉 최근 각광받고 있는 은희경의 작품 세계에 꼼꼼한 탐색과
분석이 빚어지는 것은 이 때문이라 할 수 있는데, 그렇지만 이 여성 작가
의 작품 세계에 대한 검토는 단지 한 고육지계로, 구색 맞추기를 위한 의
의로서만 끌어들여지는 것이 아니라, 실상 이 작가의 문학적 특질에 대한
깊은 통찰의 규명이면서, 당대적인 댄디즘, 즉 오늘날에 있어서 댄디즘적
인 삶의 철학과 인생관, 존재관의 면모가 어떤 것인지를 정확히 밝히는
효과를 갖는다. 댄디즘이 남성의 전유적 태도, 의식일 수 없고, 삶의 다른

---

14) 위의 책, 67-68쪽.

어떤 영역, 거기에 부수되는 다른 어떤 사회적 이데올로기의 의식에 비교해서도, 존재의 미적 실천이라는 의의의 댄디즘이 오늘 우리 문학의 결정적인 관심사로 부각될 수 있음을 그녀의 문학은, 그리고 그녀의 문학에 대한 비평가의 분석은 설득력 있게 보여준다. 차갑고 드라이한 감수성의, 그리하여 초연의 태도를 기조로 한, 우리 시대 여성적 댄디의 풍모가 실상 우리 시대의 가장 전형적인 댄디의 면모일 수 있음을 비평가의 분석은 현대적 삶의 정황과 존재의 의식적 실천이라는 양면의 유기적 조합 논의를 통하여 뛰어나게 개진해 보여주는 것이다. 이로써 90년대 한국 소설의 현상에 결부시킨, 우리 시대 댄디즘의 존재 방식에 대한 해설은 하나의 절정에 도달한다.

소비사회는 이미지의 증식을 통해 인위적으로 욕망을 자극하는 데 골몰하는 사회이다. 이미지를 통해 현실은 끊임없이 비현실로 탈바꿈하고 상업적 의도는 미적 가면을 쓰게 된다. 그 결과 예술은 현실과의 비판적 거리를 잃어버리고 욕망과 감각의 직접성에 종속당한다. 미적 현혹의 편재, 이것이야말로 소비대중문화를 지탱해나가는 핵심요인이 아닐 수 없다. 이러한 사회 속에서 댄디적 인물은 관음증적 태도를 내재화하게 된다. (……) 대도시에서 단자적 삶을 누리는 이 댄디는 다양한 패션과 양식을 실험하고 즐기며 현대문명이 제공하는 쾌적한 주변 여건과 우연성에 몸을 맡긴다. 타인들과의 관계 역시 차갑고 드라이할 수밖에 없다. 합리적인 계산과 세련된 매너가 이념적 결속감과 동지적 연대감을 대신한다. 감정의 노출은 극력 자제되고 대인관계는 자신에게 주어진 일정한 배역을 연기하는 연극을 닮아간다. 은희경의 한 작품에서 주인공의 내면에 대한 (다음과 같은) 서술은 이 점을 잘 말해주고 있다.15)

---

15) 위의 책, 68-69쪽.

5. 댄디즘의 소설 전망

이와 같이 댄디즘 실천의 구체적인 작품 사례들과 만나면서, 현대적, 당대적 댄디즘의 존재 방식과 관련한 설득력 있는 분석적 논의를 보여주는 씨의 글은 그러나, 미적 가치 의식, 즉 미의식을 중심으로 한 새로운 세계관, 새로운 미학적 세계관의 수립에는 결정적으로 도달하지 못하고, 기존 생산 패러다임, 혹은 기존 윤리적 세계관의 압력에 허망하게 굴복하는 자세를 노정함으로써 결론부에 이르러 다시금 동요하고 분열하는 가치론적 진술 양상을 반복한다. 결론부의 마지막 절에 '댄디의 윤리'라는 소제목을 부여하고 있음에도 불구하고, 실상 댄디즘의 윤리적 에토스에 대해서는 더 이상의 진일보한 논의를 내놓지 못하고, 앞으로의 한국 소설이 어떻게 전개될 것인가라는, 도식적 소설 전망의 한갓된 실정적 비평 담론의 개진에서 더 이상 나아가지 못하는 의식적, 인식적 한계의 비등점을 씨의 글은 노출하고 마는 것이다. 댄디의 특징적인 한 태도로서 '초연'함을 강조했던 것처럼, 비평가는 이제 세인의 댄디, 작가들과는 구분되는 한 초월자인 양, 객관적인 기술자의 태도, 그것으로 돌아와 말한다. 그리고 다시금 댄디즘에 대한 냉연한 비판자의 태도를 강화하여 말하는데, 이 객관적 기술의 태도 속에서 분열하고 갈등하는 언술의 면모는 오히려 극을 달리게 되는 것이다. "이상에서 살펴보았듯이 댄디즘은 우리 문학 깊숙이 침투해 들어와 있으며 성향이 다른 작가의 작품 속에 다양한 양상으로 출몰하고 있다. 그러나 댄디즘이 우리 문학에 형상화되는 방식은 대략 다음 세가지로 구분지어 이야기할 수 있을 것 같다"고 말하고, 첫째, 둘째, 셋째의 가능한 형상화 방식을 적시하는 바, 이 세 가지 항목들이 분열하고 만나는 접점에서 댄디즘에 대한 일반적 가치 판단은 혼미의 동요 양상을 거듭하는 것이다. '댄디', '댄디즘'의 용어가 복권되지 않으면 안 된다는 애초의 신념은 벌써 접어두었다는 듯이, 결론부 내에서 그의 기술 태도는 양가적 가치 판단 사이를 왕복한다. "댄디즘이 우리 문학에 형상화되는 방식으로", "첫째, 도시에 사는 댄디의 일상에 대한 세태 묘사적 접근", "둘째, 평균적이고 반복적인 도시적 일상을 전복하는 사건이나 인물과의 조우를 통한 신비 경험에 대한 천착", "셋째, 댄디적 삶의 기만성과 기생성을 폭로하는 작업" 등이 나타날 것이다, 라는 전망적 예측 속에 그 양가적 가치 판단의 태도는 드러나고 있거니와, "앞에서 살펴보았듯이 댄디즘은 나름대로 역사적 필연성과 함께 1990년대 우리 사회에 등장 – 유행하고 있으나 그렇다고 충분히 정당하고 바람직한 현상이라고 평가할 수만은 없는 성질의 것이다. 특히 댄디의 경제적 사회적 기생성은 더욱 가차 없이 비판받아야 한다. 댄디의 지나친 자아 중심주의는 결국 이기주의에 다름 아니며 이는 사회적 다위니즘을 더욱 부추기는 방향으로 작용할 뿐이다. 아울러 댄디즘은 지식인 – 예술가 계층의 공허한 제스처에 그칠 뿐 사회 개조에 아무런 힘도 행사할 수 없다는 약점을 지니고 있다. 샤르트르가 보들레르를 논하면서 '댄디즘은 어떠한 기존의 율법들도 전복시키지 아니한다. (……) 권력층은 항상 혁명론자보다는 댄디를 더 좋아한다'고 한 것은 정곡을 찌르고 있다고 보인다" 운운의 대목에 이르러서는 오히려 기존 생산 패러다임, 사회 혁명론의 관점에 투항하여 댄디즘에 대한 반대, 비판논리의 저작에 급급하고 있다는 인상조차 안기는 것이다. 스스로 이런 격렬한 자기 고발의 논리를 언표해 놓고서 그것이 또 너무 지나치게 자기 부정을 행한 것은 아닌지 의식하게 된 탓에 그는 또, "1990년대 문학 작품에 나오는 댄디형 인물은 그렇다면 일과성의 시행착오적 인물인가, 아니면 앞으로도 상당 기간 힘을 발휘할 매혹의 대상인가"라고 되묻고, 특별히 오늘 'IMF 시대'라는 어려운 경제 사정, 형편 속에 댄디형 인물의 유행 현상은 상대적으로 움츠러들게 되리라는 전망을 내놓고 있다. 일단은 자가당착이라 해야겠지만, 자가당착적 발언이라도 귀 기울여 들어둘 필요는 있을 것이다. 비평가는 다음과 같이 말한다.

> IMF 시대를 맞아서도 이런 댄디형 인물이 유행할 수 있으리란 보장은 없는 듯하다. (……) 사회 각 분야에 걸쳐 탈거품의 조류가 밀려들고 있는 요즘 댄디형 인물의 창백함과 얄팍함은 한층 두드러져 보인다. 삶의 심연은 응시하려 하지 않은 채, 또 자신을 둘러싸고 있는 사회적 힘의 갈등을 외면한 채 정신적 육체적 향락을 추구하는 이 인간형은 왠지 이질감과 저항감을 주는 게 사실이다. 물론 이것은 아직도 우리의 사고가 계몽주의의 잔재를 떨쳐버리지 못했기 때문에 나오는 반응일 수도 있다. 그러나 고뇌의 외면, 깊이의 외면, 총체성의 외면…… 이처럼 전시대에 바람직하다고 여겨진 것들의 망각 위에 과연 어떤 의미 있는 작품이 축조될 수 있을 것인가.16)

'IMF 시대'의 도래 직후에 쓰인 글이라는 점을 감안하고라도, '댄디즘'과 자신을 구별시키는 이 언술 속에 씨의 지향적 의식과 태도의 어떤 면모가 깃들어 있을 것이다. 죽음에 대한 친화의 상상력적 세계 인식을 보여주는 그의 시세계의 특질을 감안하고 볼 때, 특별히 눈에 띄는 말은 '삶의 심연'이라는 말이다. 그런 관점과 사회적 시야의 결여라는 점에서 댄디즘은 "고뇌의 외면, 깊이의 외면, 총체성의 외면"이라는 한계적 약점을 지닌다고 하는 뜻일 게다. 과연 그런가. 이에 대해서 상론할 여유는 지금 없는 듯하다. 아마도 얻는 것이 있다면 잃는 것도 있을 것이다. 그 결여태 때문에 부정되어야 할 것이라면, 애초에 댄디즘의 복권을 씨는 주장하지도 말았어야 했다. 이 자가당착과 자기 부정 앞에서 씨의 글은 마지막으로, 다시 한 번 회귀한다. 결국 댄디즘의 승인으로 돌아가는 것이다. 이를 분열

---

16) 위의 책, 73쪽.

의 면모라고 할 수 없을까. 몇 번의 턴을 거쳐서, 심각한 자기 부정 끝에 마침내 자기 확인으로 돌아가는, 이런 분열자의 면모는 실상 최고의 댄디라고 하는 보들레르의 면모이기도 했다. 윤동주의 「자화상」이 보여주듯, 나르시스에게는 실상 수많은 자기혐오의 계기들이 있다. 비평가는 끝내 인식자로 돌아간다. 그것도 한갓 문학비평적, 문학자적 인식자다. 당대의 비평가가 보여주는 이 제한된 인식자로서의 모습은 오늘 우리 문학의 한계적 인식이 갖는 어떤 자화상의 초상처럼 여겨진다. 단지 문학(적 현상)을 이해하기 위한 인식이라면, 그 인식은 누구를 위해, 무엇을 위한 필요의 인식인가. 어쨌든 댄디즘에 대한 그의 마지막 복권, 부활의 언술을 들어보자. "하지만 부인할 수 없는 것은 그럼에도 불구하고"라는 이중 유보의 접속 부사어를 가운데 놓고 그는 다음과 같이 글의 끝 문단을 짓는다.

댄디즘은 출발에서부터 현재의 존재 양태에 이르기까지 비판받을 수 있는 많은 요소를 갖고 있다. 하지만 부인할 수 없는 것은 그럼에도 불구하고 적잖은 매력 또한 보유하고 있다는 사실이다. 그 누군들 댄디처럼 경쾌하게 이 시대의 표면 위를 가로지르고 싶지 않으랴. 보들레르가 현대성을 "덧없는 것, 순간적인 것, 우연한 것"이라고 정의했을 때, 바로 이런 현대의 특성을 가장 잘 구현한 존재들이 바로 댄디였다. 그런 의미에서 댄디의 '멋부림'은 단순한 외양 가꾸기가 아니라 자신에게 주어진 순간순간을 최대로 충만하게 살려는 의욕의 표출로 봐야 할 것이다. 그는 진정한 자신을 '발견'하고 나아가 '발명'하려는 자인 것이다.(…)
그런 의미에서 댄디즘에 대한 이해는 우리 사회와 문학의 이해를 위해 더 이상 미뤄둘 수 없는 과제임이 분명하다. 댄디즘이란 창을 통할 때 우리는 변화의 도중에 있는 우리 문학의 전부는 아니더라도 상당히 많은 부분을 보다 명료하게 읽어낼 수 있게 될 것이다.[17]

17) 위의 책, 73-74쪽.

6. 존재 미학적 탐구로서의 문학, 그리고 그 비평

생산의 윤리학과 소비적 존재의 미학 사이에서 동요하고 분열하는 모습의 비평가에 대해 뭐라고 선택을 강요하기는 어려울 것 같다. 한 시대의 정신을 대변하는 자로서 비평가 또한 사회 내에 갇힌 존재, 그런 점에서 세계내적 존재의 일부에 불과하다면, 그가 인식하고 대변하는 의식의 현실 역시 우리 사회의 현 단계를 충실히 대변하는 것일 게다. 비평가의 편에서 말하면, 댄디즘의 사상, 이론가로서가 아니라, 한 문학 비평가로서 90년대 소설에 대한 하나의 단편적 인상 보고, 현장 보고 분석기를 제출해 보았노라고 소박하게 답할 수도 있을 터이며, 그만으로도 씨가 제출한 비평적 화두의 예민한 시대 관여성의 의미는 지워지지 않는다. 바야흐로 소비사회를 향해, 혹은 그것을 넘어 나아가는 90년대 우리 사회의 문화적 존재 의식의 현주소를 적절한 이정표의 하나로서 가리켜 보여준 셈이라고 할 수 있을 것이기 때문이다. 다만 존재 미학의 일부로서 '댄디즘'과 관련, 여기서 몇가지 환기해 둘 사항이 있다면 다음과 같이 정리해 볼 수 있겠다.

댄디즘 대두의 사회적 조건이 소비사회임을 누차 강조했거니와, 좋든 싫든 소비사회의 단계, 국면에 진입한 한국 사회에서 존재의 미학 사상, 그 실천 의지는 더욱 더 확산되고 강화되리라는 점이다. IMF 사태가 의외로 쉽게 종결되는 조짐을 보인다고 해서 이러한 예측이 가능한 것이 아니라, 기본적으로 경제, 경제 현실이란 생산의 측면과 함께 소비의 측면이 함께 어우러져 이루어지는 구조임을 인식하기 때문이다. 상식의 경제학으로 말하더라도 소비가 위축되면 생산 또한 위축된다. 소비가 장려될 필요까지는 없다 하더라도, 규모에 맞는 소비는 생산을 위해서도 필수적이라는 사실이 생산 패러다임과 함께 소비 패러다임에 의한 사유의 기본적 필요를 의미한다. 사유의 차원에서만이 아니라, 존재, 실천의 차원에서 소비가 의의있게 된다는 것도 이 때문이다. 존재 현실 전반을 뜻있게 묘출, 제시하는 것이 문학의 기본적인 임무라고 할 때, 반드시 댄디즘의 시각에서가 아니더라도 우리 삶을 아름답게 가꾸는 존재의 미학이 어떻게 가능할지를 탐색하는 것은 앞으로 우리 문학의 한 과제가 된다고 말할 수 있다.

우리의 삶을 아름답게 가꾸는 존재의 미학이라 하더라도 그것이 반드시 서구적 원류의 댄디즘 사상에 귀착되고, 그것에 제한, 종속되는 의식적, 양식적 태도의 현실이 빚어질 필요는 없다고 본다. 우리의 전통적인 미적 존재 태도를 대변하는 '풍류'의 개념을 이런 문맥에서 상기해 보아도 좋다. 정지용을 대상으로 한, 「멋에 대하여: 현대와 멋의 탄생」(최정호 편, 『멋과 한국인의 삶』(나남, 1997) 소재)에서 김우창이 심도 있게, 설득력 있게 탐색해 보여준 것처럼, 근대 한국인에게 있어서 '멋'의 관념은 비록 그 시초는 서구적 댄디즘의 개념에 의해 형성되기 쉬운 것이라 하더라도, 정신적 편력의 시기에서 벗어나 귀향의 시기에 접어들면, 한국적 풍류의 세계에 대해서도 친화력 있는 태도를 갖기가 용이해 진다는 점을 말할 수 있다. 서정주 후기 시가 갖는 풍류미의 태도가 그 한국적 전범의 하나로 내세워질 수 있는 것이다. 한국 근대의 문인으로는 실상 댄디즘과 풍류의 관념까지를 넘어 죽음의식의 경계에서 미적 존재 의식의 실천을 감행한 이상 같은 문인도 있거니와, 댄디즘이라는 현대적 세련의 관념만으로 모든 존재의 미학 사상을 재단할 필요는 없다는 점이 이 문맥 속에서 논증될 수 있다. '풍류'의 개념이 어떠한 것인지는 좀더 따져져야 할 사항이겠으나, 자연과의 합일이라는 동양적 전통 사상과 그것이 접맥된 것이라면, 현대가 강조하는 생태학적 사유와도 그것이 결부될 수 있다는 점에서 풍류 사상의 현대적 가치가 재음미될 수 있다.

댄디즘의 문제로만 국한하여 말한다면, 그것이 애초부터 윤리적 규범,

기성 질서에의 도전이라는 속성을 지녔었다는 점에서 근래 점증하는 악마주의적 심의 경향과 그것이 어떻게 분리, 존숭될 수 있겠는가의 문제가 심각하게 고려되지 않으면 안 되리라고 본다. 기성의 윤리, 도덕관념에의 단순한 저항과 악마적이고 파괴적인 충동에 대한 선양 사이에는 깊은 심연의 단절이 있지 않으면 안 된다고 여겨지기 때문이다. 댄디즘 체현의 한 대표 작가의 보기 경우로 연전 나타난 양상이기도 하지만, 보들레르, 오스카 와일드의 경우에 있어서도 이와 비슷한 문제 현실이 심각하게 제기되었던 것을 우리는 기억하지 않으면 안 된다. 보들레르의 시집 제목, 『악의 꽃』은 이 상관관계를 암시하는 것이다. 윤리의 세계와의 결별이 자칫 세계와의 파괴적 불화를 불러들이는 것이라면, 이 사상의 위험성에 대한 경고음을 이 사상 스스로 예비하고 발신하지 않으면 안 될 것이다.

보다 일반적인 사항으로 우리의 비평가가 간단없이 상기시키고, 주의 환기시키고 있는 바처럼, 오늘날 댄디즘의 문제는 그 원래적 진정성과 모방의 스노비즘적 양상 사이에서 그 준별이 쉽지 않다는 점에 있을 것이다. 하나의 옷치장, 패션의 현실에서도 이와 같은 문제는 나타나지만, 문학, 예술의 고차원적 표현 양식에 있어서도 독창성과 그 모방 사이의 구별은 쉽지 않은 문제라는 것이 일찍이 르네 지라르에 의해서 지적된 바 있기 때문이다.[18] 비평가의 진언처럼, 참된 것, 독창적인 것과 모방의 흉내 낸 것 사이에는 엄밀하고 엄격한 준별이 이루어져야 할 것이지만, 그 구별이 객관적으로 이루어지기 어렵고, 실상 많은 훌륭한 예술품 또한 시초에는 모방으로부터 출발했다는 것이 또한 지라르에 의해서 지적되고 있다. 오늘의 우리 소설의 한 전범 작가로 지목되는 무라카미 하루키조차도 자기의 문학이 모방으로부터 시작됐다는 것을 스스럼없이 고백하고 있지 않은

---

18) 김윤식 역, 『소설의 이론』, 삼영사, 1977, 1장 5, 6절 참조.

가.[19] 오늘의 우리 삶의 일반적 정황 역시 그러한 것 아닐까. 기원과 유래를 알 수 없이 얽혀 있는 삶의 모조품들 속에서 또 우리 나름의 독창적 개성을 찾아 매일 매일의 길을 떠나고 있는 것 아닐까. 비평가의 임무는 물론 그 속에서 진품, 가품의 예술적 작품을 가려내는 일이지만, 시인, 소설가, 예술가는 삶 속에서 참으로 진품의 삶과 가품의 삶을 가리려는 자일 것이다. 이제 진품, 가품은 윤리적, 도덕적 척도에서가 아니라, 아름다움의 척도에서 가려져야 한다는 것을 세상은, 시대는 말하고 있다. 이 점을 가리켜 보여준 비평가의 역할은 우리 시대 진품 비평가의 그것에 값한다고 보고, 그러나 우리의 삶을 더욱 아름답게 꾸미기 위해서 우리 모두는 더 많이 노력해야 한다는 것을 마지막으로 말하고 싶다.

−「비평」, 1999 상반기.

---

19) 졸고, 「하루키 소설의 기원에 대하여」, 『합리주의의 문턱에서』, 강, 1997 참조.

유미리를 어떻게 읽을 것인가
– 이광호 씨의 유미리 읽기에 대한 비판적 검토

1.

비평함의 근거에 대해서 먼저 물어야겠다. 왜 지금 유미리인가에 대해서 먼저 대답하지 않으면 안 되겠기 때문이다. 한국문학 비평의 대상 속으로 유미리가 들어올 수 있는가, 이것이 문제다.

유미리 문학이 일단 일본문학의 한 부분이라는 것은 말할 나위 없는 사실이다. 그는 일본어로 쓰고 일본어로 사고한다. 일본 문학의 해석적 지평 안에서 작업한다. 우리가 그를 읽기 전에, 일본 독자에 의해 먼저 읽혀지고, 그리고 평가받고, 그리고 시상되었다. 우리가 그를 읽는 것은 따라서 하나의 문화적 복창이 될 수 있다.

그는 물론 교포 작가이다. 그를 우리 나름으로 읽으면 될 것이다. 그렇다면 우리는 유미리를 어떻게 읽을 것인가.

여기에 하나의 비평적 실례가 있다. 이광호 씨의 「고백을 넘어서:우리가 유미리를 읽는 몇 가지 이유」(『세계의 문학』, 1998 봄)가 그것이다. 유미리의 신작 「타일」에 부친 평문이다. 하나의 작품에 부친 평문에 그치지 않고, 여러 가지 점에서 나는 이 글이 징후적이라고 판단했다. 뛰어난 비평적 역량으로 스스로를 90년대 문학 의식의 한 대변자로 각인시켰고, 실제로 매번 발표되는 그의 글에서 능란한 수사와 대상의 맥을 짚어내는 요령 있는 기술 능력을 발견하고 감명을 받았던 적도 여러 번이었으나, 몇 가지 점에서 이 글은 문제를 안고 있다고 판단되었다. 동업자를 고발(?)함은 위험한 일이지만, 최근 우리 비평의 흐름과 관련하여 선도의 위치에 있는 그의 글이 우선 공개적으로 검증될 필요가 있다고 판단한 것이다.

한국 문학의 자의식 문제는 여기서 일단 접어두자. 일본 문학에 대한 거리낌 없는 수용의 분위기가 문단 일각의 젊은 문인들 사이에서 최근 팽배해지고 있음을 피부로 느끼고 있지만, 지금 이것을 문제 삼기는 어려운 시대의 대세 속에 있고 – 필자 역시 여기에 일조한 적 있다 –, 좋은 것을 수용하자는 데 굳이 장벽을 칠 이유는 없다. 개방의 원칙에 나 역시 동의하는 셈이며, 다만 무분별함이 아닌 바람직한 취사선택에 비평이(그리고 비평가가) 역기능을 수행해서는 안 된다고 믿을 따름이다.

혐의(?)는 아주 사소한 데서 출발했다. 유미리 문학을 지나치게 선양하는 데 불만이 있었던 것인지 모르지만, 씨의 평문이 순수하게 자발성으로만 쓰인 것 같지 않다는 데 우선 나는 의심을 두게 되었다. 출판에 대한 비평의 종속이 오늘 우리 비평의 주된 문제 현실이라고 보는 나는 그래서 지금 이 문제가 심각히 제기될 필요가 있다고 판단한 것이다. 바야흐로 경제 파국의 현실이다. 한 사회의 최고 간접 자본은 '신용'이며, 한국 사회 위기의 본질은 신뢰의 기반 취약에 있다는 프란시스 후쿠야마의 논의에 나는 동의하고 있다. 동료들의 세계를 주시하라는 영화의 메시지가 그때 나를 고무시켰던가.

하지만 모든 사태를 이처럼 단순화해서만 보지 말라는 충고에 나는 금방 이르게 되었다. 자발성, 주체성이란 애초에 없는 것이라고 라캉은 주장하고 있었고, 모든 사태의 주인은 언술이며 텍스트일 뿐이라고 그의 동료 해체주의자들은 말하고 있었다. 텍스트 안에 밀려들어 있는 의식의 총체가 결국 그의 주체성이고, 그 주체성을 우리는 존중하지 않으면 안 된다. 언술이 타자성의 총 집합이라면, 독자의 일반 의지를 대변하는 것으로서 비평은 간주되지 않으면 안 된다. 독자가 독자 일반으로 일원화될 수 없다면, 어떤 집단의 공동 의지를 대변하는 것으로 비평은 받아들여져야 한다. 설혹 못마땅함이 있더라도, 그러니 그것을 어떤 집단의 일반 의지 표명으로 우리는 비평을 받아들여야 하지 않을까.

이 비평가가 대변하는 집단의 의식 성격이란 무엇일까. 90년대 신세대 문학의 대변자임을 그가 자임했다고 하면, 젊은 세대 문학 의식의 한 지표가 여기에 들어 있는 것 아닐까. 보라. 그 스스로 독자의 대표자인 것을 그 글의 제목('우리'가 유미리를 읽는 몇 가지 이유)이 드러내고 있지 않은가. 그렇다면 독자 반응 비평의 한 유력한 텍스트로서 그 비평이 우리에게 주어져 있는 셈이고, 유미리를 읽는 내부적 근거의 하나로서 이를 활용할 수 있으리라. 이광호 비평을 알기 위해 유미리를 읽는 것. 또는 유미리를 더 잘 읽기 위해 이광호 비평을 개입시키는 것. 비평에 대한 비평으로서의 모험을 한 번 떠나보는 것이다.

지금 여기에서 왜 우리가 유미리를 읽어야 하는지 그가 설명해 줄 수 있다면, 유미리를 읽는 다른 방법에 대해서도 우리는 말할 수 있지 않을까. 그렇게 유미리를 읽기로 작심을 하고 책방 순례를 하니 벌써 유미리 저작의 번역 종수만도 수종을 헤아린다. 우리 출판의 발 빠른 대응에 새삼 놀라면서, 하나의 비평을 깃대삼아 우선 책읽기의 모험 속으로 나는 떠나가지 않으면 안 되었다.

2.

유미리의 신작 「타일」에 대한 독후감부터 말하란다면, 그러나 「타일」의 독서는 나에게 따분하고도 지겨운 형벌일 뿐이었음을 고백한다. "유미리의 신작 「타일」은 놀랍도록 자극적인 작품"[1]이라고, 「타일」에 대한 비평의 서두에서부터 이광호 씨는 역설하고 있었지만, 어떤 자극적인 언술도 나를 불감증과 따분함으로부터 불러내지 못했다. 비평가의 설명에 의하면 이 소설은, "성적인 무능으로 아내로부터 버림받은 남자의 기이하고도 끔찍한 행위가 소설의 주된 내러티브를 이루"는 작품이지만, "이 남자의 일탈적인 행위가 갖는 풍부한 문화적 상징성이(은) 도처에서 빛을 발하는 강렬한 메타포들로 인해 한 편의 정교한 사이코 스릴러나 호러 무비 혹은 컬트 영화를 연상시킨다"는 지적은 나에게 전혀 실감되지 못했다. "연극적이고 영화적인 요소를 과감하게 소설에 도입하는 작가는, 이 소설에서 함축적이고 단속적인 대사와 제의적인 행위라는 요소를 극대화하면서 한편으로는 사이코 스릴러의 영화 문법을 차용한다"고 설명되고 있지만, 이런 요소들의 극대화와 영화 문법의 차용이 소설을 본질적으로 흥미 있게 하는 요인인가에 대해서는 의문을 갖지 않을 수 없다.

씨의 설명 어구 중 '일탈적인 행위'가 말하고 있는 것처럼, 전체적으로 일탈되고 파괴적인 행동 유형을 보여주는 이 주인공의 행적은 그런 만큼 충족시켜야 할 사회적 개연성을 충분히 확보하지 못해 리얼리티 면에서 우선 매우 취약한 현실성을 보여준다고 여겨졌다. 이처럼 허약한 리얼리즘으로는 독자를 끌어들이기 어렵다는 것이 소설에 대한 나의 고정관념이자, 편견이다.

타일 붙이기에 의한 모자이크 작업을 엄숙히 수행하는 이 남자의 이야

---

1) 이광호, 「고백을 넘어서: 우리가 유미리를 읽는 몇 가지 이유」, 『세계의 문학』, 1998 봄, 140쪽. 이하, 이 문단의 따옴표 친 대목은 140~143쪽에서 발췌한 것임.

기는 결론적으로, "타일은 견딜 수 없는 이 세계의 공허 위에 그려진 성적인 환상이며, 남자의 음모는 그 공허를 견디려고 짜내는 플롯"이라고 해석되고 있다. 이를 통해 <정욕이 사라져도 여전히 사람을 살게 하는 에너지, 생의 근거>가 무엇인지, 그러니까 "성적인 동기보다 더 근원적이고 원초적인 인간의 충동은 무엇인가"라는 질문을 작가는 하고 싶었던 것이라고 해석되며, 그러므로, "임포인 남자가 타일 모자이크를 만드는 제의적인 행위나 그가 보여준 잔혹한 폭력은 그 충동의 한 이미지일 뿐"인 것으로 해석되고 있다.

이처럼 난잡한 성적 환상과 폭력적 잔혹함으로 얼룩진 소설이 긍정적으로 평가될 수 있다는 게 놀랍다. 비평가는 다음과 같은 언술로 자기 글을 마무리하고 있다.

> 독자인 당신은 이 소설을 통해 삶의 악마적인 무의미성과 대면한다. 소설은 <이 세상에 있는 타일 아래는 과연 몇구의 시체가 묻혀 있을까>라는 세기말적인 의문, 타일이라는 도시적이고 현대적인 내장재 아래는 얼마나 많은 죽음과 공허가 은폐되어 있을까라는 의문을 당신에게 선사한다. 그래서 이 선명한 악몽은 결국 당신에게 이렇게 묻는 것이다. 이 끔찍하게 무의미한 세계에서 당신을 살게 하는 힘은 도대체 무엇인가? 혹시 허구와 악몽의 힘으로?2)

이 끔찍하게 무의미한 세계에서 당신을 살게 하는 힘은 도대체 무엇인가? 이 물음이 작가가 독자에게 던지는 질문이라는 것인지, 아니면 비평가 자신의 육성을 빌어 던지는 질문인 것인지 불분명하지만, 여기에서 세계에 대한 하나의 판단이 내려지고 있고, 이 무의미한 세계에서 살기 위해 허구와 악몽의 힘이 필요하지 않느냐는 슬몃한 권유가 이뤄지고 있음

---

2) 위의 책, 143쪽.

을 알 수 있을 것이다.

이 세계에 살만한 의미(가치?)가 있는지 없는지는 섣부른 논단을 부를 것이 아니로되, 이 '끔찍하게 무의미한 세계'에서 살기 위해 '허구와 악몽의 힘'이 필요하다는 인식은 위험하다고 하지 않을 수 없다. 문화적 형식 개념으로서의 '허구'와 '악몽'이 바로 '소설'을 지칭한다고 보면, 문화적 허무주의의 태도가 여기서 발양될 수 있음을 경계하지 않을 수 없기 때문이다.

저 밀란 쿤데라가 쳐 놓은 '가벼움'의 존재론, 또는 '농담'의 문화론 같은 것에 포획된 영향의 흔적으로 보이지만, ―"내게 소설은 한바탕 농담에 지나지 않는다"[3]고 그는 선언하고 있다―, 사회적, 혹은 현실적 무책임성의 태도를 그것이 낳을 수 있다는 점에서 주의를 요하는 대목이라 하지 않을 수 없다. "그가 보여준 잔혹한 폭력은 충동의 한 이미지일 뿐"이라는 기술이 그 사회적 무책임성의 태도를 단적으로 보여준다고 할 수 있는데, 예술과 현실을 분리시키는 이러한 태도는 흔히 예술 지상주의라고 부르는 폐쇄적 탐미주의, 혹은 악마적 유미주의의 입장과 연계된다고 할 수 있고, 문화적 엘리티즘으로 구축된 이 태도는 결국, 예술과 문화의 형식 안에서라면 어떤 (잔혹한) 반사회적 행위도 용납될 수 있다는 무책임한 사상으로 연결될 수 있다고 보기 때문이다. 문화와 현실, 혹은 예술과 현실 사이의 간극을 전혀 구분하고 이해하지 못하는 태도도 물론 딱한 경직된 태도이긴 하지만, 그렇다고 문화와 예술의 이름으로 모든 것이 정당화될 수 있다고 믿는 태도 또한 위험한 반사회적 예술을 허용하고 조장하는 논리의 출발점이 될 수 있다.

악마주의의 폭주와 만연이 이에서 비롯된다고 할 수 있는데, 작품과 세계, 작품과 현실을 상호 교통시킬 수 있는 뚜렷한 매개의 접점 확보 없이

---

3) 이광호, 『소설은 탈주를 꿈꾼다』, 민음사, 1998, 서문 중 한 대목.

악마적 행동이 단지 예술의 이름으로 허용될 수 있다고 한다면, 리얼리즘 예술의 근본 원리에 비추어 보아서도 이는 형용모순일 수밖에 없는 것이다. 모든 예술이 시초에는 현실성에서 출발하는 것인데 – 「타일」의 경우도 예외가 아니다 – 최후의 사건만을 따로 떼어 "한 이미지일 뿐"이라고 말한다면, 진지한 예술론으로서는 이를 받아들이기 어려운 것이다.

이 작품을 리얼리즘의 소산이라고 주장한다면, 그 현실적 개연성의 박약함에 대해 얼마든지 많은 지적을 할 수 있고 – 가령 감시되는 공동 주거의 공간에서 세입자가 타일 작업을 한다든지, 그 외중에 벌인 살인 행위의 뒷마무리, 즉 시체 처리를 타일 작업으로 완료한다든지, 하는 등의 이야기는 아무래도 전체적으로 현실감 있는 얘기로서 믿어지기 어렵다 –, 설혹 그것이 일본이라는 사회 형편 아래서 현실적으로 가능한 일이라 하더라도 이런 악마적 이야기를 우리가 탐독해야 할 이유란 없는 것이다. 만약 그렇지 않고 순전한 허구의, 공상적인 몽환의 이야기가 이 소설이라고 한다면, 이런 악마적 환상의 이야기를 우리가 바쁜 시간을 쪼개어 음미해 보아야 할 이유란 없다. 「타일」에 부친 이 비평가의 평문의 중간 제목 <이토록 공허한 악몽>이 사실은 사태의 진상을 정확히 예시하고 있다고 할 수 있는 것으로, 한 편의 공허한 악몽이 결국 「타일」 이야기의 전부라 한다면, 이런 공허한 악몽의 이야기를 정당화하는 어떤 역설적 수사의 논리도 우리에게는 타당한 설득력 있는 논평이 아니라, 공허한 객담의 얘기로 들릴 수밖에 없는 것이다.

어떤 비평적 강박의 조건이 작용하지 않았다면, 이 예민한 안목의 비평가에 의해 저런 궤변의 역설이 빚어지지 않았으리라고 보지만, 만약 그렇지 않고 순수하게 해방된 언어의 상태가 저런 역설적 취향의 논리를 다듬게 하였다면, 그 취향과 세계관의 원질이 어떻게 다른 것인지 조금 더 자세히 묻지 않을 수 없다. 유미리를 비평가는 어떻게 보고 있고, 그 시선이 뜻하는 배경적 사유의 태도는 무엇인가.

3.

불우한 성장기를 딛고 일어선 재일동포 2세 작가에 대한 대중적 관심은 "그리 문학적인 것이 아니며, 어떤 측면에서는 다소 우스꽝스러운 것"[4]이라고 비평가는 말하고 있지만, 사실은 우리 모두가 바로 이 관심으로부터 출발하고 있음을 인정하지 않을 수 없겠다. 저널리즘에 의해 확산되는 대중적 관심 성격이란 피상적일 수 있음을 경계하는 말이겠지만, 엘리트의 관심만이 반드시 사태의 정곡을 찌른다고 할 수는 없다. 피의 동일성에 대한 집착이나, <민족 감정>을 자극하는, 허구적 라이프 스토리에의 맹목적 관심을 그는 주의시키고 있지만, 이 핏줄이 부르는 자연스런 동포애적 감정의 전하를 빼고 나면, 유미리 문학에 대한 우리의 관심 성격 모두가 허구화될 공산이 큰 것이다.

이런 민족 감정의 찌꺼기를 배제하고, 그리하여 고도의 문학적 감수성으로 순수하게 작품에 임할 것을 그는 권유하는데, 그 문학이 보편적인 감응력으로 함유하고 있다고 하는, 소위 <찢긴 자기 동일성> 혹은 <허구적인 자기 동일성>에 대한 해소할 수 없는 의문이나, 그것과 만나는 우리의, "당신과 내 몸 안에도 살고 있는 <현대적>인 혹은 <탈현대적>인 질병"[5]이 과연 어떤 것인지 이에 대한 자세한 설명은 주어지고 있지 않다. 아마도 '민족'이라는 피의 동일성의 신화, 혹은 감정의 너울을 벗어던지지 않으면 안된다는 뜻일 테고, 그 대신 아이덴티티의 분열이라는 현대적인 지적, 혹은 세련된 감수성의 태도로 사태를 바라보아야 한다는 뜻일 테다. 과연 그럴 수 있는가.

4) 이광호, 「고백을 넘어서」, 앞의 책, 130쪽.
5) 위의 책, 131쪽.

나는 인간으로서 원초적 감정의 태도를 버릴 수 없다고 생각하며, 우리의 문학적 관심이라는 것도 이런 원초적 감정에서 출발할 수 있다고 본다. 원초적 감정이 너무 앞세워져서 문학에 대한 심미안을 가려서도 안 되겠지만, 그렇다고 문학을 읽는 것이 반드시 세련된 인지적 태도에 의거해서만 이루어질 수 있는 것은 아니다. 체험의 동일성이 우리, 즉 작가와 독자를 묶어줄 수 있으며, 유미리 문학에서 나는 그 동일성의 지대를 발견하였다. 역시 뭐래도 그는 동포의 딸이었던 것이다.

여기서 교포 문학으로서 유미리 문학을 바라보는 우리의 일반적 관심 태도와 관련해 조금 더 언급해 두기로 하자. 유미리 문학에 대한 선정적인 관심 태도에 대해서는 필자 역시 마찬가지로 주의를 요망하는 것이지만, 단지 한 작가의 화려한 성공의 신화담으로서가 아니라, 교포 현실에 대한 사실적 증언 문학의 하나로서 이를 인지할 필요가 있다는 것이다. 그 삶의 현실이 화려하고 유쾌해서가 아니다. 오히려 안타까우리만큼 처연하며, 슬픈 가족의 현실이 여기에 있으며, 그 속에서의 생존의 투쟁 기록이 바로 유미리 문학이라는 것이다.

이처럼 그 문학이 반조하는 피의 혈족 현실에 대해 마땅히 인간적 관심을 가지고, 그것을 우리 삶의 의미 있는 영역 안으로 끌어들이려 한다면 이를 반문학적이고 우스꽝스런 일이라고 할 수 있겠는가.

여기서 교포 존재의 일반 상황이 어떻다는 것을 자세히 확인할 필요는 없겠다. 다만 교포 문학에 대한 탈민족적인 관심의 요구와 같이, 그동안 교포들에 대한 우리 국가의 일관된 정책은 자유방임, 혹은 무책의 정책이었다는 것을 상기할 필요는 있겠다. 무책이 상책이라는 말이 있는 것처럼, 무정책이 어쩌면 가장 고도의 정책이었다고도 할 수 있을지 모른다. 실상 교포들에 대해 애정과 관심을 기울일 만큼 그동안 여유롭게 살지 못했던 것도 우리의 형편이었을 것이며, 그러니 교포들이 어떻게 사는지 도통 관심 없고 알 수가 없는 것이다.

그런 형편 속에서 현지 사회에 진출하는 교포 존재, 혹은 교포 2세 존재가 간혹 나타나기라도 하면 그때에 각광이 쏟아진다. 마치 악마의 소굴에서 형극을 딛고 일어선 인간 승리의 기록처럼 여기에 거룩한 민족 감정의 신화가 불 당겨지는 것이다.

유미리 문학에 대한 우리의 관심과 애정 표명이 지극히 마땅하고 필요한 일이라고 생각하면서도 여기에 한편 쑥스러움과 저항감을 느끼게 되는 것도 이러한 현실 역사 때문이다. 차라리 그 동안 우리가 모른 채 해온 대로 내버려 두면 그는 현지 사회에 동화되고 적응하며 살아나갈 것이다.

민족적 뿌리에 대한 관심이 오히려 비극을 불러일으켰던 또 한 사람의 교포 작가이자, <아쿠다카와 상> 수상자 이양지의 경우를 우리는 알고 있으며, 그래서 조심스러운 것이기도 하다. 유미리처럼 차라리 민족적 뿌리에 대한 표면적인 무관심과 적대감(?)의 표출이 오히려 다행스럽게 여겨지기도 하며, 그것이 바람직하다고 생각되기도 한다. 그가 살 사회는 현지 사회이지, 조국 사회가 아니기 때문이다. 그렇다고 그를 순수하게 탈민족적인 관심으로 만날 수 있는가. 우리의 이름으로 그가 거기에 있는 것인데…… 무라카미 류나, 무라카미 하루키를 만나는 것과 유미리를 만나는 일이 같은 일일 수 없는 이유가 여기에 있는 것이다.

하나의 작품을 검토해 보자. 「타일」을 제외하면 유미리의 주요 소설 대개가 자전적 체험의 기록 양상을 띠고 있다고 말해지지만, 그 중에도 문학적 장치의 동원 없이 더 맨 얼굴의 모습을 보이고 있는 소설이 그의 소설 데뷔작 「돌에서 헤엄치는 물고기」라고 할 수 있다. 그 자전성 때문에, 이광호 씨는 "소설이 단지 허구이며, 농담일 뿐이라는 장르 관념에 비추어볼 때 작가와 독자 모두에게 일정한 부담을 안겨"[6]주고 있는 작품이라고 말하고 있지만, 작가도 인정하고 있는[7] 이 자전적 요소, 즉 사소설적 요소가 작품에 사실감을 부여하고 있는 것을 무시할 수 없다. 작가 자신은 "사소설이라기보다 '한소설'을 쓴다는 의식을 가지고 있었다"[8]고 말하고 있지만, 우리가 읽는 느낌은 역시 한국적인 '한'(恨)의 정서보다 일본적인 사소설의 기풍이 짙게 느껴진다는 점이며, 이러한 점에서 이 작품의 한계를 지적할 수도 있다. 형상화의 강조점은 한국인 조각가 지망생이자 얽음뱅이 – 글에는 '종양'으로 표기되어 있다 – 의 추한 얼굴을 타고난 – 이것이 '한'의 조건일 것이다 – '리화'라는 인물을 잘 부각시켜 보자는 데 있었다고 하지만, 작품 사후 모델 인물과의 불화 사건이 미친 여파 탓인지, 이 부분이 극적으로 구현되어 있지 못하고, 화자 '나'의 현재 삶의 모습과 그 과거 편력의 회상 이야기가 주조를 이루고 있다.

우리 독자들이 보기에 가장 압권의 이야기는 2장, 즉 '나'가 한국에 가서 겪었던 당혹스러운 민족 감정의 환대와 박대, 그 모멸감의 이야기일 것이며, 그 사건들은 주로 그녀가 조국말 – 한국어를 할 줄 모른다는 사실과 연계되어 있다. 조국 속의 이방인이자, 일본어를 한다는 이유로 '쪽발이'로 매도되기 쉬운 상황이 여기에 잘 그려져 있는 것이다. 교포 2세에 대한 우리 국민의 일반적 태도가 어떠하며, 한편 조국 – 한국의 인상이 화자에게 어떻게 비춰지고 있는지 솔직하게 토로하고 있기도 하다.

일본 현지 사회 속에서 '타자' 존재가 교포이고 보면, 소위 '조국'이라는 곳에 와서도 그가 여전히(그러니까 실제로 더욱 혹심하게) '타자' 존재일 수밖에 없는, 그런 점에서 영원히 이방인의 운명을 견딜 수밖에 없는 화자 존재의 불안한 실존 의식이 여기에 잘 나타나고 있다고 할 수 있다. 그가 영원한 이방인으로서의 자기 존재 의지를 감지하게 되는 것은 소위 사회 속

---

6) 이광호, 「고백을 넘어서」, 앞의 책, 132쪽.
7) 유미리, 권남희 역, 『창이 있는 서점에서』, 무당 미디어, 1997, 30쪽 참조.
8) 위와 같음.

에서 추방된 자로서의 예술가적 존재의 숙명을 그가 자각하기 때문이라고 할 수 있거니와, 이처럼 예술가 존재로서의 고독과 유이민의 후예로서 갖는 사회적 소외의 고독을 잘 병합시켜 표현하고 있다는 점에서 이 작품이 방사하는 독서의 흡인력은 만만치 않다고 말할 수 있는 것이다.

이 작품을 해설하면서 해당 장에 이광호 씨는 <나쁜 모국어에 관하여>라는 제목을 달고 있지만(여기서 정확한 뉘앙스는 '나쁜'보다 '싫은'에 더 가까울 것이다), 언어의 조건이 실존의 결정적인 조건임을 작가는 말하고 있는 셈이며, 좋든 싫든 일본어와 그 언어 의식에 동화된 화자가 한국어(모국어?)와 그 언어 의식에 느끼는 거리감과 혐오감은 차라리 체질화된 것이라 할 수 있을 정도다. 정확히 말하면 여기에 이방인의 합리주의적 언어 의식이 작동하고 있는 것으로, 모국어의 이름으로 자행되는 아전인수 격 민족감정의 횡포, 그리고 그 언어 의식의 불합리에 대해서 화자는 신랄한 냉소와 통분의 감정을 그대로 숨김없이 드러내고 있는 셈이다. 단지 조국말을 모른다는 이유로[9] 2세 교포들에게 – 조국말을 모르는 만큼 그들은 아마 현지 언어와 현지 사회에 동화되어 있을 것이다 – 조국민이 베푸는 감정적 태도가 어떠한지, 역으로 그들이 조국이 대해 느끼는 참을 수 없는 혐오감이 어떠한 것인지, 이 작품만큼 뚜렷이 보여주는 문학적 사례도

---

9) 여기서 모국어의 조건이 어떤 것인지 생각해 두고 넘어갈 필요가 있겠다. mother language, 즉 모어가 모국어라고 보면, 어머니가 현지어를 쓰는 교포 2세의 경우에 모국어가 조국말일 수 없다는 것을 생각할 수 있다. 많은 교포들, 아니 대부분의 교포들이 현지 사회에 적응하고 동화되기 위해서 가정 내에서도 현지 언어를 쓰게 됨이 일반적일 것이며, 그렇지 않고 설혹 가정 내에서 조국말을 쓴다 하더라도 2세 교포가 조국말을 완벽하게 습득하기는 어렵다는 것을 이해할 필요가 있다. 우리가 외국어에 어려움을 느끼듯이, 2차 언어를 배우는 일이란 쉽고도 간단한 일이 아니기 때문이다. 유미리가 한국어에 뒤틀린 감정을 갖게 된 것은 부모가 일상생활에서 현지 언어를 쓰다가도 부부싸움 할 때면 조국말을 사용한 데서 연유된 일이라고 하는데, 이것은 교포 존재의 삶이란 어떤 것인가를 상징적으로 보여주는 예화라고 하겠다. 부부 싸움 역시 일상적 현실의 한 단면이라고 보면, 이런 교포 가정에서 자라난 교포 2세들이 조국어에 대해 좋은 감정을 갖기란 어려운 일일 것이다. 일본에 많은 수의 조선학교가 있다는 것은 잘 알려진 사실이지만, 그 바깥에 위치하는 민단계 교포 자녀들에게 있어서 조국의 태도란 이를테면 마치 가르치지 않고 (말을) 잘 하기를 다그치는 선생의 태도와 같다고 여겨질 수 있겠다.

아마 달리 찾기 어려울 것이다.

유미리 문학의 조국에 대한 태도, 조국어에 대한 태도를 열거함으로써 뭘 얘기하자는 것인가. 고발하려는 태도가 아님은 분명하다. 실제로 이것이 현실이고, 현실의 문맥을 그것이 정확히 증언해 주고 있는 것이다.

소설을 한갓 '허구'나 '농담'으로 보지 않는 입장에서, 나에겐 이것이 진실한 문학적 목소리로 들려온다. "한국에서 아직 완강하게 자리잡고 있는 경직된 민족국가·민족어·민족문학 이데올로기"(이광호)를 대변하고자 해서가 아니다. 문학의 진정한 목소리는 자전적 문학 속에서 나올 수 있다고 믿고, 그 자전적 문학이 담고 있는 조국에 대한 어떤 태도를 드러내 보이기 위해 나는 이 예를 들고 있는 것이다. 그리하여 모국어가, "공포스럽고 불길하고 이질적인 어떤 것"으로서, 실존적 조건의 한 "문화적 상징"[10]인 것이 아니라, 실존 그 자체의 조건인 것으로 받아들인다. 모델 인물의 소송 제기로 상처받게 된 이 작품 사후의 사건을 두고도 따라서 나는 그것이, "<자전적>이라는 형식이 가진 근본적인 위험성 그리고 글쓰기의 투명성과 진정성이라는 경직된 관념이 초래하는 소설 장르에 대한 몰이해"의 경고 의미로서가 아니라, 글쓰기 자체의 위험성을 상기시키는 사건이라고 보며, 그래서 이 <자전적>인 작품은 "모국어의 신성함, 글쓰기의 진정성 혹은 누구에게서도 침범 받을 수 없는 순결한 자아의 영역 따위의 자기 동일성에 관한 오랜 이념형들이 얼마나 위험한 허구인가를 소설의 상처로서 보여"[11]준 작품이 된 것이 아니라, 소설이 그 허구의 이념형들 가운데 실재함을 보여준 작품 사례가 되었다고 생각한다. 단지 허구라면 상처받을 이유도 없지만, 단지 허구가 아닌 실재의 반영이기 때문에 소설 작품을 두고 우리는 서로 상처를 주고받으며 싸움을 벌일 수도 있다고 믿

---

10) 이광호, 「고백을 넘어서」, 앞의 책, 135쪽.
11) 위의 책, 136쪽.

는 것이다. 유미리 소설이 우리에게 한갓 소일거리가 아닌 뜻있는 독서거리일 수 있는 것은 이처럼 그 문학의 이면에서 삶의 아픈 비명이 들려 나오고 있기 때문이며, 그 삶의 비명이 우리 밖 타자의 어떤 것일 수 없기 때문에, 남 – 타자(비자전적인 것)들의 것으로 쉽사리 버려 동댕이치기 어려운 것이다.

4.

삶의 아픈 비명이라고 해서 그러나 그 비명 그대로 문학적 육성으로 옮겨져야 할 이유는 없다. 효과적인 전달을 위해서 문학적 장치의 동원이 필요한 것인데, 순수한 자전의 소설, 즉 사소설 류가 흔히 실패하기 쉬운 것도 문학적 장치의 마련에 소홀하기 때문이다. 사소설 형태에 가까운 「돌에서 헤엄치는 물고기」가 이런 점에서 전체적으로 미적 형식화에 미달한 작품 양상이라고 한다면, 「풀 하우스」를 거쳐 「가족 시네마」에 이르는 과정에서 보다 극적인 구조 형태로의 문학적 형식화의 진전이 이루어진다고 할 수 있다. 「가족 시네마」에 공적인 평가가 주어졌음은 이런 미적 가공의 솜씨에 대한 객관적인 평가를 의미한다고도 할 것이다. 하지만 어느 것이든 가족사적 체험의 현실이 문학적 주제화의 바탕을 이루고 있음은 변함이 없는 사실이며, 이런 뜻에서 이 소설들 역시 넓은 의미에서 사소설 류에 해당한다고 볼 수 있다. 그 풍경의 처연함과 가혹함으로 인해 일순 뜨거운 전율의 순간조차 맛보게 되는 것은 역시 그 작품들이 체험적 현실에 바탕한 작품이기 때문이라고 할 수 있고, 어느 쪽에서든 우리 독자들로서는 역시 한 가족을 분열시키고 붕괴시키는 이 냉엄한 존재의 현실이 무엇인지에 대해 한 번쯤 묻고 자답해 보지 않을 수 없는 것이다. 왜 이 가족은 이렇게 찢겨 살지 않으면 안 될 분열의 악착 같은 현실 속에 놓이게 되었는가.

흔히 이 작품들의 주제를 '가족 해체'라고 말하지만, 해체되고 싶어서 해체된 것만은 아님을 우선 분명히 해둘 필요가 있겠다. 원죄는 아버지한 테 있는 것으로 지목되지만, 여기서 아버지라는 존재의 성격은 가장 한국 적인 성격을 머금고 있는 것이다. 고향에 부모를 두고도 돌아가지 못하는 자[12])의 원죄 의식이 그 심층 의식을 이루고 있는 것으로 파악되며, 만약 성격 파탄이라면 그 성격적 원인의 상당 부분은 이 충족되지 못한 회귀 본능과 관련된 것으로 파악되기 때문이다. 하지만 그 뿐일까. 단지 원초적 본능으로서의 회귀 본능만이 그 (무)의식의 저층을 이루고 있는 것일까.

어머니에 의해 아버지의 성적 무기력이 암시되고 있지만, 이러한 성적 현실이란 교포 존재의 사회적 현실상을 암시하는 것으로 받아들여야 할지 모른다. 예컨대 현지 사회의 문자도 해득할 줄 모르는 부적응 상태의 교 민이라면, 그 사회적 적응도가 어떤 수준의 형편일지 짐작될 수 있고, 이 부적응 상태로부터 결국 모든 문제의 현실은 파생된 것이 아닐까. 견디다 못한 어머니는 집을 뛰쳐나가 정부(情婦)의 형태로 생을 영위하며, 이로써 나뉜 자식들이 이산가족의 현실을 이루는데, 장녀의 위치에 있는 작중 화 자는 끊임없이 가족들을 염려하며, 그렇지만 가족들을 다시 불러 모으려 는 아버지의 헛된 시도에 대해서는 단호히 거부의 자세를 표출한다. 이미 봉합될 수 없는 역사의 침전 속에 그들 가족이 놓여 있다고 보기 때문이 다. 치유되기에는 너무 깊이 파인 상처의 기억들과, 또 현재의 을씨년스런

---

12) 여기서 부모를 두고 떠나온 땅의 역사에 대해 잠시 상기해 볼 필요가 있을지 모른다. 유미리의 가족사와는 전혀 상관없는 얘기가 될 수 있지만, 교포들 중에는 고향에 돌아가고 싶어도 돌아갈 수 없는 국내적 형편에 놓인 사람들도 꽤 많았다고 하기 때문이다. 가령 남한 출신의 교포들 중 에서도 4.3 사태 이후 제주도를 탈출해 온 교민들의 경우는 고향에 가고 싶어도 갈 수 없는 상황 에 일반적으로 놓여 있었다고 한다. 가장 많은 경우가 역시 식민지 시대에 고향을 떠나온 경우 겠지만, 어떤 이유로든 고향에 돌아가지 못하고 이국땅에 뿌리내려야 했던 교포들의 신세는 그 자체 속에 이미 비극성이 내포되어 있었던 것으로 보아야 할 것이다.

삶의 풍정들 속에 그들 가족이 놓여 있는 것이다. 실직자로 전락한 아버지, 여전히 정부 관계를 유지하고 있는 어머니, 이상 성격의 징후를 보이고 있는 남동생, 포르노 배우인 여동생, 그리고 어머니와 같이 방종의 성생활을 영위하는 나……

가족들의 현재상을 모르는 아버지는 가족 재봉합의 강렬한 열망을 '(새) 집짓기'로 표출하지만(「풀 하우스」), 이미 무너져 내린 가족 간 연대의 정서는 '가족 영화' 찍기라는 작위적 연출의 희극적 상황을 맞아 그 풍경의 몰풍경함을 서늘하게 여실히 드러낸다. 차라리 서로 보이지 않는 자리에서라면 은밀히 키워질 수도 있을 연민의 정서가 얼굴을 마주하면서 산산 조각나고, 적대감으로조차 변질되는 것을 일단 영화적 심리 묘사의 기법으로 작가는 날카롭게 포착해 보여주는 것이다. 웃을 수도 없고 울 수도 없는 이 참담한 가족 붕괴의 현실이 우리 앞에 어떻게 펼쳐지고 있는지 다음의 인용 대목이 잘 예시해 보여줄 수 있다. 화자가 느끼는 '오한'과 무심한 동생이 보여주는 '하품'의 모습 사이에서 말하자면 이 가족의 전도력 높은 비극의 현실이 간명히 묘출되고 있는 셈이다.

> (……) 갑자기 오한으로 온 방(안)이 부들부들 떨(리는) 것 같았다. 내 가족은 20년 전과는 다른 방식으로 붕괴하기 시작한 모양이다. 이번에는 희극적으로.
> 남동생이 입을 쩍 벌리고 하품을 하였다.[13]

20년 전 붕괴된 가족이 다시 재결합할 수 있다고 믿는 것은 결국 감상적 연민에 불과할 것이다. 하지만 그것이 연민인 대로 연민의 정조를 드러냄에 작가는 인색하지 않으며, 이것이 붕괴된 가족의 희비극적 현실을

---

13) 유미리, 김난주 역, 『가족 시네마』, 고려원, 1997, 40쪽.

드러냄에 마땅한 문학적 시선일 것이다. 결코 새로운 '가족 해체'의 이념을 부르짖는 도전적 이데올로기의 냉혈한 예술적 소산이 아니라는 것이다. 수많은 교포 가정들이 안고 있을, 그리고 이미 우리 안에까지 밀려들어 와 있는 현대 사회의 비극적 가족 붕괴의 현실이 여기 이렇게 솜씨 있게 구현되어 있는 것이라고 보면, 이 작품이 길어 올린 반향을 그저 남의 것으로만 방치해 두기 어렵다. 그저 쓸모 있는 타산지석 정도가 아니라, 우리 문학이 응당 거두어 들여야 할 교포 문학14)의 한 성과로서 적극적으로 명기해야 한다는 생각까지 들게 하는 것이다. 리얼리즘으로서 문학의 역사적 가치란 삶의 기록성에 있고, 우리가 기록해야 할 그 역사적 삶의 한 부분으로서 여기에 제시되어 있는 삶을 배제할 수 없다고 보기 때문이다. 이런 비극적 유랑 가족의 이야기, 그 삶에 대한 소설화를 비평가는 어떻게 읽고 있는가.

교포들의 형편을 자세히 알기 어려운 마당에 국내 독자에게 그 실존적 문맥을 자세히 읽고 정서적으로 반응하기를 기대한다는 것은 무리한 일일지 모른다. 작가의 관심이 일본 문학과 그 문화의 (해석적) 지평 속에서 움직이기 때문에 개인적 삶의 기록으로서 사소설적 양상을 연출하고 있는 것도 사실이며, 그러니 어느 쪽에 강조점을 두어 작품을 읽느냐 하는 것은 독자의 자유에 속할 수 있다. 하지만 단순한 독자가 아닌, 전문직 비평가라면 여기에 묘출되어 있는 삶의 역사적 뿌리에 대해 전혀 무지하거나

---

14) 한국 문학을 앞으로도 한국어 문학으로만 한정하고 볼 것이냐의 문제가 이제 진지하게 재검토되어야 할 단계에 이른 것으로 여겨진다. 소위 글로벌 시대에 민족어, 민족문학, 민족국가의 유효성에 대한 문제가 폭넓게 제기될 수 있다고 보면, 민족(어)주의, 곧 속(屬)언어주의에 대한 과도한 집착은 나라 바깥에서 한국인이 이룩한 문학적 업적들을 우리 스스로 배제하는 결과를 낳을 수 있다는 점에서 재고가 요망되는 태도라 하겠다. 김은국, 이미륵, 이회성 등 현지어로 작업한 유능한 재외 교포 문인들을 우리 문학사가 앞으로도 계속 제외시킨다면 한국문학으로서는 큰 손실이라 하겠다. 넓은 의미에서 '교포 문학'의 범주를 따로 설정하고, 이를 중간적 범주로 처리하는 것이 필요하다고 여겨짐은 이 때문이다. 국내 일부 작가가 제기하는 영어 창작의 가능성 문제도 같은 문맥에서 고려되어야 할 문제인 것이다.

둔감할 리 없고, 실제 이광호 씨는 그 독후감에서 이 문맥적 양상을 구체적으로 언급, 환기시키고 있기도 하다. 다만 그 관심이 너무 소략하고, 관심 시선의 방향 또한 추상화된 보편 인식의 틀 속에 규제돼 있어, 실존에 대한 구체적 관심 성격으로 그것이 확장되어 있지 못할 뿐이다. 대신 문학 내부 체계 속에서의 상징적인 기능성과 그 원형적 성격에 대한 설명적 관심이 그 자리를 차지하고 있으며, 더 많이는 기법적 차원에 대한 논의에 관심을 할애하고 있다. 씨 평론의 일절은 다음과 같이 말하고 있다.

> 더욱이 재일동포 가족의 해체와 재회는 역사적인 문맥들을 포함하고 있는 중층적인 의미에서의 경계의 사건이다. 흥미로운 것은 최근 한국에서 창작되는 가족소설들은 <해체>의 양상에 초점이 맞추어져 있는 반면, 유미리의 작품에서는 그것을 <봉합>하려는 이루어질 수 없는 시도를 그리고 있다는 점이다(이것이 가령 일본 사회의 가족 해체가 한국보다 더욱 심각하게 진행되었다는 사회·문화적인 현상의 차이를 반영하고 있는지는 보다 세밀한 사회학적 데이타를 참고해야 밝혀질 수 있겠다). 찢긴 가족이라는 상처를 치유하고 성화하려는 실현 불가능한 인물의 시도는 상징적이고 제의적인 성격을 띤다. 「풀하우스」에서의 아버지의 새집짓기와 「가족 시네마」에서의 가족영화의 연기는 이렇게 의미화된다.

실존적 애틋함의 몸짓들을 단순히 '연기'로 파악하고, 가족 봉합에 대한 이루어질 수 없는 시도가 일본 사회와 한국 사회의 차이 때문이 아닐까로 이해되는, 그리하여 상처받은 가족의 우울한 존재의 이야기가 문학적 상징과 제의의 각도에서 파악되는, 이런 관심 성격을 두고, 실존과 역사 인식에 투철한 관심 성격이라 하기는 어려울 것이다. 스스로 탈민족적 자세를 강조하고 있고, 한편 현재적인 사회 조건을 중요하게 고려하고 있음을 감안한다면, 기존 인식틀로부터의 탈피와 함께 새로운 문학, 문화 형성에의 의욕과 기획이 그 비평적 의지의 기저를 이루고 있다고 볼 수 있지 않을까.

씨의 비평집 제목이 시사하는 것처럼, 새로운 탈주에의 꿈(「소설은 탈주를 꿈꾼다」)이 그 비평적 의지의 몸체를 이루고 있어서 오늘과 내일의 삶에 대한 조급한 진단과 전망, 그리고 작품 행동에 대한 문화적 의미 부여 쪽으로 마음, 곧 관심이 열리게 되어 있는 것은 아닐까. 현상학적인 이해로, 인식 관심의 지향성이 곧 그 사람-주체를 뜻하는 것이라면, '탈'로 표상되는 인식소에의 그의 정향성은 새로운 문화 전망에 대한 그의 갈급증의 표현으로 보인다.

당대 소설문학의 동향에 대한 뛰어난 해설의 글인 「왜 지금 가족을 말하는가」(『소설은 탈주를 꿈꾼다』, 민음사, 1998)에서 우리는 그 시선의 지평을 엿볼 수 있는데, 여기에서 가족 해체 혹은 붕괴를 말하는 그의 관점과 태도는 우리 시대의 삶과 현실을 응시하는 문화적 급진주의의 시선이 어떤 것인가를 잘 보여주는 것이다.

가부장제의 붕괴와 핵가족화, 여성의 진출, 아이들의 (정신적?) 가출 현실을 소 테마들로 거느리고 있는 이 글에서 그가 부각시키고 있는 주요 논점은 결국 가족제도의 영속성에 대한 회의의 질문이다.15) 전통적인 가족(주의) 이념의 해체와 가족 신화의 부정이 현재 그의 주요관심사가 되고 있는 셈이다. 아 그렇다면 이제 알겠다. 그가 왜 유미리 소설에 유달리 집

---

15) 전통적 가족제도의 대안 모색으로까지 나아가지는 못하고 있는 이 글에서 현재 가족 문제의 주요한 범주의 하나를 이루고 있는 노인 문제의 현실이 배제되고 있다는 것은 (젊은 세대 중심의) 논자 관점의 성격을 드러내주는 바라 할 것이다. 젊은 작가들의 문학적 표현만을 대상으로 한 글이기 때문이라 해도, 보지 않는 것은 결국 보이지 않기 때문이다. 가족제도 붕괴 이후의 대안과 관련해서도 그 대체 방안을 뚜렷이 제시하지 못하고 있는 것은 문화적 급진주의의 성격을 드러내는 바라 할 수 있다. 대개 젊은 세대가 기존 체제에 대한 반역과 이반을 꿈꿀 때, 구체적인 대안의 모색으로 나아가지 못한다면, 결국은 보수적 자세로 회귀하게 된다는 것을 이 문맥에서 염두에 둘 필요가 있다. 대체 양식(예컨대 독신, 집단 거주, 동성애 가족 형태 등)이 현재 세계에 부재하는 것은 아니지만, 이것들이 가족제도에 대한 근본적인 대체의 형식이 될 수 있는가도 생각해보아야 한다. 말 그대로 그것들은 해체의 기능 약화에 준하는 것일 따름이며, 한편 이 대체 양식이 가져올 위험성과 폐해에 대해서도 우리는 경계하지 않을 수 없다. 가장 위험한 것은 이를테면 집단 가족화의 양상으로 우리가 가까운 사회에서 볼 수 있는 봉건적 전체주의 국가 형태나, 전형적인 파시즘 국가, 혹은 광신적인 종교집단 등이 이 대체 양식의 한 형식에 준한다고 할 것이다.

착하고, 그 현재적 의미 부여에 그토록 애쓰게 되는 것인지. 유미리 소설에서 그는 자기 이론의 현실적 가능태를 보고 있는 것 아닐까. 그러니까 이론적 근거 확보를 위한 모델 소설로서의 관심으로 그는 그 문학 현상을 바라보고 있는 것 아닐까. 보라. 다음 비평 담론의 논리구조와 유미리 소설에 대한 관심구조가 똑같지 않은가.

> 우리 시대의 집은 <행복의 공간>이 아니라 <적들의 집>이며, <타인의 방>이다. 그곳은 일상화된 억압과 소외의 자리이다. 그렇다면 타락한 가족의 바깥은 없는가? 망가진 가족과 망가지지 않은 가족은 무슨 차이가 있을까? 제도적으로 망가진 가족과 내면적으로 망가진 가족은? 망가진 가족 속의 망가지지 않은 <나>는 가능한가? 당신은 망가지지 않은 가족을 갖고 싶은가? 당신은 어떤 집을 꿈꾸는가? <집의 꿈>이 위선이라면, <가출의 꿈>은 위악이다. 그 정주와 유목의 아이러니 안에서 나와 당신이, 그리고 문학의 욕망이 서성인다.16)

5.

이제 한 편의 비평 읽기와 그것을 통한 소설 여행의 여정을 마무리 지어야 하겠다. 더 많은 이야기가 이제부터도 가능하겠지만, 밤을 새워 이야기하는 데도 한도는 있다. 서사 개진의 힘과 섬세한 묘사력의 가능성을 보여주는 유미리의 남은 소설들17)에 대해서는 불문에 부치기로 하고, 비평에 대해서만 조금 더 덧붙이기로 하자.

---

16) 이광호, 『소설은 탈주를 꿈꾼다』, 민음사, 1998, 55쪽.
17) 주목할 만한 작품으로는 『그림자 없는 풍경』(『따돌림의 시간』이라고도 번역되어 있다)을 들 수 있겠다. 이 역시 재일교포의 존재와 관련된 작품이지만, 이 때문이 아니라 아동세계의 의식 현실이 섬세하게 묘사되어 있다는 점 때문이다. 여기서 한 가지 제기할 만한 문제는 일본 문학의 수용이라고 해도 역시 번역 문제가 개입한다는 점이다. 섬세하고 미묘한 표현의 일본어 문장을 옮기는 것은 역시 쉽지 않은 문제라고 여겨지는 것이다. 유미리의 문학적 감각이 때로 거칠고 투박하게 느껴지는 것은 역시 얼마쯤 번역의 문제가 개입되기 때문이 아닌가 여겨진다. 번역이 서툴다는 뜻이 아니라 역시 하나의 언어를 다른 언어로 완벽하게 옮기는 것은 불가능한 문제라는 뜻에서다.

비평은 결국 외눈박이다. 전체를 다 볼 수는 없고, 자기 눈길이 쏠리는 쪽으로만 볼 수 있다는 점에서 비평은 숙명적으로 외눈박이인 것이다. '맹목'과 '통찰'로서 비평, 즉 책읽기의 근본 성격을 파악한 폴 드 만의 견해는 이런 점에서 탁발한 혜안의 등촉이라고 할 것이다. 누구나 자기 시키는 대로밖에 볼 수 없는 것이라 한다면, 유미리를 어떻게 읽느냐 하는 것 역시 결국 자기 관심의 운동이 결정하는 문제일 수밖에 없고, 사안에 대한 최종 판단은 결국 독자에게 맡겨지는 몫이 된다. 당신이 읽고 손드시오.

그러나 그렇다 하더라도, 하나의 문학을 어떻게 읽느냐 하는 것이 단지 기호의 취향에 의해서만 결정되는 것 또한 아님은 여기서 확인된다고 할 수 있다. 이광호 씨가 즐겨 주장하듯이 글쓰기에 전략적 차원이 불가피한 것이라고 하면, 책읽기에도 역시 전략적 관심이 작용한다는 것을 부정할 수 없다. 의미화, 즉 의미 부여가 전략적 관심에 의해서 촉발된다고 할 때, 무엇을 읽을 것이냐의 선택원칙에도 역시 전략적 관심과 전략적 차원이 작용한다고 봐야 할 것이기 때문이다. 유미리에 대한 나의 책읽기는 어떤 전략적 관심에서 촉발되었던가.

비평이 종속적 지위로 격하되어서는 안 된다는 의식이 나의 최초의 전략적 관심이었다. 나 역시 문학이 <행복의 공간>을 꿈꿀 수 있기를 바라고, 보다 나은 인간적 삶을 위해 헌신하고 그 모색의 역할을 문학이 감당할 수 있기를 바라지만, 비평은 이에 길항하는 역할을 또한 수행하지 않으면 안 된다.

이 세계 도처에 불행이 널려 있고, 문학을 생산하는 것은 오히려 더 많이 이 비극의 현실에 의해서 이루어진다고 보면, 이 세계를 응시하고 감시하는 취사 선택의 기능 역시 문학과 비평에 주어지지 않으면 안 된다. 단지 삶의 조화로운 양식을 알지 못해서, 예컨대 가족 제도라는 제도적 굴레를 우리가 벗지 못해서만 이 비극의 현실은 창출되고 있지는 않다고 보는 것이다.

<집의 꿈>은 위선이고, <가출의 꿈>은 위악이라고 했지만, 이처럼 매력적이고 선명한 담론구조에서 우리가 발견할 수 있는 것은 단지 말장난의 수사 놀음일 뿐인지도 모른다. 매력적인 당대 사상가의 용어를 슬며시 빌려오고 있지만, 우리가 사는 것은 마침내 하나의 선택일 수밖에 없다는 생각도 할 수 있다. 아슬아슬한 경계 위에서 사는 것이야말로 위선이고 위악일 수 있기 때문이다. 모두가 경계 위에서 사는 것도 현실이긴 하겠지만, 우리가 경계 위에 사는 것은 그것이 삶의 구체적인 지대이고 불가피한 거소이기 때문이다.

재일교포로 사는 것도 피할 수 없고, 작가로 사는 것도 불가피하며, 집을 나와 사는 것도 불가피하기 때문에 우리는 그렇게 산다고 할 수 있다. 안식할 집이 있다면 우리는 그곳에서 살고 싶고, 집이 불편하다면 우리는 나와서 살 것이다. 어느 쪽이든 하나의 선택이다. 글쓰기와 비평 역시 마찬가지가 아닐까.

유미리의 신작 「타일」은 그야말로 하나의 가출을 모험해 본 것이지만, 이 가출이 성공적인 것이라 하기는 어려울 것이다. 역시 광기와 폭력의 현실이 빚어지고 만 것이다. 정신분석학이 애용하는 발상이지만, 가출 충동 뒤에는 집에 대한 무의식적 그리움의 의지가 꿈틀고 있고, 집에 정주하는 자들 역시 언제나 한편으로는 가출에의 꿈을 불태운다. 나는 비평가의 능란한 수사능력을 선망하지만, 그렇지 못하다는 것도 아마 숙명일 것이다. 나는 우리 비평이 보다 비평다울 수 있기를 바라며, 우리 문학이 한갓 이미지가 아니라, 역사적 삶의 실체와 만나기를 바란다. 유미리 문학의 건승과 비평가의 건승을 기원한다.

－「문예중앙」, 1998 여름.

제2부
수필가,
소설가

知的 憂鬱의 實存 여정 혹은 強迫 神經症

－ 全惠璘 論

1-1. 序論 － 實存의 精神分析을 위하여[1)]

두루 알다시피, 전혜린은 짧은 熱情의 生涯를 살았다. 그 人生에 대해
그 동안 적지 않은 연구, 논평이 주어져 왔다.[2)] 그녀의 生涯는 20세기 前
半期 나혜석의 그것에 비길 만한 것이 되겠는데, 따라서 그녀에 대한 고조
된 인식 관심은 지금도 여전히 살아 식지 않고 있다. 논란이 거듭되고 시
간이 흐르면서 그녀에 대한 대중적 관심은 이제 많이 시들해진 듯도 보이
지만, 적어도 그녀 사후 많은 후생의 女性들이 그녀가 남긴 글들을 읽고
影響받았음은 부인하기 어렵다. 이제 또 다시 어떤 연구가 필요할까?

죽음의 형태가 유별났다는 점에 우선 세간의 관심이 모아졌던 것이겠지

---

1) '실존주의 정신분석'이라는 이름으로 행해진 장 폴 사르트르의 저서들이 유명하다. 보들레르론, 장
   주네론, 플로베르론 등이다. J. P. 사르트르, 박익재 역, 『시인의 운명과 선택』, 문학과지성사,
   1985 참조.
2) 최근, 김용언의 『문학소녀-전혜린, 그리고 읽고 쓰는 여자들을 위한 변호』(반비출판사, 2017)가
   출판되었다. 전혜린에 대한 관심이 현재까지도 지속적으로 주어지고 있다는 뜻이다. 물론 전혜린
   사후부터 이 관심은 끊이지 않고 주어져 왔다. 본고가 참조한 대표적인 연구 업적들만을 꼽자면
   이렇다. 고종석, 「먼 곳을 향한 그리움:전혜린의 수필」, 『말들의 풍경』, 개마고원, 2007; 김윤식,
   「침묵하기 위해 말해진 언어:전혜린론」, 『김윤식 선집4:작가론』, 솔, 1996; 이덕희, 『전혜린』, 나
   비꿈, 2012; 이태숙, 「전혜린 문학과 풍경의 알레고리」, 『어문연구』174호, 2017.

만, 그녀가 남긴 유고의 일기문들은 확실히 그녀가 남다른 정신의 소유자였음을 말해준다. 이에 대해 정신분석을 시도하고자 한다면 늘 사람들은 프로이드나 라캉 등의 이름을 떠올리게 되겠지만, 필자는 이 글에서 들뢰즈의 관점을 많이 수용하고자 하며, 그렇지만 기술의 방식과 관련해서는 일찍이 사르트르가 가르쳐 준 방식에 많이 의존하기로 한다. 하지만 그보다 먼저 우리가 선행시킬 필요가 있는 관점은 정신병리학적 관점이다. 전혜린의 생애가 내포했던 문제성을 무엇보다 이 글에서 필자는 하나의 '강박신경증'으로 파악해 보고자 하기 때문이다. 그렇다면 먼저 '강박신경증'이라는 인식 자체가 문제시되지 않을 수 없다.

폭넓은 의미에서 정신의 병증으로 문제가 되는 世界的인 사례로는 畫家 반 고흐의 경우가 꼽힐 것이다. 그가 타계한 지 1世紀도 더 지났지만, 그의 죽음을 둘러싼 논란은 근자까지도 이어졌다.3) 모든 예술 행위를 끝마치고, 혹은 창조의 작업 행위 과정에서 벽에 부딪혀 그는 하나의 마침점을 선택한 것일까? 무엇이 사람으로 하여금 때 이른 생의 종언을 야기토록 하는 것일까?

이러한 質問에 대한 가장 常識的인 醫學적 答辯은 '憂鬱症'으로 주어진다. 그 심한 상태에 대해서는 근래 전문가들 사이에서 '분열정동장애'라는 진단이 주어지기도 하는 것으로 보인다. 흔히 厭世主義, 비관주의의 용어가 사용되기도 하지만, 쇼펜하우어는 오래 살았다. 그렇다면 실존을 견디기 어렵게 하는 좀 더 구체적인 원인이 작동하는 법이라고 이해될 필요가 제기된다. 전혜린의 경우가 이런 시야에서 하나의 사례로 떠오르는 것이다.

---

3) 앙리 앙드레 마르땡, 이연행 역, 『누가 반 고흐를 죽였나』, 아트 블루, 2008 참조. 앙리 마르땡은 이 저서에서 당시 고흐가 즐겨 마신 '압생트' 술의 효과를 강조하고 있다. 하지만 그의 마지막 죽음 행동에 대해서는 명확한 설명을 가하지 못하고 있는데, 그렇다는 것은 정신과 의사인 마르땡이 고흐의 상태를 정신이상의 상태로 보다는 기본적으로 정상에 가까운 상태로 본다는 점을 강하게 시사한다.

신경증을 포함한 보다 넓은 범위에서의 정신증 이해의 문제를 아래에서 조금 엿보아 두기로 한다.

1-2. '精神症'에 대한 認識의 歷史 혹은 그 理解의 問題

전혜린은 자신의 신경증 문제를 모르지 않았다. 지금으로부터 60년도 더 이전인 전혜린 시대에도 신경증에 대한 인식은 주어지고 있었기 때문이다. 넓은 의미에서 '정신병'에 대한 體系的 病理學的 理解는 19세기를 경과하며 本格化되었다고 말할 수 있고,[4] '분열증'의 경우 20世紀 초 오이겐 블로일러에 의해 그것은 처음 命名되었다. 프로이드의 시대에 주로 문제된 것은 '히스테리' 현상이었는데, 저서 『꿈의 해석』이 출간을 본 시점은 1900년도였다. 20세기 정신분석학의 역사가 그렇게 시작되었던 셈이다. '신경증'의 동물이라는 인식이 그렇게 확립된다. 전혜린의 수필, 「가을이면 앓는 병」을 보면, 자신의 신경증 문제가 술회된다. 보자.

> (…) 매년 가을이면 나에게 다가오는 병마(새로운 빛과 음향 속으로의)로서 그 생각 끝에 '죽음'이라는 개념에 고착해 버리고 마는 까닭에 몸부림치는 것이다. // (…) 여름의 모든 색채와 열기가 가고 난 뒤의 냉기와 검은 빛과 조락은 나에게는 너무나 죽음을 갈망하는(Todessehnsüchtig) 자태로 유혹을 보내온다.//그래서 매년 가을이면 몇 주일이나 학교도 못 나오게 되고 앓아눕게 된다. 의사는 신경의 병이라지만 나 자신은 내가 '존재에 앓고 있다'고 생각하고 싶을 만큼 절실하고 긴박하게 생과 사만을 집요하게 생각하고, 불면 불식의 나날을 보내게 된다. 생과 사에 대한 생각이라기보다는 사에 대한 생각이 나를 전적으로 사로잡아 버린다.[5]

---

4) G. E. 베리오스, 김임렬 외 역, 『정신증상의 역사』, 중앙문화사, 2010 참조.
5) 전혜린, 『그리고 아무 말도 하지 않았다』, 민서출판, 2002, 151-152쪽. 이하, 전혜린의 글은 최초 서지사항을 제외하고는 책제목과 쪽수만을 표기함.

이처럼 전혜린은 '가을이면 앓는 병'의 형태로 자신의 문제를 인식하고 있었다. 일반적으로 이는 '강박신경증'으로 진단될 수 있다. 스스로 진단하듯이, '죽음'에 대한 강박적 사고와 함께 주어진 것이 이 병의 양태였기 때문이다. "죽음을 갈망하는(Todessehnsüchtig) 자태의 유혹"이라고 표현되고 있지만, '병증'으로는 오늘날 일반적으로 진단되는 '공황장애'처럼 불면 불식 속에 '사(死)'에 대한 생각에 전적으로 사로잡혀 "몇 주일이나 학교도 못 나오게 되고 앓아눕게 된다"고 고백된다. 이러한 '강박신경증'의 문제는 그럼 어떻게 야기되는 것인가?

인간이 神經症의 동물이라고 하는 프로이드의 정언은 이런 뜻에서 중요하다. 신경 체계가 완벽하지 않은 탓이다. 들뢰즈는 이런 뜻에서 '고장'의 상태를 일반화했다.[6] 휴식을 취하지 못하는 신경증 환자는 더욱 예민해져 妄想과 환각에 사로잡히기 쉽다. 정신증, 정신병의 문제가 늘 환각과 妄想의 문제를 중심 증례로 삼게 되는 까닭도 이런 연유로 주어진다.

인간은 아직 '잠'의 신비, 곧 몸(신경)의 휴식 원리를 자세히 밝히지 못한 상태에 있는 것으로 살펴지지만, 오늘날 뇌과학의 진전은 여러 가지 신경 전달 물질의 기능을 강조한다. 신경계의 이상도 대체로 그러한 각도에서 이해된다. 하지만 그와 함께 인간은 사회적 삶 속에서 여러 가지 외적 자극에 노출된다. 신경계는 그러한 외적 자극에 대한 반응 체계인 것이다. 신경계가 예민할수록 자극에 대한 반응 역시 예민해진다. 자극을 피하고자 하면 또 다른 이상이 발생한다. 위 진술 속에서 전혜린은 '가을'이라는 계절적 환경을 강조하고 있는데, 오늘날 상식화된 인식은 계절적 요인으로든 혹은 다른 어떤 이유로든 햇빛에 대한 과소 노출이 '비타민D' 부족을 야기시키고 그것이 우울증 형성의 중대 요인으로 작용할 수 있음을 지적

---

6) "욕망하는 기계들은 작동하면서 끊임없이 고장이 나며, 고장을 일으키면서만 작동한다" G. 들뢰즈·F. 가타리, 최명관 역, 『앙띠 오이디푸스—자본주의와 정신분열증』, 민음사, 1994, 54쪽 참조.

한다.

　20세기의 개막 시점을 전후로 한편 '알츠하이머'병이 알려지고 그와 함께 '부발성 치매(早發性 癡呆)'라는 진단명이 성립하기에 이르렀지만, 분열증에 대한 퇴행성(退行性) 뇌질환 식의 인식은 이제 그다지 의미 있게 받아들여지지는 않는 것으로 보인다. 대개 청소년기 이후 발현되는 것으로 살펴지는 분열증이 마치 '치매'와 흡사한 증상으로 발현한다고 여겨져 '조발성 치매'라는 병명을 얻게 되었지만, 들뢰즈-가타리의 인식에 기대면, 실상 '분열증' 증세란 현대인이 노정하는 가장 일반적인 증세로조차 간주되는 것이다. 여기에 유전적(遺傳的) 소인이 관여하느냐의 문제가 전문가들의 관심사로 대두되고 있다고 하지만, 이를 확증할 근거는 마련되기 어렵고, 이에 따라 오늘의 관점에서는 후천적인 사회적(社會的) 요인이 더욱 중시되는 셈이다. 들뢰즈, 가타리가 바로 그러한 인식을 강조하는 논자들이라 할 수 있는데, 욕망 기계로서 '무의식(無意識)'의 소인이 여기에 관여한다고 그들은 본다. 신경증과 분열증을 쌍으로 그들의 논지가 전개되었던 이유가 여기에 있다.[7]

　욕망, 즉 무의식 작동의 사회적 관여성을 강조하고 보면, 오늘날의 사회적 조건, 현실은 과당 경쟁과 고독한 개인성을 특질로 하는 자본주의 사회의 면모로 규정된다. '군중 속의 고독'[8]이 회자된 지 오래되었지만, 19세기의 기독교 사상가 키에르케고르가 일찍이 신 앞에서의 단독 직면이라는 개념으로 '고독'의 문제를 정식화했음은 잘 알려진 사실이다.[9] 20세기 '실존' 개념의 형성에 키에르케고르의 기여가 컸다는 것은 널리 인정되는 바이지만, 현대의 철학자들이 특별히 사물화된 개인성의 존재 조건에 주목했음도 이와 같은 맥락에서 자주 상기된다. 비정한 도시 현실이 그 사

---

7) 위의 책, 4장 참조.
8) D. 리스먼, 이상률 역, 『고독한 군중』, 문예출판사, 1999 참조.
9) 키에르케고르, 박병덕 역, 『죽음에 이르는 병』, 비전북, 2012 참조.

물화의 실존 현실을 낳는 주된 요인으로 지목되지만, 그 배경에는 역시 '자본주의'라는 근대 사회의 원천 현실이 자리 잡고 있음을 부정하기 어렵다. 孤獨한 존재의 불안이 이제 만인의 현실로 일반화되는 것이다. 그리고 과도한 경쟁의 현실 자체가 존재의 피로를 낳지만, 그 속의 낙오자, 패배자들에게 실존의 아픔은 더욱 크다. 경쟁의식의 내면화 속에서 몸의 건강은 약화되고, 그것은 조만간 신경의 문제로 전이된다. 전혜린의 한 고백을 여기서 보아 두자. 「출산에서 배운 것」이라는 제목의 글의 대목이다.

> 학생 시절에는 건강한 육체와 비대한 육체를 같이 생각하고, 그런 육체와 우둔한 정신을 동일어로 보고 경멸할 때가 있었다. (…)//두세 시간의 수면밖에 안 취하고 학과 이외에도 온갖 지식을 모색하는 것을 둘도 없는 미덕으로 알고 동무들과 競爭하던 때니 할 수 없다.//그 덕분에 나는 강하지 못한 건강의 소유자가 되고 말았다. 이러한 나의 그릇된 또는 일방적인 사고방식에 종지부를 찍은 것이 나의 첫딸의 탄생이라는 경험이었다.[10]

"건강한 육체, 건강한 정신"이라는 말이 있지만, 전혜린에게 주어진 '경쟁의식의 내면화'는 결국 학생 시절로부터 비롯된 것이었음을 알 수 있게 한다. 이로부터 주어진 잘못된 영육관이 깨어지게 된 것은 스스로의 고백처럼, '출산'을 경험하면서였다. 전혜린에게 '출산', 즉 임신과 이어진 '양육'에의 경험이 얼마나 결정적인 생의 조건으로 작용하게 되었는지를 이후 우리는 그녀의 일기문들을 통해 확인하게 되겠지만, 그녀가 기본적으로 불건강한 육체의 소유자였다는 사실이 위의 文을 통해 드러남을 우리는 알 수 있다.

다음 장들을 통해 자세히 살피겠지만, 더욱 결정적으로 전혜린의 건강, 신경을 약화시킨 소인으로는 '열등의식', 곧 '패배감'의 문제가 작용한 것

---

10) 『그리고 아무 말도 하지 않았다』, 172쪽.

으로 보인다. 전혜린의 경쟁의식이 비단 여성의 세계에만 머물러 한정적으로 작용한 것이 아니었음으로 파악되기 때문이다. 곧 남성들의 세계까지를 포함한 범위에서 그녀의 경쟁의식이 작동하였다는 뜻인데, 더군다나 그녀는 그녀의 재질에는 무리한, 즉 부합되지 않는[11] 욕망을 꿈꾸고 있었다. '작가되기'의 소망을 생애를 통해 간직하였던 것인데, 이것은 실제로 충족되지 않았다. 이것이 미친 효과의 문제를 우리는 어떻게 설명할까?

화가 고흐나 시인 횔덜린의 경우가 이 경우 흔히 떠올려지지만, 경쟁의식이 낳은 비극적인 파탄의 경우로 들뢰즈–가타리는 독일 문학자 라인홀트 렌츠를 상기시킨다.[12] 물론 '광기'에 들린 지식인의 세계적인 사례로는 누구보다 니체의 경우가 지목되며, 들뢰즈, 그리고 전혜린 또한 니체를 사숙한 대표적인 인물들로 꼽힐 수 있지만, 신경증과 분열증을 노정한 대표적인 문학자의 보기로 들뢰즈는 괴테의 청년 시절 친구로 유명했던 렌츠의 경우를 꼽고 있는 것이다. 러시아 작가 니콜라이 카람진에 의해 세익스피어에 버금가는 재능으로까지 추앙받았다고 하는 렌츠가 피해망상과 과대망상에 시달리던 끝에 결국 비극적 생애의 파탄으로까지 치달려 가게 되었던 이유란 무엇이었는가? 괴테와의 악연이 그 비극의 출발점이었다고 하는 설명[13]은 확실히 우리의 논의와 관련해서도 시사점을 던져주기에 충분하다.

대문호 괴테에 비해서는 비록 미약하지만, 독일 近代 文學史의 한 페이지를 장식하는 정도로 업적과 재능을 과시했던 '렌츠'가 끝내 파탄의 운명

---

11) 김윤식, 「침묵하기 위해 말해진 언어:전혜린론」, 『김윤식 선집4:작가론』, 솔, 1996 참조.
12) 들뢰즈 · 가타리, 앞의 책, 16, 134, 206, 430쪽 참조.
13) 이하, 「렌츠-괴테에 발길질당한 천재 작가」(blog.naver.com.kimiusa, 2013.8.3) 참조. 렌츠는 괴테에 못지않은 뛰어난 재능을 타고 났으면서도 괴테와의 인연이 오히려 악연이 되어 심한 신경의 질환까지 앓게 된 것으로 설명된다. 그의 사후 공개된 작품들과 함께 그의 재능은 鮮明하게 再立證되었지만, 환상과 妄想 등으로 얼룩진 그의 작품 세계는 최종적으로 한 정신의 분열적 자취, 그 症狀들로 진단된다.

을 피할 수 없었던 이유는 그 지나친 조숙과 여리고 예민한 감수성의 탓이었던 것으로 살펴진다. 결국 지나친 경쟁의식이 그의 내면에 깊은 상처, 생채기들을 야기하였던 것이다. 感受性이 예민할수록 정신적 상처, 훼손의 가능성은 커지게 되는 것인데, 귀를 자른 고흐의 일화가 대변하는 것도 바로 그것이다. 그 의식의 근본 바탕은 이런 뜻에서 '인정욕구'로 환언, 환치되는 바가 될 수 있는데, 이는 달리 말하면 저 아들러 말하는 열등감, 열등의식의 문제가 될 수 있다. 개인 심리의 핵심이 다름 아닌 '열등감'의 문제로 주어진다고 보았던 아들러 이론의 오늘날 부활의 문제가 이런 관점에서 이해될 수 있다.[14)

'인정 투쟁'을 논한 헤겔이 아니라도 기실 일찍이 공자 역시 '인정' 문제의 중요성, 그 어려움을 토로하였다. '人不知而不慍'이라는 표현 속에 그 모든 것이 다 함축되어 있는 바이다. 우리의 현대 시인 김수영 또한 '돈'과 '죽음'의 문제와 더불어 '명예욕' 극복의 문제를 상기하였고, "호랑이는 죽어 가죽을 남기고, 사람은 죽어 이름을 남긴다"는 우리의 저 이언(俚言)조차도 같은 각도에서 생의 본질 문제를 환기시킨다. 그러니 전혜린의 생애 또한 이 문제의 압력, 그 의식으로부터 자유로울 수 없었음은 당연했다고 할 수 있고, 더구나 전혜린은 특별히 이 문제의식의 압박, 강박을 그녀의 상표처럼 언설로서 등기해 놓고 있었다. "절대로 평범해서는 안 된다"[15)라는 언설이 바로 그것이다. 그렇다면 그녀가 꿈꾼 '비범한 삶'은 어떻게 모색되었는가? 외면적인 생애의 도정을 먼저 점검함으로써 그 내면 의식의 부침, 그리고 마침내 인정 욕망의 파탄으로까지 이어지는 과정을 더듬어 나아가기로 하자.

---

14) A. 아들러, 홍혜경 역, 『아들러의 인간 이해』, 을유문화사, 2016 참조.
15) 『그리고 아무 말도 하지 않았다』, 139쪽.

2. 生涯의 軌跡('作家되기'의 꿈과 그 挫折) − 韓國, 獨逸, 그리고 다시 韓國

들뢰즈의 '되기' 개념을 먼저 제시해 두기로 한다. 실존주의자들이 강조한 '선택'의 개념이 이를 통해서 보완될 수 있다. 실존의 방향성이 이를 통해 보다 구체적으로 시간성과 함께 파악될 수 있다. 教育哲學者들의 '自我實現'이 뜻하는 바도 이에 흡사한 의미 맥락을 거느릴 것이다. 당연하지만 始初부터 실현된 '自我'란 있을 수 없다. 해방 이후 이입된 미국식 교육 철학이 이와 같은 개념을 강조했음은 주지하는 바와 같다. 그렇다고 自我 成熟이 늘 '學校'라는 작은 울타리 안에서만 이루어지는 것은 결코 아니다. '학교'조차도 넓은 의미에서 보면 전체 사회의 울타리와 함께 그 속에서 주어지는 바가 되기 때문이다. 라캉의 '대타자'가 의미를 갖는 것도 바로 이런 큰 울타리의 사회적 자장 속에서일 것이다. 가령 한 사람의 소녀가 '작가되기'를 꿈꾼다고 할 때, 그 작가되기의 소망은 어린 시절 '학교'라는 장과 함께 그리고 그 작은 교육적 장을 넘어 당대 사회 전체의 문화적 장으로 파급된다. 지금이라면 이런 소망이 낯설게 받아들여질 수도 있겠지만, 최근 한 논자가 밝힌 대로[16] 전혜린의 시대, 그리고 20세기 후반의 시대까지도 조숙한 여학생들에게 이 근대적 자아에로의 열망은 결코 부자연스러운 것이 아니었다. 그렇게 우리의 욕망은 늘 사회적인 것이다.

물론 어린 시절, 혹은 靑少年기의 자아실현 욕망이 늘 똑같은 형태로 지속되라는 법은 없을 것이다. 發達 心理學者 장 피아제는 아동의 자기 조절 능력을 강조하여 그 변형의 가능성을 시사하였다. 가령 다시금 화가 반 고흐의 경우를 예로 들자면, 처음 그는 목회자가 되기 위해 헌신적으로

---

16) 김용언, 『문학소녀−전혜린, 그리고 읽고 쓰는 여자들을 위한 변호』, 반비출판사, 2017 참조.

노력하였었지만, 그것이 도달될 수 없는 꿈으로 멀어질 때, 화가되기로 전환하였다. 하지만 전혜린은 처음부터 '작가되기'였고, 그 꿈을 생애의 마지막 순간까지도 포기한다고 선언하지 않았다. 이러한 면모를 정신의학자들은 흔히 '편집'으로 파악할 것이다. 스스로 "재능에 대한 정당한 회의"의 감각을 피로하기도 하였었지만, '열등감'의 다른 얼굴인 유다른 '우월감'의 소유자였던 전혜린은 한사코 자신의 패배를 인정하고자 하지 않았다. 그녀의 유명한 수필 한 대목을 보자. 「목마른 계절」이다.

> 나도 주혜도 작가를 지망하고 있었다. 재능에 대한 정당한 회의를 어린 연령과 또 열렬한 지식욕이 가려 덮고 있었다. (…)//문학, 철학, 어학(영어・독어・불어・한문・한글)에 대한 광적일 정도로 열렬한 지식욕과 열성, 그리고 주혜와의 모든 것을 초월한 가장 순수한 가장 관념적인 사랑 (…)//주혜는 자기가 선택한 학교에 들어갔다. (…)//나는 늘 주혜의 강의실에 가서 오든이나 엘리어트 같은 시인에 관한 강의를 도강했었다. 그리고 견딜 수 없는 법학에 대한 반감을 반추하고 있었다. 나의 재능은 다른 데 있는 것만 같았다.//그런 1년이 지나고 우리가 대학 2년생이 되었을 때 주혜는 뜻밖에 일가 전원과 함께 도미하게 되었다. 나는 미치게 슬펐다. (……)//3학년을 마치고 나는 출발했다. 남독(南獨)의 대도시인 뮌헨에서 뮌헨 대학교 문리과 대학 제1학년에 입학하기 위해서였다.[17]

그녀의 '독일'행이 '작가되기'의 소망과 무관치 않은 것이었음을 시사한다. 그렇다면 여기서 우리는 한 가지 의문을 제기해 볼 수 있을 것이다. 작가를 志望한다면 왜 그녀는 처음부터 문학부로 진학하지 않았는가? 여기에 또 다른 인정의 문제가 숨어 있었다. 요컨대 아버지의 干涉 때문이었다고 하는 설명이다. 식민지 시대 말기 당대 최고의 수재 소리를 들었다는 그녀의 아버지. 고문시험에 합격하고 植民地 관료(경찰)의 경력을 쌓아

---

17) 『그리고 아무 말도 하지 않았다』, 135-137쪽.

오늘날 대표적인 친일 인사의 한 사람으로까지 지목되는 그녀 아버지의 실체에 대하여 그녀가 당시 어떤 자의식으로 대하였던 것인지 알려주는 다른 자료는 없지만, 6·25전쟁을 겪으며 학자(법률가)로 전신하였던 아버지의 명에 따라 본인 의사와 무관하게 대학 입학의 선택이 이루어졌음을 전혜린은 서술한다. 보자.

> 대학에 들어가면서 참된 의미의 현실이 시작된 것 같다.//입학부터 내 의사가 아니었고 법률가였던 아버지의 엄명이 있었다. 일반적으로 장녀가 그렇듯이 나도 매우 부모에 의뢰하고 있고 부모를 무서워하면서 밀착하고 있는 편이었다.//또한 흔히 딸이 그렇듯 아버지를 숭배하고 있었고 두려워하고 있었다. 아버지 마음에 들고 싶다는 욕망이 의식 밑에도, 또 의식 표면에도 언제나 있었다. 아버지로부터 칭찬받고 싶다는 마음이 실현되는 때마다 (…) 행복했었다.//이 욕망은 아직도 내 의식 밑의 심층에 남아 있다. 아마 일생동안 나는 이런 의미로 아버지로부터 완전히 독립할 수 없으리라고 생각된다.18)

여기서도 우리가 살필 수 있듯이, 대학 입학 때까지 그녀의 욕망을 좌우한 것은 아버지로부터의 '인정욕구'였다. 그리고 그것은 모든 딸들의 욕망이라고 설명된다. 하지만 아버지의 욕망 대행에 그녀는 실패한다. 그리고 독립, 자립을 꿈꾼다. 도저히 법과 대학의 적성에 자신을 맞출 수 없었기 때문이다. 다행히 미국으로 떠난 친구(주혜)의 주선으로 '독일'행의 길을 열게 되고, 이에 대해서 아버지는 무척 실망했을 것이다. 하지만 전적으로 실망으로만 대할 길은 아니었다. 예나 이제나 '법학'을 위해서도 '독일어'는 좋은 도구가 된다. 법학자들에게도 독일 유학은 선호하는 길이 되는 것이다. 그렇게 부녀는 서로 타협하였을 것이다. 이 사정을 다음 문맥은 보여준다. 하지만 그 결과 전혜린은 때 이른 부부 생활에 접어들게 되었

---

18) 위의 책, 136쪽.

고, 그것은 또 자연스럽게 '엄마되기'의 길을 열었다. 아마도 그녀의 인생이 이후 꼬이게 되었다고 술회된다면, 그 여정은 바로 다음과 같은 사정으로부터 연유되었을 것이다. 보라.

> 반년 후에 예상은 하고 있었으나 그래도 뜻밖에 후에 나의 남편이 된 T가 뮌헨에 왔다.//어느 신혼부부에게나 있는 두 개의 개성이 달라서 둥글어질 때까지의 마찰은 물론 우리에게도 있었다.//그러나 우리는 젊었고 대체로 행복했다. 먹거나 입는 것보다는 책을 사는 것과 책을 읽는 것을 중시하고 좋아하는 (……)//그 대신 언제나 가난했고 가난이 우리에게는 재미있었다.[19]

"예상은 하고 있었으나 그래도 뜻밖에"라는 敍述은 일종의 二重的 형용모순에 상당하는 표현이 될 것이다. 그 속사정을 자세히 헤아리기는 어렵지만, 과년한 딸의 부모된 입장을 추정해 볼 수는 있을 테다. 알려진 대로나중 그녀의 부부관계는 법적으로 해소되지만(1964년), 1959년 봄 그녀는 딸을 출산한다. 그리고 남편의 학위 과정이 남은 상태에서 그녀는 졸업과 함께 바로 귀국한다. 아마도 '뜻밖에' 빨리 시작된 그녀의 부부생활로부터 생활고의 문제가 구체적으로 대두되었던 것으로 보인다. 翻譯家로의 입신 과정을 그녀는 이 맥락 속에서 설명하기 때문이다. 프랑스와즈 사강의 『슬픔이여 안녕』 번역이 그 시초였다.

> 1956년 독일의 어느 잡지에 사강의 <어떤 미소>가 연재되었었다. 나는 굉장히 재미있는 소설이라고 T에게 말하면서 스토리를 늘 얘기해 주었다. T의 주선으로 한국에서의 출판이 결정됐다. 번역이라는 일도 또 사강도 그렇게 탐탁치는 않았으나(…)//그 후 <안네 프랑크—한 소녀의 걸어온 길>도 그와 비슷한 경위로 (…) 책으로 되어 나왔고, 그 이후의 나의 책들은

---

19) 위의 책, 138쪽.

모두 우연이 계기가 되어서(…)[20]

여기서도 "번역이라는 일도 또 사강도 그렇게 탐탁치는 않았으냐"라는 이중적 표현 의식이 다시 한 번 나타남을 우리는 확인할 수 있다. 알다시피 이후 전혜린은 번역가로서 뛰어난 업적을 펼친다. 하지만 그 내면 의식은 늘 그렇게 긍정과 부정이 교차되는 형태로 주어지곤 했음을 또한 우리는 알 수 있다. 프로이드가 말하는 '現實原則'과 '쾌락원칙'의 교차 때문이었다고나 할까? 누구나 짐작할 수 있듯이, '번역'의 과제란 항용 '대중성'의 문제와 길항하기 쉽다. 상업성의 문제를 도외시하기 어렵게 되기 때문이다. 이 때문에 "탐탁치는 않았으냐"라는 표현이 나오는 것이다. 하지만 더 심각한 문제는 또 다른 차원에서 주어지는 것이었다. 앞서 살핀 것처럼 전혜린의 본원적 소망은 '작가되기'로 주어진 것이었기 때문이다. 그러니까 '작가되기'와 '번역가되기' 사이의 길항, 이 길항의 문제는 결국 그녀의 생 전체를 좌우하는 하나의 관건 사항으로 작용했던 것으로 보인다. 번역가의 길, 그리고 '작가되기'의 소망 사이.

번역가로서는 비록 비교할 수 없이 뛰어난 능력을 과시할 수 있었고, 실제로 많고 탁월한 업적들을 남겼지만, '작가되기'를 소망하는 영민한 여성 지식인에게 그것이 어떤 자의식의 효과를 미쳤으리라는 것은 미루어 짐작할 수 있다. 가령 '작가되기'를 추구하는 초기 단계에서 유수한 작품들의 '번역' 작업은 도움이 될 수 있다. 생활고의 문제를 해결하는 한 방편이기도 했던 것이다. 하지만 생활고의 문제에 치이게 될수록, 그리고는 사회적, 문화적 요청에 따라 번역 작가로서의 몫이 커지면 커지게 될수록 그것이 '작가되기'의 의식에 하나의 장애물로 간주될 가능성 또한 커지게 된다는 사실을 우리는 이 문맥에서 몰각할 수 없다. 실제로 많은 번역 작

20) 위의 책, 138쪽.

가들이 (창조적인) 작품쓰기를 병행하기도 하지만, '작가되기'의 길이 결코 만만치 않고, 한편 그것이 번역 작업의 길과는 길항 관계에 놓이게 된다는 사실을 우리는 인식할 수 있다. 그녀 의식의 이중적 상태는 늘 이런 갈등관계로부터 비롯되었던 것이다. 그녀의 어투, 관점으로 말할 때, 비범함의 수준으로 인식되어야 할 문화적 위상을 당대 사회가 '번역'에 부여하는 상태에 있지 못했기 때문이다. 그렇기 때문에 '광기'와 함께 '권태'의 의식이 출현한다.[21] 말하자면 '작가'의 길은 '광기'의 길이고, '번역'은 '권태'의 길이 된다. 그녀 의식의 딜레마 상태는 결국 사회적 욕망의 그와 같은 본원적 간극이 초래한 문제였다고 할 수 있다. 물론 그 말고도 실존의 길은 늘 복합적이고 다층적이다. 獨逸語 강사직도 수행해야 했고, 수필가로서 유니크한 글들을 또한 써내었다. 늘 일기쓰기를 중단하지 않는 것도 그녀 생애의 일부가 되었다. 한편 '엄마되기'에도 충실해야 했고, 이와 같은 많은 역할, 과중한 업무 부담은 그녀의 내면에 '불행한 의식'을 싹트게 한다. 행복감의 순간, 때로 도취의 순간도 없지 않은 것이지만, 전반적으로 볼 때 그녀의 노동은 과중한 것이었다. 그러면서 '작가되기'의 길은 점점 멀어져 간다. 이 상황에 대한 이론적 접근을 우리는 다음과 같이 시도해 볼수 있을 터이다.

3. 실존의 우울

일반적으로 '우울증'이라고 말하지만, 전혜린과 같은 경우는 자주 '조울증'으로 판정되고, 앞서도 말한 것처럼 근래 이것은 '양극성 정동 장애'의 이름으로 불려진다. 때로 환희와 같은 도취의 순간을 동반함의 모습도 발

---

21) 이덕희, 『전혜린』, 이마고, 2003, 29쪽 참조.

견되기 때문이다. 하지만 조울증이 일반적으로 그러하듯 문제는 감정 고조의 순간이 아니라 우울의 시간들이다. 그렇다면 그 '불행한 의식'의 내용이 무엇이었는지 우리는 물어야 한다. 그리고 무엇보다 여성으로서의 삶, 여성적 자의식이 문제된다.

3-1. 女性的 實存과 그 自意識─『생의 한 가운데』, 그리고 니나 부슈만

전혜린의 시대를 오늘의 우리가 '가부장제' 시대로 일러 큰 무리는 없을 것이다. 그리고 1950년대와 1960년대의 전반기는 世界史的으로 여성적 자의식의 발전기, 곧 운동사적으로 女性 해방 運動의 대두기가 된다. 시몬느 보봐르의 유명한 저서, 『제2의 성』이 출간을 본 것이 1950년대의 開幕 직전이었고, 미국 사회에서 격렬한 흑인 민권 운동과 함께 여성 운동의 具體的 대두가 이루어진 시점은 1960년대로 기록된다. 이를 세계사적 감각으로 호흡할 수 있었던 사람이 다름 아닌 전혜린이었다. 물론 그 의식은 아직 초창기적인 것이었다. 하지만 문제의식 자체만은 그녀의 글들이 뚜렷이 증거한다.

이러한 의식에의 눈뜸이 '문학'을 매개로, 문학을 고리로 이루어졌다는 것은 우리가 음미할 내용의 하나가 된다. 문학은 늘 사회의식에 앞서 존재와 현실을 구현하는 속성을 누리기 때문에 여성 의식과 관련해서도 이러한 면모가 선취되었다는 것은 결코 우연의 사태라 할 수 없다. 전혜린의 경우에 특별히 영향을 미친 작가, 작품으로는 루이제 린저와 그녀의 『생의 한 가운데』가 지목된다.

프랑스와즈 사강의 『슬픔이여 안녕』 경우 所謂 '아프레 걸'의 면모가 진하게 나타났던 반면, 여성 문제에의 각성의 정도는 상대적으로 미미했다고 할 수 있는데, 이에 반해 린저의 작품은 여성의 삶에 대한 문제의식을 비교적 뚜렷이 드러내었다. 2차 대전 후 독일 文學界에 彗星처럼 등장했던 린저는 여성적 문제의식의 투영을 그 문학 세계 형성의 본령으로 삼고자 했던 것이다. 그래서 심혈을 기울여 번역 작업에도 나섰던 한편, 스스로 '解說'이라는 이름의 발문을 붙인 출간을 기획함으로써 독자의 이해를 돕기 위한 안내자의 역할까지를 도맡았다. 린저의 소설, 『생의 한 가운데』는 이로써 당대에 드문 베스트셀러의 하나로 자리매김되는 성공을 거두게 되었거니와, 독일 바깥에서 가장 폭넓은 인지도를 누리는 작가로서의 명성 제고가 린저에게는 한국에서 이루어졌다. 『생의 한 가운데』 '해설' 문면 중 '결혼' 문제와 관련된 언설들만을 모아 배열한다면 다음과 같이 정리될 수 있다.

린저는 결혼에 대해서 매우 회의적이다. 온갖 결혼 생활의 뒤에 허위와 굴욕과 비굴한 습관과 체면과 필연과 정신의 고갈 상태를 찾아낸다.///(…) 마르그레트에게 점점 자기가 보내고 있었던 생이 견딜 수 없이 허위로 느껴지게 된다. 그리고 무엇보다도 여주인공인 니나를 통해서 린저는 결혼이 얼마나 '수지가 안 맞는가'를 보여주고 있다.//모든 지적인 인간처럼 니나도 우연히 거의 자기의 의사에 반대되게 결혼한다.///영혼의 해후나 순수한 공감의 순간을 서로 가질 수 있는 사람끼리는 결코 결혼할 수 없고 결혼의 전제는 사랑이 아니라는 것을 린저가 말하려고 한 것 같다.//불가해한 상대방의 본질에 대한 격렬한 지적 호기심, 어깨를 누른 강한 손길, 우연의 섭리, 그리고 누구의 명령을 받고 착하게 복종하고 싶은 여자의 본능, 안정에의 동경, 이러한 여러 요소가 전제로 되어서 마치 토끼가 덫에 잡히듯 서서히 자연스럽게 꽉 잡히고 마는 과정이 생생히 묘사되어 있다.//지적인 여자가 빠지기 쉬운 함정이 이 비지성적인 인간들의 자연 그대로 조화되어 있는 탄력과 힘으로 구성된 아름다움과 생을 간단하게 두 손으로 직접 잡을 줄 아는 박력이라는 것을 린저는 강조하고 있다.//그리고 그러한 부조화의 생에서는 절망과 굴욕감과 끊임없는 자기 모독 이외에는 아무것도 나오지 않으며 얼마나 비생산적이고 비창조적인가를 말하고 있다.///아무튼 놀랄 만큼 소극적이고 부정적인 결혼관이라고 말하지 않을 수 없다. (…) 결국 린저의 결혼관이 가장 현실과 가까운 것이 아닐지 모르겠다.//단 이 결혼관을 하나의 여성 문제로 본다면 니나와 같은 해결 방식을 권할 수 없는 것은 한국에서는 말할 것도 없이 실현하기 힘든 방법이기 때문이다.[22]

순탄치 않았던 결혼 생활의 시기와 이러한 글쓰기의 시간이 겹쳐 있다는 사실은 다시 한 번 음미할 만한 대목이 된다. 하지만 이 시기에도 전혜린은 결혼 생활의 지속 문제에 대해서 자신이 없는 상태에 있었던 것으로 보인다. '소극적이고 부정적인' 린저의 결혼관이 "가장 현실과 가까운 것이 아닐지 모르겠다"라고 말하면서도, 이어서 "단 이 결혼관을 하나의 여성 문제로 본다면 니나와 같은 解決 방식을 권할 수 없는 것은 한국에서는 말할 것도 없이 실현하기 힘든 방법이기 때문이다"고 첨언하고 있음을 살필 수 있기 때문이다. 누구에게나 어려운 문제가 되는 이 사안을 전혜린 역시 신중하게 처리해야 했을 것은 물론 당연하다. 하지만 그녀 자신의 의지는 어쨌든 離婚이라는 현실을 그녀는 결국 감당하지 않으면 안 되었고, 그것이 그녀의 실존에 미친 영향은 컸다. 사람들 앞에서 그렇게 대담한 모습을 연출하곤 했다는 전혜린 내면의 연약한 모습은 그의 일기장들 면면에 숨김없이 나타나 있는데, 무엇보다 '아버지의 이름으로' 행해지는 그 모든 대타자의 가부장적 위세 앞에서 그녀는 주눅들 수밖에 없었다. 그것으로 끝이었을까? 한 인간의 실존은 당연히 '아내'의 면모로만 한정되지 않는다. 아내의 역할 말고도 그녀가 감당해야 할 역할은 여전히 많았던 것이다.

3-2. 主婦-知識人으로서의 삶, 그 社會的 實存

'주부'란 일반적으로 가정 속의 여인을 의미하는 말이지만, 아내의 역할

---

22) 『그리고 아무 말도 하지 않았다』, 240-245쪽.

말고도 주부에게는 다른 중요한 역할이 맡겨진다. 바로 '엄마'의 역할이다. 동시에 그녀는 글을 쓰고, 학생들을 가르치며, 때로는 다른 사회적 역할 또한 감당하여야 했다. 결국 그녀는 주부–지식인이 되는데, 결국 '주부'라는 존재가 실존의 대부분을 대변한다. 그리고 여기서 '슈퍼 우먼 콤플렉스'라는 존재 의식이 발동한다. 추상적인 '여성'으로서보다 '주부'라는 구체적인 실존 조건 속에서 사회적 문제의식 또한 구체적으로 지각되는 것이다. 1960년대 미국에서의 여성 운동이 주부 신분의 여성들과 함께 대거 확장되었다는 사실은 이 상관관계를 시사한다. 주부 여성은 어떻게 살고, 무엇이 그들의 문제의식을 계발하였는가?

어떤 면에서 여성들이 자기 存在의 矛盾을 의식하기 시작한 것은 오히려 近代 사회에 이르러서였다고 차라리 미리 말해 둘 필요가 있다. 前近代 社會에서라면 '성의 분할' 자체가 명백하였기 때문에, 주부 존재의 모순이 발견될 여지 또한 그리 크지 않았다. '부부유별'이라고 하였듯이, 태어나면서부터 남성과 여성의 역할이 뚜렷이 분할됨으로써 그 사이에 갈등이나 긴장이 초래될 여지 또한 적었다. 문제는 여성과 남성의 역할이 겹치면서, 곧 사회적 共存의 지대가 커지면서 발로된다. 그러니까 사회적 역할이 주어지지 않으면 주부의 역할 역시 한정되는 것이다. 하지만 여성 지식인으로서 여성이 社會的 노동에 참여하면서, 한편 가정에서의 가사 노동 책임 역시 전적으로 도맡아야 한다면, 그 속에서의 의식 갈등과 긴장은 심화된다. 몸이 약한 여성 지식인, 주부 지식인에게라면 더욱 그렇다. 이러한 현실이 흑인 민권 운동의 고조와 함께 미국 사회에서 주부 선각자들의 의식을 계발시켰던 것이다. '슈퍼 우먼 콤플렉스'란 바로 이러한 의식 현실을 말한다. 전혜린의 일기 속에서 그러한 의식 현실의 단면을 조금 보아두기로 한다. 먼저 「육아일기」라는 제목과 함께 따로 편집되어 있는, (1959년) '11월 *일' 날짜의 일기 한 대목을 보아두자. 독일 유학으로부터 돌아와 어린 신생아를 키우는 노고의 단면이 이렇게 피로되어 있다.

> 어느덧 한국 생활에도 다시 익어갔다. 정화 음식도 전이나 마찬가지로
> 먹인다. 다행히 비싸긴 해도 바나나도 있었고 야채나 과일은 거기보다 쌌
> 다. 단지 어린애용으로 세균을 죽이고 만든 과일 죽, 야채 죽이 없어서 좀
> 불편하긴 하지만(……) 정화는 여전히 얌전하며 잘 때도 깰 때도 대소변을
> 보았을 때도 안 울기 때문에 '안 우는 아이'라는 별명이 붙어 버렸다.23)

이 내용만으로 보아서는 아직 주부의 삶에 대한 불안이나 불만의 내용
같은 것은 찾아보기 어렵다. 하지만 조만간 불안과 균열은 찾아온다. 무엇
보다 '육아'가 쉽지 않다. 오늘날의 未婚 여성들이 結婚에 대해 가지는 두
려움의 핵심 역시 결국 '출산'과 '육아'의 문제로 모아질 것이다. 아이를 낳
게 되면, 곧 엄마가 되면, 日常의 전부를 바치고도 아이에겐 늘 '부족한 엄
마'의 자의식을 갖게 한다. 자아가 강하고, 성취욕이 강한 사람에게일수록
이런 의식은 더욱 두드러진다. 2세에 대한 욕망 역시 그들에게 크게 주어
지기 때문이다. 하지만 육아 책임이 사회적 책임 의식과 충돌할 때면, 때
로 아이에 대한 불만 역시 현실화된다. 아이가 '짐'으로 여겨지기 때문이
다. 만약 아이 때문에 사회적 경쟁에 뒤진다고 여겨진다면, 아이에 대한
미움조차 발동할 수 있다. 이런 사정을 전혜린의 일기 또한 고스란히 드
러낸다. '생의 선물'로 상찬되었던 아이에게 미움이 발동되는 순간이다. 물
론 아이 또한 미운 짓을 한다. 왜 그런 순간이 없겠는가. 하여간에 「이 무
서움에서 나를 놓으라」라는 소제목하에 편집된 (1961년) '11월 10일'자의 일
기 속에서 그녀는 다음과 같이 말한다.

> 우리의 성격이 좋아질 수 있는 유일의 찬스는 행복(또는 행운)뿐이다.

---

23) 위의 책, 263쪽.

불행은 우리의 성격을 보다 더 악화하는 데만 도움이 된다.//정화라는 선
물이 있었음에도 불구하고 나는 다시는 정상으로 되돌아갈 수는 없다. 정
화조차도 종종 미워죽겠으니까.[24]

아이에 대한 미움 이전에 자신의 상태가 정상적이지 않다는 자의식이
먼저 이 시기에 주어지고 있었음을 알 수 있다. 그런 비정상의 자기 인식
과 함께 아이에 대한 미움을 말하고 있는 것이다. 살펴본 대로 이 시기는
아이가 그다지 많이 자라난 상태의 시점이 아니다. 겨우 1961년 하반기,
가을의 시점인 것이다. 이 시기에 그녀가 어떤 위기 상태를 겪고 있었는
지는 이 전후 시점의 일기문들을 살피면 알 수 있다. 위 일기문의 바로 앞
자리에 編輯된 '11월 2일', 그리고 '11월 9일'의 일기문들을 보면, 이 시기에
그녀의 내면은 이미 상당한 정도 悲觀的인 음울의 상태에 도달해 있었던
것을 알 수 있다. 아마도 부부 관계의 파탄이 이 시기에 구체화되었던 것
으로 보인다. 일기문 중에 그 내용이 비쳐 나타남을 살필 수 있게 하기 때
문이다. 그렇게 그녀의 내부 의식은 이때 自我와 世界 사이의 극단적 대
립, 간극의 면모를 드러내었다. '적대 감정'으로조차 표현되어 나타나고 있
는 것이다. "아무 의욕도 없다"고 말하고, '알코올'에의 욕망조차 드러낸
다. 균형을 잃은 비정상 상태의 전형적인 모습이다. 그리고 그러한 상태를
스스로 잘 인식하고 있었다. 주부 지식인의 내면적 파탄 상태가 이때에
이미 구체화되었던 것이다. 보자.

> 11월 2일
> 새벽 3시. 요새는 늘 새벽에 잠이 깨인다. 시간이 흘러가는 것을 느꼈다.
> //아무 의욕도 안 느끼는 무기력의 극치 같은 나날을 보내고 있다. //알코
> 올에의 욕망만이 강하게 치솟는다. //아무 것도 아무 곳에도 안주(安住) 못

---

24) 전혜린, 『이 모든 괴로움을 또다시』, 민서출판사, 2002, 233–234쪽.

하는 내 마음이 개탄스럽다. //아무 직업에도 질긴 욕망을 못 느낀다.

11월 9일
오늘 내년도 토정비결을 보았다. //무시무시하게 나빴다. 끔찍한 소리뿐이었다.//아무 의욕도 없다. //낮에는 끔찍하고 저녁은 무섭고 밤에는 공포의 고함만 지르게 된다./술이든지 뭐든지 나를 이 무서움에서 놓여나게해주었으면 다행할 것을……//아내는 남편에게 있어서 언제까지나 필연적인 무엇에 불과하다. 마치 아버지가 아이에게 언제까지나 그렇듯이. 모든여자가 남자에게는 아내로 생각될 수 있는데 왜 여자에게는 보통 한 남자밖에 남편으로 생각되지 않는 것일까? //사람과 사람 사이에 용서란 있을수 없다. 상태의 완화. 또는 감정의 예리함이 무디게 죽는 것은 있을 수있으나 맨 의식 밑에서 우리는 결코 있었던 일을 잊지 않는 것이다. //모든것이 나를 위협하고 있는 것을 느낀다. 세계와 인간이 나에게 적대 감정을품고 있다.[25]

부부 관계의 심각한 균열을 암시하는 내용과 함께 쓰인 위 일기문의 기록상은 단지 한정된 시점에 제한되지 않는다. 그녀가 「가을이면 앓는 병」에서 시사한 것처럼, 가을이면 주기적으로 앓는 상태를 반영한다고 볼 여지도 있겠지만, 그러나 이 시기 가을 속의 그녀 일기들은 세계관상의 어떤 전면적인 균열 속에 그녀가 이미 깃들어 있었던 것을 보여준다. 그 앞달(10월)의 일기들 또한 심상치 않은 모습들을 보여주기 때문인데, 가정, 가족, 그리고 사회적 삶의 전체 속에서 그녀의 의식적 회의가 이 시기에이미 심상치 않은 단계로 나아가고 있었음을 우리는 알 수 있다. '10월 1일'에서 '10월 13일'에 이르는 일기들을 연속적으로 일단 보아 두자.

10월 1일
오늘이 '국군의 날'이라고 한다. 라디오를 틀면 '조국 행진곡', '반공 행진

---

25) 위의 책, 232–233쪽.

곡', '주부의 노래', '건설의 노래'……. 모두 하나같은 가사의 곡으로 귀에 못이 박힐 지경이다. (…) 마음만은 따분하다. 무일푼이니……. 마당을 수리하는 탁탁 치는 소리가 '나가라! 나가라!' 하는 것처럼 들린다. (…) 학교에서나, 집에서나, 또 친척들, 시집 전부에 이렇게 조마조마 눈치만 보고 살아야 하는가? 언제 끝날까? 좀 더 맘 편히 푹 살고 싶다. 그 이외에 아무 야심도 없다. //독일에서 4년, 한국에서 2년은 나로서 완전히 온갖 것에의 의욕을 빼앗아 버렸다. 그저 오막살이라도 다리 뻗고 아무도 없는 데서 있고 싶을 뿐, 글을 쓴다니, 번역을 한다니, 학교에 나간다니……. 모두가 긴치 않은 나의 방해물로밖에 생각되지 않는다. 아마 이것은 나의 퇴화(退化)를 뜻할 것이다. 아니 나의 종말일지도 모른다. //하여간 아무 것에도 관심이 없고 아무 것도 하고프지 않다. //누가 죽인데도 모든 것이 귀찮다.

10월 2일

아침 6시 40분쯤부터 일어나 (…) 내리 2시간 떠벌이고, 목이 쉬고, 분필가루를 뒤집어쓰고 손에 회칠을 하고 귀가, 의무를 성실하게 다했을 때 느끼는 상쾌감 이외에 육체적 긴장과 피곤이 전신을 엄습한다.

10월 13일

끝없는 회의의 숨 가쁜 교차, 그리고 둔중한 단조(Monotenie), 이것이 생활의 리듬인 것 같다. //될 수 있는 대로 감정은 질식시켜 버릴 것. 오로지 맑은 지혜와 의지의 힘에만 기댈 것. 이것이 사람이 도달할 수 있는 최고의 곡예사(Acrobat)인 것 같다. //그 상태에만은 야심(Ambition)을 느낀다. 다른 모든 것은 아무래도 좋다. 물같이 맑은 의식의 세계에서 늙은 잉어같이 살고 싶다. //니체의 말, '이 모든 괴로움을 또다시!'가 얼마나 숨막히게 무서운 말인가를 느낀다. 온갖 싫은 일들, 너저분하고 후줄그레한 일들, 시시하고 따분한 일들이 깔려 있는 운명의 아스팔트지만 이 길이 끝이 안 났으면 하는, 또는 또 한 번 하는 의욕은 실로 무겁고 기름진 삶의 욕구(Leben-wollen)의 사고(思考)일 것이다.[26]

이와 같은 독한 회의와 음울의 상태가 단지 가을철이 되어서 집중적으

---

26) 위의 책, 229-231쪽.

로 나타났던 것인지에 대해서는 확인이 쉽지 않다. 하지만 전체적으로 이 시기 그녀의 내면 상태는 '회의'와 '인내'를 오가는 상태에 있었던 것으로 파악된다. '불행한 의식'의 전형적 면모다. 물론 이 상태를 벗어나기 위한, 출구 모색의 의식적 움직임도 엿보인다. 하지만 그래봐야 그것은 '견인주의'의 자세를 벗어나지 못하는 것이다. "될 수 있는 대로 감정은 질식시켜 버릴 것. 오로지 맑은 지혜와 의지의 힘에만 기댈 것. 이것이 사람이 도달할 수 있는 최고의 曲藝師(Acrobat)인 것 같다./그 상태에만은 야심(Ambition)을 느낀다. 다른 모든 것은 아무래도 좋다. 물같이 맑은 의식의 세계에서 늙은 잉어같이 살고 싶다"의 구절들이 그러한 의지적 상태를 전형적으로 드러낸다. 하지만 세속의 세계에서 수행자의 자세로만 생은 유지될 수 없다. 역시 생활, 생계의 문제가 주부—지식인의 삶을 위협한다. '인형의 집'의 '노라'처럼, 순전히 조롱 속의 새로서 남편에게 복속되어 산다면, 그런 골치 아픈 고민 따위는 하지 않아도 좋았을지 모르지만, 그녀의 강렬한 자의식은 이미 그러한 노예 상태를 걷어차 버린 뒤였다. 그렇다면 8남매를 거느린 늙은 애비에게 생계를 구할 도리도 없다. 결국 그녀는 사회적 노동이라는 또 다른 노예의 상태를 구하지 않으면 안 되었으며, 이 과정에서 그녀는 사람들과 부딪히며, 자의식의 상처를 받으며, 힘든 현실을 헤쳐 나가지 않으면 안 되었다. '작가되기'의 소망이라는 욕망의 뿌리는 거의 질식할 듯한 상태에 이르렀으며, 그녀는 다만 생존을 구하는 데 급급하였다. 누구라도 이런 상태에서 독한 회의를 맛보는 것은 당연할 터이다. 그리고 그 속에서 삶을 구하기 위해 인내(견인주의)가 모색된다. 이런 진동의 의식 상태란 무엇일까? 바로 '불행한 의식'이다.

3-3. 불만의 삶 혹은 '不幸한 意識'의 變奏

"끝없는 懷疑의 숨 가쁜 교차, 그리고 둔중한 單調(Monotenie), 이것이 생활의 리듬인 것 같다"고 전혜린은 말했다. 이것이 말해주는 한계 의식의 범주를 우리는 '회의주의'와 '견인주의'로 특징지을 수 있다. 존재가 투영시키고 직면시키는 이러한 한계 의식의 정황을 다시금 요약적으로 정리해 보자.

앞서 살핀 것처럼 존재의 원천적인 한계 의식은 무엇보다 '女性'이라는 조건으로 주어졌다. 자기 암시처럼 늘 '非凡'함을 주문했지만, 비범한 성취는 쉽게 이루어지지 않고 그녀는 지쳐갔다. 이럴 때 필요한 자세는 초연한, 달관한 듯한 견인주의자의 그것이다. 1961년 10월의 일기들에서 우리는 의식상의 그러한 상태, 의지적 모습을 엿보았다. 이 욕망 모순의 근원적 한계 조건은 어디에서 연유했는가?

다시 한 번 요약하자면, 당대의 嚴格한 家父長制의 社會 조건은 전혜린에게 치명적이었다. 이에 당돌하게 도전하는 자세를 전혜린은 애써 취하곤 했지만, 그것이 가져온 대가는 너무나 값비싼 것이었다. 순탄치 않은 결혼 생활에서 별거, 그리고 이혼으로까지 이어지는 과정은 그녀의 삶을 피폐시켰다. 사회적 노동에 있어서도 마찬가지였다. 대학에서의 교수직은 쉽게 주어지지 않았다. 임종 전 해 그녀에게 겨우 전임의 직이 주어졌지만, 독일어 강사직이 주는 피로감에서 그녀는 벗어날 수 없었다. 작가로서의 명성은 결코 그녀의 것이 아니었다. 번역가와 여류 수필가로서의 명성은 이미 드높아진 상태에 있었지만, 그녀가 꿈꾸는 위대한 작가로서의 명성과 그것은 거리를 둔 것이었다. 딸과 함께 생계를 꾸려야 하는 실존의 조건이 그녀의 삶과 의식을 옭죄었다. 이럴 때 일탈에의 유혹이 존재의 또다른 감옥을 낳기 쉽다는 것은 우리가 늘 경험적으로 인지하게 되는 바이다. 좀 더 구체적으로 문면을 더듬어 이 문제를 끄집어 내 보기로 하자.

"아내는 남편에게 있어서 언제까지나 필연적인 무엇에 불과하다. 마치 아버지가 아이에게 언제까지나 그렇듯이. 모든 여자가 남자에게는 아내로 생각될 수 있는데 왜 여자에게는 보통 한 남자밖에 남편으로 생각되지 않는 것일까?"(1961년 11월 9일의 일기), 이것은 일탈에의 유혹을 시사하는 바의 기록이다. 이 유혹을 그녀가 어떻게 처리했는지에 대해서 지금 확인하기는 어렵다. 다만 여러 가지 전언과 기록으로 미루어 보건대, 어떤 일탈의 현실이 전혀 없지는 않았던 것으로 여겨진다. 하지만 그것이 어쨌든지 간에 그것이 사회적으로 허여되지 않는 상황 자체에 대해서 그녀는 문제의식을 파생시켰던 것으로 보인다. 말하자면 '구속'과 '불평등'에의 인식이다. 왜 남자에게는 허여되는 것이 여자에게는 허여되지 않는가. 이러한 상태를 우리는 '회의'라 부를 수 있을 것이다. 말하자면 의심을 품는 상태다.

한편 '懷疑主義'와 함께 '不幸한 意識'의 또 한 면모는 '堅忍主義'로 파악된다.[27] 奴隷의 의식과 主人 의식 사이에서 그 진동의 면모를 보이는 것이 '불행한 의식'이라 할 때, 노예의 의식에 가까운 것이 회의주의이며, 견인주의는 주인의 의식에 방불한 것으로 설명된다. '주인과 노예의 辨證法'으로 알려진 이 논법, 도식으로 헤겔은 서양 정신사, 서양 철학사 전체를 설명하고자 하는 야심찬 기획을 선보였다. 그러니까 기독교적 종교 의식에 가까운 것이 이 '불행한 의식'이다. 하지만 기독교 정신 이전에 서양 철학사는 쾌락주의, 견인주의, 회의주의 등을 경험했다. 진정한 '이성'의 수준에 도달하기 이전 서양정신사의 면모가 대개 이러한 것이다.

노예가 되지 않으면 주인인 것이지만, 앞서 살핀 대로 (가정)'노예'의 상태를 걷어찬다고 해서 바로 주인으로 되는 것은 아니다. 사회적 노동이라

---

27) 서영채, 『인문학 개념 정원』, 문학동네, 2013, 16장 참조.

는 자본주의 사회의 피할 수 없는 노예 조건이 여전히 실존을 가로막는 것이다. 그렇지만 의식상으로는 '주인'으로의 독립이 어느 정도 가능하다. 누구로부터도 얽매여 있지 않다고 생각한다면 그녀는 자유이고 독립인 것이다. 비록 아버지로부터의 정신적 독립은 영원히 불가능할 것 같다고 그녀는 시인하기도 했지만(주석 번호 19의 인용문 참조), 자본주의 사회에서 사회적으로 독립하고자 한다면 누구나 주인의식의 소유자가 될 수 있다. 하지만 이미 지적한 것처럼 그것도 불가분 노예(노동)의 상태와 전면적으로 독립해 따로 나누어 가질 수 있는 것은 아니다. 이 때문에 하나의 의식상 속에서 회의주의와 견인주의는 교차 교직되어 번갈아가며 나타난다. 회의를 반추했다가도 견인주의가 나타나고, 견인주의, 곧 스토이시즘이 피로되다가도 그 속에 피할 수 없이 회의가 또한 깃든다. 이런 식으로 의식은 진동하는 것이다. 만약 환희의 순간이 있다면 그것은 드문 쾌락주의자의 면모가 될 것이다. 이처럼 우리의 일상적 삶과 그 의식은 기본적으로 불행한 의식의 자장 속에서 회의주의와 견인주의라는 진동의 변주 양상을 왕복, 되풀이를 반복한다. 1961년 10월 13일자 일기의 "끝없는 회의의 숨가쁜 교차", 그리고 "둔중한 단조(Monotenie)"를 견디어내지 않으면 안 된다는 견인주의적 표현들은 그 주조음의 표백에 해당하는 문구들이 되는 것이다. 그리고 그녀는 "이것이 (기본)생활의 리듬인 것 같다"고 고백한다. 이는 어찌할 수 없음의 어떤 自認 표현 아닌가?

전혜린의 최종적인 죽음이 이로 보면 상당히 긴 우울의 시간들을 통과하여 이루어진 것을 알 수 있다. 그러나 좀 더 면밀히 그녀의 일기문들을 해독해 보면, 거기엔 단순한 불행한 의식이나 회의주의, 견인주의, 쾌락주의자의 면모만 나타나 있는 것은 아님을 알 수 있다. 무엇보다 깊은 공포가 지배하는 순간의 기록들도 있다. '죽음에 이르는 병'이라고 '절망'을 설명한 사상가도 있었지만, 왜 그렇게도 일찍이 실존의 병들에 사로잡히게 되었는지에 대해서 의문을 품게 할 정도로 그녀의 내면은 깊은 상처들을 보여준다. 이에 대해서 우리는 정신적 '조숙'으로밖에 달리 설명할 언어를 찾지 못하게 되지만, '신경증', 그러니까 강박과 집착으로 인한 신경증의 상태가 일찍부터 그녀를 괴롭혔던 것은 그녀의 일기문들이 충분히 증언해 준다. 마지막 순간부터 역으로 그녀가 노출한 특이한 신경증의 면모를 이제 다시 추적해 보기로 한다.

4. 죽음 强迫, 그리고 恐怖 속의 문장들

'죽음'에 대한 무의식적 강박, 충동을 프로이드는 죽음의 신인 '타나토스'의 이름을 빌려 설명하고자 했다. 하지만 그 역시도 자세한 설명을 부가하지는 못했고, 그래서 인간은 수수께끼의 존재다. 오늘날 자살 형태의 죽음이 인간의 세계에서 가장 보편적으로 관찰되는 사멸의 방식이 되고 있다는 점은 널리 알려진 바이다. 그렇다면 사람은 어떻게 자기 생의 최종 방식을 결정하는가?

상식적으로 이것이 어떤 '苦痛'의 문제와 연관되어 있다는 것은 불교도가 아니라도 굳이 우리가 이해하기 어려운 바가 아닐 것이다. 사람은 고통과 함께 산다. 하지만 견디기 어려운 지극한 고통이 삶을 위압한다면, 사람은 그로부터의 탈출을 모색하게 되고, 죽음은 그 한 방식이 된다. 무엇이 삶을 괴롭고 고통스럽게 하는가? 여기에는 육체적 고통도 있고, 정신적 고통도 있을 것이다. 만약 너무 예민한 신경, 자의식의 문제로 고통받는 사람이 있다 한다면, 그로부터의 탈출 모색 역시 자연스러운 행위가 될 수 있다.

여기서 '강박신경증'의 문제가 제기된다. 지나친 강박 관념은 신경을 피로하게 하고, 그 신경이 쉬지 못한다면, 신경은 문제를 일으키게 된다. 그 문제의 가장 전형적인 현상이 망상과 환상이다. 신경이 쉬기 위해서는 '잠'이 주어져야 하는데, 예민한 상태에서 잠은 주어지지 않는다. 결국 이것이 악순환을 부르고, 신경의 고장 상태는 이렇게 해서 심화된다. 문제의 출발이 강박이나 집착으로 주어지는 것은 이런 관련성 때문이다. 그 심화 상태가 분열증, 곧 조현병으로 나타난다는 것은 서두에서부터 살펴본 바인데, 그 전형적인 징후가 망상이나 환상으로 주어진다는 것도 앞에서 살펴본 바이다. 수면 시계의 고장은 흔히 불면으로 주어지는데, 무의식적 강박이 '가위눌림'과 같은 공포의 경험으로 주어진다는 것도 사람이라면 누구나 일생 중에 경험하게 되는 바이다. 전혜린의 마지막 순간은 어떻게 주어졌는가? 그 마지막의 모습을 보여주는 일기의 대목들을 여기서 확인해 두기로 하자.

> 1965년 1월 6일, 새벽 4시.
> 어제 집에 오자마자 네 액자를 걸었다. 방안에 가득 차 있는 것 같은 네 냄새.//네 글(내가 무엇보다도 사랑하는).//(…)나는 왜 이렇게 너를 좋아할까? 비길 수 없이.//무엇과도 바꿀 수 없이 너를 좋아해.//너를 단념하는 것보다도 죽음을 택하겠어.……//나는 너의 모든 것을 사랑한다(Ich liebe alles an dir).[28]

기왕의 연구자들 중 많은 이가 이 대목에 유의한 것으로 살펴지지만, '장 아제바도' — 가명으로 알려져 있다 — 라는 이 匿名의 인물에 주목함이 精神分析의 관점에서는 분석적 의의를 갖지 못한다는 점을 먼저 확인해 둘 필요가 있다. 그 실제가 누구이든가 간에 '성적 환상'의 표상일 뿐이라는 점에서 분석의 내용과 결과라는 면에서는 전혀 아무런 변동도 가져다주지

---

28) 『그리고 아무 말도 하지 않았다』, 42-43쪽.

않기 때문이다. 문제는 여기에 엄청난 에너지의 욕동이 투영되어 있고, 그것은 죽음에 대한 공포 의식과 비례 관계로 놓여 있다는 점이다. 다만 살기 위한, 존재의 연명을 위한 비명으로 한 남자의 이름을 불러대고 있음을 우리는 확인할 수 있다. 이것은 성적 환상이 아니고 무엇인가?

> 내가 이런 옛날 투의 편지를 쓰고 있는 것이 좀 쑥스럽고 우스운 것도 같다.//그렇지만 조르주 상드(G. Sand)가 뮈쎄(Musset)와 베니스에 간 나이인 것을 생각하면 아직도 나는 좀 더 불태워야 한다고 분발(?)도 해본다.//나의 지병인 페시미즘(Pessimismus)을 고쳐 줄 사람은 너밖에 없다.//생명에의 애착을 만들어 줄 사람은 너야. (…) '한 개의 육체와 영혼이 분열하여 탄소, 수소, 질소, 산소, 염, 기타의 각 원소로 환원하려고 할 때 그것을 막는 것이 사랑이다.' 어느 자살자의 수기 중의 일구야.//장 아제바도! //내가 원소로 환원하지 않도록 도와 줘! 정말 너의 도움이 필요해. //나도 생명 있는 뜨거운 몸이고 싶어. 가능하면 생명을 지속하고 싶어.//그런데 가끔가끔 그 줄이 끊어지려고 하는 때가 있어. 그럴 때면 나는 미치고 말아. 내속에 있는 이 악마(Totessehnsucht)를 (…) 악마를 쫓아 줄 사람은 너야. 나를 살게 해줘.[29]

"나를 살게 해줘"라고 외치는 이 공포 의식, 공포감이 결국 생명과 사랑을 부르는 근원인자다. "가능하면 생명을 지속하고 싶어"라고 외치면서, 그 의식 속의 惡魔(Todessehnsucht)를 스스로도 싫어하고 두려워하지만, 스스로는 어찌할 수가 없고, 그것을 "쫓아 줄 사람은 너야"라고 여인은 애처롭게 부른다. 인간은 이처럼 죽음에의 恐怖 앞에서 그토록 연약한 존재인 것이다. 그렇다면 왜 삶을 지속시키지 못하는가? 공포감을 떨쳐내 버리지 못하고, 그 공포의 고통으로부터 헤어날 길이 없기 때문이다. 이 사정을 이해하고 알기 위해서는 그녀가 滿朔 중의 상태로 출산 직전의 상황에 놓

---

29) 위의 책, 43–44쪽.

여 있었던 시기, 즉 1959년도 이른 시점의 일기가 한 참고 사항이 될 수 있다. (1959년) '2월 15일'자의 일기를 보자.

> 어젯밤 나에게 불안이 엄습(Unfall)해 왔다. 끔찍스러웠다. 모든 것을 삼키려 드는 죽음의 크고 말 없는 검은 입에서 빠져 나와 나는 도망치려고 했다. 달리고 또 달렸지만 빠져 나올 수가 없었다. 나는 더 이상 보고, 느끼고, 읽고 말할 수 없게 될 것이다. 아마 흙이나 돌이 될 것이고 세상은 그래도 지금같이 꼭 그대로 존재할 것이다. 나는 무(nichts)에로 녹아들 것이다.//끔찍하다(Schrecklich)!(……) //나는 나의 공포에 질식한다.[30]

出産을 앞둔 상태에서 위와 같은 공포 의식의 출현은 쉽게 이해될 수 있다. 하지만 문제는 그 공포 의식의 출현이 매우 빈번하게 주어졌다는 점이다. 이렇게 되면 무의식과 함께 의식 전체가 어떤 위기적 정황 속에 급속히 침몰하게 된다. 이 시기 일기들의 제목에 「이브의 恐怖가」, 「죽음의 面前에서」, 그리고 「위대한 地獄」 등의 소제목들이 주어져 있음을 살필 수 있는데 — 아마도 편집자에 의해서 주어졌을 것이다 —, 이것은 출산과 그 공포 의식의 출현이 무관치 않은 관계에 있었음을 말해주는 것이다. 그리하여 그 공포 의식은 形而上學的이고 사변적인 페시미즘의 형태로조차 얼굴을 디민다. 출산 豫定日을 8일 정도 앞둔 '2월 23일'의 일자 일기문들은 그 전형적인 의식의 출현 양상이다. 보라.

> 2월 23일
> 우울하고 지루한 일요일. 무위와 무념(無念)으로 꾸벅꾸벅 졸면서 그렇게 지내고 있다. 기다리고 있다//겨우 8일밖에…//곧 모든 것이 지나갈 것이다//생도 또한…//요즈음 나는 언제나 생이 너무 짧다고 생각하고 있다//생의 의지(Lebenswille)와 죽음에 대한 불안은 전혀 별개의 것이다. 생의 거

---

30) 『이 모든 괴로움을 또다시』, 108-110쪽.

대한 의지를 소유하지 않은 자라도 죽음에 대한 불안을 가질 수 있다. 이해할 수 없는 어떤 것, 미지의 것, 어두운 것에 대한 불안을···//바로 그것을 여자는 출산 앞에서 감지한다. 무엇을 이 세상에 가져오는지 그는 알지 못한다. 그렇지만 그것에 대한 책임을 져야 한다. 알지 못하고 이해 못하고 있는 그 무엇 앞에서 여자는 불안하고 두려워한다//이 불안(심리적)은 육체적 불안보다 훨씬 커다란 것이다//권태, 권태···/단조, 획일···//(······)//나는 친구가 하나도 없다. (···)//권태가 나를 죽인다//아이? 바로 이 방에서?//이러한 경제적, 정신적 상태에서?//근심만 늘 뿐이지, 하등의 기쁨도 생기지 않을 것이다//아마도 나는 모든 것을 너무도 검게만 채색하는 것일 게다. 그러나 이 생에 난 아무 것도 더 이상 기대하지 않는다. 아무 것도!//나는 너무도 많이 자주 모욕을 받았고 상처를 입었다.//(······) 나에겐 미지의 것이고 섬뜩한 것이지만, 진심으로 죽음을 기다리고 있다//죽음은 적어도 모든 것을 엄폐시킨다. (···) //죽음은 하나의 싸늘하고, 검은 거대한 만트이다.[31]

비록 출산을 일주일 남짓 앞둔 특이 시점의 의식 배태 양상이라 하더라도 전혜린의 마지막 순간을 헤아리게 하는 데는 전혀 부족함이 없다. 여기서 주목되는 것은 단지 죽음에 대한 공포 의식만이 아니라, 자의식의 어떤 면모가 구체적이고도 솔직하게 투영되어 나타나 있다는 점이다("나는 너무도 많이 자주 侮辱을 받았고 傷處를 입었다"). 외로움이 토로되고 '권태'와 '단조' '획일' 등 어사로 표명되는 그녀의 전형적 세계 인식 양상 역시 여기에 고스란히 투영되어 있다. 그리고 "나는 (···) 진심으로 죽음을 기다리고 있다"는 문장이 거기에 이어져 있는 것이다. 이렇게 살핀다면 그녀가 스스로 짧은 생애를 받아들이고 말았다는 사실이 전혀 이상한 일이 될 수 없는 것 아닌가?

하지만 앞서 살핀 것처럼, 出産을 마치고, 그렇게 힘들게 얻은 딸과 함께 귀국한 직후의 일기 속에서는 상대적으로 평온한 모습들을 우리는 살

31) 위의 책, 121-123쪽.

필 수 있었다. 하지만 2년여가 지나서 1961년도의 하반기에 이르면 벌써 그녀의 의식 상태는 깊은 침체기, 아니 심각한 우울의 불안정한 모습을 보여주는 것이다. 1961년도의 일기들에 (일기문) 편집자들이 「미친 듯이 살고 싶다」는 소제목을 붙이고, 그 이후의 일기들에 「흔들리는 영혼」, 그리고 죽기 전해의 일기들에 「남자의 논리」, 그리고 그녀의 마지막 가을 일기들에는 「또 가을이 오고」라는 시사적인 제목이 붙여진 것은 그러한 사정을 인식한 바에 따른 결과였다고 할 수 있다. 그렇다면 그녀의 평범치 않았던 죽음의 방식조차 오래 준비된, 혹은 일찍부터 대비해 온 어떤 어찌할 수 없는 사태의 필연적인 수락으로 주어진 현상이었던 것인가?

전혜린이 독일 시절 이미 자살 시도를 감행한 전력이 있었음을 보고하는 연구자의 전언을 신뢰한다면,[32] 어느 정도 예비된 최후의 선택이었다는 추정도 전혀 무리한 것이 아닌 게 된다. 한편 그녀가 수면제의 복용을 하나의 습관처럼 상습화하였다는 점 역시 스스로 고백해 놓고 있으며, 이런 점들은 그녀의 죽음 의식이 결코 일회적으로 주어진 것이 아니었음을 짐작게 한다. 흔히 '죽음'에 비교되는 '잠'의 도입을 위해 수면제를 상용할 때, 그 복용자들은 자주 깨어나지 못하는 순간의 어떤 공포스런 상태를 무의식적으로 지각하게 되기 때문이다. 결국 이런 사람들은 불안, 두려움 등의 의식, 감각과 늘 동행하게 된다. 그것이 운명인 것이다. 선천적으로 예민한 감수성의 정신적 조숙, 그것이 가져오는 어떤 파탄의 가능성을 염두에 두지 않는다면 우리는 그 생의 진정한 면모에 결코 다가설 수 없다.

---

32) 이덕희, 앞의 책, 103쪽 참조.

5. 結論을 대신하여

이 글의 序頭에서부터 筆者는 (强迫)'神經症의 問題를 거론하였다. 그리고 삶의 과정을 전체적으로 되짚어보면서, 그녀가 어떤 좌절의 생애를 살았던 것인지 점검해 보았다. 그녀는 어린 시절부터 '결코 平凡해져서 안 된다'는 강박관념과 함께 살았고, 그것이 강렬한 認定欲求를 낳았지만, 그녀가 꿈꾸었던 '작가되기'에의 소망을 결코 성취하지는 못했다. 무엇보다 그녀는 강고한 家父長制, 남성 위주 사회에서 분투하지 않으면 안 되었고, 결국 이혼과 함께 사회적 독립을 성취하게 되지만, 대신 딸을 키우면서 힘들게 생존과 또한 맞싸우지 않으면 안 되었다. '작가되기'의 所望 대신 그녀는 번역가, 여류 수필가, 독일어 강사로, 또 일기쓰기의 집필자로서 열심히 살았었지만, 끝내 때 이른 죽음에의 초대를 그녀는 피할 수 없었다.

왜 사람은 자기 자신의 파괴를 스스로 선택하게 되는가의 문제의식으로 이 글은 시작하게 되었다고 할 수 있지만, 생애의 검토 과정, 특히 그녀가 남긴 일기문들의 검토 과정 속에서 그녀가 심한 강박 관념들과 싸우고 그것에 시달렸었다는 사실을 확인할 수 있었다. 무엇보다 남성 위주 사회 속의 질곡을 경험하면서 가부장제 사회에 대한 도전 의식을 형성하게 된 것은 그녀의 생애에 심한 생채기들을 남겼다. 들뢰즈-가타리가 언명한 대로 모든 욕망은 기본적으로 사회적인 것이라 할 수 있지만, 그에 대한 도전으로서의 저항 의식 면모는 확실히 그녀의 문학적인 생애와 분리될 수 없는 것이었다. 특히 루이제 린저의 『생의 한 가운데』가 그녀의 의식에 미친 영향은 컸다. 결국 작가되기에 실패함으로써 그녀는 아들러의 개인 심리학이 강조한 바 '劣等意識'의 포로 상태로부터 결코 놓여날 수 없었던 것이라고 말할 수 있다.

　　신경증과 우울증, 그리고 그것들과 의식적인 정신 상태와의 상관성 문제 등은 더 고찰되어야 할 의학적 문제들로 남겨질 것이다. 하지만 인간이 신경증의 동물이라고 하는 것은 20세기의 정신 의학이 중점적으로 밝혀놓은 바라 할 수 있고, 강박신경증이란 그러한 신경증적 상태의 일환 상태이다. 들뢰즈의 관점대로 만약 가장 현대적으로 발현되는 정신증의 문제가 분열증이라면 우리는 언제든지 분열증에도 노출되기 쉽다. 1950~60년대에 걸쳐 가장 열정적이었던 여성 지식인이자, 대표적인 문화적 지성의 인물이었던 전혜린이 이러한 정신의 문제, 신경의 문제에 시달렸었다고 하는 사실은 그녀의 죽음을 이해하는 데도 유력한 참조의 관점을 제공하리라 기대해 본다. 선각자는 언제나 불행한 것이다.

-『어문연구』통권176호, 2017.

'慾望'의 리얼리즘, 悲劇的 世界觀, 諷刺, 印象主義, 기타…
― 徐廷仁 初期 小說의 美學的 成就와 그 特色

1. 여는 말 ― 리얼리즘, 慾望, 그리고 서정인

徐廷仁 소설, 그 중에도 초기 소설들이 당대의 批評家들에 의해 높이 평가되었다. 1960~70년대의 현실을 背景으로 한 徐廷仁 당대의 리얼리즘적 성취가 동 世代에 의해 예민하게 反應되었다는 뜻이 되겠다.[1] 여기서 우리에겐 리얼리즘에 대해 물을 必要가 주어진다. 社會 혹은 現實을 투영하며 훌륭한 文學的 성취가 이루어진다고 할 때, 그 成就란 어떻게 이루어짐일까? 筆者는 이 물음 앞에 '욕망의 리얼리즘'이란 說明語를 먼저 提示해 두고 싶다. '욕망 이론'과 '리얼리즘'을 결부시켜 하나의 文學的 原理로 설명해 보고 싶다는 뜻이다. 그 必要性은 다음과 같이 설명될 수 있다.

---

1) 서정인과 관련된 초창기 연구들은 주로 평론의 형태로 나타났다(백낙청, 「시민문학론」, 『창작과 비평』, 창작과 비평사, 1969 여름, 461~509쪽; 김병익, 「비극과 연민」, 『문학사상』, 문학사상사, 1973.3, 334~343쪽; 서정기, 「리얼리스트의 변신―실존적 절망에서 고통의 견딤으로」, 『작가세계』, 세계사, 1994 여름, 49~59쪽; 오생근, 「타락한 세계에서의 진실」, 『문학과지성』, 문학과지성사, 1975 여름, 320~333쪽; 이남호, 「6~70년대 장삼이사들의 삶―서정인의 단편들」, 『작가세계』, 세계사, 1994 여름, 60~77쪽 등). 그리고 이러한 평론들을 바탕으로 1990년대부터 학술논문, 학위논문이 본격적으로 제출되기 시작했으며, 현재에는 학술논문이 대략 50여 편, 학위논문이 대략 20여 편에 이르는 것으로 조사된다.

人間 存在의 생생함, 그 존재의 逆動성을 구출하기 위한 理論으로 최근 '욕망' 概念이 강조되었다는 것은 널리 알려진 사실이다. 프로이드에서 라 캉,[2] 그리고 들뢰즈-가타리[3]에 이르기까지 '욕망' 이론은 한 時代를 풍미 했다고 해도 좋을 정도로 人文學者들의 깊은 주목을 받아 왔다. 하지만 이 러한 논의, 認識이 문학적 리얼리즘과 相關되어 어떻게 이해될 수 있는지 에 대해서는 그 동안 많은 論議가 행해져 온 것 같지 않다. 만약 人間 존 재의 생생함 구현이 리얼리즘 문학의 목표가 되어야 한다면, 그 생생함의 이론적 검출을 위하여 그렇다면 반드시 '욕망 이론'에 대한 검토가 필요해 지는 것 아닐까?

이 물음과 함께 이제 有力한 논거 提示의 한 방편으로 삼기 위해 지금부 터 筆者는 서정인 소설을 좀더 자세히 檢討해 보고자 한다. 서정인 소설이 란 어떤 것인가? 이 물음을 위해서라면 역시 또 간단한 정지 작업으로 서 정인 作家의 이력을 검토해둠이 필수 事項이 되겠다.

徐廷仁(本名 徐廷澤)은 全羅南道 順天에서 1936년 태어나, 1955년 大學에 入 學하고, 이후 군 服務에 나섰으며, 1960년대 초 제대 후 다시 大學으로 復 歸, 장래 敎鞭生活을 目標로 大學院 진학에까지 이른다. 김현을 中心으로 한 同人誌 「산문시대」에도 잠시 적을 두었다고 파악되지만[4], 동인 活動에 그다지 열심이었던 것 같지는 않고, 중편 「후송」(『사상계』, 1962)을 통한 文 壇 데뷔 후, 「물결이 높던 날」(『사상계』, 1963), 「의상을 입어라」(『세대』, 1963) 를 連續 發表한다.

이후 「미로」(『창작과비평』, 1967) 發表를 계기로 작가 生活을 재개, 「강」, 「나 주댁」, 「가을비」, 「우리 동네」, 그리고 中篇 「원무」 등을 연이어 발표하

---

2) 자크 라캉, 권택영 외 역, 『욕망 이론』, 문예출판사, 1994, 1부 참조.
3) 들뢰즈·가타리, 최명관 역, 『앙띠 오이디푸스:자본주의와 정신분열증』, 민음사, 2000, 1부(욕망 하는 기계들) 참조.
4) 한국학중앙연구원, 「산문시대」, 『민족문화대백과사전』, 참조.

고, 미국 생활에 나선다. 美國 대학(하버드)에서의 研究 생활을 마치고 歸國, 작품 活動을 재개하면서 1970년대 중반기에 이르러 「어느날」, 「금산사 가는 길」, 「남문통」, 「탱자꽃」, 「뒷개」 등 수많은 秀作들을 연이어 發表한다. 그런 成果들이 모여 첫 번째 작품집 『강』(문학과지성사, 1976)을 이루고 이어서 『가위』(홍성사, 1977)를 出版하는데, 이후 몇 년 동안 써 모아진 作品들은 다시 세 번째 작품집 『토요일과 금요일 사이』(문학과지성사, 1980)로 출간된다. 그 후 그는 다시 한 번 잠깐 동안의 미국 滯留 생활을 가지며, 그로부터 돌아와서는 이후 「철쭉제」 연작과 「달궁」으로 이어지는 그 작가 생활의 後期로 이어진다.

이런 簡單한 약력 조회로 우리가 알 수 있는 事實은 創作 생활과 학자 – 敎授 생활을 병행한 이 작가가 매우 욕심 많은(?), 즉 욕망이 큰 作家였다는 사실이다. 專攻이 英文學이었던 만큼 영문학의 본고장 중 하나인 미국 대학에서 英文學, 나아가 서구 문학 研究의 動向을 마음껏 관찰할 수 있었다는 것은 그의 幸運 중 하나였다. 하지만 그 경험, 體驗들로 그의 문학이 달라지고 創作이 향상되었는가? 나중 자세한 작품 檢討를 통하여 살필 수 있겠지만, 그의 문학은 이미 留學 이전에 세련되고 成熟되어 있었다. 그렇다면 그의 문학을 원천적으로 성숙케 하고 세련시킨 精神의 動力은 무엇이었을까?

나중 世界觀 槪念을 빌려 추가적으로 다시 說明하겠지만, 戰後 세대로 出發한 그의 문학적 바탕이 시초부터 매우 탄탄했다는 사실을 알 수 있다. 물론 英文學 공부가 그의 文學을 심화시키고 成熟케 했다는 사실 또한 좀 認할 수 없다. '英文學'이란 한 마디로 정의할 수 없는 매우 방대한 世界임에 分明하지만, 특히 短篇 소설의 세련된 기법들을 자기 것으로 만들기 위해 그가 열심히 노력한 痕迹들을 우리는 발견할 수 있다. 단편 「강」은 그러한 세련된 技法들의 한 集合物이었다고 할 수 있거니와, 西歐文學의 사회

소설들, 특히 '세태소설'이라 칭해도 좋을 정도로 사회적 現實을 직접적으로 反映한 19세기 서구 소설들의 공부와 그 文學史 탐방은 그의 創作 소설에도 짙은 痕迹을 남기게 된 것으로 보인다. 19세기 졸라와 디킨스의 소설들이 그렇듯이 특히 下層 民衆들의 삶에 대해 짙은 애착과 關心을 기울이는 문학적 기조를 그는 처음부터 보여주었으며, 反面 부조리한 現實에 대한 諷刺作家로서의 날카로운 批判과 해학, 희화화의 態度 또한 그 문학의 변치 않는 本質적인 형질을 이루는 部分이 되었다. 當代의 많은 批評家들이 그의 소설에 반하고, 감탄을 발하였던 것은 그런 뜻에서 결코 無理가 아니었다. 앞으로 자세히 살피겠지만, 문학을 통한 民衆적 삶에의 기여를 여러 면으로 기도하면서도 그는 한편 좋은 藝術 작품, 세련되고 박력 있는 藝術品의 創作을 위해 진력하는 態度를 평생 동안 버리지 않았으며, 그것은 문학적 理念의 用語로 '리얼리즘' 이외에 달리 어떤 용어가 찾아질 수 없다. 물론 민중의 삶과 意識, 그 現實을 작동시키는 근본 동력학은 '욕망'의 原理로 주어지는 것임을 否定하기 어려우며, 일찍이 서구 문학을 理解하고 파악한 그의 손길, 눈길이 놓치지 않았던 것도 바로 그러한 현실 원리였다. 결국 그가 어떻게 삶을 파악하고 理解했던지는 그의 작품을 통해 檢證될 수밖에는 없다. 그것도 그가 낳은 최고 작품, 최선의 名作을 통해 그 事實이 입증되지 않으면 안 되며, 한편 그의 小說 作品을 자세히 살피는 것은 그의 世界觀과 함께 문학적 방법, 기법들을 구체적으로 檢證하는 길이기도 하다. 많은 批評家들이 그의 명작으로 꼽은 「강」, 이 작품을 세세히 分析하고 검증할 必要는 이런 까닭에서 주어진다. 요컨대 「강」은 어떻게 씌어졌는가?5) 이렇게 해서 이제 2장 논의의 주안점은 욕망과 리얼리

---

5) 본론으로 넘어가기 전에, 「강」과 관련한 선행 연구를 두 편 정도 소개해두면 다음과 같다. 김주현은 「강」에서 이미 세계를 인식하는 기본틀이 마련되어 있다고 주장하면서, '입말 지향성'과 '열린 순환형 구조'에 주목하여 논의를 전개했다. 한순미는 「강」을 비롯한 초기소설들에 다층적으로 혼재되어 있는 멜랑콜리한 감정형식에 주목했으며, 이를 60~70년대의 시대적 상황과 연결 지어 논

즘6), 그리고 諷刺와 印象主義를 비롯한 그 세세한 기법적 양상이 된다.

2. 리얼리즘의 理論과 實際 - 「강」의 敍述 樣相을 分析하여

2-1. 美的 說得力으로서의 리얼리즘, 諷刺적 印象主義, 혹은 '욕망' 으로서의 인간

먼저 '리얼리즘'에 대해 조금만 더 再論해 두고 가자. '리얼리즘'을 우리는 어떻게 理解하고 說明해야 하는가? 필자는 이를 '소설적 설득력'으로 바꿔 부르고자 한다. 말할 필요도 없이 그것은 言語를 통한 현실의 재현, 인생살이의 재현을 目標로 하며, 따라서 그것은 기본적으로 言語 藝術의 形式을 띤다. 그렇다면 또 '재현(再現)'은 어떻게 이루어지는가? 일찍이 아리스토텔레스가 『詩學』에서 '模倣'의 觀念을 내세운 이래 言語를 통한 模倣, 再現은 별다른 의심없이 받아들여져 왔다. 하지만 이것이 간단치 않은 사무가 된다는 점을 인식하여 환기시킨 사람들은 러시아 形式主義자들이었다. 과연 '生生한' 재현이란 어떻게 해서 가능한 것일까?

쉬클로프스키는 이렇게 해서 '낯설게하기'의 槪念을 제출했던 터이다.

의를 전개했다. 김주현, 「서정인 소설 문체의 양면성」, 『어문논집』32호, 중앙어문학회, 2004, 271-297쪽; 한순미, 「서정인 초기 소설에 나타난 '멜랑콜리'와 근대비판」, 『국어국문학』153호, 국어국문학회, 2009, 349-375쪽.

6) 본고의 주요 분석틀로서 선보이게 될 '욕망의 리얼리즘'이란 물론 방법론적으로 확립된 이론틀 성격을 갖추어 제시되는 것은 아니다. 다만 아래에서 '욕망의 인간' 개념이 함께 강조됨을 통해 알 수 있듯, '살아 있는 인간', 즉 인간 존재의 생생함을 구현하기 위해 인간 내면의 욕망, 그 중에도 '사회적 욕망'의 양상, 성격을 특징적으로 포착, 묘사해내는 작가적 특징을 이로써 부각시키며, 바로 이 점에서 서정인 문학의 리얼리즘적 설득력이 크게 강화될 수 있었다는 점을 강조하고자 하는 것이다. 이론적으로는 물론 한국의 권택영 교수, 또는 슬라보예 지젝 등이 이러한 논점을 강조하여 작품 분석에도 적용한 바 있지만, 알다시피 지젝의 경우는 주로 영화 분석에 '욕망' 이론의 투사를 모색하였다. 문학적으로는 프레드릭 제임슨이 '욕망'과 '서사'의 문제를 논하였지만, 대체로 '리얼리즘론' 일반의 시야에서 발자크 소설과 졸라의 소설 등을 다시 한 번 대비시켜 그 성격의 차이 등을 논한 것을 알 수 있다. 이경덕, 「이론/욕망과 서사 —프레드릭 제임슨의 리얼리즘론」, 『문화과학』3, 문화과학사, 1993, 120-142쪽 참고.

"하늘 아래 새로운 것이 없다"는 말이 있는 것처럼, 실상 새로운 재현 對象의 확보란 不可能한 과업이 된다고 할 때, 藝術的 재현이란 技法적으로 '낯설게하기'의 效果를 통해 주어질 수밖에 없음을 그는 強調하였다. 브레히트의 '소격 효과'라는 演劇論 역시 이런 뜻에서 비슷한 의미 맥락을 거느리는 바로 주어지게 됐을 것이다. 리얼리즘의 再現 역시 따라서 單純한 반복적 재현 槪念에 의지해서 성취될 수 있는 것이 아니고, 오히려 기법적인 강구를 통해서만 성취될 수 있음을 이 이론은 시사한다. 가라타니 고진의 리얼리즘론이 이런 점을 강조하고 있는 것은 周知의 事實이다.

그렇다면 보들레르로부터 연원하는 모더니즘 藝術론과 리얼리즘론의 相關關係는 어떻게 理解되고 설명되어야 하는가? 보들레르의 藝術觀은 이런 맥락에서 한 마디로 藝術 槪念의 확장 의의를 지닌다. 예컨대, '악의 꽃'이라는 것. 이제 미의 영역은 더 이상 윤리적 영역에 종속되지 않는다. 새로운 예술 개념의 擴張, 미적 영역의 확장이 이렇게 해서 桑田碧海 격으로 이루어졌다. 이제 삶의 모든 領域이 미적 영역으로 치부된다. 저 많은 패션들, 먹방들, 화려한 치장의 호사취미들을 보라.

이렇게 윤리, 도덕적인 경계를 넘어 미적인 영역의 擴張이 이루어지며, 한편 또 다른 면에서 윤리적 영역 축소 現實을 가져온 요인으로는 욕망의 확장, 즉 욕망의 多樣한 전시 파생의 측면이라고 하겠다. 미(美)와 '慾望'이 뗄 수 없는 關係에 있다는 것은 더 물을 必要가 없는 사실이거니와, 가령 프로이드의 精神分析 이론은 結果적으로 '성욕'의 解放, 그것의 과도 전시 效果를 초래하였다. 물론 욕망의 一般化는 반드시 性慾 기제의 확대 效果로만 주어진 것이 아니다. 들뢰즈-가타리에 의하면 資本主義의 확대, 發展과 함께 그 매개체가 되는 交換 기제로서 화폐 經濟의 一般化는 모든 욕망을 사고 팔 수 있는 競爭 現實, 경쟁 사회의 一般化를 가져왔고, 그로 인해 다양한 욕망들이 미시 분할되면서, 資本主義적 生産, 流通, 消費 전체의 과정이 경쟁 체제 속에 밀어 넣어지는 분열증적 現實이 초래되었다고 하는 것이다. 들뢰즈–가타리의 『앙띠 오이디푸스』는 그렇게 해서 우리의 욕망을 관장하는 無意識 자체가 사회 전체의 현실 속에 노출되면서 주어지는 욕망의 과도한 無限 증식, 그리고 한편 그 무한 경쟁 현실에서의 탈락으로 인해 주어지는 傷處받은 욕구의 좌절된 不滿 현실을 照明함으로써 거두어진 이론적 成果물이라 할 수 있는 터이다.[7]

들뢰즈·가타리에 의하면, 결국 資本主義적 현실의 擴大, 發展이 無意識의 분열증적 왜곡을 낳는 근본 요인으로 설명된다. '無意識'이라고 하는 것이 결코 유아기적 性慾 기제에 따른 '부–모–자' 關係의 애증 원리에 따라서만 形成되는 것이 결코 아니라는 설명이다. 그렇다면 우리의 無意識, 곧 욕망은 社會關係와 그 현실적 壓力에 따라 形成된다고 설명될 수 있으며, 이런 觀點에 따라 '욕망'의 성질은 全面적으로 社會化된다. 맑스주의적 觀點이 이러한 형성에 관여했음을 살필 수 있지만, 실상 이러한 理解는 '상징계'와 '실재계'를 強調하는 라캉 理論과 그다지 먼 시점에서 形成된 것이라 보기도 어렵다. 상징계든, 실재계든 결국은 우리의 社會 전체 속에서 주어지는 언어 作用과 그 현실적 壓力에 따라 형성되는 一種의 '계'들이라 할 수 있기 때문이다.

물론 이러한 이론적, 精神分析적 논설이 아니더라도 일찍이 훌륭한 리얼리즘 문학들은 인간 행동의 동기 誘發자가 '욕망'이라 부를 수 있는 어떤 심리적 作用 기제임을 反復하여 그려 보여주었다. 엥겔스가 '리얼리즘의 승리'라 부른 발자크 소설의 부르주아적 人物들이 바로 그러한 인식적 관점에 따라 그려졌고, 스탕달, 플로베르 등의 리얼리즘 소설들 역시 그렇다. 서머셋 모옴이 세계 10대 소설로 꼽은 명작 소설들의 運命론적 樣相이

---

7) 들뢰즈·가타리, 앞의 책, 1부(욕망하는 기계들) 참조.

대개 그러한 것이다. 이처럼 부르주아 近代 사회는 '慾望'을 만천하에 벌려 놓고, 그 욕망의 성취를 향한 競爭을 인생의 전부인 것처럼 廣告하여 각인의 열정을 소진시키도록 하도록 실제 그 삶의 결과는 우울한 패배자, 곧 '狂人'이거나 '犯人'의 존재로 주어질 수밖에 없음을 20세기 前半期 최고의 소설 理論家로 지목되었던 루카치는 일찍이 갈파하였다. "타락한 사회에서 타락한 방법으로 진정한 가치를 추구하는 형식"이라는 루시앙 골드만의 저 有名한, 소설 양식에 관한 정언도 이런 맥락에서 빚어져 나왔던 셈이다.

서정인이 작가로서 활동하기 시작한 1960년대는 이런 뜻에서 한국 社會의 資本主義적 진전이 꽤 빠른 速度로 이루어지던 時代라고 말할 수 있다. 그것은 産業化, 都市화와 함께 진전되었는데, 改革, 開放 이후 중국 사회의 전화 모습에서 볼 수 있듯이, 1960~70년대의 한국 사회는 그야말로 近代化에의 狂風이 몰아치던 그런 사회였다고 할 수 있다. 1950년대 말 겨우 200만 수준에 육박하던 서울 人口는 1970년도에 500만을 훌쩍 넘기게 되었고, 다시 1980년에 이르면 800만을 넘겨 88올림픽이 열리던 1988년엔 천만 인구의 소위 메가시티로 발돋움하는 都市化 現實을 이루게 되었던 것이다. 이처럼 도시 인구를 중심으로 들끓는 욕망의 현실을 이루던 1960~70년대의 한국 사회는 그럼에도 아직 農村 인구가 多數를 이루는 過渡期 사회를 형성하고 있었다. 서정인의 소설이란 이를테면 그런 과도기, 그러니까 농촌 사회에서 産業化된 도시 사회로의 숨가쁜 轉移를 이룩해 가던 그런 近代化 길목의 시점에서 동요하는 인간 내면의 心理를 유니크하게 포착, 뛰어난 사회적 리얼리즘과 페이소스 짙은 미학적 완결성으로 當代의 小說史를 적적치 않게 수놓은 작품들이라 할 수 있는 바, 이런 시야에서 가장 널리 회자되는 그의 작품 중 하나가 곧 「강」(1968)인 것이다. 그렇다면 「강」의 인물들 중 가장 직접적으로 自身의 내면적 현실을 토로해 보여주는 主人公, 대학생 김 씨의 회오어린 사설을 통해 그 내면 깊숙이 자리잡고 있는 좌절의 현실 인식과 그것이 오늘의 우리에게 전해주는 共感의 파장이 어떤 것인지 여기서 먼저 確認해 두기로 해 보자.

> "일등을 했다구? 좋은 일이다. 열심히 공부해라. 기회는 얼마든지 있다. (……) 흔한 것이 장학금이다. 머리와 노력만 있으면 된다. 부지런히 공부해라, 부지런히. 자신을 가지고."
> (…) 그의 머릿속에는 몽롱한 가운데에 하나의 천재가 열등생으로 변모해 가는 과정이 하나씩 떠오른다. 너는 아마도 너희 학교의 천재일 테지. 중학교에 가선 수재가 되고, 고등학교에 가선 우등생이 된다. 대학에 가선 보통이다가 차츰 열등생이 되어서 세상으로 나온다. 결국 열등생이 되기 위해서 꾸준히 고생해 온 셈이다. 차라리 천재이었을 때 삼십 리 산골짝으로 들어가서 땔나무꾼이 되었던 것이 훨씬 더 나았다. 천재라고 하는 화려한 단어가 결국 촌놈들의 무식한 소견에서 나온 허사였음이 드러나는 것을 보는 것은 결코 즐거운 일이 못 된다. (…) 누구나 다 템스 강에 불을 처지를 수야 없는 일이다. (……) 다가오는 학기의 등록금을 골똘히 생각하며 밤늦게 도서관으로부터 돌아오는 핏기 없는 대학생. 그러다 보면 천재는 간 곳이 없고 비굴하고 피곤하고 오만한 낙오자가 남는다. 그는 출세할 일이라면 무엇이든지 할 준비가 되어 있다. (……) 많은 것들 중에서 어느 하나만 적중하면 된다. 그런데 문제는 적중하느냐 않느냐가 아니라 적중하건 안하건 간에 아무런 차이가 없다는 데에 있다. (…) 아―, 되찾을 수 없는 것의 상실임이여![8]

늙은 대학생 김 씨, 그렇게 많은 나이를 먹지 않았을 것임에도 이 사나이는 이미 精神적으로 많이 늙어버렸다. 出世하겠다는 일념으로 시골 학교에서 열심히 공부하며 일하는 시골의 우등생 학생을 보고 그는 悔悟에 젖는 것이다. 출세의 길이 어떤 것인지, 그 過程이 구체적으로 어떻게 주어지는지 그는 이미 잘 안다. 하지만 그러한 노력의 결과, 모두가 補償받고

---

8) 서정인, 「강」, 『강』, 문학과지성사, 2005, 138-139쪽. 이하 서정인의 작품을 인용할 때, 작품 제목과 함께 해당 쪽수만을 밝히기로 한다.

成功의 단꿈을 꾸게 되는 것은 아니다. "누구나 다 템스 강에 불을 처지를 수야 없는 일이다"라는 문면이 그러한 사정을 잘 說明해 준다. 오랜 近代 사회의 경험을 쌓은 英國 사회에서 그렇다면 아직 近代化 초입 단계의 한국 사회에서 사정이 어떠하리라는 것은 불을 보듯 뻔한 사정이 된다. 결국 歲月의 유전과 함께 人生 유전이 주어질 따름이다. 이 작품의 제목이 '강(江)'으로 주어진 것은 그 때문이라고 한다. 강물처럼 흘러가는 것, 즉 '무상함'의 인식이다. "아―, 되찾을 수 없는 것의 상실임이여!" 이러한 世界觀을 비극적 세계관이라 아니 이를 수 있을까? 하지만 이것으로 작품 전체가 종결되고 그 의미, 文學史적 의의가 解讀되는 것은 아니다. 더구나 서정인 소설의 더욱 자세한 특질, 형질을 알기 위해서는 이 작품의 세부를 더욱 자세히, 가능하면 샅샅이 파헤치지 않으면 안 된다. 이제부터 그 작업을 수행해 보자. 지면이 허용하는 대로. 말하자면 하나의 作品論 작업을 수행하고자 하는 셈인데, 여기서 우리의 關心은 그 世界觀적 양상과 그 글쓰기의 기법적, 방법적 양상에 주로 모아져야 한다. 물론 당초부터 우리의 주된 관심은 리얼리즘 성취의 방법적 양상, 面貌에 주어져 있었다. 요컨대 욕망의 리얼리즘은 어떻게 성취되는가?

2-2. 「江」의 敍述 構造, 그 小說 美學적 特徵[9]

「江」의 첫 部分은 이렇게 시작된다. 보자.

---

9) 본고에서 「강」을 세부 분석하는 까닭은 이 작품을 하나의 완성품, 대표작으로 보고, 넓은 의미에서 리얼리즘 추구의 작가에 의해 실제로 씌어진 작품 양상이 어떤 세부적 양상, 그 기법적 면모들을 거느리게 되는가 살펴보고자 함 때문이다. 일반적 의미에서 리얼리즘 문학이라 범칭한다 하더라도 그 세부 양상은 결코 동일할 수 없을 터이기 때문이다. '(역사적) 총체성'의 추구라는 식의 루카치 리얼리즘관에 입각하고 보면 실상 단편을 통한 리얼리즘 추구라는 것도 어불성설이 됨을 우리는 알 수 있다. '시적 리얼리즘'이란 말도 있는 것처럼 리얼리즘의 문학적, 예술적 추구의 성취가 미학적으로는 구체적으로 어떻게 달성되는지를 본고는 보다 세밀하고 주밀한 양상들로 분할, 분석하여 살펴보고자 한 것이다.

"눈이 내리는 군요."

버스 안. 창 쪽으로 앉은 사나이는 얼굴빛이 창백하다. 실팍한 검정 외투 속에 고개를 웅크리고 있다. 긴 머리칼은 귀 뒤로 고개 위에 덩굴줄기처럼 달라붙었는데, 가마 부근에서는 몇 낱이 하늘을 향해 꼿꼿이 섰다.[10]

묘사의 경제성이 이처럼 날렵하게 追求되고 있는 양상을 우리는 다른 소설을 통해 찾아보기 어려울 것이다. 상황은 '버스 안'이고, 그 창밖에 눈이 내리고 있다는 정보도 하나의 대사 形態로 處理되고 있다. 이를 시적(詩的) 언어의 경제성이라 한다면, 그 敍述 技法은 대체로 印象主義에 가까운 것이 될 것이다. 그러니까 그것은 요컨대 임프레셔니즘(impressionism)이기도 하고, '이미지즘(imagism)'이 될 수도 있다.[11] 다시 다음 대목을 보자.

"예. 진눈깨빈데요."

그의 머리칼 위에 얹힌 큼직큼직한 비듬들을 바라보고 있던 옆 엣 사람이 역시 창밖으로 시선을 던진다. 목소리가 굵다. 그는 멋 내는 것을 좋아하는 모양이다. 하얀 목도리가 밤색 잠바 속으로 그의 목을 감싸 넣어주고 있다. 귀 앞머리 끝에는 면도 자국이 신선하다. 그는 눈발 빗발 섞여 내리는 창밖에 차츰 관심을 모으기 시작한다. 버스는 이미 떠날 시간이 지났는데도 태연하기만 하다.[12]

몇 줄 안 되는 文章 속에 상당히 많은 情報들이 집적되어 있는 것을 알 수 있다. 눈은 그냥 눈이 아니고 '진눈깨비'에 해당하는 눈이라는 것이 좀

---

10) 「강」, 123쪽.
11) 영문학사에서 심리적 현실을 세밀하고도 날카롭게 드러낸 소설적 성취 사례로 캐서린 맨스필드(1888~1923)의 소설 경우를 드는 것을 살필 수 있다. 시 쪽에서 에즈라 파운드와 엘리어트의 이미지즘 개념이 대두하는 시점에서 단편 소설 양식을 통한 여류 작가의 섬세한 묘사 솜씨가 이 시기 두드러지게 문학사적 한 성취로 인지되고 평가되었음을 알 수 있다. 물론 나중 대 작가로서의 업적을 남기게 되는 제임스 조이스의 초기 단편 세계 역시 그의 유명한 『더블린 사람들』로 20세기 초반 그 모습을 드러내었다.
12) 「강」, 123쪽.

더 상세한 情報로 주어지며, 버스 안은 지금 連發의 상황이다. 지금 같으면 상상할 수 없는 사정이지만, 당시의 사정으로는 으레 그러려니 했을지 모른다. 그 사이사이 登場人物들, 즉 乘客들의 面貌가 인상적으로 포착되며, 그들은 지금 無聊한 상황에서 바깥 상황에 시선을 모으는 것이다. '진눈깨비'를 둘러싼 대화적 상황이 이어지며, 登場人物들의 특징, 그리고 그 내면 風景에 대한 묘사까지가 이제부터 서서히 펼쳐진다.

> "뭐? 아, 진눈깨비! 참 그렇군." /그들 등 뒤에는 털실로 짠 감색 고깔모자를 귀밑에까지 푹 눌러쓴 대단히 실용적인 사람이 창문 쪽에 앉은 살찐 젊은 여자에게 몸을 기댄다. 그녀는 검은 얼굴에 분을 허옇게 바르고 있다. 그는 창문 유리에 이마라도 대야 되겠다는 듯이 목을 쑥 뽑고 창밖을 내다본다. 여자는 가슴이 답답하다. (…) 잠바를 입은 앞자리의 사내가 뒤를 돌아본다. 그는 그의 행운이 부럽다. 그러나 뒤에 앉은 사내는 "정말이지 이건 진눈깨빈데!"라고 중얼거리면서 열심히 창밖을 내다볼 뿐, 누가 뒤를 돌아보는 것 따위에는 흥미가 없다. "정말이지 진눈깨비야." /"형은 어디서 입대하셨소?" /외투 속에 웅크리고 있는 사람은 진눈깨비에 원한이 있다. 그는 신용산에서 입대했었는데 그때도 이렇게 진눈깨비가 내리고 있었다. 진눈깨비가 내리는데도 '입대'를 생각하지 못하는 것은 이해할 수 없는 일이다.[13]

이 문장들 속에 벌써 서정인 특유의 풍자기가 出現함을 우리는 느낄 수 있다. "진눈깨비가 내리는데도 '입대'를 생각하지 못하"다니! 이런 표현은 反語라고 하기도 그렇고, 위트라고 하기도 적절치 않은, 매우 이상한 語法이지만, 어쨌든 여기서부터 서정인 글쓰기 속에 내재된 特有의 諷刺的 해학, 혹은 해학적 풍자의 기운이 조금씩 꿈틀거리기 시작한다는 것을 우리는 느낄 수 있다. 그리고 그 풍자적 對象이 되는 인물들은 매우 世俗적, 혹

---

13) 「강」, 123-124쪽.

은 속물적이다. 멋내기를 좋아한다든지, 여자를 좋아한다든지, 실없는 농담 주고받기에 능하다든지..., 뭐 그런 식이다. 그 반면에 대학생 김 씨는 매우 내면적이며, 그래서 진눈깨비 내리는 풍경을 바라보며, 지난 날 진눈깨비를 맞으며 '입대'하던 날의 기억을 떠올리는 것이다. 그것을 서술자는 '원한'이라는 과장된 언어를 통해 대변하며, 그리하여 서사는 자연스럽게 軍隊 시절 기억, 군대와 관련된 當代 한국인 特有의 사회적 意識 속으로 轉化된다. 왜 이렇게 서정인은 자주 그의 소설 속 인물들을 통해 '군대'의 얘기, 그에 얽힌 記憶들을 떠올리게 하는 것이었을까?

이 시대가 오늘날 요즘 사람들이 말하는 군 출신 지도자의 時代였음을 상기하면 이와 같은 의문은 自然히 풀릴 수 있겠다. 실제로 당대 한국 남자들의 기억 문화 속에는 군대 시절 체험이 커다랗게 자리잡고 있었다. 問題는 그런 중에 '(병역)기피자'들의 존재 역시 사회의 한 부분을 이루고 있었다는 사실이다. 다음 敍述을 보라. 이는 '소설쓰기'와 '체험'이라는 것 사이의 상관 關係를 이해케 하는 데도 매우 有力한 시사가 되어주는 서술이 아닌가.

> 고깔모자의 사나이는 기분이 언짢다. 그는 기피자다. 도대체 논산이라든가 입대라든가 하는 말만 들으면 그는 어떤 콤플렉스에 사로잡힌다. (…) 논산 이야기가 나쁘다는 것은 아니다. 다만 그것을 그는 너무 많이 들어왔다. 도대체 만나는 놈마다 논산 이야기다. 일등병에게 군화발로 차여서 어떻게 머리로 문짝을 들이받았다든가, 훈련장에서 화랑 담배 한 개비씩을 걷어 상납했더니 사격 자세가 어떻게 갑자기 편안해졌다든가, (…) 그는 그곳에 관해서 거기에 갔다 온 사람보다 더 잘 알고 있음에 틀림이 없는데도 불구하고 도대체 논산이라면 손에 잡히는 것이 없다. 이것은 대단히 불유쾌한 노릇이다.14)

---

14) 「강」, 125~126쪽.

이러한 진술, 내면적 표현 양상을 두고 비평가 김현은 그것이 '자유간접 문체'라는 매우 세련된 文體의 요령을 얻고 있기 때문이라고 說明하였다.[15] 基本的으로 3인칭의 객관 묘사, 기술 方式을 취하면서도 어느 순간, 순간 移動을 하듯이 인물의 內面을 자유롭게 넘나들며 표현하는 技法을 김현은 그렇게 설명하고 있다. 말하자면 3인칭과 1인칭의 서술 方式이 혼효된다는 것인데, 마치 3인칭 외부적 시점처럼 客觀 묘사에 엄격한 듯하면서도 한 인물의 內面에만 갇히게 되는 1인칭 시점의 시점 제한을 넘어서 自由롭게 여러 인물의 내면을 넘나들며 기술하는 효과적 기술 방식을 作家가 아주 유연하게 活用한다는 것이다. 傳統的인 시점 運用 방식에 비교하자면 일견 외관상으로 소위 '3인칭 전지적 시점'에 흡사한 面貌를 보이지만, 순간 순간 각인의 인물들이 자기 내면을 토로하는 듯한 기술 方式을 취하기 때문에 작가 자신이 (신처럼) 모든 것을 아는 듯이 批評的으로 개입하는 기술 方式과는 매우 다른, (최인훈이 높이 평가하는 바처럼[16]) 내면적 충전도가 매우 높은 소설적 記述 效果를 얻는다는 것이다.

한편 대화체 역시 서정인이 자주 구사하는 文體 기술의 하나이다.[17] 다음을 보자.

"어디까지 가세요?" /불쾌한 일을 오래 천착할 필요는 없다. 홧김에 서방질한다는 속담이 있다. /"군하리까지 가요." /여자는 의외에도 부끄럼을 타는 눈치다. (…)[18]

---

15) 김현, 「세계인식의 변모와 의미」, 『강』, 문학과지성사, 1976 참조.
16) "徐廷仁의 소설은 …… 삶의 꼼꼼하고 섬세한 기록이다. 여기에는 작품 전체의 充電된 삶의 우울한 그림자가 있다. 充電의 電源은 우선은 그의 文體에 있다. 풍속적인 현재와 상상력에 의해서 現前된 不在의 욕망 사이의 긴장이 이 電源의 양극이다." 이는 최인훈, 『강』, 문학과 지성사, 2005, 뒷표지의 내용을 인용한 것임.
17) 김주현은 이를 '입말 지향성'으로 설명하고 있다. 김주현, 앞의 논문, 274-277쪽 참조.
18) 『강』, 126쪽.

서술의 諷刺적 톤이 점점 더 강화되어 나가는 것을 독자는 意識할 수 있을 것이다. 反語法에 가까운 정도로 그 풍자적 어조는 점점 더 强度를 높여가게 되는데, 그러한 기술을 단지 작가의 논평자적(편집자적) 개입 擴大에 의해서가 아니라 적절히 대화 문체를 삽입, 活用해 가며 리얼리즘적 활력, 즉 현실 재현의 생생함을 높여 나가는 데 서정인 문체의 큰 特徵이 있다고 말할 수 있다. 서정인의 이러한 능란한 對話的 문체 양식이 김주현이 '입말 지향성'이라고 말한 것처럼 1980년 이후 그 문학의 후기에 이르면 「철쭉제」 연작과 장편 「달궁」에서 볼 수 있듯, 마치 판소리 문체와 같다는 채만식의 풍자 소설들처럼 對話體 全面化의 문체 양상을 낳는 것이다. 1970년대에 씌어진 단편 「사촌들」에서도 그와 같은 實驗적 문체는 가동되는 양상이거니와, 어쨌든 대화문을 잘 활용하여 풍자적이며, 더 나아가 요설적인 문체 양상까지를 이루어 낸다는 점에서 채만식 이후 이문구 등과 함께 한국어의 구수한 입말 효과를 代表的으로 가장 잘 살린 作家의 한 사람으로 서정인이 높이 평가되는 셈이다.

하지만 이 모든 능란한 서술 역량, 技法적, 文體적 솜씨에도 불구하고, 이야기꾼으로서 서사 展開가 매끄럽지 못하다면 소설가로서 좋은 評價를 받기는 어렵다. 소설 쓰기의 가장 基本적인 職能이 서사가로 주어지는 理由이다. 서사 展開가 自然스러울 때 흔히 '물 흐르듯 하다'라는 표현이 주어질 수 있지만, 서정인의 「강」은 이런 뜻에서 매우 자연스런 서사 전개를 보여준다. '진눈깨비'로부터 입대의 記憶을 떠올리게 하고, 그것이 當代의 남자들을 하나의 공동 기억 속으로 몰아가게 하지만, 서사의 원초 상황은 여전히 出發을 기다리는 '버스 안'의 상황이다. 버스 안이기에 가령 '검은 색안경'의 선글라스를 쓴 남자 乘客도 등장하고, 그래서 내면적인 대학생 김 씨는 장님 안마사에 대한 記憶을 떠올린다. 이러한 모든 화소들이 政治적 풍자를 위한 암유의 可能性을 안고 주어진 것으로 생각할 수도 있지만,[19] 뭐 꼭 그런 풍자의 意圖에서가 아니라도 그런 여러 화소들을 등장시킴으로써 시외버스라는 작은 空間은 세상의 축도와 같은 사회적 삶의 다채로운 面貌를 투영시켜준다. 그리고 이야기는 그토록 움직이지 않고 영원히 머물러 있을 것만 같은 공간에 운전기사와 여차장이 登場함으로써 새로운 활력과 서사 도약의 계기를 마련한다. 그 장면의 묘사를 보아두자. 當代에 있어서 가장 先進적인 기법으로 인지되던 '사물화'의 기법 가까운 것이 여기 이미 나타나고 있음을 독자는 살필 수 있다.

> "아, 인제 떠날래나?"/창문인 줄만 알았던 앞쪽의 유리창 일부가 밑에까지 움푹 패이면서 열리자 장갑 낀 손이 쑥 들어오더니 턱과 뺨 위로 수염이 검실검실 돋은 운전사의 머리를 차 안으로 끌어들인다. 머리가 들어오자 잠바가 따라 들어오고 그 뒤로 호주머니께가 허옇게 닳은 낡은 코르덴 바지가 딸려 들어온다. 운전사는 자리에 앉자 한 손으로 운전륜을 잡고 고개를 돌려 뒤를 돌아본다. 손님 머릿수가 적은 것이 눈에 안 차는 모양이다. (…) 삼십분 동안이나 기다린 손님들이 오히려 미안해해야 할 모양이다. 우리들은 왜 이렇게 수가 작은가! 정원 사십팔 명에 한 백 명쯤 타가지고 숨도 못 쉬고 북적거리고 있었더라면 운전사가 조금은 미안해했을는지도 모를 텐데.[20]

로브 그리예의 '누보 로망' 기법이 위 단락의 초반부 양상과 크게 다른 것이 아니었을 터이다. 그것은 달리 보면 一種의 '부조리극'을 보는 것 같은 느낌도 준다. 풍자 어조의 파생 또한 그러한 부조리의 인식과 함께 주어진다고도 볼 수 있는데, "우리들은 왜 이렇게 수가 작은가!"의 문장이 바로 그러한 의식에서 파생된 문장이라 할 수 있다. 하지만 바로 이 反語적 어사의 풍자 強度가 시사하듯이 그것은 그렇게 독설적이거나 破壞적인

---

19) 5·16 직후, 당시 쿠데타 최고 지도자는 선글라스를 쓰고서 대중 앞에 등장했었다.
20) 「강」, 128–129쪽.

性質의 것만인 것은 결코 아니다. 오히려 '따뜻한 해학'이라 불러도 좋을 정도로 서정인 소설에서 자주 出沒하는 것은 오히려 웃음을 위한 가벼운 해학적 談話의 대사 주고받기의 양상이 된다. 보자.

> "얘, 이제 슬슬 떠나보련?"/잠바를 입은 사나이는 엉덩이부터 차에 오르고 있는 여차장을 쳐다보고 있다./"네, 곧 가요."/차장은 질문한 사람이 누구인지를 알아볼 생각이 전혀 없다./"아직 안 가?"/"곧 가요."/"여기가 중국집인 줄 아니?"/"왜 내가 중국집에 있어요?"/차장은 비로소 뒤를 돌아본다./"너, 곰이로구나?"/"내가 왜 곰이어요? 아저씬 뭔데요?"/"나? 난 네 할배다."[21]

인간 存在의 생생함은 다른 어떤 技法보다도 대화 주고받기의 樣相으로 잘 표현된다는 이 작가 特有의 문학관이 여기서 다시금 뚜렷하게 그 형체를 드러낸다. 서사의 골간을 이해케 하는 작품의 重要 정보도 작가의 編輯 자적 개입이 아니라 對話文의 形態로 주어진다. 차가 출발하고 이어지는 승객과 乘客 사이의 대화, 그리고 차장과 승객 사이의 실없는 농담 주고받기의 대사 같은 것이 작은 버스 旅行을 無聊케 하지 않는다. 보라.

> "군하리엔 뭣 하러 가세요?"/"놀러요"/"일행이세요?"/"예." 그는 목소리를 낮춘다. "저 사람은 늙은 대학생 김씨. 이쪽은 세무서 직원 이씨. 그리고 난 얼마 전까진 초등학교 선생. 성은 박씨. 대개 이렇소."/"정말 묘하게 어울리셨어요. 친구들이세요?"/"우린 한집에 살고 있지요."/"어머, 그러세요?"/"그럼은요. 우리집에 저 두 사람이 하숙하고 있지요."/(……)/"이 차도 달릴 줄 아는군. 난 세워두려고 만든 줄 알았더니."/"그게 다 우리 차장이 '오라이' 한 덕분이지. 얘, 안 그래?"[22]

---

21) 「강」, 129쪽.
22) 「강」, 130쪽.

시외버스의 目的地가 '군하리23)'로 命名되어 있음에 대해 우리는 좀 더 우의적으로, 象徵적으로 주목해 볼 수도 있지만, 이와 같은 旅行, 여로의 형식은 바흐친이 분류한 '크로노토프(시공성)'의 여러 형식 중에서 가장 안 정되면서도 서사적인 풍요로움을 창출할 수 있는 근대 소설의 대표 양식 인 것으로 설명된다.24) 무엇보다 풍경을 만나고, 사람을 만나고, 사건도 만나며, 또한 旅行 중에 과거로의 時間 여행, 즉 회상이 가능한 것이 이 형 식인 셈이다. 그리하여 차는 이제 目的地 군하리에 멎어 사람들을 부리고, 내린 사람들은 더욱 具體的인 목적지, 즉 결혼식이 열리는 촌가, 촌락을 찾 아 떠난다. 이 중 그들이 차에서 내린 場面에서 그려지는 시골 면소재지의 풍경 묘사가 또한 압권이다. 이 장면을 조금 자세히 確認해 두기로 하자.

차가 군하리에서 멎는다. 세시가 겨웠다. 그들은, 그리고 또 몇 사람들 이, 차에서 내린다. (……)
그 여자가 저만치 달아나고 있다. 박씨가 쫓아간다. 둘 다 키가 작다. '농협이 잘 되어야 농민이 잘 살 수 있다'가 하얗게 그들의 배경에 깔린다. (…) 여자는 게처럼 옆걸음질을 해서 거기서부터 열 걸음밖에 떨어져 있지 않은 길갓집의 대문 속으로 사라져 버린다. (…) '서울집'이라는 옥호가 엷 은 송판에 아무렇게나 씌어져서 걸려 있다. 길 위에는 사람들이 별로 보이 지 않는다. 아마도 그들은 집 안에서 닷새마다 한 번씩 돌아오는 장날을 기 다리고 있는 모양이다. 농협 지소는 창고 같다. 면사무소와 경찰관 파출소 는 사이좋게 붙어 있다. 납작한 이발소 안에서 틀림없이 한 달 전에 제대했 을 촌스럽게 생긴 젊은이가 고개를 쑥 뽑고 내다본다. 약포도 있고 미장원 도 있다. 신부 화장도 하는 모양이다. 격에 맞지 않게 널찍한 구멍가게에서 는 트랜지스터가 연속 방송극을 재탕해 주고 있다. 그 옆은 빈터이고 그 뒤 로 창고 같은 건물이 있는데 아마도 공회당인 모양이다. 두어 장단에 한 번

---

23) 이 명칭을 한자로 새기면 '軍下里'가 될 수도 있을 텐데, 이 기표를 만약 그 상징적 어의로 읽을 수 있다면, 그것은 당대 상황의 한 기표로 읽어 큰 무리가 없는 사안이 될 터이다.
24) 개리 모슨·캐릴 에머슨, 서상국 역, 「시공성의 개념」, 여홍상 편, 『바흐친과 문학 이론』, 문학 과지성사, 1997, 1부 7장 참조.

씩 삼천리 방방곡곡을 돌다 돌다가 갈 데가 없어진 필름이 들어오면 원근의 사람들이 이리로 모여들 것이다.[25]

1960년대 韓國 농촌 사회의 단면, 그 면소재지 風景이 이처럼 손에 잡힐 듯이 그려진 경우 또한 우리 小說史에서 달리 찾아보기 쉽지 않을 것이다. 그렇게 風景이 나타났다 사라지고 또 짧은 해학스런 場面이 이어진다. 작중 中心人物들인 세 사람이 生理的 현상 문제를 해결하기 위해 "건물 모퉁이로 돌아가" "적당한 間隔을 두고 나란히 서"서 "일제히 오줌을 누기 시작"했을 때, "맨 가에 서 있던 김씨가 갑자기 허허허허 하고 웃"고, 나머지 두 사람 또한 "골마리를 훔치고 김씨 곁으로 다가"가 김 씨를 웃게 만든 사연을 確認하고자 했을 때 그들은 그곳에 "가위가 하나 그려져 있"음을 본다. 讀者로 하여금 微笑를 머금게 하는 서정인 표 해학의 솜씨란 대개 이런 식이다. 그리고 나머지 徒步 여행의 여정과 結婚式 같은 의례적 행사의 장면 같은 것은 빠른 速度로 생략된다. 그것이 이 서사의 目的, 주안점이 아니기 때문이다. 瞬息間에 다시 원래의 면사무소 소재지, 맨 처음 그들이 차를 내렸던 場所로 되돌아 온 뒤의 속도 빠른 서사 展開를 보라. 다시금 시간이 指定되고, 술에 취한 그들은 갈짓자 걸음으로 원래의 場所로 돌아오는 것이다. 그리고 그들은 차를 내릴 때 일찍이 봐 두었던 '서울집'을 찾아간다.

그날 밤 열시께. /그들은 술에 크게 취해서 돌마을을 빠져나오고 있다. /"아, 신부가 안 이쁘더라." /"그렇지만 육덕은 있겠더라." /"그런 건 걱정 안 해도 좋다더라" /그들은 각자 하늘을 쳐다보고 고함을 지른다. 두 발과 두 손들이 제멋대로 놀고 있다. 이씨, 박씨, 김씨의 순서다. 걷는다기보다 발들을 아무렇게나 움직이고 있다. 소리를 지르는 것도 그 순서다. 버스가 다니는 큰길로 나오자 그들의 걸음걸이는 한결 더 자유로워진다. 좌우 진

---

25)「강」, 132–133쪽.

폭이 자못 심하다. /"아, 우리는 인제 어떻게 할 것이냐?" /"서울 집으로 가자." /"버스가 끊어졌다" /"서울집은 군하리에도 있다."(……)26)

그렇게 술집이자 旅人宿을 겸한 '서울집'에 하룻밤 머무를 것을 決定한 뒤, 술이 약한 늙은 大學生 김 씨는 먼저 잠자리를 찾아 들어가고 그곳 旅人宿 宿所에서 김 씨는 앞서 살핀 바 있듯이 시골 學校의 어린 優等생 小年과 조우한다. 感傷的인 자기 회오(悔悟)의 풀이는 이렇게 해서 주어지는 것이다. 社會的 욕망의 뒤끝, 사회를 모를 때, 아무것도 모르는 天眞爛漫한 어린 수재가 生活과 열심히 싸우다가 마침내 비굴한 落伍者-大學生의 처지에서 사회의 높은 벽을 確認하게 될 때, 그렇게 주어지는 絕望과 회오의 심사를 작가는 다음과 같은 날카로운 필치로 그려 보여준다.

> 소년이 침구를 안고 다시 들어온다. (…) 일어설 때 가슴에 훈장이 달려 있다. 둥근 바탕에 가로로 5년 2반이라 씌어 있고 그것을 가로질러서 세로로 반장이라 씌어 있다. (…) /"너 공부 잘 하는구나" /"예, 접때도 일등 했어요." /아, 이건 뻔뻔스럽구나. 못생기고 남루한 옷을 입은 주제에. /"여기가 너희 집이니?" /"아녜요. 여긴 이모부댁이에요. 저이 집은요, 월출리에요. 여기서 삼십 리나 들어가요." //가난한 대학생. 덜컹거리는 밤의 전차. 피곤한 승객들. 목쉰 경적 소리. 종점에 닿으면 전차는 앞뒤 아가리를 벌리고 사람들을 뱉어낸다. 사람들은 어둠 속으로 빠져 들어간다. (……) 가난한 대학생 앞에 대문이 나타난다. 그는 그 앞에 선다. (…) 그리고 망설인다. 아, 이럴 때 쾅쾅 두드릴 수 있는 대문이 있다면 얼마나 좋으랴! 그는 주먹을 편다. 편 손바닥으로 대문을 어루만지듯 흔든다. (…) 식모의 고무신짝은 겸손하게 소리를 낸다. 그는 안심한다. 안심이 뱃속으로 쑥 가라앉는다.27)

오늘의 大學生 水準과 比較한다면, 조숙해도 너무 早熟해버렸다고 할 수

---

26) 「강」, 134-135쪽.
27) 「강」, 137-138쪽.

있는 이런 젊은이의 世界觀을 만약 하나의 유형으로 규정한다면, 그러한 것을 일러 우리는 '悲劇的 世界觀'이라 이름붙일 수 있지 있을까? 서정인 특유의 그러한 세계 인식, 세계를 대하는 태도에 대하여 일찍이 많은 批評家들이 '비극적'이라는 어사를 붙여 說明하고자 했거니와,[28] 참으로 이처럼 너무 일찍부터 세계의 祕密을 알아버린 듯, '인생'이란 결국 전락의 過程으로만 설명될 수 있다는 이러한 인식은 말 그대로의 뜻으로 '비극적 세계관'이 아닐 수 없다. 해학과 위트가 곳곳마다에서 번득이는 形態로 풍자적 톤은 문체의 윤기를 빚어내지만, 그 本然의 뜻으로 이런 식의 諷刺는 가히 '자기 풍자'가 아닐 수 없다. 자기 풍자를 수행할 수 있다는 것은 그 작가의 世界觀이 비극적인 것임을 역설적으로 입증해주는 것이다. 이에 대해서 다음 장에서 더욱 자세히 살필 것이어니와, 자기 풍자는 그런 뜻에서 冷笑主義를 동반할 可能性 또한 크게 안게 된다. 하지만 美學적으로 매우 잘 꾸며진 「강」에서만큼은 특별히 短篇 미학의 가장 중요한 요소 중 하나로 꼽히는 '서정성' 또한 또렷하게 배려되어 작품의 마무리를 아름답게 장식하고 세계 全體를 따뜻하게 안는다는 것을 우리는 확인할 수 있다. 그것은 작품의 모두(冒頭)에서부터 매우 세심하게 배려되어, 곧 흔히 '복선'이라고 하는 그런 文學的 장치의 구성과 함께 주어진 것임을 독자는 뚜렷이 확인할 수 있게 되는데, 요컨대 작품의 모두에서 "눈이 내리는 군요",

---

28) 앞서 인용한 최인훈 외에, 오생근, 김현, 김병익 같은 비평가들도 하나같이 서정인의 세계 인식이 '비극적'인 것을 특질로 하고 있음을 밝히고 있다. 이 비평가들의 해설적 언설은 모두 작품집 『강』과 『토요일과 금요일 사이』(문학과지성사, 1980)의 뒷표지에 장식되어 있는데, 그 언설들을 소개하면 다음과 같다. "세속적인 현실에 대해서 거리를 유지하며 비판적으로 바라보는 徐廷仁의 작품들은 대체로 **비극적인 세계관에 토대를 두고 있다**"(오생근); "그의 소설이 읽는 자를 고문하는 것은 그 비극적인 세계 인식의 계속성 때문이지 일상인의 어려운 삶 때문이 아니다. (…) 하지만 역설적이게도, 徐廷仁의 소설에서 받는 감동은 그 **비극적 세계 인식**의 성실성에서 연유한다"(김현); "그의 소설 속의 이야기들은 범상하다. 그러나 徐廷仁이 거기서 그리는 것은 그 범상한 삶 속에 음험하게 숨어 있는 허구이고, 그 허구를 정직하게 투시하는 사람의 슬픔이다. 그것들은 거의 존재론적이고, 따라서 **비극적 세계관**이며, 그의 세련된 해학은 이 허구와 정직 사이의 심연이 빚은 아이러니의 소산이다"(김병익).

"예 진눈깨빈데요" 하는 發言으로 주어졌던 그 복선의 裝置가 마침내 작품의 마무리에 이르러서는 자연스럽게 '함박눈'이 되어 내리는 풍경을 演出하게끔 하는 것이다. 물론 그렇다고 해서 그것이 모든 욕망의 現實까지를 거세하는 장치로 기능하게 됨은 있을 수 없으며, 다만 純白의 눈과 함께 세속적 피로 속의 욕망은 보다 덜 비속한 것으로서 '羨望의 정서로 화하여 讀者의 마음을 아련하도록 따뜻함의 世界로 이끌게 되는 것을 실감할 수 있다. 어찌 됐든 인간 사회, 곧 오늘날과 같은 資本主義 근대 社會에서 '욕망'의 작동은 피할 수 없는 현실이 되며, 누구보다 작가는 이 원리를 잘 깨우치며, 마지막까지 섬세한 필치로 그 感情의 유동을 잘 포착한다. '작부'의 職業을 가진 여자로, 그러면서도 따뜻한 人間愛의 情緖를 지닌 '여자'는 함박눈의 風景과 함께 다음과 같은 모습으로 作品의 마지막을 장식한다.

> 밖으로 나온 여자는 놀란다. (…) 눈이 하얗게 쌓였고 또 소리없이 내리고 있다. 고개를 뒤로 젖히고 하늘을 쳐다본다. 점점이 검게 눈송이들이 하늘에 꽉 차 있다. 얼굴 위에 와서 닿는 그것들의 감촉은 상쾌하다. 그녀는 입을 떡 벌린다. /"아, 신부는 좋겠네. 첫날밤에 눈이 쌓이면 부자가 된다는데 복두 많지." /(……) 그녀는 다시 불 켜진 방 앞으로 간다. 그리고 방문을 연다. /김씨는 네 다리를 이불 밑에 쑤셔 넣은 채 새우처럼 등을 굽히고 옆으로 누워 곤히 자고 있다. 여자는 그 얼굴을 들여다본다. 낮에 본 사람이 분명하다. 대학생! (……) 밖에서는 눈이 소복소복 쌓이고 있다. 그녀가 남겨 논 발자국을 하얗게 지우면서. 〔『창작과 비평』, 1968. 봄〕[29]

'大學生'이라는 말에 걸려 있는 느낌표의 기호 '!', 이 기호는 最終的으로 작품의 모든 것을 說明하며 마무리한다고 볼 것이다. '선망(羨望)'이란 말은 이러한 感情을 표시하는 어휘의 언어라 할 수 있을 텐데, 그것은 곧 우리 고유어로 '부러움'에 다름 아니다. 대학생의 내면 속에서 悲劇的으로 파악

[29] 「강」, 142-144쪽.

되고 認識되는 現實. 하지만 작부의 눈에 그것이 재투영될 때 어떤 모습으로 주어질지는 아무리 社會的으로 둔감한 사람에게라고 할지라도 불을 보듯 빤하게 이해될 수 있을 것이다. 이처럼 서정인 문학의 리얼리즘적 動力은 根本的으로 '욕망의 리얼리즘' 原理에 입각해 있다. 하지만 작품 「강」을 이렇게 세밀하게 분석하여 그 리얼리즘 形成의 근본 원리를 설명하였다 하더라도, 그리고 작품 「강」이 아무리 서정인 문학 전체의 형질을 대변할 만한 작품으로 간주된다 하더라도 이로써 서정인 문학의 모든 것이 解明되었다고 볼 사람은 별로 없을 것이다. 그렇다면 이제 서정인 문학 全體의 윤곽과 틀, 형질을 규명해 보기 위해 그 외 다른 작품들, 그 중에도 代表作에 준하는 작품들과 초기부터 原初的인 萌芽성을 띠고 派生되어 나온 작품들을 폭넓게 注目하면서 그 문예 특질의 규명을 위한 작업에 나설 것이 다시금 요구된다고 할 수 있겠는데, 이를 위해서는 작가의 認識 關心 全體를 아우르며 작품 활동을 규제하는 작가의 世界觀 문제에 대한 논고가 不可避한 연구 사안으로 주어진다고 할 수 있다. 요컨대 '비극적 세계관'이다. '비극적 세계관'이란 무엇이며, 그것은 어떻게 한 작가의 문예 활동 전반에 걸쳐 지배적인 요인으로 작용하게 되는가? 이 문제에 대한 상론을 위해서는 한편 보다 포괄적인 人文학적 차원의 理論的 논의가 先行될 必要가 주어진다고 하겠다.

3. 悲劇的 世界觀 혹은 諷刺, 그리고 리얼리즘

비극적 세계관이라고 해서 반드시 어둡고 우울한 色彩만을 띠는 것이라고 말할 수는 없다. 앞의 「강」 작품이 보여주듯이 비극적 세계관의 所産이라고 해도 거기에는 多彩로운 무늬가 함께 거소할 수 있다. 가령, "인생은 가까이서 보면 悲劇이지만 멀리서 보면 희극"30)이라는 정언을 떠올려 보자. 영문학사에 有名한 「걸리버 여행기」를 떠올려 봐도 좋다. 조나단 스위프트의 世界觀이 결코 樂觀的이고, 낙천적이었다 말하기 어려운 것이었다는 사실은 대체로 인정한다. 오히려 그는 그가 부조리하게 파악한 當代의 現實을 마음껏 批判하고 풍자하였다. 아일랜드 出身의 작가, 그것도 聖職者 출신으로서 그가 바라보는 당대의 현실은 실제로 끔찍하였던 것이다. 그렇지만 그 현실을 그는 喜劇的인 풍자의 형식으로 변용하여 표현하였다. 가령 韓國 작가로서 채만식의 경우에도 그렇다. 풍자로 有名한 「태평천하」와 「치숙」, 그리고 初期의 자기 풍자, 「레디메이드 인생」 등을 썼지만, 그의 장편 「탁류」나 해방 후의 「민족의 죄인」, 그리고 分斷 歷史를 예감하며 그린 「낙조」 등의 작품을 보면 그 世界觀의 원질이 悲劇的인 것이었음은 뚜렷이 드러난다. 하지만 그렇다고 그의 소설이 전적으로 비극의 형식만을 고집하였던 것은 결코 아니다. 채만식이 우리에게 一般的으로 '풍자 작가'로 알려져 있는 만큼 유니크한 풍자적 形式을 통해 자신의 批判的이고 희극적인 문학적 의욕을 마음껏 발산하기도 하였던 것이다. 그렇다면 '비극적 세계관'이란 과연 어떻게 형성되는 것이고, 그것은 또 어떻게 풍자적 발현 메커니즘을 가지게 되는가?

'비극적 세계관'을 쉽게 설명하여 그것이 고대 그리스 비극 양식으로부터 추출된 세계관 유형이라 함은 두말할 나위가 없다. 그렇지만 이를 20세기 구조주의 이론의 흐름 속에서 '발생 構造主義'의 방안을 창안, 세계관의 한 모형으로 정립하여 人文학적 설명틀의 하나로 조립해 낸 理論家는 주지하다시피 루마니아 出身의 문학 비평가 루시앙 골드만이었다. 그는 특히 17~18세기의 세계관 動向에 주목하였는데, 啓蒙主義와 辨證法的 세계

---

30) "Life is a tragedy when seen in close-up, but a comedy in long-shot". 이 구절은 그러니까 영화 작가 찰리 채플린이 카메라 워킹 개념에 입각, 진술한 내용인 것을 알 수 있다. 소설가의 경우로 비한다면, (서술적) '거리 조정'의 문제가 되는 것이다.

관이 본격화하기 이전, 그러니까 政治적 르네상스와 古典主義의 時期를 지나 絶對主義 王權의 시대를 맞이하면서 세속 社會로 진입해 나아가던 바로 그 시기에, 즉 본격적인 近代로의 進入 바로 그 직전 시기 過渡期에 출현한 代表的인 세계관의 하나로 '비극적 세계관'을 지목하였던 터이다. 그러니까 哲學史, 지성사적으로 이후의 칸트를 준비시키는 그 전 단계 프랑스의 代表 思想家로 파스칼을 꼽고, 한편으로 문학적으로는 비극 작가 라신느를 지목하면서 그들에 의해 典型的으로 표출된 세계관의 성격이 '비극적 세계관'의 면모를 띠고 있음을 자신의 發生構造主義 이론틀을 빌려 설명하였던 것이다.[31] 골드만의 대표 저서 『숨은 신』은 그러한 연구 작업의 모색 끝에 주어진 이론적 成果物이었는데, 유래를 따지자면 구약으로부터 전해져 왔다는 이 神觀은 비록 신이 존재하나 이 지구상의 현실에는 결코 介入하지 않는다는, 비유적으로 '그림자 조물주'와 같은 신관의 관념이 된다고 할 수 있다. 니체의 유명한 "신은 죽었다"는 宣言이 정식화되기 이전, 理性的으로 가능한 최선의 신학적 觀念이었다고도 설명할 수 있다. 파스칼의 "저 우주의 沈默이 나를 두렵게 한다"라는 표현은 그런 사고 – 관념의 맥락 속에서 派生되었던 것이다. 이런 세계에서 진지한 가치를 추구하는 진정한 人間들은 그럼 어떤 내면적 삶의 태도를 견지할 수 있을까?

'숨은 신'의 觀念, 그 세계 인식을 世俗的인 非宗敎的 언설로 다시 표현하자면, '진실'과 '진리'가 부재한, 그 失踪의 시대로 다시 命名될 수 있겠다. 말하자면 絶對的인 眞理와 같은 것은 있을 수 없다는 식의 인식이다. 그렇게 될 때 역사 展望이 희미해지는 것은 당연하고, 그리하여 부정적 현실 인식이 승하게 된다. 풍자가 발현되는 것은 바로 이런 태도부터라고 할

---

31) L. 골드만, 송기형 외 역, 『숨은 신』, 인동, 1980, 2장~4장 참조. 골드만의 박사학위 논문으로 씌어졌다는 이 설명틀이 보다 자세히 해명되기 위해서는 당시 프랑스 사회에서 새롭게 등장한 '법복 귀족'의 계급과 '장세니스트' 그룹이라는 수도자 집단에 대한 이해, 설명이 긴요하게 관여된다.

수 있다. 진정한 가치를 추구하고자 하는 진지함의 의식과 부정적 현실 의식이 충돌, 대립하면서 역설적 표현이 자주 등장하게 되며, 그리하여 그것은 희극적 풍자의 언설로 자주 出沒하여 나타난다. "세상이란 가까이서 보면 悲劇이지만, 멀리서 보면 희극"이라는 역설적 인식은 이와 같은 태도, 관념으로부터 주어지는 문학적 인식의 핵자가 된다고 할 수 있다. 물론 '회의'와 '냉소' 또한 이 世界觀이 보여주는 典型的인 외적 표지가 된다. 그렇다고 한다면 이러한 世界觀 면모를 두고 왜 하필이면 '비극적 세계관' 의 이름을 부여해야 할까?

다시 골드만의 이론틀을 빌려 이를 階層的 社會關係와 그 환경 속에 놓인 지적 집단의 의식적 동향으로 설명하자면, 계층적으로 그것은 沒落 귀족의 세계관, 혹은 사회적으로 중간 집단에 처함으로써 내외의 압박 속에 놓여 이러지도 저러지도 못하는 상태로 자기의식의 심화를 겪게 되는 지식인(집단)의 전형적인 세계관으로 설명된다.[32] 거꾸로 말해서 만약 진지한 가치 추구의 정신, 의욕 — 이런 경우 작가에게는 글쓰기, 즉 소설쓰기의 의욕이 된다 — 이 없다면 굳이 진실에의 열망을 안을 필요도 없고, 그리하여 그것은 한갓 俗物的 세계관에 불과한 것이 된다. 이런 뜻에서 풍자의 정신이란 진지한 가치 추구 태도의 다른 이름이 된다. 이를테면 '풍자'란 비판적 의지와 정신이 없으면 成立되지 않는 文學的으로 긴장된 방법의 하나이기 때문이다. 그런 뜻에서 풍자는 "대상을 비판하면서 희화화하는 언설 행위"로 재정의되는데, 이로부터 희극적 效果가 派生된다. 비극적 세계관으로부터 풍자의 문학, 풍자의 정신이 낳아질 수 있다는 것은 세계와 인식자 사이의 이런 역설적 배리 原理에 말미암는 것이다. 어떤 점에서 이런 작가는 마음껏 세상을 조롱하고 희화화할 수도 있게 되는데,

---

32) 위의 책, 2장~4장 참조.

어떤 이념으로부터도 구속되지 않는 자유 정신을 그가 구가할 수 있기 때문이다. 하지만 소설가로서 그의 당면한 임무가 한편 그의 풍자적 폭주를 제어하게 된다고 우리는 또한 주석할 수 있는데, 그가 그리고자 하는 民衆의 세계, 민중적 現實에조차 無差別한 풍자의 칼을 들이대는 것은 윤리적으로 옳지 않은 행위로 의식되기 때문이다. 비극과 희극 사이의 교차는 이런 兩面性, 즉 대상으로부터의 거리 조정이라는 쉽지 않은 文學的 과재로부터 주어진다고 할 수 있는데, 아래에 引用하는 두 가지 문면 사례는 풍자적 톤의 高潮와 그것의 억제 사이의 차이가 어떻게 주어질 수 있는지를 잘 보여주는 사례가 된다고 할 수 있다. 물론 이 경우에도 인간적 현실의 욕동, 즉 삶을 움직이는 근본 원리는 '욕망'으로부터 파생된다는 것을 작가는 잘 인식시키는데, 그럼에도 먼저 인용하는 문면이 諷刺的 리얼리즘의 양상을 띤다면, 다음 문면의 작품에서는 '悲劇的 리얼리즘'의 면모가 짙게 발현되어 나타남을 우리는 살필 수 있다. 가능한 대로 압축시켜 그 핵심 문면만을 살펴 두기로 해 보자.

(…) 교장은 격앙된 목소리로 말한다.

"생각해 보시오. 나로서는 도저히 이해할 수가 없소. (…) 대낮부터, 옴팍집에 들어박혀 술타령을 하다니, 이게 도대체 용인될 수 있는 일이오? (…) 학생들이 동원되면 당연히 교사가 따라가야 한다는 교육자적 양심은 잠시 차치하고라도, 국가적 대행사에 불참하는 것이 우선 국민 된 도리로서 되었소? 그리고도 당신들은 이 지방의 최고 지성인을 자처할 작정이오? 그래, 지성인의 눈과 귀에는 매년 비가 오면 홍수요, 안 오면 한해가 되는, 이 민족적인 비극적 현실이 안 들어온단 말이오? 지성인들에게 국가적 대사업에 앞장설 의무는 있어도 그것을 뒤에서 우롱할 권리는 없을 것이오. 국가 없는 지성인이 무슨 소용이 있으며 민족 없는 교육자가 무슨 필요가 있겠소. 통탄할 일이오." /교장의 비분강개에 감동하는 사람은 아무도 없다. 아무도 얼굴 표정을 바꾸지 않는다. (……) 교감은 교장의 연설이 자기의 영향력에 끼칠 득실을 따져보면서 (…) 이따금씩 비망록을 적어 넣는 척

했고, 서울사대를 나온 영어 선생은 (…) 논리의 일방통행이 갖는 횡포성에 관해서 생각했고, ㅈ대학을 나온 국어 선생은 (……)33)

그녀는 화가 났다. 좀 더 자신을 가지고 냉정하게 움직이고 있기를 바랐지만, 어쩐지 자꾸 바보처럼 행동하고 있다는 느낌을 떨쳐버릴 수 없었다. (……) 그때 느닷없이 사내가 그녀에게 달려들었다. /극심한 피로와 영양실조를 염려했던 것은 그녀의 잘못이었다. 그에게는 아직 충분한 힘이 남아 있었다. 그는 그녀를 떠밀어서 침대 위에 넘어뜨렸다. 그녀는 반항하지 않았다. 그러나 이상하게도 그녀는 점점 더 차분해지고 냉정해졌다. (…) 그녀는 두 눈을 감아버렸다. //그녀는 가난한 농부의 셋째 딸로 태어났었다. 그녀가 간호 고등학교까지 졸업한 것은 거의 입지전적인 의지와 투쟁의 결과였고, 여성다운 집념의 소산이었다. 그녀는 이제 겨우 여름이 쌀 한 톨 없는 보리밥과 강냉이와 설사만을 의미하지는 않는다는 것을 알게 되었다. 그녀는 차츰 도시의 편리와 사치에 익숙해져 갔다. 이백 미터나 떨어진 옹달샘에서 동이로 물을 길러야 했던 것은 각 층마다, 방마다, 나와 있는 수도꼭지의 편리함을 그만큼 더 느끼게 해주었다. 병원이라는 말조차가 비현실적인 것으로 들릴 만큼 사치스러웠던 그녀에게 이제 그것의 주인인 의사 선생이 같이 극장에 가기를 원하게 되었다. 삶은 고통이 아니라 기쁨이었다. 그녀는 이 기쁨을 놓치고 싶지 않았다. 그러나 이 모든 것들이 원래는 그녀의 손이 미치지 못하는 곳에 있었다는 불행한 암시가 끊임없이 그녀를 괴롭혔다. 한 뙈기의 땅에 여섯 식구의 목숨을 부쳐왔던 사람들은 역시 다리미 월부 장사가 제격인가! 그녀는 빌려 입은 남의 새 옷을 벗어버리고 몸에 맞는 제 헌 옷을 입은 듯, 온몸에서 힘을 빼버렸다.34)

어느 쪽이든 '욕망'은 두 작품 敍事의 주요 動機를 이룬다. 하지만 두 작품의 서술에 있어서는 상당한 톤의 차이가 주어져 나타남을 우리는 확인할 수 있다. 첫 번째 「나주댁」에서 교장의 훈화는 敎職員들에게 그다지 설득력 받아들여지고 있지 않은 것을 그 反應의 풍자적 묘사조를 통해 알 수

---

33) 「나주댁」, 146–147쪽. 인용문의 밑줄은 인용자가 표기한 것임.
34) 「가을비」, 175–176쪽.

있게 하고, 두 번째 「가을비」에서 이제 간호사가 된 農村 出身 가련한 여인은 옛 남자를 만나 그 동안 쌓아 올린 공든 탑이 무너질지 모르는 生涯 最大의 위기를 맞는다. 하지만 사람살이란 지나간 과거의 남자라 해서 마냥 모른 체 할 수만도 없는 것으로 주어지기 때문에 여인은 자칫 자기 무덤을 스스로 팔 수 있는 위기 앞에서 어쩔 줄 모르고 그저 몸을 내맡기는 현실이 派生되고 있는 것이다. 이에 반해 「나주댁」의 서사는 全體的으로 교장과 평교사 사이에 야기된 意識的, 心理的 갈등 문제가 주로 묘사되는 형국으로 펼쳐지고 있지만, 실제 그 밑바탕에는 한 술집 女性을 둘러싼 애욕의 문제가 갈등의 主原因으로 작동하고 있음을 작품은 파헤친다. 결국 「나주댁」의 교장은 얼마든지 타매되어도 좋은 풍자의 먹잇감으로 격하되지만, 「가을비」의 주인공 여성에게 작가는 결코 그럴 수 없다. 오히려 온정의 시선이 거기에 투영되기 십상이지만, 작가는 가까스로 그런 감상을 억제하고 좀 더 冷靜한 필치로 사태를 수습할 수 있기 기도한다. 상대적으로 無味乾燥한 양상의 문체가 이 작품에 실리게 된 이유이다. 이런 식으로 작품 마다 기술 대상이 달라짐으로 해서 작가의 서술적 거리 조정은 자연히 일어나게 된다고 설명할 수 있는데, 그럼에도 이 모든 事態들의 根源에 욕망의 원리가 자리 잡고 있음을 作家는 결코 놓치지 않는다. 어느 쪽이든 날카로운 리얼리즘의 文學的 성취가 이루어지는 것은 그 때문이다. 다만 그 문학의 모든 敍述 기저에 (사회적) 욕망 원리에 대한 이해, 인식의 요인이 줄기나무 뻗듯 튼튼하게 자리 잡고 있다 하더라도 그러한 서술적 톤의 차이 양상으로 말미암아 외양상 하나는 풍자적 리얼리즘을 이루고 또 다른 작품의 경우는 저 토마스 하디의 「더어버빌 가의 테스」, 혹은 채만식의 「탁류」처럼 비극적 리얼리즘의 양상을 이룬다고 할 수 있다.[35] 어느 쪽으로든 비평적 價値 평가의 면에서는 마찬가지의 리얼리즘적 成就를 이

---

35) 한형구, 「채만식의 세계관과 창작방법 연구」, 서울대학교 석사학위논문, 1987, 1–40쪽 참조.

루어 낸다고 우리는 감히 말할 수 있다.

서정인 문학의 이와 같은 리얼리즘적 형질, 그러니까 풍자적이며 욕망의 現實을 그리는 그 사회적 리얼리즘, 세태 소설적 방식이 1960년대 사회를 대상으로 '중편' 분량의 유니크한 문학적 成果를 이루어낸 한 事例로 우리는 1969년에 발표된 「원무」를 꼽을 수 있겠다. 결혼을 전제로 이루어지기 마련이었던 當代 社會에서의 남녀 연애 관계 양상을 이처럼 독특한 리얼리즘적 양식으로 솜씨 있게 그려낸 소설적 성과 사례를 우리는 달리 찾아내기 어렵다. 마르크스의 계급 관념이라기보다 막스 베버 류의 '계층' 개념에 입각하여 社會的 戀愛 게임의 양상이 어떻게 이루어지는지 매우 具體的이고도 설득력 있게 그려진 점에서 우선 이 作品은 매우 흥미롭다. 그 규모의 負擔 때문에 이 작품은 『강』 다음에 묶여진 두 번째 作品集 『가위』(1977)에 실리게 되었지만, 작품 執筆은 거의 「강」과 비슷한 시기에 이루어졌던 것이다. 그가 바라보는 1960년대 서울 共和國의 階層的 현실은 어떠한 것이었던가?

'원무'(圓舞)라는 제목이 시사하듯, 작품 서사는 全體的으로 하나의 '군무'(群舞) 형태를 이루며, 마치 체인징-파트너를 하듯 청춘 군상들의 엇갈린 戀愛 행보를 보여준다. 총 6장의 분장을 이루며, 장이 바뀔 때마다 파트너가 바뀌는 一種의 릴레이식 연애담 형식을 취하는데, 그 만남과 헤어짐의 에피소드가 한국 사회의 階層的 현실을 마치 파노라마처럼 비추어 보여주는 것이다. 社會的 리얼리즘은 그런 형식을 통해 달성된다고 할 수 있는데, 그 첫 번째 연애담은 다음처럼 펼쳐진다.

변호사의 딸이자 大學生인 '원희'는 기차 旅行 속에서 한 남자(일호)를 만난다. 實相은 '탈영병'으로 問題兒의 기질을 속일 수 없는 이 靑年에게 원희는 웬일인지 끌린다. 아마도 자신의 소부르주아적 世界와 너무나 다른 性格의 人物이기 때문이 아니었을까? 하지만 이 '낭만적 사랑'은 그다지 오래 持續되지 못한다. '脫營兵'을 언제까지나 憐憫과 同情의 눈길로만 바라볼 수는 없다. 따라서 看護士의 딸 원희는 '脫營兵'의 남자와 결별하기를 결심하고 잠적한다. 속이 탄 남자 일호는 어떻게든 관계를 재개해 보고자 애쓰지만, 잠적한 女子는 더 이상 나타나지 않고 希望의 끈을 놓치게 된 일호는 마침내 歸隊를 결심한다. 그리고 마지막으로 자신의 아픈 마음을 위로하기 위해 가까이 주어진 여자, 간호사인 순이를 꾀어든다. 그리고는 마지막 날 밤, 순이와의 짧은 사랑을 뒤로 하고 원 部隊로 복귀한다. 1장, 2장의 사랑 이야기는 그렇게 終結된다.

3장에서 새롭게 登場하는 인물은 詩人이자 國語敎師인 '두석'이다. 그는 간호사 '순이'의 남동생 담임선생이다. 말썽꾸러기 남동생 때문에 늘 순이는 머리가 아프다. 그렇지만 그녀도 한때는 학교의 文藝반에서 문학에의 純情을 바치던 시절이 있었다. 이제 오래간만에 시인을 만나 시를 붙들게 된 그녀는 한 남자(일호)를 떠나보내고 난 뒤의 울적함과 허전함을 시에 대한 정열로 달랜다. 그리고 시인되기에의 어려운 課題에 挑戰해보기로 한다. 하지만 그렇게 어렵사리 이루어낸 登壇이라는 절차, 그것은 알고 보니 동네 미장원 아줌마조차도 쉽게 따낼 수 있었던 資格이었다. 그렇게 열병과도 같았던 정열의 여름 시절을 보내고 선선한 가을을 맞자 순이의 시에 대한 정열은 급속히 식는다. 두석과의 만남조차가 번거로워진 것. 이젠 두석이 떠날 차례다. 4장에서 두석은 또 어떤 여자를 만나게 될까?

두석이 순이를 마지막으로 만난 날, 우연찮게 버스에서 邂逅하게 된 여자는 동료 교사 삼화였다. 音樂 敎師 삼화를 두석은 그 동안 크게 마음 두고 잊지 않았었지만, 또 삼화 역시 시인-교사에게 특별히 관심 둘 이유는 없었지만, 둘은 그날 밤 똑같이 한 여자와 한 남자로부터 딱지맞았다는 同病相憐으로 인해 同宿의 奇緣을 받아들인다. 그저 하룻밤 긴 이야기를 나누기 위해 두석의 방에서 시간을 같이한다는 因緣을 받아들이기로 하는 것이다. 그날 밤 너무나도 분통 터지는 일을 당해 그 사연을 누군가에게 밝히지 않으면 병이 들 것 같은 조바심의 狀態에 삼화가 빠진 때문이다. 삼화는 누구에게 버림받았는가? 그 이야기는 다음 5장에서 펼쳐진다.

오페라 아리아 '어떤 개인 날'의 가사와 같은 사랑을 삼화가 믿은 것은 아니다. 그녀는 사실 매우 現實的이고 消極的인 여자다. 그런데 어떤 남자가 접근했다. 상대는 최고학부의 法大를 卒業했다는 同鄕의 선배 남자. 高等考試에 떨어진 이 남자는 전방 사단의 사단장 전령 임무를 피할 수 없었다. 그런데 이 전방 部隊 사단장은 삼화의 외삼촌이었던 것. 그러자 이 남자 '석민'은 삼화를 찾아와 자신의 조기 제대를 호소한다. 군대에서 3년을 썩기에는 자신의 재주가 너무 아깝다고 생각했던 탓일까? 할 수 없이 삼화는 어머니를 졸라 '석민'의 소원을 들어주게 되고, 그렇게 군문을 빠져나온 그 남자는 번 세월을 독일 훔볼트 재단의 獎學金을 따내 독일 留學기의 기간으로 대상한다. 그리고 1년 후, 한국으로 다시 돌아온 이 남자는 官界에서의 출세 길을 뚫기 위해 物色하던 중 딸 가진 변호사와 형제 關係의 고위 인사를 만난다. 1장에서 憂鬱症에 빠진 딸의 마음을 떠보기 위해 그렇게나 몸이 달고 마음을 졸여야 했던 '원희'의 아버지, 임 변호사의 형이 경제과학 審議委員이었던 것이다. 그렇게 해서 새로운 인생길을 타진하게 된 석민은 삼화와의 관계 정리를 고민한다. 결국 어느 날 불쑥 찾아온 석민은 장황스레 후진국 지식인의 不幸한 責任感의 使命에 대해서 설파하고, 그것이 마지막 만남이 될 것임을 암시한다. 한 流行歌의 가사처럼 "마음대로 사랑하고 마음대로 떠나버린" 몹쓸 남자와의 기막힌, 어긋난 사랑(?)의 이야기는 이렇게 해서 끝을 맺는다. 이제 무슨 이야기가 남을까?

6장은 그저 말 그대로의 에필로그이다. 이런 아픈 사연들에도 불구하고, 그저 無心한 강물처럼 세상은 動搖없이 굴러간다는 식의 전언이다. 물론 이러한 식의 메시지를 작가가 서툴게 남겨 놓지는 않는다. 우리가 앞서 일찍이 비극적 세계관을 논했던 것처럼 으레 그런 것이 세상이라는 것처럼 작가는 描寫한다. 작가는 그러니까 그저 묘사할 따름이다. 아무것도 모르는 '원희' 집의 어린 식모 아이 눈길을 통해. 그녀는 하품한다. 마치 고양이가 하품하듯이. 그리고 그녀가 바라보는 세상은 늘 별일이 없다. 社會가 타락하든지 말든지 간에…

이런 식의 社會的 리얼리즘이 英國式 사회 인식에 가깝다는 것은 영국 사회를 잘 아는 사람들이 異口同聲으로 하는 말이다. 아마 오래된 사회들이 대부분 그럴 것이다. 그런 사회 구조를 支撑하는 원리에 '짝짓기' 원리가 있다. 그것은 동시에 (사회적) 욕망의 원리에 다름 아니다. 굳이 여기에 대해 '풍자'를 논할 理由도, 까닭도 없다. 작가의 편집자적, 논평자적 어조, 그보다는 작중 인물들 스스로의 입들을 통해 發散되는 언어들은 辛辣의 極致 상태를 연출하기도 하지만, 굳이 작가가 흥분할 필요까지는 없다. 작가의 비극적 무熟의 태도에 대해서는 이미 한 해 앞서서 발표된 작품 「강」을 통해 充分히 確認해 보았다. 그러니까 작가가 굳이 애를 써서 묘출해 보이고 싶었던 것은 그 비정한 욕망의 사회 원리 자체가 아니었을까? 풍자는 다만 그 現實적 리얼리티 구현의 副産物로서 베어져 나온 것뿐일 테다.

4. 서정인 전기 문학의 전개 양상과 그 소설사적 성취

4-1. 「江」 이전의 초기 작품 세계[36]

「강」 이전의 초기 작품들을 살필 必要性은 다시 한 번 서정인 문학의

---

36) 본고에서 서정인의 문학 세계를 「강」 이전과 그 이후로 나누어 살피고자 한 것은 「강」이 하나의 완성태를 이루었다고 보고, 그 초기의 형성 과정을 통해 우선 그 원초성을 살피고자 함 때문이었으며, 그런 다음 「강」 이후의 작품 세계가 어떤 변모 과정을 거쳐 다양한 리얼리즘적, 소설사적 성취를 이루게 되는지 또한 자세히 살피고자 하는 의도를 본고는 또한 포지하였던 것이나, 지면 관계상 이 후자의 의도는 최소한으로만 도모될 수밖에 없겠다.

원초성, 그 문학의 萌芽적 특성을 확인해 보기 위함이다. 초기 作品으로 그의 가장 널리 알려진 작품은 물론 「후송」이다. 하지만 「후송」에 대해 여러 사람들이 논했지만,37) 그 주제가 일종의 社會性을 머금고 나타난 作品임은 별로 주목되지 못했던 것 같다. 요컨대 '소통'이라는 주제. 소통의 부진, 혹은 그 불능성의 문제를 이처럼 설득력 있게 제기한 경우는 우리 小說史상 별로 없었다. 차라리 '소통'의 문제 제기 자체가 현대적인 政治學적 問題意識의 소산이 되기 때문이다.38) 이 작품의 주 모티프는 알다시피 '이명증'으로 주어지는데, 이 이명(증)의 특징은 그 환자의 고통을 누구도 알아내기 어렵다는 점으로 주어진다. 그리고 그것은 '귀'의 문제로 주어진다. 포병 장교가 흔히 겪을 수 있다는 이 귀(내부의) 소리 문제. 그것이 병이 될 수 있느냐, 과연 통증이 있느냐, 물을 수 있지만, 그것을 겪는 사람의 神經증은 상상을 초월한다. 결국 주인공 성 중위는 고통을 호소하며, 병원 '후송행'까지에는 어렵사리 성공하지만, 실제 그 고통을 이해해 주는 사람은 아무도 없다. 이것은 군 경험을 아주 구체적으로 거친 작가가 5·16 이후의 현실을 바라보면서 暗喩적으로 그 사회적 불통의 현실을 풍자하기 위해 써내어진 것이 아닐까.

「後送」 이후 작가는 「물결이 높던 날」과 「의상을 입어라」를 연이어 발표하지만 그중 「의상을 입어라」는 작품집 발간 시에 누락된다. 아무래도 滿足스럽지 못했던 탓이라 볼 수 있겠는데, 과도한 요설체, 풍자의 과잉 양상이 여기엔 나타난다. 제재로서의 서사 공간은 학교 사회로 주어지며, 결국 이 시기 작가가 몸담고 있었던 학교 사회의 僞善과 虛僞의 현실을 내부적으로 고발코자 한 것이 작품으로 나타났다고 여겨진다. 그에 비하면

37) 김현, 「세계 인식의 변모와 의미」, 『강』, 문학과지성사, 1976; 이광호, 「소설은 어떻게 눈뜨는가」, 『강』, 문학과지성사, 1996 등을 참조.
38) 한나 아렌트, 이진우 외 역, 『전체주의의 기원』, 한길사, 2006, 결론–종장 참조.

「물결이 높던 날」은 작가의 대학 입학 시기부터 原初的으로 주어졌던 戰後文學, 전후소설 분위기에 영향받아 일종의 實存主義적 감각과 함께 씌어진 것으로 파악된다. 分量도 相當해 중편에 육박하는 정도인데, 戰後소설의 일반적 서사 양식이 그렇듯이 사건소설의 正統的 양상을 띠면서도 '옴니버스'에 해당하는 特有의 서사 전개 방식으로 군문을 막 벗어나온 두 內務班 동기 친구들의 사회 입문기, 適應기를 보여준다. 마치 어윈 쇼의 「젊은 사자들」처럼 청춘의 두 젊은이가 어떻게 혼란한 사회 속에서 주체할 수 없는 욕망의 불안을 견뎌내는지 習作기 작가의 묘사 솜씨를 보여준다고 할 수 있다. 한편으로 그 서사적 기량의 설익은 양상으로 인해 오히려 그 집필 시기는 「후송」보다 앞선 작품이 되지 않는가 여겨지는데, '욕망의 리얼리스트'라는 이 작가 특유의 문학적 형질이라는 면에서 보더라도 그 원초성을 간직한 작품으로 주목될 만하다.

작품에는 우선 그 모두(冒頭)에 다음처럼 수수께끼, 선문답의 조사 사설이 실려 있어 주목된다. "— 달이 차면 영향력이 커져서 바다의 마음은 그리로 쏠린다. 바다의 중심이 그리로 쏠리면 陸地의 마음은 바다로 쏠려서 그 빈 곳을 메운다. 그리하여 육지에는 狂氣가 가득 차게 된다" 이것은 무슨 뜻인가?

테네시 윌리엄즈의 유명한 희곡 제목('욕망이라는 이름의 전차')이 말해주는 것처럼, 욕망이 질주하면 그것이 狂氣로 화할 수 있다는 사실을 우리는 잘 안다. 그런 점에서 욕망은 破壞적 本能이기도 하고, 동시에 그것이 충족되지 못했을 때 우리는 우울에 빠지거나 좌절감에 휩싸이게 되는 것이다. 결국 욕망, 더욱 具體的으로 욕정의 현실로부터 벗어나지 못하고 또 그로부터 헤어나지 못하는 主人公들은 자칫 파멸의 구렁텅이로 빠져들 수도 있다. 이때 두 젊은이의 성격이 問題되는데, 즉 '현수'와 '석호'라는 이름을 가진 두 젊은이는 상호 對照的인 성격을 지니고, 마치 햄릿과 같은 '현수'

는 결국 욕망의 갈증을 이기지 못해 自暴自棄의 상태에 빠지게 되고, 동키 호테 형의 '석호'는 재가한 아버지를 위협해 사업 資金을 얻어내고 옷 장사에 모든 것을 걸면서 열정을 바치기도 하지만, 마침내 사업에 失敗하고 하숙비도 제대로 감당하지 못하는 처지에서 하숙집 여주인의 불같은 욕정 앞에 시달리게 된다. 작품의 결말 지문은 이 서사의 모든 것을 暗示한다.

> (……) 석호는 갑자기 할 일이 없어져 버렸다. 정오를 알리는 고동소리 가 멀리서 들려왔다.
> 오포를 들으면서 현수는 송도 백사장을 빠져나가고 있었다. 그는 걸으면 서 생각하였다. 끝났다. 편지를 쓰자. 삼십년 후가 아니라 지금 당장. 없었 던 정사의 간단한 종말이라고. (……) 현수는 돌층계 위에 올라서서 뒤를 돌아보았다. 모래밭이 거기 홀로 있었고 오르막길은 뿌옇게 언덕을 돌 고 있었다. 그리고 젖빛 대기로 뒤덮인 바다에는 물결이 높았다.[39)]

이로부터 4년이 지나 씌어진 1967년작 「미로」 또한 우리의 注目에 값하 는 작품이 된다. 나중에 중편 「가위」가 獨特하게 보여주는바, 일종의 幻想 的이고 우의적 형식의 소설쓰기 방식을 原初的으로 잘 보여주는 작품이 되 기 때문이다.

그 외적 인상으로 이 작품은 우선 최인훈이 5·16을 겪고 써 낸 「구운몽」 (1961년)에 흡사한 느낌을 준다. 최인훈과 서정인의 文學的 행정은 앞으로 여러모로 그 類似性이 검토될 만한 여지를 갖지만, 그 중에도 「미로」와 「구 운몽」의 경우는 특별하다. 夢幻的인 假想의 현실을 부유하는 듯한 인물들 이 가득 出現한다는 점으로 우선 그렇지만 그 메시지로 보아서도 유사성 이 적지 않게 살펴진다. 核心 문면만을 간단히 보이자면 이렇다.

총 6장으로 구성된 작품 중 3장에서 작가는 '지배'와 관련된 일종의 寓

---

39) 「물결이 높던 날」, 92쪽.

話的 교설을 들려준다. 먹고 살기 위해 '돼지 대가리'나마 祭物을 향해 달려들지 않을 수 없는 민중들. 그러나 '돼지 대가리' — 그것도 모형에 불과한 것임이 나중에 밝혀진다 — 를 향해 달려드는 행위가 공연한 짓이 될 수 있다는 것을 그들은 經驗的으로 잘 안다. 늘 같은 현실이 되풀이 되었으므로. 요컨대 '기만'의 되풀이인 것이다. 하지만 배고픔, 주림을 참지 못하는 그들은 늘 북소리에 유혹당하곤 하는데, 이런 뜻에서 '북소리'는 支配의 한 手段이다. 그리고 그 북소리를 통제하는 거대 권력의 人物은 '살찐 사나이'. 이 장면을 작가는 다음처럼 묘사한다.

> 북소리는 차츰 커져갔다. 주문이라도 외우듯이 고개를 숙이고 있던 그들은 아, 역시 북소리에 약했다. 그들은 하나둘씩 소리 나는 쪽을 향하여 머리들을 쳐들기 시작했다. 그것은 일종의 배반이었다. 배반은 물결처럼 사람들의 머리 위로 번져갔다. 과반수가 넘자 그것은 정의가 되어버렸다. 그들은 다시 한 번 북소리가 시키는 대로 돼지 대가리를 향하여 침을 흘리기 시작했다. (……) 그들은 들어 올린 그들의 엉덩이를 처치할 새로운 계기를 기다리고 있었다. 마침내 북소리가 멎었다. 그것은 하나의 계기였다. 그들은 이제 돼지 대가리를 향하여 힘차게 뛰어갈 판이었다. /그러나 이번에도 살찐 사나이는 머리를 좌우로 흔들었다. 욱—하고 앞으로 쏠렸던 군중은 비명과 같은, 신음과 같은, 탄식의 소리를 내면서 주춤주춤 뒤로 물러났다. 나는 분노를 느꼈다.[40]

의식 있는 인물이라면 이런 지배의 행태, 不條理에 대해 당연히 의문을 가지게 될 것이다. '돼지 대가리'(모형)를 가지고, '북소리'로 장난하며, '살찐 사나이'는 불쌍한 어린 百姓들을 희롱질이나 하고 있는 것 아닌가? 하지만 그렇게 의문에 차서 대드는 主人公을 향해 살찐 사나이 — '위정자'라고 해야 할 것이다 — 는 다음과 같이 놀라운 언설로 지배의 本質에 대해

---

40) 「미로」, 103~104쪽.

설명한다.

> "그렇다면 북을 왜 울리는가?" 내가 물었다. /"북을 울리지 않으면 우리
> 는 저 사람들을 여기에 붙들어 둘 수 없다. 저 사람들이 여기에 머물러 있
> 지 않으면 우리는 거두어들일 수 없다. 거두어들이지 않으면 우리는 분배
> 를 약속할 수 없다." /"저 박제가 된 돼지 말인가? 사기와 배임과 배반의
> 저 돼지 대가리 말인가?" /"머리를 좌우로 내어젓는 한, 저것은 사기도 배
> 임도 배반도 아니다. 충분히 거두어들일 수 있게 될 때 모형은 현품으로 바
> 꾸어질 것이고 머리는 위아래로 움직이게 될 것이다." /"그것이 언젠가?" /
> "아무도 모른다" /그는 나의 귀를 잡아당겼다. (…) /"그러나 아마 기다리지
> 않는 것이 좋을 거다. 그보단 차라리" (…) "이편에 가담하는 것이 더 현명
> 하다. 그렇게 되면 모형이 언제까지나 그대로 있기를 바라게 될 것이고,
> 사실 모형이란 언제까지나 모형임에 변함이 없을 것이다. 어떤가?"[41]

지배의 본질인 '恐怖'와 '欺瞞'을 이처럼 놀랍도록 巧妙한 언설로 치장하
고, 그것을 또 교묘한 寓話的 형식의 작품으로 통렬하게 고발, 비판하고
있는 작품 사례를 달리 발견하기는 아마 쉽지 않을 것이다. 이것은 서정
인의 작가 의식이 늘 批判的으로 깨어 있으려 했고, 또 민중 現實의 편에
서서 민중의 삶을 그리고, 또 그것에 直接的으로 영향을 미치는 社會的 不
條理의 실상에 눈감지 않으려 애써 노력했음을 잘 보여주는 작품 實例가
된다고 할 수 있다. 물론 現實은 늘상 쉽지 않고, 저 부처님의 갈파처럼
사해는 苦痛으로 가득 차 있다. 그의 비극적 세계관이란 바로 이런 류의
작품들, 즉 초기 작품들에서부터 여실히 나타나는, 세계와의 그 화해할 수
없는 不條理의 현실 인식으로부터 뻗어 나온 것이다. 하지만 그런 중에도
서정인은 늘 깨어 있는 批判的 知識人으로서 민중 현실을 폭넓게 껴안으며
그것을 小說的으로 형상화하는 데 작가의 소명이 주어진다고 인식하였다.

---

41) 「미로」, 106쪽.

그가 리얼리즘 작가, 즉 리얼리스트로서의 태도를 언제까지나 굳건히 지키고자 한 理由이다. 구체적인 方法的 양상으로 對象의 성질에 따라 때로 그것은 諷刺的 리얼리즘을 이루기도 하고, 悲劇的 리얼리즘을 이루기도 하였다. 그러나 어떤 식으로든 그 文學의 本質은 여전히 늘 리얼리즘이었으며, 그러한 작가적 태도로서 늘 社會的이며 人間的인 욕망의 유동 現實을 예민하게 觀察하였다. 그렇다면 다시 「강」 이후 그의 小說 世界가 어떤 예외적인 文學史적 결실을 이루어 내었던 것인지 紙面이 許容하는 대로 조금만 더 具體的인 檢討를 가해보기로 하자. 물론 그 檢討의 범위는 1980년에 이르는 전반기 작품 세계에 限定된다.

4-2. 「江」 以後

作品集 『강』 이후 서정인의 작품집은 『가위』와 『토요일과 금요일 사이』로 주어졌다. 이런 뜻에서 「강」 이후 작가가 내세우고 싶었던 代表作으로 우선 중편 「가위」와 「토요일과 금요일 사이」를 注目할 수 있겠다. 먼저 「가위」부터 보자.

1970년대 중반에 주어진 월남 패망의 사태에 영향받았음이 분명해 보이는 이 작품은 그 제목('가위')이 시사하는 것처럼 일종의 惡夢(가위눌렀다!)과 같은 現實을 소설적 리얼리즘으로 구현한다는 獨特한 서사적 형태로 모습을 드러내고 있다. 「미로」와 흡사한 발상법으로 出發했다고 보는 것은 이런 特性 때문인데, 「미로」가 대체로 諷刺的 語調와 함께 서술을 진행하는 面貌를 띠었다면, 「가위」는 그야말로 悲劇的 리얼리즘에 相當한 양상이다. 끔찍한 느낌을 안길 정도로 全體主義 사회 속에 희생되어 가는 個人들의 운명을 그리는 양상인데, 다만 그것이 軍隊라는 특수 사회의 현실을 背景으로 그려지고 있음이 특징적이다. 솔제니친의 「이반 데니소비치의 하루」

를 떠올리게 하는 것은 이런 면모 때문인데, 월남 社會, 그 속의 월남 군대가 작품의 기초 상황으로 설정되고 있음은 마치 최인훈의 「태풍」이 그렇듯 일부러 異國的 상황 설정을 통한 알레고리의 암유적 효과를 노린 때문인 것으로 보인다. 그렇다면 이 시기에 왜 이 작가는 이와 같은 알레고리 투의 전체주의 고발 작품을 발상하게 된 것이었을까?

월남 敗亡의 사태도 있었지만, 이 시기는 알다시피 유신 獨裁의 시절이었다. 바로 그런 유신 독재의 현실을 지켜보면서 작가가 한편 全體主義의 무서운 현실을 豫感하게 된 때문이 아니었을까? 이 작품엔 정말 諷刺的 어조가 깃들었다 해도 아주 부수적이라 할 수 있을 정도로 암울하고 어두운 비극적 리얼리즘의 세계 일색으로 작품 전반이 구성된 양상인데, 그런 만큼 이 시기 작가의 세계 인식이 매우 크나큰 危機 意識을 동반한 상태에 있었음을 말해준다. 그의 세계관이 본질적으로 비극적 陰影을 띤 것이었음이 이 작품만으로도 충분히 입증되는 모양새라 할 수 있겠는 바, 이러한 비극적 세계 인식, 현실 인식의 면모는 1980년 광주사태의 현실을 겪으면 더욱 악화되어 간다는 사실을 우리는 그 이후의 「철쭉제」 연작과 장편 「달궁」을 통해 확인하게도 된다. 결국 문학이란 한 작가의 세계 인식의 표현, 그것 외에 다른 아무 것도 아님이 이러한 작품 목록들 자체가 재확인시켜 준다고 해도 좋지 않을까?

서정인의 세 번째 작품집 標題作은 「토요일과 금요일 사이」로 주어졌다. 우선 이 제목이 뜻하는 바는 무엇일까? 물론 작품 내 서사의 시간대가 토요일부터 금요일 사이로 주어졌기 때문으로 생각해 볼 수도 있지만, 흔히 우리가 都市的 일상을 표현할 때 쓰는 월-화-수-목-금-토의 요일 감각이 여기에 투영된 때문은 아닐까? 말하자면 도시화된 세계에서의 일상적 삶의 감각을 그려낸 것이 이 작품으로 나타났다고 설명할 수 있고, 하지만 전체적으로 중편에 상당하는 분량상의 규모 때문에 여기엔 여러 성격의 인물들, 최상층의 부르주아적 인물들로부터 술집 여급, 말단 공무원에 이르기까지 한국 사회 여러 계층을 대변하는 유형의 인물들이 수많이 출몰한다. 그 도시적 삶에 대한 주인공의 인식은 마찬가지로 매우 비극적인 면모를 띠는데, 거기에 한편 풍자적 어조 또한 많이 개입되어 있는 양상이지만, 기본적으로 폐병 환자의 상황에 몰린 중견 관료 신분의 주인공은 마침내 낙향이라는 선택을 취하게 되고 이를 통해 주인공은 그 동안 그토록 적응하기 위해 애썼던 도시적 삶 속에서의 출세를 일단 유예시킨다는 존재론적 결단의 자세를 부각시킨다. 이른바 '開發 年代'라고 하였던 1960~70년대, 정치적으로는 군부 출신 지도자의 독재가 기승을 부리던 그러한 시대에 산업화된 도시에서의 삶, 그 일상 속에 깃든 실제 행복감의 정도, 수준이 어떤 것인가를 실증해 보이기 위해 쓴 작품이 이 소설인 것으로 보이고, 바로 이런 뜻에서 개발 연대의 삶을 다룬 서정인의 많은 소설들은 앞서 살펴보았듯 대체로 부정적 世界 인식의 面貌를 보여준다.

물론 서정인은 이러한 식의 현실 변화, 즉 産業化와 資本主義적 진전, 그리고 그것이 동반하는 도시화로의 변화가 社會的, 歷史的으로 거역하기 어렵게시리 강한 문명적 압력으로 주어진다는 사실을 결코 몰각하지 않았다. 그가 이 시기 개발 연대의 部分的 현실을 하나의 축도로서 集約的으로 보여주는 작품 「千戸洞」을 통해 전하고 있는 메시지의 性格도 대개 그러한 것이다. 하지만 그렇다고 해서 사람들의 삶, 民衆들의 삶은 더욱 행복해졌는가? 결코 그렇지 않고 오히려 사회적 落伍者들의 삶은 늘어나며, 설사 階層的으로 성공하였다 하더라도 그 내면의 현실은 더욱 貧困해지고 그 내면적 空虛, 피폐의 면모를 피할 수 없다는 사실을 이 개발 연대의 삶을 그리는 작품들은 하나같이 목소리를 합하여 웅변하는 양상인 것이다. 그렇게 피폐해지고 소외되는 도시 주변부 삶의 현실에는 당연히도 창녀, 도둑들과 같은 사회적 일탈자들의 삶 역시 포함된다. 작품집 『강』의 말미에서

<작가 후기>처럼 내놓고 있는 작가의 다음 발언은 그러한 작가적 인식, 세상을 투시하는 작가의 남다른 例外자적 시선의 면모를 잘 투영해 보여 준다. 이 글에서 자세히 다루지 못한 「가을비」, 「벌판」, 「남문통」, 「밤과 낮」 등의 작품들에 대한 작가 자신의 간단한 자가 진단 내용이다.

> 「가을비」는 군대 있을 때 부산 오병원에 입원했던 경험과 그때 들은 실어증 환자의 꺼억꺼억 소리가 암시가 되었다. (……) 「벌판」은 어려서부터 할아버지와 아버지를 따라서 명절 때면 꼭 성묘를 다녔던 나에게는 퍽 자연스러운 얘기다. 마지막 두 작품(「南門通」「밤과 낮」)은 술집 여자와 도둑놈 얘긴데, 요즘 부쩍 이 두 가지 유형의 인간들이 나의 머리를 출몰한다. 남도여창이라고 할까. 그들을 자세히 들여다보았더니 정작 그들은 가장 비창녀, 비도둑답다는 것을 알게 되었다.[42]

이 밖에도 도시 사회에서의 逸脫者, 낙오자의 삶을 다루는 서정인 소설들은 무수히 많다. 다만 당대에 다른 작가들에 의해서도 그런 류의 작품들은 많이 씌어졌기에 작가는 한편 도시화 현실에 편승하지 못하고, 혹은 낙오함으로써 농촌 사회 주변을 맴도는 인물들의 세계 역시 다양한 방식으로 다채롭게 그려내고자 했다고 할 수 있는 셈이다. 작품집 『강』 속의 「우리 동네」나 「산」, 작품집 『가위』 속의 「어느날」, 「탱자꽃」, 「旅人宿」, 「겨울 나그네」, 그리고 작품집 『토요일과 금요일 사이』의 「밤 바람 밤 비」, 「나들이」, 「귤」, 「春分」, 「蛇谷」, 「뒷개」, 「물치」, 「歸鄕」 등의 작품들이 대개 그렇게 농촌과 도시 사이의 주변 현실을 대상으로 씌어진 작품들이라 할 수 있다. 이제 결론을 말하자. 서정인의 전반부 작가 생활, 즉 1962년에서 1980년에 이르는 개발 연대의 시대를 다루는 작품들은 욕망이 뒤끓는 변동 사회의 현실을 그리면서도 그것을 우울한 비극적 세계관의 시

---

42) 「작가후기」, 303쪽.

선으로, 때로는 풍자적 어조를 강화하면서, 또 한편으로는 그 현실을 아프게 그리는 비극적 리얼리즘의 필치로 당대의 문학사, 소설사 공간을 유니크한 작품들로 채워 넣었다는 사실을 위의 여러 작품 실재들로 말미암아 뚜렷이 확인할 수 있다.[43]

5. 結論 - 要約 및 남는 問題

이상에서 필자는 '욕망의 리얼리즘' 개념을 단초로 하여 서정인 소설의 리얼리즘적 성취, 혹은 그 미학적 설득력의 요인이 무엇인지 밝히고자 하였다. 더불어 서정인 문학의 特質을 밝히기 위해 '悲劇的 世界觀'의 개념을 원용하였으며, 그리하여 그것이 문체적인 기술 양상으로 현현할 때 '풍자'의 어조를 강하게 發散하게 되는 그 문학의 내적 原理에 대해서도 설명하고자 하였다. 그 문학의 세련됨에 대해서는 이미 여러 評論家들이 당대의 비평적 언설 양식을 통해 異口同聲으로 밝힌 바 있거니와, 본고에서는 특별히 그 문학의 記述的 특질에 대해 具體的으로 확인해 보기 위해 단편 「江」을 세부적으로 분석해 보는 연구 방법을 취해 보았다. 더불어 그 문학 세계의 구체상을 알아보기 위해 몇몇 주요 작품들을 예거하여 살피는 작업 또한 추가하여 벌여 보았으며, 이를 통하여 「江」 이외에도 「원무」, 「가위」, 「토요일과 금요일 사이」 등의 작품들 또한 앞으로도 오래 기억될 만한 작품으로 남게 될 것을 분석하여 評價하였다. 물론 그는 이 밖에도 많은 작

---

43) 본고에서 지면 한계 상 자세한 논증을 시도할 수 없었지만, 비평가 이남호의 지적대로 1960~70년대 한국 사회에서 생존하였을 법한 다양한 '장삼이사'들의 세계, 곧 민중적 인물들에 속하는 다양한 인물 군상들이 도시 주변과 조만간 해체의 운명을 앞둔 농촌 세계를 배경으로 서식하는 양상들을 매우 세련되면서도 날카로운 풍자적 필치를 통해 그 내면의 설운 사정의 면모로 그려낸 데서 그 리얼리즘적 성취 의의가 포괄될 수 있겠다. 산업화-도시화라는 사회적 배경은 그 민중의 삶과 의식들을 응시하는 리얼리스트 작가의 정묘한 시선과 함께 포착된 현실인 것이다. 이는 이남호, 「6~70년대 장삼이사들의 삶-서정인의 단편들」, 『작가세계』, 세계사, 1994 여름, 60-77쪽 참조.

품들을 써내었으며, 다만 지면 한계 상 본고에서는 일단 여기에서 마감질
을 하지 않으면 안 되었다.

　　물론 서정인 소설 중에는 본고에서 거론되지 못한 많은 秀作의 작품들
또한 남아 있다. 후기의 「철쭉제」, 「달궁」 외에도 「금산사 가는 길」 같은
脫俗적인 宗敎的 경지의 작품들 또한 여전히 우리가 음미해 보아야 할 유
니크한 작품 세계의 일부로서 우리 현대 小說史에 우뚝 그 존재의 價値를
빛내고 있는 터이다. 차후 여건이 許諾된다면 이 모든 작품들을 仔細히 섭
렵할 기회가 주어질 수 있기 바라며, 그러한 總體的 작가 연구를 위한 작
은 일보로서 일단 본고는 이 정도로 얼마만큼 그 소임 수행을 감당하
였기를 바란다. 차후 修正과 補完 補充의 機會를 기다린다.

－『어문연구』통권180호, 2018.

제3부
보론

편집자 - 비평가로서의 조연현(趙演鉉)의 생애와 문예지 ≪현대문학≫

1. 서언 - 조연현과 한국 현대 문학

월간 문예지 ≪현대문학≫과 그 잡지의 편집자였던 '조연현'의 이름을 지우고 한국 현대문학(사)을 생각하기는 어려우리라고 여겨진다. 가치 평가 이전에 실체, 혹은 '사실'로서의 역사, 문학사를 생각할 때 이 점이 뚜렷해진다. 문예지 ≪현대문학≫은 지금도 발행이 지속되고 있는 한국 잡지 사상 최장기 발행의 잡지인 셈이지만, ≪현대문학≫이후에 대두한 수많은 문예지, 그리고 비평가들이 조연현의 이름을 지우고, 약화시키기 위해 얼마나 애썼던가를 생각해 보면 역설적으로 이 점이 더욱 선명해지고 분명해질 수 있다. 헤겔의 시각에서 보자면, '인정 투쟁'이 곧 역사의 본질일진대, 후세의 사람들이 그 족적을 지우고자 하는 만큼 실질적으로 그가 남긴 족적은 크고도 깊었다는 사실이 오히려 거꾸로 입증될 수 있는 것이다. 아마도 한 사람의 비평가 - 편집자, 그리고 한 인간으로서 조연현은 많은 실책을 범하고, 한국 문학을 오도(?)하는 역할조차 수행했으리라. 그러나 인간은 누구나 신이 아니고, 그리하여 전지전능도 아니다. 포퍼는 '오류 가능성'이야말로 진리성의 전제가 된다고 했으리만큼 '오류 가능성'은 인간성의 속성이기도 하다. 그리하여 그 오류의 크기만큼 무참하게, 가차 없이 탄핵될 필요도 있으리라. 하지만 그렇다고 그 행적 모두가 지워질 수 있는가. 다시 헤겔의 언설을 빌리자면, "현실적인 것은 이성적이고, 이성적인 것은 또한 현실적인 것이다." 당대의 어떤 현실성도 그 현실적 근거, 이유 없이 대두된 것은 없다고 다시 말할 수 있는 것이다. 이러한 모든 것이 결국 역사를 구성한다. 영광이 큰 만큼 오욕도 크고, 다시 그것을 지우려고 하는 노력도 커지기 마련인 것이다. 결국 조연현이 당대에 누렸던 영광만큼 후세에 그에게 덧씌워진 멍에의 크기도 커졌다고 말할 수 있다. 그렇다면 이젠 그 덧씌워진 신화, 설화의 멍에를 벗기고, 역사를 다시 엄중히 보고, 재구성할 필요도 제기되는 것 아닐까.

마르크스에 의하면, 헤겔조차도 그 사후에 스피노자가 당했던 것처럼, '죽은 개'의 취급을 받았다고 한다. 여기서 우리가 논하고자 하는 문제는 '이론', 혹은 '방법'의 문제는 아니다. 다만 한 사람의 비평가가 그 사후에, 혹은 생전부터 '개'의 취급을 받았다면, 필시 여기에 곡절이 있고, 연유가 있었으리라 생각하고, 그것에 관해 따져보자고 하는 것이다. 요컨대 오욕과 질시의 대상이 된 만큼, 거기에 따르는 영광의 측면도 있었으리라 생각될 수 있다. 근래의 표현을 빌린다면, 당대의 '문학 관리자', '문단 권력자'로서 조연현의 실체는 무엇이었고, 그것이 남긴 역사적 유산이란 무엇인가. 여기에 잡지 《현대문학》과 그 편집자의 위상 문제가 끼어듦은 '문학사' 논구의 차원에서도 불가피한 사태가 된다. 문학사란 하나의 언설사이기 이전에 사회적 실체의 역사로서도 파악되어야 한다는 관점이 여기서 도입되지 않을 수 없는 것이다. 조연현이 당대에 누린 권력과 영광이란 비평가로서의 그것이었다기보다도 편집자로서의 그것이었다고 여겨지기 때문이다. 어떻게 그것이 가능했고, 그 고찰의 관점 성격이 무엇인지 여기서 먼저 확인해 두기로 하자. 궁극적으로 한 비평가 – 편집자의 생애와 발자취, 그리고 그것에 대한 평가의 문제가 부각되어야 할 일이지만, 이 논제의 살핌을 위해서 '문예지의 역사로서의 문학사'를 바라보는 시각, 그 이론적 관점 형성의 문제가 여기서 먼저 논란되지 않으면 안 되는 것이다.

2. 표현 매체로서의 '지면'과 '문학'의 현실적 성립 여건

문학이 어떻게 성립하는가. 매우 당연한 물음이지만, 이 물음은 자주 새겨질 필요가 있겠다. 물을 필요도 없이, '문학(文學)'은 '문자(文字)'로서 성립한다. 곧 문자 조합의 이러저러한, 여러 가지 형식화의 양상이 문학인 터이다. 이 문학 운용에 결정적인 조건, 여건으로 작용하는 것이 그러므로 곧 '문자화(文字化)'의 양식, 즉 지면의 조건이 아닐 수 없다. 이를테면, 지면, 매체의 발생으로 말미암아 문학의 이러저러한 형식적 유형, 양식들이 가능하게 되고 성립되었다고 하지 않을 수 없다. 이 원천의 문자화 여건, 문학 조건을 그러나 사람들은 자주 망각하곤 한다. '존재'의 개념에 사로잡힌 나머지 존재의 근본 여건, 즉 '실존'으로서의 존재자를 망각하는 격이다. 문학은 그저 언어, 즉 구어의 언어로서도 성립 가능한 것으로 인식하고, 더하여 활자화되기 이전, 즉 공개적인 발표 이전의 '글', 혹은 '글쓰기'의 원초적인 형태만으로도 문학은 성립 가능한 것으로 인식하다보니, 문학의 현실적 성립 여건이 무엇인지는 때때로, 아니 자주, 망각하게 되는 셈이다. 그러나 우리 문학의 현실적 존립 방식, 그 실제의 양상이 참으로 그러한가. 만약 현실을 직시한다면, 우리의 문학 현실, 적어도 '근대문학'의 양상은 결코 활자화되기 이전, 즉 '글쓰기'의 형태만으로 성립되고 조직되지 않았다는 것을 알 수 있을 것이다. 원칙적으로 말한다면 활자화된 것만이 문학이었고, 근대문학이었다. 제도로서의 '문학'이란 이러한 것을 의미한다. 실제적으로, 그리고 현실적으로, 활자화를 통해 공유되고 유통된 것만이 '문학'으로, '근대문학'으로 성립할 수 있었다는 뜻이다. 달리 말하면 개인적 차원에서 행해진, 활자화를 통해 발표되지 않은 어떤 원초적 글쓰기의 문예 흔적도 공식적 '문학'의 영역 안으로 들어오지 못했다는 것을 우리는 확정적 사실로 말할 수 있다. 물론 순수하게 '글쓰기' 차원의 문학 개념이 이런 의미에서 상정 불가능하다고 볼 수는 없겠다. 카프카처럼, 또 어떤 무명의 시인처럼, 오직 '(글)쓰는 행위'가 '글쓰기 주체', 즉 '작가'에게 의미 있고 만족을 주는 행위인 것이지, 그밖에 '발표된다'든지, 독자에게 '읽힌다'든지, 혹은 더 나아가 '인류의 문화적 자산'으로 공유된다든지, 하는 차원이란 근본적으로 작가, '나와는 무관한 일일 뿐'이라는 생각을 할 수는 있다. 하지만 그런 문인이 실제로 존재했다 하더라도, 결과적으로 공간되어, 발표의 기회를 누리지 않았다고 한다면 우리에게 그 문학은 존재하지 않았던 것이라고 말할 수 있다. 한 시인은 말한다. 다음과 같이 탄식처럼, 이 시인이 자기 시집의 첫 머리에 고백의 언사를 늘어놓은 이유란 무엇인가.

> 불쌍하도다// 詩를 썼으면/ 그걸 그냥 땅에 묻어두거나/ 하늘에 묻어둘 일이거늘/ 부랴부랴 발표라고 하고 있으니/ 불쌍하도다 나여/ 숨어도 가난한 옷자락 보이도다.[1]

이처럼, '발표'되지 않으면 '문학'으로 성립하기조차 어려운 시와 시인('나')의 '불쌍'한 사정을 시인은 고백하고 있다. 이것이 문학의 현실이다.

---

1) 정현종, 『나는 별아저씨』, 문학과지성사, 1995, 11쪽.

최초의 발표 매체로서 '시집' 또한 이런 의미에서 하나의 발표 양식, 기관이 되는 셈이지만, 일반적 의미에서 '책'을 출판하는 '출판사', 혹은 '신문', '잡지'가 표현 기관, 혹은 발표 기관이 된다. '문학'의 세계에서 '표현 기관'은 그런 의미에서 하나의 우주, '계'에 해당한다. 참으로 '구텐베르크의 은하계'가 이것인 것이다. 문학 운용의 실질적 권력, 관리의 주체가 이런 표현 기관의 담당자들로 주어지는 이유가 여기에 있다. 이와 같은 우주적 세계, '계'의 개념을 확장하여 더 일반적으로 말하면, '미디어의 사회' '네트워크(network)의 사회'가 된다. '전달(communication)'의 관점에서 '사회'란 달리 말하면 '매체의 조직', 혹은 '조직화된 매체들'에 다름 아닌 것이다.[2] 이처럼 당연한 얘기의 매체적 현실 여건, '문학' 성립의 근본 조건을 사람들, 문인들은 때때로 망각하고 있다. 기실 그것이 너무나 당연한 조건이고 사태이기 때문이다. 그러나 그것은 무의식에 미친다. 레비-스트로스처럼 말하자면, 너무나 당연한 것, 즉 구조적 사태이기에 사람들은 때때로 망각하고 몰각하게 되지만, 그것이 무의식에 영향을 미치고 작용함으로써 권력화 현상이 빚어진다. 권력적 현상이란 본질적으로 무의식적 현상인 것이다. 복종의 현실이 언제나 싸움의 결과로 주어지는 것이 아니라, 무의식적 인지 작용으로 주어진다는 것은 이를 뜻한다. '문학'의 세계에서 권력자는 곧 '편집자'다. 문학의 세계에서 편집자들이 누리는 영광과 권능이란 이 모든 구조적 관계의 단적인 시사에 다름 아닌 것이다. 한국 현대 문학사에서 편집자, 그리고 비평가로서 최대치의 족적을 남긴 한 사람으로 우리는 조연현을 꼽을 수 있다. 말할 나위 없이 그가 주재한 잡지 ≪현대문학≫의 성가, 즉 문학적 표현 기관으로서 그것이 누린 사회적 성가, 전달 효과에 의지해서였다. 아마도 문화 전체 속에서 '문학'의 사회적 위상이 가장 드높았던 시절이 이 시절이었을지 모른다. 그 문학 절정기의 시절에 독보

---

2) 마크 포스터, 김성기 역, 『뉴 미디어의 철학』, 민음사, 1994, 서장 참조.

적 표현 기관으로서 ≪현대문학≫이 누린 사회적 성가와 비평가 조연현의 명망은 나란히 가는 운명 속에 놓여졌던 것이라 볼 수 있다. 어떻게 그러한 문화적 현실, 상황이 빚어질 수 있었고, 그것을 따져보는 연구의 의의가 무엇인지 여기서 확인해 두지 않을 수 없다. '문예지의 역사로서의 문학사'를 보는 관점과 편집자 – 비평가의 생애를 보고, 평가하는 관점이 여기서 겹쳐지지 않을 수 없다. 먼저 문예지의 역사로서의 한국 근대 문학의 편린(片鱗)에 대해 잠시 점검해 두기로 하자.

3. 한국 근대 문예지의 역사와 계보

한국 근대문학의 역사와 잡지, 문예지의 역사가 무관하게 살펴질 수 없다. 아니, 근대 문학 자체가 매체에 의존된 역사인 것이다. 이에 관해 앞에서 원론적으로 살펴보았거니와, 한국 근대문학의 역사가 실제로 그렇다. 근대 장편소설 양식과 그것의 숙명적 동반자였던 '신문'과의 관련 사항은 여기서 일단 차치해 두고자 하거니와, 한국 근대의 잡지사(雜誌史)가 이 점을 역사적으로 실증하고 있다. 이런 점에서 한국 근대 문학사는 다른 한편 잡지사에 다름 아니다. 한국 근대 문화사 형성에 최초의 뿌리를 내린 잡지의 이름은 그럼 무엇이었던가.

우선 ≪소년≫지의 이름을 떠올려 보자. 한국 잡지사에서 최초의 근대적 잡지로 평가되는 이 잡지가 근대 문학사와 어느 만큼의 긴밀한 관계를 가진 것인가를 여기서 자세히 석명할 필요는 없겠다. 소위 '신체시'의 효시 작품으로 일컬어지는 최남선의 「해에게서 소년에게」가 창간사, 권두언 격으로 실린 지면이 다름 아닌 이 잡지 속에 있었던 터이다.[3] 이 잡지의

---

3) 김근수, 『한국잡지사』, 청록출판사, 1980, 2장 참조.

연장선상에서 1914년 최남선은 ≪청춘≫지를 발간했던 것이며, 이와 같은 자취가 곧 미우나 고우나 우리 근대 문화사, 잡지사의 주된 뼈대를 형성함을 우리는 부인할 길 없다. 다만 문예 전문지가 아니고, 종합계몽잡지의 성격을 그것들은 지녔던 것이다. 전문적 문예지의 효시로서 그럼 한국 근대 문학사의 본격적인 시발점이란 그럼 어떻게 설정되어야 할 것인가.

지면, 매체의 조건을 앞세워 말한다면, 한국 근대 문학의 본격적인 시발은 ≪창조≫의 발간 사실을 중심으로 해석돼야 할 것이 아닌가 여겨진다.4) 이것이 처음부터 '동인지'였고, '동인지'라는 필자 운영의 그 폐쇄적 방식이 이 매체의 지면을 처음부터 끝까지 규정하였던 것을 우리는 모르는바 아니나, 한국 근대문학 '장'의 '독립'이라는 면에서 이 매체의 발간 사실만큼 역사적 의의를 갖는 문화사적 사건은 달리 없다고 여겨지기 때문이다. 요컨대 '순수 문예지'의 발간이라는 점에서 이 동인지의 발간을 능가하는 의의의 역사적 사건은 달리 없다고 여겨지는 것이다. 한국 최초의 근대시다운 것으로서 주요한의 「불놀이」라거나, 또는 김동인의 단편 소설이 발표되었다는 정도의 의의를 넘어서는 매체사적, 문화사적 의의가 동인지 ≪창조≫의 발간이라는 역사적 사실에 부여되지 않으면 안 된다고 하는 점을 여기서 필자는 다시 한 번 환기시키고자 하는 셈이다. 한국 근대 문학은 이렇게 시작되었다. 하나의 동인지, 혹은 하나의 매체, 혹은 하나의 잡지적 성격으로서 한국 근대 문학 형성의 자율적 장을 마련한 역사적 공적의 의의가 ≪창조≫ 발간으로부터 주어졌다고 하는 설명인 셈이다. 서양문학을 소개하는 데 급급하였던 ≪태서문예신보≫라거나, 혹은 보다 격조 있는 종합 문예 잡지로서 ≪개벽≫이 출현하였다거나, 하는 사건들은 이와 같은 시야에서 볼 때, 부차적인 문학사적 의의를 지닌 사건

---

4) 졸고, 「한국 근대 (문예) 비평(사)의 원점론(2)」, 『한국근대문예비평사절요』, 루덴스, 2015, 제1장 및 제3장 참조.

들로 평가될 수밖에 없다.

그렇게 동인지 시대가 한 번 열리자, 한국 (근대)문학은 이제 풍성한 자급자족의 터전을 마련할 수 있게 되었다. ≪폐허≫가 발간되고, ≪금성≫, ≪백조≫, ≪장미촌≫ 등이 발간되기에 이르렀고, ≪개벽≫의 상업적 터전도 이 기반 위에서 마련될 수 있었다. 동인지는 이제 당연하고 익숙한 매체의 문화적 형식이 되었다. 종합시사잡지의 출현도 이와 같은 문예적 기반의 확대 속에서 가능해지고 이루어질 수 있었던 것은 대체로 인정될 수 있는 바의 사실이다. 우리가 말하는 '문예'란 넓은 의미에서 '글쓰기'의 양식 전반을 아우르는 개념으로 재정립될 수 있는 것이고, 이에 따라 어떤 특정의 목적을 내세운 시사종합의 잡지라 하더라도, '문예', 즉 '글쓰기'와 원천적으로 분리된 잡지로 성립하기는 어려웠다는 점을 이 문맥에서 상기시킬 수 있는 것이다. 1920년대와 30년대를 통해서 문예지, 종합 시사지의 매체들이 수없이 출현하고, 이를 통해 문학 생산과 유통, 소비의 기반이 빠른 속도로 확대되어 갔으리라는 지적은 이러한 맥락 속에서 도출될 수 있다. 단적으로 1930년대 말, 더욱 구체적으로 1939년도부터 발간된 문예지 ≪문장≫의 상업적, 대중적 성공은 이와 같은 문화, 사회적 기반의 확대 조건을 의미하는 바라 할 수 있는 것이다.

해방 후가 되어서의 문예 잡지, 곧 남한 문예 잡지의 전통은 어떻게 계승, 전개되었던 것일까. 두루 아는 것처럼 수많은 잡지, 문예지들이 우후죽순 격으로 뛰쳐나와 해방의 감격과 정열을 문자의 도가니로서 대치하고, 이후 민족과 나라의 나아갈 바에 대해서 우국의 소론들을 펼쳤다. 분단 체제가 고착되기 이전, 1946년, 1947년까지의 문자 현실과 풍속이 이러하였고, 분단 체제가 점차 고착되어 가는 1948년부터는 전체적으로 소강의 상태가 빚어지면서, 질서화, 안정화의 양상이 나타난다고 할 수 있다. 최소한 반쪽의 이념이 거세되면서 남한 체제에 순응하거나 협조하는 언론

매체들만이 살아남는 형편이 연출된다고 할 수 있는 것이다. 그렇다면 이 시기 짧은 전전의 시기에 그 나름의 족적을 남긴 문예지가 있다면 무엇을 들 수 있을까.

　발행인에 모윤숙(毛允淑)의 이름이 내세워졌던 ≪문예≫지가 그 짧은 전전(戰前)의 시기 동안 남한 문단의 본류를 상징한 전문 문예지가 아니었던가 생각된다. 구 '문장'파가 월북하거나 날개를 잃어 날지 못하는 상황에서 ≪문장≫의 후신 격을 자임했던 문예 전문지가 이 잡지 아니었던가 생각된다. 물론 그 발행 기간은 의외로 짧았다. 전쟁이 발발했기 때문이다. 하지만 해방과 분단의 와중에서 미처 전문 문예지를 구축하지 못했던 우익 문단의 입장에서 일제 말기의 시기에 문예지로서의 성가를 높였던 ≪문장≫지의 정통성을 이어받고자 한 문화사적 의지 계승의 측면에서 그 발간의 의의가 적지 않고, 이 문화적 의욕이 결국 전쟁이라는 잠복기를 거쳐 마침내 ≪현대문학≫지로 이양되기에 이르렀다는 점이 이 대목에서 중요하게 착목할 사항이라고 하겠다. 편집자 – 비평가로서 조연현의 역할이 뚜렷하게 부각되기에 이른 문화사적 계기의 하나도 실상 이 잡지로 주어졌던 것이다. 잡지 발행인의 실질적 역할이 어떠했든지 간에 잡지 발간의 실무를 주도하는 편집자 – 비평가로서 조연현의 위치가 이 잡지의 발간 와중에서 도드라지게 드러났다고 할 수 있기 때문이다. 서른의 나이에 겨우 이르렀던 시기의 한 비평가가 발휘했던 이와 같은 편집자로서의 실무 역량이란 기실 의욕과 패기의 모습에 다름 아니었을 터이다. 하지만 의욕과 패기에도 역사는 있기 마련이다. 조연현은 어떻게 해서 그처럼 갑작스럽게, 말 그대로의 혜성처럼, 편집자 – 비평가로서의 실무 역량 발휘에 나설 수 있었던 것일까. 이를 역사적으로, 기원으로부터 살피기 위해 여기서 그의 전기적 행적을 좀 더 면밀히 추적해 둘 필요가 있겠다.

4. 조연현 생애의 전반기 이력; 시인 – 비평가에서 편집자 – 비평가로

시인으로서의 모윤숙이 대한민국 정부 수립을 전후하여 UN 총회에 참석하리만큼 저명한 사회 명사, 여성계 명사로서의 행동반경을 지녔던 반면에 조연현은 그 비평적 입문의 초기 단계에서부터 일찍이 편집자로서의 역량을 과시했다는 점을 이쯤에서 우리는 확인해 두고 넘어갈 필요가 있겠다. 김수영은 말하고 있다.

소위 처녀작이라는 것을 발표하게 된 것이 해방 후 2년쯤 되어서일까? 아무튼 趙演鉉이가 주관한 ≪藝術部落≫이라는 동인지에 나온 「廟庭의 노래」라는 것이, 인쇄로 되어 나온 나의 최초의 작품이다. 그때 나는 연극을 집어치우고 혼자 시를 쓰기 시작하고 있었지만 발표할 기회가 전혀 없었고, ≪예술부락≫에 작품을 내게 된 것도 그 동인지가 해방 후에 최초로 나온 문학동인지였다는 것, 따라서 내가 붙잡을 수 있었던 최초의 발표 기회였다는 것 이외에 별다른 의미가 없었던 것 같다. 그때 나는 演鉉에게 한 20편 가까운 시편을 주었고, 그것이 대체로 소위 모던한 작품들이었는데, 하필이면 고색창연한 「廟庭의 노래」가 뽑혀서 실려졌다. (……)
그후 이 작품이 개재된 ≪예술부락≫의 창간호는, 朴寅煥이가 낸 <茉莉書舍>라는 해방후 최초의 멋쟁이 서점의 진열장 안에서 푸대접을 받았고, 거기에 드나드는 모더니스트 시인들의 묵살의 대상이 되고, 역시 거기에 드나들게 된 내 자신의 자학의 재료가 되었다. 「廟庭의 노래」와 같은 무렵에 쓴 내딴으로의 모던한 작품들이 「廟庭의 노래」보다 잘되었다고 생각하는 것은 아니지만, 「廟庭의 노래」가 ≪예술부락≫에 실려지지만 않았더라도—「廟庭의 노래」가 아닌 다른 작품이 ≪예술부락≫에 실려지거나, 「廟庭의 노래」가 ≪예술부락≫이 아닌 다른 잡지에 실려졌더라도—나는 그 당시에 寅煥으로부터 좀더 <낡았다>는 수모는 덜 받았을 것이라고 생각되고, 나중에 생각하면 바보같은 컴플렉스 때문에 시달림도 좀 덜 받을 수 있었으리라고 생각된다.5)

---

5) 김수영, 「演劇하다가 詩로 전향–나의 처녀작」, 『김수영 전집』2, 민음사, 1981, 226–227쪽.

김수영의 술회 인용이 뜻밖에 길어졌지만, 이 대목을 곱씹어보면 우리 현대 문학사의 한 분기점이 시초에 어느 지점에서 매듭 지워졌던가를 생각해 볼 수 있다. 이를테면 조연현과 김수영의 접점이기도 하고, 그 분기점이기도 한 지점이 위 글 속에서 암시되고 있는 셈이다. 「廟庭의 노래」가 실린 ≪예술부락≫이 해방 후 나온 최초의 문학 동인지였다는 것, 이 동인지를 조연현이 주관했다는 것, 그러나 「廟庭의 노래」를 두고 김수영이 휩쓸리게 된 박인환 중심의 해방 후 모더니스트 계열과 조연현은 처음부터 문예 의식, 비평관에 있어서 현격한 차이를 내보이게 되었다는 것, 이러한 점들의 시사가 위 문맥 속에 담겨 있다고 할 수 있는 것이다.

문예관, 비평관의 타당성이 본질적으로 객관화되어 자기 입증될 수 없는 성격의 것이라 한다면, 여기서 우리가 확인할 수 있는 것은 조연현과 박인환, 그리고 김수영 세대의 감수성의 차이일 뿐이다. 1920년생인 조연현과 1921년생의 김수영은 자연적 나이로는 거의 차이가 없었던 셈이지만, 전통 지향성과 모더니즘 지향성이라는 감수성의 근본적인 방향성의 차이가 여기서 노정되었던 셈이다. 두 사람 간 약력의 차이가 이 점을 조금 설명해 줄 수 있다. 이를테면 서울내기와 지방 출신의 차이, 일본 유학파와 그렇지 않은 경력을 가진 사람 사이의 경험적, 문화적 의식의 차이가 이 점의 태생적 변별점, 혹은 구분점의 바탕 요소로 지적될 수 있는 터이다. 그렇다고 조연현이 전혀 근대적 의식, 문화의 세례를 받지 못한 사람이라 인식될 수는 없다. 다만 일제 말기 세대의 의식 행로가 대개 그러했듯이, 중일 전쟁, 태평양 전쟁기로 이어지는 전쟁기의 폐쇄된 의식 상황 하에서 동양적, 전통적 주체 지향성의 의식 패턴 양상을 보였던 것이 조연현 쪽의 기저 미의식 동향 양상이었다고 할 수 있는 것이다. 이 점과 관련해 조연현의 이력을 처음부터 다시 거슬러 올라가 살피면서 그의 비평적 생리의 노두를 점검해 둠이 필요하겠다.

1920년 경남 함안 출신의 조연현이 "네 군데의 中學校와 한군데의 專門
學校를 中退하"6)여 학창시절을 마친 시점은 1941년으로 기록되거니와, 이
시기에 이르러 이미 그는 한 시인, 문인으로서의 입신을 뚜렷이 한 상태
였던 것으로 설명될 수 있다. "中學生의 身分으로서 同人誌를 發刊해본것도
그러한 時節의 作亂이었"7)다고 스스로 기록하고 있거니와, 1935년 동인지
≪시건설≫에 시「과제」를 발표한 이래, 「비 내리는 밤의 향수」와 「창백
한 정열」을 문예지 ≪아(芽)≫에 발표하고, 잡지 ≪조광≫에도 「고민」, 「벽」
등의 작품을 발표하는 등, 시인으로서 이름을 알리기에 이미 분주한 상태
에 놓여 있었음이 확인된다. 이렇듯, 시인으로서의 입신을 모색하던 조연
현은 중학과정 이수 후의 시점에서 갑자기 평론, 비평의 글을 활발히 발
표하는 양식적 전신의 모습을 보여주게 되는데, 그 이유가 무엇이었을까.
이 사정의 해명에 단서가 될 수 있는 자전적 해명의 글을 다음과 같이 남
겨 놓고 있다. 해방 후 정부 수립 전후의 시점에서 해방 직후 자기 글쓰기
가 놓였던 정황을 술회하고 있는 글이긴 하나, 여기서 일말의 단서가 노
출되고 있는 것을 알 수 있다.

이러는 사이에 나는 몇군데의 新聞社와 雜誌社等을 轉轉하면서 不安定한
生活을 維持하면서 처음에는 詩를 써보려고 하였다. 내가 滿足하기 以前에
이미 남에게 보여서 붓거러운 몇편의 詩를 世上에 내놓아보 았으나 남의 評
價를 기다리기 前에 내가 먼저 그러한 作品行動을 집어 치우고 있었다. 女性
文化에 「혼자가는길」이 發表되었을때 朝鮮日報엔가 徐廷柱氏가 好意있는 親切
한 詩評을 해주었으나 性急한 時代的인 要求는 어느 사이에 詩한편 똑똑히
지어내지 못하는 나에게 評論의 붓을 잡게 하였든 것이다.8)

6) 조연현, 「나의 文學的 散步」, 『백민』, 1949.6, 178쪽.
7) 위와 같음.
8) 위의 글, 180쪽.

'性急한 時代的인 要求' 탓이었다고도 말하고 있지만, "남에게 보여서 붓거러운 몇편의 詩"였음도 한편 자인하고 있다. 이어서, "詩 한편 똑똑히 지어내지 못하는 나"라고 주석하고 있는 문장도 같은 뜻의 자기 인정을 표하고 있는 문장이라 할 수 있는 것이다. 이처럼, 詩를 통한 문학적 자기표현에의 욕구는 강하였으나, 솜씨가 따라주지 않은 그의 내면적 정열의 성격을 우리는 일반적인 의미에서 '인정 욕구'라 규정할 수 있을 터이다. '인정 욕구'에의 강한 내면적 정열이 시 양식으로는 도저히 충족될 수 없다는 것을 확인하면서, 그의 붓끝은 드디어 평론, 비평 양식으로 향하게 되었다고 말할 수 있는 것이다. 해방 후 좌우 투쟁의 문단에서 '(문학적)표현에의 의지'를 인간이 지닌 본능적인 욕구, 즉 생리적인 욕구로 파악, 전제함으로써, 스스로를 '순수문학'의 옹호자로 자임시키고, 이로써 해방 후 한국 순수문학의 이론가, 대변자로 자기를 위치시켜 나갔던 의지적 인간, 즉 주의주의자(主意主義者)로서 조연현의 문학적, 비평적 원형의 모습이 이러한 맥락에서 파악된다고 할 수 있다. 시인 지망생이자 동시에 스스로 시인 미달의 인간이 문학청년으로서 젊은 시절 조연현의 원형의 모습이었던 셈이다. 인간적으로 김동리와 가까웠고, 문학관, 혹은 문학론의 측면까지를 포함하여 두루 김동리와 가까웠지만, 그가 마음속으로 경모한 문인은 끝끝내 서정주 한 사람 뿐이었음도 이러한 문맥에서 이해될 수 있다. 그가 마음속으로 얼마나 깊이 서정주를 사숙한 시인 지망생이었던지는 다음과 같은 술회의 문장 속에서 잘 드러난다. 서정주와의 첫 해후 장면에 대한 그야말로 '감격'으로 충만한 술회의 기록이다.

乙支路四街 國都劇場뒷골목의 어느 旅館에서 正浩를 기다리는 秉哲이와 내 앞에 나타난 花蛇集의 詩人 徐廷柱氏를 처음으로 만나게된 劇的인 一場面을 여러가지 意味에 있어 나는 永遠히 잊지못할것이다. 술이 잔득醉한 이 너무

> 나 오래동안 戀慕해온 詩人과의 해후는—그렇게도 偶然히 그렇게도 容易하
> 게 만나젓다는 單純한 事件이 그대로 나에게 興奮과 感激을 던저줄만치 稀有
> 한 衝動을 주고도 남음이 있었든 것이다.[9]

서정주와의 해후 장면을 기록하고 있는 위의 서술에 비하면, 김동리와
의 해후 장면은 비록 '퍽 인상적'인 '기억'이라고 할 수 있을망정 상대적으
로 얼마나 무미건조하게 서술되고 있는 양상인 것인가.

> (…) 金東里氏를 처음으로 찾아가본것은 아마 내가 中學을 卒業하고 H專門
> 學校에 드러가기 前의 流浪時節이었을 것이다. 肺가 나쁘다고 하며 깨를 씹고
> 있든 그 當時의 金東里氏의 모습이 퍽 印象的으로 나에게 記憶되고 있다.[10]

이처럼 서정주를 사숙했던 시인 지망생으로서 조연현은 조만간 시를 포
기하고, 평론의 길에 나서게 된다. 그의 말대로 해방 직후의 '성급한 시대
적 요구'가 관여되었음이라. 그러나 그가 평필의 붓을 들게 된 것은 해방
직후부터가 아니라, 일제 말기의 시기, 그러니까 일찍이는 1939년 9월3 일
자로 쓰여진 「결별적(訣別的)에 답(答)함」이라는 글을 쓴 때로부터였으며, 이
글을 필두로 그는 이미 일제 말기에 10편 내외의 비평적 글을 발표하게
된다. 결국 그가 비평가가 된 것은 단지 해방 후의 "性急한 時代的 要求"
때문만은 아니었던 것이다. 그러니 정확하게 말하면, 해방 후가 되어서
다시 시의 길을 닦아보려고도 했다지만(해방 후 발표된 그의 시는 「혼자 가는 길」
(『여성문화』, 1945.12), 「그리움 속에 사는 별」(『예술부락』, 1946.1) 「막다른 길」(『죽순』,
1947.10) 등 몇 편에 불과하다), 실상 그의 문학적 역량은 비평 쪽으로 나 있는
것이었다. 그렇다면 그는 언제, 어느 시기로부터 비평가의 길을 본격적으

---

9) 위와 같음.
10) 위와 같음.

로 닦게 되었던 것일까.

해방 후 좌우 투쟁이 본격적으로 개막하게 되면서 그 역시 '성급한 시대적 요구'에 할 수 없이 평론의 붓을 들게 되었다고 말하고 있지만, 조연현이 처음부터 반(反) '문학가동맹'의 기치를 들고 나섰던 것은 아니었던 것으로 보인다. 그가 해방 후에 처음으로 쓴 비평적 글인 「문학자(文學者)의 태도(態度)」(『문화창조』, 1945.12)라는 글에서 그는 비록 '문학'이 '정치'로부터 독립되지 않으면 안 된다는 주장을 강력히 피력했었던 셈이지만, 그 다음 글의 「새로운 문학(文學)의 방향(方向)」(『예술부락』, 1946.1)에서는 오히려 좌, 우가 분열하지 말고 민족적 대단결로 나아갈 것을 강력히 주문하고 옹호하는 입장을 밝혔던 것을 살필 수 있기 때문이다. 우선 「문학자(文學者)의 태도(態度)」 중 결론부의 문장부터 살펴두기로 한다.

> 文學者가 文學하는 마음을 떠나서 새로운 文學을 創造한다는 것은 文學의 悲劇이다. 요새 政治家들은 가장 勇敢하게, 모-든 誠實을 다하야 싸우고 있다. 文學者 亦是 가장 勇敢하게 가장 誠實하게 싸우고 잇다면 決코 요새 散在하는 低級하고 淺薄한 詩作品은 나와지지 않을 것이다. 좋은 것을 좋다하고 記錄하는 것은 文學이 아니다. 아모리 좋은 것이라도 創造되어진 것만이 文學이다. 文學者는 요새 급쨕스럽게 주서입은 政治家의 衣裝을 버리고 文學者의 態度로 도라가야 할것이다.11)

이처럼 '창조'하는 자로서의 '문학자의 태도'를 강조하는 것이 윗글의 주지인 셈이지만, 그가 주도한 동인지 ≪예술부락≫(이 동인지 제목 자체가 그러나 서정주의 '시인부락'에 이어진 것을 몰각할 수는 없겠다)의 창간 선언문 격으로 쓴 「새로운 文學의 方向-朝鮮文學의 過去와 進路」에서는 "뿌르조아·리알리즘"과 "푸로·리알리즘" 사이에 복잡하고 교묘한 절충의 논리를 시도하

---

11) 조연현, 「文學者의 態度」, 『문화창조』, 1945.12, 35쪽.

면서, 동시에 문학과 예술은 "形象的인 世界요 보다더 美에 屬한 世界이기" 때문에 독자적인 또 하나의 가치 영역으로 성립하지 않으면 안 된다는 점을 강조한다. '순수문학' 옹호의 본성을 버리지 않으면서도 한편 당시의 시대적 정황, 정치적 상황을 감안하여 가능한 대로 절충적 노선을 모색해 보려 했음을 알 수 있는 것이다. 그 핵심적 전언 표출의 대목을 우선 보아두자면 이렇다.

> 이것은 文學! 그 自體가 藝術의 한 「장르」로서 思想이나 무슨 學說이나 革命理(理)論의 한 手段的인 方法的 表現이 아니라 오히려 그것은 그러한 모−든 것의 形象의인 世界요 보다더 美에 屬한 世界이기 때문이다 모−든 藝術이 다 그러한 것처럼 文學도 美를 통해서만 바라보아지는 世界요 味覺的인 刺戟에서만 創作되어지는 것이 文學이기 때문이다 그럼으로 여기에 問題가 있다면 그것은 「푸로·리알리즘」의 美와 「뿌르조아리알리즘」의 美일 것이다 그러나 이것은 그렇게 意識的으로 區分的인 解釋을 가지기 보담 우리가 새로히 가지게 된 하나의 美의 世界가 「푸로·리알리즘」의 世界라는데 있어야 할것이다 다시말하면 至今부타 우리가 새로히 美를 느낄수있고 美의 刺戟을 받을 수 있는 世界가 「푸로·리알리즘」의 世界라야 한다는 것이다 萬− 그렇지 않다면 우리는 「푸로·리알리즘」에서 새로운 文學을 創造하지 못하고 文學아닌 순혀 딴 무슨 文學과는 순혀 別個의 무엇을 맨드러내는 重大한 不幸에 到達하고 말것이다
> 엇잿던 至今부터 새로히 展開될 우리의 새로운 文學이 「푸로·리알리즘」을 原則으로 하는 文學路線을 떠날 수 없다는 것마는 하나의 歷史的 宿命일 것이다[12]

"엇잿던 至今부터 새로히 展開될 우리의 새로운 文學이 「푸로·리알리즘」을 原則으로 하는 文學路線을 떠날 수 없다는 것마는 하나의 歷史的 宿命일 것이다" 이 문장은 당시의 급박한 정세 속에서 좌파 문단의 주장을

---

12) 조연현, 「새로운 文學의 方向−朝鮮文學의 進路와 方向」, 『예술부락』, 1946.1, 5쪽.

대세로 받아들이지 않을 수 없다는 비평가로서의 나름의 정치적 판단을 투영한 발언이라고 할 수 있을 것이다. 하지만 해방 직후의 시점, 그러니까 1946년 1월호의 시점에서 하나의 문예지 주도자, 이를테면 해방 문단에 있어서 나름대로 새로운 문예 건설의 대변자로서 펼쳐보이고자 했던 절충적 입장, 노선 모색의 노력과 자세는 좌파의 '문학가 동맹' 결성과 더불어 우익 쪽의 '청년문학가협회' 결성이라는 좌, 우 대치의 본격적 투쟁 국면으로 들어서게 되면서 급속히 '순수문학' 옹호의 입장으로 귀환하게 된다. 그 역사적 경과, 과정을 그는 다음처럼 밝혀놓고 있다.

解放直後 女性文化社에서 崔泰應을 만났고 얼마後 齊洞네거리에서 徐廷柱, 金東里氏를 만났다. 거리에는 人民共和國기빨이 나부끼고 文學家同盟의 看板이 鐘路네거리에 내걸리고 混亂과 動搖가 天地를 휩쓸고 있을때 조곰도 懷疑하거나 彷徨한 빛이 보이지 않는 이러한 先輩들을 다시 만나게 되었다는것은 나에게 크다란 힘이 되었다. 郭鍾元兄이 關係하든 生活文化社에서 젊은 同志들이 몇번 會合을 거듭하는 사이에 우리들은 靑年文學家協會를 準備하였고 얼마後 全國文化團體總聯合會까지 갖게 되었든것이다. 文學을 政治의 道具로 삼으려는 것이 强力한 새로운 文學魂처럼 全文壇을 支配하고 있을때 文學을 政治의 隷屬에서 解放시키고 眞正한 文學精神을 擁護하려는 우리들의 陣營은 이렇게 차츰차츰 그 힘을 團合해갔든것이다. 文學을 政治의 이름아래 破壞하려는 一群의 政治的인 文學者들이 團結과 組織의 힘으로 이땅에서 文學을 抹殺하려고 할때 文學을 직히기爲하야 우리들도 組織과 團結로서 이에 抗拒하지 않을 수 없었다는 것은 우리들의 本道아닌 一種의 文學的인 外道이기도 하였든것이다.13)

'김동리 – 서정주 – 조연현'으로 대표되는 이 3각 '순수문학'의 트로이카 체제가 언제, 어떤 식으로 구축되었는지를 위 회고문은 단적으로 입증해주고 있다. 이로써 해방 후 '청년문학가협회'를 전위로 한 우익 문단의 결

---

13) 조연현, 「나의 文學的 散步」, 앞의 잡지, 179쪽.

성이 숨 가쁘게 전개되고, 이와 함께 조연현의 비평가로서의 위상 역시 뚜렷하게 부각되어 자리매김 되는 비평사적 결과가 낳아지게 되었다고 할 수 있는 것이다. 1946년 6월호로 발간된 ≪예술부락≫ 3호 속에서 김동석의 순수문학(론) 비판에 대한 날카로운 반박의 「純粹의 位置 – 金東錫論」이 제출되는 것은 그 결정적인 계기, 증좌의 하나가 된다고 할 수 있다. 이로써 그는 '순수문학' 옹호의 비평가, 그 대변의 이론가로서의 위치를 굳힐 수 있게 되었다고 할 수 있는 것이다. 해방 직후, 비평가로서 조연현의 이러한 급속한 입신의 활동이 김수영이 상기시키고 있는바, 조연현이 주관했던 것이 확실시되는 문예지, ≪예술부락≫을 거점으로 이루어졌다는 사실은 주목에 값하는 역사적 사실이라 하지 않을 수 없다. '시인부락'의 명칭으로부터 파생된 듯한 이러한 고전적, 주의주의 지향의 잡지였기에 김수영이 투고한 여타의 작품들을 제쳐놓고 엉뚱하게 「廟庭의 노래」라는 작품이 발탁되었던 것이라 할 수 있으며, 이러한 사정을 염두에 두고 볼 때, 조연현과 김수영의 분기는 일찌감치도 예고되었던 셈이라 할 수 있는 것이다. 결국 서정주의 고전적 감수성과 김수영의 현대적 감수성 사이에 놓인 시사적 분기점이 이러한 일화의 전후 문맥을 통해 간취될 수 있다고 하면 지나친 억측, 과장이 될까.

해방 후 '순수문학' 옹호자로서 비평가 조연현의 위치가 이처럼 확립, 정립되어 가면서 주어진 대표적인 이력의 하나는 앞서도 지적한 것처럼, 모윤숙이 발행인 책임을 맡은 잡지 ≪문예≫의 실무 편집자로서의 역할이었다고 할 수 있다. 그렇다면 문예지 ≪문예≫란 또 무엇이고, 어떤 성격의 잡지였던가.

잡지의 제목에서 금방 떠올려질 수 있는 것처럼, ≪문예≫란 ≪문장≫의 체제와 이념을 계승하여 본격 문예지의 전통을 이어보려 한 잡지였던 것으로 그 윤곽을 그려볼 수 있다. 매우 아이러니컬한 사실이지만, 정작

≪문장≫지 발간을 주도했던 인사들은 해방 후가 되어서 '문학가 동맹' 측에 가담, 이태준은 월북하고, 정지용, 이병기 등은 정부 수립 후 난처한 상황으로 몰리는 형편이 되었던 것인데, 이제 남한 문단의 현실적 주도권을 쥐게 된 인사들이 나서서 '순수문학'의 정통성을 다시 복권시켜 보려 한 것이 저 ≪문예≫라는 이름의 잡지로 나타나게 되었던 것이라고 할 수 있는 것이다. ≪문예≫가 창간되기 이전에는 조연현 자신 그 술회대로 "몇 군데의 新聞社와 雜誌社等을 轉轉하면서 不安定한 生活을 維持하"는 형편에 있었던 것인데─이 사이에 비평적 글쓰기의 공간을 제공한 대표적인 잡지로는 ≪백민≫지가 꼽힐 수 있다─, 정부 수립과 함께 분단 체제가 고착화되고, 이어서 ≪문예≫지가 창간되면서 조연현은 상대적으로 안정된 시기, 형편 속에 놓이게 된다고 할 수 있는 셈이다. 이 잡지의 지면을 통해서 그의 평론의 야심작인 「도스토예프스키론」, 「究竟을 象徵하는 사람들」이 연속적으로 발표된다는 것은 이 사정을 말하는 바라고 할 수 있거니와,14) 월간으로 발행되었던 이 잡지는 모두 아는 바와 같이 6·25전쟁을 만나 중단되는 사태에 처하게 되고, 그와 함께 조연현 역시 전쟁 하의 현실을 견뎌야 하는 시련의 세월을 겪게 되는 것이다. 이와 같이 매우 단편적인 기록으로 살펴 본 해방 후, 그리고 6·25전쟁 전후의 문학사적 풍경이나마 그 속에서 청년 비평가 조연현이 겪었을 비평적 역정, 삶의 신산스런 행로가 어떠했으리라는 것은 능히 짐작될 수 있으려니와, 시인으로 출발, 비평가로의 전신으로 요약되는 그의 문학적 행로 속에서 특징적인 점은 그 비평적 글쓰기와 함께 '편집자'로서의 역할이 시종일관 수반된 사

---

14) ≪문예≫지가 실질적으로 조연현의 주도적 편집 역할에 의해 발간되었으리라는 점을 입증하기는 쉽지 않은 문제다. 하지만 〈편집후기〉의 글을 통해서 볼 때, 모윤숙을 제외하고 편집 실무의 역할을 조연현과 홍구범이 맡았던 것으로 판단되는 이 잡지 전체의 편집 양상, 면모로 보아, 조연현의 역할이 갈수록 커지게 되었다는 것을 느낄 수 있다. 초기에는 발행 겸 편집인에 모윤숙, 편집고문에 김동리로 표기되던 것이 1950년 6월호(곧, 최종호)에 이르면 발행인에 모윤숙, 편집인에 조연현으로 뚜렷이 기표되고 있는 것을 확인할 수 있기 때문이다.

실 속에 있다고 할 수 있다. 전쟁 후 그가 서둘러 ≪현대문학≫지의 창간에 나섰던 것이 전혀 의외의 사태가 아니었다고 할 수 있으며, 결국 ≪현대문학≫지의 주재와 함께 그의 후반기 인생의 윤곽이 틀지워지게 된다고할 수 있다. 장을 바꾸어 ≪현대문학≫과 비평가 조연현의 관계를 여기서좀더 자세히 더듬어 보는 작업에 나서보기로 하자.

5. ≪현대문학≫의 탄생과 편집자 – 비평가의 역할

결국 전쟁이 끝나고, 1955년 ≪현대문학≫지를 발간하게 되면서 조연현의 후반기 생애가 새롭게 시작된다고 할 수 있다. 그야말로 월간 ≪현대문학≫지와 함께 한 인생이었다고 할 수 있는 것이다. 지금껏 필자는 조연현의 전반기 생애가 어떤 이력으로 점철된 것이었는가를 밝히고자 한셈이었거니와, 이로부터 확인할 수 있는 바는 그가 그 글쓰기의 시초부터편집자적 기질, 능력을 충실히 발휘, 이 점에서 역량을 인정받아 온 사람이었다고 하는 점이며, 이 기능이 마침내 ≪현대문학≫지의 발간과 함께드디어 꽃을 피우게 된 셈이라고 하는 점에 놓이는 것이다. 이 점을 어떻게 다시 입증할 수 있을까. 말할 나위 없이 ≪현대문학≫지가 곧 그 증거이며, 이 이상의 추가 증거는 필요치 않다고 해도 과언이 아닐 것이다. 적어도 상업적, 기업적 측면에서 발간 1년 만에 잡지만의 자립 기반을 닦았다고 전해지는바, 조연현의 편집자로서의 역량을 확인하는 데 이 이상의다른 증거는 필요치 않다고 해도 좋을 터인 것이다. 그렇지만 그에 이르는 과정, 그리고 ≪현대문학≫지의 모토가 무엇이었는지는 여기서 조금확인해 둘 필요가 있을 것이며, 이를 통해서 우리는 비평가 조연현, 아니한 개인, 인간으로서 조연현의 면모를 조금 더 자세히 이해하게 될 수도있을 것이다. 그러기 위해서 우리는 여기서 다시 그의 인간성 전모와 관련해 원초적 질문을 발해 볼 필요도 있을지 모른다. 조연현은 누구이고, 어떤 사람이었던가.

하나의 이력 사항을 추가해 말해본다면, 일제 말기에(스스로는 징용을 피하기 위해서였다고 말하나) 잠시 동안이나마(6개월 정도로 기표되고 있다) 고향에서 면서기로 근무한 적도 있었다고 하는 사람이며, 해방 후로는 그 자신의 표현 그대로를 믿는다면 "몇군데의 新聞社와 雜誌社等을 轉轉하면서" 편집자 이력을 닦은 사람이다. '면돗날'이라는 별칭을 얻었을 만치 날카로운 투계의 인상을 풍긴 사람이 또한 그였던 셈이며, 이로써 그는 전쟁 전후의 문단에서 벌써 유력한 비평가로서의 위치를 확보한다. 그 경위야 어찌되었든 휴전 후 성립된 학·예술원 선거에서 30대 중반의 그가 예술원 회원으로 피선되었다는 것은 지금으로선 상상하기 어려운 사태이리만큼 당시 그가 차지했던 놀라운 문단적 위상의 투영 사실로 간주될 수 있는 사건인 것이다. 아마도 그 자신이 주재하는 문예지를 창간하고 싶다는 의욕의 생기(生起)는 이러한 문단적 사태와 전혀 무관하지 않았을 것이다. 실제로 그는 학·예술원의 선거 결과를 둘러싸고 문단, 아니 학계, 문화계 전체에 논란이 분분하게 일었던 것을 의식하였음인지 ≪현대문학≫을 창간하자마자 그 지면에 「學藝術院成立의 現實的背景－그 組織經緯와 反對輿論의 分析」(1955. 2)이라는 장문의 글을 게재하고 있음도 살펴볼 수 있다. 어쨌거나 "한국의 현대문학을 건설"한다는 드높은 의기와 정열 속에 그는 월간의 문예지 창간 작업을 주도하였고, 결과적으로 성공적인 결실을 이루어냄으로써 한국 잡지사에서 최장기 발간 기록을 가지고, 지금도 여전히 발간되고 있는 하나의 문예지를 편집, 운영하는 데 주도적인 역할을 담당하였다고 할 수 있다. 조금 긴 인용이 되지만, 여기서 그 잡지 창간에 서린 편집자의 의욕과 그 편집 방침의 대강 등을 확인해 두기 위해 <創刊辭>를 살펴둠이 필요할 듯하다. ≪현대문학≫의 <創刊辭>는 이렇게 되어 있다.

人類의 運命은 文化의 힘에 依存된다. 때로 民族은 滅할 수도 있고 때로 國家는 敗亡할 수도 있으나 人類가 남겨 놓은 文化는 결코 그 힘을 잃은 적이 없다. 釋迦나 基督의 思想이 民族과 國家를 超越해서 恒常 人類의 偉大한 한 光明이 되어 왔음은 이의 가장 有力한 證據의 하나이다. 우리가 人類의 歷史를 省察할 때 한 民族이나 한 國家의 存亡이 一時的으로는 그들의 武力에 依存됨을 볼 수도 있으나 높은 文化的 傳統을 지닌 民族이나 國家가 虛無히 敗亡한 例를 보지 못했으며 文化의 背景이 없는 武力만으로써 그 國力을 擴張한 民族이나 國家의 將來가 또한 길지 못했음을 볼 수 있었다. 이는 어느 民族이나 國家에 있어서도 文化의 힘이 그 民族이나 國家의 基本的인 要素임을 말해 주는 것이 아닐 수 없다.

이러한 文化의 基本的인 核心은 文學이다. 우리는 文化라는 槪念 속에 얼마나 많은 뜻이 包含되어 있는가를 잘 알고 있다. 그러나 이 속에 包含되는 뭇 事象들은 제가끔 專門的으로 獨立되어 있거나 機械的으로 分解되어 있을 따름이다. 그러므로 그곳에는 人生의 綜合的인 表現으로서의 文化의 根源的인 生命이 缺如될 수밖에는 없다. 文學은 그러한 어떠한 文化 形態와도 그 性質을 달리하고 있다. 文學은 確實히 獨立된 한 學問이요 藝術이면서도 哲學이나 政治나 音樂이나 美術과 같이 分明히 獨立的인 것은 아니다. 文學은 어떤 境遇에 있어서는 하나의 哲學이요 宗敎며 그 어떤 境遇에 있어서는 音樂이며 美術일 수도 있다. 狹義에 있어서의 文學은 一種의 言語藝術에 그칠 수도 있으나 廣義에 있어서의 文學은 哲學 政治 經濟等 一切의 學問을 代表할 수도 있다. 이는 文學이 人生의 總體的인 한 學問인 까닭으로서 다른 어떠한 藝術보다도 思想的인 偉力을 發揮할 수 있는 所以이기도 하다.

이번 뜻을 같이 하는 몇몇 同志들이 모여 價値있는 그 많은 여러 文化 企業 중에서도 特히 文學 活動에 奉仕하기 爲한 本誌의 創刊을 實踐한 것은 文學이 이와같이 文化의 基本的인 核心임을 깊이 認定한 까닭에서이다.

本誌는 本誌의 題號가 暗示하는 바와 같이 韓國의 現代文學을 建設하자는 것이 그 目標이며 使命이다. 그러나 本誌는 이『現代』라는 槪念을 瞬間的인 時流나 枝葉的인 尖端意識과는 嚴格히 區別할 것이다. 本誌는 現代라는 이 歷史上의 한 時間과 空間을 언제나 傳統의 主體性을 통해서만 理解하고 認識할 것이다. 卽 過去는 언제나 새로이 解釋되어야 하며 未來는 恒常 傳統의 結論임을 잊어버리지 않겠다는 것이 그것이다. 그러므로 아무리 빛난 文學的 遺産이라 할지라도 本誌는 아무 反省없이 이에 服從함을 操心할 것이며 아무리

눈부신 새로운 文學的 傾向이라 할지라도 아무 批判없이 이에 盲從함을 警戒할 것이다. 古典의 正當한 繼承과 그것의 現代的인 止揚만이 恒常 本誌의 具體的인 內容이며 方法이 될 것이다.

이러한 本誌의 目標와 使命을 完遂하기 爲하여 本誌는 本誌를 一個人의 적은 企業이나 趣味로부터 解放하여 名實共히 韓國文壇의 한 公器로써 文壇의 總體的인 表現機關이 되게 하는 데 誠心을 다할 것이다. 健全한 韓國의 現代文學을 建設하기 爲하여 本誌는 一切의 情實과 黨派를 超越할 것이다. 그러나 現代韓國文學의 偉大한 傳統을 確立하기 爲하여서는 어떠한 機關보다도 本誌는 作品에 대한 價値判斷에 峻烈할 것이다. 作品의 價値를 判別하는 行爲에 있어서만은 本誌는 결코 機械的이며 形式的인 公正에 安協하지 않을 것이다. 本誌는 無定見한 百萬인의 拍手보다도 文學에 대한 깊은 愛情과 옳은 識別力을 가진 단 한 사람의 支持를 오히려 榮光스럽게 생각할 것이다.

이땅의 모든 文學人들은 如上의 本誌의 抱負를 嘉尙히 여겨 本誌를 通하여 당신들의 生命과 靈魂을 彫刻해 주시기를 期待하며 社會 各層의 聲援과 協助를 衷心으로 빌어 마지 않는 바이다.[15]

글이 곧 그 사람이라는 명제를 수긍한다면, 이 글만큼 조연현이라는 인격을 잘 보여주는 글도 드물 것이다. 물론 이 글만큼 공들여 쓴 글도 달리는 있을 수 없었으리라. 한갓 일시적인 기분으로 잡지를 창간한 것이 아니었음을 이 창간사의 도도한 문체가 증명하고도 남음이 있다고도 말할 수 있는 것이다. 그러니만큼 여기엔 조연현이 당시까지 품었던 생각, 태도의 모든 것, 요체가 고스란히 깃들어 있다고도 말할 수 있다. '문화주의'와 '문학주의'적인 입장("이러한 文化의 基本的인 核心은 文學이다"), 그리고 오랫동안 '경향문학'과 대립해 오면서 '순수문학'이 견지하지 않으면 안 되었던 문학 자율론의 입장과 동시에 간접적인, 우회적인 사회참여론의 입장("文學은 確實히 獨立된 한 學問이요 藝術이면서도 哲學이나 政治나 音樂이나 美術과 같이 分明히 獨立的인 것은 아니다"), 이와 같은 순수문학적 태도의 기본 입장이 위 <創刊辭>

---

15) <創刊辭>, 『현대문학』창간호, 1955.1, 12–13쪽.

의 전반부 서술 속에서 압축적으로 표명되었던 것을 확인할 수 있는 것이다. 더 나아가 "本誌는 (…) 韓國의 現代文學을 建設하자는 것이 그 目標이며 使命"이라고 말하는 한편, "古典의 正當한 繼承과 그것의 現代的인 止揚만이 恒常 本誌의 具體的인 內容이며 方法이 될 것이다"라고 첨언함으로써 '傳統의 主體性'을 고수하고자 하는 보수적 입장에서 잡지의 편집과 운영의 기본 방향을 설정할 것을 시사하고 있는 셈이라고 해석될 수 있다. 이로써 그럼 잡지 편집과 운용의 대강 방침이 시사되고 해명된 것일까. 그렇다고 볼 수 없고, 편집자 – 비평가로서 조연현의 진면목 또한 저와 같은 대의명분 표방의 언설 속에서 충분히 드러났다고 본다면 오산이 될 것이다. 어떤 점에서 '편집자 – 비평가'란 한 사회의 문학과 문화에 대한 관리자로서의 기능을 발휘함이 필수적이라고 할 때, 한 잡지를 창간하는 편집자 – 비평가로서 조연현의 결의에 찬 진면목은 그 후반부의 관리자적 언설, 담론의 개진 문맥 속에서 잘 드러난다고 볼 수 있다. 여기서 그 관리자적 언설의 대목을 조금 더 주의 깊게 확인해 둘 필요가 생긴다. 보자.

> 이러한 本誌의 目標와 使命을 完遂하기 爲하여 本誌는 本誌를 一個人의 적은 企業이나 趣味로부터 解放하여 名實共히 韓國文壇의 한 公器로써 文壇의 總體的인 表現機關이 되게 하는 데 誠心을 다할 것이다. 健全한 韓國의 現代文學을 建設하기 爲하여 本誌는 一切의 情實과 黨派를 超越할 것이다. 그러나 現代韓國文學의 偉大한 傳統을 確立하기 爲하여서는 어떠한 機關보다도 本誌는 作品에 대한 價値判斷에 峻烈할 것이다. 作品의 價値를 判別하는 行爲에 있어서만은 本誌는 결코 機械的이며 形式的인 公正에 妥協하지 않을 것이다. 本誌는 無定見한 百萬人의 拍手보다도 文學에 대한 깊은 愛情과 옳은 識別力을 가진 단 한 사람의 支持를 오히려 榮光스럽게 생각할 것이다.16)

"一個人의 적은 企業이나 趣味로부터 解放"하여 "韓國文壇의 한 公器로써

---

16) 위와 같음.

文壇의 總體的인 表現機關"이 되도록 하겠으며, "一切의 情實과 黨派를 超越"하여 "作品에 대한 價値判斷에 峻烈"이 입각, "機械的이며 形式的인 公正에 妥協"하지 않음으로써, "無定見한 百萬인의 拍手보다도 文學에 대한 깊은 愛情과 옳은 識別力"을 가진 '단 한 사람의 支持'를 오히려 "榮光스럽게 생각할 것"이라고 말하는, 이와 같은 표현 문구들은 과연 '면돗날'이라는 별칭이 무색하지 않으리만큼 '준열'한, 결의에 찬 편집 자세와 의욕을 표명하고 시사하는 바라고 할 수 있다. 이와 같은 언설적 표명이 어느만큼 명실상부하게 실천되었느냐의 여부는 차치하고, 이와 같은 언설적 표명의 문제 자체가 우리에게는 그 서술 주체의 인격을 측량케 하는 척도의 바로미터로서 유의미한 바라고 할 수 있는 것이다. 언설이 곧바로 실행을 의미하는 바는 아니라 할지라도 언설 속에는 역시 그 언설자의 성격이 배어 있기 마련이라고 본다면, 조연현의 저 결기 있는 문체, 의지 표명의 언설 속에 문학 관리자다운 엄격한 편집자적 태도가 스며있는 것을 부인하기 어렵다고 하겠다.

그렇다면 위와 같이 준열한 언어들로 표명된 편집자적 의지, 그것의 천명만으로 잡지 ≪현대문학≫의 성공은 담보되고 보장될 수 있었던 것인가. 그렇게만 볼 수는 없다고 할 것이다. 역시 비평가 – 편집자로서 조연현의 결기 있는 성격과 날카로운 통찰의 힘이 하나의 잡지를 태동, 유지, 발전시키는 데 지대한 공헌의 역할을 했다 하더라도, 역시 한 개인의 힘만으로 모든 것이 이루어졌다고 설명한다면 아무래도 부족한 느낌을 지울 수 없는 것이다. 그러니까 여기에 비평가 조연현의 힘과 능력만이 아닌, 보다 문단적인 차원의 요인도 깃들어 작용했다고 설명해야 할 것이다. 조연현의 위 <創刊辭> 속에도 "이번 뜻을 같이 하는 몇몇 同志들이 모여"라는 구절이 있고, 또 마지막 당부의 말로, "이땅의 모든 文學人들은 如上의 本誌의 抱負를 嘉尙히 여겨 本誌를 通하여 당신들의 生命과 靈魂을 彫刻해

주시기를 期待하며 社會 各層의 聲援과 協助를 衷心으로 빌어 마지않는 바
이다"라는 구절이 들어 있는 것처럼, 당시 문인들, 혹은 문단 전체의 어떤
협조의 분위기가 《현대문학》을 성공시킨 배경의 이유였다고 할 수 있지
만, 이 점에 대해서도 또한 보다 분석적인 해명을 가할 수 있지 않으면 안
될 것이다. 이 문제에 대한 인식과 관련하여 참고할 만한 자료가 물론 또
없지 않다. 먼저 그가 《현대문학》지의 구체적인 편집 지침과 관련해서
고백하고 있는 「나와 편집」(『휴일의 의장』, 인간사, 1958)이라는 글을 참조해
두기로 하자. 여기서 그는 《현대문학》지의 편집 원칙과 관련해 5개항의
'편집 노선'이라는 것을 밝혀두고 있는 것이다. 살펴두자.

> 1)은 한국을 대표할 수 있는 문단의 총체적인 표현지가 되어야한다는
> 점. 2)는 문학상의 일 경향이나 혹은 특수한 유행을 초월한 정통적인 위치
> 를 엄수해야 한다는 점. 3)은 고전에 대한 정당한 계승과 새로운 세계문학
> 에 대한 정당한 흡수 4)는 문학적인 가치평가에 대한 엄정한 태도 5)는 역
> 량 있는 신인의 양성[17]

<創刊辭>의 내용과 위 5개항의 '편집 노선'이라는 것을 비교해 보면, 다
섯 번째 '역량 있는 신인의 양성'이라는 항목이 추가되어 있는 것을 알 수
있다. 실상 《현대문학》의 폭 넓은 문단적 입지 구축의 배경에는 저 '역
량 있는 신인의 양성'을 위한 '신인추천제도'라는 제도적 운영의 묘가 깊이
작용한 것 아닐까. 실제로 《현대문학》은 창간과 함께 <추천원고모집>
이라는 방을 내걸어 "力量 있는 新人의 原稿를 募集한다"는 광고를 크게 내
었고,[18] 그 결과 "창간호가 나가자 사흘 만에 추천응모작품이 날라들어오

---

17) 조연현, 「나와 편집」, 『휴일의 의장』, 인간사, 1958, 297쪽.
18) 여기서 당시 신인추천의 심사위원 면면을 확인해 두기로 하면, 소설 부문에 박종화, 염상섭, 계
   용묵, 황순원, 김동리, 시 부문에 서정주, 박두진, 유치환, 평론 부문에 곽종원, 백철, 조연현, 희
   곡 부문에 유치진, 오영진 등으로 구성되어 있음을 알 수 있다. 당시 《현대문학》이 짜고 있던

기 시작했다"는 비명에 가까운 목소리의 편집 후일담 기록이 2호 <편집후기>에는 실려 있는 것을 우리는 발견, 확인할 수 있는 것이다. ≪현대문학≫이 그렇게도 빨리, 그리고 쉽사리 문단적 입지를 구축할 수 있었던 배경적 이유 속에는 그러므로 이와 같은 신인추천제도 운영의 묘리가 깊이 자리했던 것을 부인하기 어렵다. 그렇다면 이와 같은 제도 운영의 묘리는 어디에서 연유한 것인가. 이것이 전적으로 조연현 한 개인의 역할만으로 창안, 도입되고, 운영될 수 있었던 제도인가.

'문학사'를 문예지의 역사, 문학(인)의 충원과 관리라는 폭 넓은 사회적 시야에서도 기록, 서술할 필요가 있겠다고 하는 필요성의 제기는 이러한 맥락에서 제출된다. 두루 알다시피 이와 같은 '신인추천제도'란 ≪문장≫지를 통해서 성립, 확립된바 있고, ≪문장≫의 상업적, 문단적 성공 배경에 실로 이 제도 운영의 묘리가 깊이 작용했다는 것을 여기서 새삼 깨우치지 않을 수 없다. 문화사란 이처럼 창안과 갱신에 의해서만 이룩될 수 있는 것이 아니고, 단순히 전통적 방법의 계승을 통해서도 그 성취가 주어질 수 있다는 것을 저 ≪문장≫과 ≪현대문학≫의 관계는 암시, 시사해 주고 있는 셈이다. 이런 면에서 보자면 편집자–비평가로서 조연현의 창조적 기여란 실로 보잘 것 없는 것일 수 있고, 그는 다만 엄중한 관리자적 태도로서 ≪현대문학≫의 편집과 운영에 관한 모든 것을 주도해 갔던 뿐이라고도 할 수 있다. 하지만 '콜럼부스의 달걀'이라는 서양 금언이 말해주는 바처럼, 아무리 작은 성취라도 성취를 이루기는 또 얼마나 어려운 일인가. 비록 흉내내기와 모방으로 이루어진 일이라 하더라도 그 성취의 값진 의미를 평가절하하기란 실로 부질없는 짓에 속하는 것이다. ≪문장≫과 ≪현대문학≫ 사이에는 15년이라는 세월의 간극이 강물처럼 놓여 있던 것이지만, '순수문학' 원조의 문인들이 사라진 자리에서 그것을 흉내내

문단적 진용의 면모를 확인시켜 주는 대목이라고 하겠다(『현대문학』창간호, 1955.1, 2쪽 참조).

어 거대한 문학적 전통으로 다시 일구어낸 사람들이 조연현, 서정주, 김동리를 위시한 소위 '문협전통파'의 인물들이었다고 할 수 있고, 그 문학 관리, 문단 관리의 편집자적 실무의 역할을 수행했던 사람이 다름 아닌 조연현이었다고 할 수 있다. 조연현의 지울 수 없는 문학사적 공적, 비평사적 공적은 실로 다름 아닌 이 점에 놓여 있는 것이 아닐 수 없다. 김수영이 표명한바, "전통은 아무리 더러운 전통이라도 좋다"는 사상을 수긍한다면, 해방과 분단, 전쟁으로 말미암아 끊어질 뻔한 한국 현대문학의 전통을 다시 잇는 실무적 편집자의 역할을 비평가 조연현은 고스란히 자기 몫으로 삼아 전후의 한국문학을 재추진, 재가동시킨 것이라 할 수 있다. 전후의 기간 동안 ≪자유문학≫이 이에 맞서고 나왔지만, 그것이 오래 지탱되지 못한 사정은 따라서 조연현은 행운이자 동시에 불운의 조건이었다고 할 수 있다. 맞수가 없는 상황에서 단독자 주체의 부패, 타락이란 불가피한 역사적 귀결이었다고 말할 수 있을 것이기 때문이다. 4·19를 맞으면서 ≪현대문학≫ 중심의 '순수문학'은 다시금 정신을 차리지 않으면 안 되는 상황을 맞게 되었다고 할 수 있지만, 곧이어 5·16의 도래와 함께 다시금 오히려 편한, 지배적 위치를 누리게 됨으로써 '순수문학'의 관성과 타성은 더욱 굳어지게 되었다고 할 수 있다. 한국 현대문학의 재편은 결국 1960년대 이후 '참여문학'의 도래와 함께 이루어진다고 할 수 있으려니와, 이 과정에서 중추적 역할을 한 사람은 시인으로서 김수영이었다고 할 수 있고, 김수영과 조연현은 앞에서 살핀 것처럼 실상 동세대, 같은 세대의 운명을 타고난, 이복형제의 사이와 같은 존재들이었던 셈이다.[19] 김수영의

---

[19] 매우 사적인 사실이지만, 김수영의 누이, 김수명이 60년대 이후 조연현을 도와 ≪현대문학≫ 간행의 실제 업무를 도맡아 행하는 편집 실무자 역할을 행했다는 것은 또 하나의 흥미로운 문학사적 이면사의 이야기가 아닐 수 없다. 당대 한국시의 정부로 불려졌던 서정주와 한국 참여시의 정부로 새롭게 떠오르는 김수영 사이에는 그러니까 당대 한국 문학의 관리자로서 조연현이 놓여 있었고, 그 전후좌우로 또 사적 인연들이 가로놓여 있었던 셈이다. 조연현은 김수영을 어떻게 생각했던 것일까. 김수영과는 "해방 직후부터의 친교가 있"는 관계라고 조연현은 그의 일기 속에

유명한 시구, "누이야/ 諷刺가 아니면 解脫이다"의 구절이 이런 문맥에서 새삼스럽게 음미될 만한 구절이라고 할 수 있다. 풍자 아니면 해탈일 수 있었던 시인의 생애에 비해 비평가의 생애란 그렇다면 지나치게 잡스러운 것이 아니었을까. 비록 당대의 권력과 영예는 누렸을지 모르나, 이제는 아무도 지켜주지 않는, 거의 잊혀진 이름이 되어버린 듯한 한 비평가 – 편집자의 생애란 우리에게 과연 무엇일까. 비평가 스스로 이런 그 자신의 운명을 예감치 못했을 리가 없다. 매우 사적인 기록이지만, 일기 중의 한 토막에서 그는 다음과 같이 말해 놓고 있는 것이다. 결국 살아서의 영광이라고 할 것도 없이 불혹의 나이를 넘기면서 일찍부터 병고에 시달리기 시작하였던 그 나름의 한 예민하였던 신경이 그 자신의 사후 운명에 대해 예감처럼 토로, 털어놓고 있는 바는 다음과 같은 것이다. 보라.

> 만일 내가 일찍 죽는다면 슬퍼해 줄 사람은 얼마나 될까. (…) 몇 사람의 얼굴과 이름들을 생각해 본다. 그러나 그 어느 얼굴들도 이름도 내가 죽고 나면 1주일도 안되어서 그들의 가슴과 머리 속에서는 나는 사라져 없어질 것 같다. 내가 그들의 기억 속에 오래 남아 있을 만큼 내가 그들에게 끼친 영향이 없지 않은가. 그뿐 아니라……산 사람의 생활은 바쁜 것이 아닌가. 문학사(文學史)에 나의 이름이 남을 까닭도 하나도 없다. 10여 권의 저서를 냈지만 그게 다 무엇이란 말인가. 한심한 일이다.[20]

6. 맺음말 – 문학사 연구의 새로운 모색을 위하여

비평가로서보다는 편집자로서 조연현의 역할을 부각시켜 보았다. 실상

서 기록하고 있거니와, 지금 남아 있는 기록으로는 김수영이 돌연 유명을 달리한 뒤, 그의 시비 건립에 앞장섰던 인사 중 한 사람은 조연현이었던 것으로 살펴지며, 이런 흔적들로 보아 두 사람의 관계가 특별히 나빴다고 볼 근거는 없다. 다만 문학에의 길이 다르고 생각이 달랐던 것이리라. 조연현, 『문학과 인생』, 을유문화사, 1988, 227–230쪽 참조.
20) 위의 책, 210쪽.

이 두 면모는 분리될 수 없는 것이리라. 편집자로서 발휘된 조연현의 남다른 역량이란 기실 비평가로서의 역량과 본질적으로 구분될 수 없는 것이라 여겨지기 때문이다. 비평의 기능이 본질적으로 선별 기능에 놓이는 것이라 한다면, 한 잡지의 편집 책임자, 관리자로서 조연현의 역량이란 이 비평가적 자질과 구분될 수 없는 것이었다. 더구나 본론을 통해 누누이 시사한 것처럼, 잡지 ≪현대문학≫의 운영 묘리가 기본적으로 ≪문장≫지, 그리고 역대의 문예지 운영 방식에서 파생된 것이라 한다면, ≪문장≫지가 그랬던 것처럼, 당대 문학에 대한 ≪현대문학≫의 관리 방식 역시 '월평'과 '신인추천제도' 등을 중심으로 이루어진 것이었고, 이와 같은 문학 관리의 방식을 탁월하게 운용할 수 있었던 사람이 곧 비평가로서 조연현이었다고 할 수 있다. '신인추천제도'의 경우 각 장르마다 심사위원을 따로 위촉, 운영해 갔지만, 편집자의 입김이 실질적으로 어느만큼 관여되었을지를 짐작하기란 그리 어렵지 않은 일이라 할 수 있는 것이다.

하지만 잡지 운영의 이와 같은 세부적, 기술적 사항에 앞서 비평가로서 조연현의 역량은 무엇보다 '문학'(순수문학?), 혹은 '표현 의지'에 대한 확고한 신념 아래, 그것을 문화적, 공적 사항의 차원으로 끌어올리려 한 데 있었다고 할 수 있다. 본고에서 자세히 살피지 못했지만, 표면적으로 그의 〈創刊辭〉 언설이 말해주듯이, 문학의 문제를 곧 표현 기관의 문제로 인식하고, 이것의 공적인 공유가 한 나라의 문화 역량 성숙을 위해서 핵심적인 사안임을 그는 끊임없이 환기시키고 고무하고자 했다고 할 수 있기 때문이다. 단순히 하나의 잡지 운영을 주도하는 편집자-비평가로서의 역할을 넘어 당대 문화계의 대표 역할을 자임할 수 있었던 사고의 배경도 이와 같은 문맥에서 유추할 수 있다.

전후의 척박했던 문화적 정황을 감안할 때, 문예지 ≪현대문학≫이 우리 문화사 전체에 미친 영향과 족적이란 궁극적으로 측량할 수 없는 것이겠지만, 한편 결코 과소평가될 수는 없는 것이라 하겠다. 물론 그의 역할이 컸던 만치 그가 행사하고 남긴 문화적, 문학적 오도의 역할 역시 컸다고 해야 하리라. 하지만 전체적으로 이 문제는 그의 한계이자 동시에 그의 세대의 한계였다고 봄이 온당한 것 아닐까. 가령 그가 남긴 『한국현대문학사』 서술 양상만을 볼 때, 문학사를 '문단사'의 시점에서 보고자 한 흔적 같은 것은 그의 문학사 이해의 한계 시선 노출이라 할 것이다. 하지만 이와 같은 한계조차도 그가 하나의 잡지 편집자, 운영자로서 지나치게 문단적 감각에 익숙한 탓이 아니었을까. 김수영과 대조될 수 있는 편협한 '순수문학'적 관점, '고전주의'적 관점의 노출 역시 그가 '경향문학'과 맞서 해방 후 남한 문학 건설의 주도적 역할을 감당했던 데서 연유한 바라고 생각하면, 그 한계점의 노출이 피할 수 없는 사태였음을 더욱 이해하게 될 수도 있다. 소위 '문협정통파'의 핵심 멤버로서 그가 지배적 위치에서 저지른 파행적 행적이란 여기서 논외라 할 것이다. 앞 세대의 한계점 노출과 약점 노출은 궁극적으로 다음 세대에 의해서만 극복될 수 있는 것이고, 그런 점에서 조연현의 비평적 역할이란 다음 세대에게 타산지석이었다고 할 수 있는 것이다. 하지만 많은 경우 역사는 또 부정하면서 닮게 되는 것 아닌가. 문학 관리자, 문단 권력자의 행태로서 조연현이 범한 행적이 의연히 답습되고 있는 현실을 볼 때 그렇다. 문학사를 보는 새로운 관점, 서술적 전망의 하나가 이러한 맥락에서 제출될 수 있다고 여겨지거니와, 그 후속 논란은 다음 기회로 미루기로 한다. 매체를 통한 관여 방식으로서 비평적 역할의 개입 방식에 대한 논란이 그것이다. 문학 역시 기본적으로 매체의 형식을 통해 성립하는 문화적, 제도적 양식의 일종인 터이다.

—『한국현대문학연구』제9집, 2001

위선적 오만, 기만의 논설을 박(駁)함

– 또 하나의 '진보집권플랜', 백낙청 씨의 『2013년 체제 만들기』의 정치공학을 석(析)하여

1-1. 왜 지금 나는 한 정론가를……

왜 지금 나는 이 시점에 한 사람의 (전직)문학 비평가의 언설들을 분석, 해부하여, 논박하지 않으면 안 되는가? "선거 때문에…"라고 사람들은 지레 말할 수 있다. 마치 정치(선거)가 모든 것을 뒤바꾸고 세상을 일거에 뒤엎어버릴 수 있다고 사람들이 믿듯이, 나 역시?…… 하지만, 정말 그럴 수 있을까? 다가오는 12월 19일의 어떤 결과가 정말로 한국 사회 모든 구석구석을 쓸듯이 뒤바꾸어버릴 수 있을까?

나는 무엇보다 이런 미망의 사고부터 흔들어 주고 싶다. 선거 결과가 아무리 중요하다 해도 선거도 세상 중에 있다. 지금 우리는 어떤 식으로든 하나의 결과, 결말을 응시해야 할 시점에 와 있지만, 격렬한 싸움이 늘 세상의 순화 결과를 가져오지는 않는다는 믿음을 먼저 확인해 둘 필요가 있다. 이 땅에 싸움과 미움이 아니라, 그것을 종식시키기 위해 왔다는 예

언자의 선언은 그런 뜻에서 소중하다. 하지만, 싸우고 싶지 않지만 싸우지 않으면 안 될 상황이, 때론 주어지는 듯도 하다. 더 이상 비겁해지지 않고, 또 더 이상 세상이 혼탁해짐을 바라지 않기 때문이다. 지금 한국 사회는 너무나도 분열되어 있다. 그 분열을 부추기는 사람들을 향해 (비록 원치 않더라도) 질정의 매를 꺼내들어야 할 필요는 그래서 주어지는 것 같다. 왜곡된 선지자를 자처하며, 늘 혹세무민하는 사람들이 있다면 바로 그런 사람을 향해… 그 사람이 아무리 강대한 세력과 무시무시한 동원력을 자랑하는 그런 사람이라 하더라도……

지금 이 자리에서 문제삼고자 하는 사람은 자칭, 혹은 자타공인, 한국 사회의 진보 진영을 대표하는 인사다. 그 '진보'의 대명사를 무기로, 근래엔 이른바 '원탁회의'라는 것까지 주도적으로 구성, 한국 사회 정치판을 이리저리 요리하고자 하는 분이다. 많은 이들이 인정하듯이, 그동안 정말 많은 공적을 이 땅의 민주화와 문학의 발전을 위해 쌓았고, 헌신적인 정열을 기울여 왔던 분이 바로 이 분이시다. 설사 생각이 다르고, 문학적인 태도, 입장이 조금 다르더라도, 그 헌신에의 순수한 정열과 민족 전체의 역사적 비상을 향한다는 '다묶기'의 그 초월적 의지, 노력을 경배하여, 그동안 누구도 허튼 비판을 감행하고자 하는 따위의 치기 만만한 행동은 감히 이 분 앞에서 발동하기가 어려웠을 터이다. 하지만 사태가 이제 이 지경에 이르러, 역사 현실에의 호도가 민족사 전체를 범람시키고 둑을 무너뜨리고야 말 위험 앞에 직면케 하고 있다면, 이 위기 앞에서도 자제력을 발휘하여 안존을 구한다 함이 참으로 면구스럽게만 여겨진다. 지금 우리 앞에 무엇이 문제인가?

우리가 오랜 기간 동안 지켜봐 왔지만, 소위 '진보'의 횡포는 과연 어제,

오늘만의 일은 아니다. 실상 최근 연대의 시간 속에서 두 번이나 진보 정권을 경험해 온 터이다. 그런데 이번 선거, 올해 선거를 앞두고, 또 이번만은 보수 정권 연장을 용납할 수 없다는 듯이, 여러 가지 선전, 선동의 작태가 음으로 양으로 빚어져 왔다. 하지만 그 정도로 인하여, 필자가 이와 같은 난세의 세상에 굳이 개입하지 않으면 안되리라고 하는 사명감의 충만 상태, 곧 정서적 흥분 상태에 스스로를 몰아넣고자 결심하게 되었던 것은 아니다. 다만, 『2013년 체제 만들기』라는 것. 이것에 대해서는 좀 지나치고 위험하다는 판단을 가져왔다. 그리고 올 한 해도 이렇게 속절없이 흘러 이제 대선 게임의 결과, 그 국민사적 민낯을 확인하지 않으면 안 될 시점에 이르러 있다. 이 엄숙한 역사 판정의 순간, 그리하여 또 한 번의 '격랑 헤치고!'를 함께 외치지 않으면 안 될, 그 절체절명의 위기 순간을 앞두고, 소위 지성인을 자처하는 사람들이 가져야 할 순정의 태도가 무엇일지 나는 이 자리를 빌리어 다시 한 번 그 정계를 가늠해 보고자 할 따름이기도 하다. 참으로 '진보 지성'을 자처하는 옳은 울림의 소리가 있다면, 그 목소리를 한번 더 겸허하고도 진지하게 경청, 이 나라 내일의 삶에 대한 청정한 지침의 나침반으로 삼겠다 함도 과연 지식인의 한 사람으로서 감히 내지 못할 성의의 일부인 것 또한 아니다. 그렇다면 과연 이 나라에서 지금 정작으로 문제되고 있는 것은 무엇인가?

1-2. 『2013년 체제 만들기』와 『과학의 양심, 천안함을 추적하다』

『2013년 체제 만들기』와 함께 비슷하게 출간된『과학의 양심, 천안함을 추적하다』를 여기서 먼저 거론해 보자. 진보 지성의 한 축을 대표함으로 널리 인식되는 이 논자의 주장이 과연 어떤 확실성과 신뢰의 기반 위에 구축된 것인지 검증해 볼만한 시금석의 한 사안이 이로써 마련될 수 있으리라고 보기 때문이다. 수많은 억측들이 난무하는 가운데, 최근 백낙청씨를 공동 대표로 하는 소위 '한반도 평화 포럼' 측은 다시 한 번 '천안함' 침몰 사건 재조사를 주장하였다 한다. 정부 측 발표가 미덥지 못한 탓이라고… 백낙청 씨는 그렇다면 이 문제와 관련해서 어떤 확실성의 남모를 근거라도 확보한 상태에 있다는 것인가. 이런 주장들을 전해들을 때마다 우리 같은 소시민들은 매양 가슴이 철렁 내려앉는 듯한 당혹감을 맛보며, 정부 측 내부에 어떤 비밀의 음모라도 숨겨져 있었던 것인가 하는 낭패감, 의혹을 갖게 된다. 그리하여 정말 합리적 의심이 불가피한 어떤 결정적인 확실성의 반론 근거가 마련되었는가 보면, 그 (정부측에 대한) 반박의 증거, 반론, 의심의 증거란 기껏해야 이미 기왕에 알려져 제시된 바 한 재미 과학자-물리학자의 반대 실험 리포트가 전부인 듯하다. '물리학자 이승헌의 사건 리포트'라는 부제와 함께 제출된 반박의 실험 보고서 내용이 전부인 셈이다. 이렇게 되면 물리학자가 못 되고 겨우 상식인의 처지에 머무를 수밖에 없는 필자와 같은 입장에서 볼 때 맥이 풀리는 일이 아닐 수 없게 된다. 과학이라는 전문 영역에 가담하여 논란을 전개할 확실한 인식의 기반 마련이 우리 같은 일개 필부, 시민-상식인들 입장에서는 거의 불가능한 일이 된다고 여겨지기 때문이다. 하지만 문제가 그렇게 중대하다면, 시민-상식인의 입장에서라도 사건을 한번 되돌아볼 필요는 있다. 과연 한 과학자의 반박 실험 결과가 제출되었다 해서 정부의 이름으로 행한 발표 — 여기에는 국제공동조사단의 확인 작업 또한 부가되었다 — 전체가 불신될 혐의를 안게 된다고 보아야만 할 것인지……

먼저 거대한 폭발 사고가 일어났던 것만은 틀림없는 사실이며, 그 사고로 수많은 인명 희생과 군함의 파괴라는 결과가 주어졌다. 다만 어떤 경위로 이러한 폭발 사고가 일어났던 것인지의 과학적 분석과 해석이 문제로 주어졌다. 그리하여 정부 측 조사단만이 아니라 세계 여러 나라 과학자들이 함께 한 국제조사단까지가 구성되기에 이르렀던 것인데, 그 조사의 결과로 이 사태의 실행 주체가 '북한군'일 것임이 주장되었던 것이며, 한편 백낙청 씨를 위시한 '한반도 평화 포럼' 단체는 그러한 조사 결과의 타당성 확보가 여전히 (과학적으로) 미흡한 상태에 있다고 보고, 다시금 그 재조사를 촉구한 상태에 있는 것이라고, 해(該) 사안의 진행 과정이 대체로 요약될 수 있는 것이다. 그렇다면 이것은 정부 측의 어떤 발표에 대한 사회적 신뢰의 문제일 따름인가, 혹은 전문적인 과학(자) 세계 내부의 문제인 것으로 치부되어야 할 학적 과제가 되는가? 먼저 이 문제와 관련해 백낙청 씨가 그의 저서, 『2013년 체제 만들기』의 서론 격 글에서 주장하고 있는 문제 제기의 문면 내용을 조금 꼼꼼이 확인해 둘 필요가 주어진다고 보겠다. '2013년 체제 만들기'의 입론 근거 중 하나가 다음과 같은 형태로 마련되고 있음을 확인시켜 주기 때문이다.

천안함사건과 분단체제 특유의 남 탓하기
사실 분단체제가 고약한 이유 중에 하나는 남북한 각각이 상대방(또는 북의 경우 주로 미국)에 대한 남 탓하기로 성찰과 비판을 봉쇄하는 기제를 내장하고 있다는 점이다. 사례는 남북 각기에 무수히 많지만 작년 3월 남녘에서 벌어진 천안함사건이 하나의 본보기다. 당국과 거대언론은 비판자들이 처음부터 북한 옹호에 나섰다고 몰아세우기 일쑤인데다, 그렇게까지 몰고 가지 않는 경우에도 비판자들이 천안함 침몰의 '진상'은 못 밝히면서 '의혹제기'만 하고 있다고 공격하곤 한다. 그러나 정부에 의한 부실·왜곡허위 발표와 각종 국민기만 행위의 진상은 이미 밝혀진 것만도 수두룩하다. 그에 대한 책임을 제대로 묻고 법치를 바로 세우기만 해도 나머지 진상마저 밝혀질 확률은 몇 배 늘어나게 되어 있다. 사실 이런 법치훼손과 국가기강 문란이야말로 진정한 보수주의자라면 앞장서 규탄해야 마땅하다.

이 정도의 문면만 보더라도 윗 글의 필자 백낙청 씨의 세계 인식과 필부의 보통 사람(말하자면 '나와 같은 보수주의자')의 입장, 사고가 얼마나 다른 것인지 실감할 수 있을 것이다. 오히려 보수적 입장의 '나와 같은 사람에게는 정부와 보수주의자들에 대한 위 (백낙청)씨의 비판 문면을 고스란히 되돌려 주고 싶은 충동이 이는 때가 한 두 번이 아니다. 근래에 일어났던 사태들 중에, 백낙청 씨와 같은 일부 진보주의자들의 주장 속에서 그 타당성이 충분히 입증된 경우가 과연 어느 만큼이나 있었는가. 단적으로 '쇠고기 사태' 같은 경우를 돌아보면, 과학—의학과 민족 자존심의 문제를 넘어 인류 공영의 생존권까지가 달린 문제라면서, '광우병' 사태를 그렇게 경고하며 질타했지만, 적어도 현재까지 광우병의 위험 자체가 실증된 경우는 거의 드러나지 않았다. 그렇다면 이러한 사태를 우리는 어떻게 해석해야 하는가. 백낙청 씨가 지금까지의 모든 사태, 사안에 관여해 왔다고 말하기는 어렵겠지만, 이른바 '진보 진영'에 속한다는 여러 인사들이 그동안 많은 정부 측 발표 사안들에 이의를 제기해 왔다. 멀리는 KAL기 폭발 사고에서부터 최근의 서울교육감 선거 담합 의혹 사건들에 이르기까지 수많은 정부 불신의 사안들이 제기되어 왔지만, 그 불신의 근거들이 객관적으로 입증된 경우는 그렇게 많지 않았다는 점을 먼저 지적할 수 있다. 때로 불신의 관행 자체가 관성적으로 반복되어 왔다는 인상을 지울 수 없게도 한다. 그리고는 그렇게 조장된 불신의 문화, 사회적 분열의 씨앗들을 모두 '분단 체제'의 탓으로 돌린다. 무슨 마법의 시스템이라도 되는 듯이 모든 문제의 근원이 '분단 체제'로부터 파생된다고 씨는 설유하는 것이다. '2013년 체제 만들기'라는 구호는 따라서 논리적으로 '분단 체제' 극복이라는 함의와 함께 매양 전개됨을 우리는 확인할 수 있는데, 그렇다면 늘 전가의 보도처럼, 마치 조자룡 헌 칼 쓰듯 휘둘러지는 이른바 '분단체제론'의 구체적 함의가 무엇인지 여기서 한번더 인내심을 가지고 추적해 나아가 보기로 하자. 과연 '분단체제론'이라는 사회학적 입론틀의 함의, 그 구체적 내용 성격은 어떠한 것인가?

2. 백낙청 씨의 소위 '분단체제론'이란 가설

먼저 씨의 인식틀, 문제틀의 핵자라 할 만한 '분단체제론'의 골자가 무엇인지 살피기 위해 『2013년 체제 만들기』 중 그 관련의 한 대목을 먼저 인용, 살펴두기로 해 보자.

> 흔히 한반도의 분단을 대한민국과 조선민주주의인민공화국이라는 두 국가의 대립으로 보기도 하고, 공산주의와 자본주의의 이념 대립으로 보기도 하고, 북한사람들과 남한사람들의 대립과 분열로 보기도 하는데, 물론 남북분단에는 그런 요소들이 다 섞여 있습니다. 하지만 그러한 면을 더 중시하느냐, 아니면 남과 북이 서로 다른 사회를 만들어서 대립하고 있지만 사실 남과 북의 기득권세력은 다 같이 분단을 유지함으로써 이득을 보기 때문에 자기들이 입으로 뭐라 그러고 머리로 뭐라고 생각할지 몰라도 현실적으로는 공생관계에 있다는 (…) 것입니다. 그런 의미에서 남과 북의 기득권세력이 한편에 있고 그 기득권세력이 유지하는 분단구조에서 손해를 보는 대다수 남쪽의 국민과 북쪽의 인민들이 다른 한편에 있는, 이런 이해관계의 상충이 더 기본적인 사회구조, 엄밀한 시스템은 아니더라도 체제 비슷한 것이 작동하고 있지 않느냐, 이게 분단체제론의 문제제기예요. 국가나 이념 위주가 아니라 민중 위주로 분단 현실을 파악하자는 발상이지요.

1950년의 6·25전쟁, 아니 1948년의 건국과 분단 체제의 수립 이래, 이 땅 한반도의 현대사 속에서 진정으로 현실을 뒤바꾸어 놓을 만한, 본질적, 근본적 사건은 없었다고 인식하는 것이 민족사에 대한 구조적 인식틀 성격의 소위 '분단체제론'이 갖는 인식적 함의라고 할 수 있으며, 그러기에 씨는 늘 '분단 현실'을 말하며, 그 극복 방안으로서의 평화 체제 구축, 즉 남북간 혹은 미북간 '평화협정' 체결이 '2013년 체제 만들기'의 핵심 과제임을 주장한다. 물론 그의 넓디넓은, 광대한 인식틀의 시야에서 오로지 분단된 남북현실만이 포착되는 것은 아니며, 그러기에 그는 여기에 '자본주의 세계체제'라는 이름의 또 다른 외겹, 외피의 인식틀을 덧씌운다. 이어서 덧붙여 그의 세계 인식의 틀을 여기서 살펴두기로 한다.

> 하지만 앞서 말씀드렸듯이 분단체제는 완결된 체제가 아니고 크게 봐서 세계체제가 한반도를 중심으로 작동할 때 나타나는 하나의 국지적 현실이지요. 이런 범한반도적 현실을 우리가 좀더 체계적으로 인식하기 위해서 분단체제를 이야기하는 것일 뿐이고, 분단체제 내에서 일어나는 많은 문제의 더 기본적인 뿌리는 당연히 세계체제에 있는 거지요. 가령 지금 우리 사회의 심각한 문제로 되어 있는 양극화라든가 환경파괴, 성차별, 폭력과잉, 이 모두가 자본주의 세계체제가 어디서나 안고 있는 문제지 분단된 한반도에만 있는 문제는 결코 아닙니다. 그러나 제가 분단체제를 이야기하면서 강조하는 것은 이런 세계체제의 문제점이 한국사회에서 나타날 때는 한반도의 분단체제라는 것이 가세해서 문제가 굴절되기도 하고 많은 경우에 더 악화된다는 것입니다.

자, 이와 같은 것이 오늘 한국을 대표하는 지성의 한 분이 제시하는 세계 인식의 틀이고 내용이다. 외겹에는 자본주의 세계체제라는 것이 있고, 그 내겹에 분단체제라는 것이 형성되어 있어, 이것들이 마치 이중의 갑옷마냥 오늘 한국인들의 삶을 칭칭 치감고 있다는 인식틀로 되어 있다. 일견해서 구조주의 인식틀의 낡은 유산이라고 할까, 또는 다른 어떤 철지난 이론틀(가령 '종속 이론')의 영향, 수용 속에서 그 이론적 변용이 낳아졌다는 인상 또한 지울 수 없게 하여 그 모색의 자취를 돌아보게 한다. 살피자면 이렇다.

1970년대에 대학을 다녔던 얼추 들을 수 있었겠지만, 당시 남미 사회를 배경으로 형성되어 대학가에서 회자된 이론 중에 소위 '종속이론'이 있었다. 세계 자본주의 현실을 중심권과 주변부로 나누어 무역 및 금융 거래로 이루어지는 자본주의적 교환의 현실 속에서 주변부 노동, 민중의 현실은 결코 수탈에 의한 피착취의 조건에서 놓여날 수 없으리라고 하는 것이 이 이론의 골자였다고 할 수 있다. 남미 특유의 독과점 현실 속에서 미국을 중심으로 하는 자본주의 체제를 통해 개발 정책을 취해서는 결코 이루고자 하는 목표에 도달할 수 없으리라 보는, 일응 숙명론적인, 구조론적인 성격의 이론이었다. 마르크스가 왜 자본주의 사회에서 임노동의 노동자가 가난을 피할 수 없는가를 구조 분석의 방법으로 해명하려 했던 것처럼, 그리하여 왜 혁명이 불가피한가를 설명하려 했던 것처럼, 당시 남미 사회들을 배경으로 탄생했던 '종속 이론' 역시 자본주의 세계 체제 하에서 왜 남미 민중들의 가난이 불가피한 것인가를 이론적으로 해명하려 했다는 점에서 마르크스 이론의 현대판 변형의 성격을 지닌 것이었다고 일단 말해 둘 수 있다. 군부 독재의 치하에서 오래 신음해 왔던 남미 대륙 여러 나라들의 역사적 체험이 이 이론의 배경 하에 깔려 있었고, 그래서 유사한 상황에 놓여 있었던 당대 한국의 지식인–학생들의 시야에서 이 이론이 상당한 공감을 불러일으켰던 것은 어느 모로 자연스러운 일이었다고 할 수 있다. 지금도 그런 식의 인식틀에 갇혀 있는 사람들이 상당수에 이르는 것으로 파악되지만, 유신 체제 당시 급진적 지식인들의 시야에서 한국 사회라고 하는 것이 미국이란 나라의 신식민지적 상태에서 겨우 국가 독점 자본주의에 불과한 천민적 자본주의 경제 성장을 이루어 소위 '개발 독재'의 안타까운 현실을 낳고 있음이 당연히도 마땅치 않게 여겨졌었고, 한편 당대의 개발 전략이 채택한 '불균등 발전론'이라고 하는 것이 결국 필연적으로 빈부 격차 확대의 현실만을 낳을 것임에 대하여 그들은 예언적으로 분노하며 그 이론에 공명했었다. 하지만 역사 현실이 박정희 독재의 종말과 함께 더욱 더 참혹한 광주사태의 비극을 낳으면서 소위 '제5공화국'이라는

1980년대의 현실로 이월하게 되면서 포괄적 의미에서 비판 이론의 인식 환경 역시 크게 변전하며, 더욱 급진적 원론의 맑스-레닌주의 이론의 도입조차 더 젊은 학생-지식인들에 의해 모색되기에 이르렀다. 그 전 시대에 환영받던 '종속이론'이 갑작스레 한국 내에서 실종 상태에 접어든 것은 그러한 현실적, 이론적 전화의 이유 때문이었다고 할 수 있는데, 그럼에도 불구하고 이후 전개된 전 지구적 자유무역 체제의 전개 속에서 세계화에 비판적인 이론가들 사이에서 월러스타인의 '세계체제론' 같은 것이 한편 그 잔영을 유지하며 이론적 설득력 제고에 부심하는 형편에 놓여 있었음을 확인할 수 있다. 이후, 멀리는 1990년대 후반의 아시아 외환 위기, 가까이는 2008년을 기점으로 새롭게 부각된 세계 자본주의 체제 위기 노정이 우리 사회 내부에 각종 다양한 비판 이론들의 확대를 불러 왔는데, 정치적으로 예를 들면 최근의 '안철수 현상' 같은 것에 2000년대 이후 새롭게 조성된 젊은 세대 불만의 감각이 투영되어 나타난 셈이었다고 볼 수 있겠다. '월가를 점령하라!'는 구호가 동구 붕괴 이후 다시 세계 전역으로 확산되는 현상을 낳았던 것처럼, 자본주의의 경제 체제가 유지되는 한 오늘날 그 본산의 미국 사회가 겪는 것처럼 빈부 격차의 확대, 즉 양극화의 현실을 낳게 됨은 필연적이 된다고 예견하면서 다시금 마르크스의 부활을 꿈꾸는 이론들이 우후죽순처럼 터져 나오는 현실이라고도 볼 수 있겠다.

그렇긴 하나 원산지 남미 대륙에서조차 '종속이론'의 현격한 위세 감축이 낳아진 것은 또 다른 역사적 문맥이 보태진 탓이었다고 보아야 하겠다. 무엇보다 그 이론적 고유함의 속성 자체는 기본적으로 종속 관계에 있다고 가정되는 두 사회 사이(즉 미국과 다른 종속 국가 사이)의 무역 구조 같은 것이 중심적으로 고려되면서, 해당국 사회 내부의 민중적 현실이 결코 개선될 수 없다는 점을 주목함으로써 성립했다고 할 수 있는데, 백낙청 씨가 '세계체제론'의 모델을 전제하면서 한편 '분단체제'의 고정성을 강조함은 바로 그와 같은 관점에서 민중 현실의 개선 불가능 결론을 함축적으로 이끌어 내기 위한 이론적 틀짓기 양상이라 볼 수 있는 것이다. 그렇다면 이러한 이론이 이제 남미 사회에서조차 다분히 설득력을 잃게 되고, 마찬가지로 한국에서도 역시 그러한 이론의 설득 근거는 매우 박약한 처지에 놓이게 되었음을 증거해 주는 바의 사태들은 무엇인가?

우선 남미 현대사의 경우 우파 독재와 좌파 혁명, 좌파 정권의 교체가 10여 개 국가들을 통해 부단히 빈번하게 이루어졌지만, 좌파적 처방이 능사가 될 수 없음 또한 숱하게 목도한 결과가 되었다고 할 수 있으며, 2000년대 들어 가장 성공적인 모델로 치부, 평가되는 브라질 룰라 정권의 실례는 다시 한 번 종속이론의 기능적 한계성을 역설적으로 입증한 경우가 되었다고 할 수 있다. 노조 지도자 출신 대통령의 정책은 종속이론의 처방과는 매우 다른, 최소한의 외형적 차원에서 개방 경제의 확대 쪽으로 방향을 튼 것이 되었기 때문이다.

마찬가지로 한국의 경우 역시 저 브라질의 경우와 크게 다를 바 없는 현실이 되었다고 하면 망발이 될까? 좌파 지식인의 입장에서는 결코 용납하기 어려운, 인정하기 어려운 현실 측정이 될지 모르지만, 갖은 우여곡절과 신산의 세월들을 거쳐서 이제 한국은 경제적 규모, 외형에 있어서만의 확대가 아니라 정치적 민주화라는 각도에서도 오늘날 국제적으로 널리 인정되는 수준의 진전을 본 나라의 경우로 예거되고 있다. 한국 교육의 성과에 대해서 늘 주목할 것을 요구하는 오바마 같은 지도자가 있는가 하면, '문명 충돌론'의 저자 사뮤엘 헌팅턴 역시 지난 반세기 여의 시간 동안에 가장 발전한 국가의 모델 사례로 한국을 지목하였었다. 미국 유학생 출신의 백낙청 씨가 조국으로 돌아와 한국 사회의 발전을 위하여 헌신을 꾀하던 시점부터의 기간이 바로 그 시절들이다. 유력한 문학 잡지를 창간하고, 이후 출판 운동을 거점으로 하여 군부 독재에 저항하였으며, 이제는 한국 사회 비판 세력의 중심으로까지 토대를 확장, 거대한 출판 자본의 현실을 이루어 내고 있음이 그 단적인 증거일 것이라고도 우리는 말할 수 있다. 이와 같은 사회를 두고 과연 '분단' 때문에, 또는 '종속'의 구조적 한계 조건 때문에 정체가 불가피했고, 그래서 민중은 여전히 도탄에서 헤어나지 못하는 상태에 있음이라고 말할 수 있다.

경제적 면에서만이 아니라 정치적 민주화 면에서도 오늘 이처럼 좌파적 활동 무대가 넓어진 세상에서 민주화의 진전이 전혀 이루어지지 않았다고 말하기는 어려울 것이다. 물론 인간의 욕망과 기대란 본성상 끝이 없다. 결국 이제 민족 통일에의 과제, 즉 분단 극복이라는 절체절명의 과제가 아직 남은 여업으로 살아 있다고 할 때, 백낙청 씨의 이론적 창이 마침내 분단 현실을 정면으로 겨누게 되는 현실을 낳음 역시 그 전체적 지성의 면모로 보아 한편 수긍하고 이해치 못할 바는 전혀 아니다. 실로 1970년대 '민족문학론'을 제기하던 당시부터 '분단'의 역사적 조건이라는 것은 씨의 현실 이해, 그 설명의 관건을 이루어 왔다. 당시 많은 남미 국가들이 처해 있었던 일반적 군부 독재 상황이나 기타 많은 대륙, 나라들에서의 만연했던 군사 통치 현실과 얼마쯤 비교될 법도 했지만, 그때도 씨는 남한 '군사 독재'의 현실이 기본적으로 '분단' 현실로 말미암아 잉태되고 강화되고 있노라고 하는 식으로 설명했다. 그런데 이제 세월이 많이 흘러 세상이 많이 바뀌게 되었는데도 한국의 모든 문제들은 여전히 '분단(체제)' 때문에 낳아지고 있는 현실인 양 고쳐 말하고 있는 것이다. 사람은 싸우면서 닮는다고 했던가. 하나의 논리 체계, 곧 '이론'이라고 하는 것을 어떻게든 고수하려고 하는 저러한 지적 면모를 보면 자연히 독재자들의 그 편집적 면모가 연상되지 않을 수 없다. 실상 지식인의 편집적 면모 역시 정신분석학의 관점에서 보면 지극히 당연한 바라고 설명되기는 한다. 물론 백낙청 씨 역시 처음부터 그렇게 고집스런 면모였다고 하기는 어렵다. 다만 몇 번의 터닝 포인트가 있었고, 그것이 오늘의 백낙청 씨를 규정하고 있다고 설명해 볼 수는 있다. 앞서 언급한 '민족문학론'의 구성 계기도 있었지만, 1980년대 초-중반 시기에 주어진 '노동자의 눈' 천명이 보다 결정적인 계기를 이루었다고 나는 판단한다. 마치 사르트르가 마침내 마르크스 이론에 굴복하고 말았다는 것처럼, 백낙청 씨 역시 '광주사태' 이후 1980년대를 통과하면서 결정적인 사상적 전신에 이르고 말았다. 이렇게 말한다면 과연 억단이 될까?

결국 세상, 세상의 흐름이 지식과 사상을 규제하는 법인 것을 우리는 승인치 않을 수 없다. 청년 교수로 영문학을 가르치면서 비평을 실험하고 때로 정부 정책을 지지하기도 하면서 소박하게 문학 잡지의 발간을 도모하던 모습이 1960년대 전기 백낙청 씨의 모습이었고, 이후 사르트르를 앞세워 '참여문학'의 기치를 높이 들어올리게 됐지만, 당시만 해도 논조는 온건한 편이었다. 당대의 명문 「시민문학론」그 점을 증거하는 것이다. 그러던 것이 박정희 독재의 강화, 즉 '유신 체제'의 도래와 함께 급격히 문학의 정치화 물결을 맞이하게 되었으며, 그렇게 헌신의 한 연대를 겪고 고통을 감내한 끝에 맞이한 다음 연대의 길목에서 씨는 더욱 더 큰 충격의 정신적 상처를 안게 되었던 것으로 보인다. 결국 몇 년의 숙고 끝에 펼쳐 보인 비평적 논술 속에서 '노동자의 눈'을 천명하게 되었으며, 이후로도 스스로는 몇 번인가 '중도'와 '개혁' 등을 제창해 보이기도 했지만, 결국 좌선회의 늪 속에서 빠져 나오지 못한 채 오늘에 이르러 있는 것으로 보인다. 이론으로서의 논리 체계 추구란 연역적 수리의 단선화와 속성을 같이하기 마련이어서, 모든 이론의 함정들이 그렇듯 (역사적 총체로서 이루어지는) 현실 복잡계의 그 무수한 변인, 그 변인들의 함수 관계들을 (본질이 아니라는 이유로 쳐내고) 무시함으로써 단순화의 맹목 속에 빠져들고, 마침내 거친 일반화의 오류 속에 스스로를 잠그는 터이다.

'종속이론'의 타당성 문제에 대해 조금 언급하였지만, 그 비슷한 이론적 모형을 함축한 것으로서 백낙청 씨의 소위 '분단체제론'에 다시 주안해 분석해 보자면, 그 이론의 취약성, 단순성이 너무도 쉽게 눈에 드러나 보인다. 가령, "사실 남과 북의 기득권세력은 다 같이 분단을 유지함으로써 이득을 보기 때문에 (……) 그런 의미에서 남과 북의 기득권세력이 한편에 있고 그 기득권세력이 유지하는 분단구조에서 손해를 보는 대다수 남쪽의 국민과 북쪽의 인민들이 다른 한편에 있는, 이런 이해관계의 상충이 더 기본적인 사회구조"라고 설명하는 대목에서 엿보이는 관념성, 혹은 공소함의 문제가 그것인데, 요컨대 "국가나 이념 위주가 아니라 민중 위주로 분단 현실을 파악하자는 발상"이라고 함에서 '민중'이라는 관념, 혹은 그 개념적 실체의 공소함이 고스란히 드러난다고 지적하지 않을 수 없다. 말할 나위 없이 이제 '민중'과 같은 용어, 개념들은 오늘날의 정밀한 사회과학적 분석틀 속에서는 폐기되는 현실인 것을 알 수 있거니와, '기득권층'과 '민중'으로의 사회 분할이 가령 북한과 같은 단순한 사회라면 모르되, 현재의 남한 사회와 같이 복잡하게 분화되고 그 위계 질서가 다양하게 형성되는 사회에서는 한갓 관념화된 분석적 한계를 노정할 뿐이 된다. 과거 1970~80년대, 군부 독재가 횡행하고, 거기에 결탁된 자본가 세력이 사회 주류를 형성하던 때라면 모르되, 그 사이 몇 번의 민주적 사회 질서 변화가 이뤄지고, 또 산업자본 중심에서 금융자본의 시대로, 그리고 IT니, BT니 해서 새로운 과학 기술 문명이 물밀처럼 이 사회 내부로 흘러들어와 사회 현실의 변화가 일상처럼 낳아지고, 또 어떤 연유로든(즉 '국제화', '개방화'의 파급으로) 공항과 항구를 통한 인적, 물적 교류, 혹은 통신과 전파, 문화적 흐름들을 통한 광대한 정보 교류, 교환이 매일처럼 이루어지는 이땅 현재의 세계에서 마치 고정불변의 닫힌 사회나 진단하듯 '기득권층'과 '민중'으로 이원화된 분석틀을 적용하는 것은 가히 허구적 이론의 맹점을 드러내는 바라 하지 않을 수 없다. 만화 수준의 영화라도 이제 이런 식으로 오늘의 한국 현실을 그려내지는 않으리라 본다. 적어도 좌파 정권이 그동안 두 번이나 들어섰었고 그 사이 남북 정상 간의 회담이 두 차례나 이미 열렸던 사정인 것을 염두에 둔다면, 남한 사회의 '기득권층'이라는 것을 관념적으로 미리 전제하면서, 마치 그들 간의 무슨 공모라고 하는 것이 오늘의 사회 현실을 이룬다고 하는 설명은 결코 가당할 수 없을 터이기 때문이다. 그렇다면 이러한 허술한 분석틀, 허약한 추상의 관념적 논리 체계를 가지고, 더하여 '2013년 체제 만들기'를 도모한다 함은 과연 무슨 뜻인가? '2013년 체제'라는 것은 과연 어떤 역사적 표지로서 성립하는 언명이 될까?

오늘의 체제를 흔히 '(19)87년 체제'라고 부르고, 또 타계한 서동만 씨가 이미 '2008년 체제'라는 걸 이미 제창한 적 있었다고 하니, 이러한 주장 자체도 무슨 신선하다거나 참신한 구상이라고 말하기 어렵다. 무엇보다 문제는 그러나 이와 같은 구상, 즉 역사적 과제 천명이라고 하는 행위가 정치적 승리라는 목표와 직결되어 제창된다는 점이다. 실제 '2013년 체제 만들기'에 대한 구상, 즉 새로운 '2013년 체제'의 내용 형성이라는 것을 보면, 무슨 구체적이고도 자세한 입헌적 구상이 아니라, "이제 87년 체제가 한계에 이르렀으며, 이제 새로운 2013년 체제 만들기를 위해서는 무엇보다 선행적으로 2012년의 정치적 승리가 긴요하다"는 식으로, 올해 당면한 선거에서의 의회 다수파 형성, 또는 권부의 핵심 차지를 위한 캠페인 선도의 목적으로, 그러니까 다분히 '정치공학'적 함의의 성격으로, 구상되었음을 혐의가의 관점에서 엿보게 하는 것이다. 무엇이 이토록 씨를 이토록 정치적으로 조급케 하는 것일까?

만약 형식논리적으로 말한다면, 새로운 국가 체제 형성을 위해서 국민의 동의를 얻어야 되고, 또 그를 위해서는 자신의 구상대로 작업을 추진

할 야권 주도 세력이 형성돼야 할 것이므로, 선거를 통한 야권의 정치적 승리가 무엇보다 긴요하다는 주장이 성립할 수 있을 테다. 이 점에서라면 일단 우리는 백낙청 씨에게 감사를 표할 필요도 주어진다고 말하고 싶은데, 적어도 그가 혁명적 파괴 책동이 아니라, 선거를 통한 의회에서의 다수파 형성, 즉 평화적인 방법을 통한 체제 이행을 주장하고 있으므로, 이와 같은 평화주의적 주장에 대해 일단 박수를 보내지 않을 수 없다는 뜻이다. 하지만 그렇다고, 즉 의회에서의 다수파 형성이나 청와대 권부의 점령만으로 그가 주장하는 '2013년 체제 만들기'가 정말 가능하다고 할 수 있을까?

중등교육과정만 배워도 알 수 있겠지만, 오늘의 국가 체제는 헌법으로 보장되며, 그 헌법 개정은 국회의원 3분의 2 이상의 동의와 최종적인 국민 다수의 동의를 통해서 확정된다. 백낙청 씨도 이 점을 잘 알기에 대통령 선거보다도 오히려 국회의원 선거가 더 중요하다며 4월 총선을 독려했지만, 그 결과는 누구나 알다시피 참담한 실패의 결실로 나타났다. 결국 그 시점에서 백낙청 씨의 '2013년 체제 만들기' 구상은 이미 끝난 실험, 공수표의 사태가 되어 버리고 만 셈이다. 그럼에도 씨는 여전히 국가적 핵심 권력의 확보, 그 획득에 대한 미련을 버리지 못하고, 이른바 '원탁회의'라는 기구를 앞세워 미적미적하는 안철수 씨를 선거판으로 이끌었으며, 마침내 그를 희생양 삼아 비세이던 대통령 선거판을 현재 여야 비등의 박빙 상황으로 이끄는 성과를 만들어 내었다. 물론 이것이 백낙청 씨 개인만의 공적이라거나 일부의 압도적인 연출의 탓이라고 치부해 버리기는 어렵겠지만, 안철수 씨 출마 선언 막전막후의 상황이나 그 단일화 논의 과정을 지켜보는 시민의 입장에서는 비록 야권 최고의 원로 격 지위이긴 하나, 시민사회의 직접적 동원력 면에서는 별로 그렇게 영향력이 막중하다고는 할 수 없을 분이 저렇게 조급하게 나서시는 까닭이 어인 일인가, 의

아한 일로 여겨지지 않을 수 없었다. 그렇다면 과정이야 어찌 되었든 이러한 식의 정치적 행보, 시민사회 개입의 방식이라는 것이 과연 미래의 성숙한 한국 사회 형성을 위해 바람직한 일이 된다고 할 수 있을까?

3. 페어플레이? 혹은 인위적 정치공학!

현재 우리나라 정치의 가장 큰 문제는 '페어플레이' 정신의 실종 아닐까 생각한다. 아마 이에 대해서는 씨 같은 분이 더욱 잘 아시는 위치에 있다고 해야 하리라. 영국 사람들이 제일 강조하는 정신, 따라서 미국적인 정신의 핵자이기도 하며, 오늘날 스포츠맨 십, 혹은 아마추어 정신의 요체로서 그것은 강조된다. 경쟁이로되 정당한 경쟁이어야 하는 이 정신에 대해서 씨와 같은 미국 유학파가 문외한일 까닭이 없다. 그런데 어찌된 일인지 일개 어린 운동 선수까지도 숙지해야 될 이 정신에 대해서 제일 고매한 척 하는 원탁회의의 기사들이 일언반구 주의를 환기시키는 바 없이, 늘 그저 진보의 승리만을 외치고 다니는 형국이 연출된다. 자기들은 도덕적으로 (우월하고 더)정당하므로 어떤 수단을 통해서라도 승리하면 괜찮고, 그것으로 만사가 해결된다고 생각하는 식인 것 같다. 증거를 들어 말해보라고 하면, 근래 우리 사회를 떠들썩하게 동요시켰던 지난 '교육감 선거'를 예로 들어 생각해 봄이 좋을 것 같다. 그때 어떤 일들이 벌어졌는가?

선거권이 주어지는 것처럼, 자격 있는 누구에게나 피선거권이 주어질 수 있어서 선거에 나서는 것은 자유이지만, 언제부턴지 선거 상황을 인위적으로 조작하려는 풍토가 이 땅에 만연되었음에 대해 우선 개탄하지 않을 수 없다. 멀리는 이른바 3당야합과 김대중–김종필의 이른바 DJP연합, 그리고 노무현–정몽준 사이의 단일화 결탁 등이 오늘날 이처럼 선거 풍토를 어지럽게 만들게 된 요인의 인위적 선거 풍토 조작 사례들이라고 할 수 있을 것이다. 물론 여기에 무슨 잘못이 있느냐고 항변할 사람들이 있으리라. 적어도 대통령 선거라면 이것이 법적으로 문제되지 않는 것을 우리는 숱하게 보아 왔다. 노무현 대통령 탄핵 사건에서 본 것처럼, 또는 그 어떤 대통령 선거 사례를 통해서도 4·19와 같이 그것이 불법 선거 규탄을 위한 국민적 저항 운동으로 확산되지 않는 한, 사법 당국의 힘으로 대통령 선거 과정 자체를 문제삼는 벌어지기는 어렵게 된다. 왜냐하면 사법당국의 섣부른 행동 자체가 국민적 저항을 초래할 수 있을 가능성을 안기 때문이다. 그런 혼란 상황을 사법부는 원하지 않는다. 따라서 노무현 대통령 탄핵 심판의 경우에도 그해 봄 주어진 총선 결과에 따라 헌법 재판소는 국민 다수의 의견이라고 믿는 쪽으로 심판 결과를 조정하지 않을 수 없었다. 하지만 그것이 만약 교육감 선거와 같은 작은 권력의 선거 관리와 같은 문제가 된다면 그 결과는 어찌될까?

선거 후의 권력 분점을 위한 담합이라든지, 혹은 금전을 통한 매수의 혐의 같은 것은 물론 금지되어 있다. 그러한 행위가 허용된다면 선거 풍토가 말할 수 없이 혼탁한, 타락한 풍토를 연출할 것이기 때문이다. 다만 대통령 선거에서만은 이러한 엄격한 법 적용을 고수하기 어렵다. 이제 말한 것처럼 그것이 심각한 국가적 혼란으로 발전하여 나라의 위기를 초래할 가능성을 안기 때문이다. 그렇다고 모든 것이 승부 자체의 결과로 종료된다는, 곧 승리 지상주의의 이념으로서 현실이 완료된다고 할 수 있을까?

이번 18대 대선에서의 문재인-안철수 단일화 과정을 통해 우리가 또 다시 확인할 수 있었듯이, '단일화'란 결국 정치적 결탁 행위에 지나지 않는다. 단일 후보 선출을 위한 룰 협상 과정에서 마침내 안철수 후보가 사퇴하는 것으로 결론이 주어졌지만, 이점에서 안철수 씨의 선택은 옳았다. '아름다운 단일화'라고 미적인 언어로 포장하였지만, 약자 둘이 힘을 합하여 강자 한 사람을 해본다는 식의 시정 논리가 결국 정치적 담합으로 귀결되었다고 할 때, 안철수 씨의 향후 정치적 행보는 기약할 수도, 보장할 수도 없는 헛구호의 야합 선례자로서 낙인찍히게 될 수밖에 없을 것이었기 때문이다. 그런데도 백낙청 씨는 무시로 이런 정치적 현장에 몸을 내밀면서 이른바 '야권의 승리'를 위한 정치적 도박에 목을 매는 것일까?

그도 대부분의 진보 인사들과 마찬가지로 '진보' 자체가 도덕성을 담보해 주므로, 어찌됐든 정치적 경쟁에서 승리하기만 한다면 아무래도 상관없다고 생각하는 것 같다. 하지만 아무리 그렇더라도 지난 곽노현 사건을 통해 그가 우리에게 보여준 행적은 참으로 파렴치한에 가까운 것이 아닐까? 재판 과정을 통해 사건의 전모가 밝혀졌는데도 불구하고, 불법적인 담합은 없었다고 강변하며, 사건 자체가 마치 보수 세력의 책동에 의해 주어진 것처럼이나 호도하였던 것이다. 물론 당자의 입장에서야 사실과 진실을 그렇게 믿고 싶은 것일지 모른다. 하지만 사태의 윤곽이 다시 드러나 밝혀지고, 그것이 국민적 공분 사태로까지 악화될 때는 어찌됐든 그 단일화 과정에 관여한 사람으로서 책임 있는 해명 발언이나 혹은 사과의 표현이라도 밝히는 것이 도리 아니었을까?

다시 한 번 묻고 생각해 보자. 과연 선거에서만 이기면 모든 것이 잘 되고 옳은 방향으로 나아가게 된다고 믿고 신념에 차서 행동할 수 있을까? 늘 칸트가 경계했던 대로, 수단과 방법, 절차가 옳지 않았다고 한다면, 그 주어진 결과, 승리 또한 마땅했다고 주장할 수 있는 것이 될까? 진보 측의 여러 주장들에 대해서 기본적으로 현실적 정합성, 타당성이 부족하다고 보는 필자의 입장에서는 '진보'의 자처만으로 도덕성이 확보된다고 믿는 따위의 신앙에 대해서는 아연실색하며 비지성적인 태도라 타매하지 않을 수 없다. 그렇다면 또 도덕성이란 무엇이고, 현실적 타당성, 혹은 정합성이란 어떤 성격의 문제일까? 한 번 더 절을 바꾸어 생각해 보기로 하자.

4. '진보'의 도덕적 우위라는 위선적, (자기)기만적 전제

만약 부가 죄악이고 가난이 선이라면 당연히 진보는 그 자체로 도덕적 우위, 선의 자리를 차지하게 될 것이다. 예수도 부자가 천국의 좁은 문을 들어가기는 마치 낙타가 바늘구멍 뚫기와 같다고 비유하여 설명했다. 하지만 이 사태를 역전시키는 관점의 변화가 서양 근대사 속에서 주어졌다. 알다시피 막스 베버는 캘비니즘과 같은 프로테스탄트 정신이 자본주의적 윤리 의식의 형성과 그 발전의 전개에 중요한 역할을 했음을 입증하고자 했다. 물론 그것이 '탐욕'이라는 인간 욕망의 원초적 기제와 깊은 상관 관계 아래 전개되었음도 누구나 알고 인지하는 바이다. 하지만 근대적 자본주의의 시장 원리를 밝힌 아담 스미스는 그 인간의 이기적 동기가 물질적 풍요를 가져다 줄 수 있는 근본 기제임을 설명하고자 했으며, 따라서 (적어도 근대인이라면) '욕망' 자체를 타기해야만 할 대상으로 매도하기는 어려울 것이다. 욕망의 과잉이, 그러니까 오늘날처럼 공룡화된 산업, 금융 자본주의의 현실 속에서 지나치게 비대화되고 고삐 풀린 망아지처럼 천방지축 건전한 시장 질서를 어지럽히는 기제들이 마냥 방치되기만 한다면 분명 자본주의의 미래는 어둡고 비관적인 색채로 채색될 것임에 틀림없다. 오늘날 복지자본주의나 혹은 사회민주주의 등의 개념으로 전통적 자유주의, 혹은 신자유주의라는 이름의 시장 만능 이론이 크게 불신의 대상으로 떠오르고 있는 것도 그 맥락은 이와 같다. 소수에 의한 부와 권력의 집중이란 언제나 폐해를 낳고 현실을 악화시키기 마련이어서 그 대안을 모색하고 새로운 관점, 이론을 강구하게 되는 것은 아놀드 토인비가 일찍이 '도전과 응전'이라는 개념으로 요약했던 것처럼 인류사의 근본 원리, 작동 기제의 하나라고 할 수 있는 셈이다. 그럼 이제 와서 '복지'나 '사회',

혹은 '평등', '공평' 등의 이름으로 제기되는 모든 진보적 가치들이 정당하고 타당한 것으로만 공준될 수 있는 일이 될까?

단적으로 오늘날 우리가 북한 사회를 통해서 볼 수 있는 것처럼, 획일화된, 혹은 맹목적인 평등사회 형성에의 의지가 전일화된 권력의지와 결합될 경우에 매우 심각한 사회적, 국가적 비극, 재난이 초래될 수 있다는 점을 인류사는 여러 사례들을 통해 입증해 보여주었다. 가령 그 대표적인 사례가 '크메르 루즈', 혹은 '킬링 필드'라는 이름으로 표시되었던 캄보디아의 사례인 터이다. 이 사태를 야기시킨 주역들은 「카인의 후예」라는 한국적 설화가 전해주듯 '낫'을 든 무식한 돌쇠형 인물들이 아니라, 프랑스 유학을 갖다 온 해당 사회 최고 지식인 유형의 인물들이었음을 여러 증언들은 들려준다. 또한 중국의 현대사 속에서 우리가 상기할 수 있는 바, 모택동을 중심으로 결성된 매우 강력하고 이념적으로 결속된 인물들에 의해서 마침내 대중 동원을 통한 커다란 사회적, 집단적 실험이 모의되었을 때 어떤 비극의 결과가 초래될 수 있는지 '문화혁명'은 보여주었다고 할 수 있다. 히틀러처럼, 혹은 스탈린처럼 강한 권력의지가 맹목적 이념과 결부되었을 때 또한 어떤 인류사적 비극이 초래될 수 있는가도 우리는 또한 모든 인류사의 기록, 또는 다만 현대사의 기록들만을 통해서도 능히 확인할 수 있다. 급진화된 이념과 지나치게 맹목적으로 폭주하는 권력의지의 행태들에 대해 온건 지식인들이 늘 회의와 불안한 눈길 아래 지켜보게 되는 것도 이 모든 인류사의 위험 사례들 때문이라고 말할 수 있는 것이다. 그런데도 오늘날 '진보'를 자처하는 사람들이 단지 '진보'라는 이름을 통해 표방되는, 혹은 그것과 함께 암묵적으로 전시되는 이념, 가치들로서 태연히 맹목적이고 무조건적인 정당성을 주장할 수 있고, 또 그래도 되는 일일까?

선거가 최선이 아니라 차가의 선택 원리로서 주어져야 한다고 말하는 사람이 있는 것처럼, 필자와 같은 회의주의와 온건, 소극의 입장에서라면 어느 편에서건 지극한 광신과 맹목적인 급진의 태도를 보여준다면 우리로선 위협을 느끼지 않을 수 없다. 지난 4월의 총선을 계기로 정당 간 연합이 추진됨으로써 탄생한 소위 '통진당' 계열 내에서 이런 이념적 급진화 경향이 매우 위험스럽게 노출되었던 사정을 기억 속에서 결코 지워낼 수 없을 것이기에 하는 말이다. 우리 사회는 이들을 대개 '종북' '주사파' 등으로 지시하거니와, 백낙청 씨 자신의 부인 의지와 상관없이, 이들 세력에 이용당할 소지, 그 언어적 도용 가능성의 함정들이 그 논변들 속에서 쉽게 노출될 위태로움의 문제 역시 따라서 우리 눈엔 쉽게 간과할 사항이 아닌 것으로 비쳐진다. '분단극복'이라는 명제와 함께 남북 접근을 이루자는 정책적 방안, 곧 '포용 정책'의 내면적 함의 속에서 북의 현실을 인정하는 듯한 면모가 크게 눈에 띄기 때문이다. '포용정책 2.0'의 이름으로 천명된 그 주장의 내용 사항들이 좀더 자세히 검토되기 위해서는 다시 한 번 절을 나누어 살핌이 필요하겠다.

5. 소위 '포용정책 2.0'이라는 것

백낙청 씨의 모든 주장의 논설은 서두에서 살핀 것처럼, 소위 '분단체제론'이란 가설 아래 남북 통합이 이루어져야만 모든 문제가 해결되고 그렇게 되면 마치 지상낙원의 현실이라도 주어질 수 있는 것처럼 구성된다. 아니 그의 다른 식의 설명에 의하면 한민족은 지금 분단되어 있기에 삶의 어떤 진전도 이루어지지 못한 채 민중은 도탄에 빠지고 질곡의 상태를 면치 못하고 있는 것으로 묘사된다. 어떤 설명이라도 현실의 실제와 부합하지 못함은 물론이다. 통일이 곧 지상낙원을 가져다 주는 것도 아닐 테고,

또 분단되어 있기에 어떤 현실적 진전도 이루어지지 못한다는 식의 진단, 그리고 그에 의한 처방도 올바른 것이라 하기 어렵다. 또 얘기한 것처럼 우리가 만약 민주화 이전 상태에 있다면 이 모든 설명들이 그럴싸하게 들릴 수도 있겠지만, 이미 20세기 세계사 속에서 남한의 성취를 매우 긍정적으로 보는 사람들에게는 이런 식으로 민중 전체의 삶이 도탄에 빠져 있다는 식의 설명은 설득력을 결한 것으로 인식되기 마련인 것이다. 물론 우리 같은 사람도 통일을 원한다. 우리가 통일을 원하는 것은 이제 우리 자신들이 더 잘 살기 위해서라기보다는 저 북녘의 동포들이 너무 비참하고 어려운 삶을 살며, 또 북한 군부라는 군사적 존재가 너무나 위험한 존재로서 파악되기 때문이다. 그런데도 백낙청 씨와 같은 인사들은 건듯하면 남한 정부가 잘못해서 모든 불화나 비극적 사태가 이뤄진 것처럼 말한다. 10년 동안의 좌파 정권, 그리고 그들 중심으로 이른바 '햇빛정책'이라는 이름의 포용정책이 추진되었는데도 말이다. 물론 남한의 보수 정권에 대해서 북한이 혐오감과 적대감을 드러내는 것도 당연하고, 그래서 현 정부 들어 남북관계가 악화되고 그래서 새로운 포용정책이 모색될 필요가 있다는 등의 주장에 대해서는 우리가 일정 정도 동의할 수 있다. 말하자면 '포용정책'이라는 이름의 달래기 정책이며, 또 북한 동포들에 대한 인도적 지원 방안이 더욱 적극적으로 추진되어야 한다는 정책에 대해서도 우리는 얼마든지 동의할 수 있다. 하지만 모든 일에는 상대가 있는 것 아닌가. 짝사랑만으로 사랑이 이루어질 수 없듯이, 남쪽에서 구애의 행위만 되풀이한다고 사랑과 평화가 이루어지는 것은 아니다. 물론 또 그러니 이쪽 정부를 바꿔서, 그러니까 좌파 정부를 앉혀서 북한 정부를 달래고, 그렇게 해서 통일로의 발걸음을 한걸음 한걸음 떼어가 보자는 식의 주장이 되는 셈인데, 바로 그런 정책과 태도가 노무현 정부의 바로 그것이었고, 그래서 노무현 정무가 수행한, 특히 그 말년에 수행한 구걸식 '남북정상회담'이라는 것에 많은 국민들이 회의와 염증을 느껴 2007년의 대선 결과가 그렇게 초래되었다고 말할 수 있는 터이다. 그런데도 또 이제와서 조금 이름만 바꾼, 아니 백낙청 씨 표현대로 업그레이드된 '포용정책 2.0'이라 는 대북 화해 정책을 김정은 권부를 상대로 하여 재추진하여 어떤 통일 정책의 밑거름이 확보될 수 있다고 하는 것인가? 여기서 백낙청 씨가 주 장하는 '포용정책 2.0'의 내용에 대해 윤곽이나마 확인해 두고 넘어갈 필 요가 있겠는데, 이왕지사 여기서 그의 논법 전체를 포괄적으로 다시 한 번 확인해 본다는 의미에서 가장 시사적인 논리 전개의 한 대목을 인용해 두기로 한다.

87년 체제를 극복하고자 할 때 한 가지 중요한 사실을 인식해야 한다. 87년 6월 항쟁으로 민주화가 되었지만 그것은 분단 한반도의 남쪽에 국한 된 사건이었다. 남북이 대치하고 있는 상황, 그 때문에 발생된 민주주의와 사회발전에 가해지는 여러 제약을 시원하게 털어낼 수 없었던 것이다. 다 시 말해 87년 체제를 통해 남한의 군사독재를 허물면서도 그 토대를 이루 는 '1953년 체제' 즉 한국전쟁의 참화를 겪고 나서 통일도 안 되고 평화도 이룩하지 못한 채 휴전상태로 60년 가까이 지나면서 성립된 분단체제를 좀 더 안정된 평화체제로 대체하지 못했다. 53년 체제의 토대를 그대로 둔 상 태에서는 87년 체제의 민주화나 남북화해 노력에 커다란 제약이 있을 수밖 에 없었다.

2013년 체제와 평화전략을 함께 얘기해야만 하는 이유는 평화체제로의 진행 여부가 2013년 체제의 성패를 좌우하기 때문이다. 다시 말해 우리 사 회가 당면한 문제 중에서 유독 남북관계나 평화문제만 중요하다는 주장이 아니라, 87년 체제가 53년 체제라는 토대 위에 세워진 탓에 민주화를 위한 그 긍정적인 동력도 제대로 발휘하지 못하고 교착·혼란·퇴행상태를 겪 게 된 만큼, 결국 53년 체제를 혁파하여 분단체제를 좀 더 획기적으로 바 꿔나가야 한다는 것이다.

따라서 당신이 통일 운동한다고 유독 통일·평화문제만 중요시하고 다 른 문제는 경시하는 거냐고 힐난하는 것은 87년 체제의 성격에 대한 심층적인 분석이 모자란 탓이다. 표면에 나타난 문제만 보지 그 바닥에 53년 체제가 있다는 사실을 보지 못하는 것이다. 심지어 한국이 분단국가라는 사실을 아예 잊어버리고 이야기하는 사람들도 많다. 그 정도는 아니어도 사회분석을 하면서 더 깊이 있게 가지 못하고 87년 체제의 본질이 어디 있는지를 간과하는 경우가 많은 것이 사실이다.

물론 인간의 평화로운 삶이라는 궁극적 의미의 '평화'는 인류 공동의 염원이고 분단체제를 타파한다고 달성이 보장되지는 않는다. 그러나 최근 '왕따'로 괴롭힘을 당한 초·중등학생들의 잇따른 자살 같은 극단적인 현상이 분단의 지속 및 87년 체제 말기 국면의 장기화에서 오는 군사문화·폭력문화의 만연 및 돌봄 문화의 취약성과 무관하달 수도 없다. 사례별로 섬세한 조사를 하되 분단체제의 영향과 세계체제 속의 더 깊은 뿌리 등에 대한 거시적 통찰이 있어야 2013년 체제 아래서는 이런 참담한 현실을 획기적으로 개선할 수 있을 것이다.

그 필요조건으로 53년 체제의 극복을 들었는데, '53년 체제'의 내용도 '정전협정체제'라는 좁은 의미와 그것이 오래 지속되면서 성립한 '분단체제'라는 더 넓은 의미로 설정할 수 있다. 그중 정전협정을 평화협정으로 바꾸는 일은 2013년 체제의 최우선 목표이며, 다른 한편 '1단계 통일'에 해당할 남북 간의 연합기구를 발족시키는 작업은 좀 더 시간이 걸리겠지만 평화협정이 '평화체제'의 구축으로 가는 과정에서 피하기 힘든 과제로 대두하리라 예상된다.

골자만 보아도 알 수 있는 것처럼, 2013년 새로운 체제 만들기가 추진되어야 하는 이유와 정전협정을 대체하는 평화협정 체결을 통해 '평화체제'의 구축으로까지 나아가야 하는 이유가 적어도 논리적, 이론적으로는 수미일관하게 합리적으로 제시되고 있는 것으로 볼 수 있다. 하지만 "최근 '왕따'로 괴롭힘을 당한 초·중등학생들의 잇따른 자살 같은 극단적인 현상이 분단의 지속 및 87년 체제 말기 국면의 장기화에서 오는 군사문화·폭력문화의 만연 및 돌봄 문화의 취약성과 무관하달 수도 없다"고 말하는 데서 알 수 있듯이, 그 이론적 경향이란 매우 편집적인 양상이어서 모든 현실 문제가 분단체제로 인한 '군사문화 · 폭력문화의 만연'으로 인한 것처럼 설명되고 있다. 여기서도 알 수 있는 것처럼, 모든 이론적 경향이 안고 낳는 취약성의 문제가 여기서도 고스란히 품겨져 나타나고 있음을 알 수 있다. 모든 것을 '분단체제'의 모순으로 인해 발생되는 것처럼 설명하고자 하는 욕구가 '왕따'와 초 · 중등학생들의 자살 문제 같은 것까지도 분단 현상의 일환으로 몰아가 파악하려는 무리를 낳고 있음으로 파악될 만한 것이다. 그의 모든 현실 진단이 '분단체제론'과 유관된 것임을 이러한 맥락에서 다시금 확인할 수 있거니와, 그렇다면 이러한 오류의 진단이 낳는 정치적 처방 역시 허구일 가능성이 크다는 것은 말할 나위가 없다.[1]

---

1) 여기서 위와 같은 통일 방안 주장이 매우 허구적이어서 타당성을 확보하기 어렵다는 점을 우선 '주석'을 통해 몇 가지 요목으로 밝히자면, 우선 '통일정책 추진'에 있어서 '시민운동(단체)'의 특권을 주장한다는 점부터 밝힐 수 있다. 루소의 설명처럼 선거와 헌법 체계를 통해 위임과 계약의 형식으로 국민을 대신하여 정책과 주어진 소임을 수행하는 것이 민주 정부의 역할이라면, 한갓 임의 단체에 불과한 '시민운동(단체)' 세력이 통일운동의 특권을 요구한다는 것은 어불성설이 아닐 수 없다. 그렇다면 보수 쪽의 어떤 임의 단체가 또한 통일운동 상의 권리를 요구하여 시민운동 내부의 갈등, 싸움판이 벌어진다면 그것을 누가 어떻게 조정하면서 올바른 방향으로 이끌 수 있겠는가 말이다. 자기(네)가 옳으므로 정부 너희들이 물러서고 우리가 해야겠다고 하는 식의 주장이라면, 이런 식의 주장을 어찌 우리가 민주공화정 체제 하의 올바른 주장이라고 할 수 있겠는가 말이다.

다음, 평화협정만 체결되면 마치 평화가 주어질 것처럼 말하는데, '통미봉남'이라고 해서 북한 정권은 일찍부터 남한 정부를 상대하지 않고, 미국 정부와만 상대하여 어떤 협정(그러니까 평화협정 같은 것)이든 체결하려는 자세를 취해 왔고, 그래서 남북 쌍방 정부 주도의 협정 성립 자체가 현실적으로 가능성이 크지 않을 뿐 아니라, 설령 어떤 류의 '평화협정'이 체결된다고 하더라도, 그런 조약문서 같은 것으로 평화가 지켜질 수 있다고 생각하는 것은 너무나 유치한 사고가 아닌가 싶다. 아돌프 히틀러가 세계 2차 대전으로의 확전 이전에 스탈린과 불가침 협정을 맺었지만, 그것이 사후 휴지 조각이 되었고, 그러한 역사적 선례들은 너무나 많기 때문에, 냉정한 현실적 이성을 가진 사람이라면 그러한 한갓 약속어음 같은 것을 중심으로 현실 개척을 향해 나서지 않는 법인 까닭이다. 이러한 순진한 처방책을 가지고 6.25를 겪은 사람들을 설득하고자 한다면, 어린 아해들이 아니고서 어찌 누가 그런 유치한 방략을 수긍하겠는가 말이다.

또한 통일을 향한 구체적인 발걸음의 정책으로 '가장 낮은 단계의 통일' 정책으로부터 '남북연합' 단계의 실현까지로 나누어 마치 여러 단계의 업그레이드 과정을 거쳐 이룩될 수 있는 것처럼 말하는데, 따라서 그렇다면 그러한 정책적 추진이 몇 년간의 짧은 시간 안에 이루어지기 만무하거니와, 도대체가 '남북협상'처럼 통일의 과업이 진척될 수 있다고 믿는 이런 순진한 발상의 통일안을 역사를 아는 사람이라면 누가 수긍하겠는가 말이다. 백범의 '남북협상' 노력이 순진한 생각이었다는 것은 백범 자신도 인정한 셈이었다고 할 수 있거니와, 누구보다도 백낙청 씨 같은 인사들이 가장 미워하는 박정희 정부 하에서 그 정부의 주도자들이 이른바 '7.4 남북 공동 성명'이라는 이름으로 야합 성격을 남북 회담을 추진하여 결국 몇 차례의 전시적인 회담 행렬 뒤에 끝내 상호 그렇더라도 일단 그의 처방, 요컨대 통일 방책이라고 하는 것을 여기서 들어둘 필요는 있을 것이다. 소위 '포용정책 2.0'이라고 하는, 그로서는 가장 현실적이고 합리적이라고 하는 대안을 그는 다음과 같이 설명한다.

> (…) 다만 (포용정책)2.0버전의 주된 내용은 분단체제극복을 향한 시민참여의 획기적 강화와 남북연합 건설이기 때문에, 현 정부의 성향이나 인적 자원으로 보아 임기중 그런 내용을 담은 포용정책의 시동을 기대하기는 어렵다. 이명박정부 아래 값진 공부를 해낸 남쪽 국민과 시민사회의 또 한차례 분발에 의지해야 할 대목이다.
>
> (……)
>
> (끝으로) 한가지 덧붙인다면, 정부당국만이 아닌 민간이 능동적으로 참여하는 통일과정이야말로 '자유민주적 기본질서'를 전제한 평화적 통일이라는 헌법정신에 가장 부합한다는 것이다. 북측이 '자유민주적 기본질서'를 따르겠다고 미리 선언하도록 다그치는 것은 헛수고로 끝날 수밖에 없으려니와 실제로 '자유민주적'인 방식도 아니다. 시민들이 적극 참여하는 가운데 국가연합의 내용과 시기가 자연스럽게 결정되고, 그다음 단계가 '연방제'가 될지 첫 단계보다는 더 높은 연합이지만 여전히 연합제가 될지, 또 언제 어떻게 그것을 달성하고 그다음에 무엇을 할지 등등을 민간사회가 최대한으로 참여하는 가운데 당국이 국민적 요구에 부응하여 결정하도록 하는 것, 이것이야말로 자유로운 민주주의 기본질서의 요체가 아니겠는가. 또 그런 경로를 택하는 것이야말로 북측 민간사회의 참여를 넓혀가는 최선의 방법이 아니겠는가.

그리고 이와 같이 시민사회 주도에 의한 '남북연합' 방략이라고 하는 것이 잘만 추진되면 다음 대통령 임기 내에서도 요컨대 '평화체제'의 성격으

비방의 성명 낭독 양상으로 종결 양상을 짓고 말았다는 것을 그렇게 역사 의식, 인식이 뛰어나다는 사람들이 몰각하느냔 말이다. 이러한 사고는 마치 "내가 하면 로맨스고, 남이 하면 스캔들"이라는 말처럼, 백범과 박정희의 행위는 실패와 사기로 끝났지만, 자기가 주도하면 얼마든지 성공할 수 있다 하는 격으로 주장하는 성격으로, 그 여러 주장들과 소위 '정책'이라는 이름의 방책들이 한갓 공상이거나, 허구적 망상들에 그치는 것이어서 일고의 가치도 획득하기 어렵다는 점을 총체적으로 증거해 주는 면목들이라고 하겠다.

로 구현될 수 있으리라고 다음처럼 호언장담하여 말한다.

남북연합이란 것이 요원한 것 같지만 2013년체제를 제대로 출범시키기만 하면, 새 대통령 임기 내에도 가능할 것이다. 물론 북에서 최고지도자 교체로 한동안 남북연합 같은 큰 결단을 내릴 사정이 안 되기 쉽지만, 초장부터 6·15와 10·4의 이행을 역설하고 있는 김정은정권이 심한 난조에 빠지지 않는 한, 남쪽 정부가 10·4합의를 복원하고 업그레이드하기만 하면 임기 내 1단계 통일이 얼마든지 가능하리라 믿는다.

포용정책2.0이 한반도 평화전략인 동시에 한국사회의 총체적 개혁을 수반하는 분단체제변혁 전략임을 서두에 언급했는데, 남북연합이라는 '안전장치'와 '변화촉진장치'를 겸한 체제가 생기면 북측사회도 그에 힘입어 새로운 단계에 진입할 것이 기대된다.

그런 것 없이 왜 북측은 변하지 않느냐고 다그쳐대는 건 변하지 말라는 얘기나 다름없다. 그것은 북이 제대로 변할 경우 남쪽에서 자기네 특권을 위협받는 사람들이 북의 변화를 오히려 가로막는 태도일 수 있다. 이명박 정부의 '비핵·개방·3000' 정책이 대표적인 사례가 아닌가 한다. 정말로 비핵화를 원하면 그런 구호를 내거는 대신에 실질적으로 비핵화를 할 수 있도록 유도하고 대화해야 한다는 것은 상식에 속한다. 비핵화 안하면 아무 것도 안한다는 정책을 고수하면 비핵화가 될 수 있으리라고 순진하게 생각해서 그러는 사람도 있겠지만, 실은 비핵화가 진전되지 않고 한반도의 긴장이 고조되는 것이 달콤하기 때문에 그렇게 떠들어대는 영악한 사람들도 많지 싶다.

북측에 변화가 없다고 앞서 말했지만 이는 남한의 수구·보수세력이 기대하는 변화가 보이지 않는다는 뜻이지, 북측 사회가 그 나름으로는 엄청난 변화를 겪어왔음을 간과하지 말아야 한다.

이런 서술 문면들을 보면 이 분이 과연 남쪽 편인지, 북쪽 편인지 헷갈리게 할 정도로 북측 권부 두둔의 입장인 것을 알 수 있다. 물론 나름대로 비판 지식인으로서의 균형 감각을 갖추기 위해 일부러 중립적인 위치에서 서술하는 모습이라 보아줄 사람도 있겠지만, 이명박 정부 하의 현실에 대해서 그가 다음과 같이 혹독한 비판의 칼날을 들이대고 있는 것을 보면 그가 결코 비판 지식인다운 균형 감각의 소유자라고 말하기는 어렵게 된다. 조금 논지가 빗나가게 되더라도 우선 이 점을 살피기 위해 그가 현 정부 하의 현실 참사에 대해 고발하는 문면을 여기서 잠시 살펴두고 넘어가기로 하자.

> 그러나 이제 6·15시대의 숙제를 더는 미뤄둘 수 없게 되었다. 6,15공동선언을 외면하며 살아온 불과 몇 년의 기간에 한반도는 사람살기에 너무나 위험한 공간이 되었고, 한국의 민주주의는 처참하게 후퇴했으며, 제법 잘 나간다고 호언하는 남한의 경제도 서민의 희생 위에 일부 재벌기업을 살찌우면서 무지막지한 환경파괴와 공기업 및 가계 부채의 증대를 통해 지탱하고 있는 것이다.

"6·15공동선언을 외면하며 살아온" 불과 몇 년의 기간에 한반도는 "사람살기에 너무나 위험한 공간이 되었고" "한국의 민주주의는 처참하게 후퇴했으며" 제법 잘 나간다고 호언하는 '남한의 경제'도 "서민의 희생 위에 일부 재벌기업을 살찌우면서 무지막지한 환경파괴와 공기업 및 가계 부채의 증대를 통해 지탱"되고 있다고 하는 인식, 이러한 류의 현실 인식과 파악이 근자 대선 국면에서 이정희와 같은 사람이 보여주는 그것과 얼마나 다르다고 할 수 있을까? 위에서 살핀 것처럼, 북한 권부에 대해서는 가능하면 이해하고 두둔하고자 하는 태도와 한국의 보수 정권에 대한 저러한 편협한, 편파적인 인식, 이런 식의 기울어진 인식, 관점을 가지고 어떻게 남북연합과 같은 통일 상태를 이룬다고 할 수 있을까? 그러니까 북한 정권에 이러한 호의적 태도가 북한의 태도를 이끌어내는 데는 일정한, 어느 만큼의 기여가 주어질 수 있을지 몰라도, 남한 내의 보수층 지지를 이끌어내는 데는 터무니없이 부당한, 말하자면 일고의 가치도 없다는 식으로 내동댕이쳐질 가능성이 큰 방안과 태도, 관점이라 하지 않을 수 없는 것이다. 왜 이렇게 균형 잡히지 못한 관점의 선택으로 말미암아 결국 한때 일망정 '민족문학'의 이름으로 문학적 지성의 혜안을 자랑했던 이 비평가가 정치의 영역에서 한갓 종북주의자, 주사파에 불과한 인식 형성으로까지 나아가게 된 것일까?

백낙청 씨가 시선 또는 관점의 좌경화로 나아가게 되는 시기는 광주사태 후 1980년대와 90년대를 통과하면서 겪게 된 우리 사회 내부의 여러 운동 흐름들, 그러니까 학생운동, 민중운동, 노동운동, 그리고 문학운동 등에 있어서의 좌경화 경향과 맥을 같이 하는 흐름들로서 주어졌다고 할 수 있거니와, 특히 2000년대 접어들어 김대중 정권과 노무현 정권 등이 햇빛정책의 이름 아래 남북 사이의 교류와 접촉 활동이 강화되면서, 백낙청 씨 자신이 남측 문인 대표, 혹은 자신이 근래 부쩍 주장하는 대로 시민운동 대표로서의 역할을 강화하게 되면서의 계기들이 점진적으로 작용하게 된 것 아닌가 여겨진다. 물론 이 사이에 그의 자연 연령은 노쇠를 면할 수 없었으며, 이에 따라 그의 편집증적 인식이 점점 더 조급증을 동반하게 된 것으로도 여겨진다. 노무현 전 대통령의 서거와 그에 이어진 김 전 대통령의 병사로 지도부 공백 사태를 맞은 야권 상황도 그의 위상을 격상시켜 그로 하여금 뛰어난 책사로서의 자기 정체 의식을 강화하도록 작용한 것으로 보인다. 결국 이와 같은 여러 요인들이 함께 가세하여, 인기 없는 이명박 정부의 뒤 끝에 치러지는 2012년 총선, 대선이라는 그로 하여금 승부수를 던지도록 유도한 것으로 볼 수 있다. 하지만 그렇게 무리한 계산 끝에 치러진 이번 선거 행렬이 그에게 결국 정치적 승리를 안기고, 대한민국을 그가 구상하는 대로 '남북연합'이라는 단계로 끌고 나가게 될까?

'진보'의 환영에 사로잡힌 사람들이 선거전을 만만치 않게 보고 여러 전략을 짜고 동원했던 것인지, 전체적으로 백낙청 씨의 야심찬 구상 실현 전망은 현 단계에서 비관적인 것으로 보인다. 국민 전체를 상대로 한 설득의 전쟁에서 최소한 과반수의 동의 획득은 실패한 것으로 보이기 때문인데, 지금껏 살핀 것처럼, 책자 『2013년 체제 만들기』로 구체화된 것이 그 구상의 총체라면 적어도 보수층, 보수주의자의 입장에서라면 결코 동의해 줄 수 없는 것이 그것이기 때문이다. 간단히 말하면 이른바 '자유민주적 기본질서'를 바탕으로 수립된 대한민국을 어떻게든 자기 인민, 백성들을 굶겨 죽이는 형편의 '북한 체제'와 동질화시키려 온갖 궤변과 억변의 논설들을 마다하지 않고 전개하고 있는 형국이 전체적으로『2013년 체제 만들기』의 본 모습이라고 할 수 있기 때문이다. '안철수 현상'이 결국은 하나의 정치공학을 위한 불쏘시개의 운명으로 끝날 수밖에 없다는 것을 안철수 자신만이 알지 못하고 돈키호테의 행각을 거듭했다고 하는 것처럼, 백낙청 씨 자신도 스스로는 결코 자신의 능변이 억변과 궤변으로 가득 찬 것임을 알지 못하는 것 같다. 그렇다면 소크라테스가 그랬던 것처럼, 궤변가들을 향해서 그 논변들이 왜 궤변일 수밖에 없는가를 가르치며 깨우칠 도리밖에는 없다. 다시 한 번 이 문제를 그의 '천안함' 논설과 더불어 포괄적으로 생각해 보기로 하자.

6. 다시, '천안함사건에 대한 과학적 접근'이라는 (자기)기만적 천명

평화협정을 맺고, 가장 낮은 단계의 통일 방안으로부터 '남북연합'에까지 이른다는 그의 소위 '포용정책 2.0'이라는 것이 허황되어 실질성을 결여하고 있고, 또 현실적으로 신뢰하기 어려운 김정은 정권과 같은 것을 상대로서 상정하고 있기에 적어도 대한민국 체제를 보수해야 할 입장에서라면 숙고할 가치도 없는 억변의 논변일 뿐임을 앞에서 살핀 셈이거니와,

필자의 관심이 그의 주장의 타당성을 밝히는 데 있는 것이 아니라, 그것이 얼마나 억견과 궤변으로 가득 찬 것인가를 밝히는 데 주된 역점을 두고 있는 탓으로, 이 문제를 밝힘에 있어서는 무엇보다 '천안함' 관련 논변을 살핌이 효율적이리라고 생각하게 된다. 대한민국 보수 정권은 도저히 믿을 수 없으므로 따돌려야 한다고 하고, 북한 정권은 (신뢰할 수 있으므로) 통일의 상대로 삼아 열심히 연합 공작을 펼쳐야 한다는 투의 '포용정책 2.0'이라는 것을 도대체가 맨 정신의 대한민국 사람이라면 받아들이기 어렵다는 것이 당연하거니와, 적어도 과반을 넘나드는 정도의 대한민국 보수층을 제쳐놓고 북한 정권과는 한 몸을 이룰 수 있다는 식의 발상이 도대체 어떤 연유로 생성 가능한가를 우리는 이 지점에서 분명히 따져보지 않을 수 없는 것이다. 왜 대한민국 보수 정권은 도저히 믿을 수 없어서 하나되기 어렵다고 하는 사람이 그렇게 우리와는 딴 체제로 사는 사람들과는 쉽게 한 몸을 이룰 수 있다고 생각하는 것인지... 바로 이런 류의 사고방식 때문에, 뜻 있는, 생각 있는 보수 인사들로부터 그는 이제 도저히 믿을 수 없고, 신뢰할 수 없는 사람으로 낙인찍히게 되거니와, 도대체 그렇게 비뚤어지고 왜곡된 인식과 사상이 어떻게 가능한지를 이제 '천안함' 사건 관련 논변들을 중심으로 따져보자고 하는 것이다. 그러기 위해 먼저 그가 「2010년의 시련을 딛고 상식과 교양의 회복을」이라는 제목으로, 천안함 사태와 연평도 공격으로까지 치닫게 된 현실을 개탄하는 논조 아래, 나름대로 합리적 논변을 전개한다고 자긍하는 대목들을 찾아 중점적으로 검토해 보기로 한다.

연평도 공격의 배경에 남북간에 쌓여온 적대관계가 있다는 점은 누구나 인정한다. 이명박 정부 출범 이후 긴장 상태는 더러 기복을 가지면서도 지속되어 왔다. 그런데 '긴장'을 '적대'로 확연히 바꿔놓은 것이 지난 3월의 천안함사건이었다. 따라서 오늘의 상황을 제대로 판단하기 위해서도 그 전환점으로 되돌아가 차분한 복기(復棋)를 해볼 필요가 있다. 올바른 대응은 정확한 상황인식으로만 가능하기 때문이다.

(……)

천안함 침몰의 진상에 관해서는 불행히도 아직 과학과 이성의 검증을 거쳐 합의된 결론이 없다. 이른바 민군합동조사단 발표는 과학계의 검증을 통과하지 못했고, 다른 한편 외부의 과학자들은 자료에 대한 접근이 제한된 상태에서 독자적인 진상규명이 불가능했다. 따라서 '연평도'와 '천안함'의 함수관계도 아직은 정답풀이가 불가능하다. 다만 복수의 가설을 놓고 그에 따른 결론을 추정할 수 있을 뿐이다.

알기 쉽게 두 개의 가설만 생각해보자. 가설A: 설혹 합조단 발표가 허점투성이라 해도 천안함이 북한의 공격으로 침몰한 것은 맞다. 가설B: 진상의 전모가 무엇인지 몰라도 북한에 의한 천안함 공격은 없었다.

(……)

앞의 두가지 추론 중 어느 것이 더 타당하다고 생각할지는 각자 소신과 양식에 따라 판단할 문제다. 그러나 잊지 말 것은 그것이 어디까지나 A와 B라는 양립불가능한 전제에서 각기 출발한 추리이며 둘 중 어느 전제가 맞는지는 철두철미하게 사실 차원의 문제라는 점이다.

"천안함 침몰의 진상에 관해서는 불행히도 아직 과학과 이성의 검증을 거쳐 합의된 결론이 없다"고 말하고, 일부 과학자의 반론 제기를 '과학계의 검증'을 통과하지 못한 것으로 전제하면서, 마치 객관적으로 논점을 새롭게 전개하기라도 하겠다는 듯, 두 개의 가설 수립이 가능함을 논단하고 있다. <2011년, 상식과 교양의 회복을 시작하는 해>라면서, 새삼스럽게 '교양과 상식'을 강조하는 이와 같은 논변이 궁극적으로 어떤 결론을 이끌어내고자 한 것인지 궁금해지지 않을 수 없다. 다음 문면을 보자.

물론 세상사를 모두 과학에 맡길 수는 없다. 예컨대 진실규명 이후의 상황에 어떻게 대처할지는 과학만으로 결정할 수 없으며, 과학의 진실이 무시되는 상황을 어떻게 돌파할지도 자연과학 이상의 교양과 실력을 요한다. 그러나 과학의 영역을 넘어서 해야 할 일을 하되 과학의 영역에 속하는 사안에서 과학의 권위를 인정하는 것이야말로 인문적 교양이요 자기 삶의 주인이 되고자 하는 민주시민이 갖춰야 할 요건이다.

아무튼 천안함 침몰의 원인이 어뢰공격이었느냐 좌초였느냐 기뢰폭발이었느냐 또는 좌초 후의 또 어떤 사건이었느냐 하는 물음 자체는 오로지 물리학화학 등 자연과학으로 규명할 일이다. 거기에는 좌도 우도, 진보도 보수도 있을 수 없는 것이다. 그런데도 이 문제가 정치논리와 사상공방에 휘둘린 것은 2010년 한국이 겪은 뼈저린 좌절의 하나였으며, 정부나 국회, 언론계뿐 아니라 우리 지식계 전반에 걸쳐 교양의 얄팍함을 드러낸 사건이었다.

"천안함 침몰의 원인이 어뢰공격이었느냐 좌초였느냐 기뢰폭발이었느냐 또는 좌초 후의 또 어떤 사건이었느냐 하는 물음 자체는 오로지 물리학·화학 등 자연과학으로 규명할 일"이라고 전제하여 과학 맹신주의를 드러내는데, 해외 각국의 학자들까지 가세하여 구성된 공식 조사단 소속, 혹은 그 결과 승인의 과학자들은 과학자로 보이지가 않고, 오로지 여기에 반대하는 인사들만을 '과학자'로 인식하는, 진영 논리의 함정에 스스로 깊이 빠져 있으면서도, "거기에는 좌도 우도, 진보도 보수도 있을 수 없"다고 또 새삼스럽게 강조한다. 요컨대 자기 입맛에 맞으면 '과학'이요, 자기 입맛에 맞지 않으면 '사이비 과학'이라는 식으로 편의적인, 아전인수격 논의가 아닐 수 없다. 그런데도, "이 문제가 정치논리와 사상공방에 휘둘린 것은 2010년 한국이 겪은 뼈저린 좌절의 하나였으며, 정부나 국회, 언론계뿐 아니라 우리 지식계 전반에 걸쳐 교양의 얄팍함을 드러낸 사건이었다"고 개탄하는데, 아는 것처럼 이처럼 한국 사회 내부에 그처럼 커다란 혼란이 초래된 것은 주로 정부 주도의 발표를 믿지 못하겠다고 나선 진보계와 야당 일각, 특히 이 문제를 앞장서서 부정적으로 제기한 백낙청 씨 중심의 이른바 인터넷 진보 진영에 의해서 야기되었다고 할 수 있는 것이다.

하지만 백낙청 씨 자신이 그렇게 사태를 배후 지휘했다고까지 말할 수 있는 이 사태의 진상, 진실 문제에 대해 가장 객관적인 과학적 접근이 추구되어야 한다고 말하면서도 다음과 같이 사태를 논단하여 그 자신의 인식적 편향의 입장이 어떻게 구성된 것인지 스스로 자백하듯 말한다. 필자가, 그 동안 한국 민족문학의 지성, 적어도 진보 지성을 대표한다고 자타가 공인해 온 백낙청 씨의 논설 속에 교묘한 궤변과 억변, 한갓 진영 논리의 옹호를 위한 변설의 수사학만이 작동할 가능성이 크다고 보고, 실제로 그렇게 '과학'이라든지, '교양'이라든지, 또는 '상식'이라든지 하는 말 속에는 엄청난 허구의 논리가 끼어들어 있다는 점을 다시 한 번 강조하여 지목하고 싶은 이유도 바로 이런 맥락에서 주어지는 것이다. 과학과 상식, 교양, 이성을 앞세운 다음 논변을 보라.

> 그러나 동시에 2010년의 한국사회가 무교양·몰상식으로 일관하지는 않았다. 신상의 불이익을 감수하며 진실규명에 용감하게 나선 개인들의 헌신이 있었고 이들에 호응한 수많은 누리꾼들과 익명의 과학자들이 있었다. 무엇보다 6·2 지방선거에서 이 땅의 평범한 시민들은 의도적으로 조장된 '북풍'을 잠재우고 이명박정부에 엄중한 경고를 보냈던 것이다.

2010년에 치러진 '6·2 지방선거'의 결과가 마치 과학적 검증의 증거라도 된다는 듯 논변을 전개하는 이러한 태도야말로 우리 같은 사람으로서는 참으로 황당무계하고, 무교양, 몰상식의 언변이 아닐 수 없다. 그러니까 마치 사태를 객관적으로 개방시켜 놓고 논리적으로 사안을 따져보는 듯 하지만, 이미 그 자신의 기조 입장은 이른바 공식조사단의 발표를 부정하고, 거기에 부정하는 입장에 서서, 그 부정의 편에 선 입장들만이 '교양'이고, '상식'의 소유자들인 것으로 예단하여 사태를 바라보고 있음을 이러한 문면은 명백히 밝혀 보여주는 터이다.[2] 그런데도 애들이나 구사할 법한—

요즘 개그맨들이 이런 엉터리 논법을 자주 흉내낸다– 이런 엉터리 선택 논리를 개방시켜 놓고, 이어 한다는 소리가 다음과 같다.

> 그런데 정작 어려운 일은 천안함의 진실이 밝혀졌을 때가 아닐까. 가설 A(북한에 의한 피격설)와 B(북한 무관설) 중 어느 쪽이 진실이라도 우리가 흔히 생각하는 것보다 사태는 훨씬 심각하다. A가 맞더라도 전쟁은 안 된다는 명제는 여전히 유효하지만, 범죄적일뿐더러 예측불능인 북한정권이 핵무기마저 보유한 이 위험천만한 사태를 어떻게 관리할지가 난감하기 그지없다. 반대로 B의 경우처럼 북한의 공격이 없었는데 우리 정부 스스로 그런 엄청난 왜곡과 조작마저 저질렀다면 이 또한 너무도 심란하고 위험천만한 일이다. 사태를 호도하기 위한 또 다른 무리수도 배제할 수 없으려니와, 우리 손으로 뽑은 정부가 너무 빨리 너무 심한 권력누수 현상에 빠지는 것도 결코 바람직한 일은 아니다. 일반시민들의 건전한 상식과 보수진보의 낡은 틀을 넘은 각계의 합리적 역량이 결합함으로써 위기국면을 수습하고 새로운 도약을 이룩해야 할 대목이다.

위 문면을 풀어 곱씹어 본다면, 문장 하나하나가 참으로 위험하거나 무책임한 발상의 소산 아닌 것이 없음을 확인할 수 있을 것이다. 이미 진상

---

2) 여기서 '천안함' 사건을 바라보고 이해하는 필자의 입장에 대해서도 좀더 자세히 밝혀둘 필요가 있겠다. 확증할 수 있는 부분과 아직 확증 안 되는 부분을 가려서 생각해 보자는 것이다. 가령 '천안함'이 강력한 외부 충격에 의해서 절단 되었을 뿐만 아니라, 그 절단, 파손의 양상이 크게 세 부분으로 파괴된 양상이라 할만큼 그 충격의 정도가 엄청났다고 하는 점이다. 그렇다면 이러한 파괴, 파손이 좌초나, 기뢰 폭발 정도로 주어졌다고 보는 가정은 이치에 맞지 않다. 그러니까 우리가 상식적으로 상상하기 어려운 강력한 무기 체계에 의해서 이러한 폭발, 파괴 사건이 주어졌다고 추측할 수 있는데, 그러한 무기 체계를 운용할 수 있는 당사자로서 가령 '북한군'이 상정되는 것이다. 물론 아직 명확히 '북한군'에 의해서 수행되었다고 하는 증거는 확인되지 않았다고 백낙청 씨처럼 말할 수도 있겠는데, 그렇다고 그 반증이 한 물리학자가 실험실에서 행한 실험 결과 정도로 주어질 성질의 것은 아니라고 생각된다. 마찬가지로 북한군 내부에 대해 확실히 파악할 수 있는 상태에 있지 못하다고 할 수 있기 때문이다. 하지만 여러 추리와 정보, 실험값 등을 고려하여 문제를 추정해 볼 때, 여러 미비점과 요청되는 보완점들에도 불구하고, 여전히 '북한 소행설'이 가장 설득력이 높다는 것은 부인할 수 없는 사안이라고 생각한다. 북한 당국이 인정하지 않기 때문에, 또는 북한군이 그러한 정도의 파괴 능력을 갖추었다고 볼 수 없기 때문에, 또는 사소한 어떤 이유들을 통해 남한 자작설이나, 우연적 사건설 등을 주장하는 것은 그야말로 전형적인 음모론의 무리한 추정이라고 판단하는 것이다.

이 (어느 정도는) 밝혀진 셈이라고 많은 사람들이 생각하는 데도, 그 '진실'이 따로 있다고 생각하는 것부터 그렇거니와, 그 진실이 조만간 새로이 밝혀지리라고 그는 막연히나마 철석같이 믿고 있음을 드러내는 셈이며, 이어서 또한 그 많은 사람들이 사태의 심각성에 대해 우려하고 있음이 이미 천하공지의 사실임에도 불구하고, "어느 쪽이 진실이라도 우리가 흔히 생각하는 것보다 사태는 훨씬 심각하다"고 덧붙여 지적 우월감에 기초한 엘리트 의식을 무의식적으로 드러낸다. 그래놓고 또 이어서, A, 즉 북한 피습설이 맞을 경우(A가 맞더라도) "전쟁은 안 된다는 명제는 여전히 유효하지만, 범죄적일뿐더러 예측불능인 북한정권이 핵무기마저 보유한 이 위험천만한 사태를 어떻게 관리할지가 난감하기 그지없다"고 한 문장으로 눅여놓고, 바로 이어서, 반대로 B의 (또 다른 가설, 즉 북한 무관설이 맞을)경우처럼 "북한의 공격이 없었는데 우리 정부 스스로 그런 엄청난 왜곡과 조작마저 저질렀다면 이 또한 너무도 심란하고 위험천만한 일이다. 사태를 호도하기 위한 또 다른 무리수도 배제할 수 없으려니와, 우리 손으로 뽑은 정부가 너무 빨리 너무 심한 권력누수 현상에 빠지는 것도 결코 바람직한 일은 아니"라고 마치 고양이 쥐 생각하듯 말하면서, 맹랑하고도 허무하게 사태를 농단하는 논설을 펼치는 것이다. 그리곤 또 이어서 예의 우국지사적 태도로서, "일반시민들의 건전한 상식과 보수·진보의 낡은 틀을 넘은 각계의 합리적 역량이 결합함으로써 위기국면을 수습하고 새로운 도약을 이룩해야 할 대목"이라고 주의 환기를 촉구함으로써 마치 나라 걱정은 혼자 다 한다는 듯, 얼토당토않은 상식적 표현들을 부가한다. 실망스러운 정도를 넘어 그 지적 기만의 끝을 알 수 없다고 하리만큼 허무맹랑한 농단을 펼치면서도, 스스로는 '교양과 '상식', '합리성', '도약' 등, 늘 동원해 버릇하는 대중적 정치 수사의 언설들에 취해 지친 기색도 없이 자기 과시를 수행해 나가는 논변에 이제 우리 같이 한때나마 그를 추종했던 사람들로서는 깊은 좌절감과 함께 낙담에 빠지지 않을 수 없는 것이다. 과연 박정희 유신 시대 말기에 아무리 두들겨도 열리지 않는 독재의 문 앞에서 깊이 좌절하고 절망하지 않을 수 없었던 당시의 민주 인사들 심정이 바로 이와 같은 것 아니었을까? 그렇다면 이제 30여 년 지나 입장이 바뀐 상태에서 허구적 공상에 의한 관념의 성채를 높이 더욱 높이 쌓아가고 있는 이 독재적 과거 민주투사의 시대착오적 행각 앞에서 우리는 또 어떤 태도를 취해야 함이 마땅하겠는가? 좌절을 참고 조금만 더 인내하면서, 이어지는 그의 선동적 논설 문면을 조금만 더 따라가 보자.

> 1987년 이래의 한국사회는 선거를 통한 권력 교체의 공간이 열려있는 사회이니만큼 2012년의 총선 및 대선과 연계해서 생각하지 않는 '새로운 도약'은 현실성이 부족하다. 그러나 2011년에 각계각층에서 상식과 교양의 회복을 시작하고 국정체계 개편을 준비함이 없이는 2012년에도 큰 성과를 기대하기 어려울 것이다. 무엇보다 연합정치의 소중함에 대한 지방선거의 교훈을 달라진 여건에 맞게 살리는 지혜가 필요하며, 여기에는 그동안 선거와 무관하게 우리 사회 곳곳에서 무르익어 온 새로운 기운이 응당 반영돼야 한다. 4대강 사업에 저항하는 종교계와 시민사회의 분발만 해도 아직 정부 방침을 변경시키는 데는 성공하지 못했지만 우리 사회의 체질을 바꿔놓고 있으며, 바닥 민중의 생존권을 위한 싸움이 기륭전자 노동자나 KTX 여승무원들의 소중한 승리를 기록한 것도 그 외형적 규모로만 따질 일은 아니다.

그리곤 다음과 같이 그 논설 결말의 매듭을 짓는다. "어느 쪽이 진실이라도 우리가 흔히 생각하는 것보다 사태는 훨씬 심각하다"고 사태의 심각성을 논설하던 사람이 몇 줄도 못가서 다음과 같은 객담의 언설로서 그 논지의 선동적 본의를 분명히 함으로써 바로 위에서 '과학'이니, '교양'이니, '상식'이니, '합리성' 등으로 치장했던 위장의 객관 지향적 평론가적 자세를 벗어 던지고, 2012년을 앞 둔 2011년부터 본격적으로 이제 그 본업의 정치공학적 현실 농단, 곧 그가 좋아하는 표현대로 이른바 득의에 찬 정치적 '실천' 과업에 나설 것을 스스로 결의하듯 글을 끝맺는 것이다. 여기서의 그의 꿈, 곧 그의 정치적 실천과 그것을 통한 변혁에의 꿈이라는 것이 과연 무엇이고, 어디를 향해 나아가자는 것인가?

> 그리고 보면 2010년은 좌절도 많았지만 성취 또한 만만찮은 한해였다. 나 자신은 새해에 우리가 그 좌절과 성취를 딛고 어느 해 못지 않은 진전을 이룩하리라는 꿈에 부풀어 있다.

7. 결론 – 무엇보다 자유, 그리고 성숙한 민주주의를 위하여!

싸우면서 닮는다고 했던가. 독재와 싸우면서 어느덧 독재자의 아집, 편집을 그대로 닮는 수가 있다. 군부 정권 하의 독재 세력들과 대립하며 민주화를 위해 헌신해 왔음이 오늘에 이르러도 꺼지지 않고 작동하는 백낙청 씨 후광의 주된 이유가 되겠지만, 살펴본 것처럼 그가 현 시대를 논하면서도 분단체제의 '기득권층' 운운하며 추상적인 반통일 세력의 존재를 지시하는 것은 이제 사회 이론적 차원에서는 허구적인, 그리하여 단지 고도의 정치공학적 의의만을 갖는 논란의 성격으로 변질될 가능성이 크다. 이러한 것은 비유하자면 마치 '존 F. 케네디'의 암살범을 추적하면서 거대한 이름의 '군산복합체'라는 가상의 실체를 지어내어 현실을 논하는 한 영화 감독의 행위와 비슷한 것이 된다. 또 '자본'이라는 이름의 추상적 실체를 지목하면서 그것이 마치 교육 문제를 포함한 모든 현실 악의 근원 인자가 된다고 논단하는 일부 이류 마르크스주의자들의 행태와도 그것은 비슷한 논란이 될 수 있다. 만약 '재벌'이라는 존재가 반통일 세력이라고 본다면, 소떼를 이끌고 여러 번 방북 행사의 이벤트를 연출했던 정주영 씨의 행각 같은 것은 어떻게 예외적으로 설명되어야 하는가. 또 '하나회' 같은 군부 실세 그룹이 존재하던 현실이었다면 모를까, 이제 한국군 내에서 분단 체제의 유지와 그에 대한 봉사를 조직적으로 획책하는 기득권층이 존재한다고 한다면 이제 군인들 자신이 웃을 것이다. 차라리 분단의 현실을 일상적으로 이용하여 지배를 연장해 가고 있는 세력은 저 북쪽의 백두혈통 세력이라고 솔직하게 말하고, 이제 제발 남한 사회를 괜스레 분열시키고 내부적으로 싸우게 만드는 논법 따위는 거두면서 남한 사회의 진정한 민주화 진전, 곧 실속있게 알차게 나아가면서도 더 성숙하게 민주 사회를 향해 진전하는, 착실한 사회적 발전의 밑거름 역할로의 전환이 훨씬 소중하고 아름다운 모습이 될 것이다. 열정 가득하면서도 순수했던 문예 의지 천명의 청년 백낙청 씨의 모습을 나는 이렇게 기억하는 것이다. 하지만 씨가 점차 문예를 통한 참여의 자리를 떠나 정치 자체의 영역으로 이월해 가면서 하나의 현대적 보편 사회 이론으로 보기에는 이미 때 지난 시대착오적 계급 이론에 얽매어 억지의 관념적 추상만으로 구성해 낸 듯한 소위 '분단체제론'의 내용과 그 가설적 함의들을 볼 때, 이것은 결국 일종의 정치공학적 사유의 변형, 변질 행태에 불과하다 함이 확인되는 것이다. 마치 원수의 반통일 세력이 '보수'의 이름 아래 이 땅 남한에 괴물처럼 버티고 있다 함이 사실이라고 하면, 그 스스로의 이론적 함의를 통해서도 적시하고 있는 바와 같이 북한의 '분단체제' 수혜 집단들을 향해서 또한 마찬가지 저항과 그 해체의 노력들을 병행해야만 온당한 이론가의 태도로서 적합한 모습이 되지 않겠는가 말이다. 남한 사회의 보수 세력에 대해서는 그렇게 저주하며 상대 못할 사람들이라고 탄핵하면서 왜 북한의 '백두혈통'에 대해서는 현실적으로 어찌할 수 없지 않느냐 하며 방임의 태도를 정당화하는 것인지, 도저히 이해하기 어려운 점이 한두 가지가 아니다.

'천안함' 문제 제기만 하더라도 그 자체로는 과학적, 학술적 시야에서 석연치 않은 점들을 지적한다손 치더라도 그 행위 자체로 이미 북한 지배 세력에 대한 변호의 함의가 주어지게 됨을 참으로 무시하기 어려운 것이다.

물론 씨 논의의 충정을 받아들여 분단 극복, 즉 통일 대업의 수행이 현시대 민족사적 과업으로 주어진다 함을 적어도 명제적 차원에서 부인하기란 어렵다. 그러니까 대한민국 사람 누구라도 (민족)통일을 반대한다고 명시적으로 말하는 사람을 찾기란 어렵다. 누구나 통일을 원하고 말하고 찬성하는 것이다. 설령 북한 동포라도 그럴 것이다. 그러니까 문제는 방안이고, 어떻게인 것인지, 기득권층이니까 반대한다는 따위 논설이란 성립하기 어렵다. 그러니까 적어도 우리가 바라는 통일은 결코 '자유'를 포기하지 않는 것이다. 바꿔 말하면, 통일 하자고 저 북쪽 체제와 동화하고 연합하자는 따위 방안이란 있을 수 없다고 생각하는 것이다. 그러니까 '어떻게'를 늘 묻지 않을 수 없는 것인데, '고려연방제'라는 이름의 통일 방안이란 기껏해야 '공존'의 현상 유지책에 불과한 것임을 통찰치 않을 수 없다. 남한의 '자유' 대한과 북한의 저 '백두혈통' 체제를 공존시키자는 것이다. '포용'이니 '국가연합'이니 하는 말들을 뜯어보면 그 실내용이란 것이 그런 함의를 벗지 못하는 것으로 파악된다. 자유 대한과 저 북한의 세습 왕조 체제가 어떻게 하나의 나라로 통합 가능하다는 것인가. 가령 중국의 경우 '홍콩'과의 공존을 '일국2체제'로 표현하는데, 위와 같은 연합 방식의 통일이란 그러니까 기껏해야 '일국2체제'다. 그리고 그럴 때의 우려, 두려움은 남한의 체제마저 점점 적화되는 현실이 빚어지지 않을까 하는 점이다. 실제로 '홍콩'의 체제가 이면적으로 중국 공산당의 은밀한 조종 아래 놓여 있다는 것을 중국 사람들은 다 안다. 바로 그런 현실, 체제를 원한다는 것인가?

바로 이와 같은 현실적 한계 조건, 그 내면적 취약성의 문제로 인하여 감히 보수적 입장을 대변하여 말한다면, 저 북녘 체제가 진정으로, 본질적으로 바뀌지 않는 한 현실적 통일이 쉽지 않으리라고 예상하고 예견하게 되는 것이다. 그렇지만 위 백낙청 씨의 논설을 뜯어보고 또 뜯어보아도 북의 변화에 대한 방략은 별로 나타나지 않는다. 그리고는 남한의 정권만 바뀌면 조만간 통일 현실이 금방이라도 다가올 수 있는 것처럼 호도한다. '남북연합'이니, '1단계 통일'이니 하는 말들로 설유하는 바, 그것이 추상적 언어들로 지시되는 한, 그러니까 구체적인 체제 혁신(무엇보다 북한의)이 수반되지 않는 한 '남북연합'이란 한낱 허울 좋은 구호에 지나지 못한 것이 될 수밖에 없다고 여겨지기 때문이다. 과연 현 북한 체제를 그대로 두고 국가연합을 해도 좋다고 믿고 찬성할 남한 국민들이 과연 얼마나 될 것인가. 아무리 생각이 부족한 사람이라도 저 북쪽 체제와 같이 살자고 할 사람들이 얼마나 될까? 이런 논란이 제기될 문맥이 되면 씨는 또 "북측 사회가 그 나름으로는 엄청난 변화를 겪어왔"다는 식으로 말하기도 하는데, 과연 김정은 체제가 김정일 체제와 근본적으로 달라졌다고 믿고 판단할 사람이 얼마나 될까?

두루 알다시피 오늘날 체제의 우월성을 재는 기준이란 기본적으로 '인권'의 수준, '인권 보장'의 내용들로 함축되고 그 보편화의 척도가 제시된다. 과연 북한의 현재 인권 수준이 어느 정도인가? 바로 그런 '인권 보장'의 수준에서 북한 사회가 그 동안 "그 나름으로는 엄청난 변화를 겪어왔"다고 평가할 수 있을까? 어린 아이가 아니라면 오늘날 이 지구상에서 세습 독재의 현실, 체제를 구축하고 있는 나라란 거의 없다는 것을 알 수 있다. 언제 끝날지 알 수 없는 그 세습 독재의 현실에 비하면 남한의 독재자들이란 그야말로 어린아이 수준이었음을 누구라도 정수의 수리 체계를 통해 알 수 있다. 그러니까 이런 체제를 그대로 두면서, 혹은 기껏해야 그 내부의 작은 변화를 침소봉대하면서 함부로 '국가연합'을 논함이야말로 위험한 일이 아닐 수 없다고 판단하게 되는 것이다. 그러니 그런 함의들을 동반한 소위 '분단체제론'이라는 것을 어떻게 호의적으로만 받아들일 수 있겠는가?

한편 씨의 논설 문면 중에서도 자주 명시적으로 튕겨져 나오듯이 이른바 '분단체제론'이라 하는 담론 구성의 내용 지시성이란 (북한 체제에 대해서는 우리가 어찌할 수 없으니 우선) 무엇보다 우리 내부의 (정치적 가상) 적으로서 '보수' '기득권층'을 몰아내자 하는 식의 선동적 수사를 거침없이 드러낸다. 필자가 이를 기본적으로 '정치공학적' 함의의 성격이라 보는 것은 이 때문이다. 이것이야말로 바로 '정치'가 아닌가. '정치'란 본질적으로 '이해 득실'과 관련되어 있다고 정치학자들이 끊임없이 토론함을 받아들인다면, 오늘날 이런 정치 행위, 진보 정치건, 혹은 '분단 체제'의 극복을 위한다는 이름의 담론 행위건 그것이 현실적인 이해 득실의 문제와 전혀 무관하다고 볼 근거는 없다. 실상 오늘의 분단 현실 속에서 그 몸집, 곧 사회·경제적, 혹은 정치적, 문화적 위상의 비중을 가장 높여온 사람, 기관이 누구이고, 무엇인가? 긴말 하지 않더라도 오늘의 역사 속에서 이 사회 최고의 거인 중 한 사람을 꼽자면 바로 씨와 그가 대표하는 어떤 집단을 꼽지 않을 수 없을 터이다.

더불어 오늘 이 사회 내부에서 자라나고 있는 또 다른 현실적 위험성을 꼽자면, 소위 '주사파'의 존재를 문제 삼지 않을 수 없다. '주사파' 혹은 '종북'으로 불려지는 사회적, 정치적 집단의 실체에 대해서 여기서 자세히 논하기는 쉽지 않지만, 이런 사고의 뿌리가 깊고 그 범위 또한 결코 적지 않다는 것은 대개 우리가 인식할 수 있다. 좁게 잡아도 1980년대 중반 이래의 학생운동권이 최소한 1990년대 초반까지의 당시 대학생층에 상당한 영향을 미쳤다고 할 수 있고, 그것이 노동운동계나 또는 정당 운동, 더 나아가 이 사회 곳곳의 제도권 영역 인사들에게까지 폭넓은 영향을 미쳤음을 막무가내 부인하기는 어려운 실정이기 때문이다. 그들 역시 늘 '평화'와 '자주', '통일' 등의 구호를 외치기에 그런 사고의 내, 외부 경계를 짓기가 매우 까다로움 또한 사실이다. 정치적 구호란 늘 대중들을 향해 감성적으로 받아들여질 만한 언어들을 통해 구축되기에 그 선의와 오염된 사상을 구분하기가 매우 어려운, 까다로운 문제로 주어지기 십상인 것이다. 그렇다면 이러한 사고의 문제점은 무엇이고, 그것이 백낙청 씨 같은 분의 언필칭 선의의 사회 변혁 이론과 구분되는 점들은 또 어떻게 파악되어야 할까?

당초에 '주사파'적 사고를 학생운동권에 도입한 선구자적 인물의 이후 행보가 보여주듯이, '주사파' 사고의 위험성은 북한 사회 문제의 핵심으로 인지되는 '인권'의 문제를 결코 제기하지 않는다는 점이다. 게다가, 인민이 주체다, 사람이 먼저다, 하면서 최종적으로는 수령 절대주의까지를 포용코자 한다면, 이것이야말로 참으로 위험한 사고라 하지 않을 수 없게 된다. 자타 공인 한국 최고의 지식인 중 한 분으로 일컬어지는 씨가 설마 이런 위험한 사고들과 더불어 일을 도모한다고 의심할 사람은 별로 없을 것이다. 하지만 현실 속에서 사람살이란 늘 스스로 알지도 깨닫지도 못하는 사이에 이용당하고 활용당하는 경우를 자주 겪고 또 언제든 그럴 가능성 속에 놓인다. 죽은 니체를 활용한 나치의 경우가 전형적이다. 만약 '통일 지상주의'의 맹목적 사고 표현으로 읽혀진다면 그럴 가능성은 늘 상존한다고 보아도 좋다. 우리가 지금 겪고 지켜보는 이 세상의 현실은 그렇게나 위험하다.

물론, 구더기 무서워 장 못 담그나, 하는 말들을 할 수 있을 것이다. 늘 확인하고 되풀이하는 바이지만, 자유민주 체제 하에서 지적 비판 활동이란 가능하면 폭 넓게 허용되어야 한다. 자유민주 체제라 해서 완벽한 사회라고 하는 것은 결코 있을 수 없고, 실로 오늘의 남한 현실이 안고 있는 문제들, 그 어두움의 깊이와 넓이에 대해서 논하는 일 역시 결코 한계의 끝을 알 수 없으리라는 사실 또한 분명하다. 시야를 넓히자면 지구 차원의 문제들, 생태-환경의 문제라든지, 남-북 세계의 문제(주로 경제적 격차로 인한)라든지, '성'의 개념으로 제기되는 문제들이라든지, 그런 인류사적 보편의 문제들 역시 우리 사회 내부에서 간단없이 제기된다. 이런 모든 문제들을 다 같이 논하기로 하면 참으로 끝을 알 수 없는 늪에 빠지게도 된다. 하지만 그 모든 문제들이 가져다주는 암울함과 불안에도 불구하고, 적어도 우리가 누리는 남녘의 체제가 북녘의 체제보다는 훨씬 낫다고 생각하는 것은 적어도 이 사회 속에서 그 모든 문제들의 논의가 가능하다는 점 때문이다. 칼 포퍼가 말한 '개방사회'의 조건, 또는 한나 아렌트가 강조한, 전체주의 방지 장치로서의 '언론의 자유' 조건 등이 바로 이런 맥락에서 중요한 의의를 확보하게 된다고 할 것이다. 토론이나 논쟁, 혹은 사회적 고발 등의 행위가 바로 이런 조건 확보로 말미암아 가능해지고, 또 그렇게 해서 개혁과 개선을 통한 진보의 가능성이 열리고 주어진다. 무엇보다 '자유'의 확보, 그 신념의 확신, 확인이 중요하다고 보는 이유는 그 때문이다. '통일'의 실현에 앞서 '자유'의 확보가 더욱 결정적으로 중요하다고 보는 까닭은 이렇게 설명된다. 결단코 '자유 희생'을 통한 통일이란 의미도 없을뿐더러, 민족 전체를 오히려 암흑과 지옥 속으로 내모는 길이 된다.

이번 대선 역정의 막바지에서 우리가 다시 한 번 실감하고 확인할 수 있었던 바이지만, 북한 정권의 실체, 그 체제의 가동력 역시 결코 만만한 것이 아니다. 핵무기를 개발하고, 그 핵탄두를 장거리 미사일에 실어 쏘아 보낼 수 있는 실력을 이미 갖추었다─그러므로 북한의 군사(기술) 수준이 천안함을 그딴 식으로 폭파시킬 수 있을 정도로 유능하지 못하다는 식의 논변은 이제 결코 설득력을 가질 수 없다─. 그리고 그 대단한 실험 발사 일정들을 통해 알 수 있듯이, 남한의 대선 일정 따위가 그들 안중에 들어 있는 것 같지는 않다. 그만큼 현재 누구도 통제할 수 없는 물리적 실체와 함께 이 지구상 우리와 가장 가까운 곳에서 현존하고 있는 것이 그 정권이다. 그 동안 질질 끌어 온 '6자 회담'의 회담 역정이라고 하는 것, 그러니까 주변 4대 열강, 지구 최강의 국가들이 모여 용을 써도 전혀 통제가 안 되는 나라가 우리와 한 민족이라고 하는 동포 국가의 현존이다. 그러니 이 남녘의 진보층이 아무리 구애한다고 한들, 만만히 호락호락 끌려올 대상이 아님을 그들은 스스로 입증해 보여주고 있다. 그러니 이제 그들과 무슨 남북협상을 벌이고, 또 남북연합의 통일체제를 이루겠노라고 호언장담하는 현실이 바로 머지않았다고 누가 감히 말할 수 있겠는가? 아마도 '연목구어'란 이럴 때 쓰는 말이 아닐까, 비감해지지 않을 수 없는 것이다. 하지만 내일 또 해는 뜰 것이고, 어떤 일이 벌어지든 겸허하게 받아들이면서 세상과 함께 뚜벅뚜벅 나아가야 하리라고 기도하고 또 소망해 본다. (2012년 12월 18~19일, 밤과 그 새벽 사이에)

참고문헌

_____
| 1부 |

문화 개혁(혹은 혁명?)을 위한 비평적 언설 실천
이어령, 『흙 속에 저 바람 속에』, 현암사, 1963.
_____, 『흙 속에 저 바람 속에』, 문학사상, 2008.
_____, 『나, 너 그리고 나눔(대화집)』, 문학사상사, 2006.
새뮤얼 P. 헌팅톤·로렌스 E. 해리슨 편, 이종인 역, 『문화가 중요하다』, 김영사, 2001.

유종호 초기 비평의 어문민족주의적 정향성에 대하여
≪사상계≫, ≪문학춘추≫, ≪세대≫, ≪현대문학≫.
유종호, 『유종호 전집』1-5, 민음사, 1995.
김우창 외, 『유종호 깊이 읽기』, 민음사, 2006.
김윤식, 권영민 편, 『한국의 문학비평』 2, 민음사, 1995.
방민호, 『한국 전후문학과 세대』, 향연, 2003.
S. Gass 외, 박의재·이정원 역, 『제2언어습득론』, 한신문화사, 1999.
테리 이글턴, 김명환 외 역, 『문학이론입문』, 창작과비평사, 1986.

전후 세대 비평가의 대가스런 표정
≪현대문학≫.
유종호, 『유종호 전집』1-5, 민음사, 1995.
_____, 『시란 무엇인가』, 민음사, 1995.
김상환, 『오늘의 한국 지성, 그 흐름을 읽는다』, 문학과지성사, 1995.

문학의 세상, 글쓰기로 말 건네기
없음.

혼돈 속의 사변: 서구적 비판 이성, 혹은 자유 지성의 역사

≪창작과비평≫.

김우창,『지상의 척도』, 민음사, 1987.

_____,『심미적 이성의 탐구』, 도서출판 솔, 1992.

_____,『김우창 전집』1~5, 민음사, 1993.

_____,『한국문학이란 무엇인가』, 민음사, 1995.

D. 벨, 송미섭 역,『교양 교육의 개혁』, 민음사, 1994.

D. W. 크로포드, 김문환 역,『칸트 미학 이론』, 서광사, 1995.

질 들뢰즈, 서동욱 역,『칸트의 비판철학』, 민음사, 1995.

J. 슈미트, 홍경실 역,『메를로 퐁티』, 지성의 샘, 1994.

S. 쾨르너, 강영계 역,『칸트의 비판철학』, 서광사, 1983.

와전된 정신분석학의 비평

김현,『분석과 해석』, 문학과지성사, 1988.

_____,『전체에 대한 통찰』, 나남, 1990.

_____,『김현 문학전집』1-16, 문학과지성사, 1991-1993.

김윤식·김현,『한국문학사』, 민음사, 1996.

딜런 에반스, 김종주 외 역,『라캉 정신분석 사전』, 인간사랑, 1998.

마르쿠제, 김인환 역,『에로스와 문명』, 나남, 1996.

지그문트 프로이드, 박찬부 역,『프로이드 전집』14, 열린책들, 1997, 13-14쪽.

미적 이데올로기의 분석적 수사―김현 비평 고

김현,『분석과 해석』, 문학과지성사, 1988.

_____,『전체에 대한 통찰』, 나남, 1990.

_____,『김현문학전집』7, 문학과지성사, 1992.

_____,『김현문학전집』16, 문학과지성사, 1993.

이동하,「김현의 한국문학의 위상에 대한 한 고찰」,『전농어문연구』제7집, 1995.

김우창·가라타니 고진,「한일 비판적 지성의 만남」(대담),『포에티카』3호, 1997.

서광선·정대현 편역,『비트겐슈타인』, 이화여자대학교출판부, 1980.

I. 칸트, 이석윤 역,『판단력 비판』, 박영사, 1974.

Terry Eagleton, *The Function of Criticism*, Verso, 1984.

지식인 아비투스의 비평에 대하여

≪문학과사회≫, ≪세계의 문학≫.

김현, 『김현문학전집』7, 문학과지성사, 1992.

____, 『김현문학전집』15, 문학과지성사, 1995.

김명인, 『문학예술운동1-전환기의 민족문학』, 풀빛, 1987.

김종부, 『논어신해』, 민음사, 1989.

복거일, 『쓸모없는 지식을 찾아서』, 문학과지성사, 1996.

정과리, 『스밈과 짜임』, 문학과지성사, 1988.

E. H. 카아, 황문수 역, 『역사란 무엇인가』, 범우사, 1977.

J. P. 사르트르, 방곤 역, 『지식인을 위한 변명』, 보성출판사, 1985.

삐에르 부르디외, 최종철 역, 『구별짓기:문화와 취향의 사회학』上, 새물결, 1996.

David Owen, *Maturity and Modernity*, London:Routledge, 1994.

댄디즘의 사상, 댄디의 비평

≪문예중앙≫.

남진우, 『숲으로 된 성벽』, 문학동네, 1999.

최정호 편, 『멋과 한국인의 삶』, 나남, 1997.

표재명, 『키에르케고어 연구』, 지성의 샘, 1995.

한형구, 『합리주의의 문턱에서』, 강 출판사, 1997.

게오르그 루카치, 김윤식 역, 『소설의 이론』, 삼영사, 1977.

David Owen, *Maturity and Modernity*, London:Routledge, 1994.

유미리를 어떻게 읽을 것인가

≪세계의 문학≫.

유미리, 권남희 역, 『창이 있는 서점에서』, 무당 미디어, 1997.

____, 김난주 역, 『가족 시네마』, 고려원, 1997.

이광호, 『소설은 탈주를 꿈꾼다』, 민음사, 1998.

2부

知的 憂鬱의 實存 여정 혹은 强迫 神經症

전혜린, 『그리고 아무 말도 하지 않았다』, 민서출판, 2002.

_____, 『이 모든 괴로움을 또다시』, 민서출판, 2002.

김윤식, 『김윤식 선집4:작가론』, 솔출판사, 1996.

김용언, 『문학소녀-전혜린, 그리고 읽고 쓰는 여자들을 위한 변호』, 반비출판사, 2017.

서영채, 『인문학 개념 정원』, 문학동네, 2013.

이덕희, 『전혜린』, 이마고, 2003.

이태숙, 「전혜린 문학과 풍경의 알레고리」, 『어문연구』174호, 2017.

A.아들러, 홍혜경 역, 『아들러의 인간 이해』, 을유문화사, 2016.

D. 리스먼, 이상률 역, 『고독한 군중』, 문예출판사, 1999.

G.들뢰즈 · F.가따리, 최명관 역, 『앙띠 오이디푸스』, 민음사, 1994.

G. E. 베리오스, 김임렬 외 역, 『정신증상의 역사』, 중앙문화사, 2010.

J. P. 사르트르, 박익재 역, 『시인의 운명과 선택』, 문학과지성사, 1985.

키에르케고르, 박병덕 역, 『죽음에 이르는 병』, 비전북, 2012.

「렌츠-괴테에 발길질당한 천재 작가」(2013.8.3.),
<<http://blog.naver.com/PostView.nhn?blogId=kimiusa&logNo=150173211438
&redirect=Dlog&widgetTypeCall=true&directAccess=false>>(2017.11.10.)

'慾望'의 리얼리즘, 悲劇的 世界觀, 諷刺, 印象主義, 기타…

≪문학과 지성≫, ≪문학사상≫, ≪민족문화대백과사전≫, ≪작가세계≫, ≪창작과비평≫.

서정인, 「衣裳을 입어라」, 『세대』, 세계사, 1963.9.

_____, 『토요일과 금요일 사이』, 문학과지성사, 1980.

_____, 『가위』, 홍성사, 1997.

_____, 『강』, 문학과지성사, 2005.

김주현, 「서정인 소설 문체의 양면성」, 『어문논집』32호, 2004.

김현, 「세계인식의 변모와 의미」, 『강』, 문학과지성사, 1976.

이광호, 「소설은 어떻게 눈뜨는가」, 『강』, 문학과지성사, 1996.

한순미, 「서정인 초기 소설에 나타난 '멜랑콜리'와 근대비판」, 『국어국문학』153호, 국어국문학회, 2009.

한형구, 「채만식의 세계관과 창작방법 연구」, 서울대학교 석사학위논문, 1987.

개리 모슨·캐릴 에머슨, 서상국 역, 「시공성의 개념」, 여홍상 편, 『바흐친과 문학 이론』, 문학과지성사, 1997.
L. 골드만, 송기형 외 역, 『숨은 신』, 인동, 1980.
질 들뢰즈·펠릭스 가타리, 최명관 역, 『앙띠 오이디푸스:자본주의와 정신분열증』, 민음사, 2000.
자크 라캉, 권택영 외 역, 『욕망 이론』, 문예출판사, 1994.
한나 아렌트, 이진우 외 역, 『전체주의의 기원』, 한길사, 2006.

보론

편집자 - 비평가로서의 조연현(趙演鉉)의 생애와 문예지 ≪현대문학≫

≪문예≫, ≪문화창조≫, ≪예술부락≫, ≪백민≫, ≪현대문학≫.
조연현, 『휴일의 의장』, 인간사, 1958.
_____, 『문학과 인생』, 을유문화사, 1958.
김근수, 『한국잡지사』, 청록출판사, 1980.
김수영, 『김수영전집』2, 문학과지성사, 1981.
정현종, 『나는 별아저씨』, 문학과지성사, 1995.
한형구, 『한국근대문예비평사절요』, 루덴스, 2015.
마크 포스터, 김성기 역, 『뉴 미디어의 철학』, 민음사, 1994.

위선적 오만, 기만의 논설을 박(駁)함

백낙청, 『2013년 체제 만들기』, 창비, 2012.
이승헌, 『과학의 양심, 천안함을 추적하다』, 창비, 2010.